山东师范大学中国语言文学山东省高水平
学科·优势特色学科建设经费资助

跨文化的追寻

——中西文学研究论集

姜智芹 著

中华书局

图书在版编目(CIP)数据

跨文化的追寻:中西文学研究论集/姜智芹著. —北京:中华书局,2022.5
ISBN 978-7-101-15395-8

Ⅰ.跨… Ⅱ.姜… Ⅲ.比较文学-文学研究-中国、西方国家-文集 Ⅳ.I0-03

中国版本图书馆 CIP 数据核字(2022)第 201820 号

书　　名	跨文化的追寻——中西文学研究论集
著　　者	姜智芹
责任编辑	白爱虎
出版发行	中华书局
	(北京市丰台区太平桥西里 38 号　100073)
	http://www.zhbc.com.cn
	E-mail:zhbc@zhbc.com.cn
印　　刷	三河市中晟雅豪印务有限公司
版　　次	2022 年 5 月第 1 版
	2022 年 5 月第 1 次印刷
规　　格	开本/920×1250 毫米　1/32
	印张 16⅞　插页 2　字数 400 千字
国际书号	ISBN 978-7-101-15395-8
定　　价	98.00 元

目 录

文学传播编

中国形象编

外国文学编

比较研究编

文学传播编

中国当代文学海外传播研究的方法及存在问题

新时期以来，中国当代文学的对外传播越来越受到重视，特别是进入新世纪以后，国家制定多种文化输出战略，各相关部门、机构积极响应，再加上海外出版机构对中国当代文学的大力引进，中国政府、机构促成的海外访问和民间的多种文化文学交流活动，使得中国当代作家作品更多地为世界各国所知。特别是2012年莫言获得诺贝尔文学奖，既是对他本人三十年来辛勤笔耕的世界性认可，同时也是中国文学整体加强对外交流取得的成就，说明中国当代文学已经产生了重要的世界影响力。除莫言外，中国当代作家如余华、苏童、王安忆、毕飞宇、贾平凹、阎连科、王蒙、残雪、徐小斌等，在海外都有相当充分的译介，其中有些作家作品的译介不仅二十年来连续不断，而且相当及时、快捷，并在国外获得过很高的专业评价。

面对中国当代文学令人欢欣鼓舞的对外传播态势，中国学术界的相关研究也已拉开了帷幕。但在研究方法和对一些问题的认识上还有很多可探讨的地方，本文重点在这两方面做尝试性的探索。

一、中国当代文学海外传播研究的方法论

每一门学科领域都有适合自己的研究方法。就中国文学在国外的传播研究来说，首先，将定性研究与定量分析，比如统计列表、问卷调查、抽样分析等结合起来，不失为一个有效的尝试。定性研究是一种适合度较广的研究方法，而定量分析虽然在社会科学领域比较常用，但目前为止在文学批评领域使用得不多。这可能是出于以下两方面的原因：一是认为文学研究中真正有价值的问题是不能被量化的；二是担心量化研究会损害文学研究最重视的人物性格和作品的复杂性。但国外已有很多学者认识到定量分析会给文学研究带来突破，比如英国知名学者安东尼·肯尼(Anthony Kenny)认为量化研究的价值堪比空中摄影："空中拍摄能发现从地面上无法发现的图案，能让我们透过树木看到整片森林，而这在地面上由于距离过近而无法看到。因此，对文本进行量化研究能揭示出一个作家创作的宏观脉络，这种宏观图景在一字一句的作品阅读中是难以发现的。"①美国的乔纳森·戈特沙尔(Jonathan Gottschall)借助对各国民间故事和神话故事的定量分析，来修正女性主义研究者对这一类文学作品的阐释②；而另

---

①Anthony Kenny, *A Stylometric Study of the New Testament*, Oxford: Oxford University Press, 1986, p. 116.

②Jonathan Gottschall, "Quantitative Literary Study: A Modest Manifesto and Testing the Hypotheses of Feminist Fairy Tale Studies," in Jonathan Gottschall and David Sloan Wilson eds., *The Literary Animal: Evolution and the Nature of Narrative*, Evanston: Northwestern University Press, 2005, pp. 119－224.

一位美国学者约瑟夫·卡罗尔(Joseph Carroll)通过对托马斯·哈代的小说《卡斯特桥市长》的定量分析,用翔实的数据阐明该小说中人物的性格特征以及读者、研究者对他们的认同或排斥,并从中得到这样的认识:定量分析能够打破文学研究中先入为主范式的僵局,开辟出新的研究空间①。从国外学者的研究实践来看,定量分析或曰量化研究能极大地提高定性分析的效能,使对文学的认识更为全面、准确。

抛开国外学者的量化研究实践不谈,就中国当代文学的海外传播研究这一课题而言,也适合用统计、量化分析的方法进行研究。因为我们不仅要考察某一位中国当代作家作品的海外译介与研究情况,还要考察不同作家作品的海外译介与研究,以便进行比较分析。同样,海外在不同时期对中国当代文学作品的接受与研究情况,通过统计列表的形式能更直观地呈现出来。目前国内学者在这方面已进行了有益的尝试,取得了显而易见的效果。比如刘江凯博士对中国当代文学海外接受的研究②和纪海龙博士对冷战期间美英对中国"十七年文学"的解读研究③。前者的研究中运用了大量的统计列表,对国外某一大学图书馆中国当代文学的藏书情况、某一位中国作家作品的翻译、用西方语言撰写的中国文学博士论文数量等,进行了尽可能详细的统计,用数据

---

①Joseph Carroll,"Quantifying Agonistic Structure in *The Mayor of Casterbridge*,"in *Reading Human Nature:Literary Darwinism in Theory and Practice*,New York:SUNY Press,2011,pp. 177—195.

②刘江凯:《认同与"延异"——中国当代文学的海外接受》,北京:北京大学出版社,2012 年。

③纪海龙:《"我们"视野中的"他者"文学——冷战期间美英对中国"十七年文学"的解读研究》,武汉大学博士学位论文,2010 年。

说话，不仅具有说服力，而且给他的研究带上科学、实证的色彩。后者的研究将冷战时期美英两国对中国“十七年文学”的研究分为1950—1960年代、1970年代、1980—1990年代初三个阶段，详细统计了每个阶段西方本土研究者和华裔研究者的研究情况，以及三个阶段内西方关于中国“十七年文学”的各种选本，不仅搜集、挖掘了大量的英文原始文献，而且在充分占有数据的基础上进行了系统、深入的分析。

因此，量化分析的引入能使我们对中国当代文学海外传播的考察更具有实证性，观点结论更令人信服。而定性研究与定量分析的有机结合则能使该项研究既有宏观的概括，又有局部的透视；既充满思辨性，又不乏考证性。

其次，借鉴比较文学的理论与方法也会让中国当代文学的海外传播研究打开新的局面。中国当代文学的海外传播研究本身就带有跨学科性质，它涉及中国文学、传播学、接受美学、社会学等多个方面，在具体研究时还会和国家的政治经济地位、国际关系、民族心理等因素铰接在一起。海外对中国当代文学的翻译与研究是站在自身角度对他者的一种诠释，而法国学者巴柔在对比较文学意义上的形象进行定义时说道：“‘我’注视他者，而他者形象也传递了‘我’这个注视者、言说者、书写者的某种形象。”①在这里，套用巴柔的话说，海外对中国当代文学的研究也传达了西方人自身的某种心理、需求和欲望，他们在言说中国文学的同时，也在言说自我。这种言说自我可能不是显在的，需要通过分析他们的话语机制、言说背景、民族性格及心理特征才能看到，这样就

①达尼埃尔-亨利·巴柔：《形象》，见孟华主编：《比较文学形象学》，北京：北京大学出版社，2001年，第157页。

可能把对中国当代文学海外传播的研究由表层引向内里，不仅阐述谁在研究，怎样研究，还要进一步剖析为什么会这样研究。比如英美对中国“十七年文学”中某些作家作品的研究，一方面关注这些作家对新中国社会阴暗面的批判，另一方面是借此反证西方社会的民主、自由。

中国文学在海外的传播其实也是中国形象的一个体现。比较文学形象学认为，一个国家在世界上的形象和其政治、经济、军事力量密切相关，当各方面都比较强盛时，该国的文化、文学就会流向其他国家，其他国家也多以仰视的视角来看待该国。而当诸方面都处于弱势时，其他国家则会对该国采取俯视的视角，该国的文学、文化也就难以影响到其他国家。因此，综合国力和国际影响力对于文学的海外传播存在着影响。我们在进行海外中国文学传播的研究时，应把它置于各种因素组成的“场域”中进行探讨，放在多种相关因素交织成的网络中加以观照。

最后，从求同研究到求异探索。文学作品具有超越东西方界限与时间的普遍性特征，这是进入一个与自己的文化传统、价值取向、审美趣味完全不同的文学世界的基点。普遍性的东西带给人一种熟悉感，能让异域读者较少排斥性地进入到一个完全不同的文学传统。但在有了基本的认同之后，人们便渴望看到与自己的文学传统迥然不同的风景，求异的愿望便油然而生。文学的普遍性让异域的读者容易感受和接受，而独特的本土气质所散发出来的迷人光彩才是吸引异域读者的魅力之源。就西方读者对莫言的接受来说，他们先是在西方文学脉络里理解莫言的作品，通过基本的类比，比如福克纳、马尔克斯这些他们较为熟悉的作家去接近莫言。但随着他们进入莫言的作品，便会发现莫言给他们打开了一个与自身的文学传统、历史背景、社会环境迥然不同的缤纷世界，他们兴趣盎然地玩味这个世界，迷恋于这个世界的色彩、音响、人物、氛围、节奏。

另一方面，西方读者对莫言作品的接受也受到蕴涵其中的中国传统民间文学的影响。相对于中国当代文学来说，中国古代文学在海外的影响要大得多，西方人从内容、形式到理念对中国传统的东西是怀有敬意的，而莫言的创作自觉不自觉地在延续中国文学的传统。比如他的《生死疲劳》承继了中国古典章回体小说和民间叙事的伟大传统，《檀香刑》或实或虚地流露出山东地方戏曲形式。因而，西方人由对中国古典文学的认同，到接受吸收了传统创作方法的莫言，这种情感上的认同是认识莫言创造的五彩缤纷的文学世界的起点，而更让西方读者着迷的是打上了莫言式烙印的形形色色的中国人物，是从莫言心底流淌出来的既在情理之中又超出阅读期待的中国故事。

二、中国当代文学海外传播研究存在的问题

中国当代文学的海外传播研究已经取得了一些富有价值的成果，从中国知网上检索可以看到近百篇与此相关的期刊论文和硕博论文，相关的著作也有出版。但在肯定成绩的同时，我们也要看到目前研究中存在的问题和以后研究时要注意的事项。

第一是如何从资料整理走向带有问题意识的深入分析。资料整理在任何一项研究的初期阶段都必不可少，特别是拓荒性的资料收集，这是展开深入研究的基础。就中国当代文学的海外传播来说，第一手资料的整理已经取得了很大进展，报纸文章中及时的跟踪报道，期刊论文里就某一位中国作家或某一个文学创作

阶段的资料收集，专著中对多位作家、不同流派文学作品翻译与研究的梳理，都已颇见功力。但这项研究要想走向深入，必须超越资料整理阶段，从特定的问题着手，或围绕某个专题，进行深层的剖析。比如中国当代的寻根文学在海外曾有过一阵热闹的译介与评论，相对于中国当代的先锋小说，为什么西方人对中国的寻根文学更有热情？这里面隐含着怎样的话语机制、文学理念、美学意识、意识形态逻辑？

另外，对资料的运用要采取动态、发展的眼光，不断收集、分析最新的译介、研究资料。中国当代文学的翻译出版与海外研究发展非常迅速，其翻译质量、研究水平也在不断提高。在这种背景下，再用西方人十几年前甚至更早对“熊猫丛书”、外文版《中国文学》杂志的某些评价来笼统代表整个中国当代文学在海外的传播与接受就显得片面、滞后。目前中国当代文学海外传播研究中常为学者引用的观点，比如加拿大汉学家杜迈克发现严肃的中国文学要想获得国际承认面临着很多巨大的障碍①、香港大学的爱德华兹指出“中国文学很少能让国际读者感兴趣”②、英国汉学家蓝诗玲认为“中国文学在西方被忽视了”③、英国汉学家詹纳指出“熊猫丛书”的某些译文让西方汉学家感到“荒

---

①Michael S. Duke, “The Problematic Nature of Modern and Contemporary Chinese Fiction in English Translation,” in Howard. Goldblatt ed., *Worlds Apart: Recent Chinese Writing and Its Audiences*, New York: M. E. Sharpe, 1990, p. 201.

②Louise Patricia Edwards, “Late Twentieth Century Orientalism and Discourses of Selection,” *Renditions: A Chinese-English Translation Magazine*, 1995(44).

③Julie Lovell, “Great Leap Forward,” *The Guardian*, 2005－06－11.

唐可笑"①等,再用它们来代表今天海外对中国当代文学的认识与评价就显得有些不合时宜。传播的内容、研究的对象在不断变化,数量在日益增多,质量在逐渐提升,再一味刻舟求剑式地引用固有的评述有碍于对动态发展的中国当代文学海外传播做出客观、及时、公允的评价,应从流变的角度,分阶段地呈现出中国当代文学在海外传播与研究的发展脉络。

第二是要警惕海外中国当代文学研究与译介中的东方主义心态和意识形态因素。就海外对中国"十七年文学"的探讨来说,西方本土研究者更热衷于探讨其中所包含的中国传统文化因素。像英国的詹纳(W. J. F. Jenner)②、美国的白之(Cyril Birch)③、夏默(Dorothy Blair Shimer)④、何谷理(Robert Hegel)⑤、戈茨(Gotz Michael)⑥

---

①W. J. F. Jenner,"Insuperable Barriers? Some Thoughts on the Reception of Chinese Writing in English Translation,"in Howard Goldblatt ed.,*Worlds Apart*:*Recent Chinese Writing and Its Audience*, New York: M. E. Sharpe,1990,p. 189.

②詹纳研究中国文学的主要成果有:*Modern Chinese Stories*;"Is a Modern Chinese Literature Possible?"etc. 。

③白之研究中国文学的成果主要有:"Lao She: The Humorist in His Humor";"Chinese Communist Literature: The Persistence of Traditional Forms";"The Particle of Art";"Literature Under Communism,"etc. 。

④夏默研究中国文学的成果主要有:*The Mentor Book of Modern Asian Literature from the Khyber Pass to Fuji*,etc. 。

⑤何谷理研究中国文学的成果有:"Making the Past Serve the Present in Fiction and Drama: From the Yan'an Forum to the Cultural Revolution,"etc. 。

⑥戈茨研究中国当代文学的成果主要有:"The Development of Modern Chinese Literature Studies in the West: A Critical View";"Chinese Communist Fiction Since 1949,"etc. 。

等，都着重从这一角度进行阐释。但这种关注夹杂着萨义德所说的西方学者对东方文学、文化的偏爱与猎奇心理。如白之对赵树理《三里湾》中爱情故事的解读强调小俊与满喜的结合证明了农村传统婚姻中“媒人”的重要性，认为二人是出于对“媒人”的共同信任而结成人生伴侣的。一些西方本土学者在编选中国当代文学作品集时还以作品与传统的关系为重要标准，比如在夏默看来，那些包含了“本土形式影响下的古老思想或行为习惯”的作品“令人兴奋并常令人激动”①。因此，我们要批判地审视国外对中国文学的研究，分析他们的研究凸显了什么，又遮蔽了什么，这种凸显与遮蔽体现了他们怎样的思维定式和心理机制。又如国外对余华小说《兄弟》的研究，对其中提到的用钉子钉入脑袋自杀、砸碎宋平凡尸体的膝盖以放进棺材、厕所偷窥等细节津津乐道，而没有从中国的具体历史背景和社会发展出发，对这些现象进行结合实际的剖析。

意识形态操纵下对中国当代文学作品的翻译、选本等也是值得我们注意的问题。翻译的选材、翻译策略的选择、对原文的增删和改写，都体现了意识形态背后的操纵作用。意识形态在翻译中的影响可以说无处不在，我们这里从几部中国当代作品翻译成英语时题目的改动来做一管窥。

王安忆的《长恨歌》虽然最终以忠实的译名 *The Song of Everlasting Sorrow* 之名出版，但出版社最初主张把书名改成《上海小姐》，理由是有这样一个书名做噱头好卖。只是由于译者白睿

---

①Dorothy Blair Shimer, “*The Mentor Book of Modern Asian Literature from the Khyber Pass to Fuji*”, New York: New American Library, 1969, p. 20.

文(Michael Berry)一再坚持忠实于原名的翻译,才最终使《长恨歌》的英文版在美国非营利性的哥伦比亚大学出版社出版,不过仍加上了一个副标题——“一部关于上海的小说”(*A Novel of Shanghai*)。上海是西方人熟悉的意象,也是放荡不羁的想象力的释放地,而“上海小姐”更令人联想到东方主义和东方情调,其中的意识形态蕴涵不言而喻。

意识形态的潜在操纵作用还体现在苏童的《妻妾成群》、虹影的《饥饿的女儿》等书名的翻译上。《妻妾成群》译成英文时用了该小说改编的电影《大红灯笼高高挂》(*Raise the Red Lantern*)的名字,《饥饿的女儿》被译成《江的女儿》(*Daughter of the River*)。这些译名中的“大红灯笼”、“江”很大程度上迎合了西方对于中国的“东方主义”想象,会令西方读者联想到早已形成的东方文化的固有形象——大红灯笼不仅是一种喜庆的标志,也是性的象征,令西方人联想到小脚、妻妾、充满神秘意象的中国旧式宅院和悲剧性的东方女性形象;“江”令西方人联想到中华民族的生命、文化和历史的象征——长江与黄河。西方的出版社和某些译者有意识地去建构、树立符合西方意识形态及西方认知理解中的中国形象和中国文学形象。难怪中国作家协会主席铁凝感慨地说:“在中国文学走向世界的过程中,还将不断碰到由文化的不对等带来的冲击。”①

第三是海外、国内的研究如何形成有效的对话。国外的外视角研究和本土的内视角研究是可以互补、互识、互证的,我们要厘清国外的中国当代文学研究有哪些洞见,对本土研究带来怎样的启发,以及由此带来的对本土研究内部的调整与优化。本土研究

① 吴越:《〈长恨歌〉在美差点改名“上海小姐”》,《文汇报》,2009 年 11 月 9 日。

在国外的传播如何？对外视点的研究又带来什么样的影响？

我们以余华的《兄弟》在国内外的接受与研究为例略作说明。自2009年1月由美国兰登书屋推出英文版以来，《纽约时报》、《纽约客》、《华盛顿邮报》、《洛杉矶时报》和《波士顿环球报》等美国主流媒体都给予好评。其中《纽约时报》周末版用六个版面介绍了《兄弟》和它的作者。《纽约时报书评》推出中国专题，其中也介绍了《兄弟》，说《兄弟》是一部反映20世纪末中国社会生活的小说，这个故事像美国电视剧《24小时》一样充满了狂风暴雨般的语言、肉体暴力以及情欲，具备这些元素的作品在西方应该能一鸣惊人①。

相比国外对《兄弟》几乎一边倒的赞美，它在国内的接受则经历了冰火两重天。国内有评论家认为这部小说情节"失真"，语言"粗糙"，"根本不值一提"，是一部失败之作②。指出余华用血统论推定人类生活中的卑微与高贵，结果是"过去40年来中国人百感交集的复杂经验，被简化成了一场善与恶的斗争"③。甚至出版了一部《给余华拔牙》的批评文集。但《兄弟》也受到著名评论家陈思和等人的青睐和高度评价，陈思和从巴赫金的怪诞现实主义概念出发，以"狂欢"和"民间"为着眼点，认为这是"一部奇书"、"惊世之作"④，从美学概念上根本扭转了对该作品的解读。

为什么国内外对余华《兄弟》的接受表现出如此大的差异？

---

①Jess Row, "Chinese Idol," *New York Times Book Review*, 2009－03－08.

②谢有顺：《〈兄弟〉根本不值一提》，《南方日报》，2006年4月6日。

③李敬泽：《〈兄弟〉顶多也就是两行泪水——我读〈兄弟〉》，见杜士玮、许明芳、何爱英主编：《给余华拔牙：盘点余华的"兄弟"店》，北京：同心出版社，2006年，第24页。

④陈思和：《我对〈兄弟〉的解读》，《文艺争鸣》，2007年第2期。

这可能同中西方对新闻媒体、文学作品的不同定位有关。西方强调其批判功能，余华《兄弟》中对发展中的中国社会、道德的批判契合了西方人的阅读定式，因而受到他们的欢迎。而中国的批评家认为余华沉陷在脏、乱、臭、黑的世界里，是在向西方展现中国消极的一面。中国批评家敏感的东西，西方的批评家可能并没有考虑过。

不过，总的来看，国外对译介过去的中国当代文学的接受与研究很大程度上处于一种脱离中国历史语境的想象状态(一些华裔学者的研究除外)。东西方读者有着不同的小说观念。在西方读者看来，小说不含有历史因素，而中国小说中往往包含着大量的历史事件和历史人物，因而理解中国文学的关键是了解中国的历史，研究中国文学需要结合具体的历史语境展开。由于外国的中国文学研究者对中国的社会、历史发展缺乏足够的了解，因而他们在分析中国文学作品时容易从自身的感受出发，运用有限的中国知识，加上大胆的想象和联想，得出的结论虽然独特、新鲜，但有时有悖于作家的创作初衷和中国的实情，造成严重的误读。

第四是对中国当代文学海外传播的现状不能过于乐观，而要有清醒、理性的认识。

我们经常在很多当代作家的介绍中看到他们的作品已被译成十几种甚至几十种文字，有的甚至在作品重新出版时附上“英译本序”、“法译本序”等，再加上媒体、报刊出于中国文学走向世界的热切愿望而带有夸大色彩的赞誉之词(如某某作品在国外“好评如潮”，某某作家在国外“受到追捧”)，不时见诸报端的中国某某作家去海外演讲、参加文学活动的夸大报道，使得国内的读者和研究者产生这样一种印象，以为中国当代作家在国外广为人知并大受欢迎，中国当代文学在国外已经产生了相当的影响力。

但实际情形是翻译成外语的中国当代文学在西方主流读者视野中总体上处于被忽视的状态。以新近的诺贝尔文学奖得主莫言为例。莫言的《红高粱》和《天堂蒜薹之歌》分别于 1997 年、2001 年译成瑞典语出版，起印仅为一千册，但就只这一千册直到莫言获得诺贝尔文学奖之前也没售完，是获奖契机让这些滞销的作品宣告售罄。国际接受度较高的莫言的作品尚遇到此种情状，中国其他作家作品的销路更可以想见。

与国内如火如荼的外国文学译介与研究不同的是，西方对翻译文学并不热衷，华裔学者张旭东说，“美国文学只关注自己”，“他们的文学中，所有翻译文学只占 1%，少得不可思议”①。“中国当代文学真能深入美国社会的根本没有”②。中国当代文学在美国是“一少二低三无名”③。“用‘沧海一粟’来形容中国当代文学在北美的微弱处境，或许夸张；但说中国当代文学在北美读书界处于四舍五入的微妙界点，大概是一个不错的形容”④。

给中国读者以中国文学在海外产生了广泛影响的错觉的另一个原因，是对中国作家的海外演讲和去国外参加文学活动的描述。这些描述有作家的自说自话，也有媒体的推波助澜。一些去往海外宣传演讲的作家回国后喜欢说自己的演讲如何引起轰动，有多少国外的媒体争相报道。但其真实情形如何，还需要还原历史现场来判定。首先，听众的层次和范围是只限于汉学家、东亚

①张伟、刘丹青：《放眼世界文学版图　莫言在这里》，《人物》，2012 年第 11 期。

②王侃：《中国当代小说在北美的译介和批评》，《文学评论》，2012 年第 5 期。

③康慨：《一少二低三无名：中国当代文学在美国》，《中华读书报》，2011 年 1 月 12 日。

④王侃：《中国当代小说在北美的译介和批评》，《文学评论》，2012 年第 5 期。

系的学生、来自中国的访问学者，还是远远超出了“专业圈子”的范围，作为一个文学事件引起了国外普通民众的关注。其次，海外报道这些消息的媒体是主流报刊还是名不见经传的小报。只有找到国外媒体报道此事的第一手材料，对演讲现场情况有真切的了解和掌握，才能判定其影响有多大，不能只听演讲者的一己之词，或某些国内媒体根据其说法添枝加叶的夸大报道。

中国作家到国外参加文学活动同样如此。我们不能只听参加者本人回国后放大其效果、夸大其重要性的叙述，而是要去切实了解这些活动的档次、影响力，因为国外的这类活动主办单位良莠不齐，会议层次高低有别，我们不能一厢情愿地相信都是些国际会议级别的活动。因此，对中国文学在海外传播的研究不能停留在感性认识上，而应进行理性的总结，在还原事实真相的基础上，进行客观深入的研究。

（原载《青海社会科学》2013 年第 3 期）

中国当代文学海外接受中的解读偏好

中国当代文学在海外的接受是中国当代文学总体研究的重要组成部分。以往我们更多地关注本土的中国当代文学研究，相对忽视了国外的接受。随着中国文学海外传播的广泛与深入，对国外的中国当代文学接受进行研究提上了日程。由于问题意识和研究立场不同，海外学者对中国当代文学的关注重心及研究角度会有所不同。本文重点探讨海外接受中的解读偏好问题。

一、联系、对应西方作家作品的联想性解读

联系、对应自身文学传统中熟悉的作家作品来解读中国当代文学是西方读者的一大阅读定式。之所以如此，是因为西方读者倾向于把不熟悉的变为熟悉的，把相对陌生的中国当代文学融进熟悉的西方文学框架之中，寻找一种熟悉感和认同感，以唤醒他们记忆深处的某些情感，抑或印证他们对中国的某些想象，这在对莫言、余华、韩少功等人作品的接受中都有鲜明的表现。

美国知名期刊《当代世界文学》杂志社的戴维斯-昂蒂亚诺认为莫言的“《红高粱家族》是托尔斯泰式的鸿篇巨制……西方读者包括我在内认为它在视野上堪与托尔斯泰的《战争与和平》、陀思

妥耶夫斯基的《卡拉马佐夫兄弟》或《罪与罚》相媲美”①。美国学者艾丽丝·H.G.菲利普斯也不无赞赏地说:“《红高粱家族》……有着加西亚·马尔克斯作品的震撼力和丰富内涵,情节跌宕起伏,场景瑰丽多姿。”②对于《酒国》,英译者葛浩文评价道:“莫言以拉伯雷式的风格对中国社会的某些方面进行了批评和讽刺。”③而在译成英文的小说集《师傅越来越幽默》中,“莫言……创造了一系列富有想象力,像卡夫卡的人变甲虫那样的意象”④。莫言获诺贝尔文学奖的评语中依然不乏这种联想和对照:“莫言将幻想和现实、历史和社会结合起来,在作品中创造了一个堪比福克纳和马尔克斯的复杂世界,同时又在中国传统文学和口述传统中寻找到一个出发点。”⑤西方读者借自己熟悉的作家作品来理解莫言的小说,将东西方文学融合起来阅读,显示了东西方文学之间互识、互证、互察、互鉴的互动认知。

在对余华《兄弟》的解读中,很多西方人读出了自身文化、文学传统中亲切、熟悉的东西。瑞士《时报》评价说:“这是一部大河

---

①Robert Con Davis-Undiano,“A Westerner's Reflection on Mo Yan,”*Chinese Literature Today*,2013 (1&2).

②Alice H. G. Phillips,“On China——Red Sorghum: A Novel of China by Mo Yan and translated by Howard Goldblatt,”*Current History*, 1993 (575).

③Howard Goldblatt,“Mo Yan's Novels Are Wearing Me Out,”*World Literature Today*,2009 (4).

④Jeff Zaleski,“Shifu,You'll Do Anything For a Laugh,”*Publishers Weekly*, 2001 (29).

⑤Per Wästberg,“Award Ceremony Speech,”http://www.nobelprize.org/nobel_prizes/literature/laureates/2012/presentation-speech.html, 2014-09-15.

小说，因为它编织了数十人的生活，从1960年代延伸至今。”①《自由比利时报》宣称：“在700多页的篇幅里，余华用一种极具流浪汉小说色彩、拉伯雷式的、宏大的叙述，向我们展示了中国人的故事。”②美国公共广播电台（NPR）书评家莫琳·克里根说：“读完《兄弟》的最后一页，余华笔下的‘反英雄’李光头已经和狄更斯笔下的大卫·科波菲尔、尤赖亚·希普等人物一样，拥有了独立于小说之外的永恒生命力。”③上述对《兄弟》的评价涉及西方文学史上两种典型的小说类型。一是大河小说，也称“长河小说”，是20世纪上半叶西方文学史上一种容量大、人物多的长篇现实主义小说，多以一个家族或以整个社会为对象，力图全景式地反映某一历史阶段的生活，犹如一条蜿蜒奔腾的江河冲向大海，罗曼·罗兰的《约翰·克利斯朵夫》即是典型的“长河小说”。而流浪汉小说是欧洲文艺复兴时期产生于西班牙的一种小说类型，多以主人公的流浪为线索，从下层人民的角度去观察和讽刺社会，无名氏的《小癞子》是流浪汉小说的典范之作。把《兄弟》定位为“大河小说”和“流浪汉小说”，让西方人拥有了一种强烈的阅读期待，感觉就像阅读自身文化传统内的文学作品一样，异域文学的陌生感很快融化到本土文学的熟悉感之中，由此带来接受上的主动性、积极性。而狄更斯在西方世界几乎家喻户晓，把《兄弟》中的李光头和他笔下的人物相提并论，说明西方人像钟情西方经典作家那

①埃蒙诺尔·索尔瑟：《中国四十年聚焦了西方四个世纪》，《时报》，2008年5月24日，http://blog.sina.com.cn/s/blog_467a32270100blpa.html。

②盖伊·杜普莱特：《一部叙述中国的庞大的流浪汉小说》，《自由比利时报》，2008年5月30日，http://blog.sina.com.cn/s/blog_467a32270100bmx3.html，表述略有变动。

③Maureen Corrigan, NPR's *Fresh Air*, 2009-02-09.

样，喜爱余华和他塑造的文学人物。

西方对"寻根文学"曾有过一阵热闹的译介和研究，作为"寻根文学"的重要作家，韩少功受到西方学术界的关注。荷兰汉学家林恪(Mark Leenhouts)联系卡夫卡式的悖论来分析韩少功的作品："《归去来》中的主人公甚至对于不是他犯下的罪过有一种罪感，这可以说是一种卡夫卡式的悖论：约瑟夫·K.对法律显然无知，却要按时出席对他的审判；格里高尔·萨姆沙即使变成一只大甲虫，也要坚持去上班，希望遵守社会规范，得到社会的认可。像卡夫卡的人物一样，韩少功的主人公黄治先也陷入了一种罪感的境地，因为他觉得自己有可能做了那件事。"①对于《马桥词典》，美国的《出版者周刊》评论道："马桥之于韩少功的小说《马桥词典》，就像马孔多之于《百年孤独》……作为一个敏锐的社会观察者，韩少功从当代中国的角度讲述那些带有民间色彩的故事，赋予其丰富的历史意义与哲学内涵。"②作为西方现代主义文学的卓越代表，卡夫卡和马尔克斯在西方不少国家引起过热潮，他们的作品不仅为西方人所熟悉，也获得了高度评价。将韩少功的作品和这两位文学大师的创作相比拟，不仅能引发更多西方读者和研究者的兴趣，也说明韩少功的创作获得了西方人的认可，一定程度上体现了西方世界对中国文学的热忱。

西方读者在接受中国当代文学时有两种思维定式。一是求同，寻求与自己的文学相类的东西，追求不同文学之间的互证、互

① Mark Leenhouts, *Leaving the World to Enter the World: Han Shaogong and Chinese Root-Seeking Literature*, Leiden: CNWS Publications, 2005, p. 31.

② Jeff Zaleski, "A Dictionary of Maqiao," *Publishers Weekly*, 2003 (2).

识。二是求异，寻求一种全新的，同自己的文化习俗迥异的东西，追求东西方文化的互补。这两者当中，求同是认知的起点，是接受的基础，是一种文学传统的读者接受另一种与之截然不同的文学时必然会有的反应。这在一定程度上解释了何以西方人喜欢拿中国文学和西方文学相比，力图把中国文学纳入西方文学认识框架的原因。

二、脱离中国历史文化语境的想象性解读

中西方解读文学作品的方法并不完全一致。在我国，孟子提出的“知人论世”是长期以来广泛使用的解读文学作品的方法，即在阐释文学作品时要了解作者和作品所处的时代背景，因为作者的生活经历、思想观念、文学修养、个性气质等在一定程度上制约着作品的生成。同时，一定时期的文化风尚、社会政治经济面貌等也会直接、间接地作用于作品，因而把握住时代的脉搏，就找到了理解作品的钥匙。这种解读文学作品的方式力求还原历史语境和作家写作时的心境，但由于西方读者对中国的历史演进和社会发展缺乏足够的了解，他们在诠释中国当代文学作品时难免会出现脱离中国历史文化语境的想象性解读。

以西方对《红高粱家族》的解读为例。该小说的故事发生在抗日战争期间，这是日本侵略中国、惨无人道地杀害中国人的黑暗时期，这一时期饥饿、贫困、苦难对中国人来说如影随形。因而，理解该小说要结合 1937—1945 年发生在中国大地上的日本侵华事件。但“这些复杂的背景知识在西方人的《红高粱家族》书评、评论以及相关的文学批评中很难见到。他们的研究集中在美学层面，对作品的人物和叙事手法进行分析，有时从文学理论方

面加以阐释。西方的文学评论家几乎不会想到要结合中国的历史背景来分析中国文学作品。因而他们对《红高粱家族》的研究不够深入和富有成效,即使学识渊博的评论家也难免就作品论作品。这不是某个西方学者的问题,而是反映了西方研究者长期以来没有结合相关历史文化背景剖析中国文学作品的习惯"①。国内的文学评论家李建军也指出,诺奖的评委们"从莫言的作品里看到的,是符合自己想象的'中国'、'中国人'和'中国文化',而不是真正的'中国'、'中国人'和'中国文化'"②。

但西方这种由于对中国历史文化、社会发展知识的缺乏而导致的对中国当代文学的想象性解读是否意味着就缺乏价值?我们结合美国汉学家宇文所安的阐释来进行分析。他以李商隐的《夜雨寄北》中的诗句"何当共剪西窗烛,却话巴山夜雨时"为例,说明误读特别是外国人对中国文学的误读有着积极的价值。他指出:"很多人都认为这首诗是李商隐写给他的妻子的,但如果李商隐是在四川写这首诗的,那么他的妻子应该已经去世了……但这首诗有着很长的阅读历史,一读到这首诗就想到他和他妻子,觉得格外感人。这样的解读,从作者生平来看是错误的,历史知识也是错误的,但不能否认这是很感人的解读,这样的误读是很有意思的误读。"③宇文所安进一步指出:"一个传统要继续繁衍下去,一定要有新的解读、新的阐释注入新的活力,否则这个传统就死了。"④并且也不要对外国人

---

①Robert Con Davis-Undiano,"A Westerner's Reflection on Mo Yan,"*Chinese Literature Today*,2013 (1&2).

②李建军:《直议莫言与诺奖》,《文学报》,2013 年 1 月 10 日。

③王寅:《如果美国人懂一点唐诗……》,《南方周末》,2007 年 4 月 5 日。

④王寅:《如果美国人懂一点唐诗……》,《南方周末》,2007 年 4 月 5 日。

的解读带有偏见，认为他们不可能真正理解中国的文学作品。中国人不也一直在研究托尔斯泰、莎士比亚这样的西方经典作家吗？而且“莎士比亚的研究最早不是从英国，而是从德国开始的，所以有时候，文学是要离开自己的故乡然后再回去才能重新活起来”①。

无论是本族人还是外国人，要想真正有效地解读一部文学作品，需要既还原又超越小说中的具体历史语境。阅读是一个过程，是当下和过去对话的过程，是读者的知识结构、文学素养与产生于特定历史时期的文学作品交流的过程，仅还原历史语境是不够的，还需要读者在“知人论世”的基础上“以意逆志”，即运用自身的知识体系，与作品碰撞出主题新颖独特的见解。上文提到的《当代世界文学》的戴维斯-昂蒂亚诺在认识到很多西方人对《红高粱家族》的解读疏离社会历史语境后，说出了自己的理解：“作为西方读者，我认为这部小说的主旨……体现了高粱地与人的身体之间的联系。《红高粱家族》揭示了20世纪30年代日本侵华战争对中国人生命和尊严的毁灭与践踏，黎民百姓无法逃离野蛮的杀戮和战争带来的水深火热……武装力量抵抗日本侵略者失败后，普通百姓成为日军的靶子，被烧死、踢死、刺死甚至被剥皮、肢解。”“莫言似乎是要说明人的身体之所以遭受惨无人道的折磨、凌辱和摧残，是由于文化的无力、政府的无能。事实上，莫言创造了一种否定性的崇高，在这种崇高里，人的身体扮演着文化的功能，承受文化和公共意识不能承担的生命之重。”②戴维斯-昂蒂亚诺对《红高粱家族》的解读既兼顾了小说故事发生的具体历史语

①王寅：《如果美国人懂一点唐诗……》，《南方周末》，2007年4月5日。

②Robert Con Davis-Undiano, “A Westerner's Reflection on Mo Yan,” *Chinese Literature Today*, 2013 (1&2).

境，又没有囿于这一语境，而是用自己作为西方学者的不同眼光，为《红高粱家族》诠释注入新的活力，让《红高粱家族》离开自己的故乡后又在异乡“活”了起来。

三、作为了解中国窗口的社会学解读

不少外国学者都觉得，通过中国的小说研究中国，比通过纯粹的社会学材料更加真实。譬如葛浩文说道：“现在，美国读者更注重眼前的、当代的、改革发展中的中国。除了看报纸上的报道，他们更希望了解文学家怎么看中国社会。”①这种倾向可以说一直贯穿于西方对中国当代小说的解读，只不过 20 世纪 80 年代之前更为突出，90 年代以后有所淡化，但仍然没有完全摆脱这一解读偏好。

方长安、纪海龙通过考察冷战期间英美对中国“十七年文学”的言说，发现“冷战期间，美英汉学界……将‘十七年文学’视为了解新中国的窗口，文学内容解读成搜集中国信息的话语活动”②。对于中国新时期以来的创作，很多西方读者仍然没有摆脱这一解读模式。我们此处以西方对《兄弟》、《浮躁》、《流逝》的解读为例。

法国的《十字架报》认为余华的《兄弟》“从‘文革’的残酷到市场经济的诡谲，涤荡了近年来的历史……为了解当代中国慷慨地打开了一扇门”③。《今日法国》则刊文说：“通过这两种人生轨迹

①罗屿：《葛浩文：美国人喜欢唱反调的作品》，《新世纪周刊》，2008 年第 10 期。

②方长安、纪海龙：《冷战期间美英对中国“十七年文学”内容的言说》，《湘潭大学学报》，2010 年第 6 期。

③Geneviève Welcomme, “Visions de la Chine en écorché,” *La Croix*, 2004－05－29.

(指小说主人公宋钢和李光头——笔者),我们看到了整个刘镇,乃至整个中华民族的苦难与不幸。"①法国的《书店报》分析道:"在这部小说中,读者还会看到昨日和今天中国民众的日常生活……李光头和宋钢居住的刘镇是中国20年来发展变化的一个完美缩影。"②"漫卷"西方世界的《浮躁》被多次强调"是发生在20世纪80年代中国农村的一个复杂微妙而又躁动不安的故事"③,"贾平凹这部描写20世纪80年代中国生活的小说……会让所有的美国读者爱不释手"④。20世纪80年代是中国经济、社会发生巨大变化的时期,也是中国在封闭了二十多年后走向世界的开始。西方了解中国的愿望十分迫切,而反映中国社会生活变迁的文学则适逢其时地充当了窗口和镜子。

王安忆的小说集《流逝》介绍到国外也多从这一层面引起关注。"西方人之所以关注中国的文学作品,是因为想要从文学中了解中国这个遥远而又重要的国度,文学作品中往往隐藏着一个民族的某些心理特征,西方读者很可能正是怀着这样的心理来阅读王安忆的《流逝》的。""王安忆的这些中短篇小说给西方人提供了一个了解中国当代社会的独特视角,从中西方人看到中国社会存在的诸多社会问题——离婚率上升,邻里不和,阶级冲突不断加剧。"⑤西方读者幻想通过阅读中国当代文学作品窥探中国人

---

①Francois Vey, "Brothers: exceptionnel," *Aujourd'hui en France*, 2008—05—24.

②Antoine Fron, "Épopée en Chine moderne, Yu Hua, Brothers," *Page des libraires*, 2008—06—07.

③Kirkus Associates, "Rev. of *Turbulence*," *Kirkus Reviews*, 1991—08—15.

④Paul E. Hutchinson, "Rev. of *Turbulence*," *Library Journal*, 1991 (116).

⑤Scarlet Cheng, "More Than the Basics," *Belles Lettres*, 1989 (2).

的生活和中国大地上发生的变化，正是这种强烈的“求知欲”使很多中国20世纪80年代的优秀文学作品被翻译成外文。

文学有独立于社会的美学特征，缘何西方人对中国当代文学的解读弥漫着摆脱不了的材料学情结？这和欧美汉学(海外中国学)的起源有关。西方对中国当代文学的研究属于汉学研究的一部分，而“汉学”在欧美的发展从19世纪开始，与资本主义在亚洲的扩张同时并行，因此经济因素是驱动“汉学”研究并促使其不断发展的重要动因。拿美国来说，长期以来，中国研究和教学实际上是美国国家安全部的分支，是其情报所和策略库。在冷战时期，地域研究、东亚研究资助的重要来源是美国国家安全部，现在虽然东亚各国都对美国大学的地域研究有所捐助，但来自美国政府的资助仍然十分重要。从这个层面来说，西方对待中国当代文学有一种功利主义的态度，其突出表现就是不由自主地从材料学的角度看待中国当代文学。

四、刻意突出意识形态的政治性解读

基于意识形态的不同，西方世界惯于从政治角度解读中国当代文学作品。虽然随着时间的推移，这一解读定式在20世纪80年代以后发生变化，出现从政治向艺术的审美转变，但不能指望西方会完全放弃政治维度的审视而进行纯粹的审美阅读。

从政治性解读来看，西方读者强调中国当代文学的政治色彩，渲染作者的政治身份，挖掘小说的政治内涵。被誉为中国现当代文学首席翻译家的葛浩文曾这样说：“美国人喜欢唱反调的作品。”①

---

①罗屿：《葛浩文：美国人喜欢唱反调的作品》，《新世纪周刊》，2008年第10期。

这一认识可推而广之，运用于整个西方世界。美国汉学家史景迁曾撰写长文评论莫言的《生死疲劳》，说该小说“是一部对历史进行忠实反映的政治性长剧”①。莫言获得诺贝尔文学奖后，西方世界对他中国体制内作家的身份甚或政治姿态都有诸多非议，试图让政治凌驾于文学之上，以政治视野议论一个文学事件。此外，西方读者对中国作者的政治身份也颇感兴趣，尤其是那些持不同政见者或是曾经有过过激行为的作者，更是被视为一个兴趣话题，不遗余力地予以渲染。比如对《狼图腾》的作者姜戎，强调其不见媒体、不让拍照、多次入狱、知青经历等等。

就连王安忆刻意隐去历史和政治大叙事的《长恨歌》，西方读者也牵强附会地予以政治性解读。英文网络版杂志《对话季刊》登载的评论文章认为王安忆在该小说中自始至终都在用一种委婉、隐晦的方式展开政治批评。小说中的流言是“对女性世界的一种去政治化的控制”，“展示了一种与李主任迥然不同的权势”，而且这种“去政治化的控制”和“权势”，“常常体现在中国当代的变革和政治运动中”②。国外读者和研究者的这种政治指向性解读与诠释，使得对传播到海外的中国文学的理解变得走样、偏狭。也许，英国汉学家蓝诗玲道出了西方人看待中国当代文学的本质：长久以来，西方读者们“普遍认为中国文学就是枯燥的政治说教”，不少大陆小说都被贴上“社会主义现实主义”的标签，充其量

---

①Jonathan Spence, “Born Again,” *New York Times Book Review*, 2008－05－04.

②Gregory McCormick, “The Song of Everlasting Sorrow by Wang Anyi,” *The Quarterly Conversation*. http://quarterlyconversation.com/the-song-of-everlasting-sorrow-by-wang-anyi-review.

是“中国的宣传教育资料”①。尽管近年来随着中国文学“走出去”不断增多，这种现象有所好转，但西方人骨子里的意识形态偏见决定了在相当长的一段时期内，这种解读倾向仍将继续存在。就像学者刘江凯所言，政治会和美学“混生”存在②。

我们要以冷静、客观的态度对待中国当代文学海外接受中的诸种解读偏好。既不能忽视国外对中国当代文学的言说，也不要夸大其重要性；既不要因其夸赞而自恋、自大，也不能因其批评而激愤、自卑。“中国文学在海外输出过程中受到的欢迎、冷落、误读，都应成为提高自身的动力”③，在致力于让国内外的评论形成有效对话的同时，坚持中国本土评论的主体地位，正如有学者所言：“判断当代文学的权威性标准应首先从母语读者的心中生长出来。”④

（原载《中国比较文学》2015 年第 3 期）

①Julia Lovell, “Great Leap Forward,” *The Guardian*, 2005－06－11.

②刘江凯：《认同与“延异”——中国当代文学的海外接受》，北京：北京大学出版社，2012 年，第 24 页。

③胡少卿、王婧：《海外传播需摆正心态》，《人民日报》，2014 年 5 月 6 日。

④胡少卿、王婧：《海外传播需摆正心态》，《人民日报》，2014 年 5 月 6 日。

中国文学海外传播的几组辩证关系

中国文学的海外传播是影响国家文化软实力的重要因素，目前已成为学术研究的热点。对于中国文学海外传播的现状、机制、瓶颈、认识误区、策略建议等，学术界已有见仁见智的论述。本文从几组辩证关系——传播现状中的逆差与顺差、译介主体的送与拿、海外接受中的小众与大众、域外诠释中的偏好解读与全面解读，结合作家作品传播的个案，对中国文学海外传播中存在的问题作一管窥式探讨。

一、传播现状：逆差与顺差

我国的文化产品贸易一直处于逆差状态，也就是说对外文化交流与传播中存在着赤字现象。据《中国版权年鉴》统计，多年来，我国的图书进出口比例约为10∶1，而且出口的图书主要销往亚洲国家和中国的港、澳、台地区，面对美、英、德、法、加拿大等欧美主要发达国家的逆差则超过100∶1。尽管近年来在中国政府积极对外推广的努力下逆差有所缩小，但总的来看逆差现象仍然存在。相关统计数字表明，2008年，我国文化产品引进与输出的比例是7∶1，新闻出版总署发布的《2010年新闻出版产业分析报告》显示，2009年全国版权贸易引进与输出的比例缩小到3.3∶1，2010年降至2.9∶1,2011年制定的《新闻出版业“十二五”时期发展规划》要在“十二五”时期实现版权引进与输出2∶1的比例。不过,未来一段时间内,中国图书版权输入与输出的逆差仍将继续存在。在历届北京国际图书博览会上,外版图书都“炙手可热”,国内各家出版社和个体书商争相把购买国外图书版权作为重头戏。而争抢外版图书不仅使版税节节攀升,极大地挤压了利润空间,也使逆差蔓延滋长。

文化传播逆差的一个直接表现是文化交流事实上的不平等,导致逆差方的文化信息大量缺失,在全球化语境中处于失语状态。同时也导致外国人对中国了解不充分,致使东方主义盛行,形成西方读者的优势心理,对东方文化采取畸形视角,带来东西方文明的冲突。

但也不必因为存在逆差就焦虑、自卑。其一,“这种不平等的交流不仅存在于中国与西方之间,也存在于西方内部,存在于欧洲与美国之间,甚至存在于同种同语的英美之间”①。西方发达国家引进的图书总体来讲数量不大。就美国来说,引进的图书只占美国原创图书的3%。这3%的引进图书再分布到世界上100多个国家,其数量可以想见。

其二,中国图书引进与输出的逆差和“时间差”、“语言差”有一定关系。诚如谢天振所言:“要知道,中国人积极主动地译介西方文化至今已经持续了一百多年的历史了,而西方人对中国开始有比较全面深入的了解,也就是中国经济崛起的这二三十年的时间。另一方面,操汉语的中国人在学习、掌握英语等现代西方语言并理解与之相关的文化方面,比操英、法、德、俄等西方现代语

①李洱:《中国文学海外传播的瓶颈》,《社会科学报》,2011年7月7日。

言的各西方国家的人们学习、掌握汉语及理解相关的中国文化要来得容易。”①文学、文化的输出与域外接受需要较长时间内形成的氛围，需要语言和文化上的接受机制，而在这两方面，中国仍需做大量的工作并等待时机。国外特别是西方世界对中国的犹疑还没有消除，对中国的全面认可还有待时日，对中国文化、文学作品的“拿来”还处在散兵游勇阶段，这都会影响中国文学在海外的传播。再者，目前英语的强势态势与主导地位是汉语难以匹敌的。英语在21世纪已成为全世界通用的语言。据预测，到2050年，世界上将有一半的人口英语达到熟练应用的程度。相比之下，全球讲汉语的人数虽然不少，但那是基于中国在世界人口中的比重大，真正说汉语、识汉字的外国人并不多。对一国的语言不掌握、不了解，会影响到对该国文学、文化的引进与接受的主动性。“时间差”和“语言差”提醒我们在中国文学在海外传播方面不仅要打攻坚战，还要打持久战。

其三，中国存在着图书输出与引进的逆差也有其合理性。中国要拿来的是全世界的先进文化，以一国之力面对全世界的文化精华，存在逆差是正常现象，并不是什么不光彩的事情，我们不能以一国的文化去和全世界做平衡、对等，甚至一定要顺差。而且，中国作为一个发展中国家，承认逆差就意味着认识到了差距，认识到差距就有了前进的动力。如此，不利因素遂变成了促动性力量。当然，逆差的合理性和造成逆差的诸多客观因素并不能成为懈怠中国文学海外传播的理由，我们的目标是不断扩大中国文学在海外的传播面和影响力。

①傅小平：《中国文学“走出去”：亟需跨越认识误区》，《文学报》，2012年12月20日。

二、译介主体:送与拿

中国文学海外传播的途径从宏观上说有两种:一是“送”,二是“拿”。“送”的主体是中方,是自我传播;“拿”的主体是外方,是他者传播。

“送”主要体现为国家的支持和政府的努力,这种支持和努力在新中国成立之初就开始了。1951 年创刊的《中国文学》杂志及时、系统地向海外翻译、介绍了一大批中国古代、现当代文学作品。据统计,在《中国文学》存续的 50 年里,共出版 590 期,介绍作家、艺术家 2000 多人次,译载文学作品 3200 篇①。1981 年开始出版的“熊猫丛书”承继《中国文学》的宗旨,主要用英、法两种语言推介中国文学作品,出版图书 190 多种,发行到世界上 150 多个国家和地区。一大批中国现当代作家都在“熊猫丛书”出版过专辑,开启了他们走向世界的文学之旅。

21 世纪以来,中国政府多措并举,进一步加大中国文学海外推广的力度。2003 年中国新闻出版总署提出新闻出版业“走出去”战略。2004 年国务院新闻办公室与新闻出版总署启动“中国图书对外推广计划”,成立“中国图书对外推广计划”工作小组,每年召开专门会议,出版《“中国图书对外推广计划”推荐书目》。2006 年,中国作家协会推出“中国当代文学百部精品译介工程”。2009 年开始实施“经典中国国际出版工程”,并全面推行“中国文化著作翻译出版工程”。总而言之,把中

①参见徐慎贵:《〈中国文学〉对外传播的历史贡献》,《对外大传播》,2007 年第 8 期。

国文学推向海外是由政府主导的宏大文化工程，是“送”出去的主体部分。

除了“送”之外，国外的汉学家、中国文学研究者与爱好者的“拿”是中国文学海外传播的另一主渠道。与“送”出去的相比，“拿”来的范围更广，取得的实绩更突出。不仅四大名著被译成世界上多种语言，由汉学家翻译出去的中国当代文学作品在数量上亦蔚为大观。新时期的作品从伤痕文学、反思文学、改革文学，到寻根文学、先锋小说等，都得到了译介。《伤痕：描写“文革”的新小说，1977—1978》①收录了卢新华、孔捷生、刘心武等作家的作品，《新现实主义：“文革”之后的中国文学作品集》②收入了“反思文学”和“改革文学”的作品，《春笋：中国当代短篇小说选》③是一部“寻根文学”作品集，《中国先锋小说选》④收入了格非、余华、苏童、残雪、孙甘露、马原等人创作的先锋小说。

英语世界对中国女作家特别是新时期的女作家颇为关注。《玫瑰色的晚餐：中国当代女作家新作集》⑤、《恬静的白色：中国

---

①Geremie Barmé and Bennett Lee eds., *The Wounded*: *New Stories of the Cultural Revolution*, 77—78, Hong Kong: Joint Publishing Co., 1979.

②Lee Yee ed., *The New Realism*: *Writings from China After the Cultural Revolution*, New York: Hippocrene Books Inc., 1983.

③Jeanne Tai ed., *Spring Bamboo*: *A Collection of Contemporary Chinese Short Stories*, New York: Random House, 1989.

④Wang Jing ed., *China's Avant-Garde Fiction*: *An Anthology*, Durham: Duke University Press, 1998.

⑤Nienling Liu et al trans., *The Rose Colored Dinner*: *New Works by Contemporary Chinese Women Writers*, Hong Kong: Joint Publishing Co., 1988.

当代女作家之女性小说》①、《我要属狼:中国女性作家的新呼声》②、《蜻蜓:20世纪中国女作家作品选》③、《红色不是唯一的颜色》④等收入了谌容、张洁、张抗抗、宗璞、茹志鹃、王安忆、张辛欣、铁凝、蒋子丹、池莉、陈染等作家的作品。

以上的列举仅是英语世界译介中国当代文学的沧海一粟,还有根据地域、专题、时间段等编选的各种合集译本。中国当代作家的作品单行本也在国外得到大量译介,一批汉学家为中国文学的海外传播做出了卓越贡献。被誉为中国现当代文学首席翻译家的美国汉学家葛浩文翻译了萧红、杨绛、张洁、贾平凹、刘恒、苏童、王朔、李锐、朱天文、阿来、毕飞宇、张炜等一大批中国现当代作家的作品。葛浩文尤其是莫言的旷世知音,他用生花译笔把莫言的大多数作品带到英语读者面前。另一位美国汉学家白睿文翻译了王安忆的《长恨歌》、余华的《活着》、叶兆言的《一九三七年的爱情》等作品。英国汉学家蓝诗玲翻译了包括韩少功的《马桥词典》、朱文的《我爱美元》、阎连科的《为人民服务》、张爱玲的《色·戒》、《阿Q正传及其他中国故事——鲁迅小说全集》等在内

① Zhu Hong ed., *The Serenity of Whiteness: Stories by and about Women in Contemporary China*, New York: Ballantine Books, 1991.

② Diana B. Kingsbury trans., *I Wish I Were a Wolf: The New Voice in Chinese Women's Literature*, Beijing: New World Press, 1994.

③ Shu-ning Sciban and Fred Edwards eds., *Dragonflies: Fiction by Chinese Women in the Twentieth Century*, New York: East Asia Program, Cornell University, 2003.

④ Patricia Sieber ed., *Red Is Not the Only Color: A Collection of Contemporary Chinese Fiction on Love and Sex between Women*, Lanham, Maryland: Rowman & Littlefield Publishers, 2001.

的大量中国现当代作品。法国汉学家安妮·居里安翻译了陆文夫的《美食家》、《井》,韩少功的《山上的声音》、《诱惑》、《女女女》、《鞋癖》,以及汪曾祺、王蒙、张承志、张抗抗、范小青、王安忆、史铁生、李锐、高行健、何士光、王小波等人的作品。德国汉学家顾彬将茅盾、丁玲、巴金、鲁迅等人的小说以及北岛、杨炼等人的诗歌译介给了德国民众。

作为中国文学海外传播的两大主渠道,"送"与"拿"的目的、原则以及由此带来的接受效果并不一致。《中国文学》译介的目的是展现中国文学发展的脉络和创作实绩,通过文学作品展现新中国的社会现实和人民生活,因此在选材时倾向于那些彰显中国文化中主流价值取向、强调伦理道德规范、传达正面中国形象的作品。"熊猫丛书"的选本很多时候考虑到主流意识形态,一些非现实主义的作品难以得到译介。鉴于意识形态方面的考虑,"送"出去的作品没有把中国文学在美学层面的独特贡献和国外读者内化了的阅读、接受机制放在首要位置,因而其接受效果并不理想。翻译理论家谢天振指出,近些年为推进中国文学"走出去"做了不少努力,但一直没有达到预期的效果:"譬如,我们以国家、政府的名义,编辑发行英、法文版的《中国文学》月刊,以向外译介中国文学和文化,翻译、出版介绍中国文学作品的'熊猫丛书',还有国家有关领导部门组织翻译出版的达 200 种之多的英译中国文学、文化典籍的《大中华文库》等。其效果都不尽如人意。"①

"拿"虽然也难免受意识形态因素影响,比如是否体现了拿来者心目中所想象的富有情趣而不失神秘的东方化的中国,但"拿"

---

①傅小平:《中国文学"走出去":亟需跨越认识误区》,《文学报》,2012 年 12 月 20 日。

考虑了译入语读者的需求、喜好和接受心理，是经过本土文化过滤后在甄别的基础上挑选出来的。“拿”来的东西通常认为是安全的，有价值信任度的。有鉴于此，南京大学许钧教授说道：“我觉得我们最好不要急着去送，而是建设自己，壮大自己，让人家自己来拿。”①事实上，只有拿来者知道他们究竟想要什么。“拿”和“送”的效果有时有着显著的差别。杨宪益夫妇和戴维·霍克斯翻译的《红楼梦》都堪称高水平的英译本，但前者是“送”出去的，其接受主要局限于学院之内，而后者作为主动“拿”来的产物，在西方被广泛接受。同样，中国新时期作家像莫言、苏童、余华、王安忆等之所以在域外产生较大影响，和“拿”来有很大关系。特别是莫言能够获得2012年的诺贝尔文学奖，汉学家们的“拿”来翻译有不可磨灭的功劳。

为什么“送”去和“拿”来的文学作品在接受上有如此大的差别？这是因为“拿”来更符合文学输出的本质。“历史上但凡文学艺术的所谓输出，大多数时候本质上是接受者自己主动地去‘拿来’，历史上东亚的日韩诸国对中国文化的长时期持续接受是如此，近代以来中国对西方文学的大规模翻译和接受也是如此。”②当然，这么说也不是要否认“送”出去的意义和价值。在文学文化的输出方面，“送”是必要阶段，“拿”是理想状态，主动“送”出去是为了别人心甘情愿地来“拿”，光靠“送”完不成文学交流的任务。

---

①舒晋瑜：《中国文学走出去，贡献什么样的作品》，《人民日报》海外版，2013年2月26日。

②陈跃红：《扩容与融入：简论中国文学海外传播的某些观念误区》，“中国文学海外传播”国际学术研讨会会议论文，2011年，第228页。

三、海外接受:小众与大众

中国文学海外传播最终要落实到实际的传播效果上,其成功与否在于能否走进海外大众的内心深处,也即更依赖于海外读者的接受与认同。中国作家的作品如果不能真正进入其他国家的主流文化和图书市场,不能进入商业运作而局限于国外少数大学出版社,不能突破汉学界的小圈子而局限于汉学家曲高和寡式的研究和大学校园内的阅读,那就不能说是真正走向了世界。

目前中国文学在海外的接受主要局限于学术层面,显得比较边缘化、小众化,缺乏系统性,难以进入西方主流社会话语的阅读与研究层面,传播效应有限,没有广泛的读者群,社会反响总体来看不大。这一点与外国文学在中国文学界的接受与影响形成强烈对比。如果说中国对外国文学的阅读已走向了大众层面的话,那么中国文学在海外的接受尚处在小众范围。中国读者对外国作家特别是西方的现当代作家了如指掌,西方读者对中国当代作家却所知甚少,他们对中国文学的认知还停留在《西游记》、《三国演义》、《红楼梦》等经典名著上,这是不争的事实,也是汉学家和中国作家的共识。美国汉学家葛浩文说:“现在,当代中国文学的翻译比以前多了,但是,这是不是意味着读者群同时也在扩大……这很难说。”①英国汉学家蓝诗玲说:“尽管媒体对中国多有关注,尤其是政治经济方面,但几十年来,中国文学的翻译作品对母语为英语的大众来说始终不易被接受。你若到剑桥这个大

① 葛浩文:《从翻译视角看中国文学在美国的传播》,《中国社会科学报》,2010年2月23日。

学城浏览其最好的学术书店，就会发现中国文学古今所有书籍也不过占据了书架的一层而已，其长度不足一米。”①身为被译介主角的中国新时期作家同样有此感受。苏童说：“中国文学在海外是很边缘的。”②余华说自己的作品在西方国家“只能说出版了而已，没有说多受欢迎”③。

当然也不是说中国文学没有走入国外主流话语和大众视野的。像王安忆《长恨歌》的英译就让她走出汉学家的小众群体，来到了美国文化精英面前。《纽约时报》(*New York Times*)、《当代世界文学》(*World Literature Today*)、《出版者周刊》(*Publisher Weekly*)、《芝加哥论坛报》(*The Chicago Tribune*)等美国主流媒体都予以关注，登载评论文章，赞赏王安忆的写作技巧，对她在小说中表现出来的怀旧主题、女性体验和对日常生活的描绘产生共鸣。再如，《狼图腾》创造了中国文学走向世界的奇迹。据统计，《狼图腾》已被译成世界上30多种语言，在全球110个国家和地区发行，获得美国的《纽约时报》、《时代周刊》，英国的《泰晤士报》、《卫报》，德国的《明镜周刊》、《德意志报》等西方主流媒体的评论。

不过，少量中国文学作品走进海外的主流话语和大众视野并不能掩盖中国文学在国外小众圈子里传播的现实。在扩大中国文学海外传播的同时，我们也要注意扩大海外读者对中国文学的接受范围，培养潜在的海外读者群。在这方面有两点可为：一是通过在海外的孔子学院和高校中开设中国文学和中国文化之类

①苏向东：《海外译介难进主流市场　中国文学何时真正走向世界》，http://www.gmw.cn/content/2010－08/17/content_1217867_4.htm。

②田志凌：《当代作家如何“走出去”?》，《南方都市报》，2006年4月3日。

③田志凌：《当代作家如何“走出去”?》，《南方都市报》，2006年4月3日。

的选修课程，为海外的年轻读者提供中国文学启蒙教育，培养他们对中国文学的兴趣，引导他们阅读中国文学作品。二是在翻译出去的文学作品中加强序和跋的作用，不仅在序和跋里向域外读者展现作家鲜活的面影，还要对故事的背景、人物、情节、主题做简洁、活泼的介绍。将序和跋作为作者、译者、读者和评论者之间诠释与接受的重要载体，充分发挥其“第一印象”的门户作用，使作品更容易获得海外读者的接受与认同。

四、异域诠释：偏好解读与全面解读

文学的重要特征是审美。在域外的中国文学诠释中，本应将经验的异质性和美学的独特性作为重心，用心去体察中国故事中所体现的普世价值与人文精神，感受中国文学作品所传达的那些人同此心、心同此理的东西。但中国文学在国外的诠释却被过度政治化了，当成一扇了解中国社会的窗口，其独特的本土经验、美学价值反而被忽视、弱化。

不可否认，文学担负着政治使命，特别是在中国。自晚清以来，文学就被委以建设现代民族国家的重任，被视为启蒙的武器、革命和改革的利器。但西方对中国表述意识形态的作品又非常地排斥，用汉学家葛浩文的话说，他们喜欢的是“讽刺的、批评政府的、唱反调的作品”①，用国内学者的话讲：“是否是本国文化的批判者和政治上的异见人士，是他们取舍的首要依据。”②基于意

①罗屿：《葛浩文：美国人喜欢唱反调的作品》，《新世纪周刊》，2008 年第 10 期。

②张清华：《身份困境或价值迷局——中国当代文学的世界处境》，《文艺争鸣》，2012 年第 8 期。

识形态方面的原因，西方国家对中国当代的“禁书”十分感兴趣。阎连科的《为人民服务》在国内被禁后，西方很快就出版了该书的英译本，并在封面上写着“Banned in China”、“The Sexy Satirical Sensation”等醒目的字眼。同样，《上海宝贝》在大陆被禁后，西方出版社臆想其中隐藏着巨大商机，购买版权并大批量印刷发行。即便是一些在国内公开出版的热销书，译成英语出版后也被刻意政治化。比如《狼图腾》，西方评论中首先突出其作者不愿见媒体、多次入狱、知青生活等经历。这种政治层面的渲染和挖掘无非是要告诉西方读者《狼图腾》是一部能满足他们阅读期待的小说。

不仅如此，西方国家在阐释译介到海外的中国文学作品时，也倾向于运用政治诠释的思维定式。葛浩文认为：“莫言的《天堂蒜薹之歌》以激越的元小说形式，暴露了地方官员的贪污腐败。”①“《酒国》更是对中国当代社会的尖锐批评……莫言以拉伯雷式的风格对中国社会的某些方面进行了批评和讽刺。”②余华的《许三观卖血记》被认为“详细描写了当代中国最动荡年代里的混乱以及生命的脆弱”③。贾平凹的《浮躁》则“融史诗、爱情和政治寓言于一体，让读者置身于一个《易经》和《毛泽东选集》和谐共处的世界，最狂热的理想和诱惑、放荡、政治交织在一起”④。就

---

① Howard Goldblatt, “Mo Yan's Novels Are Wearing Me Out,” *World Literature Today*, 2009 (4).

② Howard Goldblatt, “Mo Yan's Novels Are Wearing Me Out,” *World Literature Today*, 2009 (4).

③ Yu Hua, *Chronicle of a Blood Merchant*, trans. Andrew F. Jones, New York: Pantheon Books, 2004, back cover.

④ Jia Pingwa, *Turbulence*, trans. Howard Goldblatt, Louisiana: Louisiana State University Press, 1991, inside front and back cover.

连王安忆刻意隐去历史和政治大叙事的《长恨歌》，西方诠释者也牵强附会地予以政治性解读。英文网络版杂志《对话季刊》登载的一篇评论文章认为王安忆自始至终都在用一种委婉、隐晦的方式展开政治批评。流言是“对女性世界的一种去政治化的控制”，“展示了一种与李主任迥然不同的权势”，而且这种“去政治化的控制”和“权势”，“常常体现在中国当代的变革和政治运动中”①。国外研究者与读者的这种政治指向性诠释使得对传播过去的中国文学的理解变得走样、走调、偏狭。

通过译介到海外的文学作品了解中国社会是域外研究者的另一诠释偏好。汉学家葛浩文这样评价西方世界对中国当代作家的接受：“人们阅读他们的作品，一来是为了欣赏他们的文学才华，二来是为了通过他们的作品来了解当代中国社会。”②美国俄克拉荷马大学孔子学院理事长、文理学院院长博文理(Paul Bell)表示：“我的梦想是为西方了解东方、为世界了解中国、为美国人民更好地了解中国人民打开一扇窗，通过这扇窗去看一看当今真实的中国，了解生活在这片土地上的人民——而了解一种异己文化以及这一文化构架中的人的观点和动机，最好的渠道之一就是文学。”③中国作家同样有此感受。李洱的长篇小说《石榴树上结樱桃》译成德文后在德国图书市场大受欢迎，他从出版社和翻译

①Gregory McCormick, "*The Song of Everlasting Sorrow* by Wang Anyi," *The Quarterly Conversation*, http://quarterlyconversation.com/the-song-of-everlasting-sorrow-by-wang-anyi-review, 2014—01—25.

②葛浩文：《从翻译视角看中国文学在美国的传播》，《中国文化报》，2010年1月25日。

③刘莉娜：《当代文学如何让海外读者摘下“眼镜”》，《上海采风》，2011年第7期。

那里了解到的原因之一是:"许多德国人对中国农村的了解,是通过那些来过中国的传教士写的书。当他们看到这本书的时候,非常惊讶中国乡村已经深深卷入全球化进程了,他们想知道这里面到底发生了什么。"①铁凝也发表过类似的感想:"在和外国作家、汉学家的交流中,很多外国朋友都谈到,他们对表现中国现实生活的作品有特殊的兴趣,他们在生活中通过'MADE IN CHINA'时刻意识到中国的存在,他们想知道在中国这片土地上正在发生什么,想知道中国人的生活、心灵、感受和梦想。"②事实也的确如此,那些作品译介到海外较多、在国外受到欢迎的作家,和他们在作品中对中国当代社会的书写有一定关系。比如余华在"文革"、市场经济等典型中国环境中塑造的福贵、许三观、李光头、宋钢等典型中国人物,成为西方人了解中国的一扇窗口。余华的《兄弟》译成法文后,法国《十字架报》指出:"从'文革'的残酷到市场经济的诡谲,余华涤荡了近年来的历史……为了解当今的中国,慷慨地打开了一扇门。"③再比如王安忆的《长恨歌》在西方获得认可的一个重要原因是小说提供了上海的一个个速写,使西方读者得以管窥中国的城市生活和历史变迁。

不过,随着中国当代文学创作水平的提高和国外研究者思维定式的消解、解读偏好的扭转,海外对中国文学的研究整体上已由意识形态向文学审美回归,从社会学材料向文学作品回归,由

---

①于翠玲:《宏观背景 出版视角——中国文学海外传播研究的多维思考》,"中国文学海外传播"国际学术研讨会会议论文,2011 年,第 90 页。

②刘莉娜:《当代文学如何让海外读者摘下"眼镜"》,《上海采风》,2011 年第 7 期。

③詹妮弗·威尔卡姆:《受伤的中国景象》,法国《十字架报》,2008 年 5 月 29 日。

单向度走向多元化。但尽管如此，我们也不能过分乐观。在国外主流社会对中国文学的接受中，非文学价值受重视的程度要大于文学价值。龙应台通过自己的亲身观察体验，发现“西方对当代中国文学的接纳角度，仍旧是新闻性的、政治性的、社会性的，还有，观光性的”①。显然，海外对中国文学的解读仍然缺乏社会文化上的认同与接纳，他们用心造的幻象来评判、解读甚至扭曲中国文学作品，离客观、全面的解读还有短时间内无法消除的距离。

中国文学的海外传播是一个系统工程，只有把译介、传播、接受、诠释几个方面的资源和力量整合起来，形成一个流畅的传播链和协同作用的传播场，才能改变中国文学传播现状中的逆差、域外接受的小众局面和诠释中的政治化、资料化偏好，让国外的出版机构争相来“拿”而不是花大力气但又效果不尽如人意地“送”去。另外，在中国文学的海外传播方面，急躁、求多、求快的情绪也是要克服的，因为文学的海外传播不同于商品出口，它是一个缓慢的过程，世界可能会以百年为周期衡量一个国家的文学，我们要做的是踏踏实实地做好传播链条上的每一个环节。

（原载《南方文坛》2014年第4期）

---

①龙应台：《人在欧洲》，北京：生活·读书·新知三联书店，1994年，第62页。

英语世界中国当代小说的译介与研究

新中国成立以后，尤其是新时期以来的中国当代文学在英语世界的译介与研究格外值得重视，这不仅因为“20 世纪以来英语文化圈的空前扩大，以及‘典范转移’后美国取代欧洲成为国际汉学研究的风向标”①，而且还和文化“走出去”的国家战略有很大关系。“一个大国的崛起不仅仅是经济和政治的崛起，同时也是文化和价值观念的崛起。因此，我们……需要对中国学术和文化在全球的发展有战略性的规划，从而为中国的国家利益提供学术、文化与价值的支撑。”②本文将新中国成立后六十多年的文学分为“十七年”及“文革”时期、新时期两个时段，探讨这两个阶段的小说在英语世界的译介与研究，“从跨文化研究视野考察与评估中国文学译介与研究对中国文化走出去战略的特殊作用”③，致力于探讨有哪些当代小说被译成英语出版，这些作品出版后在英语世界的接受情形如何，研究状况怎样，有哪些因素促使或制

①季进、邓楚、许路：《众声喧哗的中国文学海外传播——季进教授访谈录》，《国际汉学》，2016 年第 2 期。

②张西平：《中国文化走出去需要构建新的话语体系》，《中国文化报》，2017 年 3 月 17 日。

③季进、邓楚、许路：《众声喧哗的中国文学海外传播——季进教授访谈录》，《国际汉学》，2016 年第 2 期。

约着中国当代文学在英语世界的传播与研究等问题。

一、“十七年”及“文革”小说在英语世界的译介

由于中西方之间的隔膜，这两个时期中国文学的对外翻译并不多。译成英语的当代小说按出版时间先后主要有：英国汉学家詹纳（W. J. F. Jenner，1940—）的《中国现代小说选》（*Modern Chinese Stories*，1970）、许芥昱的《中国文学图景：一个作家的中华人民共和国之行》（*The Chinese Literary Scene*：*A Writer's Visit to the People's Republic*，1975）、美国汉学家白志昂（John Berninghausen，1942— ）与胡志德（Theodore Huters，1946—）的《中国革命文学选》（*Revolutionary Literature in China*：*An Anthology*，1976）、许芥昱的《中华人民共和国文学作品选》（*Literature of the People's Republic of China*，1980）、聂华苓的《“百花”时期的文学》卷 2《诗歌与小说》（*Literature of the Hundred Flowers Period*，Vol. 2，*Poetry and Fiction*，1981）等。

詹纳编选的《中国现代小说选》收入的 1949 年以后的短篇小说有《铁木前传》、《枫》、《霜晨月》、《铁笔御史》、《穷棒子办社》、《两个稻穗头》、《二老渊》、《旗杆镇》等。詹纳选择中国当代小说的一个重要标准是“新奇性”。由于喜欢中国古代的说书故事，他在翻译时较好地传达出当代小说所蕴含的传统文化质素，尽可能贴切地将原文中的俗语、谚语、歇后语翻译出来，让英语读者感受到某种异国情调的东西。詹纳主要将当代小说作为了解中国社会的一个途径，小说的思想主题显然是他关注的重心，这也是相当一段时间内西方汉学家、译者、研究者不约而同的共识。该小说选在英语学界产生了较大影响，对早期中国当代文学在英语世

界的传播具有重要意义。

许芥昱的《中国文学图景:一个作家的中华人民共和国之行》节译了《青春之歌》、《高玉宝》、《金光大道》,收入了短篇《春潮滚滚》等,他编选此书的主要目的是向西方介绍新中国文学的发展状况。许芥昱编选的《中华人民共和国文学作品选》堪称一段时间内英语世界出现的收入新中国作家作品数量最多、规模最大的综合性选本,反映了编者试图展现新中国文学整体面貌的意图。就新中国的小说来说,本书节译了《三千里江山》、《黎明的河边》、《在桥梁工地上》、《组织部新来的青年人》、《山乡巨变》、《上海的早晨》、《红旗谱》、《青春之歌》、《水滴石穿》、《创业史》、《三家巷》、《野火春风斗古城》,选译了《不能走那条路》、《夜归》、《扬着灰尘的路上》、《一年》、《党费》、《一把酒壶》、《选举》、《百合花》、《延安人》、《伤疤的故事》、《新任队长彦三》、《套不住的手》、《第一课》、《你追我赶》、《长长的流水》、《晚年》等短篇小说。该选集出版后在英语世界影响颇大,被视为一部关于中国当代文学的力作。

白志昂与胡志德合编的《中国革命文学选》试图反映"五四"以来中国"革命文学"的发展历程,让英语世界的读者更好地理解革命文学在中国的发展以及它同现代社会和革命的关系。该选集收入 1949 年以后的小说有《沉默》、《新客》、《初显身手》等,编选者以同情和理解的态度,希冀西方读者将作品放在中国具体的历史文化语境中进行解读。

聂华苓编选的《"百花"时期的文学》收入的新中国小说有《大风歌》、《给编辑部的来信》、《八月的乡村》、《爪哇牛请了"病假"》、《见大人》、《改选》、《组织部新来的青年人》等。聂华苓的选本力图借助文学作品反映"百花运动"期间中国文化思想界的特征。

就个体作家来说,"十七年"及"文革"时期,浩然以新中国成立后涌现出的多产作家之一的身份，成为作品译介到英语世界最多的小说家。国内出版的英文杂志《中国文学》专门刊文对浩然进行介绍，其反映“社会主义新人”的作品被高调译成英文，如长篇小说《艳阳天》（节选）、《金光大道》（节选）和短篇小说集《彩霞》以及短篇小说《西沙儿女》、《两桶水》等都被介绍到国外。这些作品大多描写中国北方农村的生活，反映了当时农村里的阶级斗争和社会主义新中国发生的巨大变化，塑造了充满活力的“社会主义新人”形象，在英语世界借助文学作品了解中国社会发展的思想理念支配下，引起了国外研究者的一定关注。

整体而言，英语世界对“十七年文学”和“文革”小说的译介的政治意图较明显，选择篇目时政治功利性、社会资料性大于文学鉴赏，着眼于文学作品“异”的层面，偏重向英语世界的读者介绍新中国文学中的传统质素。从译介主体来说，这两个时期向英语世界传播新中国文学的，既有西方本土学者，也有华裔学者，前者主要有英国汉学家詹纳、美国汉学家白志昂、胡志德等，后者以许芥昱、聂华苓为代表。这两个群体对新中国文学的编选既有基于共同历史文化处境而呈现出的相似性，也因成长背景、族裔身份的不同而有所不同。对文学与政治关系的关注、对小说思想性和史料价值的强调，是这两个群体一致的地方。就不同点来说，西方本土学者更偏爱那些蕴含了中国传统质素的新中国文学作品，编选译本时带有猎奇心理。相比之下，华裔学者没有西方本土学者的猎奇心理，对小说中表现出来的传统质素态度更为冷静、淡然。出于对祖国文化的热爱，他们希望更加全面、客观地向英语读者介绍新中国文学。

二、"十七年"及"文革"小说在英语世界的研究

英语世界对这两个阶段的中国当代文学进行研究的主要有詹纳、白之(Cyril Birch,1925—)、戈茨(Gotz Michael,1944—)、何谷理(Robert Earl Hegel,1943—)、马若芬(Josephine Alzbeta Matthews,1947—)等西方本土学者,以及黄胄(Joe C. Huang,1929—)、杨富森(Richard F. S. Yang,1918—)、蔡梅曦(Tsai Meihsi,1942—)、夏志清(C. T. Hsia,1921—2013)、时钟雯(C. W. Shih,1922—2014)等华裔学者。他们的研究既有着眼于某一位作家的,也有从人物形象、创作主题进行分类探讨的。

首先,从对个体作家的研究来看,浩然、赵树理、茹志鹃成为关注的重点。

作为"文革"时期唯一始终享有稳定地位、作品译介到英语世界较多的小说家,浩然自然也吸引了海外研究者的视线,詹纳的《作家眼里中国乡村的阶级斗争——浩然的〈艳阳天〉》(Class Struggle in a Chinese Village——A Novelist's View: Hao Ran's *Yan Yang Tian*)、黄胄的《浩然:农民小说家》(Haoran: the Peasant Novelist)就是其中典型的研究论文。詹纳积极寻找新中国文学创作中值得肯定的质素,他的论文从人物塑造、主题意蕴、创作手法等方面,对《艳阳天》进行了全方位的论述,认为浩然"非常理性、真诚地描绘了中国农村在特定历史时期的风貌。小说详细记述了农民阶层在新中国农业集体化运动中的各种表现,不仅印证了共产党的官方报道,还为国外的观察者提供了新鲜的材料"。并指出浩然对人物形象的塑造非常成功:"小说中的积极分子、反

面人物和中间派都独具特色。”①在主题意蕴上，詹纳认为“《艳阳天》的精彩之处在于它正确处理了中国农村中政治冲突和社会发展的复杂关系”②，“很少有中国作家能正确地解决党的政策路线要求与复杂的真实生活之间的矛盾，但浩然做到了”③。浩然的现实主义创作方法和口语化的语言表达也是詹纳极为赞赏的：“小说以生动活泼的口语写成……尽管浩然对人物形象的处理带有时代政治话语痕迹，但无疑是以他熟悉的真人真事为原型的。”④詹纳的这篇论文虽然总体来说介绍性文字居多，评论性的内容偏少，但他几乎同步地⑤、正面地将新中国的文学创作情况在国外的期刊上反映出来，这在中外交往受到限制、信息沟通远不像今天发达的20世纪60时代，是难能可贵的，也是非常值得肯定的。

黄胄的论文《浩然：农民小说家》首先介绍了浩然的寒苦出身、成长背景、创作道路、创作态度、创作理念，然后重点分析了他

①W. J. F. Jenner, “Class Struggle in a Chinese Village——A Novelist's View: Hao Ran's *Yan Yang Tian*,” *Modern Asian Studies*, 1967 (2), p. 191.

②W. J. F. Jenner, “Class Struggle in a Chinese Village——A Novelist's View: Hao Ran's *Yan Yang Tian*,” *Modern Asian Studies*, 1967 (2), p. 206.

③W. J. F. Jenner, “Class Struggle in a Chinese Village——A Novelist's View: Hao Ran's *Yan Yang Tian*,” *Modern Asian Studies*, 1967 (2), p. 192.

④W. J. F. Jenner, “Class Struggle in a Chinese Village——A Novelist's View: Hao Ran's *Yan Yang Tian*,” *Modern Asian Studies*, 1967 (2), pp. 191—192.

⑤《艳阳天》的第一部1964年问世，第二部1967年与国内读者见面，第三部詹纳写这篇论文时还没有出版。

的《艳阳天》和《金光大道》，旨在将浩然置于当时的历史语境中去审视他的创作观，在特定的历史风云变幻中去理解他的文学作品。在对《艳阳天》进行分析时，黄胄结合同一时期出版的同类作品——赵树理的《三里湾》、周立波的《山乡巨变》、柳青的《创业史》进行对比研究，并指出《艳阳天》与它们相比有两点明显的不同："一是表现社会主义者和反社会主义者之间的斗争；二是采用革命现实主义与革命浪漫主义相结合的创作方法。"①

就第一点来说，黄胄认为赵树理的《三里湾》作为最早描写农业合作化运动的小说，重点描写了农民对农业集体化运动所表现出的不同程度的热情，基本上没有触及阶级斗争；周立波的《山乡巨变》对于农民最后转变成农业合作化运动的支持者缺乏令人信服的刻画；柳青的《创业史》没有正面描写梁生宝和试图破坏互助组的富农姚士杰、主张走自发道路的村主任郭振山之间的冲突。相比之下，《艳阳天》生动地描绘了"正面力量和反面力量的交锋"②，凸显了农村中尖锐的阶级斗争。

就第二点来看，黄胄主要分析了浩然以革命浪漫主义手法对爱情的直面与描写，而在1949年之后一段时间内出版的很多小说中，男女之间的爱情通常被处理成婚姻。黄胄首先考察了同类小说中对爱情的处理。《三里湾》中的爱情虽然不是父母之命、媒妁之言，但仓促、生硬、草率。灵芝和王玉生的婚姻在一夜之间就确定下来，他们之间没有任何浪漫的交流与举动，"人类感情中最

①Joe C. Huang, "Haoran: the Peasant Novelist," *Modern China*, 1976 (3), p. 377.

②Joe C. Huang, "Haoran: the Peasant Novelist," *Modern China*, 1976 (3), p. 381.

微妙的爱情在赵树理笔下变成再平常不过的事情”①。《山乡巨变》中的爱情刚一开始就结束了，团支书陈大春和盛淑君的爱情在一次山间夜路中完成，没有花前月下的絮语和浪漫的举动。柳青虽然有意编织爱情故事，但他的《创业史》中男女社会主义建设者之间的爱情无疾而终，“是一个典型的当爱情和伟大的社会主义建设事业发生冲突时，要舍弃爱情的例子”。而“《艳阳天》让我们第一次看到了对爱情的精心描写，并给出一个令人满意的结局”②。在浩然笔下，投身于社会主义建设的新中国青年男女，同样能够拥有诗情画意的爱情，“诠释着革命现实主义和革命浪漫主义的有机结合”③。

对于浩然的《金光大道》，黄胄认为它是“文革”期间的重要小说，体现出浩然善于挖掘同一类人物的不同之处。比如高大泉和张金发同是贫苦农民，却有着显著的不同：一个视互助组为唯一的集体化道路，乐于在他人需要的时候伸出援助之手；另一个只顾自己发家致富，从他人的困境中渔利。他特别指出高大泉劈柴的深刻象征内涵：树墩“象征着旧势力的死灰复燃”，而“高大泉把树墩劈成柴表明他要粉碎走个人发家致富道路的决心”④。

国外对赵树理进行深入研究的主要有美国学者白之和马若芬，前者从赵树理对中国传统叙事方式的继承角度，探讨了他解

①Joe C. Huang, “Haoran: the Peasant Novelist,” *Modern China*, 1976 (3), p. 382.

②Joe C. Huang, “Haoran: the Peasant Novelist,” *Modern China*, 1976 (3), p. 383.

③Joe C. Huang, “Haoran: the Peasant Novelist,” *Modern China*, 1976 (3), p. 386.

④Joe C. Huang, “Haoran: the Peasant Novelist,” *Modern China*, 1976 (3), p. 388.

放后创作的《三里湾》、《灵泉洞》;后者着重阐释赵树理1949年以后的长篇小说《三里湾》,短篇小说《锻炼锻炼》、《登记》、《卖烟叶》、《实干家潘永福》、《杨老太爷》、《传家宝》等。

白之认为赵树理对中国传统小说形式的继承是他成功的要素。他的《三里湾》借鉴了传统小说中的幽默、谚语等技巧,对三对年轻人的恋爱和婚姻处理得非常有趣,特别是小俊和满喜的结合反映了中国农村传统的婚姻模式中"媒人"的重要性。白之对《灵泉洞》的评价也很高,认为是他"读过的最真实、最激动人心的战争小说"①,特别是每章结尾的悬念紧紧抓住了读者的注意力。

马若芬专注于赵树理研究,核心成果是其博士学位论文《艺术与真实:赵树理及其小说世界》(Artistry and Authenticity: Zhao Shuli and His Fictional World)。在分析赵树理的作品时,马若芬将其放在中国特定的历史语境中,结合作品产生的时代背景进行探讨,并采用比较的视野,与她所熟悉的英美作家比如狄更斯(Charles Dickens,1812—1870)、马克·吐温(Mark Twain,1835—1910)、赛林格(Jerome David Salinger,1919—2010)的作品,进行对比分析,同时借助西方理论家弗莱(Northrop Frye,1912—1991)的理论加以阐释。

马若芬探讨了赵树理对中国传统小说的继承、他作为农民作家的本色、其文学观和创作原则、其小说的语言特色等。关于对中国传统小说的继承,马若芬指出赵树理遵循的是"有话则长,无话则短"的原则,不同于西洋小说的"有话则有,无话则无"。并把赵树理和英国作家狄更斯进行比较,以突出赵树理作品的地域色彩,"狄更

①Cyril Birch, "Chinese Communist Literature: The Persistence of Traditional Form," *The China Quarterly*, 1963 (13), p. 78.

斯的叙述带给读者的是普泛的触动,甚至是身体上的压迫感”,是一种“沉重的意象”,而“赵树理的叙述像一幅清新淡雅的素描”,在“给人留下深刻印象”的同时,“晕染着鲜明的地域文化色彩”①。

在对赵树理本人的认识上,马若芬突出他作为农民作家的淳朴。在文学观和创作原则上,马若芬指出赵树理坚持“社会主义现实主义的创作原则”,追求“社会需求和艺术追求的和谐统一”。他的“文学观是让政治和艺术携起手来,共同完成缺了任何一方都无法完成的事业”②。在语言上,马若芬认为赵树理的特色“十分鲜明”,并以美国作家赛林格、马克·吐温与之相较:“赛林格的语言是美国青少年使用的、没有经过教育驯化的语言”,赵树理的语言“是把中国大多数人特别是中国农民的日常语言进行改造的结果,就像马克·吐温用哈克的土语作为主要叙述语言一样”③。

在人物塑造方面,马若芬将赵树理笔下的人物分成四种类型:反抗型、顺从型、理想主义者和敢想敢干者,并着重分析了小说中有“绰号”的人物——“三仙姑”、“二诸葛”、“常有理”、“能不够”、“糊涂涂”、“小腿疼”、“吃不饱”等,认为虽然这是别人起的外号,但“他们的这些‘特长’使之成为赵树理塑造的最令人难忘的人物形象”④。在马若芬看来,赵树理的这些喜剧形象和古希腊

①Josephine Alzbeta Matthews,“Artistry and Authenticity: Zhao Shuli and His Fictional World,”Diss. The Ohio State University,1991,p. 10.

②Josephine Alzbeta Matthews,“Artistry and Authenticity: Zhao Shuli and His Fictional World,”Diss. The Ohio State University,1991,p. 86.

③Josephine Alzbeta Matthews,“Artistry and Authenticity: Zhao Shuli and His Fictional World,”Diss. The Ohio State University,1991,p. 121.

④Josephine Alzbeta Matthews,“Artistry and Authenticity: Zhao Shuli and His Fictional World,”Diss. The Ohio State University,1991,p. 274.

喜剧家阿里斯托芬(Aristophanes,约前 446—前 385)笔下的定型化角色——儿女婚姻的干涉者(alazon)不无相似之处。"三仙姑"、"二诸葛"、"常有理"、"糊涂涂"都想方设法阻止孩子和他们喜欢的人结婚,是西方喜剧中典型的 alazon。"能不够"则与他们不同,她鼓动女儿离婚。而"小腿疼"和"吃不饱"虽然没有在婚姻问题上大做文章,但她们是从旧制度向新的农业合作化运动迈进的绊脚石。并说:"这一点正如诺思洛普·弗莱所指出的:所有的经典喜剧都是在从旧制度向新社会过渡中产生的。"①

《百合花》是茹志鹃的杰作,国外对茹志鹃的关注也集中在她的《百合花》上。美国学者何谷理在其论文《茹志鹃〈百合花〉中的政治融合》(Political Integration in Ru Zhijuan's"Lilies")中,采用西方结构主义批评方法,结合叙述视角 ,探究了《百合花》所隐含的深层内涵。何谷理认为《百合花》中隐含着不同层次的矛盾。首先是时代的主要矛盾"国民党和共产党的政治冲突",这是小说矛盾冲突的主线,为小说营造了紧张的战争氛围。围绕主要矛盾的次要矛盾有两重,一是"人民军队和叙述者'我'之间的矛盾",二是"军队的需求和当地老百姓的支援之间的矛盾"。次要矛盾服从于主要矛盾,故事最后,"主要矛盾战胜了所有的个人矛盾和个人价值观",这也暗示了人民军队终将战胜反对派的结局②。

此外,何谷理认为第一人称叙述者"我"的"边缘状态"是《百

①Josephine Alzbeta Matthews,"Artistry and Authenticity: Zhao Shuli and His Fictional World,"Diss. The Ohio State University,1991,p. 276.

②Robert Earl Hegel,"Political Integration in Ru Zhijuan's 'Lilies',"in Theodore Huters ed., *Reading the Modern Chinese Short Story*, Armonk: Sharpe,1990,pp. 93-97.

合花》的另一个独特之处。第一人称视角增强了故事的感染力和作品的真实感,叙述者"我","站在独立、孤独、观望、边缘化的立场"①,成为边缘化的人。尤为难能可贵的是,作为一位外国学者,何谷理能结合茹志鹃的个人历史处境来分析她这样结构小说的原因。《百合花》发表于1958年,当时正值"反右"时期,茹志鹃处于困境之中,因此,《百合花》中的叙述者"我"以边缘化的知识分子形象出现,何谷理由是分析了叙述视角的选择对于揭示作家内心情感的重要作用。综合来看,何谷理对《百合花》的分析方法新颖,见解独到,对于国内的茹志鹃研究不无启发意义。

其次,从对作品人物形象的研究来看,英语世界对"十七年文学"及"文革"时期小说的探讨主要集中在工人形象、英雄形象和女性形象等几种不同的类型。

华裔学者杨富森的《中国共产主义小说中的工人形象》(Industrial Workers in Chinese Communist Fiction)一文,论及雷加的《我们的节日》、《春天来到鸭绿江》和艾芜的《百炼成钢》。之所以选择它们,是因为"不仅这三部作品的跨度有十年之多,而且它们反映了工业发展过程中的不同活动侧面,有助于我们深入了解小说中的工人形象"②。杨富森结合文本细读,详细分析了这几部小说的主题意蕴。在他看来,《我们的节日》遵循现实主义创作原则,没有回避工业建设中的问题与困难;《春天来到鸭绿江》歌

①Robert Earl Hegel,"Political Integration in Ru Zhijuan's 'Lilies',"in Theodore Hunters ed., *Reading the Modem Chinese Short Story*, Armonk: Sharpe, 1990, p. 100.

②Richard F. S. Yang,"Industrial Workers in Chinese Communist Fiction," *The China Quarterly*, 1963 (13), p. 215.

颂了造纸厂厂长、共产党员何士捷的“能力与智慧”①，他胆识过人，坚决按照党的指示办事，使从日本人手里接管的造纸厂重新投入生产；《百炼成钢》刻画了模范工人秦德贵，他在解放战争中骁勇善战，新中国成立后投身于钢铁建设事业，因工作突出被提拔重用。

美国学者戈茨集中探讨建国初期小说中的工人形象。他的博士论文《当代中国小说中的工人形象（1949—1964）》（Images of the Worker in Contemporary Chinese Fiction [1949—1964]）阐释了《原动力》、《王青春的故事》、《在和平的日子里》、《百炼成钢》、《步高师傅所想到的》、《晚年》、《沙桂英》、《深仇记》等作品。戈茨首先介绍了新中国工人小说产生的社会、政治、经济背景及其对作品主题的影响。在对工人形象进行分析时，戈茨重点挖掘他们的独特性，指出《原动力》中的老孙头“身为老一代工人，富有主动性、循循善诱和坚持不懈的精神”；《王青春的故事》中的王青春作为年轻一代工人，从“鲁莽、不合群”，到接受党的教育后“与同事融洽相处”；《在和平的日子里》中的阎兴是“革命时期锻造的经验丰富的传奇英雄，在和平时期坚定不移地进行社会主义建设”；《百炼成钢》中的秦德贵“是拥有大无畏勇气的年轻党员”；《沙桂英》中的女主角具有坚忍不拔、无私奉献的美德；《深仇记》中的杨宝山“勇敢、富有反抗精神”；《步高师傅所想到的》里面炼钢老师傅以其丰富的阅历、高超的业务能力，帮助年轻一代继续做好革命工作②。总之，在戈茨看来，

①Richard F. S. Yang, “Industrial Workers in Chinese Communist Fiction,” *The China Quarterly*, 1963 (13), p. 218.

②Michael Louis Gotz, “Images of the Worker in Contemporary Chinese Fiction (1949—1964),” Diss. University of California, Berkeley, 1977, pp. 298—299.

新中国成立初期的工人形象各具特色，而不是千人一面。

较之其他研究新中国成立初期中国文学的美英研究者，戈茨高度肯定了新中国小说所取得的成就。这源于他研究视角和研究立场的变化。戈茨清楚地意识到中西审美观、审美标准的差异，指出西方通常视文学为审美的对象，“是一种反映人类灵魂深度的表达形式”；而新中国成立初期则视文学为“思想形式”，强调文学“为群众服务，教育群众，通过赞扬他们的优点提高其觉悟水平”①。戈茨指出，正是这种文学批评观上的差异，使得西方学者对新中国意识形态色彩浓厚的文学产生厌烦情绪，继而否定新中国成立初期文学的价值。而他认为这种立场并不正确，应结合中国文学产生的具体历史语境，采用中国的文学批评标准，进行针对性的分析。一味从西方审美标准出发会抹杀新中国文学的价值和意义。

美籍华裔学者蔡梅曦的博士论文《中国当代小说中正面典型形象的塑造》(The Construction of Positive Types in Contemporary Chinese Fiction)总结了两类英雄形象：不可战胜的英雄与坚持不懈的英雄。前者主要是承担民族解放历史重任的革命英雄，常见于以抗日战争、解放战争、抗美援朝为主题的小说。这些英雄不惜以生命为代价，完成党交给的光荣任务，代表性的作品有《红岩》、《野火春风斗古城》、《苦菜花》等。后者主要指在生产过程中无私奉献、富有责任感、全心全意为工农服务的英雄，也即工农业生产战线的英雄，《在和平的日子里》、《创业史》、《绿竹村风云》、《百炼成钢》中的英雄均属此列。蔡梅曦结合具体作品，详细

① Michael Louis Gotz, “Images of the Worker in Contemporary Chinese Fiction (1949—1964),” Diss. University of California, Berkeley, 1977, p. 5.

分析了不同的英雄形象如何体现了上述特质，作家采用何种叙事手段完成人物形象的塑造。

华裔学者夏志清探讨了新中国成立初期小说中的女性形象。其论文《残存的女性主义——中国共产主义小说中的女性形象》(Residual Femininity：Women in Chinese Communist Fiction)按时间顺序，考察了20世纪50年代初至60年代初新中国短篇小说中的女性形象。他指出这一时期的小说中出现了很多“欢迎新的婚姻自由的女性”①，她们走出家门，投身于火热的社会主义建设事业，成为各行各业的能手。与传统文学中的中国女性相比，这些新时代的女性“总是关心集体的事业，没有个人欲念和贪婪的想法，没有为无所顾忌的一己幸福而施虐、受虐的图谋”②。

最后，从创作主题来看，国外有学者专门撰文探讨了新中国小说对合作社、人民公社的表述。华裔学者时钟雯的《共产主义中国小说中的农业合作化和人民公社运动》(Co-operatives and Communes in Chinese Communist Fiction)就是专门探讨这方面问题的。

时钟雯在论文开头就指出新中国农业集体化运动对中国乃至世界都产生了深远影响：“它改变了中国的社会经济结构，在世界范围内引起了普遍反响。”③指出这场集体化运动发展的每个阶段几乎都在新中国的小说中得到了反映，因此她首先按年代顺

①C. T. Hsia, “Residual Femininity: Women in Chinese Communist Fiction,” *The China Quarterly*, 1963 (13), p. 161.

②C. T. Hsia, “Residual Femininity: Women in Chinese Communist Fiction,” *The China Quarterly*, 1963 (13), p. 74.

③C. W. Shih, “Co-operatives and Communes in Chinese Communist Fiction,” *The China Quarterly*, 1963 (13), p. 195.

序介绍了反映这场运动的小说，其后简要探讨了这类小说的社会意义和艺术价值。她认为《新路》、《前进曲》、《三里湾》、《迎春曲》、《水向东流》、《冰化雪消》、《典型报告》、《北京来客》、《李双双小传》、《你追我赶》等小说反映了旧的社会习俗、行为方式与新生力量的冲突，表现了部分农民入社时的内心挣扎、怀恋、不舍与牺牲。

时钟雯认为，新中国小说中的人物尽管不无虚构，但一定程度上反映了中国大陆农业集体化运动的现实。"党的政策重点的转移，农业集体化运动中的进步和倒退，都在这些作品中得到了广泛的反映。"①时钟雯也认识到这些小说反映了中国传统价值观的转变。家庭经济模式的取消削弱了父辈对子辈的威权，子女对父母的绝对服从在反映集体化的共产主义小说中不见了，反而是思想进步的子女引导父辈拥抱新的生活。同等的工作机会提高了女性和年轻人的经济与社会地位，给予了他们以前从未享受过的自由，父母之命、媒妁之言的婚姻在新社会被抛进了历史的尘埃。随着私有制、家庭经济、年龄等级、父母威权、包办婚姻的消亡，新社会的家庭从面貌到本质，都发生了天翻地覆的变化。

综观英语世界对"十七年"及"文革"小说的研究，可以发现西方学者主要着眼于作品所传达的社会内容，将小说作为了解新中国发展变化的窗口，帮助他们探察新制度下中国人的生活状况和精神面貌。在20世纪六七十年代西方现代主义文学创作思潮不断更迭、文学批评流派花样翻新的氛围下，他们对新中国小说的叙事方式并无太大兴趣。在他们的研究视野中，新中国小说的社

①C. W. Shih, "Co-operatives and Communes in Chinese Communist Fiction," *The China Quarterly*, 1963 (13), p. 210.

会价值大于审美价值,资料性大于文学性。

三、新时期小说在英语世界的译介

新时期以来,文学创作结出累累硕果,不仅把中国文学推向一个新的高峰,而且远播海外。从新时期小说在英语世界的译介来看,主要有两个渠道:一是我国官方主动向外推介、输出,二是英语国家的译者、出版商通过各种渠道翻译、出版新时期的文学作品。就第一种途径来说,英文版《中国文学》杂志、"熊猫丛书"、"中国图书对外推广计划"、"中国当代文学百部精品译介工程"等,是我国政府采取的主要措施。这些措施在当代文学的对外传播中塑造了"当代中国与世界同步发展、改革开放、文明进步的国家形象"①,很好地践行了文化"走出去"的诉求。

新时期文学更多地是由汉学家及华人学者译介到国外的。这些译介有很多以合集的形式在国外翻译出版,其中有按流派、专题编选的,也有按某一时间段组合的。对于其创作反映了我国社会和中国文学某些重要方面的新时期作家,国外也翻译出版了他们的个人中短篇小说集和长篇小说单行本。

新时期以来,我国文坛上文学流派更迭频繁,伤痕文学、反思文学、改革文学、寻根文学、先锋小说等呈递进式演进。1979 年在香港出版的《伤痕:描写"文革"的新小说(1977—1978)》收入新时期之初的 8 篇小说:《伤痕》、《姻缘》、《啊,书》、《献身》、《神圣的使命》、《班主任》、《醒来吧,弟弟》、《最宝贵的》。"入选的作品……

①姜智芹:《当代文学对外传播对于中国形象的延续和重塑》,《山东师范大学学报(人文社会科学版)》,2017 年第 1 期。

和过去三十年的主旋律创作相比，无论在主题选择上还是叙事技巧上，都代表着重要的变化。"①

李怡编选的《新现实主义："文革"之后的中国文学作品集》，虽然书名用了"新现实主义"一词，但从选入的作品来看，实际上属于"反思文学"和"改革文学"范畴，而编译者所谓的"新"，是针对"文革"时期不顾社会现实、一味盲目颂扬的革命乐观主义作品而言的。该选集主要收入了《儿女情》、《李顺大造屋》、《乔厂长上任记》、《将军，你不能这样做！》、《夜之眼》、《人到中年》、《被爱情遗忘的角落》、《一束信札》等作品。"'新现实主义'文学全面聚焦现实生活……不再盲目地唱颂歌……不再粉饰现实，而是暴露出问题和矛盾……并寻求解决的办法。"②

1989年，戴静编选的《春笋：中国当代短篇小说选》是一部"寻根文学"作品集，收入了《钟》、《归去来》、《老康归来》、《找乐》、《七奶奶》、《系在皮绳扣上的魂》、《命若琴弦》、《枯河》、《树王》、《九座宫殿》。李欧梵为该书写了序言，认为这部小说选集会令西方读者耳目一新，因为它和以往的中国文学选本不同，里面没有"革命意识形态的痕迹，没有强加的政治宣传，甚至没有说教色彩"③。这些作家以自己独特的声音，阐释了"强烈的没有归属感、矢志不渝地追求不可达到的目标、面对生活的变迁茫然无措"等主题，

---

①Geremie Barmé and Bennett Lee eds., *The Wounded: New Stories of the Cultural Revolution, 77－78*, Hong Kong: Joint Publishing Co., 1979, p. 3.

②Lee Yee ed., *The New Realism: Writings from China After the Cultural Revolution*, New York: Hippocrene Books Inc., 1983, p. 8.

③Jeanne Tai ed., *Spring Bamboo: A Collection of Contemporary Chinese Short Stories*, New York: Random House, 1989, p. xi.

“其中的一些佳作无论语言还是意象，都清新宜人”①。

1998 年，王晶编选的《中国先锋小说选》收入 14 篇小说，有《追忆乌攸先生》、《青黄》、《唿哨》、《西北风呼啸的中午》、《一九八六》、《此文献给少女杨柳》、《飞跃我的枫杨树故乡》、《水神的诞生》、《舒家兄弟》、《山上的小屋》、《我是少年酒坛子》、《叠纸鹞的三种方法》、《游神》等。编选者王晶在前言中对中国先锋小说出现的背景、代表性作家作品、先锋作家的文学观、先锋小说的特点等做了详细介绍，强调收入该选集的都是“迷恋形式和寻求讲故事乐趣”②的作品，让国外的读者认识到中国的文学作品不仅关注主题表达，同样也注重形式探索，“有意味的形式”是新时期文学探索的重要收获之一。

除了对新时期不同文学流派的作品进行集中译介外，按专题选择、组合译本也是国外学者喜欢的方式。在这方面，女性作家文集、探讨女性或女性之间亲密关系的选集、描写中国农民的选集、不同专题杂汇的选集，具有一定的代表性。

就女性作家文集来说，译成英文出版的主要有《玫瑰色的晚餐：中国当代女作家新作集》(*The Rose Colored Dinner: New Works by Contemporary Chinese Women Writers*, 1988)、《恬静的白色：中国当代女作家之女性小说》(*The Serenity of Whiteness: Stories by and about Women in Contemporary China*, 1991)、《我要属狼：中国女性作家的新呼声》(*I Wish I Were a*

①Jeanne Tai ed., *Spring Bamboo: A Collection of Contemporary Chinese Short Stories*, New York: Random House, 1989, pp. xv—xvi.

②Wang Jing ed., *China's Avant-Garde Fiction: An Anthology*, Durham: Duke University Press, 1998, p. 14.

Wolf:*The New Voice in Chinese Women's Literature*,1994)、《红色不是唯一的颜色:中国当代小说中的爱与性》(*Red Is Not the Only Color*:*A Collection of Contemporary Chinese Fiction on Love and Sex between Women*,2001)、《蜻蜓:20世纪中国女作家作品选》(*Dragonflies*:*Fiction by Chinese Women in the Twentieth Century*,2003)等。收入的作品或是表现女性意识的觉醒和对女性权利的伸张,或描写女性之间亲密的友情,促进了西方读者对20世纪中国女性地位和中国女性文学的认识。

除了聚焦女作家和女性主题外,还有一些关注中国农民阶层的译本,择其要者有《中国西部:今日中国短篇小说》(*The Chinese Western*:*Short Fiction from Today's China*,1988)、《犁沟:农民、知识分子和国家,中国现代小说与历史》(*Furrows*:*Peasants*,*Intellectuals*,*and the State*:*Stories and Histories from Modern China*,1990)等。前者收入了贾平凹、朱晓平、张贤亮、王蒙、唐栋、王家达描写西部边远农村的作品,叙说农民生活中传统和现代的冲突、新与旧的矛盾;后者考察了从"五四"到新时期中国的知识分子是如何描写农民的,让西方读者对中国不同历史时期农民的精神面貌和生存状况有一个历时的、比较的认识。

在新时期文学的对外译介中,除了按流派、专题编选的集子外,还有相当一部分选本是按照时间段松散地组合起来的。

1983年,美国汉学家林培瑞编选的《倔强的草:"文革"后中国的流行文学及争议性作品》出版,收入的主要是1979—1980年的作品,有郑义的《枫》、白桦的《一束信札》、蒋子龙的《基础》等。林培瑞指出,从1979年开始,官方对文学创作的限制逐渐减少,中国作家能够在创作中反映出复杂、深刻的社会问题,带给西方读者一个相对真实和多样化的中国。"至少,它们让人们看到了世界上人口最多的国家在过去若干年里所遭受的巨大创痛，这样的作品具有跨文化的价值”①。

同年，萧凤霞、塞尔达·斯特恩编选的《毛的收获：中国新一代的声音》收入的主要是1978年至1981年中国作家发表的作品，有《爱，是不能忘记的》、《立体交叉桥》、《被爱情遗忘的角落》、《信任》、《重逢》、《聚会》等。史景迁（Jonathan Dermot Spence，1936—2021）在为该译本写的序中认为“萧凤霞、塞尔达·斯特恩从一个正在发生变化的国家精心选取了一组极具价值的作品”②，这些作品富有洞察力，生动地反映了中国当代人的生活，带给西方人意料之外的惊喜。

1984年，林培瑞编选的《玫瑰与刺：中国小说的第二次百花齐放（1979—1980）》收入了《夜的眼》、《积蓄》、《看看谁家有福》、《记录》、《三个教授》、《在小河那边》、《人到中年》等作品。林培瑞在前言中详细介绍了新中国成立以后的文坛概况，认为1979—1980年的中国文学创作暴露出社会上存在的一系列问题，具有很大的史料价值。作家致力于艺术上的探索，开始运用闪回、黑色幽默、意识流等现代手法。在创作题材上也冲破以前的禁区，开始表现浪漫的爱情③。

---

①Perry Link ed., *Stubborn Weeds: Popular and Controversial Chinese Literature after the Cultural Revolution*, Bloomington: Indiana University Press, 1983, p. 25.

②Helen Siu and Zelda Stern eds., *Mao's Harvest: Voices from China's New Generation*, New York: Oxford University Press, 1983, p. vii.

③Perry Link ed., *Roses and Thorns: The Second Blooming of the Hundred Flowers in Chinese Fiction, 1970—80*, Berkeley: University of California Press, 1984, pp. 22－24.

1985 年,杜迈克出版了他编选的《中国当代文学:后毛泽东时期的小说与诗歌》,关注的主要是 1979—1980 年间发表的作品,节译了戴厚英的《人啊! 人》、竹林的《生活的路》、礼平的《晚霞消失的时候》,翻译了史铁生、张弦、张抗抗等人的短篇。杜迈克在前言中指出:"这部选集里的作品证明批判现实主义传统在中国并没有消失","入选的作品都是基于其内在的文学价值……不仅让我们看到了当代中国社会存在的问题,在创作技巧上也值得研究"①。

1991 年,许龙(音译)编选的《1987—1988 年中国中短篇小说选》收入王蒙的《来劲》、魏世祥的《火船》、韩少功的《故人》、谌容的《同窗》、岑之京的《青年阿德之烦恼》、马本德的《又见炊烟,又见炊烟》、李心田的《流动的人格》、曹乃谦的《到黑夜我想你没办法》、李送今的《流产》等 11 篇小说。编者在前言中说:"本书的初衷是给国外中国当代文学研究者、学习者以及其他领域的汉学家,提供一些描写当代中国特有的政治动荡、富有见地的作品。同时,也希望这些撼动心灵、以独特视角描写时代变迁的中国当代文学作品,能够引起西方读者更大的兴趣。"②

1994 年,王德威和戴静编选的《狂奔:新一代中国作家》(*Running Wild*:*New Chinese Writers*)出版,收入了 20 世纪 80 年代末 90 年代初的 14 篇小说。选入该译本的作家作品有莫言的《神嫖》、也斯的《超越与传真》、余华的《现实一种》、钟玲的《望

①Michael S. Duke ed.,*Contemporary Chinese Literature*:*An Anthology of Post-Mao Fiction and Poetry*,New York:M. E. Sharpe,1985,p. 6.

②Long Xu ed.,*Recent Fiction from China*,*1987—1988*:*Novellas and Short Stories*,New York:Edwin Mellen Press,1991,p. ix.

安》、朱天文的《柴师傅》、杨炼的《鬼话》、西西的《母鱼》、苏童的《狂奔》、杨照的《我们的童年》等。王德威认为20世纪下半叶的中文小说体现出三个特征：一是怪世奇谈。中国大陆年轻的一代作家，如莫言、苏童、余华等，创作风格诡谲多变，题材突兀惑人。二是历史的抒情诗化。“这些作家试图用个人化的叙事赋予历史以新的意义。”①三是消遣（解）中国。20世纪末的中国文学不再像以往那样虔诚严肃，作家要消解中国的神话图腾，摇撼“感时忧国”传统的基石。王德威以上述作品为主导的高屋建瓴的分析与总结，对西方读者具有极大的指导与启发意义。

2001年，卡罗林·乔和苏立群编选的《中国当代小说精选》主要收入20世纪最后20年的作品，有曹乃谦的《洪太太》、史铁生的《命若琴弦》、王安忆的《小院琐记》、《人人之间》、苏叔阳的《生死之间》、苏童的《樱桃》、王蒙的《失恋的乌鸦及其他》、刘心武的《黑墙》、邓友梅的《寻访“画儿韩”》、冯骥才的《高女人和她的矮丈夫》、毕淑敏的《一厘米》等。卡罗林·乔在《编者的话》中谈到，编选这个集子要达到两个目的：“一是选取的作品要最能代表当今中国文化，反映中国人的生活，因此，从创作时间上看都是最近20年发表的作品。二是这些作品既反映了人类普遍的生存境况，又不失‘文革’之后中国文学所特有的关注社会各个层面的特征。”“既对中国社会存在的问题进行尖锐批评，又不失强烈的爱国之心。”②

---

①David Der-wei Wang and Jeanne Tai eds., *Running Wild*: *New Chinese Writers*, New York: Columbia University Press, 1994, p. 249.

②Carolyn Choa and David Su Li-qun eds., *The Vintage Book of Contemporary Chinese Fiction*, New York: Vintage Books, 2001, p. xi.

2006年,穆爱莉、赵茱莉和葛浩文合编的《喧闹的麻雀:中国当代小小说选》(*Loud Sparrows*:*Contemporary Chinese Short-Shorts*)出版,共收入91篇小说,是过去30年来中国小小说创作的结晶。收录作品中最短的有125字,最长的达1600多字,涉及作家60位之多。《喧闹的麻雀》为西方世界打开了一扇了解中国世态万象的小窗口,该书的序中有这样的评价:"这些独特而富有洞察力的小说,让英语国家的读者体味中国人的日常生活,感受中国历史的脉搏,领略中国文学无穷的创造力。"①

除多人合集外,当代作家的小说单行本和个人文集也大量地译成英语出版。莫言的作品目前几乎都有了英译本。余华、苏童、贾平凹、王安忆、韩少功、残雪、刘震云、池莉、郑义、刘心武、阿来、张炜、毕飞宇、阎连科、刘慈欣等一大批作家,目前也有一部或多部英译本出版。

纵观新时期以来英语世界对我国当代文学的译介,明显比"十七年"和"文革"时期数量多、频次密、覆盖广。这首先和政治环境的宽松带来的良好交流环境有重要关系。1978年,中国推行改革开放政策,1979年中美建交,结束了中国和西方世界长达30年的对立,这为文学的域外传播提供了良好的机遇和条件。而20世纪80年代,中国迎来文学创作的黄金时代,老作家迸发出新的创作激情,年轻作家在文坛上显露头角,很多作品集束发表、出版,引起国内读者和评论者的热议。而与新中国隔膜了30年的西方世界也急于通过文学作品了解中国的发展变化。国内、国际

① Aili Mu, Julie Chiu and Howard Goldblatt eds., *Loud Sparrows*: *Contemporary Chinese Short-Short*, New York: Columbia University Press, 2006, p. xi.

宽松的政治环境为文学的向外输出赢得了一片星空,国外的需求和中国自身的愿望趋于一致,中国文学的对外传播也如雨后春笋扩展开来。值得一提的是,在文学失去轰动效应的 20 世纪 90 年代,当代文学对外传播的脚步并没有减缓。90 年代以后每年依然有相当数量的当代作品通过国外的出版社,进入域外读者的视野。这说明当代文学在国外的传播已经形成一股势流,国内文坛的波动震荡并没有影响到中国文学在域外的译介。

其次,英语世界的商业出版社和大学出版社虽不是有意识地联袂,却共同推进了当代文学的译介与传播。从大学出版社来看,自 1977 年开始,国外的一些大学出版社开始译介、出版中国当代小说,包括大陆和台湾地区的,印第安纳大学出版社、哥伦比亚大学出版社、夏威夷大学出版社、康奈尔大学出版社、加州大学出版社、斯坦福大学出版社、杜克大学出版社、西北大学出版社(Northwestern University Press)、耶鲁大学出版社、哈佛大学出版社、牛津大学出版社、华盛顿大学出版社等,都适时推出中国当代文学合译本和作家个人小说集与小说单行本。国外的大学作为中国文学传播的要地之一,虽然出版的当代文学书籍发行量不是很大,但由于每年都有选修中国文学的学生,因而细水长流,多年下来也是一股不可小觑的力量。而且这些学生毕业后行走于世界上不同的地区,从事多种行业的工作,因缘际会,有可能会带动中国文学的传播。

英语世界的商业出版社是一股更大的传播中国当代文学的力量,分布在美国、英国、澳大利亚、加拿大等地,其中格罗夫出版社(Grove Press)、亨利·霍尔特出版公司(Henry Holt & Company)、巴兰坦出版社(Ballantine Books)、罗曼和利特尔菲尔德出版集团(Rowman & Littlefield Publishers)、夏普出版社(M. E.

Sharpe)、维京出版社(Viking)、兰登书屋(Random House)、诺顿出版公司(W. W. Norton & Company)、柯林斯·哈维尔出版公司(Collins Harvill)等,出版了一大批译成英语的中国当代文学作品。与大学出版社相比,商业出版社基于销量、盈利诸方面的考虑,更愿意出版在国外有一定知名度的当代作家的作品,以及改拍成电影或获得国际奖项的作品,也重译了一些国内"熊猫丛书"中较受欢迎的作品。

四、新时期小说在英语世界的研究

新时期文学译介到英语世界以后,引起了研究者的热情。英语世界研究中国新时期文学的核心力量有三股,一是汉学家,二是海外华人学者,三是海外攻读博士学位的年轻学人。

汉学家不仅是中国新时期文学的翻译者,也是很有发言权的研究者,他们在翻译的基础上展开研究,成为国外研究中国新时期文学的重要力量。

美国汉学家金介甫(Jeffrey C. Kinkley)既是新时期文学的翻译者,也是一位出色的研究者。其主要研究成果有:《中国文学(一九四九—一九九九)的英译本出版情况述评》("A Bibliographic Survey of Publications on Chinese Literature in Translation from 1949—1999",2000)、《中国后社会主义时代的反腐小说与现实主义作品:政治小说的回归》(*Corruption and Realism in Late Socialist China: The Return of the Political Novel*,2007)和《小说与正义:当代中国的法律与文学》(*Chinese Justice, the Fiction: Law and Literature in Modern China*,2000)。前者如题所示,结合历史发展形势,详细介绍了新中国五十年文学在英语

世界的译介情况；中者详细解读了《苍天在上》、《天怒》、《抉择》、《国画》和《走私档案》，探讨了中国反腐小说的特点及局限；后者论述了中国官场文学的再度繁荣，追溯了中国官场文学的起源。此外，金介甫还撰写了很多研究新时期文学的论文，如《中国当代文学中的新写实主义》（“New Realism in Contemporary Chinese Literature”）、《张辛欣作为一个 20 世纪 80 年代的青年作家的文化选择》（The Cultural Choices of Zhang Xinxin，a Young Writer of the 1980's）等。可以看出，金介甫对中国文学兴趣广泛且研究深入。

英国汉学家杜博妮（Bonnie S. McDougall）对中国文学的翻译与研究相得益彰，她与雷金庆合著的《20 世纪中国文学》产生了一定影响，哈顿评价道：“本书对中国文学目前的趋势和未来的走向提出了很有洞察力的见解。”①从个人研究著作来说，杜博妮先后出版了《1949—1979 年的中国流行文学与表演艺术》（*Popular Chinese Literature and Performing Arts in the People's Republic of China*，1949—1979，1984）、《中国现当代文学作品翻译：官方操作与版权交易》（*Translation Zones in Modern China：Authoritarian Command Versus Gift Exchange*，2011）等。前者旨在讨论“中国文学的现状如何？这种现状是怎样形成的？……艺术家、观众和权力机构之间的关系是怎样的？”②后者剖析了 20 世

---

①Rosemary Haddon，“*The Literature of China in the Twentieth Century* by Bonnie McDougall and Kam Louie，”*The China Journal*，2000 (44).

②Richard King，“*Popular Chinese Literature and Performing Arts in the People's Republic of China*，*1949—1979* by Bonnie S. McDougall，”*Pacific Affairs*，1985 & 1986 (4).

纪后半期中国文学英译的两种方式,促使研究翻译的学者、文化官员、政策制定者重新思考文学翻译的不同模式,是一部对中国文学作品的英译进行深入理论阐释的著作。

另一位英国汉学家蓝诗玲(Julia Lovell)除了翻译外,主要从事中国现当代文学与文化、西方对中国的认识史等方面的研究,发表了多篇研究中国文学的论文,如《从讽喻到刺激:20 世纪 90 年代的中国小说》(From Satire to Sensationalism:Chinese Fiction in the 1990s)、《大跃进》(Great Leap Forward)等。其中《大跃进》评述了 20 世纪最后 20 年间中国当代文学作品的英译情况,以及其没有产生应有影响的事实。

加拿大汉学家杜迈克在中国当代文学研究方面的著述主要有《现当代中国女作家评论》(*Modern Chinese Women Writers:Critical Appraisals*,1989),涉及新时期的张洁、张抗抗、张辛欣、谌容等作家,对新时期文学作品中的青年知识女性形象、女性意识等做了深层剖析。杜迈克还写了一部专论后毛泽东时代文学的专著《繁荣与竞争:后毛泽东时代的中国文学》(*Blooming and Contending:Chinese Literature in the Post-Mao Era*,1985),论述了毛泽东去世后中国文坛上出现的"新现实主义"(指伤痕文学、反思文学等),论及白桦、戴厚英等人的作品。

海外华人学者是国外研究中国当代文学的生力军。王德威、张旭东、吕彤邻、钟雪萍、蔡蓉等人以前沿的国际学术视野,呈现出与国内学者迥然不同的研究风貌,是来自异域的"新声"。这些华人学者从国内学者非常熟悉的作品和材料中发现了令人惊奇的东西,发掘出当代文学研究的多种可能性。

王德威被称为海外中国现当代文学研究界的领军人物,著有《当代小说二十家》、《想像中国的方法:历史·小说·叙事》、《历史与怪兽:历史·暴力·叙事》、《众声喧哗:三十与八十年代的中国小说》等。《当代小说二十家》探讨了王安忆、苏童、余华、李锐、叶兆言、莫言、阿城等人的作品。王德威把王安忆视为海派作家的传人,并论及苏童笔下南方的堕落与诱惑,余华对暴力与伤痕的迷恋,李锐对吕梁山的钟情,叶兆言对市井人间的兴趣和对旧瓶如何装新酒、俗曲如何表深情的追求,莫言对历史与原乡的开掘,阿城对世俗技艺的论断,不仅抓住了作家创作的核心,更是王德威独特批评话语的显现,成为国内新时期文学研究者广为征引的文献。王德威对这些作家作品以新批评的细读方法,辅以理论的融会贯通,写得笔意飞扬,文采横溢。像他这样的海外华人学者,以其英语优势和置身西方先进理论潮头的先机,和国内的当代文学研究形成互补之势。

纽约大学比较文学系和东亚研究系的张旭东致力于中国现代主义和后社会主义研究。他的《后社会主义和文化政治:20世纪中国的最后十年》(*Postsocialism and Cultural Politics: The Last Decade of China's Twentieth Century*,2008)剖析了王安忆作品中的上海怀旧情结、莫言《酒国》中的魔幻现实主义和市场经济因素,《改革时代的中国现代主义:文化热、先锋小说和新中国电影》(*Chinese Modernism in the Era of Reforms: Cultural Fever, Avant-Garde Fiction, and New Chinese Cinema*,1997)探讨了中国的先锋文学作品、电影以及文学批评。

加拿大蒙特利尔大学比较文学系的吕彤邻出版了《20世纪中国文学和社会中的性别与性》(*Gender and Sexuality in Twentieth-century Chinese Literature and Society*,1993)、《厌女症、文化虚无主义和对立政治:当代中国实验小说》(*Misogyny, Cultural Nihilism & Oppositional Politics: Contemporary Chinese Experimental*

Fiction,1995)等专著。前者探讨了刘恒的《伏羲伏羲》和莫言的《红高粱家族》中男性气质和女性意识的建构、残雪小说中的妄想狂,以及蒋子丹的《等待黄昏》、王安忆的《弟兄们》中的女性关系;后者剖析了苏童的《一九三四年的逃亡》、《妻妾成群》、《罂粟之家》里面的女性意识和男性气质,指出 20 世纪 80 年代的中国像中华帝国时代一样,也有一种厌女症。

美国塔夫茨大学的钟雪萍学术兴趣广及中国现当代文学文化及社会史、中西女性主义理论与批评、中西文学和文化批评理论与思想史等,出版了《被围困的男性气质? 20 世纪末中国文学的现代性和男性主体》(*Masculinity Besieged? Issues of Modernity and Male Subjectivity in Chinese Literature of the Late Twentieth Century*,2000)、《毛泽东时代的中国女性》(*Some of Us:Chinese Women Growing Up in the Mao Era*,2001)等专著,发表了《谁是女权主义者? ——理解中国妇女解放运动后关于〈上海宝贝〉、"身体写作"和女权主义的矛盾立场》(Who is a Feminist? Understanding the Ambivalence towards *Shanghai Baby*, "Body Writing,"and Feminism in Post-Women's Liberation China)、《男人的磨难和欲望:张贤亮〈男人的一半是女人〉的政治解读》(Male Suffering and Male Desire: Politics of Reading *Half of Man is Woman* by Zhang Xianliang)、《姐妹情? 两部中国当代文学作品中的女性关系表述》(Sisterhood? Representations of Women's Relationships in Two Contemporary Chinese Texts)等论文,形成了自己以性别研究为特色的中国文学研究。其中《被围困的男性气质? 20 世纪末中国文学的现代性和男性主体》是最有分量的一份学术成果,钟雪萍以卡加·希尔曼(Kaja Silverman,1947—)、朱迪斯·巴特勒(Judith Butler,1956 —)的女性主

义理论为指导，以鲁迅、钱钟书和新时期的张贤亮、刘恒、韩少功、余华、王朔、莫言等人的作品为分析对象，系统而深入地阐释了中国知识分子、男性气质、现代性之间的关系，对于那些关注中国新时期性别的研究者来说具有极高的价值和启发意义。

美国埃默里大学的蔡蓉发表了《被异化的他者：莫言〈丰乳肥臀〉中的母亲、父亲和私生子》(Problematizing the Foreign Other: Mother, Father, and the Bastard in Mo Yan's *Large Breast and Full Hips*)、《文本之镜：博尔赫斯与后毛泽东时代的元小说》(The Mirror in the Text: Borges and Metafiction in Post-Mao China)、《也谈余华小说中的孤独旅者》(The Lonely Traveller Revisited in Yu Hua's Fiction)、《癫狂的众生：残雪小说中的自我与他者》(In the Madding Crowd: Self and Other in Can Xue's Fiction)、《危机意识的主体：韩少功笔下的非正常人》(The "Subject" in Crisis: Han Shaogong's Cripple(s))等论文。其最重要的学术论著《中国当代文学中的主体危机》(*The Subject in Crisis in Contemporary Chinese Literature*, 2004)从李泽厚和刘再复对主体性的理论探讨入手，通过对韩少功的《爸爸爸》、《女女女》、残雪的《苍老的浮云》、莫言的《丰乳肥臀》、贾平凹的《废都》等小说文本的细腻剖析，揭示出新时期文学对自我的多重建构。在展开论述时，她对拉康(Jacques-Marie-Émile Lacan)、罗伯特·魏恩曼(Robert Weinmann)、辛西娅·恩洛(Cynthia Enloe)等人的理论加以灵活运用，使得这部著作在理论与实证上相得益彰。

海外攻读博士学位的年轻学人用英语撰写的博士论文构成新时期文学海外研究的另一块阵地。这些博士论文有的针对某一位作家进行研究，有的用某一个主题将几位作家的创作统合起来探讨，不仅在选题上和国内的新时期文学研究构成互补之势，在理论和方法上也具有一定的启发性。

科罗拉多大学陈颖的博士学位论文《连续性与非连续性：论莫言的小说》(Continuity and Discontinuity: The Fiction of Mo Yan)从莫言对以鲁迅为代表的"五四"文学传统继承与创新角度，探讨了莫言对历史的表述和建构，揭示了莫言对他的家乡——山东高密矛盾复杂的历史情怀。该论文试图呈现一个继承并发展了以鲁迅为代表的"五四"文学传统的莫言。陈颖对论文进行丰富和修改后，于2011年出版成书①。

悉尼大学王一燕的博士论文《叙说中国：〈废都〉和贾平凹的小说世界》(Narrating China: Defunct Capital [Feidu] and the Fictional World of Jia Pingwa)以霍米·芭芭(Homi K. Bhabha, 1949—)的"国族叙述"为理论框架，探讨了贾平凹的《浮躁》、《废都》、《妊娠》、《逛山》、《白夜》、《土门》、《高老庄》、《怀念狼》等作品，该论文修改后于2006年出版成书②。

多伦多大学司徒祥文的博士论文《农民知识分子贾平凹的生活与早期创作：基于历史—文学的分析》(The Peasant Intellectual Jia Pingwa: An Historico-Literary Analysis of His Life and Early Works)结合贾平凹的生活，探讨了他的创作与中国古典文学名著比如《金瓶梅》、《红楼梦》的联系，同其他中国作家比如沈从文、阿城的关系，贾平凹作品中所表现出来的道家和佛家思想以及对待女性的态度。

加拿大英属哥伦比亚大学郑明芳(音译)的博士论文《贾平凹

---

① Shelley W. Chan, *A Subversive Voice in China: The Fictional World of Mo Yan*, New York: Cambria Press, 2011.

② Yiyan Wang, *Narrating China: Jia Pingwa and His Fictional World*, London/New York: Routledge, 2006.

20世纪90年代四部小说中的悲剧意识》(The Tragic Vision in Jia Pingwa's Four Novels of the 1990s)主要研究了《废都》、《白夜》、《土门》和《高老庄》的悲剧意识,在梳理西方悲剧理论的基础上,剖析了贾平凹上述四部作品中主人公的生活、他们跨越城乡界限的努力以及小说对不同社会发展阶段的展示。论文得出的结论是:贾平凹具有一种悲剧意识,并且成功地将这种悲剧意识以艺术的形式传达出来。

加拿大英属哥伦比亚大学方金彩(音译)的博士论文《中国当代作家张贤亮、莫言、贾平凹创作中的男性气质危机和父权制重建》(The Crisis of Emasculation and the Restoration of Patriarchy in the Fiction of Chinese Contemporary Male Writers Zhang Xianliang, Mo Yan and Jia Pingwa)从女性主义角度,在20世纪80—90年代呼吁重建儒家父性权威的文化语境中,重新解读《男人的一半是女人》、《红高粱家族》和《废都》。该论文从历史发展的角度深入探讨了为什么当代男性气质的重建很大程度上依赖于女性。在具体论述时剖析了三个方面的问题:一、男性感到失去男性力量和女性化的主要原因;二、重构理想男性气质的意识形态框架;三、这些框架是如何建构男性的性别地位并影响男性对女性的看法和感情的,男性是如何让女性参与他们的男性气质建构的。

威斯康星大学麦迪逊分校危令敦的博士论文《性政治:张贤亮、莫言、王安忆的小说》(Politics of Sexuality: The Fiction of Zhang Xiangliang, Mo Yan and Wang Anyi)从政治、文化和个人经验层面上剖析题目中几位作家对于性的表述。加拿大英属哥伦比亚大学李佩然的博士论文《中国当代文学的历史叙事——以韩少功、莫言、苏童为例》(The Presentation of History in Contemporary Chinese Fiction: Han Shaogong, Mo Yan, Su Tong)探讨了中国当代小说中历史表述模式的变化。美国哥伦比亚大学的罗宾·林恩·维瑟的博士论文《20世纪中国文学想象中的城市主题》(The Urban Subject in the Literary Imagination of Twentieth Century China)结合20世纪80年代我国关于国民性、现代性和文化的讨论,重新审视先锋作家的创作,指出"文化论争一度将农村价值观和城市价值观严重地对立起来",而先锋作家的创作"通过对城市和农村景观的详尽描写,尝试着解构文化论争,凸显现代性"①。美国威斯康星大学麦迪逊分校桑禀华(Deirdre Sabina Knight,1966—)的博士论文《20世纪中国小说中的命运与自由意志》(Fate and Free Will in Twentieth-Century Chinese Fiction)探讨了20世纪80—90年代的反思文学、寻根文学、先锋小说对命运与自由意志的表述,并重点分析了莫言与苏童质疑、挑战决定论的姿态,以及他们对现代艺术形式的探索为自由意志注入的力量……可以说,用英语撰写的有关新时期文学的博士论文正以可观的数量和不断提高的质量,构成海外中国文学研究的一支重要力量。

总的来看,英语世界对新时期文学的译介与研究不仅在数量上与"十七年"及"文革"时期相比有了大幅增长,在质量上也不断提高,呈现出由意识形态向文学审美的回归,从社会学材料向文学作品的回归,由单向度向多元化的发展趋势。这和新时期以来我国政府积极在国际上构建良好的中国形象,以及中国综合国力不断提升有不可分割的关系。外国人眼中良好的中国形象推动了中国文学的境外传播,中国文学走向世界的期待越来越变成令人欣慰的

---

①Robin Lynne Visser, "The Urban Subject in the Literary Imagination of Twentieth Century China,"Diss. Columbia University, 2000, p. 114.

现实。

不过，在看到成绩的同时也应该意识到存在的不足。目前中国文学“贸易”的逆差还很大，而且就英语世界对中国作家作品的研究来说，一定程度上存在着“脱离中国历史文化语境的想象性解读”①，造成误读、误释。不过诚如季进教授所言，我们更要注重考察当这些研究成果反馈到国内时，在何种意义上推动了我国当代文学研究的跨文化对话进程②，从“学术共同体”角度考察国内外学术界的良性互动。

（原载《国际汉学》2017 年第 4 期）

①姜智芹：《中国当代文学海外传播中的解读偏好》，《中国比较文学》，2015 年第 3 期。

②参见季进、邓楚、许路：《众声喧哗的中国文学海外传播——季进教授访谈录》，《国际汉学》，2016 年第 2 期。

《今日世界文学》与当代小说在英语世界的传播

影响中国当代小说在海外传播的因素不一而足，而国外特别是西方主导国家刊登中国当代小说及其评论的重量级文学期刊，是其中一个重要因素。英语世界发表中国当代文学及相关研究的重要学术刊物有《今日世界文学》(*World Literature Today*)、《中国现代文学与文化》(*Modern Chinese Literature and Culture*)、《中国季刊》(*The China Quarterly*)、《中国文学研究前沿》(*Frontiers of Literary Studies in China*)等等，这些期刊或登载译成英语的中国文学作品及中国作家访谈，或发表英语的中国文学研究论文及书评，或介绍中国当代文坛的动态和趋势，对于在世界范围内传播中国文学起到了不容忽视的作用，因为“通过权威平台发布，具有极大公信力因而实际上发挥着舆论导向功能的意见”，“在接受文化语境中形塑着公众的日常阅读习惯、阐释策略及价值判断”①。本文以《今日世界文学》为个案，考察国外的重要文学期刊对于中国当代文学海外传播所起的作用。

---

①刘亚猛、朱纯深：《国际译评与中国文学在域外的“活跃存在”》，《中国翻译》，2015 年第 1 期。

一、《今日世界文学》与《今日中国文学》

《今日世界文学》由俄克拉荷马大学的学者坦普尔·豪斯(Temple House)于1927年创办,最初名为《海外书览》(*Books Abroad*),1977年改用现名。从创刊到2006年一直是季刊,2006年之后改为双月刊。《今日世界文学》是美国的一份历史悠久、自创刊以来一直没有停刊过的文学研究期刊,其宗旨是为学者、学生和广大读者提供来自全世界的优秀文学作品及对世界文学名作的诠释,该刊被诺贝尔文学奖评奖委员会称为世界上"编辑得最好、信息量最大的文学期刊"之一,是"了解世界文学的极佳途径"①。歌德1828年说的一段话"这些杂志由于有着广大的读者,能对我们期望到来的世界文学时代做出巨大的贡献。无论如何,不同国家的人拥有相似的思想这一点毋庸置疑。这样说的意义在于他们会意识到彼此的存在,会互相理解,即使不能互相关爱,至少可以相互宽容"②,出现在《今日世界文学》的刊头有经年之久。显然,歌德将跨文化的文学翻译和互评视为增进国际文学交流的重要方式,而文学期刊在文学的交流与传播中起着不可忽视的作用。

《海外书览》创刊后就将关注的目光投向当时的中国文学。1935年冬季号上发表了《转折时期的中国文学》("The New Lit-

---

①"World Literature Today, Mission," https://www.worldliteraturetoday.org/mission,2017-01-15.

②"World Literature Today, Mission," https://www.worldliteraturetoday.org/mission,2017-01-15.

erature of Changing China")一文,指出近20年来,随着中国政治经济的巨大变革,中国文学也发生了根本性的变化,用白话文创作的新文学兴起,取代了以文言文创作的旧文学,并在小说、戏剧、诗歌、散文、传记创作方面取得了令人欣喜的成就。1939年夏季号上发表的论文《中国伟大的小说家鲁迅》("China's Great Novelist")称鲁迅是绝望的理想主义者,他的作品深刻剖析了人性的弱点。1940年秋季号上的《战时中国文学》("Publishing in War Time")、1941年夏季号上的《漫画:中国的新武器》("China's New Weapon:Caricature")、1947年春季号上的《中国作家的困境》("The Plight of the Chinese Writers")等,都是对中国文坛状况的追踪。

《今日世界文学》对中国当代小说的关注在新时期以后不断升温。1979年秋季号上发表了葛浩文的《中国当代文学与〈文艺报〉》,认为《文艺报》复刊是文学重获生机的一个"充满希望的信号"①。1981年冬季号集中刊发了《重放的鲜花:中国文学复苏》("Fresh Flowers Abloom Again:Chinese Literature on the Rebound")、《文学为政治服务:1949年以来的中国文学》("Literature in the Service of Politics:The Chinese Literary Scene Since 1949")、《中国作家聂华苓访谈》("An Interview with Chinese Author Hualing Nieh")三篇文章,对中国文学未来的繁荣和更多的创作自由持乐观态度。1985年夏季号上发表的评论文章《中国作家的"黄金时代"》指出,1984年12月29日至1985年1月5日在北京召开的中国作家协会第四次会员代表大会给予作家更多

① Howard Goldblatt,"Contemporary Chinese Literature and the New Wenyi Bao,"*World Literature Today*,1979 (4).

的创作自由，开启了中国社会主义文学发展的新阶段，作家迎来了创作的黄金时代①。1989 年夏季号上发表了《中国文学与诺贝尔文学奖》，提到中国当代作家对诺贝尔文学奖的微词，认为“20 世纪的中国文学并不缺少一流的创造性，需要的是批评家把这些作家当作作家看待，而不把他们视为社会批评家和政治异见人士”②。从 1991 年起，《今日世界文学》开始用专刊、专辑、专栏的形式集中介绍中国当代文学，日后获得诺贝尔文学奖的莫言以及其他作家如余华、韩少功等人的作品，都在上面得到探讨和研究。

《今日世界文学》对中国当代小说的飞跃性关注始于 2008 年，这一年北京师范大学探讨与其合作的可能性，最终由双方共同编辑的《今日世界文学》中国版——《今日中国文学》(*Chinese Literature Today*)于 2010 年创刊，每年两期，在美国以英文出版，世界范围内发行。“作家特写”(Featured Author)、“作家访谈”(Author Interview)、“学人风采”(Featured Scholar)是《今日中国文学》的常设栏目，一群创作实绩不凡的小说家，像毕飞宇、阎连科、李昂、苏童、莫言、格非、朱天文等，得到推介；一批成就斐然的中国当代文学研究者包括汉学家、海外华人学者、中国学者，如葛浩文、顾彬、王德威、叶维廉、王斑、乐黛云等，在上面得到介绍。《今日中国文学》以更多的版面，更大的力度，更广的覆盖，将当代小说佳作及时推向海外，让世界同步了解中国当代小说的创作风貌。这份刊物不仅给英语世界的中国当代小说研究者提供

---

①Robert E. Hegel, “A ‘Golden Age’ for Chinese Writers,” *World Literature Today*, 1985 (3).

②John Kwan-Terry, “Chinese Literature and the Nobel Prize,” *World Literature Today*, 1989 (3).

了交流学术的园地，也让喜欢当代小说的国外读者循着刊物上提到的线索，去寻找想要阅读的作品，无形中带动了中国当代小说在英语世界的传播。

二、《今日世界文学》上的中国当代小说研究专刊、专辑、专栏

《今日世界文学》对中国当代文学的青睐首先表现为设立了中国当代小说译介与研究的专刊、专辑与专栏，其次表现为出版《今日世界文学》中国版，即《今日中国文学》。这些专刊、专辑、专栏和中国版刊登了部分译成英语的当代小说作品，而更多的是研究性论文。

从刊登的作品来看，《今日世界文学》上发表得不多，更多的是在《今日中国文学》上发表的。2010 年创刊号上发表了毕飞宇的《地球上的王家庄》、《记忆是不可靠的》，2011 年第 2 卷第 1 期刊发了李昂的《牛肉面》、莫言的《檀香刑》节译，2012 年第 2 卷第 2 期发表了范小青的《城乡简史》，2014 年第 4 卷第 1 期登载了格非的《戒指花》、《凉州词》，2014 年第 4 卷第 2 期刊登了艾伟的《菊花之刀》、范小青的《我们的战斗生活像诗篇》、东西的《我为什么没有小蜜》、李师江的《医院》。2015 年第 5 卷第 2 期推出了韩少功的《山歌天上来》、徐则臣的《苍声》、迟子建的《福翩翩》、朱天文的《忏情之书》和《神话解谜之书》等等。这些作品虽然不能反映中国当代小说创作的全貌，但至少让英语世界的读者有了浮光掠影的印象，对于中国当代小说的多姿多彩，他们由此可窥见一斑。

作为文学研究期刊，《今日世界文学》的中国当代文学专刊、专辑、专栏以及《今日中国文学》更多地刊登研究性文章，而对于

中国当代小说的研究是重头戏。

《今日世界文学》1991年夏季号的中国文学专刊集中发表了十多篇探讨中国文学的论文,关于当代小说的有《(20世纪)90年代的中国政治与文学》("PRC Politic sand Literature in the Nineties")、《走向世界:中国当代小说的转折点》("Walking Toward the World:A Turning Point in Contemporary Chinese Fiction")、《中国小说创作的转型》("Chinese Fiction in Transformation")、《现代主义与社会主义现实主义:以王蒙为例》("Modernism and Socialist Realism:The Case of Wang Meng")、《余华小说的颠覆性》("Yu Hua:Fiction as Subversion")、《从无路到新生:萧飒笔下被遗弃的女性》("From a Dead End to a New Road of Life:Xiao Sa's Abandon Women") 、《中国女作家的新纪元》("The New Era for Women Writers in China")。这些论文既有对中国当代小说创作环境、发展趋向的宏观考察,也有对具体作家的微观个案研究。其中《走向世界:中国当代小说的转折点》指出,十一届三中全会以后,"中国的小说创作发生了急剧而深刻的变化"①,政治环境的宽松使作家能够在作品中发表自己的观点。钟阿城1984年发表的《棋王》可视为中国当代小说的重要转折点,中国的小说自此开始走向世界,在创作质量上堪与世界佳作相媲美。论文简要介绍了寻根作家阿城、汪曾祺、韩少功以及莫言、扎西达娃、苏童的先锋小说。作者最后说道:"我在这里虽然不能对这些小说做出最终的阐释,但希望我对当代中国最佳小说的掠影让读者相信中国小说无疑已经迈入世界小说的行列,并且引起了英语

① Michael S. Duke, "Walking Toward the World: A Turning Point in Contemporary Chinese Fiction," *World Literature Today*, 1991 (3).

世界的译介热忱。”①《中国小说创作的转型》探讨了20世纪80年代中国小说在创作主题和手法上的显著变化,即由宏大的“社会意识”转向“关注人自身,剖析自我”;借鉴国外的艺术技巧,表现出“淡化情节、淡化人物”的倾向。论文最后归纳道:“中国的小说创作正处在变革过程中,我们有理由相信,这种变化会沿着它自己的内在逻辑走下去,使中国小说呈现出全新的面貌。可能会有一些人对此怀有忧虑,但我认为这对中国文学来说是一件好事。”②《中国女作家的新纪元》介绍了戴厚英、张洁、张辛欣、张抗抗、宗璞等女作家的创作,论文最后着意表明:“上面提到的作家和她们的作品仅是当前中国女性作家所表现的激情、苦难、勇气的沧海一粟。”③言下之意,这些作家的更多佳作等待着喜爱她们的读者去阅读和欣赏。郑树森的《现代主义与社会主义现实主义:以王蒙为例》和赵毅衡的《余华小说的颠覆性》以两位作家为个案,分析了他们创作的独异性。前者探讨了王蒙带有现代主义色彩的小说《夜的眼》、《春之声》、《海的梦》、《布礼》、《蝴蝶》等,并论及评论界对王蒙这些具有现代意味小说的争议。论文作者认为:“对王蒙和中华人民共和国的其他文学创新者来说,形式上的试验更多的是互文性和影响的结果,将技巧视为意识形态上的中立才是最基本的立场,这样才能对他们的作品进行新的、客观的评价。这样来看待王蒙更为合适,因为他将传统的社会主义现实

①Michael S. Duke, “Walking Toward the World: A Turning Point in Contemporary Chinese Fiction,” *World Literature Today*, 1991 (3).

②Jie Min, “Chinese Fiction in Transformation,” *World Literature Today*, 1991 (3).

③Bettina Knapp, “The New Era for Women Writers in China,” *World Literature Today*, 1991 (3).

主义与西方的现代主义结合起来，进行了有意味的形式上的创新。”①后者分析了余华作为先锋小说家所体现出的颠覆性。论文指出：“在当下的先锋创作中，余华是最热衷于对中国文化进行意义建构的作家之一，同时也是有意识地对其进行颠覆的作家。正是这种文化批判精神让他将中国文化重新定位中的核心问题凸现出来。还在不久之前，多数中国的小说家依然满足于通过情节在主题层面批判这种或那种社会现象，而余华是个直接运用元语言的作家，因为意义建构系统决定着文化问题的诠释。在余华的小说中，枝叶已不是关注的重心，颠覆性才是最根本的。”②

《今日世界文学》2000 年夏季号推出莫言研究专辑，刊发了四篇研究莫言的论文。《莫言的“阴郁的”禁食》（“Forbidden Food：‘The Saturnicon’ of Mo Yan”）剖析了莫言小说中的“吃人”隐喻，即那些腐败官员对普通百姓的压制；《莫言的文学世界》（“The Literature World of Mo Yan”）论述了莫言“从天堂到茅坑”、“从正史到野史”、“从主体到身体”恣肆汪洋的写作姿态及形式；《土地：从父性到母性——论莫言的〈红高粱〉和〈丰乳肥臀〉》（“From Fatherland to Motherland：On Mo Yan's *Red Sorghum* and *Big Breasts and Full Hips*”）肯定了莫言作品的挑战性：对历史进行了与官方不同的书写，以父亲形象的缺失来质疑毛式话语模式；《西方人眼中的莫言》（“Mo Yan through Western Eyes”）以《红高粱》和《天堂蒜薹之歌》为例，探讨了莫言在小说技巧上的

①William Tay，“Modernism and Socialist Realism：The Case of Wang Meng，”*World Literature Today*，1991 (3).

②Y. H. Zhao，“Yu Hua：Fiction as Subversion，”*World Literature Today*，1991 (3).

革新。《今日世界文学》以敏锐的学术眼光，捕捉到莫言小说的独异性和新质素，以专辑的形式为其加冕，而莫言日后获得诺贝尔文学奖印证了《今日世界文学》的睿智与远见。

《今日世界文学》2007 年第 4 期又一次以专刊的形式介绍中国当代文学，杂志上醒目地标出“来自中国内部”(Inside China)字样，刊发了一组中国学者研究当代小说的论文，主要有张柠的《中国当代文学的基本格局》(“The Basic Features of Contemporary Chinese Culture”)、张颐武的《近年来中国文艺思潮的转变》(“Recent Changes in Contemporary Chinese Literary Trends”)、张清华的《狂欢与悲戚：21 世纪中国文学印象》(“Carnival & Sadness：Impressions of Chinese Literature in the 21st Century”)等。这是来自中国本土的学术之声，和国外的中国当代小说研究相激相荡，构成一个中国当代文学研究共同体。

2009 年第 4 期的《今日世界文学》为获得该年度纽曼华语文学奖的莫言开设了专栏，登载了《莫言：2009 年纽曼华语文学奖得主》(“Mo Yan：Laureate of the 2009 Newman Prize for Chinese Literature”)、《一个人的六道轮回：2009 年纽曼文学奖获奖演说》(“Six Lives in Search of a Character：The 2009 Newman Prize Lecture”)、《翻译莫言的小说让我筋疲力尽：2009 纽曼文学奖提名词》(“Mo Yan's Novels Are Wearing Me out：Nominating Statement for the 2009 Newman Prize”)、《莫言小说与中国本土传统》(“Mo Yan's Fiction and the Chinese Nativist Literary Tradition”)、《幽默作家莫言》(“Mo Yan as Humorist”)等，让莫言进一步走向世界，也让世界进一步走近莫言。葛浩文在《翻译莫言的小说让我筋疲力尽》中赞赏道：“很多优秀的作家很难一直保持高水平的创作，但莫言例外。他的每一部作品都受到普遍的好评，都展现出新的深度和广度，这是他卓越创作才华的表现。他的作品风格多样，形式灵活，从寓言传说到魔幻现实主义，从不折不扣的现实主义到现代（后现代）主义……他的意象引人注目，他的故事令人着迷，他的人物摄人心魄。一句话，他是独一无二的。”①刘洪涛在《莫言小说与中国本土传统》中指出，中国乡土文学有鲁迅的启蒙主义和沈从文的文化守成主义两个传统，莫言“融会并发展了中国乡土文学的两个传统，把最具本土色彩同时又最具现代性的文学作品呈现给世界”②。黄承元在《幽默作家莫言》中指出：“莫言复活了中国文学中的幽默传统，这种传统在现代中国被忽略了。他的小说描绘了个体在社会主义市场经济的碎片化世界里富有喜剧性而又令人同情的一面，不管是底层民众还是官僚主义者都发现自己处于喜剧性有时甚至是荒诞的生存状态。”莫言“将粗鄙与幽默杂糅起来，建构出与宏大叙事不同的反叙事”③。在黄承元看来，莫言的《酒国》与《生死疲劳》都不同程度地具有喜剧性的荒诞。总的来看，所刊论文对莫言作品的独特性、莫言对中国文学传统的继承进行了深入剖解，从中可以看出莫言是一个受到民族创作资源滋养并携带着民族性走向世界的作家。

2011 年第 4 期为获得该年度纽曼华语文学奖的韩少功设立

---

① Howard Goldblatt, “Mo Yan's Novels Are Wearing Me out: Nominating Statement for the 2009 Newman Prize,” *World Literature Today*, 2009 (4).

② Hongtao Liu & Haiyan Lee, “Mo Yan's Fiction and the Chinese Nativist Literary Tradition,” *World Literature Today*, 2009 (4).

③ Alexander C. Y. Huang & Howard Goldblatt, “Mo Yan as Humorist”, *World Literature Today*, 2009 (4).

专栏,发表了他的获奖演说《文学有副多疑的面孔:2011 年纽曼华语文学奖致辞》("Pointing to New Clarity with New Perplexity: The 2011 Newman Prize Lecture")以及英国汉学家蓝诗玲高度评价获奖作品《马桥词典》的文章《地图上找不到的地方:韩少功的"马桥"》("Dropped off the Map: Han Shaogong's Maqiao")。蓝诗玲认为:"作为韩少功的代表作,《马桥词典》既充满幽默,又关切人性。它冷静客观地描述了农民的苦难,举重若轻地叙述现代中国的悲剧。它以现代主义的叙事手法,富有洞见地探讨了中国的文化、语言和社会,作品融小说、自传、散文于一体,既呈现为一个个独立的故事,又具有深刻而复杂的统一情节结构。"①通过纽曼华语文学奖这个平台,更多的中国当代优秀作家为世界所知。

2010 年以后,《今日中国文学》借《今日世界文学》的东风,刊登了更多研究中国当代文学的评论文章。创刊号"编者的话"道出了《今日中国文学》的目的和宗旨:"中国的文学怎样反映了中国的现代化? 中国文学有哪些不同于其他民族的特征? 中国文学的核心论争、关注焦点、发展趋势如何? 今日的中国文坛又是一幅怎样的情形?"国外的读者和研究者在接触中国文学时往往只着眼于文本自身,而《今日中国文学》会让大家看到"中国的读者、批评家、学者如何解读和研究他们自己的文学"②。《今日中国文学》第 1 期刊登了李敬泽评论毕飞宇的论文《毕飞宇的声音》("Bi Feiyu's Voice")及一组讨论北京文学和上海文学的论文

①Julia Lovell,"Dropped off the Map: Han Shaogong's Maqiao," *World Literature Today*, 2011 (4).

②Jonathan Stalling,"Editor's Notes," *Chinese Literature Today*, 2010 (1).

(“Beijing/Shanghai：The Twin Cities of Modern Chinese Literature”)。李敬泽认为毕飞宇是中国当代小说领域冉冉升起的新星，他以超越方言而又未失去独特表现力，具有明确辨识度的语言，引导他的读者感受其小说中被历史力量摧折的脆弱人生①。北京和上海作为中国的政治与金融中心，其不同的历史发展轨迹孕育了不同的文学创作。这组论文探讨了北京与上海的文学如何体现并建构了中国文学的主体面貌。

《今日中国文学》成为向英语世界介绍中国当代文学研究的一个重要窗口。2011 年冬季号发表了《嘲弄黄金时代：阎连科〈受活〉中的颠覆之音》(“Ridiculing the Golden Age：Subversive Undertones in Yan Lianke's *Happy*”)和《阎连科：作家的道德责任》(“Yan Lianke：A Writer's Moral Duty ”)。2011 年第 1 期上刊发了探讨李昂创作的论文《鹿港小镇的精神和李昂神秘文学家园的救赎》(“The Spirit of Deer Town and the Redemption of Li Ang's Uncanny Literary Home”)。2013 年的 1—2 期合刊重点推出莫言和苏童研究。2012 年 10 月获得诺贝尔文学奖使莫言成为世界瞩目的中心，《今日世界文学》给予莫言大量篇幅，刊登了莫言作品在英语世界最重要的译者葛浩文的《莫言翻译：众声中的一种声音》(“Mo Yan in Translation：One Voice among Many”)、莫言的《诺贝尔文学奖晚宴答谢词》(“Nobel Prize Banquet Speech”)和《讲故事的人：2012 年 12 月 7 日诺贝尔文学奖演说》(“Storytellers：Nobel Lecture，December 7，2012”)、张清华的《诺贝尔奖、莫言及中国当代文学》(“The Nobel Prize，Mo Yan，and Contemporary Literature in China”)、《今日世界文学》执行主任戴维斯·

①Jingze Li，“Bi Feiyu's Voice，”*Chinese Literature Today*，2010 (1).

昂迪亚诺的《一个西方人对莫言的思考》("A Westerner's Reflection on Mo Yan")。关于苏童研究,该期发表了《对话苏童》("A Conversation with Su Tong")以及《苏童的美学》("Su Tong's Aesthetics")。2014 年第 1 期发表了《格非对话张柠:中国当代文学中的精神裂变》("The Psychic Split in Chinese Contemporary Literature:Ge Fei and Zhang Ning in Dialogue")。2015 年第 1 期上发表了《中国文学的互文性解读:以莫言作品为个案》("The Intertextual Reading of Chinese Literature With Mo Yan's Works as Examples")、《新世纪中国小说的文学形式》("A Study of New Century Chinese Novels' Literary Forms")。2015 年第 2 期给获得该年度纽曼华语文学奖的朱天文开辟了专栏,发表了八篇相关文章,择其要者有《朱天文的〈世纪末的华丽〉:2015 年纽曼华语文学奖获奖作品》("Chu T'ien-wen's *Shijimo de huali*:As Nominated for the 2015 Newman Prize for Chinese Literature")、《朱天文:2015 年纽曼华语文学奖得主》("Chu T'ien-wen: Winner of the 2015 Newman Prize for Chinese Literature")、《我们有义务成为另一些人:2015 年纽曼华语文学奖获奖致辞》("We All Change into Somebody Else: In Acceptance of the 2015 Newman Prize for Chinese Literature")、《致敬朱天文》("Tribute to Chu T'ien-wen")等。

《今日世界文学》(涵盖《今日中国文学》)上面的这些专刊、专辑和专栏不仅登载当代小说作品,更重要的是进行了点、线、面的深入研究。很多当代作家作品从这份刊物走向世界,或借助这份刊物在英语世界得到更深更广的传播。

三、《今日世界文学》上的中国当代小说书评

《今日世界文学》除了登载中国当代小说作品和研究论文外，还发表了大量的当代小说及相关研究论著的书评，从“面”的维度扩大了中国当代文学在英语世界的知名度和影响力。

当代小说自新时期以来在英语世界的译介与研究日益增多，《今日世界文学》的追踪译介与研究尽管数量可观，但难免挂一漏万，而大量书评的刊登则在一定程度上弥补了这一遗憾。纵观新时期以来《今日世界文学》上刊登的当代小说书评，覆盖中国大陆、台湾与香港，多人合集、作家单行本、研究著作兼而有之。

将当代作家的小说以多人合集的形式翻译出版是新时期之后英语世界喜爱的一种方式，而西方译介的多数重要的多人合集都在《今日世界文学》上有书评出现。比如刘绍铭等的《1960—1970 台湾小说选》(*Chinese Stories from Taiwan*: *1960—1970*, 1977.1)①、蔡梅曦的注释本文献目录《1949—1974 当代中国长篇与短篇小说》(*Contemporary Chinese Novels and Short Stories 1949—1974*: *An Annotated Bibliography*, 1980.3)、聂华苓的《百花时期的文学》(*Literature of the Hundred Flowers*, 1981.3)、徐凌志韫的《本是同根生：中国现代女性小说》(*Born of the Same Roots*: *Stories of Modern Chinese Women*, 1983.1)、殷张兰熙的《寒梅：当代中文小说集》(*Winter Plum*: *Contemporary*

①*Chinese Stories from Taiwan*: 1960—1970 为所评的英文书名，1977.1 意为该书的书评发表在《今日世界文学》(*World Literature Today*)1977 年第 1 期，下同。

Chinese Fiction,1984.1)、萧凤霞与塞尔达・斯特恩的《毛的收获:中国新一代的声音》(*Mao's Harvest:Voices from China's New Generation*,1984.4)、林培瑞的《倔强的草:“文革”后中国的流行文学及争议性作品》(*Stubborn Weeds:Popular and Controversial Chinese Literature after the Cultural Revolution*,1984.4)及《玫瑰与刺:中国小说的第二次百花齐放(1979—1980)》(*Roses and Thorns:The Second Blooming of the Hundred Flowers in Chinese Fiction,1979—80*,1985.4)、杜迈克的《中国当代文学:后毛泽东时期的小说与诗歌》(*Contemporary Chinese Literature:An Anthology of Post-Mao Fiction and Poetry*,1986.3)和《中国当代小说大观:大陆、台湾、香港中短篇小说集》(*Worlds of Modern Chinese Fiction:Short Stories and Novellas from the People's Republic,Taiwan,and Hong Kong*,1993.1)、朱虹的《中国西部:今日中国短篇小说》(*The Chinese Western:Short Fiction from Today's China*,1989.2)、戴静的《春笋:中国当代短篇小说选》(*Spring Bamboo:A Collection of Contemporary Chinese Short Stories*,1989.4)、徐凌志韫的《“文革”后中国文学读本》(*A Reader in Post-Cultural Revolution Chinese Literature*,1990.1)、孔慧怡的《台湾与香港当代女作家作品集》(*Contemporary Women Writers:Hong Kong and Taiwan*,1991.3)、熊猫丛书《中国当代女作家作品集 2》(*Contemporary Chinese Women Writers Vol.2*,1992.4)和《中国当代女作家作品集 3》(*Contemporary Chinese Women Writers Vol.3*,1995.2)、殷边的《时机尚未成熟:中国当代最佳作品选》(*The Time Is Not Yet Ripe:Contemporary China's Best Writers and Their Stories*,1992.4)、赵毅衡的《迷舟:中国先锋小说选》(*The Lost Boat:*

Avant-garde Fiction from China,1994.2)、王德威和戴静的《狂奔:新一代中国作家》(*Running Wild*: *New Chinese Writers*,1995.2)、赵毅衡和约翰·凯利的《天下地下:今日中国小说选》(*Under-Sky Underground*:*Chinese Writing Today* 1,1995.3)及《弃酒:今日中国文学》(*Abandoned Wine*:*Chinese Writing Today*,1998.2)、刘绍铭与葛浩文的《哥伦比亚中国现当代文学作品选》(*The Columbia Anthology of Modern Chinese Literature*,1995.4)、葛浩文的《毛主席看了会不高兴:今日中国小说选》(*Chairman Mao Would Not Be Amused*:*Fiction from Today's China*,1996.2)、方志华(音译)的《20世纪中国小说英译选集》(*Chinese Short Stories of the Twentieth Century*:*An Anthology in English*,1996.3)、王晶的《中国先锋小说选》(*China's Avant-Garde Fiction*:*An Anthology*,1998.4)、张佩瑶的《拼贴香港:当代小说与散文》(*Hong Kong Collage*:*Contemporary Stories and Writing*,1998.4)、孔慧怡的《香港小说:旧主题新声音》(*Hong Kong Stories*:*Old Themes New Voices*,2000.1)及《都市女性:当代台湾女作家》(*City Women*:*Contemporary Taiwan Women Writers*,2002.2)、赫伯特·J.拜特的《西藏故事:天葬、转经筒和风马旗》(*Tales of Tibet*:*Sky Burials*, *Prayer Wheels*, *and Wind Horses*,2003.1)、黄恕宁和爱德华兹的《蜻蜓:20世纪中国女作家作品选》(*Dragonflies*:*Fiction by Chinese Women in the Twentieth Century*,2004.2)等。这些合集的编译者有知名汉学家,像葛浩文、林培瑞、杜迈克;有在西方学术界闻名的华人学者,如王德威、刘绍铭、聂华苓、蔡梅曦、萧凤霞、朱虹等;有我国台湾和香港的杰出学人,像殷张兰熙、孔慧怡、张佩瑶等。他们以持续、动态的关注,成为英语世界了解中国当代小说的意见领袖,并

通过《今日世界文学》这个平台，让这些小说为更多的西方人知晓。

《今日世界文学》上评论更多的是作家单行本，新时期以来西方译介的许多当代作家的作品都在上面得到评论，其中大陆作家的英译本书评占主导地位。莫言的书评有七篇，从数量上讲最多，评论的是英译本《红高粱》(1994.2)①、《酒国》(2000.3)、《丰乳肥臀》(2005.3&4)、《爆炸及其他小说》(1992.3)、《师傅越来越幽默》(2002.2)和法译本《天堂蒜薹之歌》(1991.2)及《十三步》(1995.4)。王安忆的英译本书评有五篇，分别是《流逝》(1989.3)、《小城之恋》(1990.1)、《荒山之恋》(1991.2)、《锦绣谷之恋》(1993.4)、《长恨歌》(2009.3)。贾平凹和韩少功各有四篇，前者的是英译本《天狗》(1992.4)、《浮躁》(1993.1)、《古堡》(1997.4)和法译小说集《背新娘的驮夫》(1996.3)；后者的是英译本《马桥词典》(2004.3&4)、《归去来及其他故事》(1994.1)和法译本《爸爸爸》(1991.2)及《山上的声音及其他》(2000.4)。苏童和张贤亮的都是三篇，均为英译本，即苏童的《大红灯笼高高挂》(1994.3)、《米》(1996.2)、《刺青》(2010.5)，张贤亮的《男人的一半是女人》(1990.1)、《习惯死亡》(1991.4)、《我的菩提树》(1997.4)。有两篇书评的居多，如余华的《往事与刑罚》(1998.1)和《古典爱情》(法译本)(2000.4)、残雪的《天堂对话》(1990.3)与《苍老的浮云》(1993.1)、张洁的《沉重的翅膀》(1988.3)和《无事发生就好》(1992.2)、古华的《芙蓉镇》(1984.4)和《贞女》(1998.1)、张辛欣的《这次你演哪一半》(1995.1)及法泽本《疯狂的君子兰》(1989.2)、王

①1994.2 意为英译本《红高粱》的书评发表在《今日世界文学》1994 年第 2 期，下同。

蒙的《布礼》(1990.4)与《坚硬的稀粥及其他故事》(1995.1)、虹影的《背叛之夏》(1997.4)和《饥饿的女儿》(2001.2)。此外,英译本刘索拉的《浑沌加哩格楞》(1995.2)、徐星的《无主题变奏和其他》(1999.4)、马建的《亮出你的舌苔或空空荡荡》(2006.5)、《高晓声小说选》(1989.1)、梁晓声的《撕裂与迷惘》(2001.3&4)、杨绛的《干校六记》(1985.1)、刘心武的《黑墙及其他》(1991.4)、刘恒的《黑雪》(1992.4)、程乃珊的《银行家》(1993.4)、冯骥才的《三寸金莲》(1995.3)、白桦的《远方有个女儿国》(1995.4)、刘宾雁的《人妖之间》(1984.2)、郑义的《老井》(1990.3)、《郑万隆异乡异闻系列小说》(1994.4)、宗璞的《三生石》(1999.1)、李锐的《旧址》(1999.1)、竹林的《蛇枕头花及江南故事》(1998.4)、王朔的《千万别把我当人》(2001.1)、阿来的《红罂粟》(2003.1)、春树的《北京娃娃》(2006.1)、朱文的《我爱美元》(2007.6),以及法译本池莉的《云破处》(2000.3)、刘醒龙的《凤凰琴》(2000.3)也在《今日世界文学》上有书评刊出。这些书评涵盖老中青三代作家的小说作品,从文学流派上看,反思文学、改革文学、先锋小说、寻根文学、新写实小说、残酷青春小说……无不囊括其中。新时期以来当代小说中译介到英语世界的作品大部分都在《今日世界文学》上得到观照。

当代港台小说作为中国文学的组成部分,其英译本书评也出现在《今日世界文学》上。陈若曦的《〈老人〉及其他故事》(1988.1)及《陈若曦短篇小说集》(1994.1),西西的《〈像我这样的一个女子〉及其他故事》(1988.1)、《浮城志异》(1998.2)、《我城:香港故事》(1994.3)和《飞毡》(2000.4),白先勇的《孽子》(1990.3)及《台北人》(2001.1),王文兴的《背海的人》(1994.4)及《家变》(1996.2),严歌苓的《白蛇及其他》(2000.1)与《扶桑》(2002.2),艾蓓的《红藤绿地母》(1991.2)、李昂的《杀夫及其他小说》(1996.4)、刘以鬯的《蟑螂及其他小说》(1996.4)、王祯和的《玫瑰玫瑰我爱你》(1999.4)、朱天文的《荒人手记》(2000.1)、萧丽红的《千江有水千江月》(2000.3)、张大春的《野孩子》(2001.1)、李永平的《吉陵春秋》(2004.3&4)、郑清文的《玉兰花:台湾女性的故事》(2006.5)、施叔青的《皇妃之城:香港殖民故事》(原名为《香港三部曲》)(2006.6),都通过《今日世界文学》的书评进入西方人的视线,丰富着英语世界的中国当代小说传播。

除多人合集、作家单行本的书评外,一些研究当代小说的论著也在《今日世界文学》上得到评论。比如杜迈克的《现当代中国女作家评论》(*Modern Chinese Women Writers*:*Critical Appraisals*,1990.3)、葛浩文的《分离的世界:当今中国小说及其读者》(*Worlds Apart*:*Recent Chinese Writing and Its Audiences*,1990.4)、萧凤霞的《犁沟:农民、知识分子与国家,中国现代小说与历史》(*Furrows*:*Peasants*,*Intellectuals*,*and the State*:*Stories and Histories from Modern China*,1991.2)、马汉茂和金介甫编选的《现当代中国作家自画像》(*Modern Chinese Writers*:*Self-Portrayals*,1993.2)、高张信生的《海外论本土:当代中国女作家》(*Nativism Overseas*:*Contemporary Chinese Women Writers*,1993.4)、吕彤邻的《厌女症、文化虚无主义和对立政治:当代中国实验小说》(*Misogyny*,*Cultural Nihilism*,*and Oppositional Politics*:*Contemporary Chinese Experimental Fiction*,1995.4)、王晶的《高雅文化热:邓小平时代中国的政治、美学和意识形态》(*High Culture Fever*:*Politics*,*Aesthetics*,*and Ideology in Deng's China*,1997.4)、梅仪慈的《意识形态、权力与文本:中国当代文学中的自我呈现与农民他者》(*Ideology*,*Power*,*Text*:

Self-Representation and the Peasant "Other" in Modern Chinese Literature,2000.1)、白杰明的《当代中国红色文化》(*In the Red:On Contemporary Chinese Culture*,2000.4)、林培瑞的《文学的功用:中国社会主义文学体系中的生活》(*The Uses of Literature:Life in the Socialist Chinese Literary System*,2001.1)、郑树森的《香港新文学年表 1950—1969》(*Xianggang xin wenxue nianbiao, 1950—1969*,2001.3&4)等。汉学家、海外华人学者、国外研究者撰写的当代小说研究著作,与《今日世界文学》上刊登的当代小说译作彼此映照、互相彰显,把海外的中国当代小说传播推向更深层面。

作为《今日世界文学》的派生刊物,《今日中国文学》沿用了书评这一重要传播阵地,开辟了"中国文学书评"(Chinese Literature in Review)栏目,评论的基本上都是新出版的中文小说,如2010 年第 1 卷第 1 期评论了曹征路的《问苍茫》、阿来的《空山》、李锐的《人间——重述白蛇传》、严歌苓的《小姨多鹤》、毕飞宇的《推拿》,2011 年第 1 卷第 2 期评论了阎连科的《风雅颂》、宗璞的《西征记》、王安忆的《启蒙时代》,2011 年第 2 卷第 1 期评论了李昂的《七世姻缘》、张大春的《城邦暴力团》,2012 年第 2 卷第 2 期评论了莫言的《蛙》、艾米的《山楂树之恋》、苏童的《河岸》、格非的《春尽江南》,2013 年第 1—2 期合刊评论了赖香吟的《其后》,2014 年第 4 卷第 1 期评论了贾平凹的《带灯》、阎连科的《炸裂志》、林白的《北去来辞》、陈希我的《移民》、任晓雯的《她们》、余华的《第七天》、方方的《涂自强的个人悲伤》,2015 年第 5 卷第 1 期评论了王安忆的《众声喧哗》,等等。这些小说反映了当今文坛创作的最新面貌,虽然评论的是中文本,很多在被评论时还没有译成外文,但对国外的译者和汉学家来说,这为他们选择文本提供了指南,因为得到评介的小说很多在国内出版后引起了较大反响和广泛关注，也是非常值得向海外推介的作品。

综观《今日世界文学》和《今日中国文学》上的中国小说书评，不仅涉及的范围广，书评者的威望高（其中不乏葛浩文、金介甫、杜迈克等闻名中外的汉学家），对于中国当代小说的评价也甚高。比如莫言的"《师傅越来越幽默》中的几个短篇展示了作者毋庸置疑的创作才华……充满了华丽、诡异的想象"①。余华在《往事与刑罚》、《十八岁出门远行》、《世事如烟》、《难逃劫数》中对象征手法进行了"非凡的运用"，堪称"前无古人"②。苏童的《大红灯笼高高挂》体现出"全新的历史视角"，"通过身体来书写历史，或者说重述历史时考虑身体的作用，是苏童的小说带给人最大愉悦的原因所在"③。贾平凹的《古堡》"对神话、象征和草莽英雄主义的娴熟运用"，"赋予小说一种史诗性特征，使它不仅赢得了广大读者的喜爱，还催生了很多根据他的小说改编的电影"④。韩少功被誉为"讲故事的能手，他巧妙地利用各种不同的词条，让读者走进他的故事"⑤。而王蒙"在文学试验方面，总是比国内的同行先行一步"⑥。尽管这

---

① Timothy C. Wong, "Shifu, You'll Do Anything for a Laugh," *World Literature Today*, 2002 (2).

② Fatima Wu, "The Past and the Punishments," *World Literature Today*, 1998 (1).

③ Simon Patton, "Raise the Red Lantern by Su Tong and translated by Michael S. Duke," *World Literature Today*, 1994 (3).

④ Philip F. Williams, "Rev. of The Castle," *World Literature Today*, 1997 (4).

⑤ Fatima Wu, "China: A Dictionary of Maqiao," *World Literature Today*, 2004 (3&4).

⑥ Jeffrey C. Kinkley, "The Stubborn Porridge and Other Stories," *World Literature Today*, 1995 (1).

只是《今日世界文学》上刊载的当代小说评论内容的沧海一粟，但肯定性的评价为当代小说在世界范围内的接受营造了良好的氛围。但在为良好效应欢欣鼓舞的同时，我们也要透过书评看到当代小说海外传播中存在的问题：这些书评评论的几乎都是西方他者或海外华人学者译介的当代小说作品和撰写的研究性著作，中国自我译介的作品极少，甚至可以忽略不计。这其中的原因复杂不一，但在新时期相当长的一段时间内自我译介的小说在质量上得不到外国读者和研究者的认可，不能不说是其中一个重要的因素。

四、《今日世界文学》对于中国文学海外传播的启示

国内学术界对于中国当代文学对外传播的现状、取得的实绩、存在的问题、制约的瓶颈已多有探讨，对如何将当代文学更好地传播出去也纷纷建言献策。《今日世界文学》给我们的启示是借助国外权威期刊的国际影响力，通过在上面刊登更多的中国当代文学作品、书评、研究性论文，让中国文学“活跃地”存在于其他文学体系之中，绽放出中国文学的魅力，凝聚成中国的文化软实力。

《今日世界文学》以其给予中国文学的专刊、专辑、专栏和大量的书评空间，成为国外传播中国当代小说的意见领袖，它以专业的权威性，引导着英语世界里中国文学接受者的文学阅读和文学趣味，推动着西方人对中国当代小说的接受。

《今日世界文学》传播当代小说的优势之一是有一批知名汉学家、华人学者为其提供稿源，这些汉学家和华人学者本身也是

中国当代小说海外传播的意见领袖，他们以深厚的当代文学知识积淀，以宽广的视野、敏锐的洞察力、宏观的预见力，影响着中国当代文学海外传播的风潮。译介领域与学术研究界的意见领袖，与期刊界的意见领袖联袂携手，给当代小说对外传播提供了难得的机遇。利用好这样的机遇，创造更多这样的机遇，是当代小说走向世界的有力助推器。

《今日世界文学》传播当代小说的另一个优势是它与两个奖项——纽斯塔国际文学奖（Neustadt Prize for International Literature）和纽曼华语文学奖（Newman Prize for Chinese Literature）有联系。纽斯塔国际文学奖每两年评选一次，评委由《今日世界文学》杂志遴选。自新时期以来，聂华苓、萧乾、巴金等先后担任过该奖的评委，巴金、莫言、戴厚英等被提名为该奖的候选人，而《今日世界文学》通常都会对重要评委和候选人进行介绍。1981 年秋季号上对巴金的介绍、1981 年冬季号上对聂华苓的专访、1987 年夏季号上对萧乾的评说、2000 年夏季号的莫言研究专辑等，都与该奖的评选有一定关系。纽曼华语文学奖也是每两年颁发一次，自 2008 年设立以来，已有莫言、韩少功、杨牧、朱天文、王安忆五位中国作家获得。《今日世界文学》杂志虽然不直接参与此奖，但它对获奖作家进行介绍和评论，一般都会为他们设立专辑或专栏。当代作家作品凭借获得这一奖项，在《今日世界文学》上得到更多的介绍，也有了更多走近外国读者的机会。

当代文学的对外传播一方面要依赖翻译，将更多的作品翻译成外文，使其流通范围超越自己的文化原产地，即“走出去”。另一方面还要对翻译出去的作品进行研究、诠释，让其在国外落地生根，即“走进去”，成为他国文学体系的组成部分，对其施以影响，给其带来启示启发。因而，作品翻译出去以后，还要有研究紧紧跟上，这样才能巩固翻译的效果，真正实现文学的跨文化传播。在这方面，《今日世界文学》给我们提供了一个极好的示例，以作品翻译带动作品研究，以作品研究推进作品翻译，建构起一个良性的传播循环。

寻求国外权威期刊与国内机构的合作是《今日世界文学》带给我们的又一启示。北京师范大学与《今日世界文学》杂志的合作，创生出《今日中国文学》这一有力的当代小说传播阵地，极大地带动了当代小说的对外译介与接受。《今日世界文学》见证了中国当代小说六十余年的风潮变幻，它是一面镜子，映照出当代小说多姿多彩的创作实绩和日益增长的国际影响力。在今后的当代小说对外传播中，我们希望有更多像《今日世界文学》这样登载当代文学译作和评论的重要国际期刊，有更多像北京师范大学这样的国内合作机构，催生出更多像《今日中国文学》这样的国际期刊"中国版"。

（原载《外国语文》2017 年第 4 期）

英语世界的贾平凹研究

贾平凹是新时期以来在国外影响较大的作家。其作品"走出去"的步伐早,译成外文的数量多,国外对其创作的研究既有宽度和广度,亦不乏深度与厚度。贾平凹以独特的视角,向世界讲述着独具特色的"中国故事",其作品《浮躁》1988年获美国的"美孚飞马文学奖",《废都》1997年赢得法国的"费米娜文学奖",贾平凹本人2013年荣获法兰西金棕榈文学艺术骑士勋章。本文重点探讨他在英语世界的影响。

一、贾平凹作品在英语世界的译介

据不完全统计,贾平凹目前译成英语的作品有40余篇/部(包括节译),涵盖小说、散文,以小说为主。贾平凹的作品主要通过两种方式走向英语世界,即本土推介和域外译介。

贾平凹的作品首先由本土推介走向英语读者,英文版《中国文学》杂志、"熊猫丛书"筑起贾平凹通向世界的桥梁。英文版《中国文学》(*Chinese Literature*)杂志先后刊登了贾平凹的《果林里》("The Young Man and His Apprentice",1978 [3])、《帮活》("A Helping Hand",1978 [3])、《满月儿》("Two Sisters",1979 [4])、《端阳》("Duan Yang",1979 [6])、《林曲》("The Song of the Forest", 1980 [11])、《七巧儿》("Qiqiao'er", 1983 [7])、《鸽子》(Shasha and the Pigeons", 1983 [7])、《蒿子梅》("Artemesia", 1987 [2])、《丑石》("The Ugly Rock", 1987 [2])、《月迹》("Moontrace", 1993 [2])、《我的小桃树》("A little Peach Tree", 1993 [2])、《太白山记》("Tales of Mount Taibai", 1996 [3])等作品。

"熊猫丛书"推出了贾平凹的两部作品集《天狗》(*The Heavenly Hound*, 1991)和《晚雨》(*Heavenly Rain*, 1996),前者收入了《天狗》、《鸡窝洼人家》、《火纸》;后者收入了《晚雨》、《美穴地》、《五魁》、《白朗》。之后,外文出版社推出了他的英文版散文集《老西安:废都斜阳》(*Old Xi'an: Evening Glow of an Imperial City*, 2001)。英文版《中国文学》杂志作为官方对外译介中国文学的重要窗口,在 20 世纪 80 年代蜚声海外,贾平凹的作品借助这一渠道走进了英语世界读者的视野。"熊猫丛书"发行到世界上 150 多个国家和地区,进一步加深了国外读者对贾平凹作品的了解。

除英文版《中国文学》杂志和"熊猫丛书"外,贾平凹的作品还收录到国内出版的一些英文版小说选中。比如 1989 出版的《中国优秀短篇小说选》(*Best Chinese Stories: 1949—1989*)收录了《火纸》、1991 年的《时机还未成熟:当代中国最佳作家作品》(*The Time Is Not Yet Ripe: Contemporary China's Best Writers and Their Stories*)同样收入了《火纸》,1993 年的《当代中国文学主题》(*Themes in Contemporary Chinese Literature*)收录了《天狗》,2011 年的英文版《陕西作家短篇小说集》(*Old Land, New Tales: 20 Best Stories of Shaanxi Writers*)收录了《黑氏》,外语教学与研究出版社 1999 年出版了英汉对照的《贾平凹小说选》。

域外对贾平凹的译介既有作品单行本,也有收入中国当代作家作品选集的单篇零章,以及英语世界的期刊杂志上刊登的贾平凹作品。目前,英语世界出版了 3 部贾平凹作品单行本,分别是葛浩文翻译的《浮躁》①、《废都》②和罗少颦翻译的《古堡》③。相对于贾平凹数量庞大的创作来说,英语世界对贾平凹单行本的译介显得不足,不过很多中国当代作品英译选集收入了贾平凹的作品,弥补了对他单行本译介不充分的遗憾。贾平凹的《人极》和《木碗世家》被收入朱虹编译的《中国西部:当代中国短篇小说选》④,《水意》被收入萧凤霞编译的《犁沟:农民、知识分子和国家:中国现代小说与历史》⑤,《即便是在商州生活也在变》被收入汉学家马汉茂与金介甫编的《现当代中国作家自画像》⑥,《秦腔》、《月迹》、《丑石》、《弈人》被收入汉学家吴漠汀编的《20 世纪中国散文译作》⑦,《春》被收入英文版"乡土中国"系列中的《故乡与童年》⑧,

---

①Jia Pingwa, *Turbulence*, trans. Howard Goldblatt, Louisiana: Louisiana State University Press, 1991.

②Jia Pingwa, *Ruined City*, trans. Howard Goldblatt, Oklahoma: University of Oklahoma, 2016.

③Jia Pingwa, *The Castle*, trans. Shao-Pin Luo, Toronto: York Press, 1997.

④Zhu Hong ed., *The Chinese Western: Short Fiction from Today's China*, New York: Ballantine Books, 1988.

⑤Helen F. Sui ed., *Furrows: Peasants, Intellectuals, and the State: Stories and Histories from Modern China*, Stanford: Stanford University Press, 1990.

⑥Helmut Martin & Jeffery Kinkley eds., *Modern Chinese Writers: Self-Portrayals*, Armonk, New York: M. E. Sharpe, 1992.

⑦Martin Woesler ed., *20th Century Chinese Essays in Translation*, Bochum: Bochum University Press, 2000.

⑧Ni Nan ed., *Hometowns and Childhood*, San Francisco: Long River Press, 2005.

《饺子馆》被收入《〈罗扇〉及其他故事》①,《猎人》被收入《〈歇马山庄的两个女人〉及其他小说》②。另外,译成英文的《高兴》(节选)刊登在英国《卫报》③上,《黑氏》刊登在美国《新文学》④杂志上。

通观贾平凹作品在英语世界的译介,20 世纪 70 年代末到 90 年代是一个高峰期,90 年代以后有近十年的时间,尽管他的新作不断出版,但英语译介却几乎陷于停滞状态,直到 2016 年《废都》英译本出版。而他的其他优秀作品,如《高老庄》、《秦腔》、《病相报告》、《老生》、《怀念狼》、《带灯》等,都还没有英译本,期待不久的将来这些作品能以英语的面目出现在世界读者面前。

通过本土推介和域外译介这两种方式传播出去的贾平凹作品,从英语世界的接受和研究来看,域外译介的更受关注。这一方面是由于翻译中的"自己人效应",另一方面是异域译者注意了与英语世界读者的对接。心理学家发现,人们对"自己人",即有着共同信仰、相似价值观、讲同一种语言、隶属于同一种族、有着共同文化与宗教背景的人说的话,更容易接受和信赖。在翻译活动中,译介主体如果是目标语读者"自己人",也即是其本土译者或出版发行机构,译介的作品则较容易受到信赖和接受。英语读者认可自身文化系统内的译者,认同"自己人"的译本选择、译介策略和对原文的"二度创作"。因而,葛浩文等人翻译的《浮躁》、

---

①Liang Qing etc., *The Girl Named Luo Shan and Other Stories*, trans. Vivian H. Zhang, San Francisco, Calif: Long River Press, 2012.

②Sun Huifen etc., *The Women From Horse Resting Villa and Other Stories*, trans. Vivian H. Zhang, San Francisco, Calif: Long River Press, 2012.

③Jia Pingwa, "Happy," trans. Nicky Harman, *The Guardian*, 2008-08-11.

④Jia Pingwa, "The Country Wife," trans. Hu Zongfeng, *New Literature*, 2010 (1).

《废都》、《古堡》出版后在英语世界引起较多评论。而通过我国官方渠道如《中国文学》杂志英文版和"熊猫丛书"译介出去的贾平凹作品，鉴于意识形态、赞助人以及诗学的不同，在国外的接受不是十分理想。英文版《中国文学》选译作品时更多地考虑了源语而不是译语的接受规范，因而"很难被译语国家接受便理所当然"①。"熊猫丛书"只有"10%左右的译本引起了英美读者的注意，一些读者对此表示出阅读的兴趣，而90%左右的译本并没有取得预期的接受效果。"②但本土对贾平凹作品的译介无疑向英语世界的读者证明了他在当代文坛上的重要地位，对于异域他者的译本选择起到了推荐和参照作用。

贾平凹的创作在英语世界不仅得到大量的译介，也引起研究者的热情。英语世界对贾平凹的研究既有专著、博士论文，也有大量的期刊论文和书评文章。王一燕的《叙述中国：贾平凹的小说世界》③是目前为止唯一研究贾平凹的英文专著，该著由她的博士论文④修改而成，以霍米·芭芭的"国族叙述"为理论指导，探讨了贾平凹的《浮躁》、《废都》、《逛山》、《妊娠》、《土门》、《白夜》、《高老庄》、《怀念狼》等作品。此外，还有多伦多大学司徒祥文的《农民知识分子贾平凹的生活与早期创作：基于历史—文学

①郑晔：《国家机构赞助下的中国文学对外译介——以英文版〈中国文学〉(1951—2000)为个案》，上海外国语大学博士学位论文，2012年，第iv页。

②耿强：《文学译介与中国文学"走向世界"——"熊猫丛书"英译中国文学研究》，上海外国语大学博士学位论文，2010年，第88页。

③Yiyan Wang, *Narrating China: Jia Pingwa and His Fictional World*, London/New York: Routledge, 2006.

④博士论文题目为Narrating China: Defunct Capital [Feidu] and the Fictional World of Jia Pingwa, 1998。

的分析》①、加拿大英属哥伦比亚大学 Minfang Zheng 的《贾平凹20世纪90年代四部小说中的悲剧意识》②和该大学 Jincai Fang 的《中国当代作家张贤亮、莫言、贾平凹创作中的男性气质危机和父权制重建》③三篇博士论文。这些博士论文对贾平凹的创作进行了较为深入、全面的探讨,是英语世界颇具分量的研究成果。从英语世界对贾平凹的研究来看,主要集中在他的《废都》、《浮躁》、《人极》、《古堡》等作品上,下面分而论之。

二、《废都》:异域喧哗之声

《废都》中文版 1993 年发行后不仅在国内引发了地震般的效应,在国外也引起了热议,尤其是它在国内被查禁的经历更成为国外评议该小说的噱头,甚至由小说本身旁及其他。小说的英译本之旅也是一波三折,先是一位在美国大学任教的中国学者向贾平凹毛遂自荐翻译这部小说,但其翻译据葛浩文所言远远没有达到出版水平,后者建议他找一位以英语为母语的人合作修改,但

① John Edward Stowe, "The Peasant Intellectual Jia Pingwa: An Historico-Literary Analysis of His Life and Early Works," Diss. The University of Toronto, 2003.

② Minfang Zheng, "The Tragic Vision in Jia Pingwa's Four Novels of the 1990s," Diss. The University of British Columbia, 2004.

③ Jincai Fang, "The Crisis of Emasculation and the Restoration of Patriarchy in the Fiction of Chinese Contemporary Male Writers Zhang Xianliang, Mo Yan and Jia Pingwa," Diss. The University of British Columbia, 2004.

最后不了了之①。后来，西北大学的胡宗锋和英国学者罗宾合作，将《废都》译成英语，但一直没有面世。直到 2016 年，葛浩文翻译的《废都》与读者见面，这部小说才有了一个落地的英译本。葛浩文将《废都》译为 Ruined City：A Novel，而在葛浩文译本出现之前，英语世界的评论中将《废都》翻译成不同的英文名字：Ruined Capital，The Abandoned Capital，Capital in Ruins，Fallen City，Deserted City，Ruined Metropolis，Abolished Capital，Defunct Capital，Decadent Capital 等，各取其意，理解成“废都”、“空城”、“废墟上的都城”、“消失的都城”、“被抛弃的城市”、“陷落的城市”等，对这部作品的评论也是众声喧哗，各抒己见。

《废都》的怀旧主题是英语世界读者和研究者关注的焦点之一。2016 年葛浩文的《废都》英译本问世后，《纽约时报书评周刊》及时发表书评，认为“在小说中，比性更能引起读者兴趣的，是贾平凹对过去浓浓的怀旧情绪，这种怀旧情绪镶嵌在小说信马由缰、乘兴而写、不刻意关注结构的叙事之中。一件件日常琐事串起了整个故事，友人相会、聚餐、交谈、偷情、小恶行、小冲突，缓缓推动着故事的发展”②。对怀旧主题探讨更深入的是美国杜克大学教授罗鹏（Carlos Rojas），他发现以往对《废都》的研究多集中在“性变态和文化堕落”③上面，因而另辟蹊径，以贾平凹的散文集《老西安：废都斜阳》的怀旧主题为视点来解读、阐释《废都》，透过小

① Howard Goldblatt，“Review of Narrative China：Jia Pingwa and His Fictional World，”*Chinese Review International*，2006 (2).

② Jess Row，“Ruined City，”*New York Times Book Review*，2016－03－20.

③ Carlos Rojas，“Flies' Eyes，Mural Remnants，and Jia Pingwa's Perverse Nostalgia，”*Positions*，2006 (3)，p. 751.

说色情、堕落的表象，发掘隐含在深层的历史怀旧意识及其现代意义。小说的主人公庄之蝶迷恋女性的脚和鞋子，音乐名人阮知非收集了大量的女式皮鞋，赵京五喜欢收藏铜钱、铜镜，并送给庄之蝶，而这些铜钱、铜镜成了把庄之蝶和几个女人联结在一起的纽带。此外，周敏喜欢退居西安城墙孤寂的一隅吹埙，而庄之蝶有着收集城砖的癖好。如此，城墙、古砖、埙、历史、怀旧，构成女人之外的另一种关系，相较于肌肤之亲，这是一种更接近灵魂的追问。《废都》中的恋物癖承载着作者对现代的思考："从女性的脚和鞋子，到铜镜、铜钱、砚台和城砖。"①这些在《废都》中占据核心地位的意象，表明历史幽灵般的回声始终回荡在现代的场景之中。这样一来，《废都》中帝制时代西安的辉煌映照着西安今日夕阳残照般的颓败。庄之蝶之流倘若抱着恋旧的心态不放，滞留在历史的驿站上，迟早会变成被他们收藏的文物。贾平凹的"恋旧"情结蕴含着深沉的民族忧虑，二十多年后回望《废都》，可以说贾平凹有一种先知般的预见。

焦点之二是对男性气质的探讨。澳大利亚华人学者王一燕将主人公庄之蝶身上男性气质的衰落追溯到中国传统中的才子佳人，认为他"本人以及他的各路朋友都极为接近中国传统小说中的旧式文人"②，小说提供了一个"中国当代社会一直在寻找的'真正男子汉'的对立面"③，"废却的都城隐藏着中国文化历史的

---

①Carlos Rojas, "Flies' Eyes, Mural Remnants, and Jia Pingwa's Perverse Nostalgia," *Positions*, 2006 (3), p. 758.

②王一燕：《说家园乡情，谈国族身份：试论贾平凹乡土小说》，《当代作家评论》，2003 年第 2 期。

③Yiyan Wang, *Narrating China: Jia Pingwa and His Fictional World*, London: Routledge, 2006, p. 93.

集体记忆,又为中国文化史提供了空前'真实'的场景"①。加拿大英属哥伦比亚大学的 Jincai Fang 亦从男性气质的角度,对《废都》里的男女主人公进行了深入剖析。她认为:"《废都》可视为中国男性知识分子寻找失去的男子汉气概的心灵旅程。"②主人公庄之蝶在"才子佳人"模式中寻找理想的男性气质,小说隐含着"才子佳人"类小说中一夫多妻的影子,因为庄之蝶既有妻子,又有三位情人,"实际上,性和女人象征着庄之蝶对男性气概的追寻"③。庄之蝶试图借助女人和感官的满足来维护男人的威权,但征服弱者算不上真正的男子汉。因而,庄之蝶尽管有征服女人的快乐,但又时常陷入深深的恐慌和悲哀之中。Jincai Fang 最终得出的结论是:以庄之蝶为代表的中国男性知识分子对男性气概的寻找最终无果而终,"《废都》不过是一曲感伤中国男性知识分子失去男性气概的挽歌"④。

① 王一燕:《说家园乡情,谈国族身份:试论贾平凹乡土小说》,《当代作家评论》,2003 年第 2 期。

② Jincai Fang,"The Crisis of Emasculation and the Restoration of Patriarchy in the Fiction of Chinese Contemporary Male Writers Zhang Xianliang, Mo Yan and Jia Ping,"Diss. The University of British Columbia, 2004, p. 262(译文参见姜智芹:《欧洲人视野中的贾平凹》,《小说评论》,2011 年第 4 期)。

③ Jincai Fang,"The Crisis of Emasculation and the Restoration of Patriarchy in the Fiction of Chinese Contemporary Male Writers Zhang Xianliang, Mo Yan and Jia Ping,"Diss. The University of British Columbia, 2004, p. 268(译文参见姜智芹:《欧洲人视野中的贾平凹》,《小说评论》,2011 年第 4 期)。

④ Jincai Fang,"The Crisis of Emasculation and the Restoration of Patriarchy in the Fiction of Chinese Contemporary Male Writers Zhang Xianliang, Mo Yan and Jia Ping,"Diss. The University of British Columbia, 2004, p. 262(译文参见姜智芹:《欧洲人视野中的贾平凹》,《小说评论》,2011 年第 4 期)。

焦点之三是时代突变引发的道德和伦理层面的困惑。Minfang Zheng 指出:"《废都》主要刻画了一群生活在都市里的文化人,时代突变引发的价值体系变化令他们在道德和思想上都有无所适从之感……在时代巨变的狂澜中,他们失去了伦理和道德依傍,走向堕落的泥淖,并在自身堕落的过程中伤及他们所爱的人。"①

还有的研究给英语世界的读者送上了古都西安的传说、贾平凹写作《废都》的经历、小说出版前后鲜为人知的故事。华人学者查建英以作家的敏锐感受力和实地踏访,撰写了一篇研究《废都》的长文,名为《黄祸》,喻指小说中的性描写在中国被视为"黄色",其实在英语中"黄"与"色"无关。该评论文章介绍了《废都》的出版过程和出版后中国文学界对小说的争鸣,并以亲历的形式披露了一些销售与评论细节。查建英认为,该小说以"现实主义的笔触……一步一步痛快淋漓地揭开了一幅在各方面都走向腐败的旧都城生活画面,这个昔日繁华的都城到处充斥着贪婪、堕落、虚伪,迷信盛行,色欲涌动,权力肆虐"②。对于小说中为评论者所诟病甚至感到震惊的性描写,贾平凹承认"能帮助读者将这一部厚厚的作品读完,但认为这些描写没有出格的地方,性是他唯一出于'商业考虑'的描写"③。并说:"庄之蝶没有权力、钱财和影响力,性成了他空虚生活中唯一的安慰,因此,他沉浸其中,难以自拔,既毁了别人,也毁了自己。"④但英语

①Minfang Zheng, "The Tragic Vision in Jia Pingwa's Four Novels of the 1990s," Diss. The University of British Columbia, 2004, p. 233.

②Jianying Zha, "Yellow Peril," *Triquarterly*, 1995 (3), p. 241.

③Jianying Zha, "Yellow Peril," *Triquarterly*, 1995 (3), p. 253.

④Jianying Zha, "Yellow Peril," *Triquarterly*, 1995 (3), pp. 253－254.

世界的评论者对于小说中的性描写并没有大惊小怪。查建英援引一位欧洲汉学家的评论:“这是小说,不是政论文。女性主义者指责小说中的性和性别问题,她们的话不无道理。但性描写是小说中最不吸引人的地方——贾平凹对性行为所知甚少,只是从中国古典小说中猎取了一点皮毛。小说最吸引人、最有光彩的部分是它无情而又详细地揭露了中国社会体系从内到外的运作——日常生活中的权力交易,庸常生活下的暗箱操作,行贿受贿、人际关系、互相利用,人们在生活的泥淖中搅作一团。”贾平凹“表现的是大家都十分熟悉的生活,里面有各种各样的潜规则和心照不宣的行为规范。人们知道他们无法逃脱这种生活环境,也知道他们能在这种环境中周旋。这就是中国!到目前为止,中国当代作家中没有人能像贾平凹那样把这幅图画描绘得这样好”①。

从上述对《废都》的研究可以看出,英语世界对小说中的性描写并没有给予过多关注,而是透过“性”看到了贾平凹怀旧心绪下对现代西安乃至整个中国知识分子的忧患,对男性气质衰落的慨叹,对时代巨变给人们带来的精神困惑的警示。性在他笔下“绝不是单纯的谋取快感的消费品,而是历史与文化的多重象喻”②。《废都》英译本的出版,特别是译者为声誉卓著的葛浩文,有可能会进一步带动对《废都》的研究以及对贾平凹其他作品的翻译与观照,打破《浮躁》之后很长一段时间贾平凹在英语世界的沉寂局面。

---

①Jianying Zha,“Yellow Peril,”*Triquarterly*,1995 (3),pp. 259—260.

②刘传霞:《论〈废都〉、〈白鹿原〉性叙述中的性别政治》,《山东师范大学学报(人文社会科学版)》,2013 年第 2 期。

三、《浮躁》:农村改革的史诗

写于1986年的《浮躁》两年后获得美国的“美孚飞马文学奖”,引起英语世界的评论,而1991年葛浩文的英译本由路易斯安那州立大学出版社出版,更是引起了一股评论热潮。2003年,《浮躁》又由格罗夫出版社(Grove Press)发行了平装版,印证了其在英语世界持久的影响力。

《浮躁》是一部描写农村改革的力作。贾平凹《浮躁》之前的作品,如《鸡窝洼人家》、《腊月·正月》、《天狗》、《商州》等,多描写乡村社会变革初期农民情感和观念上微妙的冲突,小说里面乡村价值观念还没有遭到破坏。从《浮躁》开始,贾平凹开始触及这场以致富为最高目标的变革大潮在乡村人心灵上引起的震荡。《浮躁》在英语世界的评论也首先关注小说所体现的农村轰轰烈烈的改革潮流。《浮躁》流传到英语世界正是改革开放政策实行十年的时候,西方世界通过各种渠道了解中国这块古老大地上发生的一切变化,借助文学作品了解中国的改革政策及改革成果是西方人颇为重视的一个途径,因而《浮躁》译成英文出版后立即成为阅读、议论的热点。英译本出版当年就有书评在《新书推介》(*Forecasts*)、《柯克斯评论》(*Kirkus Reviews*)、《纽约时报》(*New York Times*)、《图书馆学刊》(*Library Journal*)、《亚洲华尔街日报》(*The Asian Wall Street Journal*)等刊物上发表,1992—1993年又有数篇评论在《基督教科学箴言报》(*The Christian Science Monitor*)、《威尔森图书馆学报》(*Wilson Library Bulletin*)、《选择》(*Choice*)、《现代中国文学》(*Modern Chinese Literature*)、《今日世界文学》(*World Literature Today*)等报纸杂志上与读者见面,评论者有《纽约时报》书评家索尔斯伯里(Harrison Salisbury)、汉学家金介甫(Jeffrey C. Kinkley)、华裔学者王德威等知名人士。

《亚洲华尔街日报》登载的评论文章指出,《浮躁》"以唐传奇的方式讲述着当代改革主题","给西方读者呈现了20世纪80年代中期中国改革所带来的巨大变化"。"这部小说并没有一味称颂改革的成就,而是反映了改革过程中出现的问题。""《浮躁》的道德核心是开放的个人主义哲学,这似乎是贾平凹为当代中国农村面临的种种问题开出的药方。比如,小说的主人公金狗意识到农村应当接受西方发展科学技术的观念,但也持守儒家严格的道德伦理观……拒绝迷信、歪门邪道和有损人格的赚钱方式。"并认为小说的主人公"金狗带有鲁迅式的启蒙色彩。他也认识到,要让农民接受现代化的理念,需要对他们进行启蒙,而自尊、自强是启蒙的重要内容,这使得《浮躁》具有明显的史诗特征。"并引用香港大学一位学者的话说:"金狗就像希腊神话中的英雄原型,他离开自己的村子,去外地闯荡,回来后成为村子里的带头人。在《浮躁》中,你同样能够看到中国农民甚至整个中国和中国文化,在迈向现代化的生活。"①

其他评论文章也对《浮躁》进行了积极正面的评价。《基督教科学箴言报》上的评论认为:"这是一部极为难得的小说,描写了中国一个小镇上的农民……在十年改革中所经历的浮躁生活。作品情节曲折,充满着对生活的真知灼见。"②《柯克斯评论》上刊文说:"这是一个发生在20世纪80年代中国农村的故事,曲折微

① Michael Duckworth, "An Epic Eye on China's Rural Reforms," *Asian Wall Street Journal*, 1991-10-18.

② Ann Scott Snyder, "Rev. of *Turbulence*," *The Christian Science Monitor* (Eastern edition), 1992-01-15.

妙而又躁动不安。乡土习俗和诗学意象使得这部描写改革时期新旧冲突的小说既真切感人,又给人以启迪。"①《图书馆学刊》上的评论指出:"贾平凹这部描写20世纪80年代中国生活的小说……会深深打动美国的读者。"②索尔兹伯里在《纽约时报》的书评中说:"贾平凹在《浮躁》中所描述的商州……虽然自新中国成立以来发生了翻天覆地的变化,但至今仍然保留着很多传统的东西,正是这些东西吸引着众多的读者。"③

相对于报纸杂志上的短评,王一燕从学术研究的高度,对《浮躁》进行了更为深入的探讨。她认为"《浮躁》展现了中国农村变革的深度和广度"。主人公"金狗是中国新一代农民的代表,受过教育,见识过外面的世界","从他身上可以看出中国农村在20世纪80年代末"所"发生的变革",而他所在的陕西南部山村是"中国的缩影","州河的激流象征着农村青年燃烧的热情与希望,是对中国20世纪80年代改革潮涌的生动描述"④。

西方世界对当代文学中描写改革的作品一度极为关注。新中国成立以后的近三十年时间里,由于意识形态的差异,社会体制的不同,中国同整个西方社会总体上缺乏交流,西方人对古老东方大国的了解仅是一鳞半爪,且多是建立在少数事实基础上的猜测。新时期伊始的改革开放政策给西方人提供了接触中国、了解中国社会发展面貌的机会,对于描写中国改革的小说也倾注了

①Kirkus Associates,"Rev. of *Turbulence*,"*Kirkus Reviews*,1991—08—15.

②Paul E. Hutchinson,"Rev. of *Turbulence*,"*Library Journal*,1991(116).

③Salibury Harrison,"Rev. of *Turbulence*,"*New York Times*,1991—10—11.

④Yiyan Wang, *Narrating China: Jia Pingwa and His Fictional Worl*, London/New York:Routledge,2006,p. 44.

极大热情。改革文学的开篇之作蒋子龙的《乔厂长上任记》首先引起国外的关注。在英语世界,《乔厂长上任记》被视为"新现实主义"之作,"冲破了教条主义的限制,不再盲目地唱颂歌,而是揭露社会弊端;不再粉饰现实,而是暴露出问题和矛盾……通过社会、政治、经济层面的深刻反思,中国能够找到行之有效的解决问题的办法,最终迎来光明的政治前景。《乔厂长上任记》……就是朝这个方向迈进的作品"①。张洁的《沉重的翅膀》也是改革文学中在国外影响较大的作品,被译成英、法、德等西方主要语种。英译本出版后的评论指出:"小说描写了积重难返的古老中国改革时的阵痛……所虚构的(改革派和反对派)之间的斗争是中国现实情形的典型反映。"②相较于《乔厂长上任记》和《沉重的翅膀》对城市中工业领域的改革书写,贾平凹的《浮躁》展现了改革给乡村带来的巨大震荡,他呈现在西方读者面前的不再是蒋子龙、张洁式的对社会变革者的赞颂,而是从乡村的变化中看到了改革对传统价值观念的摧毁和所留下的文化废墟。从蒋子龙、张洁到贾平凹,中国大地上的改革图景在西方人面前铺展开来,形成了他们自己心目中的改革中国形象。

四、《人极》、《古堡》及其他

除了《废都》和《浮躁》外,贾平凹译成英语的《人极》、《古堡》、

①Lee Yee ed., *The New Realism: Writings from China After the Cultural Revolution*, New York: Hippocrene Books Inc., 1983, p. 8.

②Sylvia Chan, *Leaden Wings* by Zhang Jie, *The Australian Journal of Chinese Affairs*, 1989 (21), pp. 202—204.

《天狗》、《鸡窝洼人家》、《火纸》以及目前尚未译成英语的《白夜》、《土门》、《高老庄》、《怀念狼》、《带灯》、《老生》、《极花》等，都有英文的介绍、评论与研究。

朱虹将译成英语的《人极》收入她的《中国西部：当代中国短篇小说选》，由于该小说是在 20 世纪 80 年代中国文坛呼唤真正的男子汉背景下写就的，英语世界对它的评价多从男子汉品质的角度展开。朱虹认为："该小说真正打动读者的一点是主人公试图建立起一种权威。"①汉学家雷金庆撰写长文，从性别和阶级角度探讨《人极》中的男性气概和男性政治，认为贾平凹在《人极》中塑造的光子是农民"硬汉子"形象。光子劁猪骟驴的职业，其手里的刀，是男性威权的象征。他不仅体魄强健、胆识超人，是"阳刚"观念的化身，而且在和女性的关系上也表现出少有的男性风度。当女子白水半夜爬上光子的床后，他执意要她走。"对'硬汉子'的真正挑战是他们能否控制住这种诱惑"②。控制自己的情欲不仅仅是一种自制力，同时也赋予他高尚的品德和精神上的优越感。"文化大革命"结束后，妻子一家得到平反，恢复了地位和名誉，但光子依然留在老家。雷金庆对此分析道："真正的男子汉形象是这样的：他们尽管被剥夺了政治和经济权力，依然试图保持原来的自我。"③但是光子在表现出男性气概的同时，又是一个无法完成父亲角色的男人。由于妻子疾病缠身，无法怀孕生子，光子身为

---

① Zhu Hong ed., *The Chinese Western: Short Fiction from Today's China*, New York: Ballantine Books, 1988, p. xvi.

② Kam Louie, "The Macho Eunuch: The Politics of Masculinity in Jia Pingwa's *Human Extremities*," *Modern China*, 1991 (2), p. 175.

③ Kam Louie, "The Macho Eunuch: The Politics of Masculinity in Jia Pingwa's *Human Extremities*," *Modern China*, 1991 (2), p. 181.

男人的另一个身份遭到阉割，他没能实现男子汉的全部内涵。雷金庆进而指出，在当时的社会语境下，处于社会底层的光子对“男子汉气概”或曰“硬汉子”的追求，只能是一纸空谈，他最终发现自己不过是一个被“阉割的对象”，他们那一代人的青春被掩埋在政治运动的废墟之下。

《古堡》译成英文后也在英语世界引起关注。该小说的英文版前言中介绍说：“《古堡》中的三条线索——战国时期改革家商鞅（公元前390—338年）的故事、1958—1966年商州的变革、小说中导演组在村里采景，将过去、现在和未来交织在一起，构思巧妙，叙事宏大。”①《古堡》英文版面世后《今日世界文学》随即发表书评文章，指出《古堡》是贾平凹“商州系列”小说中较受欢迎的一部，其对神话、象征和草莽英雄主义的运用使小说具有一种史诗性特征，赢得了广大读者的喜爱。同时也认为“古堡所代表的中国文化遗产尽管灿烂辉煌，但从另一个层面上看，它也会挫败人的积极性，不管是当代能人张老大，还是古代改革家商鞅，他们力挽狂澜的努力都曾变成人生的劫难”②。《世界小说评论》刊登的书评关注到小说中农民根深蒂固的传统和习性，尤其是乡村中强烈的父性宗族观念和冥顽的性别歧视③。英语世界对《古堡》的评论虽多出自简短的书评，但颇切中肯綮，小说揭示出的问题和值得阅读的价值所在，都被明确地点了出来。

《天狗》、《鸡窝洼人家》、《火纸》也在英语世界得到评论。《今

①Jia Pingwa, *The Castle*, trans. Shao-Pin Luo, Toronto: York Press, 1997, "Introduction," p. i.

②Philip F. Williams, "Rev. of *The Castle*," *World Literature Today*, 1997 (4).

③Lawrence N. Shyu, "*The Castle*," *The International Fiction Review*, 1998 (1).

日世界文学》上刊登的《市场经济与中国当代文学》一文认为贾平凹在这三篇小说中以乐观的态度观照农村的变革,对“那些寻找一切机会施展个人才能,并最终获得成功的人表现出赞赏之情”,“贾平凹笔下的人物不仅积极向上而且非常真诚”。三部小说中都贯穿着这样一个人物:“表面上木讷笨拙,受到周围人的排斥,但有着敏锐的洞察力,会审时度势,找到赚钱的门道,最终娶了自己心仪的女人。”①贾平凹在这些作品中忠实地记录了农村改革初期还没有遭到破坏的乡土价值观,故事里虽然有悲欢离合,但读来平和自然。

王一燕在《叙述中国:贾平凹的小说世界》中以相当的篇幅论述了《白夜》的互文性、《土门》中在故乡与都市之间徘徊的村民、《高老庄》中变成反乌托邦的故乡以及地方事件对于《怀念狼》的重要作用。Minfang Zheng 从悲剧意识的角度,同样对《白夜》、《土门》、《高老庄》进行了分析,认为《白夜》描述了主人公夜郎在生活和精神上的悲剧。改革给夜郎这样的农村人提供了到城市工作和生活的机会,让他们观察、经历社会、文化和政治上的不平等。他们中的一些人,如邹云和宁洪祥,有一种强烈的物质欲望;另一些人,像虞白,则饱受精神焦虑的折磨;还有一些人,像夜郎和宽哥,为一种理想主义所困扰。《土门》描绘的是伴随现代化和城市化而来的罪恶,小说中人物的悲剧命运是整个人类在本体论和形而上学意义上的悲剧。《高老庄》揭示了荒诞的历史和农村人可悲的现实生活。所谓“纯粹的理想之地”只不过是一个幻影,小村人看不到新生的希望。道德堕落、文化束缚、不切实际的理

① Melinda Pirazzoli,“The Free-market Economy and Contemporary Chinese Literature,”*World Literature Today*,1996 (2).

想和思维方式是人们悲剧的根源①。

贾平凹的近作《带灯》、《老生》、《极花》也有英语评论文章。《今日世界文学》中国专刊——《今日中国文学》向英语世界的读者介绍了《带灯》，指出这部描写农民诉求与乡镇干部工作之间冲突的小说，揭示出农村的很多社会问题，包括非法用地、强行拆除、对农民的请求置若罔闻等。贾平凹用中国人的方式展现了基层农民的生存困境，让西方读者感受中国农村当下的真实境况。贾平凹在小说中不仅表现出对乡镇干部的理解和同情，而且传达了他对中国乡村政治生态的期望。《带灯》"生动真实地描述了农村生活的全景图，给读者以身临其境之感"②。《中国日报》美国版刊文评介《老生》，指出这部小说"反映了自私和利他的双重人性，在特定的情势下，好人会走向邪恶，反之，恶人也能变得善良"，真可谓"残酷和善良相反相成"③。而贾平凹描写一个女孩被拐卖、出逃，最终又回到被拐卖乡村的《极花》，叙写充满活力、一派田园风光的乡村因城市打工潮而变得满目凋敝、四顾荒凉，"透过被拐妇女的视角，读者不仅看到了中国农村存在的种种问题，而且感受到不同层面的乡村生活"④。

通览贾平凹作品在英语世界的研究，可以发现受这样几个因

---

① Minfang Zheng, "The Tragic Vision in Jia Pingwa's Four Novels of the 1990s," Diss. The University of British Columbia, 2004, pp. 233－234.

② Jin Duo, Andrew T. Huynh, Ping Zhu, "Literature in Review," *Chinese Literature Today*, 2014 (4).

③ Zhihua Liu, "Novel on Life and Death of a Funeral Singer Reveals History," *China Daily*, US ed., 2014－11－26.

④ Yang Yang, "Spotlight on Rural Pain," *China Daily*, US ed., 2016－04－20.

素的制约。一是国外获奖,《浮躁》获得美国的“美孚飞马文学奖”后引起评价和研究的一个小高潮,奖项带动研究是当代文学海外传播中的一个普遍现象。二是翻译促进研究。每当贾平凹的作品译成英文出版后,便会引起读者和研究者的关注,有关的评介性、研究性论文也会集中出现。翻译停滞时研究也就相对沉寂。三是争议性推动研究水涨船高。《废都》出版后在国内的热议和被禁、解禁的曲折经历,成为牵动英语世界研究的提绳,直到现在,还有研究者围绕“《废都》第一版中此处删去××字的方框和再版时对这些方框的隐去”①做文章。总体来看,贾平凹作品的英语研究虽不乏真知灼见,但缺乏系统性和持续性。对于贾平凹这样一个当代文学史上的大家,如何让其作品在英语世界获得更旺盛的生命力,如何以对作品的翻译带动研究,以对作品的研究推动翻译,为其他当代作家走向世界提供借鉴,是当代文学海外传播需要思考的问题之一。英语世界对贾平凹作品的翻译和研究,都正在路上,期待这条路越走越宽广。

(原载《南方文坛》2017 年第 4 期,
人大复印资料《中国现当代文学研究》
2017 年第 9 期全文转载)

① Thomas Chen,“Blanks to be Filled: Public-Making and the Censorship of Jia Pingwa's *Decadent Capital*,”*China Perspectives*,2015 (1).

当代文学在西方的影响力要素解析

——以莫言作品为例

近年来,中国当代文学在西方世界的传播不仅受到国家层面的高度重视,也成为学术界的热门话题,并且取得了很大的传播与研究实绩。莫言堪称当代作家中在西方影响最大的,获得诺贝尔文学奖是对其文学成就的巨大肯定,也使他的小说在西方世界拥有了更多的读者和研究者。莫言的小说何以在西方受到关注,他的作品在哪些方面引起了西方人的兴趣?本文试图提炼出一些莫言作品在西方世界的影响力因素并进行分析,以期多层面地观照世界文学版图中的莫言,同时也希冀为中国当代文学的创作及海外传播提供某些借鉴。

一、"高密东北乡"里的政治

世界文学史上很多成就卓然的作家在追求美学的同时,也将政治因素融入创作之中。诺贝尔文学奖获得者福克纳将美国南方多艰而动荡的政治经济发展进程作为自己想象中"约克纳帕塔法县"的宏大背景;马尔克斯对西方人以神话、传奇来消解他作品的政治性十分介怀,阐发政治理想或揭露政治弊端是文学作品获得世界性认同的要素之一。同为诺奖得主,莫言在创作中也不回避政治问题。他曾在中国文学界“去政治化”的潮流中明确指出：“(20世纪)80年代开始的新文学，许多年轻作家以谈政治为耻，以自己的作品远离政治为荣，这种想法实际上是不对的。我想社会生活、政治问题始终是一个有责任感的作家不可不关注的重大的问题。政治问题、历史问题、社会问题也永远是一个作家所要描写的最主要的一个题材。”①直面中国革命和建设中存在的问题，批评、谴责背离执政党纲领的行为，莫言表现出一个具有社会责任感的作家的优秀品格。他笔下的“高密东北乡”一如福克纳的“约克纳帕塔法县”和马尔克斯的“马孔多”小镇，是中国社会的缩影，莫言将中国大地上发生的很多故事都融汇到“高密东北乡”，使这个文学性区域里上演着中国政治的风云变幻。

在“高密东北乡”这个光怪陆离的文学世界里，莫言以或写实或荒诞的视角，对当前的话语体系、社会生态进行了大胆的揭示、质疑和批判。《天堂蒜薹之歌》将大量笔墨“放在政府暴力机构对无辜百姓施加的暴虐行为”②上。莫言在该小说的自序中写道：“小说家总是想远离政治，小说却自己逼近了政治。”③《蛙》通过一位乡村妇科医生的经历，揭露某些官员在推行计划生育政策过程中的腐败和残酷。《酒国》以文学的虚构和象征手法，对新时期改革过程中个别领导干部的腐败行为进行了无情的批判和剖析。《檀香刑》讲述了一个底层民众反抗官方压迫的故事。《生死疲劳》借助主人公西门闹的六道轮回，向读者展现了“土改”、“四清”、“文革”以及20世纪90年代的市场经济，是

①莫言：《莫言作品精选》，武汉：长江文艺出版社，2012年，第310页。

②孔小彬：《论莫言小说的中国想象》，《甘肃社会科学》，2013年第2期。

③莫言：《天堂蒜薹之歌》，北京：当代世界出版社，2012年，第1页。

对现代政治神话的寓言式解构。

莫言小说中对政治的揭示无意中契合了西方读者对中国当代文学的解读偏好。针对“美国读者更喜欢中国文学中哪种类型”的提问,深谙西方读者阅读喜好的汉学家葛浩文说:“美国人对讽刺的、批评政府的、唱反调的作品特别感兴趣。”①在另一次访谈中,当再次被问到这一问题时,他的回答是:“大概喜欢两三种小说吧,一种是 sex(性爱)多一点的;第二种是 politics(政治)多一点的;还有一种侦探小说,像裘小龙的小说据说卖得不坏。”②莫言的小说虽无意于批判政府、和政府唱反调,却在一定程度上抨击了当今中国社会的某些阴暗面。在西方人眼里,作者不同于意识形态的态度,作品中对社会现象、历史事件揭疮式的展现,常常是引起他们关注的首要因素。政治的审美视野可以说是西方读者解读中国当代文学的惯常视角。二战后“冷战”思维的影响,东西方之间长期的思想对立,使得中国当代文学在西方的传播与接受也充满了意识形态的对抗性。

虽然莫言在小说中不乏对政治的揭示,但作为体制内的主流作家,他在文学与政治、个人与国家之间睿智地保持着理性的平衡。用西方评论者的话来说,莫言在“灰色地带”做文章,以“一种巧妙的平衡技巧,在政府允可的范围内对中国社会的某些现象进行批评”③。而且,莫言并没有让政治压倒文学。以《天堂蒜薹之

---

①罗屿:《葛浩文:美国人喜欢唱反调的作品》,《新世纪周刊》,2008 年第 10 期。

②季进:《我译故我在——葛浩文访谈录》,《当代作家评论》,2009 年第 6 期。

③Sabina Knight,“Mo Yan's Delicate Balancing Act,”*The National Interest*, 2013 (124).

歌》为例，他说："我在写作《天堂蒜薹之歌》这类逼近社会现实的小说时，面对着的最大问题，其实不是我敢不敢对社会上的黑暗现象进行批评，而是这燃烧的激情和愤怒会让政治压倒文学，使这部小说变成一个社会事件的纪实报告。小说家是社会中人，他自然有自己的立场和观点，但小说家在写作时，必须站在人的立场上，把所有的人都当做人来写。只有这样，文学才能发端事件但超越事件，关心政治但大于政治。"①莫言揭示政治问题和政治现象，但他主观上无意让政治成为增加其在西方世界影响力的筹码。针对西方人对他获得诺贝尔文学奖的政治责难，莫言反复声称，自己获奖是文学的胜利，而不是政治的胜利；诺贝尔文学奖从来都是颁给一位作家而不是一个国家。

作家对敏感的社会现象、历史问题进行揭露和抨击，未必就有明确的政治目的和政治动机。基于此，西方世界对莫言作品政治层面的过分关注某种程度上有过度诠释之嫌。这方面有大量的例证。美国学者桑禀华认为莫言"把《红高粱》的场景放在抗日战争时期，不仅巧妙地避开了共产党敏感的问题，也躲过了图书审查的雷达。但敏锐的读者不难发现这样的小说隐含着'文化大革命'时期中国人痛苦的经历"②。加拿大蒙特利尔大学比较文学系教授吕彤邻指出，莫言《红高粱》的写作风格和隐含的意识形态与当时提倡的社会主义现实主义大相径庭，"反叛者、通奸者成为抗日英雄，这变相地嘲弄了中国共产党以抗日英雄自居的形

---

①刘硕良主编：《诺贝尔文学奖授奖词和获奖演说》(下)，桂林：漓江出版社，2013年，第743—744页。

②Sabina Knight, "Mo Yan's Delicate Balancing Act," *The National Interest*, 2013 (124).

象”①。加拿大汉学家杜迈可在阅读莫言20世纪80年代的创作后得出这样的认识：莫言的小说写出了“无以掌握自己命运的农民在不公正的社会制度下的悲惨生活，这和毛泽东时代的作家把农民塑造成社会主义的主人翁和积极建设者形象形成了鲜明的对照”②。瑞典文学院成员、诺贝尔文学奖委员会主席瓦斯特伯格在为莫言颁奖的致辞中说：“莫言的小说《酒国》中，最美味的佳肴是三岁童子的烤肉。男童成为很难享受到的美味，而女童因无人问津反而得以生存。这一讥讽的对象正是中国的独生子女政策，因为这一政策导致女婴被流产，规模之众堪称天文数字。”③当然，以上种种过度诠释性的政治解读并不能说明莫言主观上有迎合西方读者阅读趣味的意图，但从政治的视角关注民生疾苦、探索社会发展的曲折进程而又做到张弛有度，不仅是作家高度的社会责任感、深厚的现实忧患意识的体现，也是西方人对中国当代文学的兴趣点。

二、本土经验中的普世主题

莫言的诺贝尔文学奖颁奖词中有这样的话：“莫言将幻想和

---

①Lu Tonglin, *Misogyny, Cultural Nihilism, and Oppositional Politics: Contemporary Chinese Experimental Fiction*, Stanford: Stanford University Press, 1995, p. 52.

②Michael S. Duke, “Past, Present, and Future in Mo Yan's Fiction of the 1980s,” in Ellen Widmer and David Der-wei Wang eds., *From May Fourth to June Fourth: Fiction and Film in Twentieth-Century China*, Cambridge, MA: Harvard University Press, 1993, p. 48.

③Per Wästberg, “Award Ceremony Speech,” http://www.nobelprize.org/nobel_prizes/literature/laureates/2012/presentation-speech.html, 2015—03—15.

现实、历史和社会结合起来，在作品中创造了一个堪比福克纳和马尔克斯的复杂世界，同时又在中国传统文学和口述传统中寻找到一个出发点。"①这段话透示出莫言之所以赢得"文化他者"的认同，获得文学殿堂里的最高奖，一是他向世界提供了中国人独特的生活经验，二是这种独特的经验中又凝聚着普世性主题，普世性的主题通过独具特色的本土经验表达出来才格外带给人震撼。

莫言从中国传统文化资源中找到的出发点首先是"作为老百姓的写作"姿态，这一姿态使他无意中回到了小说在中国概念的原点。"小说"在中国最初有街谈巷语、丛残小语之意，其诞生之初就和"民间"有密切的关系，而莫言一直秉承民间写作的立场，舍弃作家的精英身份，将自己降至一个朴素的百姓写作者，撰写民间的佚事传奇。他笔下的黑孩、铁孩、上官金童、罗小通、余一尺、余占鳌、蓝脸等独具异禀的人物和他们的传奇人生，彰显着志怪小说、唐宋传奇的奇趣。《红高粱》堪称莫言民间历史的代表性作品，有学者这样评论道："打开了高密东北乡封闭性的生态结构，把传奇性的因素从《秋水》这个试探性的短篇小说里拿出来放大，发展到了癫狂的状态。这样一来，高密东北乡就有了浓重的传奇性。高密东北乡的前期历史，变成了一部传奇史，一举接续上了八百多年前从高密东北乡往西不过两百多公里的梁山泊的传统。"②莫言的小说世界一方面借助中国传统志怪、传奇的虚幻

① Andrew Jacobs and Sarah Lyall, "After Past Fury for Peace Prize, China Embraces Nobel Choice," *New York Times*, Late Edition (East Coast), 2012－10－12.

②叶开：《莫言评传》，郑州：河南文艺出版社，2008 年，第 320 页。

想象力，冲破当代文坛现实主义写作的禁锢，另一方面以强烈的讽喻性使现实世界在虚幻情境中凸显，达到关注现实、书写当下的效果。

莫言“作为老百姓的写作”姿态和创作上的民间视角容易赢得西方人的信任和认可。英国汉学家、中国当代文学翻译家蓝诗玲曾在英国《卫报》上发表题为《大跃进》的文章，指出尽管在过去二十年里英译中国当代文学作品的数量一直在增长，但西方读者普遍认为改革开放后的中国文学和之前的新中国文学一样，是枯燥的政治说教，可以毫无顾虑地不予重视①。可见，文学作品中的说教性是西方读者所反感的。但莫言的作品不一样，他以芸芸众生的身份展示普通人生命中的苦难与困顿，不以“为老百姓写作”的姿态居高临下地去做评判，亦没有嘲讽和挖苦，而是让故事本身来诉说人物命运的跌宕起伏、潮起潮落，“是真正‘作为老百姓的写作’”②。莫言其人的本真率性，莫言作品的野性魅力和民间趣味，使得文学真正成为中西之间普罗大众的交流，而这种交流方式是西方人所欣赏的。因而莫言的作品虽然大多数不在中国官方向外推介的范围之内，但西方人却主动把它们翻译过去，并给予良好的评价和多样的诠释。

莫言对中国传统文学质素的继承，其写作的民间性，对西方读者来说都是异域色彩，是吸引他们的他者之光。但过多的异域因素又会让他们的阅读和接受遇挫。接受美学认为，读者的期待视野和文本之间有逆向受挫和顺向相应两种情形，不完全的受阻

①Julia Lovell,“Great Leap Forward,”*The Guardian*,2005－06－11.

②李钧:《新历史主义的立场和“作为老百姓的写作”》,《山东师范大学学报(人文社会科学版)》,2013 年第 2 期。

遇挫能激发起读者的阅读兴趣，而完全的遇挫只会阻绝读者的进入，导致作品价值难以实现。正因为如此，莫言作品的意大利文译者帕特里西亚·里贝拉蒂(Patrizia Liberati，中文名为李莎)在谈到“外国人为什么喜欢莫言”时说了这样一番话：“从我的角度来看，我读一个其他国家的文学作品……譬如我读印度文学，我所沉浸其中的印度文学充满了异域特色，有不一样的地方，但不是完全不同……在莫言的小说里……你踏进一个不一样的时空领域，但你一定能从中发现那份只属于你的领悟和感受。”①李莎这里所说的“不是完全不同”，“那份只属于你的领悟和感受”指的就是民族文学中的世界性因素，具体到莫言来讲就是其作品中熔铸着普世性的主题，这种普世主题的蕴涵使莫言的作品在西方世界有阅读上的顺向相应，即拥有了走进西方读者内心深处的要素。

莫言作品对普世主题的诠释，一是对人性的多重审视与挖掘，二是对强权与专制的批判和抗争。

《生死疲劳》把人性放在特定的历史境遇中加以审视，表现荒诞的历史进程对人性的扭曲。蓝脸单干的故事揭示了荒诞历史对个体自由的剥夺和由此导致的他生命中的痛苦和灾难。翻身得解放的长工蓝脸尽管在土改中分得了土地和房屋，但他不支持新政权的农业集体化道路，固执地坚持单干。自由最为人类所渴望和追求，但一些以革命名义发动的运动剥夺了许多普通个体的自由。农业合作化运动要求蓝脸放弃个体自由，加入合作社，但蓝脸宁愿睡牛棚、用镐头刨地、用葫芦头点播也不顺

①刘维靖：《莫言作品意大利文译者谈“外国人为什么喜欢莫言”》，http://gb.cri.cn/27824/2012/11/01/6651s3909114.html，2015－03－08。

从。二十多年后，农村联产承包责任制的实行无声地证明了蓝脸当初的选择，承认了单干的合理性。蓝脸以自在的生存状态，默默而又执拗地侍弄着自己的一亩三分地，远离人民公社、“大跃进”等历史运动的喧嚣和浮躁。他隐姓埋名、远避他乡、苟且偷生的落寞生活揭示出，历史发展进程中的每一次荒诞，都会造成人性的扭曲。

《生死疲劳》也暴露了人性中阴险、自私、无耻的一面。民兵队长黄瞳虽然受过地主西门家的恩惠，但枪毙西门闹时却把他打得脑浆迸裂，连个囫囵尸首都不肯给他留下。西门闹的三姨太吴秋香在批斗会上编造自己被西门闹强暴的故事，对丈夫落井下石，丝毫没有夫妻情分。西门金龙对转世为牛的父亲痛下杀手，将其活活烧死。这些人的行为同样是荒诞历史对人性的扭曲所致。

《蛙》也是一部探讨人性矛盾和扭曲的力作。身为农村妇产科医生的“姑姑”曾接生了上万个孩子，被十里八乡誉为“送子娘娘”。但在推行计划生育政策时她那坚如磐石的政治立场又使她流产了数千个婴儿，甚至直接造成了孕妇的死亡。这种近乎癫狂的执着是对人类伦理和情感逻辑的颠覆，而她在悔悟之后又以一种偏执的心理崇拜“生育”，嫁给民间艺人郝大手，通过丈夫捏的泥人来忏悔赎罪。《蛙》的中心情节虽然围绕计划生育展开，但莫言要揭示的并非一项具体政策的功过是非，“计划生育”只是莫言展开叙述的历史大背景，他善于将具体事件提升到哲理的高度，纳入人性的框架予以观照，揭示人在国家意志与民间伦理冲突之下的矛盾和痛苦。

莫言作品对普世主题的诠释还体现为对强权和专制的批判与抗争。《红高粱家族》中的“我爷爷”、“我奶奶”面对日本侵略者的强权与专制，以飞扬、粗犷的民间生命力，誓与日军同归于尽。《檀香刑》中处在德国兵和腐朽清政府双重强权下的孙丙，虽然在饱受檀香刑的非人折磨后怆然死去，但无疑彰显了生命的自由意志。《生死疲劳》中“热爱劳动，勤俭持家，修桥补路，乐善好施”①的地主西门闹执着的六世轮回实则是想要搞清楚自己究竟犯了什么罪而毙命。这堪称是对一种理想主义的坚守，而诺贝尔文学奖的评奖标准中很重要的一条就是对人类理想主义的坚守。莫言的思考既根植于中国文化土壤，又在人类价值的普世层面上展开，他的创作因汇入世界文学话语体系而赢得了世界性的尊重和关注。

三、批判与反思的中国形象

中国文学对外传播中的中国形象塑造是目前学术界关注的重要课题。中国当代文学对外传播的渠道主要有两个：中方作为主体的“送”，即自我传播；外方作为主体的“拿”，即他者传播。新中国成立以后，首先承担起向外传播中国文学重任的是《中国文学》杂志和“熊猫丛书”。21 世纪以来，随着文化“走出去”战略的实施，一系列图书“推广计划”和“译介工程”，如“中国图书对外推广计划”、“中国当代文学百部精品译介工程”、“中国文化著作翻译出版工程”、“经典中国国际出版工程”等也得以推行。中国政府通过这些图书推广“计划”和翻译出版“工程”，意在塑造一个改革开放、文明和谐、发展进步、自信、负责任的中国形象。但“送”出去的文学作品并没有受到西方读者的普遍喜爱，而文学自我传

①莫言：《生死疲劳》，北京：作家出版社，2006 年，第 4 页。

播所打造的单一中国形象也没有赢得西方人广泛的信任和接受。这引起我们深层的思考:国家形象是一个综合性工程,不应仅由单种元素构成,除了正面的歌颂、赞扬之外,还要允许作家以严肃的责任感,对民族的劣根性、社会的腐败现象进行批判和揭露,应树立正面描绘与理性批判兼而有之的理念。多维的中国形象对外能赢得国际社会的理解和信任,对内会获得国人的认可与赞同。

与自我传播及自塑形象相比,他者传播与塑造的中国形象基于"自己人效应",更容易得到西方人的信赖和接受。因为心理学家发现,人们对于有着共同信仰、价值观和宗教背景,使用共同语言、隶属同一文化圈的人所说的话,更容易接受。就中国文学的对外译介而言,译介主体如果是目标语读者"自己人",或是有目标语国家出版发行机构的参与,译介的作品就容易获得信赖。也就是说,彼此间的态度和价值观越是相似,相互间的吸引力也越大。莫言的作品基本上都是由他者传播到国外的,而且其作品中塑造的中国形象更多地着眼于批判和反思,这对于因意识形态不同对中国文学持有偏好解读的西方人来说,无疑多了一层吸引力。

从国家形象塑造看,莫言译介到国外的作品大都带有强烈的批判性,塑造的是批判的中国形象。"塑造积极的国家形象并不等于掩盖问题,粉饰太平,揭露社会主义建设中存在的问题更能彰显中国恢宏、自信、开放、包容的大国风范,关键是要反映中国人民面对这些问题时的心态和解决问题的方法与勇气"①。在《天堂蒜薹之歌》中,莫言抨击了那些"打着共产党的旗号糟蹋共

①姜智芹:《当代文学对外传播中的中国形象建构——以莫言作品为个案》,《人文杂志》,2015 年第 1 期。

产党声誉的贪官污吏"①,在为民请愿中提醒执政党纠正改革进程中存在的弊端。他的《酒国》揭露出某些领导干部的双面脸谱:一方面标榜"不畏强权、反腐倡廉"②,一方面却极度腐化堕落,在宴席上吃骇人听闻的红烧婴儿。莫言富有预见性地以文学形式诠释了当今实施"八项规定"、深化"四风建设"的重要性。《檀香刑》揭示了知识分子由于对上级曲意逢迎而失去独立人格,将自己置于备受压抑和煎熬的境地。总的来看,莫言对官场上的官僚主义作风、腐败习气乃至知识分子的尴尬人生,都做了别开生面的针砭和剖析。

莫言敢于揭出社会的脓疮和腐败毒瘤。他说:"我有一种偏见,我认为文学作品永远不是唱赞歌的工具。文学艺术就是应该暴露黑暗,揭示社会的不公正,也包括揭示人类心灵深处的阴暗面,揭示恶的成分。"③但莫言的批评又是有节制的、善意的,他并没有和政府唱反调。他小说中批判的现象是人民群众所关心的问题,同时也是执政党所致力于解决的。因而,莫言塑造的批判的中国形象在赢得西方对中国的认可方面发挥了积极的作用。

莫言的作品也塑造了反思的中国形象。《酒国》让我们对当代社会中金钱、权势的主宰力加以反思,酒色之风会借金钱、权力之势渗透社会生活的各个方面,并造成极大的负面效应,销蚀正

①莫言:《天堂蒜薹之歌》,北京:当代世界出版社,2012年,第220页。

②莫言:《酒国》,上海:上海文艺出版社,2008年,第333页。

③莫言:《"我怎样成了小说家":莫言2012年10月14日在香港公开大学的演讲》,http://book.hexun.com/2012-10-14/146744635.html,2015-02-25。

能量作用的发挥。《蛙》选取了敏感的计划生育题材，既揭露了计划生育政策实施中的种种过激行为，也展现出特定国情下计划生育的合理性与必要性。莫言通过一位乡村医生被历史潮流挟裹的经历，引发读者思考计划生育政策与生命伦理的悖论。《生死疲劳》“多有对历史暴力与荒诞的省思”①，揭示历史的荒诞给个体造成的悲剧。在宏大叙事中，地主通常欺压百姓、恶贯满盈；长工翻身得解放后积极拥护党的政策，踊跃入社。但在莫言笔下，地主西门闹慈心善行仍在土改时被枪毙；长工蓝脸新中国成立初期坚决不入社，成为全国唯一的单干户而在“文革”中遭游街批斗，但十一届三中全会后农村土地承包责任制的实行又最终认可了他的坚持。当然，莫言不是在为历史的受害者鸣不平，而是反思普通个体在历史的潮涌中被践踏尊严甚至遭到肆意摧残的悲凉处境。莫言自身具有的反思精神让他在作品中对权势、人性、计划生育问题进行深刻的反思，以人道主义的情怀审视历史进程，带给西方读者强烈的“当下感”和“现场性”。

莫言作品中所塑造的批判与反思的中国形象曾引起一些中国学者的诟病，指责他契合或迎合了西方人看待中国的东方主义视野。但不可否认的是，莫言对中国的人、事、社会现象的书写，引起了西方对中国更多理解性的关注和评价。很多情形表明，越是塑造完美的国家形象，越容易遭遇排斥和反感，熔铸悲悯之心、体现作家良知和责任感的客观、多维的中国形象反而容易得到域外的认可和理解。莫言在作品中塑造的批判与反思的中国形象是其在西方世界影响力的又一个维度。

---

①赵丽萍、董国俊：《从颁奖词看莫言小说的域外接受》，《甘肃社会科学》，2013年第4期。

四、小说文体中的媒介元素

莫言在创作中对报纸、书信、影视等媒介元素的娴熟运用，使其作品的艺术张力比单纯的文字表述更加多样、生动，无形中增添了他在西方世界的影响力。

莫言的小说以故事精彩、人物形象鲜明而广受读者赞誉，这和他在创作中运用多种媒介元素有重要关系。《天堂蒜薹之歌》的结尾不落窠臼，没有采用通常的人物自述或作者旁白，而是以一则刊登在《群众日报》上的新闻报道作为故事的终结。每一种媒介在传递信息时都会给受众留下某种固有的印象，报纸媒介就带给人一种真实感和纪实性。小说的主要特征是虚构，但当新闻报道融入小说叙事时，不仅"突破了小说传统文体的规范"①，也让读者感受到一种强烈的当下性，而通过文学作品了解中国当代社会正是西方或隐或显的阅读目的之一。《天堂蒜薹之歌》译成英文后以其纪实色彩受到关注，加拿大汉学家杜迈可在评价这部小说时说道："在这部作品中，莫言或许比任何一位写作农村题材的 20 世纪中国作家更加系统深入地进入到中国农民的内心，引导我们感受农民的感情，理解他们的生活。"②翻译该小说的美国汉学家葛浩文指出："莫言的《天堂蒜薹之歌》以激越的元小说形式，暴露了地方官员的贪污腐败。"③另外也

---

①张学军：《〈天堂蒜薹之歌〉的叙事结构》，《山东师范大学学报(人文社会科学版)》，2014 年第 3 期。

②杜迈可：《论〈天堂蒜薹之歌〉》，季进、王娟娟译，《当代作家评论》，2006 年第 6 期。

③Howard Goldblatt, "Mo Yan's Novels Are Wearing Me Out," *World Literature Today*, 2009 (4).

和西方对报纸等新闻媒体的定位有一定关系。在西方人看来，监督、质疑、批评、揭露是新闻媒体的天然职能，这种新闻观使得西方人对莫言《天堂蒜薹之歌》中新闻报道的运用增添了一份亲近感。

莫言在小说中对书信的运用驾轻就熟，《酒国》和《蛙》都采取了这种形式。前者以酒博士李一斗和“莫言”的通信为线索，穿插讲述了酒国的官员烹食婴儿、高级侦探丁沟儿前来调查重重受阻的奇异故事。后者以叙述人蝌蚪和杉谷义人的通信拉开在中国关乎每个家庭的计划生育故事大幕。这种书信的叙述方式具有易读性和私密性，不仅有利于文本信息的传达，也使读者与文本的对接更加顺畅。书信的私密特性，使对计划生育这一公共问题的看法，变为熟人、朋友之间的个体交流，让读者感受到小说对计划生育问题的表达更具个人性，这对寻求在中国宏大历史叙事之外感受中国现实的西方人具有极大的吸引力。另外，西方有着悠久的书信体小说传统。早在古罗马时期，诗人贺拉斯就以书信体创作诗歌，后世的诗人模仿这一体裁，到 18 世纪成为欧洲大陆上风行一时的文学样式。英国作家理查逊先后出版三部长篇书信体小说《帕梅拉》、《克拉丽莎》、《格兰狄森》，在当时引起轰动，被视为近代书信体小说的真正创始人。在理查逊的影响下，卢梭发表了《新爱洛伊丝》，歌德出版了《少年维特之烦恼》。虽然 18 世纪末期以后，新一代的小说家不再青睐这种小说形式，但仍不乏作家对这一体裁进行尝试，陀思妥耶夫斯基就以书信体小说《穷人》成名，茨威格的《一个陌生女人的来信》也风靡欧洲。西方这种书信体小说传统使西方人在莫言的小说中感受到自身所熟悉的东西，情感上的认同也会在不知不觉中产生。

莫言创作时的影视性思维带给小说极强的画面感。他的许多小说篇名本身就是一幅意象鲜明的静物画:“透明的红萝卜”、“红高粱”、“白狗秋千架”、“白棉花”等等。莫言调动自己的眼、耳、鼻、口等感官进行写作,其小说世界是一个集视觉、听觉、嗅觉、味觉、触觉等一体的沸腾感觉世界,这样的叙事方式给读者带来丰富的视听感受,也引起影视导演的极大兴趣,他的多部作品被改编成电影电视剧。《红高粱家族》有张艺谋改拍的电影和郑晓龙改编的电视剧,《师傅越来越幽默》、《白狗秋千架》、《白棉花》分别被改编成电影《幸福时光》、《暖》和同名电影《白棉花》。莫言作品的影视传播带动了对其作品的阅读,特别是《红高粱》电影在西方的上映,打开了莫言进入西方世界的大门,使他最终站到了诺贝尔文学奖的领奖台上。

莫言作品在西方世界的影响力除了本文归纳的四个方面的因素外,还有其出色的讲故事能力和超凡的想象力等。鉴于这些因素已在有关论文中指出①,此处不再赘述。莫言站立在中国文学走向世界的潮头,如何更好地推动更多的中国当代文学作品走向世界,他的演讲也许道出了几分真谛:“我知道有一些国外的读者希望从中国作家的小说里读出中国政治、经济等种种现实……但我也相信,肯定会有很多的读者,是用文学的眼光来读我们的作品,如果我们的作品写得足够好,我想这些海外的读者会忘记我们小说中的环境,而会从小说的人物身上,读到他自己的情感和思想。”②任何一国的文学作品要想走向世界,必须具有国际影

①姜智芹:《西方读者视野中的莫言》,《当代文坛》,2005 年第 5 期。

②莫言:《当众人都哭时,应该允许有的人不哭——在中国文学海外传播工程启动仪式上的发言》,见耿立主编:《21 世纪中国最佳随笔 2000—2011》,贵阳:贵州人民出版社,2012 年,第 319 页。

响力。以中国本土经验，写出关注现实人生、反映历史变迁并让域外读者感受到自己情感和思想的作品，是中国当代文学走向世界的大道。

（原载《甘肃社会科学》2015年第4期）

序跋在莫言作品海外传播中的作用

莫言的小说可以说是中国当代文学中在海外传播最广的。基于能够提供全球图书馆收藏数据的 OCLC① 的统计数据显示："莫言英文版的作品馆藏量最多。"其英文版的《红高粱家族》、《生死疲劳》、《天堂蒜薹之歌》、《丰乳肥臀》、《酒国》、《师傅越来越幽默》等不仅被欧美的大学图书馆、研究机构收藏，而且走进了欧美数量庞大、分布广泛的社区图书馆、公共图书馆②，说明以莫言为代表的中国当代文学开始进入欧美人的日常生活，中国文学的影响逐渐深入到欧美的普通民众之中。

对于莫言作品海外成功传播的原因，学者有见仁见智的论述，比如好的翻译、对世界文学的吸纳、张艺谋电影《红高粱》的先行效应、艺术上的不断创新、西方批评家和汉学家的大力推动、适合西方口味的叙事方式等③，都不同程度地促进了莫言作品在海

① OCLC，全称为 Online Computer Library Center，即联机计算机图书馆中心。

② 何明星：《莫言作品的世界影响地图——基于全球图书馆收藏数据的视角》，《中国出版》，2012 年 11 上旬刊，第 12—17 页。

③ 姜智芹：《中国新时期文学在国外的传播与研究》，济南：齐鲁书社，2011 年，第 105—110 页；刘江凯：《认同与"延异"——中国当代文学的海外接受》，北京：北京大学出版社，2012 年，第 239—245 页；邵璐：《莫言小说英译研究》，《中国比较文学》，2011 年第 1 期，第 45—56 页。

外的传播。除此之外，笔者在此想要探讨的是：序和跋在莫言小说域外接受中的重要作用。

序跋是文学作品的重要组成部分，完备的序跋“由作者的自序自跋、译者的序言附记以及批评者的相关评论文字共同构成”，“承载着作家诠释、译者推介以及批评者评论的多重媒介和重要语境”①，对于作品的海外传播起着不可忽视的作用。下面我们结合莫言小说的序与跋，以及其英译小说的封面和封底评语、译者的话及附言简介，看一看这些信息如何与文本互动、勾连，从而在跨文化对话中使莫言的作品更容易获得海外读者的接受与认同。

一、序跋之于读者的价值引导与审美培养

这里所说的读者主要指莫言作品的海外读者。序与跋——不论是作者的自序、后记还是译者的话抑或出版社印在封面封底上的评价，都是为读者而作，目的是为了让读者更好地理解作家作品。莫言的英译作品基本上由英美两国的商业出版社出版，如美国的维京出版社（Viking）、拱廊出版公司（Arcade Publishing）、企鹅出版集团（Penguin Books），英国的哈米什·汉密尔顿出版社（Hamish Hamilton）、梅休因出版公司（Methuen）、海鸥出版社（Seagull）等。以盈利为目的的商业出版社自然十分关注读者的趣味、爱好和需求，因而在莫言小说英译本的封面和封底上刊登的评价绝大部分是对作品价值和作者成就的充分肯定，甚至是高度评价。这些评价往往出自名家之口，且多数刊登在知名报刊

①王玉春：《诠释与认同——序跋的媒介功能与中国文学的海外传播》，“中国文学海外传播”国际学术研讨会会议论文，2011年，第269页。

上，以名家、名刊、大报的强大信誉增强作品的价值信任度和对读者的吸引力。

《纽约时报》上的评语“莫言是中国最好的作家之一”①出现在《天堂蒜薹之歌》、《师傅越来越幽默》、《酒国》的英文版封面和封底上；《红高粱家族》的英文版封底醒目地刊登着《纽约时报书评周刊》上的话：“莫言……以其卓越的才华，用深情的文字，重现了那段弥漫着炮火、血腥和死亡气息的生活。”②《酒国》的英文版封底上是华裔美国作家谭恩美的赞语：“莫言在世界文坛上占有一席之地。他塑造的人物具有震撼力，性感而又本真；他讲述的故事惊人而又带有史诗性。”③《师傅越来越幽默》的英文版封底上印着加拿大著名汉学家杜迈克（Michael S. Duke）的评价：莫言“正越来越显示出他作为一个真正伟大作家的潜力”④。而2013年出版的《檀香刑》英文版封面上醒目地印着“诺贝尔文学奖得主”⑤的字样。“最好的作家”、“卓越的才华”、“在世界文坛上占有一席之地”、“真正伟大的作家”、“诺贝尔文学奖得主”这些字眼对于那些对中国文学知之不多而又渴望了解中国的异域读者来

---

①Richard Bernstein, “Books of the Times: A Rural Chinese ‘Catch－22’ You Can Almost Smell,” *The New York Times*, 1995－06－12.

②Mo Yan, *Red Sorghum: A Family Saga*, trans. Howard Goldblatt, New York: Penguin Books, 1993, back cover.

③Mo Yan, *The Republic of Wine: A Novel*, trans. Howard Goldblatt, New York: Arcade Publishing, 2000, back cover.

④Mo Yan, *Shifu, You'll Do Anything for a Laugh*, trans. Howard Goldblatt, New York: Arcade Publishing, 2001, back cover.

⑤Mo Yan, *Sandalwood Death: A Novel*, trans. Howard Goldblatt, Norman: University of Oklahoma Press, 2013, front cover.

说，具有强烈的吸引力。这些评价不仅彰显着莫言非凡的创作才华，也是引导域外读者阅读中国文学中优秀之作的密码。

相对于对作家的高度评价，封面、封底上对作品的不吝赞美更能激发起异域读者的阅读热忱。《红高粱家族》作为莫言推介到英语世界的第一部小说，如何吸引西方读者的注意就显得十分重要。因为一方面，在该书英文版面世的20世纪90年代初，中国新时期作家的作品还不太为西方人所知；另一方面，莫言在世界上也没有今天这样高的知名度，要想让西方人接受莫言的小说就得在“第一印象”上下点功夫。因而《红高粱家族》的英文版封面和封底上印满了高度评价性的话语：“非凡、抒情、令人陶醉（《旧金山纪事报》）”，“现代文学中最与众不同、最有影响力的小说之一（《纽约每日新闻报》）”①，“莫言的小说会打动美国读者的心灵，就像昆德拉和加西亚·马尔克斯的作品一样（谭恩美）”②。知名华裔美国作家谭恩美的倾力推荐，美国大报《纽约每日新闻报》、《旧金山纪事报》的热情颂扬，发挥了良好的“第一印象效应”，产生了“见微知著”的效果。《红高粱家族》目前来看堪称莫言英译作品中影响最大的，早在2005年，该小说的英译者葛浩文就说：“莫言的《红高粱》12年来一直未绝版，销路该算很不错。”③世界各国图书馆收藏数量仅次于《红高粱家族》的《生死疲劳》英文版封面上则印着《纽约时报书评周刊》的评价：“感人至深，具有

①Mo Yan, *Red Sorghum: A Family Saga*, trans. Howard Goldblatt, New York: Penguin Books, 1993, front cover.

②Mo Yan, *Red Sorghum: A Family Saga*, trans. Howard Goldblatt, New York: Penguin Books, 1993, back cover.

③舒晋瑜：《十问葛浩文》，《中华读书报》，2005年8月31日。

独创性……讲述了一个宏大、残酷而又跌宕起伏的故事。”①简洁而不失诱惑力的评语为异域读者提供了进入该作品的门径，其中隐现的吉光片羽，引导着该小说从文学文本向文学作品转化，因为在接受美学看来，小说在没有阅读之前只是一个充满图式化结构的文本，读者的阅读才能促成它向文学作品的转变，文学作品的价值最终是由读者完成的。

序和跋除了对读者进行正向的价值引导外，还有培养读者群的作用。莫言作品的主要英译者葛浩文深谙欧美读者的阅读趣味，他说美国读者喜欢政治“多一点”的中国小说。很多西方读者在阅读中国小说特别是当代小说时，有一种政治性解读的偏好，而莫言小说自序中对政治的提及满足了这类读者的阅读期待。在《天堂蒜薹之歌》中，葛浩文虽然没有全文译出莫言的自序，但译出了下面这段话并放在正文的前面：“小说家总是想远离政治，小说却自己逼近了政治。小说家总是想关心‘人的命运’，却忘了关心自己的命运。这就是他们的悲剧所在。”②同样，莫言在《酒国》的“酒后絮语——代后记”中也谈到讽刺政治的问题：“当今社会，喝酒已变成斗争，酒场变成了交易场，许多事情决定于觥筹交错之时。由酒场深入进去，便可发现这社会的全部奥秘。于是《酒国》便有了讽刺政治的意味，批判的小小刺芒也露了出来。”③一般来说，序和跋以及小说正文前的题记等是读者先于正文要看的，如果这些文字中提到读者关心的内容，那么他对小说文本的期

①Mo Yan, *Life and Death Are Wearing Me Out: A Novel*, trans. Howard Goldblatt, New York: Arcade Publishing, 2008, front cover.

②莫言：《天堂蒜薹之歌》，北京：新世界出版社，2003年，第1页。

③莫言：《酒国》，上海：上海文艺出版社，2012年，第343页。

待就格外强烈，满足求知欲的心理会令他迫不及待地去阅读小说。

莫言的小说不仅通过序跋培养了一批有政治性解读偏好的西方读者，还吸引了一批对中国民间文化感兴趣的域外读者。本土性是作品走向国外的必备因素，正所谓“越是民族的越是世界的”。莫言的作品以鲜明的民族性赢得了海外读者的喜爱。比如他在《檀香刑》的“后记”中写道：“就像猫腔不可能进入辉煌的殿堂与意大利的歌剧、俄罗斯的芭蕾同台演出一样，我的这部小说也不大可能被钟爱西方文艺、特别阳春白雪的读者欣赏。就像猫腔只能在广场上为劳苦大众演出一样，我的这部小说也只能被对民间文化持比较亲和态度的读者阅读。”①这段话明确说出了《檀香刑》的隐含读者，让那些意欲通过阅读中国文学作品了解中国民间文化的域外读者找到了一块宝藏。山东高密的民间艺术猫腔通过《檀香刑》走进海外读者的心田，中华文化也借助文学作品传播到了国外。

二、序跋之于作品的信息传递与互文映照

译序和译跋中涉猎最多的恐怕就是与正文有关的信息，包括故事背景、人物、情节、主题、结构、叙事方式、写作缘起、译本所依据的中文版本，翻译时遇到的挑战、向异域读者所做的必要说明等。这些信息与正文构成千丝万缕的互文关系，给读者提供了一把打开阅读之门的钥匙。

人物、情节和环境作为小说的三大要素，自然会在序跋中提及或做进一步的解释说明。环境就是小说的背景，英译本《红高

①Mo Yan, *Sandalwood Death: A Novel*, trans. Howard Goldblatt, Norman: University of Oklahoma Press, 2013, pp. 407－408.

梁家族》正文前的内容简介就向英语读者介绍了小说的背景："故事发生在中国20世纪30年代那个动荡的历史时期。一方面，中国人民同仇敌忾，顽强地抵抗日本侵略者。另一方面，中国内部不同党派之间战火不断。"①此处的背景介绍虽然简短，但对读者特别是异域读者来说具有十分重要的意义，因为西方读者对中国的历史演进和社会发展普遍缺乏了解，没有必要的背景介绍，就会助长他们脱离中国历史文化语境的想象性解读。

对小说人物做简明扼要的阐释也是序跋的题中应有之义。葛浩文翻译《酒国》时写下了"译者的话"，说里面的人物"完全沉迷于食、酒、性，字里行间充满了……奇人逸事"②。莫言在《四十一炮》的后记《诉说就是一切》中进一步阐释了主人公罗小通，葛浩文的英译本也将之译出："有许多的人，在许多的时刻，心中都会或明或暗地浮现出拒绝长大的念头……《四十一炮》……主人公罗小通……的身体已经成年，但他的精神还停留在少年……拒绝长大的心理动机，源于对成人世界的恐惧，源于对衰老的恐惧，源于对死亡的恐惧，源于对时间流逝的恐惧……小说作者……借小说中的主人公之口，再造少年岁月，与苍白的人生抗衡，与失败的奋斗抗衡，与流逝的时光抗衡。"③莫言在这里对主人公形象进行了延展性阐释，与小说正文中的形象化叙述形成互补、互释、互

①Mo Yan, *Red Sorghum: A Family Saga*, trans. Howard Goldblatt, New York: Penguin Books, 1993, p. i.

②Mo Yan, *The Republic of Wine: A Novel*, trans. Howard Goldblatt, New York: Arcade Publishing, 2000, p. i.

③莫言：《四十一炮》，沈阳：春风文艺出版社，2003年，第443—444页；Mo Yan, Afterword: "Narration Is Everything," in *Pow!*, trans. Howard Goldblatt, London, New York, Calcutta: Seagull Books, 2012。

相印证的关系,不仅拓展了对主人公的理解,也对读者起到邀约作用,正如巴金在《〈序跋集〉再序》中所说的:"在书上加一篇序或跋就像打开门招呼客人,让他们看见我家里究竟准备了些什么,他们可以考虑要不要进来坐坐。"①人物是小说的核心和灵魂,不论是葛浩文在"译者的话"里对《酒国》中人物沉迷于食、酒、性的高度概括,还是莫言在《四十一炮》后记中对罗小通的精神哲思,都是对小说魅力的彰显,是对隐含读者的召唤。

情节是小说的骨架,序和跋中对小说情节的提示是吸引异域读者的法宝。尽管文学作品吸引读者的原因不一而足,但钟情于情节是世界各国读者的共相,情节的丰富性和生动性是读者永恒的追求。葛浩文在《丰乳肥臀》的译序中极为凝练地勾勒出小说的情节发展脉络:小说的很大篇幅带领读者走过不平静的六十年,对上官一家以及大多数中国人而言,新中国时期也有波折。中华人民共和国在最初的十七年发生了很多大事,先是在1950—1953年出兵朝鲜,抗美援朝,接着开展政治运动,然后经历了三年自然灾害、"大跃进",还有"文化大革命"。中国的历史小说通常凸显重大的历史事件,但在莫言的作品中,它们仅是小说人物"金童、其幸存的姐妹、侄子侄女以及母亲生命历程的背景……通过对男主人公不留情面、无恭维之辞的描绘,莫言要读者注意的是人种的退化和个性的迷失……最终,是女性(大部分,并非全部)的性格力量为作品中灰暗的风景增添了一丝光亮"②。新中国六十年的风雨历程,再加上朝鲜战争、政治运动、"大跃进"、"文化大革命"这些西方人敏感

①巴金:《讲真话的书》,成都:四川人民出版社,2003年,第450页。

②Mo Yan, *Big Breasts and Wide Hips*, trans. Howard Goldblatt, New York: Arcade Publishing, 2004, p. vi.

的事件，不难想见该导言对西方读者的阅读鼓动作用。

除了小说的三要素外，主题、结构、叙事方式、艺术风格等也是读者希望从序跋中了解的信息。《四十一炮》的后记中说："在这本书中，诉说就是目的，诉说就是主题，诉说就是思想。诉说的目的就是诉说。"①一个热心的倾听者，一个怀有好奇心的读者，一个有表达欲的人，会被这一连串的"诉说"所打动，他想谛听这种诉说，来满足自己的求知欲，来和自己的内心相比较，并在倾听、情感投入的过程中获得关于中国农村改革初期两种势力相互对抗，两种观念激烈冲突，人性发生裂变，人们思想上陷入混沌、迷惘的审美观感。同时也体验一次诉说的狂欢，在审美体验中回眸自己的童年。

20 世纪西方现代主义文学对结构和叙事方式的热衷培养了西方读者对故事怎样讲的莫大兴趣，莫言小说的序跋中对此也有不同程度的提及。关于《红高粱家族》，英文版的内容简介中说"莫言以娴熟的闪回手法，真切地描绘了壮阔的高粱地里发生的骇人听闻的事件"②。同样，葛浩文在"译者序"中也指出莫言在《丰乳肥臀》中"熟练地使用第一人称和第三人称叙述视角，运用了闪回、倒叙及其他巧妙的艺术手法"③，而对于《酒国》的结构更是赞赏有加："这部小说充满了爆炸力……在当代文学中并不多见；而结构之新颖独创，更鲜有望其项背者。"④真正吸引西方读者

---

①莫言：《四十一炮》，沈阳：春风文艺出版社，2003 年，第 444 页。

②Mo Yan, *Red Sorghum: A Family Saga*, trans. Howard Goldblatt, New York: Penguin Books, 1993, p. i.

③Mo Yan, *Big Breasts and Wide Hips*, trans. Howard Goldblatt, New York: Arcade Publishing, 2004, p. iv.

④Mo Yan, *The Republic of Wine: A Novel*, trans. Howard Goldblatt, New York: Arcade Publishing, 2000, p. i.

的是那些不仅故事讲得精彩，而且讲述方法独特的小说，莫言小说英文序跋中对结构、叙事方式的强调和赞扬，增添了西方读者阅读的砝码，他们不仅要欣赏故事，还要从故事的讲述方式中获得美学探险的体验。当然，莫言不是一味地使用现代主义技巧，续接中国文学传统同样是他致力所为的。在《檀香刑》的后记中莫言这样写道："在对西方文学的借鉴压倒了对民间文学的继承的今天，《檀香刑》大概是一本不合时尚的书。《檀香刑》是我的创作过程中的一次有意识的大踏步撤退，可惜我撤退得还不够到位。"①这里的撤退主要是向中国文学传统的靠拢，西方读者固然喜欢符合其阅读定式的作品，但同样他们也有着对"异"和"不同"的追求，这种追求在阅读他国文学作品时更加强烈。对"同"的要求是认同的起点，一旦有了基本的认同，"异"就成为深层的审美追求。通过阅读莫言的小说能接近、探寻中国悠久的文学传统，对西方读者来说何乐而不为。

写作缘起也是读者乐于了解的内容，它是触发小说创作的灵感来源，也是启发读者阅读、思考、想象的节点。莫言在《天堂蒜薹之歌》自序中说，创作该小说的起因是现实生活中发生的一起极具爆炸性的事件："数千农民因为切身利益受到了严重的侵害，自发地聚集起来，包围了县政府，砸了办公设备，酿成了震惊全国的'蒜薹事件'——促使我放下正在创作着的家族小说，用了三十五天的时间，写出了这部义愤填膺的长篇小说。"②而"刺激了我的神经、触发了我的灵感，使我动笔写《酒国》的是一篇刊登在某

①莫言：《檀香刑》，北京：作家出版社，2001年，第518页；Mo Yan, *Sandalwood Death: A Novel*, trans. Howard Goldblatt, Norman: University of Oklahoma Press, 2013, p. 408。

②莫言：《天堂蒜薹之歌》，北京：新世界出版社，2003年，第1页。

家报刊的文章:《我曾是个陪酒员》"①。《檀香刑》"写的其实是声音。二十年前当我走上写作的道路时,就有两种声音在我的意识里不时地出现……第一种声音节奏分明,铿铿锵锵,充满了力量,有黑与蓝混合在一起的严肃的颜色,有钢铁般的重量,有冰凉的温度,这就是火车的声音,这就是那在古老的胶济铁路上奔驰了一百年的火车的声音……第二种声音就是流传在高密一带的地方小戏猫腔……猫腔的悲凉旋律与离站的火车拉响的尖锐汽笛声交织在一起,使我的心中百感交集,我感觉到,火车和猫腔,这两种与我的青少年时期交织在一起的声音,就像两颗种子,在我的心田里,总有一天会发育成大树,成为我的一部重要作品"②。这些缘起或与作品直接相关,或是作品的延伸和拓展,不仅给读者提供了丰富的信息,也是读者走向作家内心世界的一扇窗口,让读者感受到莫言是一个关注弱势群体生存状态、洞察生活万象、能将童年记忆点石成金的作家。这些"文本外"的信息与小说文本相映成趣,相得益彰,酝酿着读者的阅读兴趣。

序跋中对译本所依据的中文版本的交代,对异文化习俗的解释,对翻译中遇到的挑战的说明,对海外读者来说都具有很强的提示性,为读者接受异国文学做了良好的铺垫。

《红高粱家族》和《天堂蒜薹之歌》都是根据台湾洪范书店的版本翻译成英文的。莫言小说的台湾版通常更完整,大陆有时则会根据出版要求删去部分内容。基于意识形态的不同,西方读者

①莫言:《酒国》,上海:上海文艺出版社,2012 年,第 342 页。

②莫言:《檀香刑》,北京:作家出版社,2001 年,第 513—518 页;另见 Mo Yan, *Sandalwood Death: A Novel*, trans. Howard Goldblatt, Norman: University of Oklahoma Press, 2013, pp. 403-408。

往往对大陆出版时删去的内容感兴趣。中西有不同的文化习俗。葛浩文在《天堂蒜薹之歌》英译本的"人物称呼指南"中,特意对中西方不同的姓名排列方式和称呼习惯进行了说明:"汉语中的习惯是姓前名后,在中国农村,人们通常用姓而不是名来称呼。不管在农村还是在城市,人们多用亲属关系来称呼,像大哥、婶子、表哥等,即便是没有血缘关系也如此称呼。"①这样,英语读者在阅读这部小说时,就不会用自身的文化习俗来等量齐观中国的文学作品,从而避免误解、不解、偏见。

向异域读者说明翻译中遇到的挑战有助于他们理解作品。葛浩文在《檀香刑》"译者的话"中阐说了自己翻译该小说时遇到的三大难题。首先,如何翻译题目是一个挑战。"'檀香刑'直译成英语是 sandalwood punishment 或 sandalwood torture。但鉴于这是一部强调声音、节奏、音调的小说,我感到这两种译法都不尽如人意。行刑者在行刑时会拖长音调喊出'檀—香—刑'三个字,而在英语中,sandalwood 已经用掉了三个音节。因此,我要在英语中寻找短一点儿的词汇来尽可能地贴近汉语的表达,最后确定了 Sandal-wood-death 来对应汉语中的'檀—香—刑'。"此外,莫言说他的每一个人物都有属于自己的声音,"翻译时如何做到让小说中的每一个人物——从不识字的屠夫到朝廷命官,都有自己不同的音调,是另外一个巨大的挑战"。最后还有韵律问题。翻译时为了做到贴切准确,"我穷尽了自己韵律节奏方面的所有知识"②。这段话不仅让读

①Mo Yan, *The Garlic Ballads: A Novel*, trans. Howard Goldblatt, New York: Arcade Publishing, 1995, p. 216.

②Mo Yan, *Sandalwood Death: A Novel*, trans. Howard Goldblatt, Norman: the University of Oklahoma Press, 2013, p. ix.

者了解到译者翻译时的甘苦，也显示了译者的水平、能力和责任心，是译作水平的保证，是读者读到一部优秀译作的保障。

三、序跋之于作者的自我诠释与形象塑造

序跋中还隐含着作者的自我诠释以及译者对作者形象的塑造。莫言小说的序跋透露出他是一个有着强烈社会责任感和政治使命感和富有批判精神的作家，是一个有着非凡的想象力同时又坦言受到外国文学影响的作家，是一个写出世界性主题又在某种程度上存在争议的作家。

莫言在《天堂蒜薹之歌》中说，进入20世纪80年代以来，尽管文学日渐摆脱沉重的政治枷锁的束缚，但作家们“基本上都感到纤细的脖颈难以承受人类灵魂工程师的桂冠，瘦弱的肩膀难以担当人民群众代言人的重担……如果谁还妄图用作家的身份干预政治、幻想着用文学作品疗治社会弊病，大概会成为被嘲笑的对象。但就在这样的情况下，我还是写了这部为农民鸣不平的急就章”①。在《师傅越来越幽默》的英文版序言——《饥饿和孤独是我创作的财富》中他又强调说：“我是一个在饥饿和孤独中成长的人，我见多了人间的苦难和不公平，我的心中充满了对人类的同情和对不平等社会的愤怒，所以我只能写出这样的小说。”②“这样的小说”即是带有批判精神的小说，这种批判正是源于莫言对自己的祖国和人民爱得太深，正所谓爱之深，恨之切。

---

①莫言：《天堂蒜薹之歌》，北京：新世界出版社，2003年，第1—2页。

②Mo Yan, *Shifu, You'll Do Anything for a Laugh*, trans. Howard Goldblatt, New York: Arcade Publishing, 2001, p. xiii.

莫言的作品几乎每一部都体现出故事性的魅力，这和他非凡的想象力密不可分。他曾这样说："我是一个没有受过理论训练的作家，但我有着非凡的想象力。"①正是想象力铺就了莫言的诺贝尔文学奖之路，天马行空的想象铸就了作品极强的可读性，而爱好故事是人类的共性。

莫言是一个深受外国作家影响并坦率地承认自己受了外国作家影响的中国作家，他的创作之所以能超越外国作家的影响，拥有自己独一无二的特色，是因为他"并不刻意地去模仿外国作家的叙事方式和他们讲述的故事，而是深入地去研究他们作品的内涵，去理解他们观察生活的方式，以及他们对人生、对世界的看法"②。这种高明的影响接受使他创作出富有世界性主题的作品，如葛浩文就认为他的小说"具有吸引世界目光的主题和感人肺腑的意象，很容易就跨越国界"③。"吸引世界目光"的主题是莫言的小说在海外得以传播的重要质素。

争议一词曾在不同阶段伴随着莫言及其作品。就他本人而言，获诺贝尔文学奖的一段时间内恐怕是争议最大的时期，不光国际上质疑之声纷至沓来，国内也是众声喧哗。但喧嚣过后是对他的充分肯定。从其作品来说，《丰乳肥臀》被视为莫言最具争议性的作品，自 1995 年出版以来就众说纷纭，毁誉参半。莫言在 1999 年元月写下的《〈丰乳肥臀〉修订本后记》中也直言这是一个被泼满了污水的

① Mo Yan, *Shifu, You'll Do Anything for a Laugh*, trans. Howard Goldblatt, New York: Arcade Publishing, 2001, p. xviii.

② Mo Yan, *Shifu, You'll Do Anything for a Laugh*, trans. Howard Goldblatt, New York: Arcade Publishing, 2001, p. xvi.

③ Mo Yan, *Big Breasts and Wide Hips*, trans. Howard Goldblatt, New York: Arcade Publishing, 2004, p. ii.

“孩子”，说他本人甚至因此违心地写过检查，但他始终坚信这是一部“严肃的作品”。葛浩文在该书的译者前言中也明确指出：“在探索中国官方历史和民间传奇，在描写中国社会某些黑暗角落的过程中，莫言成了中国最具争议性的作家……他孩提时代从祖父和亲友那儿听来的故事加上他超凡想象力的渲染，在一系列篇幅庞大、充满吸引力而又不无争议性的小说中找到了爆发点。”①争议性作品是一部分西方读者喜欢的，就像葛浩文所说的，美国人读小说就像看待一个家庭，“一团和气的他们不喜欢，但凡家里乱糟糟的，他们肯定爱看”②。另外，西方读者较长时间以来形成一种看法，认为中国文学多是歌颂性的，只能反映出中国情形的某一方面，而有争议的作品更能多维度地揭示中国的实际情形。因此，争议性是西方读者选择阅读中国作家作品的一个或隐或显的因素。

概而言之，序和跋是作者、译者、读者、出版社、评论者之间诠释与接受的重要载体。莫言作品译成外文出版后在域外引起的积极反响，无疑是出版赞助商、作者、译者、读者等主体间顺畅对话的成功范例。

（原载《外国语文》2016 年第 6 期）

①Mo Yan, *Big Breasts and Wide Hips*, trans. Howard Goldblatt, New York: Arcade Publishing, 2004, p. i.

②罗屿：《葛浩文：美国人喜欢唱反调的作品》，《新世纪周刊》，2008 年第 10 期。

侨易学视域下的中美文学交流

侨易学是近年来叶隽教授提出来的观念，它“既是一种理论，一种哲学，同时也是一个领域，一种新兴的学科”，其核心内容在于“探讨异文化间相互关系以及人类文明结构形成的总体规律”①。作为一种理论和方法论，侨易学不仅具有宽阔的哲理思维空间，而且具有实用性和可操作性，其对“关联性”、“互涉性”、“迁变性”的强调使得它与中外文学关系有紧密的亲缘性，本文尝试从侨易学视角对中美文学交流史做一分析和探讨。

由钱林森、周宁主编，周宁、朱徽、贺昌盛、周云龙共同执笔的《中外文学交流史：中国—美国卷》（山东教育出版社，2016 年）融汇了多位学者的学识与智慧，对中美文学关系做出了极为详尽的梳理、分析与剖解。用侨易学的理论观照之，可以发现二者之间体现出一种互相印证、互相阐发的关系。

在叶隽看来，侨易学的基本理念是因“侨”致“易”，“这其中既包括物质位移、精神漫游所造成的个体思想观念的形成与创生……也包括不同的文化子系统如何相互作用与精神变形”②，

---

①叶隽：《侨易学的观念》，《教育学报》，2011 年第 2 期。

②叶隽：《变创与渐常——侨易学的概念》，北京：北京大学出版社，2014 年，第 19—20 页。

而在“易”的若干含义中，既有对变化一面的强调，也有对“‘不易’的一面，也就是恒常的一面”①的注重。基于以上理论阐释，我们从“异质文学激荡中的变创”、“异国形象塑造中的恒常”、“侨易个体位移中的观念创生”三个方面，统照中美文学在交流中所带来的文学流派的生成、文学观念的更新以及形象嬗变中的恒常。

一、异质文学激荡中的变创

侨易学概念虽然兼顾变易、简易的研究，但核心部分放在“交易”层面。也就是探讨如何通过“异质相交”而导致“精神层面的质性变易”，研究侨易对象发生运动的途径——“地理位置的移动”和“思想文化的流动”②。这种“移动”和“流动”是双向的，是相互渗透、相互影响的交互作用。中美诗歌和戏剧(曲)的“侨动”带来的质性发展提供了不同文化子系统如何“相互作用与精神变形”的极好例证。

首先，中国古典诗歌触发美国诗人埃兹拉·庞德发起意象派诗歌运动，开创了美国现代派诗歌的先河。庞德年轻时开始接触中国古典诗歌，翻译了《诗经》、《大学》、《中庸》、《论语》等中国典籍，影响最大的《神州集》被誉为庞德对英语诗歌“最为持久的贡献”和“英语诗歌的经典作品”③。庞德十分喜欢中国古典诗歌，

---

①叶隽：《变创与渐常——侨易学的概念》，北京：北京大学出版社，2014 年，第 20 页。

②叶隽：《变创与渐常——侨易学的概念》，北京：北京大学出版社，2014 年，第 17 页。

③赵毅衡：《意象派与中国古典诗歌》，《外国文学研究》，1979 年第 4 期。

尤其是王维、李白、杜甫、白居易等人的诗篇中那些画面感很强的描写,认为某些汉字本身就是一幅图画,一个意象,营造出优美的意境。当代英国理论家苏珊·巴斯奈特认为诗歌就像植物的种子,可以通过翻译移植到新的土壤里去,催生出新的植物来。庞德正是从美国的东方文学艺术研究专家欧·费诺罗萨"留下的大批逐字直译汉诗的粗略译文和韦利等的汉诗英译选集中"发现了创新的灵感,"并将其移植到欧美诗坛这块异域土地上,使中国古诗在思想内容和艺术手法等方面对美国和西方的文学艺术及社会生活产生影响,而英美意象派诗歌正可视为从汉诗种子中催生出来的新生植物"①,对美国现代诗歌的发展起到了重要作用。

其次,美国意象派诗歌在从中国古诗中获得启迪的同时,"又给予中国新诗以很多启示,帮助催生了中国白话新诗"②。作为"诗界革命"的领袖之一,胡适具有开新诗风气之功,而这和他在美国留学(1910—1917)期间对意象派诗歌的接触有很大关系。1913年3月,美国《诗刊》刊发"意象派宣言",强调运用意象的重要性,主张"意象并置",避免含混、抽象的议论。时在美国留学的胡适立即产生共鸣,认为这一诗派的观点和自己的主张颇有相似之处,并于1919年发表了《论新诗》一文,成为中国新诗的纲领性文件。文中对新诗要有"鲜明扑人的影像","形式要自由"③的理论阐释,体现了他所受到的"意象派宣言"的影响。此后他在意象

①周宁、朱徽、贺昌盛、周云龙:《中外文学交流史:中国—美国卷》,济南:山东教育出版社,2016年,第106页。

②周宁、朱徽、贺昌盛、周云龙:《中外文学交流史:中国—美国卷》,济南:山东教育出版社,2016年,第100页。

③周宁、朱徽、贺昌盛、周云龙:《中外文学交流史:中国—美国卷》,济南:山东教育出版社,2016年,第100页。

派诗歌的影响下不仅发表了《文学改良刍议》,还创作出《鸽子》、《蝴蝶》、《老鸦》等具有意象派风格的诗作。当时施蛰存主编的《现代》月刊也对美国意象派的主将进行集束式译介,从庞德到洛威尔、杜利特尔、弗莱彻,几乎都有译介和述评。在中国新诗运动中,参与者们不仅大力介绍、阐释意象派诗歌理论,还倡导创作中国的意象派诗歌,除胡适外,施蛰存、刘半农、王统照、刘大白、沈尹默等都创作过意象派风格的诗篇,推动了中国新诗现代化的建设。"通过意象派而实现的中美诗歌艺术的借鉴与吸收,成了跨越时代、地域、语言和文化而实现异质民族文学交流对话的一个佳例。"①

同样,美国先锋(试验)戏剧从中国戏曲中寻找思想资源,同时又反过来对中国现代戏剧产生了重要影响。19 世纪末,西方具有先锋意识的剧作家认识到"幻觉剧场 "的僵化性,开始向东方戏曲寻求突破的思想资源。1921 年,美国评论家威尔·欧文(Will Irwin)在《纽约时报书评周刊》上发表评论唐人街戏剧的文章,认为"中国戏剧表演是一门比我们通常在美国舞台上所见到的更为完美的艺术"②,为随后美国先锋戏剧借鉴中国戏剧艺术打开了良好的开端。美国"现代戏剧之父"尤金·奥尼尔的试验剧中采用的独白、面具、舞台分割等艺术技巧,可能来自中国戏剧的启示。其 1926 年创作的《拉撒路笑了》中,四个人物各以半个面具来表现双重人格的手法,可能是对中国京剧脸谱的借鉴;后期剧作中使用的插曲和循环形式,在结构模式上也与传统的中国戏曲不无相似之处。

---

①周宁、朱徽、贺昌盛、周云龙:《中外文学交流史:中国—美国卷》,济南:山东教育出版社,2016 年,第 100 页。

②都文伟:《百老汇的中国题材与中国戏曲》,上海:上海三联书店,2002 年,第 142 页。

梅兰芳1929—1930年在美国的巡回演出也给美国剧作家带来了革新西方写实戏剧的灵感。梅兰芳在美国演出后引起媒体和评论界的极大关注，尤其是中国戏剧舞台上的写意手法使美国戏剧界大受震动。《纽约太阳报》的评论员说："人们不无惊奇地发现，数百年来中国演员在舞台上创造出一整套示意动作，使你感觉做得完全合情合理。"《纽约世界报》的评论员赞扬中国人"在不采用实体布景和道具方面远远超前了我们好几个世纪。我们花费成千上万的钱财使舞台上呈现实景……而中国人却用一些常规的示意动作代替了这些笨重的累赘"①。美国剧作家桑顿·怀尔德观看梅兰芳的演出后深受启发，其获普利策戏剧奖的剧作《小镇风光》上演时不设幕布和布景，仅有一张桌子、几把椅子和一个小凳子，通过移动桌椅来制造出想象中的民房、商店、马路、教堂、公墓，并设置了一个角色来介绍小镇的面貌、出场人物的性格、职业、归宿，对戏中的人和事进行评说，颇似中国传统戏曲的模式和场景。

中美戏剧的影响是双向的，美国的先锋(试验)戏剧从中国传统戏曲中找到了思想资源，也反过来对中国现代戏剧产生了影响。中国现代戏剧的奠基人之一洪深1916年去美国留学，正值美国先锋戏剧勃兴之时。洪深放弃实业救国的留学初衷，转而学习戏剧和导演艺术，意图通过戏剧揭示人生，改造社会。1922年洪深回国后"将他在美国学习的现代戏剧排演及管理体制，结合中国戏剧发展的事实，进行了创造性转化"②，极大地推动了中国现代戏剧的革新与发展，其戏剧《赵阎王》代表着中国现代戏剧从"文明戏"走向"爱

①梅绍武：《我的父亲梅兰芳》(上)，北京：中华书局，2006年，第226页。

②周宁、朱徽、贺昌盛、周云龙：《中外文学交流史：中国—美国卷》，济南：山东教育出版社，2016年，第190页。

美剧”的转折,“在世界文化格局里面凸现了中国文化因素”①。

侨易学的一个基本方法是“取象说易”。中美诗歌的“交感”在意象派诗歌中找到了“交感点”,中美戏剧的“侨化”在美国先锋戏剧和中国现代戏剧中产生了“桥交效应”,这些“交感”和“侨化”从实践层面印证、丰富着侨易学理论,显示了“精神力量的形成、观念领域的扩展和丰富”②。

二、异国形象塑造中的恒常

侨易学除了探讨因“侨”而致的“易”之外,还表现出对道衡的寻求,即“在变中求不变,在‘易’中求‘常’”③。在中美文学交流过程中的中美形象互塑中,存在着带有普遍性的现象:一是通常以既有的境遇为前提来想象他者,并最终指向对自身文化的认同;二是异国形象塑造中存在着大量的套话或曰定型化形象。

关于第一个现象,中美文学交流史提供了大量的例证。首先,从中国对美国的形象塑造来看,中国知识分子对美国开国总统华盛顿的推崇隐含着中国人对尧舜模式的追寻;中国文坛对美国作家辛克莱的重视是左翼文学语境下的时代选择。

鸦片战争之后的很长一段时间内,凡是有关美国的介绍文字几乎都少不了对华盛顿的推崇,这和近代中华民族危难之际人们对于国家自强的热望有密切关系。在近代中国人的想象里,华盛

①周宁、朱徽、贺昌盛、周云龙:《中外文学交流史:中国—美国卷》,济南:山东教育出版社,2016 年,第 193 页。

②叶隽:《侨易现象的规则性问题》,《中国文学研究》,2013 年第 4 期。

③叶隽:《变创与渐常——侨易学的概念》,北京:北京大学出版社,2014 年,第 20 页。

顿是抗击英国殖民主义的英雄，是美国的开国元勋，有着中国上古尧舜的贤明。近代中国知识分子对民主的想象使得他们渴望中国“能够出现一个华盛顿式的领导者，荡涤一切颓败局势以造就一个全新体制的国家”①，华盛顿成为当时苦苦寻求国家出路的爱国人士心目中的航标。但“值得特别注意的是，近代中国人对于华盛顿及美国形态的理解一直是以中国上古的圣贤明君和礼制王道的既有形态为蓝本而建构起来的，它实际上代表的只是‘尧舜’模式的现实想象，而绝非是对美国的那种现代国家体制及其‘自由’、‘民主’、‘平等’和‘法制’等等观念的真正理解，其中包含的主要是近代士人对现实政治的不满，那种由历代知识分子共同构筑起来的‘三代礼制’的‘王道’理想从蛰伏状态被再次重新唤醒了……‘美国’在此仅仅只是‘尧舜’模式的现实替代形态而已”②。

同样，20 世纪 20 年代末 30 年代初中国文坛对美国作家厄普敦·辛克莱的普遍欢迎是当时中国左翼文学思潮的产物。1930 年“左联”的成立使得左翼的无产阶级文学成为时代的主流，而辛克莱作为美国本土的左翼作家，其对资本主义社会罪恶本质的揭露与批判更能体现资本主义制度的腐朽性、没落性和无产阶级革命的必然性、正义性，能让更多的人认清形势，投身到全球性的红色革命中去。应当说辛克莱的创作恰好契合了 20 世纪 30 年代中国左翼文学的需求。因而，“对于 30 年代的中国文坛来说，辛克莱基本上已经成为了勇敢地以文学为武器向着资本主义和帝

①周宁、朱徽、贺昌盛、周云龙：《中外文学交流史：中国—美国卷》，济南：山东教育出版社，2016 年，第 17 页。

②周宁、朱徽、贺昌盛、周云龙：《中外文学交流史：中国—美国卷》，济南：山东教育出版社，2016 年，第 17 页。

国主义开火的战斗者的最为优秀的代表”①。言说他者的背后是对自我的言说,一国关于他国的形象实际上折射的是自我的欲望和需求,想象他者只能以自身的既有境遇为前提。

其次,美国文学中对中国形象的塑造最终是从他者这面镜子中反观和确认自身。1877年,马克·吐温和布莱特·哈特合作的剧本《阿新》(*Ah Sin*)塑造了一个滑稽、神秘、无知、柔弱的华人男性形象,在对中国文化“低劣、幼稚、阴柔”的表述中,实现的是对“文明、发达、强大”的美国文化的认同②。剧本中白人对阿新的“同情”、“爱抚”和“保护”,暗示出美国意欲“帮助”中国走向“文明、开化”的强烈欲望③。奥尼尔1925年创作的以中国元朝为背景的剧本《马可百万》(*Marco Millions*)塑造了两个具有强烈对比意味的人物形象——西方商人马可·波罗和中国公主阔阔真。前者追求物质利益,冷漠、僵硬,缺乏美好的人性人情;后者追求精神生活,宽厚、温情、充满活力。“剧作中被想象、美化了的‘中国’形象,是一种乌托邦化的文化他者”④,奥尼尔意在“通过东西方的对比,反思西方的物质主义”⑤,其目的仍是对自我文化的

①周宁、朱徽、贺昌盛、周云龙:《中外文学交流史:中国—美国卷》,济南:山东教育出版社,2016年,第12页。

②周宁、朱徽、贺昌盛、周云龙:《中外文学交流史:中国—美国卷》,济南:山东教育出版社,2016年,第55页。

③周宁、朱徽、贺昌盛、周云龙:《中外文学交流史:中国—美国卷》,济南:山东教育出版社,2016年,第57页。

④周宁、朱徽、贺昌盛、周云龙:《中外文学交流史:中国—美国卷》,济南:山东教育出版社,2016年,第62页。

⑤周宁、朱徽、贺昌盛、周云龙:《中外文学交流史:中国—美国卷》,济南:山东教育出版社,2016年,第61页。

认同。

美国文学作品中所塑造的定型化中国形象或曰套话，也在一定程度上体现了异民族互察中的某种通律。中国形象在美国人眼中虽然如万花筒一般多变，但“中国佬”、“黄祸”等定型化形象却具有持久性和多语境性。

和“中国佬”有关的两个套话是“中国佬约翰”与“异教徒中国佬”。前者在美国的较早出现是1855年发表在《加利福尼亚歌者》(*The California Songster*)上的《中国佬约翰》(*John Chinaman*)，诗中的“中国佬约翰”口蜜腹剑，撒谎、偷盗、欺骗样样齐全。20多年后马克·吐温和布莱特·哈特合作的剧本《阿新》(*Ah Sin*)中，华人阿新诡秘、怪异、不可理解，“中国佬约翰”的套话再次释放出能量，甚至为美国词汇增添了一句生动的短语：“像中国佬那样毫无机会。”后者“异教徒中国佬”源于布莱特·哈特1870年写的一首幽默讽刺诗《诚实的詹姆斯的老实话》(*Plain Language from Truthful James*)，诗中的华人阿新以各种阴险古怪的方式，耍弄愚蠢的把戏，逗得美国公众捧腹大笑，后来该诗以《异教徒中国佬》(*The Heathen Chinee*)之名在美国家喻户晓。“异教徒”本是基督徒对非基督徒的称谓，但和“中国佬”连在一起便“包含了落后、卑贱、愚昧、狡诈、恶毒、阴险、自私、残暴、肮脏、顽固，以及天真、沉默、神秘、忍耐等等的低层次的人性蕴涵”，成为美国人辨识中国人形象的一个标识，“甚至到了第二次世界大战时期，美国总统罗斯福还习惯性地以此称呼中国人，‘每当他描述他不喜欢的人时，他就使用这样的字眼——中国佬’。”①套话

①周宁、朱徽、贺昌盛、周云龙：《中外文学交流史：中国—美国卷》，济南：山东教育出版社，2016年，第61页。第44页。

“中国佬”的顽固性由此可见一斑。

“黄祸”套话起源于 1895 年德国皇帝威廉二世的说法，他曾命宫廷画家赫尔曼·奈克法斯画了一幅名为《黄祸》的版画，使得“黄祸”一词很快在欧洲流传开来。描写黄祸的美国作家有惠特尼(Atwell Whitney)、沃尔特(Robert Wolter)、杜纳(Pierton W. Dooner)、钱伯斯(Robert W. Chambers)、诺尔(William Norr)等人，而将“黄祸”想象推向极端并最终创造出影响至深的“黄祸”化身“傅满洲”形象的是萨克斯·罗默(Sax Rohmer)。在罗默的“傅满洲”系列小说中，中国人多以黑社会暴徒、战争狂人、异教魔鬼、危险的入侵者等面目出现，美国人在想象中制造出一个邪恶的假想敌，实际上是对东方民族心生恐惧的极端表现。而且这种发自心底的恐惧在持续不断的强化之后，沉淀为美国人的集体无意识，在适合的时机会沉渣泛起。冷战时期，“黄祸”变成“红祸”和“红色威胁”，主宰了美国官方对中国的认识。在民族与民族的互察中，关于异族的套话几乎是一种普遍的存在，这种现象可视为侨易学中对道衡的追求，是对侨易规律的一种把握。

三、侨易个体位移中的观念创生

在侨易学阐释中，选择个案入手是比较容易把握的，而且在侨易学观念中，因物质位移或精神漫游而造成的个体思想观念形成与创生的例子比比皆是。我们以胡适的物质位移所带来的文学观念创建、爱默生与梭罗对儒家思想的精神漫游而创生的超验主义哲学的侨动过程，来“观侨释理”，考察其中流力区的形成。

胡适在留学美国期间受到包括意象派在内的多种现代诗派

的吸引,特别是在意象派诗歌的影响下,提出了他的具有开创意义的“八不主义”,即中国的文学革新必需努力做到以下八点:须言之有物、不模仿古人、须讲求文法、不作无病之呻吟、务去滥调套词、不用典、不讲对仗、不避俗字俗语。如若将这八点和庞德发表于1913年的《一个意象主义者的几个不作》中对于诗歌语言的八项规定相比,其渊源关系可看得十分清楚。当然,胡适不是在机械地借鉴意象派的信条,而是根据中国文学的现状对之进行改造,并“由此开辟了中国文学的全新格局”①。而他所翻译的美国女诗人萨拉·蒂斯黛尔(Sara Teasdale)的《在屋顶上》(*Over the Roof*)(胡适译为《关不住了》)则成为了他的“新诗成立的纪元”②。胡适1920年出版的《尝试集》是我国第一部新诗集,同年他提出的“诗体大解放”,“掀起中国新诗运动的先声”,“对于创立和发展中国新诗具有重大意义”③。

较之胡适的物质位移带来的文学观念的更新,爱默生、梭罗则通过对儒家思想的精神漫游,创立了他们的超验主义哲学。中国学界倾向于认为爱默生、梭罗在欧洲文化的基础上,接受了儒家、佛教、伊斯兰教等东方古典思想的影响,形成他们的超验论。爱默生和梭罗曾在不同时期表达过对中国古代圣哲的敬意,他们的著述中也多次出现儒家思想的语录式言论。应当说,“以孔孟为代表的儒家思想确实对爱默生及梭罗的‘超验论’思想产生过

①周宁、朱徽、贺昌盛、周云龙:《中外文学交流史:中国—美国卷》,济南:山东教育出版社,2016年,第97页。

②胡适:《尝试集·再版自序》,北京:人民文学出版社,1987年,第186页。

③周宁、朱徽、贺昌盛、周云龙:《中外文学交流史:中国—美国卷》,济南:山东教育出版社,2016年,第71页。

积极的影响”①。首先,超验主义追求宇宙统一的思想,与儒家强调人的内在精神和外在自然相统一的认识极为契合,令反思西方理性主义过度膨胀之后造成人与自然相分离、对抗的爱默生与梭罗产生强烈的共鸣。其次,儒家强调个人修为的做法对超验主义者追求“人格精神的自立及对纯粹物质主义的排斥”也有深刻的启发,他们从儒家的“修身”和“性善”论中“体悟到了某种对抗加尔文教的所谓‘人性堕落’及对‘上帝’的无条件依从等等教诲的新力量”②。最后,儒家“吾日三省吾身”的内省与超验主义的“直观”“领悟”也有相当程度的吻合。诚然,爱默生和梭罗对于东方思想并非全盘吸收,而是取其契合之点为我所用。儒家思想仅是超验主义的源头之一,而且这一源头在“异质性的环境”中发生了“精神质变”,最终形成对美国文学影响深远的超验论思想。

异质性、关联性、整体性,相互关系、交互作用、万物交感,观念更新、思想质变、规律把握,碰撞、迁变、创生……这些关键词既是中外文学交流所关注与践行的,也是侨易学观念所致力追求的。侨易学新颖的哲思方式为跨文化的中美文学交流提供了方法论的指导,中美文学交流亦为侨易学理论提供了坚实的实证大地。

（原载《中美比较文学》2021 年第 5 期）

---

①周宁、朱徽、贺昌盛、周云龙:《中外文学交流史:中国—美国卷》,济南:山东教育出版社,2016 年,第 92 页。

②周宁、朱徽、贺昌盛、周云龙:《中外文学交流史:中国—美国卷》,济南:山东教育出版社,2016 年,第 92 页。

中国形象编

中国当代文学海外传播与中国形象塑造

中国当代文学在海外的传播是中国形象塑造的一个维度。中国形象和中国文学海外传播之间既有同构性,也有因文学传播的多样性而带来的中国形象的复杂性。文学的向外传播从宏观上讲有两个主渠道:外方作为主体的“拿”和中方作为主体的“送”。“拿”是外方基于自身的欲望、需求、好恶和价值观,塑造的多少带有某种偏见的“他者”形象;“送”是中国政府基于外宣需求传播的具有正向价值的“自我”形象,是对西方塑造的定型化中国形象的矫正和消解。这两种中国形象在新中国的每一个历史时期铰接并存,构建出中国形象的不同侧影。

一、1950—1960年代:定性译介与敌对性形象

意识形态对文学传播和形象塑造起着不容忽视的作用。新中国成立之初,中国文学的海外传播和外国人眼中的中国形象受冷战思维的影响,呈现出定性译介和敌对性的形象特点。

海外的中国形象在不同阶段有不同的主导塑造者:18世纪是法国,19世纪是英国和德国,20世纪以来主要是美国。20世

纪五六十年代美国塑造的中国形象主导、影响着西方的中国形象,而这一时期由于美苏冷战和朝鲜战争的爆发,中国被美国视为敌国,负面的中国形象成为抹不去的主色调。在这一中国形象主导下,西方英语世界对中国当代文学的译介甚少,仅有王蒙揭露官僚主义的小说《组织部新来的青年人》,郭沫若的《浪淘沙·看溜冰》,冯至的《韩波砍柴》、《我歌唱鞍钢》,何其芳的《我好像听见了波涛的呼啸》,臧克家的《短歌迎新年》、《你听》,艾青的《在智利的纸烟盒上》、《寄广岛》,毛泽东的《浪淘沙·北戴河》、《水调歌头·游泳》等部分诗歌①,老舍的戏剧《龙须沟》②等。我们以对王蒙《组织部新来的青年人》的译介略作阐释。这篇小说被收入《苦涩的收获:铁幕后知识分子的反抗》一书,该书选择的是当时社会主义阵营如苏联、东德、波兰、匈牙利、中国等国的作品,偏重于那些揭露社会黑暗、干预生活的小说、诗歌、杂文。编选者埃德蒙·史蒂曼坚持入选的作品要"鲜明地表达了这些国家的作家想要打破政治压抑,独立、真实地表达个人感情、经历和思想的愿望"③,因而,那些大胆揭示社会弊端、批判政党管理方式的作品是《苦涩的收获:铁幕后知识分子的反抗》选择的重点,王蒙的小说《组织部新来的青年人》即被看作是满足了这样的要求而收入的作品。编者埃德蒙·史蒂曼特别强调了这部小说描写对象的特殊性——北京某区党委,说这个区党委是一处"懒

①Kai-yu Hsu, trans. & ed., *Twentieth Century Chinese Poetry: An Anthology*, New York: Anchor, 1964.

②Blair Shimer Dorothy ed., *The Mentor Book of Modern Asian Literature from the Khyber Pass to Fuji*, New York: New American Library, 1969.

③Edmund Stillman ed., *Bitter Harvest: The Intellectual Revolt behind the Iron Curtain*, London: Thames & Hudson, 1959, p. xvii.

惰和错误像‘空气中漂浮的灰尘’那样悬挂着的地方”，该小说的主人公——新来的林震“与不知因何堕落的韩常新、刘世吾展开斗争以拯救区党委”，并特意指出《组织部新来的青年人》作为“中国知识分子的春天中较早开放的鲜花”，“受到了严厉打击”①。史蒂曼意在借文学作品窥探社会主义新中国的政治管理和社会发展状况。

从这一时期英语世界的研究来看，新中国文学中所谓的“异端文学”成为关注的重心。鉴于当时资本主义阵营和社会主义阵营之间的冷战与对峙，西方研究者多采取潜在的敌视新中国的立场，对那些背离了主流文学规范的作品给予较高评价，旨在证明作家与新生的社会主义政权之间的矛盾。典型的研究如谷梅的《胡风与共产主义文学界权威的冲突》②、《共产主义中国的文学异端》③、包华德的《毛泽东统治下的文学世界》④等。其中谷梅几乎完全将注意力集中在新中国的“异端”作家身上，将他们视为新中国知识分子的代表，从而忽略了更大范围内的“正统”作家，反映出她批判新生的社会主义政权，用所谓的社会主义社会的残暴来反证西方社会自由、民主的意图。对西方英语世界而言，中国是意识形态上的“他者”，专制、残暴的中国形象更符合西方自我

---

①Edmund Stillman ed., *Bitter Harvest: The Intellectual Revolt behind the Iron Curtain*, London: Thames & Hudson, 1959, p. 143.

②Merle Goldman, "Hu Feng's Conflict with the Communist Literary Authorities," *The China Quarterly*, 1962 (12).

③Merle Goldman, *Literary Dissent in Communist China*, Cambridge, Mass.: Harvard University Press, 1967.

④Howard L. Boorman, "The Literary World of Mao Tse-tung," *The China Quarterly*, 1963 (13).

形象建构和文化身份认同的需要。

与此同时,新中国也通过对外译介文学作品,向西方展示自我塑造的中国形象。新中国成立后,由于西方国家的封锁政策和中国采取的严密防范措施,中西交流的大门关闭了,幸而《中国文学》杂志通过向外译介文学作品介绍新中国的真实情况,以抵消西方媒体报道中对我国形象造成的消极影响。

1951年创刊的《中国文学》以英、法两种语言向西方世界译介中国文学。就当代文学来说,20世纪五六十年代主要选译反映新中国成立后人民群众生活的作品,宣扬革命、斗争、战争等工农兵题材的尤多。如《王贵与李香香》、《新儿女英雄传》、魏巍的《谁是最可爱的人》、刘白羽的《朝鲜在战火中前进》、赵树理为配合新中国第一部婚姻法出台而创作的《登记》、沙汀歌颂新型农民的《你追我赶》等。"文革"开始后样板戏成为译介的新方向,《沙家浜》、《智取威虎山》、《红灯记》都通过《中国文学》走向了海外。《中国文学》由于承担着外宣任务,在译介的篇目选择上受到主流意识形态、配合国家外交需要等因素的制约,服从于对外宣传我国文艺发展变化的需要,通常以作家的政治身份为标准选择当代作家,不支持"左倾"思想的作家作品往往被排斥在外。在思想倾向上,《中国文学》支持亚非拉、东欧等第三世界国家的民族解放运动,声援法国的社会运动,批评英美国家的侵略行径。因而,从接受情况来看,《中国文学》受到亚非拉国家的称赞,遭到欧美国家的批评。亚非拉国家的读者通过阅读《中国文学》确曾受到鼓舞,西方资本主义国家的读者虽然从中对中国的现实生活和文学创作有所了解,但并没有表现出同情和理解,反而更多的是否定和排斥。特别是《中国文学》上刊登的反美斗争文章,引起外国读者的强烈反应,这种对立面形象的自我塑造同样使得西方对中国的认识片面化、妖魔化，西方世界以“蓝蚂蚁”①、“蚂蚁山”②等蔑视性词汇来描述中国。

二、1970年代：正统文学译介与美好新世界形象

20世纪70年代，以美国为首的西方世界与新中国的关系发生了较大转变。此时深陷越战泥潭的美国出现一股自我反思、自我批判的情绪，越来越认识到资本主义社会的弊端和帝国主义战争给其他国家造成的伤害，转而肯定殖民地国家的反帝斗争。尤其是尼克松1972年的访华使美国人心目中邪恶的中国形象得到扭转，此后西方各行各业的人寻找机会来到中国，看到红色中国巨大的物质进步和社会主义“新人新风尚”，带回大量有关中国的正面报道：“中国……是一个信仰虔诚、道德高尚的社会……人民看上去健康快乐，丰衣足食。”③一个美好的新世界形象出现在西方人的视野里。70年代末中国改革开放的方针和邓小平访美，使西方美好的中国形象进一步走向深入。由于改革开放的思路与传统的马列社会主义存在一定差别，西方世界将之误读为中国开始放弃社会主义，向资本主义靠拢。在苏联这个最大敌人的陪衬

---

①Robert Guillain, *The Blue Ants*: 600 *Million Chinese Under the Red Flag*, trans. Mervyn Savill, London: Secker & Warburg, 1957.

②Suzanne Labin and Edward Fitzgerald, *The Anthill*: *the Chinese Human Condition in Communist China*, New York: Praeger, 1960.

③Paul Hollander, *Political Pilgrims*: *Travels of Western Intellectuals to the Soviet Union*, *China*, *and Cuba*, *1928—1978*, New York and Oxford: Oxford University Press, 1981, p. 278.

下，改革开放并"资本主义化"的中国形象显得无比美好。

在如此的形象背景下，英语世界对新中国文学的译介不再将重点放在"异端文学"上，而是加大了对正统的、主旋律文学的关注。海外中国文学研究者的政治立场亦发生较大转变，不再像20世纪五六十年代那样敌视新中国，而是理解、同情中国共产党的革命斗争，把描写革命与建设的新中国文学视为严肃的作品，肯定新中国文学中的价值质素。这一时期英语世界译介的新中国文学远远超过上一个时期，涵盖小说、戏剧、诗歌等多种体裁，择其要者有英国汉学家詹纳编选的《现代中国小说选》①，收入孙犁的《铁木前传》等；美国学者沃尔特·麦瑟夫和鲁斯·麦瑟夫编选的《共产主义中国现代戏剧选》②，收入《龙须沟》、《白毛女》、《妇女代表》、《马兰花》、《红灯记》等当时有代表性的剧目；巴恩斯顿与郭清波合译的《毛泽东诗词》③以及聂华苓、保罗·安格尔合译的《毛泽东诗词》④，二者收录的都是毛泽东在新中国成立后发表的诗歌，编目上大同小异，只在注释方式上有所不同；约翰·米歇尔编选的《红梨园：革命中国的三部伟大戏剧》⑤，收入了《白蛇

①W. J. F. Jenner ed., *Modern Chinese Stories*, London: Oxford University Press, 1970.

②Walter J. Meserve and Ruth I. Meserve eds., *Modern Drama from Communist China*, New York: New York University Press, and London: University of London Press, 1970.

③Willis Barnstone and Ching-po ko trans., *The Poems of Mao Tse-Tung*, New York: Harper & Row, 1972.

④Hua-ling Nieh Engle and Paul Engle eds., *The Poetry of Mao Tse-tung*, London: Wildwood House, 1973.

⑤John D. Mitchell ed., *The Red Pear Garden: Three Great Dramas of Revolutionary China*, Boston: David R. Godine, 1973.

传》、《野猪林》、《智取威虎山》；许芥昱编选的《中国文学图景：一个作家的中华人民共和国之行》①，节选了杨沫的《青春之歌》、高玉宝的自传体小说《高玉宝》、浩然的《金光大道》等主旋律作品；许芥昱的另一个选本《中华人民共和国文学作品选》②收入了杨朔的《三千里江山》、李准的《不能走那条路》、艾芜的《夜归》、峻青的《黎明的河边》、周立波的《山乡巨变》、茹志鹃的《百合花》、梁斌的《红旗谱》、杨沫的《青春之歌》、柳青的《创业史》、李英儒的《野火春风斗古城》等或节选或全文的内容；美国汉学家白志昂与胡志德合编的《中国革命文学选》③，收入了秦兆阳的《沉默》、周立波的《新客》、浩然的《初显身手》等作品；聂华苓的《"百花"时期的文学》卷2《诗歌与小说》④，收入了张贤亮的《大风歌》、王若望的《见大人》、李国文的《改选》、王蒙的《组织部新来的青年人》等作品。总的来说，这些选本的意识形态色彩与第一个时期相比明显减弱，编选者更注重从文学发展轨迹及作品的审美特性出发选译作品。他们的言说中虽然不能完全排除抨击新中国政权的话语，但敌对态度大为缓和。选本和研究中透露出来的中国形象比第一个阶段明显友善。

20世纪70年代，《中国文学》杂志继续向国外译介中国当代

---

①Kai-yu Hsu ed., *The Chinese Literary Scene: A Writer's Visit to the People's Republic*, New York: Vintage Books, 1975.

②Kai-yu Hsu ed., *Literature of the People's Republic of China*, Bloomington: Indiana University Press, 1980.

③John Berninghausen and Huters, Theodore eds. *Revolutionary Literature in China: An Anthology*, White Plains, New York: M. E. Sharpe, 1976.

④Hua-ling Nieh Engle ed., *Literature of the Hundred Flowers Period, Vol. 2 Poetry and Fiction*, New York: Columbia University Press, 1981.

文学。“文革”期间，样板戏受到异乎寻常的重视，继续得到译介，并刊载相关评论文章，对“样板戏”的思想内容和艺术价值予以评价，以引导异域读者，促进在海外的接受。浩然等硕果仅存的“合法”作家塑造“社会主义新人”形象的作品也成为此时对外译介的重要对象，浩然的《艳阳天》、《金光大道》、《西沙儿女》、李心田的《闪闪的红星》、高玉宝的《高玉宝》等，都作为代表时代特色的作品译介到国外。而集体翻译的毛泽东诗词无疑是该时期最重要的英译作品，为此专门成立了毛泽东诗词英文版定稿组，有的负责翻译，有的负责润色，并向国内高校师生和亲善中国的美国记者安娜·路易斯·斯特朗征求意见，于 1976 年隆重推出，以至于国内有学者指出：“毛诗翻译受重视程度之高，翻译过程持续时间之长，参与人员之复杂，规格之高，译入语种之多，总印数之大，在世界诗歌史和文学翻译史上是罕见的。”①“文革”后至 70 年代末，《中国文学》也及时译介、刊载了反映新时期中国人民真实心声的作品，如伤痕小说宗璞的《弦上的梦》、刘心武的《班主任》等。

《中国文学》此一时期推出的这些译作集中体现了新中国方方面面的发展变化，向世界展示一代“社会主义新人”形象。这些作品对外传递的是与西方社会的个人主义截然不同的、以集体主义为核心的价值观，旨在树立新的自我文化形象，显示社会主义制度的优越性。

① 马士奎：《文学输出和意识形态输出——“文革”时期毛泽东诗词的对外翻译》，《中国翻译》，2006 年第 6 期。

三、新时期以降：多元化译介与“淡色中国”形象

新时期以降，以美国为主导的西方的中国形象是变动不居的。先是中美建交结束了两国多年的对抗与猜疑，随后邓小平访美以及中国改革开放的深入使得美国舆论对中国的赞成率大幅上升。美国媒体对中国经济改革的正面报道越来越多，尤其是《时代》周刊以不无欣喜的态度，不断报道中国充满活力的经济、丰富多样的市场和“新体制试验田”取得的成功。但美好的中国形象并没有持续多久，20 世纪 80 年代末的那场政治风波使西方的中国形象陡然逆转，再加上 90 年代初东欧社会主义阵营的解体，中国不仅失去了制衡苏联的地缘政治意义，而且成为资本主义全球化大潮中唯一一个社会主义大国，被视为“对抗世界”的“他者”，是美国主宰的世界秩序下的异己。于是，“中国威胁论”、“中美冲突论”成为 20 世纪 90 年代西方之中国形象的主调。21 世纪以来，“中国机遇论”逐渐成为西方人的共识。2004 年，美国一位家庭主妇萨拉·邦乔尼对没有“中国制造”的日子的慨叹让西方人认识到中国既是竞争对手，更是合作伙伴。中国的发展不仅让西方人享受到中国制造的质优价廉的商品，也给西方经济注入了活力，此外，中国在“反恐”问题上站在美国一边，西方对中国的好感暗自增长。美国著名的中国问题专家、高盛公司高级顾问乔舒亚·库珀·雷默将中国形象界定为“淡色中国”。他说这个词不很强势，又非常开放，同时体现出中国传统的和谐价值观，因为“淡”字将“水”和“火”两种不相容的东西结合在一起，使对立的东西和谐起来。雷默认为中国要想在世界上塑造良好的形象，最

强有力的办法就是保持开放的姿态,而不是硬性推销中国文化①。这种观点何尝不体现了历史上西方对中国的态度和看法:长期以来,西方的中国形象在"浪漫化"和"妖魔化"之间徘徊,在喜爱和憎恨之间摇摆。西方需要抛弃意识形态的偏见,摆脱欲望化的视角,用"淡色"来看待中国。

与对中国变动不居的认知相应,新时期以来西方世界对中国当代文学的译介呈现出多元化、多样性的特点。既有不同作家的合集,也有单个作家的作品集、小说单行本;既有对新时期不同文学流派的追踪翻译,也有对女作家群体的结集译介;既有按主题编选的译本,也有按时间段编排的选本;既有对正统文学的关注,也有对争议性作品的偏好。

就合集译介来说,新时期的作品从伤痕文学、反思文学、改革文学,到寻根文学、先锋小说等,都引起海外学者的关注。比如《伤痕:描写"文革"的新小说(1977—1978)》②收录了卢新华的《伤痕》、孔捷生的《姻缘》、刘心武的《班主任》和《醒来吧,弟弟》等伤痕文学作品;《新现实主义:"文革"之后的中国文学作品集》③收入了高晓声的《李顺大造屋》、蒋子龙的《乔厂长上任记》、叶文福的《将军,你不能这样做!》、王蒙的《夜之眼》、谌容的《人到中年》、张弦的《被爱情遗忘的角落》等"反思文学"和"改革文学"作

①乔舒亚·库珀·雷默等:《中国形象:外国学者眼里的中国》,沈晓雷等译,北京:社会科学文献出版社,2006年,第16—17页。

②Geremie Barmé and Bennett Lee eds., *The Wounded: New Stories of the Cultural Revolution, 77－78*, Hong Kong: Joint Publishing Co., 1979.

③Yee Lee ed., *The New Realism: Writings from China After the Cultural Revolution*, New York: Hippocrene Books Inc., 1983.

品;《春笋:中国当代短篇小说选》①收录了郑万隆的《钟》、韩少功的《归去来》、王安忆的《老康归来》、陈建功的《找乐》、扎西达娃的《系在皮绳扣上的魂》、阿城的《树王》等"寻根文学"作品;《中国先锋小说选》②收入了格非、余华、苏童、残雪、孙甘露、马原等人创作的先锋小说。

除多人合集外,新时期一些作家的个人作品集和小说单行本也得到大量译介。像莫言的短篇小说集《爆炸及其他故事》、《师傅越来越幽默》,小说单行本《红高粱》、《天堂蒜薹之歌》、《酒国》、《丰乳肥臀》、《生死疲劳》、《变》、《檀香刑》、《四十一炮》等都被译成英语,"译成法语的作品有近 20 部"③。余华的短篇小说集《往事与刑罚》,长篇小说《活着》、《许三观卖血记》、《在细雨中呼喊》、《兄弟》;苏童的中篇小说集《大红灯笼高高挂》、《刺青》,短篇小说集《桥上的疯女人》,长篇小说《米》、《我的帝王生涯》、《碧奴》、《河岸》;贾平凹的《浮躁》、《古堡》、《废都》等,也都译成英语、法语出版。

新时期一些有争议的作品也是西方关注的对象之一。美国汉学家林培瑞编选的《倔强的草:"文革"后中国的流行文学及争议性作品》④选入的大多是 20 世纪 70 年代末有影响、有争议的小

①Jeanne Tai ed., *Spring Bamboo: A Collection of Contemporary Chinese Short Stories*, New York: Random House, 1989.

②Jing Wang ed., *China's Avant-Garde Fiction: An Anthology*, Durham: Duke University Press, 1998.

③许方、许钧:《翻译与创作——许钧教授谈莫言获奖及其作品的翻译》,《小说评论》,2013 年第 2 期。

④Perry Link ed., *Stubborn Weeds: Popular and Controversial Chinese Literature after the Cultural Revolution*, Bloomington: Indiana University Press, 1983.

说和诗歌;同样是他编选的《玫瑰与刺:中国小说的第二次百花齐放(1979—1980)》①收入了发表于1979—1980年间的不同程度上的"刺",他认为在中国,歌颂性的作品是"花",批评性的作品是"刺"。《火种:中国良知的声音》②收入的是中国文坛上的杂沓之声,其中有些是有争议的作品,而堪称《火种:中国良知的声音》续篇的《新鬼旧梦录》③收录的是和原来严格的意识形态文学不同的文坛新声。被视为"中国现当代文学中事实上的、最具争议性的作家"④阎连科,其《为人民服务》、《丁庄梦》、《年月日》、《受活》等都被译成法语,"阎连科的'被禁'以及他的'批判意识'","赢得法国人的无数好感"⑤。

海外对中国新时期文学的多元译介反映了西方人心目中杂色的中国形象。虽然文学的交流不能和渗透着意识形态的异国形象严格对应,但隐秘地投射出西方人对中国的态度和看法。

在海外"拿"来中国新时期文学的同时,中国在"送"出去方面也加大力度。《中国文学》在新时期拓宽译介的题材范围,并注重同英美国家的文学交流。20世纪80年代初推出的"熊猫丛书"把诸多新

①Perry Link ed., *Roses and Thorns: The Second Blooming of the Hundred Flowers in Chinese Fiction, 1979—80*, Berkeley: University of California Press, 1984.

②Geremie Barmé and John Minford eds., *Seeds of Fire: Chinese Voices of Conscience*, New York: Hill and Wang, 1988.

③Geremie Barmé and Linda Jaivin eds., *New Ghosts, Old Dreams*, New York: Random House, 1992.

④胡安江、祝一舒:《译介动机与阐释维度——试论阎连科作品法译及其阐释》,《小说评论》,2013年第5期。

⑤胡安江、祝一舒:《译介动机与阐释维度——试论阎连科作品法译及其阐释》,《小说评论》,2013年第5期。

时期作家如池莉、冯骥才、方方、邓友梅、梁晓声、刘绍棠、王蒙、张洁、张贤亮、周大新等人的作品传播到国外，其中销售较好的《中国当代七位女作家》、《北京人》、《芙蓉镇》、《人到中年》、《爱，是不能忘记的》等引起英美一些主流报刊如《纽约时报书评》的关注。

21 世纪以来，中国政府多措并举，进一步加大中国文学海外推广的力度。2003 年中国新闻出版总署提出新闻出版业“走出去”战略。2004 年国务院新闻办公室与新闻出版总署启动“中国图书对外推广计划”，成立“中国图书对外推广计划”工作小组，每年召开专门会议，出版《“中国图书对外推广计划”推荐书目》。2006 年，中国作家协会推出“中国当代文学百部精品译介工程”，2009 年开始实施“经典中国国际出版工程”，并全面推行“中国文化著作翻译出版工程”。中国政府旨在通过这些文学、文化层面的努力，塑造一个多元、开放、积极的中国形象。

不管是西方的“拿”过来还是中国的“送”出去，对新时期女作家作品的译介都是焦点之一。我们下面通过西方自发译介和《中国文学》、“熊猫丛书”自主输出的中国新时期女作家的作品，看看文学译介中“他塑形象”和“自塑形象”的不同。

英语世界对新时期女作家颇为关注。《玫瑰色的晚餐：中国当代女作家新作集》①、《恬静的白色：中国当代女作家之女性小说》②、《我要属狼：中国女性作家的新呼声》③、《蜻蜓：20 世纪中国女作家

① Nienling Liu et al eds., *The Rose Colored Dinner: New Works by Contemporary Chinese Women Writers*, Hong Kong: Joint Publishing Co., 1988.

② Hong Zhu ed., *The Serenity of Whiteness: Stories by and about Women in Contemporary China*, New York: Ballantine Books, 1991.

③ Diana B. Kingsbury trans., *I Wish I Were a Wolf: The New Voice in Chinese Women's Literature*, Beijing: New World Press, 1994.

作品选》①、《红色不是唯一的颜色》②等收入了谌容、张洁、张抗抗、宗璞、茹志鹃、王安忆、张辛欣、铁凝、蒋子丹、池莉、陈染等作家的作品。此外还译介了不少女作家的个人作品集和小说单行本。国内对新时期女作家的译介也相当重视。承担《中国文学》和"熊猫丛书"外译出版工作的中国文学出版社出版了七卷中国新时期女作家的合集和个人文集,将茹志鹃、谌容、宗璞、古华、王安忆、张洁、方方、池莉、铁凝、程乃姗等众多女作家的作品推向海外。但中外在选译女作家的作品时秉承的理念、原则迥然不同。海外的译介主要是用他者文本烛照本土观念,以印证本国的文学传统和价值观念,是在借"他者"言说"自我","是认识自身、丰富自身的需要,也是以'他者'为鉴,更好地把握自身的需要"③。而中国是要通过对本土文学的译介,塑造积极、正面的中国形象,彰显中国的文化软实力,为改革开放和经济建设创造有利的国际环境。以海外、国内对王安忆作品的译介为例。英语世界最早选译的是王安忆探讨男女隐秘幽深的本能欲望的"三恋"——《小城之恋》、《荒山之恋》和《锦绣谷之恋》,这种选择偏好和西方的女性主义诗学传统以及 20 世纪七八十年代女性主义批评理论在西方的兴起与发展有关。"三恋"让英语世界的读者在他国文学中看到了熟悉的影子,并因此给予好评:"王安忆对人类性意识的描写敏

①Shu-ning Sciban and Fred Edwards eds., *Dragonflies: Fiction by Chinese Women in the Twentieth Century*, New York: East Asia Program, Cornell University, 2003.

②Patricia Sieber ed., *Red Is Not the Only Color: A Collection of Contemporary Chinese Fiction on Love and Sex between Women*, Lanham, Maryland: Rowman & Littlefield Publishers, 2001.

③许钧:《我看中国现当代文学在法国的译介》,《中国外语》,2013 年第 5 期。

感且具有说服力……任何一个熟悉过去几年中国文学发展的人都会认识到王安忆坦诚、公开地探讨性主题，需要何等的勇气。”①从中可以看出，英语世界对中国文学的译介内在里隐含着对自身文化的自恋式欣赏，是在用他者确认自我，完成的是自己的身份认同。

国内对王安忆的译介则体现出截然不同的选材倾向。尽管王安忆的创作题材十分广泛，从伤痕、反思、寻根，到先锋、新写实、新历史无不涉猎，但《中国文学》和“熊猫丛书”选译的却是《小院琐记》、《妙妙》、《雨，沙沙沙》、《人人之间》、《流逝》等短篇小说。究其原因，恐怕和这些小说在主题上符合“主旋律”、在艺术表现上中规中矩有关。《中国文学》和“熊猫丛书”偏重选择以现实主义为基调的作品，试图通过中国文学向世界展示一个秉承传统文化价值观、生活化、市井化的中国形象。“三恋”虽然在王安忆的创作中占有重要位置，但其对女性欲望的大胆直面使得对爱情的表现由彰显灵魂到突出本能欲求，不仅在审美趣味上和中国传统的观念相距甚远，也与国家倡导的主流文学不相符合，因而被排除在外也就在所难免。

新中国成立以来，构建良好的中国形象受到国家层面的高度重视。从人民民主国家到改革开放的形象，从对外宣传中展示中国的“五个形象”到树立和平、合作、发展、负责任的大国形象，从提出文化软实力战略到具体实施各项“译介工程”、“推广计划”、“出版工程”，中国一直在致力于塑造一个国际舞台上良好的中国形象。但

①Caroline Mason, “Book Reviews: *Love on a Barren Mountain* by Wang Anyi and translated by Eva Hung,” *The China Quarterly*, 1992 (129), p. 250.

中国对自我形象的认知和其他国家对中国的认知尚有很多不一致之处，尽管这在国与国之间是普遍存在的现象，但在中国身上尤为突出。怎样通过文学的译介增进彼此的共识，缩小二者间的差距，让世界理解并认可中国自我塑造的形象，是我们要进一步思考的问题。

（原载《小说评论》2014 年第 3 期，
《新华文摘》2014 年第 15 期全文转载）

欲望化他者:西方文学中的中国形象

一、“套话”的内涵及特征

20世纪80年代以来,比较文学在中国逐渐兴盛,而90年代以来,形象学作为比较文学的一个重要领域,日益受到比较文学研究者的重视。“套话”(stereotype)是比较文学形象学中描述异国异族形象的一个术语,是形象的一种特殊而又大量的存在形式,是陈述异族集体知识的最小单位,“是对精神和推理的惊人的省略”①,它“传播了一个基本的、第一的和最后的、原始的形象”②。因此,研究套话就成为形象研究中最基本、最有效的部分。本文拟从套话的角度,将西方对中国的认识进行梳理、分析,并做一深层的透视,以期在东西方交往上消除偏见,增进理解,在多元文化并存的今天,审己察彼,共生互补。

套话指“一种与范畴有关的夸大的信仰,其功能是合理地解

---

①达尼埃尔-亨利·巴柔:《形象》,见孟华主编《比较文学形象学》,北京:北京大学出版社,2001年,第161页。

②达尼埃尔-亨利·巴柔:《形象》,见孟华主编《比较文学形象学》,北京:北京大学出版社,2001年,第159页。

释我们按照该范畴做出的行为"①,或是"一种停滞不前的、物恋的表现形式",其特征是"固结性和虚幻性"②。Stereotype 一词的汉译不一,澳籍华人学者欧阳昱在其著述《表现他者》中将它译为"滞定型",但在中国大陆,"套话"一译得到很多研究者的认可。套话原指印刷用的铅版,因其反复使用而引申为"老框框"或"陈规旧套",即人们认识一事物时的先在之见。1922 年,美国学者沃尔特·李普曼(Walter Lippmann)首先将它应用到社会科学领域,把套话描述为"我们头脑中已有的先入之见"③。在比较文学领域,套话则是指将异族形象固定在相对恒定的认识模式中。

关于异族的套话虽经作家之手创造,但并不是一种单纯的个人行为,因为作家对异族的理解不是直接的,而是通过作家本人所属社会和群体的想象描绘出来的,是整个社会想象力参与创造的结晶。因而套话是自我关于他者的社会集体想象物,并且它一旦形成就会融入本民族的集体无意识深处,潜移默化地影响着本族人对异国异族的看法。套话具有持久性和多语境性,它可能会长时间处于休眠状态,但一经触动就会被唤醒,并释放出新的能量。

套话高度浓缩地表达了一个民族对异民族的认识和感受,其产生同双方的社会政治地位、经济军事力量对比,有着不可分割的联系。透过套话,我们既可以审视被注视者(他者),也可以透

---

①Gordon Allport, *The Nature of Prejudice*, Cambridge: Addison-Wesley Press, 1954, p. 25.

②Homi K. Bhabha, "The Other Question," *Screen*, 1983 (6), p. 29.

③沃尔特·李普曼:《公众舆论》,阎克文等译,上海:上海人民出版社,2002 年,第 73 页。

视注视者(自我)。法国著名比较文学学者巴柔这样说道:"'我'注视他者,而他者形象也传递了'我'这个注视者、言说者、书写者的某种形象。在个人(一个作家)、集体(一个社会、国家、民族)、半集体(一种思想流派、意见、文学)的层面上,他者形象都无可避免地表现为对他者的否定,对'我'及其空间的补充和延长。这个'我'想说他者(最常见到的是出于诸多迫切、复杂的原因),但在言说他者的同时,这个'我'却趋向于否定他者,从而言说了自我。"①因此,"自我"在言说"他者"的同时,也言说了"自我"。

二、西方之中国形象的"套话"形态

哲人王(philosopher king)

古代中国是一个具有灿烂文化的国度,中华民族是一个有高度修养的民族。早在13世纪,威尼斯商人马可·波罗的游记将一个富庶、文明、繁荣的契丹蛮子国(古时对中国的称呼)展现在西方人面前,令他们叹为观止。14世纪中期,英国"座椅上的旅行家"曼德维尔在其虚构的小说《曼德维尔游记》中再次用这一想象中美丽神奇的传奇国度强化了西方人对中国的向往。二人都对中国当时的统治者忽必烈大汗赞赏有加。在马可·波罗眼里,忽必烈大汗英气照人,骁勇而有道德。曼德维尔更是在其游记中用了将近70%的篇幅盛赞大汗:大汗的国土辽阔,统治严明,大汗拥有无数的金银财宝,是世界上最强大的君主,连欧洲的长老约翰也不如他伟大。此后的地理大发现使欧洲的许多传教士来到中

①达尼埃尔-亨利·巴柔:《形象》,见孟华主编《比较文学形象学》,北京:北京大学出版社,2001年,第157页。

国,看到中国的皇帝仁慈、公正、勤勉,富有智慧与德行。通过对中国的哲学思想、宗教信仰、政治制度的研究,他们发现这是由于中国有一位伟大的哲人——孔子,是孔子的思想在中国创立了一个开明的君主政体。四书五经赋予中国皇帝以贤明、旷达,使他们用知识、用爱而不是用暴力来治理国家和人民,于是一个西方关于中国的正面套话"哲人王"便诞生了,并成为西方"中国热"的一个重要方面。欧洲人在中国不仅找到了一种哲人思想,而且找到了实践这种哲人思想的典范——康熙皇帝,这便是"哲人政治",它在18世纪被欧洲的启蒙主义者用作反对暴政和神权的一面旗帜。哲人政治在西方有悠久的渊源,柏拉图在《理想国》中就提出由哲人来治理国家:哲人王式的领导者在一批知识精英的辅佐下,以绝对的公正和仁慈管理着他的子民。这种哲人政治的理想在西方人的意识中一直深藏着,16—17世纪中国哲人政治的现实把它激活,并成为一种改造现实的力量。1669年,英国学者约翰·韦伯(John Webb)著文劝说英王查理二世效法中国君主实行仁政;英国政论家威廉·坦普尔爵士(Sir William Temple)盛赞中国政府是哲人统治的政府,是柏拉图"理想国"的实现,是英国政府应当效法的楷模;西班牙传教士闵明我(Domingo Navarrete)神父在17世纪70年代著书建议欧洲所有的君主都要仿效中国皇帝:国王要加强自身修养,让哲学家参与辅佐政治;德国哲学家莱布尼茨(Leibniz)希望中国能派哲学家到欧洲传授道德哲学和政治思想。

18世纪末期,随着欧洲"中国热"的降温,"哲人王"一词也逐渐沉入西方人的潜意识深处。但套话具有持久性和多语境性,一旦外部条件适宜,就会立即复活。"哲人王"一词在20世纪毛泽东领导的中国时代又复活了。

19 世纪的中国在西方人眼中日益衰微，至 20 世纪初，已被看作一个停滞、腐朽的国家：中国百姓抽鸦片、吃腐食，中国官员凶狠残暴、贪污腐化。但在 20 世纪 30 年代，美国记者埃德加·斯诺(Edgar Snow)越过重重险阻，进入中国的解放区延安。在那里，他发现了一个与西方人眼中完全不同的中国：到处平等、民主，生机勃勃，尤其是那里的领袖毛泽东，非常像 17 世纪法国传教士白晋(Bouvet)所赞扬的康熙，集学者、哲人和领袖于一身，散发出“哲人王”的魅力。新中国成立之初，毛泽东领导的中国在经济上飞速发展，特别是用毛泽东思想教育出来的社会主义新人乐观向上，团结友爱，互助合作，更让陷入精神困境的西方人刮目相看。中国再次成为一个道德理想国，而执掌这个国家的是一位智慧完美的哲人王——毛泽东。

当然，不管是 17 世纪的哲人王康熙，还是 20 世纪的哲人王毛泽东，都被西方人涂上了浓重的想象色彩，带有理想化倾向，目的是要利用中国形象来改造自身。18 世纪的启蒙主义者用它抨击暴政，挑战神学；20 世纪的西方人则试图用它来拯救被战火和功利燎焦的灵魂。

中国佬约翰(John Chinaman)

西方人对中国的美好印象到了 19 世纪来了一个大逆转，中国由开明、富饶、发展、繁荣一变而为专制、贫困、停滞、腐朽，中国人由聪明、勤奋、坚强、质朴变成愚昧、奸诈、怯懦、保守，西方的中国观由钦佩、狂热、仰视到批判、憎恶、蔑视。诚然，这种变化不是一朝一夕的事，即使在“中国热”高峰期也有不和谐的音符存在，如笛福在《鲁滨孙漂流记续篇》中对中国的指责与不屑，黑格尔“中国停留在历史进程之外”的论断，孟德斯鸠对中国专制制度的谴责等等。但 19 世纪以后，这种认识占据了绝对的主导地位，中国被丑化、弱化、女性化、妖魔化，中国人在西方人眼中缺乏理性，阴险邪恶，道德沦丧。一个新的套话“中国佬约翰”应运而生。英国著名的《笨拙》杂志在1858年4月10日上刊登了一首诗，题为《一首为广州写的歌》，诗中对中国佬约翰（John Chinaman）极尽丑化谩骂之能事，声称约翰牛（John Bull）逮着机会就会好好教训中国佬约翰。在美国，“中国佬约翰”则是一个对华人劳工的蔑称，最早出自美国作家布勒特·哈特（Bret Harte）的笔端。华人劳工在19世纪五六十年代为美国的西部开发做出过贡献，曾一度受到美国人的亲善，被称为模范移民。但到了19世纪70年代，随着西部经济前景的暗淡，华人的勤劳、节俭变成威胁美国白人生存的“邪恶力量”，美国公众开始对他们表现出极大的敌意，体现在文学作品中便是布勒特·哈特发表于19世纪70年代的一系列短篇故事。在他笔下，中国人怪异、诡秘，不可理解，讲一口洋泾浜英语，其表面的愚蠢、木讷掩盖的是本质的邪恶和诡计多端。在一篇题为《中国佬约翰》（*John Chinaman*）的小说中，哈特有这样一段描述：“持久的卑微意识——一种在嘴和眼睛的线条中隐藏着的自卑和痛苦……他们很少笑，他们的大笑带有超乎寻常的、嘲笑的性质——纯粹是一种机械的痉挛，毫无任何欢乐的成分——以至于到今天为止，我还怀疑自己是否曾经见到过一个中国人笑。”①哈特有关中国的作品表露出一种“东方主义”的思维，贯穿《中国佬约翰》的是华人的呆板、麻木、不可捉摸。

异教徒中国佬（Heathen Chinese）

与“中国佬约翰”相伴而生的另一个关于中国的套话是“异教

①哈罗德·伊萨克斯：《美国的中国形象》，于殿利、陆日宇译，北京：时事出版社，1999年，第153页。

徒中国佬”,它同样源自美国作家布勒特·哈特的小说。1870年,哈特写了一首《诚实的詹姆斯的老实话》(“Plain Language from Truthful James”)的幽默诗,发表后逗得美国公众捧腹大笑,随即被大量转载,甚至贴在理发店的橱窗上。后来,这首诗以《异教徒中国佬》(“The Heathen Chinee”)之名在美国家喻户晓,由此,中国人便和“异教徒”牢牢地连在了一起。异教徒本是基督徒对非基督徒的称谓,但从此便演变为美国人对中国移民轻蔑而厌恶的称呼。“各种阴险古怪的方式/各种愚蠢的诡计把戏/异教徒中国佬真是特别”①,中国人的聪明智慧被蒙上了妖魔化色彩,就像《异教徒中国佬》中阿新的牌技一样,令人眼花缭乱,不可思议。时代不同了,中国也不再是18世纪西方人眼中那方由自然神学支配的国土,仅仅需要基督教的完善就能臻于完美了。此时,它已变成了邪恶之地,堕落之所,只有西方的宗教才能拯救它、教化它,中国人也随之变成了只能由西方人训导、保护的对象。

傅满洲(Fu Manchu)

19世纪末20世纪初,西方强烈的种族歧视和美国对华人的排斥及中国义和团在抵抗外敌入侵时表现出来的英勇气概,使13世纪成吉思汗遗留给欧洲的“黄祸”(Yellow Peril)情结席卷整个西方世界。一时间,各种耸人听闻和肆意歪曲的言论混淆着世界舆论的视听,什么“黄带子将占领全球”,什么“上帝制造的最低劣的民族”会威胁西方人高贵的血统和纯洁的道德……不一而足。这一方面体现了西方中心、白人至上的荒谬论调,另一方面也透露出西方人内心深处对中国人(还有日本人等)的恐惧,从一个侧

①转引自张弘等:《跨越太平洋的雨虹》,银川:宁夏人民出版社,2002年,第30页。

面反映了中国潜在的力量，以及中国正在从屈辱与压迫中奋起与反抗的形象。最充分体现“黄祸”论调的文学人物是“傅满洲”（也译为“付满楚”），他几乎是一个尽人皆知的西方关于中国的套话，最初出自英国作家萨克斯·罗默（Sax Rohmer）之手，成书之前首先在英国杂志上连载，受到关注。1913 年，罗默发表了小说《傅满洲博士的秘密》（*The Mystery of Dr. Fu Manchu*），傅满洲成为英国人耳熟能详的角色。罗默一生写了很多关于傅满洲的小说，包括 13 部长篇、3 部短篇和 1 部中篇。傅满洲邪恶、凶残，令人恐惧而又充满诱惑，“他手指的每一次挑动都具有威胁，眉毛的每一次挑动都预示着凶兆，每一刹那的斜视都隐含着恐怖”①。罗默在《傅满洲博士的秘密》中给我们描绘了这样一幅生动的画像：试想一个很高、很瘦又很狡猾的男人，双肩高耸，长着莎士比亚般的眉毛，撒旦的脸，脑袋刮得精光，一双细长的眼睛闪着猫一样的绿光，集整个东方民族的狡诈、残忍、智慧于一身，这个可怖的男人就是傅满洲博士。

傅满洲是西方关于中国的套话中最重要、最有影响力的一个，也是“黄祸论”思想体现得最彻底的典型。他在罗默同时代和他以后的许多作家笔下反复出现，20 世纪 30 年代以后被好莱坞搬上银幕，成为邪恶、妖魔的化身。傅满洲暴露了西方人恶意丑化和诬蔑中国人的阴暗心理：一个高傲自大、蒸蒸日上的文明需要一个停滞、落后、堕落的异域形象来陪衬，中国就是这个异域国家，傅满洲就是这个异域形象。福柯认为，主体需要客体，不是去理解对方，而是为了验证自身。这种观点用在 19 世纪以后西方

①哈罗德·伊萨克斯：《美国的中国形象》，于殿利、陆日宇译，北京：时事出版社，1999 年，第 157 页。

关于中国的负面套话中是再符合不过了,西方的文明、发达需要中国的愚昧、贫弱来验证,西方人的种族优越需要中国人的阴险、狡诈、邪恶来衬托。

抗日战争期间,中国人民反侵略的事迹激起了美国公众的同情,傅满洲在美国销声匿迹过一段时间,但随着蒋介石的垮台、中华人民共和国的建立,美国对中国布尔什维克主义产生恐惧,随后朝鲜战场上的交锋更加深了美国人的恐惧,因此,"黄祸论"沉渣泛起,变成"红色威胁"(Red Menace)主宰了美国官方对中国的认识。适应美国歪曲中国的需要,傅满洲再次复活,以更加邪恶和恐怖的面目,活跃在好莱坞电影中。

20 世纪 90 年代,中美关系再度趋于紧张,一些美国新闻传媒人物又一次翻检出陈旧的历史记忆,让傅满洲的幽灵以变形的面孔渗透进对华宣传中。1994 年,《纽约时报》前驻北京记者纪思道(Nicholas D. Kristof)和伍洁芳(Sherry WuDunn)合作出版了一本书 *China Wakes*。"Wakes"一词一语双关,既有"觉醒"的意思,又有"守灵"的含义,而"守灵"也正是作者的醉翁之意。此书描写中国自改革开放以来,特别是 20 世纪 80 年代末 90 年代初社会生活的方方面面。在作者眼中,虽然中国表面上热闹繁荣,实际上却腐朽衰微,混乱不堪,如形尸走肉,苟延残喘地为自己守灵。这是美国大众文化制造者惯用的以妖魔化中国的方式来配合其意识形态的伎俩。历史走过了将近一个世纪,但昭示中美关系的傅满洲形象却依旧幽灵般地复现。

陈查理(Charlie Chan)

20 世纪 20—40 年代,西方对中国的感情是复杂的,一方面是西方人出于恐惧和西方中心论而创造出的傅满洲形象,另一方面中国又被(主要是美国)看作欧洲和日本侵略的牺牲品,值得同情和怜悯。因此，在 20 世纪二三十年代，当邪恶、诡秘、狡诈的傅满洲充斥西方的文学创作与影视之中时，另一个与其相对的形象陈查理也引起了西方公众的兴趣。

陈查理是一位著名的华人侦探。1925 年，美国作家厄尔·德尔·比格斯(Earl Derr Biggers)受檀香山一个华人侦探所的启发，创造了陈查理这一形象，他先是出现在《星期六晚邮报》的专栏里，随后以书的形式与读者见面，最初的三部是《没有钥匙的房间》(*The House Without a Key*, 1925)、《中国鹦鹉》(*The Chinese Parrot*, 1926)、《在幕布后面》(*Behind That Curtain*, 1928)。比格斯 1933 年去世之后，陈查理又在喜剧、广播、影视作品中找到广阔的发展空间，并被好莱坞拍成 47 部系列电影，最终以聪明、幽默、富于喜剧色彩的形象定格在西方人的记忆里。如果说傅满洲是邪恶、妖魔的化身，陈查理则是正义、法律的象征，他具有处理复杂案件的非凡能力，在探测作案动机和与恶人周旋方面表现出老谋深算的智慧。但美国人并不是丝毫不带种族偏见地塑造这一形象的，陈查理谦卑、温和，对美国人恭敬顺从。尤其是其神秘的行踪，满口的“子曰”，使他更像一个马戏团的小丑，成为美国读者和观众的笑料。而且好莱坞影片中白人扮演的陈查理在西方人的蔑视面前谦卑驯服，行为举止缺少阳刚之气，动作矫揉造作，女子气十足。这一塑形折射出西方人在中国形象塑造中的东方主义心态，即将东方形象女性化、柔弱化、异国情调化。

功夫(Kung Fu)

从 20 世纪 70 年代起，一种关于中国人形象的新型电影出现在好莱坞影坛上，这就是中国功夫片。黄面孔的演员李小龙是这一类影片的主演，惩恶扬善是其所要传达的主要道德信息。华人演员李小龙在银幕上也是正义的化身，从道理上讲这应该是西方塑造的一个积极的、正面的中国男子形象,但事实并不如此。李小龙扮演的功夫高手虽然武艺高强,但不近女色,缺少人情味,只知蛮打蛮拼,毫无对女性的温情和绅士风度,这是西方在塑造中国形象时剥夺东方男子的性象征,把东方男子刻画成性冷淡、性无能的后殖民心理在作祟。从根本上来说,就是无论中国人如何聪明,如何有智慧,也不能跟他们平起平坐。西方人将种族偏见糅进老少皆宜的娱乐故事中,使这种偏见更加深入人心。

三、"套话"的欲望化与他者性

西方关于中国形象的套话不管是积极、正面、肯定的,还是消极、反面、否定的,都不是中国形象的真实情形,而是掺杂了很多想象成分,是西方欲望与恐惧的产物。也许西方人根本就不需要一个真实的中国形象,只需要一个根据自己的需要构建出来的虚幻,作为他们观照自我、理解自我的一面镜子。从古希腊开始,西方人就惯于用二元对立的方式来认识世界,对于中国形象,西方人也是将其置于欲望的两极,它或是一个欲望的天堂,或是一个恐怖的地狱。当西方人对自己的国家制度、宗教信仰、世俗生活不满意时,他们就将中国渲染成一个世俗的乐园:中国哲人王统治的国家理性、宽容、祥和,而自己的国家则相形见绌,于是他们将一个美化了的中国作为变革自身的楷模;而当他们羽翼丰满,想掠夺中国、侵略中国的时候,就妖魔化中国,把中国人说成是天生的劣等动物,未开化的野蛮人,残忍嗜血的狂徒,将中国作为反证自身优越的材料,同时也为他们可耻的侵略行径辩护。无论西方人对中国持什么态度,褒扬、仰慕、亲善也好,贬斥、蔑视、憎恶也罢,他们始终把中国放在"他者"的位置上,视自身的需求不断地加以虚构。中国是西方的异类世界,帮助西方人确认自己存在的价值和意义。

想象当然是不真实的，但想象背后所蕴含的心理基因却是真实的、可信的。西方关于中国形象的套话像一面镜子，照出了西方人在不自觉中流露出来的贪婪与恐惧，照出西方人曾经如何苛待别人，宽容自己，也帮助西方人意识到自己根本没有意识到的一段梦游般的经历。

西方关于中国形象的套话大多具有种族歧视色彩，个别像“中国佬约翰”还是带有侮辱性的种族绰号，就连陈查理、“功夫”这样的正面套话也带有西方中心论的色彩。其实，关于异域形象的套话，特别是强国关于弱国的套话，也是一种权势话语，因为套话的褒贬和一个国家的社会地位，政治、经济、军事实力有很大关系。当作为他者的异国处于强势地位时（比如16—18世纪的中国），观者（定为西方）往往将其纳入视野的中心，以仰视的视角，对他者抱以仰慕的态度，用一种理想化的套话来描述他者，比如“哲人王”；当作为他者的异国是贫弱之国时（比如19世纪末的中国），观者就倾向于将其放在次要位置上，采取俯视的视角，居高临下地以轻蔑的套话来绘制他者，比如“中国佬约翰”、“异教徒中国佬”；当作为他者的异国显示出自己强大的潜力，并可能给观者造成威胁时（比如19世纪末至20世纪觉醒和发展的中国），观者就会对其持敌视的态度，以妖魔化的方式来塑造它，比如“傅满洲”和他的变形幽灵。

套话虽然具有一定的时间性，会随着历史条件的改变而隐退，但它带来的套话思维方式却顽固地制约着、影响着一个民族对他民族的看法和态度。在人类生存越来越需要世界上各个国家、各个民族更加密切协作，以对付人类共同的威胁和灾难的今天，如何有效地铲除这些不平等的、带有种族歧视色彩的套话，是一个关系到地球村建设、关系到全人类共存共荣的大问题。上个世纪末以来,多元并存成为一种共识,国际上不同国家、不同民族间的宽容空间也不断增大,互为他者、互动认知得到越来越多学者的认可。21 世纪,东方文化仍然是西方文化的他者,但这个“他者”不应再仅仅是西方欲望化的虚幻和西方自我的镜像,西方要承认这个东方“他者”同样有自己的历史和现实,有自己独特的声音和言说自我的能力与权利。只有有了这种认识,东西方关系才能有一个根本的转变,西方那些关于中国的套话和套话式思维才能销声匿迹,人类也才能迎来一个真正平等、自由的春天。

（原载《国外文学》2004 年第 1 期）

美国大众文化中华裔男性的身份建构

——以傅满洲和陈查理为典型个案

傅满洲(Fu Manchu)和陈查理(Charlie Chan)一度是美国大众文化中定型化的主导华人形象,带有种族歧视和性别歧视的内涵。当代西方马克思主义文学批评家和文化理论家伊格尔顿在辨析意识形态时曾这样说:"文化实践和政治权力是交织在一起的。"①詹姆逊也认为马克思主义阐释框架是任何其他当今流行的阐释方法所"不可逾越的地平线",提出用政治视角阐释文学作品是"一切阅读和一切阐释的绝对视域"②。虽然他们的观点在文学理论异彩纷呈的当代受到一定冲击,但将其应用到美国华裔男性身份的建构研究中仍有其指导意义,因为我们在本文中撷取的个案傅满洲和陈查理在美国文学和文化中的沉浮,与美国社会和政治生活的变迁存在一种同构关系,可以说,他们二人在美国大众文化中的起伏沉落,几乎是中美关系的一个晴雨表。

---

①特里·伊格尔顿:《历史中的政治、哲学、爱欲》,马海良译,北京:中国社会科学出版社,1999年,第90页。

②弗雷德里克·詹姆逊:《政治无意识》,王逢振、陈永国译,北京:中国社会科学出版社,1999年,第4、8页。

一、被赋予种族歧视内涵的定型化形象

傅满洲和陈查理都被塑造成一种带有种族歧视色彩的定型化形象，其种族属性和性别内涵不可分割。华裔美国文学研究者林爱美指出："种族歧视和性别优越之间的对应关系惊人而准确。前者不但与后者相联系，而且为后者所确证。男人强于女人，同样，一些民族也强于另一些民族。"①傅满洲代表着西方人对华人的憎恶和恐惧：从政治上来看，他要控制整个世界，威胁西方文明；而从身体特征上来讲，他又令人不解地被剥夺了男性气质(masculinity)，贬低为仅能繁殖高智商后代的生物。陈查理是一个聪明智慧的华人侦探，用严密的逻辑推理和东方人的耐性机智地破获了一个又一个疑案。但就是这样一个代表美国法律和正义的华人形象也被剥夺了男性特征，成为一个缺乏男子汉气概的"非性化"典型。

关于男性气质，美国学者罗伯特·康奈尔(Robert Connell)将其分为四种类型。一是支配性男性气质(hegemonic masculinity，一译"霸权男性气质")，指"那种文化动力，凭借着这种动力，一个集团声称和拥有在社会生活中的领导地位"②。美国学者迈克尔·基梅尔进一步指出，支配性男性气质是以霸权、男性至上、种族主义为基础的，"男性气质是用来界定白种人、中产阶级、青

---

①Amy Ling, *Between Worlds: Women Writers of Chinese Ancestry*, New York: Pergamon Press, 1990, p. 171.

②R. W. 康奈尔：《男性气质》，柳莉等译，北京：社会科学文献出版社，2003年，第105页。

壮年和异性恋男性的,是其他男性要效仿的,是他们的尺度和通常所需要的东西"①。华人男性被排除在这一高雅群体之外,原因很简单:居支配地位的男性不包括有色人种的男子。二是从属性男性气质(subordinated masculinity),指同性恋男性对异性恋男性的从属。康奈尔认为:"在当今欧洲,美国社会中突出的情形是异性恋处于统治地位,同性恋处于从属地位。"②美国华裔作家赵健秀(Frank Chin)在《大哎呀! 美国华裔与日裔文集》中痛心地指出:"今日美国自由派白人认为:华裔男人说得好听一点是缺少男人味、暗地搞同性恋的家伙,就像陈查理;说得难听一点,他们是同性恋威胁者,就像傅满洲。"③男性同性恋者类似于女性,在社会、文化中处于从属地位。北美的一些商业录像经常把亚洲男子描绘成神秘、具有异国情调、搞"同性恋"的异类形象,旨在强化主流意识形态中所宣扬的白人至上的种族主义观点。三是共谋性男性气质(complicit masculinity),指那些支配性男性气质不明显,而又从支配性男性气质中受益或潜在地支持男性霸权的男性。有色人种的男性,由于被排除在霸权男性之外,带有共谋性男性气质。尽管由于族裔属性而受到白人男性的排斥,他们仍然能从父权制中获得好处,但渴望成为霸权男性的诱惑是一种强大的力量,促使他们挣脱共谋性男性气质,以攻击性的行为去成为

① Michael Kimmel, "Masculinity as Homophobia: Fear, Shame, and Silence in the Construction of Gender Identity," in Harry Brod and Michael Kaufman eds., *Theorizing Masculinities*, Thousand Oaks: SAGE, 1994, p. 124.

② R. W. 康奈尔:《男性气质》,柳莉等译,北京:社会科学文献出版社,2003年,第107页。

③ Jeffery Paul Chan et al. eds., *The Big Aiiieeeee! An Anthology of Chinese American and Japanese American Literature*, New York: Meridian, 1991, p. xiii.

霸权男性中的一分子,这对霸权男性气质来说是一种显在的或潜在的威胁。傅满洲就被塑造成带有这种气质的有色人种男性,他身上的"黄祸"特征既是对西方世界的威胁,也是对白人男性霸权的威胁。第四种是边缘性男性气质(marginalized masculinity),"指占统治地位的男性气质与从属阶级或集团的边缘男性气质之间的关系。边缘性男性气质总是与统治集团的支配性男性气质的权威性相联系着"①。康奈尔提醒我们,有色人种的男性被边缘化了,他指出,即使一些有色人种的男性体现出霸权男性的性征,他们在社会和文化上仍被居支配地位的男性推至边缘,少数有色男性的成功并不能改变他们之中多数人的处境。

对美国华人男性气质的讨论自 20 世纪 70 年代就在亚裔美国文学中作为一个问题提了出来,亚裔美国文学批评家张敬珏(King-kok Cheung)指出:"要研究华裔美国文学中的性别问题,不从历史上挖掘华人男性被女性化的事实,不面对民族性的定型化形象和民族主义的反抗,或者更重要的,不厘清亚洲文化和欧洲文化中关于男性和女性的陈词滥调,是不可能的。"②亚裔男性在美国大众文化中被阉割了,他们不断地作为女性化的、缺乏性吸引力的形象出现,很少扮演浪漫的主角。在美国文化中,占主导地位的男性是维护父权制社会秩序的,华人男子被表述为没有力量、缺乏男性气概的从属性、边缘性群体,被排斥在霸权异性恋

①R. W. 康奈尔:《男性气质》,柳莉等译,北京:社会科学文献出版社,2003 年,第 111 页。

②King-kok Cheung, "The Woman Warrior versus The Chinaman Pacific: Must a Chinese American Critic Choose between Feminism and Heroism?," in Marianne Hirsch and Evelyn Fox Keller eds., *Conflicts in Feminism*, New York: Routledge, 1990, p. 234.

男性之外。

二、被剥夺男性气概的从属性形象

傅满洲和陈查理，一个被塑造成恶魔，一个被塑造成模范少数族裔，但有一点是共同的，他们都是缺乏男性魅力的华人男子。

傅满洲是英国作家萨克斯・罗默塑造的一个负面华人形象。罗默关于傅满洲的小说一共有13部长篇、3部短篇、1部中篇，他的第一部傅满洲小说是《神秘的傅满洲博士》(1913)，小说一出版即获得巨大成功，后来他在签名时甚至将自己名字的第一个字母S写成美元$的符号！二战以后，罗默来到纽约，并最终定居美国，继续为美国读者创作惊险、神秘的傅满洲故事。许多傅满洲系列故事被改编成电影、戏剧、电视剧，以更加通俗直观的形式，深入到美国的大街小巷，傅满洲在西方世界几乎无人不知、无人不晓。

傅满洲是邪恶的化身，"黄祸"的代表。欧洲著名东方学家莱昂内尔・巴顿爵士(Sir Lionel Barton)认为傅满洲是"一个利用昆虫、细菌、窒息和不知名的毒液，在一个星期之内比希特勒一年里面造成的伤亡还要多的敌人"①。罗默在小说中用不同的犯罪手段来加强这一形象的异域色彩和邪恶性。小说中反复说明他代表着一个崛起的亚洲政权，其行为是由亚洲文化和种族决定的，异国情调和阴险邪恶交织在一起。傅满洲的独特特征固定在了罗默的脑海里，在他的每一部小说中，下面这段描写总是以不同的形式表述出来，以加深读者对傅满洲的印象："试想一个人，高

①Sax Rohmer, http://www.kirjasto.sci.fi/rohmer.htm.

高的，瘦瘦的，肩膀高耸，长着莎士比亚的额头、撒旦的脸，脑袋刮得精光，细长的、不乏魅力的眼睛闪着猫一样的绿光。他集东方人的所有残忍、狡猾、智慧于一身，可以神不知鬼不觉地调动一个财力雄厚的政府能够调动的一切资源。试想那样一个可怕的人，你心中就有了一副傅满洲博士的形象。”①

傅满洲这一定型化形象并没有真实地反映华人的内在特性，而是来自白人中心社会的外在需求，正如奥尔波特（Allport）所指出的：“定型化形象是自反性的，与其说它说明着被定型化的形象，不如说更能说明定型化形象塑造者自身。”②罗默关于东方的知识是东方主义的，他不是在真实地反映东方，而是根据西方的需要改造东方，将傅满洲这一形象“东方化”，满足美国人要制造一个假想敌的需要，目的是要强调西方文明的优越，维护白种男人的优势地位。萨克斯·罗默的傅满洲完全符合美国人的社会记忆，认为中国人是一个和美国人完全不同的、偏执的民族，在文化、宗教、道德、体貌特征上都与西方人格格不入，是神秘、不可捉摸的异类。

显然，傅满洲形象体现着种族歧视和性别歧视的内涵。虽然傅满洲在每一部小说中都精心策划，但最终总是被代表正义的史密斯（Denis NayLand Smith）机智地解构。史密斯和傅满洲之间的冲突不仅是个人冲突，更重要的是延伸到了种族、文化和性别，是东方民族和西方民族的冲突，是亚洲文化和欧洲文化的冲突，

①Sax Rohmer, *The Insidious Doctor Fu-Manchu*, reprint, New York: Pyramid, 1961, p. 17.

②Gordon Wilard Allport, *The Nature of Prejudice*, London: Addison-Wesley, 1979, p. 191.

是截然不同的男性气质的冲突。在罗默的第一部傅满洲系列小说《邪恶的傅满洲博士》①中，史密斯的助手皮特里(Dr. Petrie)这样说道："它(指奇异的香水)是来自东方的气息，是伸向西方的一只黄色的手，象征着傅满洲身上那种狡猾的、难以赋形的力量；而内兰德·史密斯身材魁梧、灵活，面庞被缅甸的太阳晒成古铜色，代表着英国人的高效率，与险恶的敌人周旋。"②"狡猾"、"难以赋形"是傅满洲的性格特征，而内兰德·史密斯则磊落、魁梧，两人判然分明。更重要的是，将香水和东方人连在一起揭示出东方男子的女人气，而西方则代表标准的男子汉气概：高大、敏捷、被阳光晒成古铜色的健康肤色。

如此看来，傅满洲的男性气质包含着两种互为矛盾的内涵，一方面，他力图统治别人，主宰西方民族。既然霸权男性是要获取支配其他男性的权力，那么傅满洲博士属于这一类型。但另一方面，罗默在小说中对傅满洲的描写又突出他没有任何男性魅力，也没有表现出正常的性需求。实际上，炼长生不老丹和吸鸦片是他压倒一切的生理需求，只是在想要一个聪慧的孩子时，他才对欧洲女人感兴趣。傅满洲被塑造成缺乏性吸引力的男性，他强暴女性只是因为想生育出高智商的后代。

陈查理是美国作家厄尔·德尔·比格斯在20世纪20年代创造的一个和傅满洲截然不同的文学形象。傅满洲邪恶，威胁到西方人的霸权地位，而陈查理则代表着善良、对西方人没有任

①罗默的第一部傅满洲小说在英国出版时书名是*The Mystery of Dr. Fu-Manchu*，在美国出版时为*The Insidious Dr. Fu-Manchu*。

②Sax Rohmer, *The Insidious Dr. Fu-Manchu*, New York: Mcbride, 1913, pp. 137—138.

何威胁的华人男子。1925年,比格斯受檀香山一个华人侦探所的启发,创造了陈查理这一形象,他先是出现在《星期六晚邮报》(*The Saturday Evening Post*)的专栏里,随后以书的形式与读者见面。比格斯共写了6部陈查理小说①,1933年比格斯去世之后陈查理又在喜剧、广播、电视剧里面找到广阔的发展空间,并被好莱坞拍成48部电影和39集电视连续剧,最终以聪明、幽默、富于喜剧色彩,但又缺乏男子汉气概的形象定格在西方人的记忆里。

在许多美国读者和观众看来,陈查理被塑造成代表法律和正义的正面形象,是一位好公民,为什么却得不到华裔美国人的认可和喜欢?他们没有意识到,尽管比格斯有意识地塑造了一个正面形象,对亚裔美国人表现出了同情,但陈查理其实仍然是一个从属性、边缘化的男性形象,至多被赋予了某种"种族歧视之爱"。在美国白人眼里,有色人种的男性不应该对支配性的白人男性构成威胁,陈查理就是这样一个符合他们标准的男性范式:他有着睿智的头脑,超凡的技艺,但心无旁骛地为白人服务,然后回到自己远离美国内陆的檀香山家中,谦卑、与世无争,没有任何威胁白人的企图。另外,如果说美国白人是霸权男性、支配男性,陈查理则是典型的从属性、边缘性男性。与白人主人公要么英俊潇洒,要么美丽性感截然不同,陈查理表情呆板单一,身体肥胖臃肿,缺乏男子汉气概,女人气十足,是一个被阉割的形象。下面这段描写以不同的方式反复出现在比格斯的陈查理

①分别是 *The House Without a Key* (1925); *The Chinese Parrot* (1926); *Behind That Curtain* (1928); *The Black Camel* (1929); *Charlie Chan Carries On* (1930); *The Keeper of the Keys* (1932)。

小说中:“他确实很胖,但却迈着女人似的轻快步伐。他那象牙般肤色的脸像婴儿一样可爱,黑头发剪得短短的,深褐色的眼睛有点斜视。”①陈查理被比格斯沥去了男子汉气概,被孩童化了,其目的是要塑造一个没有任何威胁的典型。桑德拉·郝莉在《陈查理的重要性》中认为这位体态肥胖的中国侦探被同佛联系在一起:“陈被描写成一尊心地纯净、面无表情的佛,一尊安详、像石头般静止不动的佛,一尊完全不顾历史事实的阴郁而冷漠的佛。”②将陈查理描写成像佛一样沉静,突出了他对生活的满足和对种族歧视的宽容。顺从和屈服的奖赏是被塑造成“正面的”少数族裔形象,一种从属性、被剥夺了任何家长制权威、在种族和文化上被驯化的形象。

陈查理作为一个中产阶级侦探,他的服务对象不是华人或移民社区,而是上流社会的白人,他们还经常瞧不起他。他虽然有 14 个孩子,仍然被描写成没有性感的男人。种族歧视对他没有太大的触动,在外办案时不断地渴望回到他在夏威夷的家,而这个地方象征着自我边缘化。陈查理缺乏热情,没有生动的表情,英语说得磕磕巴巴,突出了他和美国主流社会的不协调。和美国白人相比,他是二等公民,谦卑驯服。他是富裕美国白人家庭的高级仆人,是和他们不一样的文化“异类”。厄尔·德尔·比格斯通过将陈查理界定为低于霸权男性的异类男性,把华人

①Earl Derr Biggers, *The House Without a Key*, New York: Grosset & Dunlap, 1925, p. 76.

②Sandra M. Hawley, "The Importance of Being Charlie Chan," in Jonathan Goldstein, Jerry Israel, and Hilary Conroy eds., *America Views China: American Images of China Then and Now*, Bethelem: Lehigh University Press, 1991, p. 136.

男性边缘化了。

三、重塑具有男性气质的华人形象

大众文化作为一种流行范式，对一个国家的民众和文化有着重要影响。在20世纪二三十年代，由于对东方知之甚少，西方的读者和观众必定依赖各种媒介来认识世界上其他民族，由此，关于东方的小说也获得了一种权威性。具有讽刺意味的是，对一个民族仅知皮毛的人成了这一民族文化的专家。罗默和比格斯都从未到过中国，对中国的认识很肤浅，但由于创作了关于中国的小说，因而被看作“东方”事务的专家。但他们不可能描绘出一个客观、真实的中国，而是从白人的种族立场和自我需要出发，将中国和中国人“东方化”，甚至不顾历史事实歪曲、丑化中国形象，建构出一种“虚假真实”，将想象的、虚构的、歪曲的说成是真实的、正常的、自然的。

英国传媒学者斯图亚特·霍尔(Stuart Hall)对大众文化及其意识形态作用有精辟的见解，他提出三种解读立场，即偏好解读或主导解读(the preferred reading)、协商解读(the negotiated reading)和对抗解读(the oppositional reading)，被誉为诠释的典范。他在《编码/解码》一文中探讨了偏好解读是怎样产生出来的，认为文本的意义不可能完全由文化符码预先决定，很大程度上它还要受社会主导话语的影响：“符码间的内涵是不相同的。任何有着不同程度封闭性的社会文化都趋向于将其社会的、文化的和政治的世界分类。这些构成了一个主导文化秩序……社会生活的不同领域似乎都被指定进了话语的版图，按等级组织偏好意义或主导意义。"[①]这种偏好解读一旦被大众所认可,就会产生持久的影响。

当一种形象被偏好地解读成定型化的形象时,往往将其视为一个种族或族群的代表,不熟悉这个民族或族群的读者和观众就会下意识地,甚至有意识地以这样一种形象(尽管是虚构的)为参照,去理解这个民族及其文化。美国大众在面对傅满洲和陈查理这样定型化的中国形象时,会采取一种萨义德所说的"文本态度"(textual attitude),将这种文本形象(包括文学作品、电影和电视中的形象)作为参照看待中国,而不愿面对真实的中华民族。

各种主观、片面、扭曲的定型化中国形象,由于系统制作和反复演变,构成一种斯图亚特·霍尔所说的"种族法则"(grammar of race)[②],对当今海外年轻一代华人产生了十分不利的影响,尤其是像傅满洲和陈查理这样的定型化形象,通过纵向的继承,将华人男性边缘化了。被边缘化的男性总是缺乏支配性异性恋男人的男性气质(hegemonic heteromasculinity),结果,美国华人被迫要去证明自己的异性恋男性身份,要不就被污蔑为从属性的被阉割者、无性能力者或男性同性恋者。

被誉为"美国亚裔文学的良心"的赵健秀一直在致力于打破种族歧视性的定型化华裔形象,他一反华裔谦卑、顺从、消极、遵纪守法的旧形象,致力于在他的作品中重塑具有华裔男子汉气概

①Stuart Hall, "Encoding/decoding," in Stuart Hall et al. eds., *Culture, Media, Language*, London: Hutchinson, 1981, p. 134.

②Stuart Hall, "The Whites of Their Eyes: Racist Ideologies and the Media," in George Bridges and Rosalind Brunt eds., *Silver Linings: Some Strategies for the Eighties*, London: Lawrence and Wishart, 1989, p. 39.

的新形象。在他的短篇小说《陈查理的儿子们》(*Sons of Chan*, 1988)中,赵健秀以陈查理之子的视角,探讨推翻形象继承的问题。赵健秀让陈查理的一个儿子作为叙述人,不无讥讽地让人们注意到陈查理作为神话的复杂内涵。他指出,一个白人作家在小说中虚构了陈查理这一形象,在后来的电影中又一直由白人演员扮演,这是一种殖民行为:华人的地位和形象均被美国白人决定和控制着。为了阻断和破坏陈查理这一主导形象,赵健秀小说的叙述人宣称他要杀掉"电影中的父亲形象",重塑他的中国祖先,用暴力展示华裔男子的男性身份。既然认为比格斯的象征性殖民行为明显地阉割了华人男性形象,赵健秀针对性地让他的主人公发动一场旨在对抗"电影上的祖先"的战争,寻求恢复被美国大众文化否定的华人支配性男性气质。

更令人担忧的是,带有种族歧视和性别歧视色彩的定型化形象已经内化为某些华裔美国人思想的一部分。在赵健秀看来,大量华裔女性(据他估计是50%左右)背弃本族裔男性而愿意嫁给白人,这是华裔轻薄自己的一个标志。白人对华人男性的歧视加上来自华人自身的偏见,极大地挫伤了华人男子的心智,许多人感到他们已经无法洗去无能的文身,当他们质疑自我的时候,已经不可避免地在某种程度上认可了对他们的偏见。因此,在美国大众文化中重建华裔男性的阳刚形象已显得十分突出,而重构华人男性的身份无疑就要拒斥、否定、破除那些定型化的形象。安东尼·陈(Anthony Chan)花了大量时间对美籍华人进行广泛访谈,总结出四种方法:替补法(compensation),即用霸权男性形象取代充满偏见的定型化男性形象;偏移法(deflection),把注意力从定型化的行为上移开;否定法(denial),拒绝承认定型化形象;批驳法(repudiation),批驳使定型化形象得以存在的男性文化机制。①

由于历史的沉重积淀,改变对华人男性的偏见不是一朝一夕的事,有人认为需要发起一场华人男性运动,以提高华人男性的社会地位,维护他们充满活力、儒雅、有男性魅力的形象。也许从华人内部着手更为重要,华人男女应携起手来,自觉抵制来自内部和外部的偏见,同时争取白人的认可和合作。随着中国综合国力的增强和在国际上地位的不断提高,我们有充分的理由和信心期待早日根除定型化形象的不良影响,让中国男性的魅力在世界上放出异彩。

(原载《外国文学研究》2007 年第 1 期,副标题略有改动)

① Anthony S. Chen, "Lives at the Center of the Periphery, Lives at the Periphery of the Center: Chinese American Masculinities and Bargaining with Hegemony," *Gender and Society*, 1999—10—05, pp. 584—607.

爱情禁忌与拯救神话

——好莱坞电影中的中国男人与中国女人

19世纪末期以后，由于中国移民在美英国家不断增多，跨种族婚恋或性恋问题凸显出来，给惯于编织爱情故事的好莱坞提供了新的素材。与一般浪漫爱情故事不同的是：这类异国恋情故事往往体现着性别、种族与政治冲突的内涵。具体到好莱坞电影文本中，如果恋情发生在中国男人与白种女性之间，中国男人的男性气质则被遮蔽，很多时候他们要么被塑造成阴柔型的太监，要么被刻画成阴毒型的诱奸者。前者缺乏阳刚之气，有诱奸的想象，没有诱奸的能力，经常表现出某种变态的性爱；后者以邪恶的手段诱惑白人少女。相反，如果恋情发生在白种男人与中国女性之间，白人男子的男性气质得到彰显，中国女性往往被描绘成性感的尤物，为白种男性英俊的外貌、十足的男子汉气概所倾倒而甘愿委身。

中国男人与白种女性之间的恋情由于威胁到白人的父权制权威，是爱情禁忌。在这种形式的婚恋中，白人女性是纯洁的被垂涎者，同时也是西方自身道德脆弱的象征。在好莱坞电影中，这些纯洁的白种女性又往往带有渴望堕落的隐秘心理，因而故事的结局不仅要根除异族的诱奸者，还要惩罚那些潜意识中不安分的白人女性。白种男子与中国女性之间的恋情由于体现了白人男性的魅力，爱情禁忌则被解除。在这种婚恋模式中，白种男人每每扮演着拯救中国女性的角色，演绎的是拯救神话。

一、爱情禁忌：华人男性气质的遮蔽

美国学者罗伯特·康奈尔将男性气质分为四种类型：支配性男性气质(hegemonic masculinity，亦译“霸权男性气质”)、从属性男性气质(subordinated masculinity)、共谋性男性气质(complicit masculinity)和边缘性男性气质(marginalized masculinity)。根据他的这一理论划分，白人男性属于支配性男性气质，华人男性则是从属性、边缘性的男性气质。为了维护白人男性的霸权地位，好莱坞电影中的异国恋情故事总是遮蔽华人的男性气质，彰显白人的男性魅力，从而实现西方对东方的君临与霸权。《落花》(*Broken Blossoms*，1919)和《阎将军的苦茶》(*The Bitter Tea of General Yan*，1933)就是好莱坞异国恋情电影中华人男性气质被遮蔽的典型。

《落花》是根据英国作家托马斯·柏克(Thomas Burke，1886—1945)的短篇小说《中国佬与孩子》(*The Chink and the Child*，1916)改拍的默片电影。小说讲述12岁的白人女孩露茜(Lucy)在和中国男人程环(Cheng Huan)接触后，被父亲残暴地摧残致死的故事。1919年，该小说被美国著名导演格里菲斯(D. W. Griffith)改拍成电影《落花》。改编时格里菲斯有意识地矫正当时流行的“黄祸”偏见，取了一个副片名《黄种人与少女》(*The Yellow Man and the Girl*)，将带有污辱性的“Chink”改成“Yellow man”，表现出对中国人的同情之心。表面上看，《落花》似在呼吁种族宽容，尊重异族文化，甚至有影评家指出它是一部“严肃的人道主义杰作，而非又一部耸人听闻的侮辱东方的电影"①。它将西方视为野蛮、暴力、堕落的所在，批判西方男性主导社会对女性的压制和对黄种人的歧视，赞赏亚洲人的高尚道德和白人女性的纯洁。但隐藏在表层叙事背后的，是种族主义的性禁忌，性爱的主客体与种族优劣的相互暗示是这部电影或隐或显的主题。

《落花》开头叙述中国人程环满怀着用佛家的慈悲宽容去拯救西方人的理想，正离开中国前往异乡。几年之后，程环再次出现在观众面前时已沦落为伦敦莱姆豪斯区的一个小商人，整日沉浸在鸦片烟雾带来的幻想之中。他迷恋上经常去唐人街的白人女孩露茜，露茜不时会遭到拳击手父亲的痛打，程环格外怜惜这朵含苞待放的花朵。一次，露茜在被父亲毒打后逃到唐人街，昏倒在程环的小店前。程环将她带回家，像对待公主一样照料她。程环早就对露茜充满了欲望，但在低头去吻露茜的一刹那，又及时拉回自己的理智，没有亵渎他心目中纯洁的女神。露茜的父亲巴罗斯(Burrows)得知女儿躲在中国男人那儿后，父亲的威严、种族歧视的怒火使他愤恨地将露茜揪回家，凶残地将她暴打致死。而柔弱的程环随后用手枪打死巴罗斯，抱着死去的露茜回到唐人街，自杀在她的身旁。

《落花》体现出性别与种族秩序互相阐释的深层内涵。性别和种族之间有着惊人的对应关系，男人强于女人，同样，一些民族也强于另一些民族。西方白人一方面通过张扬白种男人的男性气质，另一方面通过将黄种男人女性化，来达到压制东方、歧视东方的目的。《落花》中，白人巴罗斯和华人程环象征着两种完全不

① Vance Kepley, Jr., "Griffith's *Broken Blossoms* and the Problem of Historical Specificity," *Quarterly Review of Film Studies*, 1978 (1).

同的形象。巴罗斯是个职业拳击手，象征着男性化的狂暴、野蛮的力量。小说中描写他“像鹿一样善于奔跑，像灰狗一样善于跳跃，拳击场上像机器一样，喝起水来像吸管一样。他恃强凌弱，性格威猛，意志刚强”①。而程环从上海辗转英国的加的夫、利物浦、格拉斯哥，最后沦落到伦敦的莱姆豪斯。他躬背弯腰，耸肩缩颈，每日就像中国皮影戏中的皮影一样溜进烟馆，抱着烟枪蜷缩在一角，沉醉在幻觉的世界里。在电影里面，有关巴罗斯的镜头都和拳击、打斗有关，他霸气十足，性情粗暴，出手凶狠；而有关程环的画面则多是半睡半醒、怅然若失，不仅他的小店经营女性喜欢的东西，他本人也对穿着打扮极其用心，举手投足间女子气十足，电影中用了很多推拉的慢镜头，着意表现他身上的女性特质。为了凸显巴罗斯强悍的男性气质和程环柔弱的女性特质，导演格里菲斯使用蒙太奇手法，将巴罗斯在拳击场上的镜头两次切换到程环幽暗的房间里，刻意展示他是如何地陶醉在性与美的抒情性迷梦之中。

巴罗斯和程环不仅代表着两种个人性格，更重要的是象征着两种民族性格。程环的行为和价值取向一直呈女性化，与巴罗斯所体现的西方男性的阳刚形成鲜明的对比：前者文弱，后者粗暴；前者是浪漫的幻想家，沉溺于鸦片，醉心于审美；后者是粗暴的行动者，以折磨女儿为快事。电影着力打造的是一个弱势的、女性化的东方，来反衬一个强势的、男性化的西方。

巴罗斯不仅是一个残暴的父亲，更是一个极端的种族主义者。他尽可以虐待自己的女儿，但当听说程环收留了逃走的露茜时，他马上怒不可遏，屏幕上打出这样的话：“巴罗斯意识到了做

① *The Chink and the Child*, http://gaslight.mtroyal.ab.ca/chnkchld.htm.

父亲的权力，一个中国佬胆敢追求他的女儿！他要叫这个中国佬尝尝他的厉害！”在巴罗斯的观念中，和中国佬待在一起是不可饶恕的罪恶。电影中，性爱与暴力既表现在两性之间，也表现在种族之间，性隔离和种族隔离关联在一起，而种族主义的性隔离在包括《落花》在内的许多好莱坞电影中又表现为一种单向的禁忌：白人男子与黄种女性之间可以发生性爱，因为这体现了白人男性父权制的威权，表现出他们浪漫的英雄气概。相反，黄种男性与白种女孩之间的任何性举动甚至性欲念都是禁忌，是既可恶又可怕的奸污。

《阎将军的苦茶》同样是一个东方男人诱惑西方女性的故事，它改编自美国作家格雷斯·查灵·斯通(Grace Zaring Stone，1891—1991)的同名小说。20世纪30年代，美国对中国的政治状况空前关注，新闻媒体不断报道国民党、共产党、军阀、土匪的活动情况，特别是在30年代初期，中国在美国人眼中是一个异国情调、危险与战乱交织的地方，任何事情都有可能在那儿发生，因而给了美国作家极大的编织故事的空间。格雷斯满足了美国读者这方面的心理需求，《阎将军的苦茶》在当时引起一定的反响。1933年，著名导演弗兰克·卡普拉(Frank Capra)将之改拍成电影，以异国恋情为主导情节，以一个中国高级官员豪华府邸里异国情调的铺陈为主导背景，让白人女子梅甘·戴维斯(Megan Davis)和中国男人阎将军走进了更多美国人的视线，同时也给当时正饱受经济危机之苦的美国观众带来视觉上的物质享受。

标题中的阎将军是一位中国国民党军官，故事主要围绕白人女主人公梅甘展开。梅甘是一位美国姑娘，远渡重洋来到上海，准备与在这儿传教的未婚夫完婚。但婚礼并没有如期举行，梅甘在火车站遭到抗外“暴徒”的围攻，阎将军解救了她，并把她带到家里。梅甘对这位中国高级官员家中的一切都感到好奇，尤其是阎将军娶了一个长老会学校毕业的女生作小妾。梅甘和阎将军探讨中西文化的不同，并各自向对方宣讲自己的主张。梅甘向阎将军宣传基督教，阎将军认为梅甘所说的爱、善良、幸福都是空洞的，并告诉梅甘他本人的人生哲学就是信仰军队、军权和扩张。随着交往的加深，梅甘对阎将军由敌意到了解，并最终爱上了他。后来阎将军的小妾背叛了他，与共产党人私奔，阎将军怒不可遏，要杀了她以解心头之恨，而梅甘劝他饶恕小妾，皈依基督教以减轻内心的痛苦和愤懑。阎将军也愿意借此机会检验他们各自的人生哲学，于是便将小妾交给梅甘，试验一下能否用基督教的博爱来规劝她“改邪归正”。但小妾却利用梅甘的信任，出卖了阎将军，使他的军队严重受挫。影片最后，阎将军由于军事、政治上的失败，再加上无法得到他最想得到的梅甘，只有端起那盏放了毒药的“苦茶”，自尽身亡。

在这个跨国恋情故事中，性扮演着一个重要角色。对梅甘来说，阎将军既是性威胁，又是性诱惑。

就性威胁来说，主要是作为黄种人的阎将军，威胁到西方白人女性的贞操和淑女道德。梅甘不仅是一位白人女性，而且代表着西方白人女性的端庄、贞洁与道德。这样的女性温顺纯洁，维护白人高贵的种姓，忠于自己的丈夫，不管他是英俊、幽默，还是懦弱、乏味。作为遵循传统道德、追求淑女规范的女性，梅甘对阎将军心怀恐惧。睡梦中她瞥见一个人影闪进她的卧房，而这个人分明是面目狰狞的阎将军，他身着戎装，长着蜘蛛一般恐怖的长指甲，慢慢地向梅甘的床边摸过来，而梅甘惊恐万状，骇然坐起。这个情节反映出当时西方白人对混血通婚的恐慌，他们认为白人与有色人种通婚会玷污他们的种族，带来白种人的退化、堕落，因而极力编造有色人种智力低下、道德堕落的谎言。如唐纳德. G. 贝克通过在美国、加拿大、澳大利亚、新西兰、南非、津巴布韦六个国家的大量调查研究，得出这样的结论："亚洲人……被认为是不值得信任的，他们欺诈、堕落、邪恶、不道德。他们是性变态者，只要有机会，就会玷污白种女性的贞洁。其背后隐藏着这样一种恐惧：亚洲人想和白种人通婚，而异族通婚的结果会导致血统的混杂，从而威胁白人种姓的纯洁。"①

与性威胁相比，性诱惑却要复杂得多，一方面阎将军不是十恶不赦的纯粹坏人，另一方面梅甘也不是单纯的天使型女性。

在阎将军之前，西方文学中有两种关于中国男性的定型化形象，一个是恶魔傅满洲，另一个是模范少数族裔陈查理，前者是邪恶的化身，"黄祸"的代表，后者表情呆板，身材臃肿，缺乏男子汉气概，女人气十足，是一个被阉割的形象。而阎将军突破了这两种脸谱式的形象，集残暴与男性气概于一身，但这种男性气概在电影中被妖魔化了。在二人结识之初，阎将军在梅甘眼里是一个杀人不眨眼的军阀或土匪，专横跋扈，目中无人，根本不把梅甘善意的劝告放在眼里，当着她的面下令将战俘全部枪杀，以展示自己的绝对权威。但随后阎将军的表现又令梅甘大为困惑，他举止优雅，抽弗吉尼亚雪茄，玩一种西式的扑克游戏，喝香槟酒、白兰地，播放浪漫的西洋音乐，举手投足像个十足的西方绅士。特别是他虽然喜欢梅甘，但绝不强迫她，而像一个骑士崇拜自己心目中的女主人一样，以适当的距离关心照顾着她。因而当阎将军危难之际——军火列车被打劫一空，所有的追随者都离他而去的情

①Donald G. Baker, *Race, Ethnicity and Power: A Comparative Study*, London: Routledge and Kegan Paul, 1983, p. 158.

况下,梅甘主动留下来陪伴他。

当然,梅甘亦非一个完全循规蹈矩的传统天使型女性,她的潜意识中有一种性的渴望和冲动。面对阎将军男性的魅力和无微不至的关心照顾,她从内心深处喜欢上了他,最终放弃清教徒的装扮——古板的旧式衣服,刻板的修女式发型,不施粉黛的面孔,拥抱一个奢侈、感性的世界:换上阎将军送给她的丝绸衣服,戴上阎将军小妾的华贵珠宝,珍藏起阎将军送给她的丝绸手帕——她先前出于尊严拒绝的东西,现在却视为定情物一般。但白人作家是不会轻易让跨种族的恋情有情人终成眷属的,梅甘潜意识中的本能欲望虽然被激发出来,但由于这种欲望和正统的道德约束相冲突,她处于一种煎熬之中,只能通过梦的形式释放出来。在梅甘的梦境中,她看到一个人影戴着面具深夜来到自己的房间,揭下面具后发现是阎将军,二人深情地凝望,随后梅甘躺倒在床上,心中充满了狂喜,而阎将军则坐在她的身旁,温柔地抚摸她、亲吻她。

但黄种男性和白种女性的恋情是性禁忌,不仅程环和露茜之间非正常(成年人和孩子之间)的恋情是不许可的,阎将军和梅甘两个成年人之间正常的恋情也是不许可的,即便是两情相悦也被说成是黄种男性在诱惑白种女性,因而白人作者必定安排黄种男子死去,他们之间的情欲冲动也仅仅停留在梦境当中,并无现实发生的可能。阎将军在故事末尾的死亡,与其说是情节和主人公性格发展的必然,不如说是故事必须达成的一种交代,只有在叙事上把阎将军加以清除,就像童话故事中把魔鬼清除一样,叙事才可以接受。让白人女性倒在黄种男人的怀里,在西方白人看来既不可思议,也不能接受。试想,如果阎将军和梅甘调换一下角色身份,那么白人观众则会期待导演设置一个英雄救美、公主王子从此以后过着幸福生活的完美结局。

二、拯救神话:白人男性气质的彰显

好莱坞跨国恋情故事中另一类比较常见的模式是白种男人与华人女性之间的故事。在这类故事中,华人女性总是以需要拯救的形象出现,而西方男子则扮演着白马王子、英雄骑士一类的角色,于是跨种族恋情便成为一种拯救神话。《苏丝黄的世界》(*The World of Suzie Wong*,1960)、《大班》(*Tai Ban*,1986)和《庭院里的女人》(*Pavilion of Women*,2001)都是这类凸显白人男性气质的范型。

好莱坞电影《苏丝黄的世界》是根据英国作家理查德·梅森(Richard Mason,1919—1997)的同名小说改编的,小说讲述英国业余画家罗伯特·洛马克斯(Robert Lomax)到香港寻找绘画灵感,在天星码头的渡轮上邂逅美丽迷人的苏丝黄,二人一见钟情,展开了一段白人男子与东方女子的奇异爱情旅程,演绎了一个爱情战胜贫穷和种族偏见的美好故事。小说1957年发表后一炮走红,1958年被改编成舞台剧,1960年被好莱坞改编成同名电影,2005年又再次被改编成新版的歌舞剧,其中1960年的同名电影影响最大。

《苏丝黄的世界》的实景拍摄于20世纪50年代的香港湾仔,第一幕就是由威廉·荷顿(William Holden)饰演的男主角洛马克斯,在小轮船上邂逅由关南施(Nancy Kwan)饰演的苏丝黄,随后两人一同在中环天星码头下船,演绎出一段缠绵悱恻的恋情。从表层叙事上看,《苏丝黄的世界》讲述的是一段凄美、浪漫的爱情故事,但如果进行深层次的分析,其背后隐含着性别、种族与政治冲突的内涵,这一点从电影中对故事的发生地——香港的东方主义基调的描述,从导演对罗伯特·洛马克斯与苏丝黄之间白马王子与灰姑娘式的定位,从洛马克斯对东方的“意义创造”中,可以明显地看出来。

首先,我们来看故事的发生地香港。影片开头借男主人公——画家洛马克斯向警察问路,用长达十分钟的背景特写展示了湾仔街道两边的街市,构建出一幅西方视野中典型的东方城市画面:衣着破旧的小贩们在高声叫卖,蓬头垢面的人群熙熙攘攘,洋泾浜英语充斥着观众的耳膜,活生生一幅贫困、落后的第三世界图景。接下来的一个场景更流露出西方人的优越感。洛马克斯订了房间后被带到房顶的阳台上,此时的他宛如一个巴黎的阁楼画家,但看到的不是蒙马特或埃菲尔铁塔,而是对面街上的贫民窟,在他的俯视下,贫民窟难民居住的简陋茅屋一览无余。这个白人就像救世主一样,俯瞰着人间不幸的芸芸众生,有意无意间表露出一种优越感。

其次,我们分析一下洛马克斯与苏丝黄之间白马王子与“灰姑娘”式的爱情故事。在灰姑娘童话中,王子尊贵、多金,灰姑娘卑微、贫穷;王子主动追求,灰姑娘被动等待;王子力量强大,灰姑娘柔弱单薄;王子最终拯救了灰姑娘,改变了她的命运。实际上,这是男权文化的反映。在男权文化中,男性优越,女性卑微;男性主动,女性被动;男性勇敢刚强,女性柔弱温顺。男权文化反映的是一个男性拯救女性的世界,“灰姑娘”模式在西方文学、影视作品中沿袭、流传下来,并不断得到丰富和增值。在好莱坞跨国恋情故事中,不仅性别不平等的内涵延续下来,还扩充了种族不平等的新内涵。骑士或者说王子的“白人特质”代表着他道德上的纯洁,赋予他一种毋庸置疑的权力去带走女主人公而不用蒙上拐骗的恶名。

骑士精神本是欧洲国家在需要确认自身文化比非洲和其他文化优越时兴起的，但后来通过对“弱势性别”实施启蒙，逐渐成为确证西方道德高雅的象征，白人骑士的性别优越和种族优越也随之得以确立，并通过拯救女性获得了一种统治有色人种的特权。在《苏丝黄的世界》里，罗伯特·洛马克斯就扮演着白人骑士的角色，而沦落风尘的苏丝黄则等待着洛马克斯的拯救。洛马克斯在所住的旅馆酒吧里发现自称是富家女的“美玲”原来名叫苏丝，是当地颇负盛名的舞伎，靠展示自己性感的身体换取生活所需。为了拯救苏丝“堕落”的灵魂，洛马克斯请苏丝做模特，挖掘她身上所体现的东方女性美，从而逐渐改变她个人形象的艺术品位。洛马克斯不仅从艺术上“拯救”苏丝，还用英雄救美的侠义心肠打动她。苏丝在和洛马克斯同居后经常不辞而别，几天后才又露面。为了搞清楚事情的真相，洛马克斯跟踪苏丝，发现她有一个私生子，寄养在山腰的贫民窟里。时值香港大雨倾盆，山洪暴发，危及贫民窟孩子的生命。为了救出自己的孩子，苏丝不顾一切地冲向贫民窟，而洛马克斯紧随其后，在山洪冲垮贫民窟的千钧一发之际，救出了苏丝，但孩子却不幸夭亡。在故事的结尾，西方的“白马王子”终于从灵魂到肉体彻底解救了心地善良而又一往情深的东方舞伎。

在洛马克斯拯救苏丝的爱情神话中，苏丝是被动的、驯服的。为了强调这种被动性、驯服性，作者梅森有意设置了一个三角恋情节。英国富家之女凯·奥尼尔倾心洛马克斯，主动出击。为了解决洛马克斯经济上的困窘，凯给洛马克斯安排了一个海外画展，一心想通过事业上的帮助赢得洛马克斯的倾心。面对贫穷而又“堕落”的苏丝黄的爱情挑战，凯根本不放在眼里，身份、地位的巨大差异令她信心十足。但凯最终情场败北,这里面的原因除了情感上的以外,还有更根本的性别角色问题。马凯蒂从女性主义诗学出发,认为凯代表了二战以后受女权主义影响、精明能干的"新女性",其身份、地位上的优越感,其咄咄逼人的女强人气势,对男性而言是一种象征性的"去势"①,而男人需要的是一种主宰欲,是恋人的柔顺、服帖,因而女性气势逼人的凯在情场上败给了驯服、被动的苏丝黄。洛马克斯象征着文明的西方世界,苏丝黄代表着落后的东方帝国,洛马克斯对苏丝黄的拯救,隐喻着西方对东方的救赎。占有异国的女人象征性地等同于占有异国的土地,洛马克斯正是通过这种占有,完成了西方的帝国扩张想象。

最后,我们再来看一看西方白马王子洛马克斯对东方的"意义创造"。萨义德在《东方学》一书中指出:"欧洲文化通过将东方作为代理人甚或潜在的自我,来保持自身的活力和身份。"②他意在说明,欧洲对亚洲的认识更多地与欧洲界定自身的意图有关,而不是出于真诚地了解另一种文化的愿望。在《苏丝黄的世界》里,西方的白马王子洛马克斯通过阻止东方女性苏丝黄极力向西方身份靠近的意向,来确定自己的民族身份和性别身份。在电影中,洛马克斯一直在努力确定苏丝黄的"真正本质",通过心目中的理想女性,他构筑了一幅东方幻象,并借助这幅幻象来确认自己的种族、性别和民族身份。

作为一名画家,洛马克斯不是在画板上再现香港,而是要创

① Gina Marchetti, *Romance and the "Yellow Peril": Race, Sex and Discursive Strategies in Hollywood Fiction*, Berkeley, Los Angeles, London: University of California Press, 1993, pp. 115—116.

② Eward W. Said, *Orientalism*, New York: Vintage Books, 1979, p. 3.

造一个他心目中的东方映像。作者让洛马克斯代表西方文明视野,来重新解读"愚昧的"东方,创造出东方人所不能理解的"新"意义来。苏丝黄是一个打扮入时的现代女郎,洛马克斯以她为模特,画出的却是一个具有东方女性贤淑美德、温良驯服而又性感可人的尤物。在洛马克斯那里,他的情人苏丝黄就是东方的代表,他以西方父权制的眼光来规范她,同时也就象征性地把东方女性化了。

希腊神话中皮格马利翁(Pygmalion)爱上自己雕塑的少女的故事深受西方人的喜欢,到了洛马克斯这儿,他不仅喜欢自己画笔下的女郎,还要按照自己的意愿去改变她。苏丝通常穿中式服装以吸引追逐异国情调的外国男子,和洛马克斯相识后,为了讨取他的欢心,有一天苏丝穿了一套从街上买来的昂贵的欧式服装,希望能得到他的赞赏。不料洛马克斯看到后大为光火,说她就像欧洲街头拉客的风尘女子,斥责她不懂得什么是真正的美。显然,洛马克斯对苏丝试图通过西化来提高自己的社会地位、确立自己身份的做法,感到厌恶和恐惧。苏丝的性感只有从具有浓郁中国风味的服饰中才能充分体现出来,任何西式的服饰和独立的意图都会破坏苏丝所体现和代表的东方风情。苏丝想改变自己亚洲人的身份,洛马克斯则言辞激越地将她推回到原位,他顽固地认为只有他才懂得什么是真正的"美",也就是说只有他才能够确定苏丝的身份,指导她穿什么样的衣服最美。洛马克斯让苏丝穿上他为她购买的中国古装,将她装扮成西方人想象中的"东方公主"。通过这种方式,洛马克斯重新"创造"了东方,让西方的艺术品味在不知自身价值的东方女性身上体现出来,从而创造了一个比现实中的苏丝更加完美的苏丝。这是一个体现洛马克斯主体性的创造过程,在这个过程中,西方与东方、观察者和被观察者、创造者和创造物之间的差别与界线,在浪漫爱情的包裹下,成了再自然不过的事情,而随后的一个轻吻,更让这种差异和界线弥合得天衣无缝。西方文学作品借用浪漫的跨国恋情故事,把强权合理化了。

《大班》是我们探讨的另一部好莱坞电影,它由美国小说家、剧作家詹姆士·克莱威尔(James Clavell,1924—1994)的同名小说改编而来。1966年,克莱威尔发表了他的小说《大班》,该小说一出版就受到读者的好评,一跃成为当时的畅销书,并于1986年改编成同名电影。电影中的大班是一个富有魅力的白人男子:他具有非凡的商业眼光,不惜重金选择当时还是荒岛的香港作为新的殖民地;他具有西方人崇尚的冒险精神,暗度陈仓利用鸦片换取中国的丝绸和茶叶;他有过人的勇气,只身代表殖民者面见中国严厉的官员林则徐;他具有超人的智慧,在商业竞争中战胜强大的对手。这一切使中国女奴美美不可遏制地爱上了他,甘愿做他的情妇,并想尽办法战胜其他"洋"女人,在他心里取得最高的地位。美美靠自己漂亮的东方面孔,性感、迷人的身体令大班着迷,并幻想借大班的宠爱改变自己性奴隶的地位,但大班不可能让一个中国女人成为自己的妻子,他只把美美当作色情玩偶,作为一种异国情调的点缀。因而当美美穿上精心挑选的西方礼服,希望参加大班举行的宴会时,遭到大班的嘲笑和拒绝,美美融入西方社会的梦想彻底破灭。

对该电影进行深层的思考,我们会发现在白人大班与东方女子貌似合理的恋情背后,隐藏着殖民主义的叙事逻辑。在《大班》中,大班是勇气、力量、胆识的化身。他商场上披荆斩棘,情场上百花争艳,危局中出奇制胜,简直就是一个完美的典范。而中国女子美美则是一个欲望的符号,心甘情愿地充当性奴隶而不需要任何尊严。所以说《大班》中的两性关系不仅仅是情爱的问题，还是一种政治文化隐喻，诠释着征服与拯救的主题。

《大班》中征服主题的一个重要方面就是西方男性魅力对东方女性的征服。电影中的大班迪克·史楚安(Dirk Struan)洋溢着男人特有的体格和人格魅力，足以让女性为之倾倒。尤其是在具有中国文化氛围的环境中，这种阳刚形象更加令东方女子心驰神往。另一方面，电影《大班》中的东方女性，特别是美美，完全符合西方男性霸权文化对东方女性的想象：愚昧保守、狭隘虚荣，不能容忍将裸体画挂在房间里，不能接受大班与其他女人交往，甚至不自量力地梦想融入西方社会。好莱坞的文化逻辑是：这样的女性就应该被男性征服。电影中陈冲扮演的美美更是性感十足，在大班的训导下，她最终放弃自己的愚昧保守和狭隘虚荣，在飓风中幸福安详地死在大班的怀里。这种征服在白人作家和编剧看来是文明对愚昧的胜利，是进步对保守的凯旋，男性魅力背后是文化的力量，这里用的是一种后殖民的叙事策略，强调的是阳刚、主动、文明、男性化的西方文化，对柔弱、被动、愚昧、女性化的东方文化的征服。

在《大班》中，与征服相关的另一个主题是拯救。拯救意识是西方文明的一个重要情结，它源于基督教的《旧约全书》，指上帝挑选以色列人作为自己的选民，拯救他们脱离埃及法老的统治。这种古老的传说后来成为先进民族统治落后民族合理性的一种论据，运用到白种男人与东方女子的性恋关系中体现为：白种男人是启蒙者、教化者，居于主导地位，东方女子则是启蒙、教化的对象，被置于客体地位。《大班》完美地演绎了这一价值观逻辑。首先，大班将美美从水深火热之中拯救出来，是他花八千两黄金买来的奴隶。之后，大班又从各个方面教导她。一次，美美精心准备了一套欧式服装,想在大班举办的舞会上一展风姿。尽管这套欧式服装色彩灿烂而令人目眩神迷,但大班却觉得这个样子的美美看起来很可怕,教导她欧洲人的衣服不适合她,中国式的服装才能体现出她的美感。小说中当大班答应明媒正娶美美为妻时,美美“噗通一声跪了下来,用前额在地上磕了一个头:‘我发誓我会做一个贤妻良母。’”并解释说:“我向你磕头,是因为你给了我作女人的至高无上的荣耀。”①美美作为东方女性的价值只有在大班答应同她结婚时才能体现出来,通过婚姻迈入西方上流社会是美美作为女人的骄傲,是她梦寐以求的完美人生。从这个意义上来说,大班不仅是她躯体的拯救者,更是她人生价值的实现者。

这种拯救意识在《庭院里的女人》中体现得更为明显。《庭院里的女人》是根据赛珍珠的小说《群芳亭》(*The Pavilion of Women*,1946)②改拍的,小说讲述的是20世纪初期发生在中国内地一个大家族的故事,着力刻画了具有女性独立意识、大胆追求自身价值的吴太太这一女性形象,同时也强调了意大利传教士安德鲁对她的精神引导。2001年4月,集制片人、编剧、女主角、后期导演于一身的罗燕,按照好莱坞模式,耗资8000万人民币,将小说《群芳亭》打造成电影《庭院里的女人》,并在全球同步上映。如果说赛珍珠在《群芳亭》里面突出表现的是吴太太和安修士之间心灵的默契的话,那么根据小说改编的电影《庭院里的女人》则重在表现安德鲁与吴太太之间凄婉动人的爱情故事。剧本

①薛兴国译:《大班》,http://www.shuku.net/novels/foreign/db/db.html.

②电影和小说的英文名字一样,但译成汉语时刘海平将小说名译为《群芳亭》,拍成电影汉语名字译为《庭院里的女人》。

的封面是闺阁窗子后面吴太太和安德鲁亲吻的剧照，剧照下面有两行醒目的文字："深深庭院中，一段缠绵悱恻的爱情如何演绎？纷飞战火中，两颗渴望自由的灵魂怎样保全？"

罗燕称《庭院里的女人》是一部"插入好莱坞心脏"的电影，其市场在国外。为了迎合外国观众的趣味，影片对原著进行了深度改编，在精神上已经与赛珍珠的小说大异其趣，它突出表现的是安德鲁对吴太太、对吴府、对中国孤儿的启蒙和拯救作用。影片所展示的故事世界里，中国人不懂爱情，没有人权。吴先生从赛珍珠笔下一个比较软弱的人，变成了专横跋扈、霸道、变态的男人，妻子吴太太、小妾秋明先后受到他的虐待。而安德鲁的到来使这一切发生了根本的改变，他让吴太太从西方的梁祝故事——罗密欧与朱丽叶的生死恋情中懂得了爱情的真谛和爱情的魔力不可抗拒，使她身上沉睡的爱情意识开始苏醒，最终毅然走出深深庭院，来到安德鲁的身边。然而有趣的是，早已把肉身献给上帝而摒弃世俗婚姻的传教士安德鲁，也未能抵挡住俗世人生的诱惑，让吴太太几乎是无以选择地掉进了他的情感陷阱。一言以蔽之，安德鲁像一个完美的救世主，他的出现仿佛就是为了给追求自我的吴太太引路的，救吴太太于困厄之中，使得这位精神上走出吴府的"娜拉"既没有堕落，也没有回来，而是找到了自己真正的爱情，实现了自我的价值。

不仅如此，安德鲁的启蒙和救赎还扩展到周围几乎所有人的身上。是他唤醒了小妾秋明沉睡的意识，勇敢地以死向专制家庭和男权社会抗争；还是他从死神手里夺回了秋明的生命，并说服吴太太送她到无锡教会学校读书；更是他的教诲和影响使吴太太儿子的反抗有了鲜明的精神指向，故而当他逃离罪恶的家庭走向革命队伍时，对老师安德鲁真诚地说了声"谢谢你教了我！"在电影里那个疏离文明的不开化的国度里，安德鲁处处扮演着启蒙者和救赎者的角色。电影里面“火中救孤”那场戏，熊熊燃烧的大火，激情悲怆的音乐，危在旦夕的紧张氛围，使安德鲁高大伟岸的英雄形象得到一次升华性的集中体现。孤儿院着火后，安德鲁奋不顾身地抢救孩子，清点人数时发现少了一个，又不顾熊熊烈焰，返身冲进火海，感染得吴太太也不顾生命危险，往自己身上浇了一桶水，顶上一条湿被子，冲进了火势弥漫、摇摇欲坠的孤儿院，吴太太和安德鲁就此坠入爱河。影片最为煽情的高潮出现在结尾部分，日寇的飞机在肆意地狂轰滥炸，人们在惊慌地逃难。这时，耶稣一般救世人于危难的英雄安德鲁出场了。面对日军疯狂的杀戮和惨无人道的兽行，特别是在中国儿童的性命即将遭受涂炭的千钧一发之际，他冒死成功地转移了敌人的攻击目标，然后自己在日军的枪林弹雨中缓缓倒下，壮烈就义。这位高鼻梁、灰眼睛的西方传教士简直被塑造成拯救中华民族于水火的大救星，是舍身堵枪眼的黄继光，是高举炸药包的董存瑞，是高呼“向我开炮”的王成。在这部电影中，中国被表述为一个古老、闭塞、禁锢、愚昧的地方，旗袍、刺绣、瓷器、庭院、纳妾、西方男人和东方女人的情欲故事……缓缓在西方观众面前铺陈开来，成为他们凝视、把玩的客体。在这样的故事中，所有美国化的东西，比如电、望远镜，都代表着光明与文明；而所有中国化的东西，比如幽深的庭院、历史蕴藉的油纸伞，都代表着禁锢与落后，需要被拯救。

三、种族、性别与政治：好莱坞电影娱乐性背后的意识形态内涵

性别、种族和政治是密切关联的，而西方也一直有把东方女

性化的传统,女性先天被欺压、被凌辱的性别特征更能代表西方人对东方人的态度。美国学者安·麦克林托克(Anne McClintock)①的研究挖掘出性别对抗的隐在方面,认为大英帝国的男性特征首先在于通过把自己征服的土地加以象征性地女性化处理而得以阐述与确立。著名女权主义理论家凯特·米利特在对种族和两性关系研究后提出这样的观点"种族之间的关系是一种政治关系"②,而两性之间的关系是一种支配和从属的关系,男人按照天然的权力对女人实施支配③。从这些研究来看,西方与东方之间被隐喻为一种男/女关系,而男/女之间又是一种支配和被支配的关系。占有异国女人象征性地等同于占有异国的土地,在跨国恋情的拯救神话中,种族之间的等级关系也强有力地表现出来。我们前文探讨的异国恋情电影《苏丝黄的世界》、《大班》和《庭院里的女人》,在表层的拯救神话背后,蕴含着性别、种族与政治内涵。在这些电影中,美国和中国之间是一种征服和拯救的关系,华人女性总是作为需要拯救的对象出现的,观众的快感就集中于在惊心动魄的高潮中白人男性骑士的到来。

中国男子与白人女性之间的恋情故事在好莱坞电影中要么被表述成诱奸模式,如程环对露茜的引诱;要么被叙述为渗透着

①安·麦克林托克著有《帝国皮革:殖民争夺中的种族、性别与性》(*Imperial Leather:Race,Gender and Sexuality in the Colonial Contest*,1995)一书,从女性主义和性别的角度去分析大英帝国的文化表征,这本书很受重视,也是美国文科博士研究生的必读书。

②凯特·米利特:《性的政治》,钟良明译,北京:社会科学文献出版社,1999年,第37页。

③凯特·米利特:《性的政治》,钟良明译,北京:社会科学文献出版社,1999年,第38页。

诱惑的俘虏模式,如阎将军对梅甘的“解救”。俘虏模式主要讲述女性遭异族抢掠的故事,其原型可追溯到希腊神话。在西方的神话传说中,欧洲形象一直是纯洁的少女或女神,古希腊赫西俄德的《神谱》和古罗马奥维德的《变形记》中,都将欧罗巴描述为海神的女儿,而西方历史上有关欧罗巴的传说,最多的是欧罗巴被劫的故事,故事本身包含着“种族—性别”冲突的最初信息,而劫持欧罗巴的,总是外族人。克里特神宙斯化作公牛诱拐了欧罗巴,公元2世纪的西西里诗人莫斯楚斯(Moschus)在长诗《欧罗巴颂》中说,欧罗巴被劫的故事象征着西方与东方、欧洲与亚洲的冲突。西方少女或女神是纯洁和道德的载体,体现了种族和性的隔离。同是欧罗巴被劫故事变体的特洛伊王子和伊阿宋的故事,却有着截然不同的价值蕴含。前者带走了希腊美女海伦(因希腊在特洛伊的西方,隐喻东方劫持西方女性),遂变成诱拐者,引起了一场长达十年之久的战争,最终特洛伊被夷为平地。后者带回了东方公主美狄亚,遂变成了英雄。古老的文学原型是解读后世跨种族恋情文本的符码,白种男人爱上黄种女性上演的是拯救神话,而黄种男人爱上白种女性则是性禁忌。跨种族婚恋文本用白种女性来凸显种族差异,强化种族界限,维护白人男性的霸权地位。

好莱坞常用的叙事策略是采用一些人们共同的美好感情作为表层叙事结构,如对正义的伸张,对文明进步的渴望,对纯洁爱情的维护等等,当人们的意识形态警惕性被这种表层叙事所麻痹的时候,意识形态也就出场了,隐藏在异国恋情故事背后的,是种族、性别与政治冲突的内涵,好莱坞电影一次又一次地将意识形态神话包裹在精心制作的娱乐故事里面,而电影中所承载的意识形态具有极强的同化力和蒙蔽性。电影本是一个想象和虚幻的空间,是一个被重新创造出来的世界,但观众却倾向于将之视为观察世界、认识社会、理解生活的手段，而对银幕世界的虚幻性缺乏警觉，不仅如此，还固执地认为这是现实世界的投影和映像。因而各种充满偏见的、迎合西方主流意识形态的中国形象，在好莱坞电影中一直延续下来，并在美国大众心中生下了根。我们在观看好莱坞电影时所要警惕的，正是这种意识形态的隐蔽性。

（原载《济南大学学报（社会科学版）》2008 年第 6 期，
人大复印资料《影视艺术》2009 年第 3 期全文转载）

变异学视域下的西方之中国形象

对于西方的中国形象，学界已有很多研究成果，这些研究基本上都是借助比较文学形象学、文学传播学等理论展开。本文运用文学变异学理论重新审视异国形象塑造问题，探讨异国形象的变异学内质，剖析西方之中国形象变异的复杂样态，考察中国形象在西方人眼中变异的动因、机制、过程和影响，展现西方之中国形象的实质，谋求塑造良好的国家形象。

一、文学变异学理论与异国形象研究

文学变异学理论由曹顺庆先生于 2005 年首次提出，并在翌年发表的《比较文学学科中的文学变异学研究》一文中进行了详细阐释，认为比较文学变异学“通过研究不同国家之间的文学现象交流的变异状态……探究文学现象差异与变异的内在规律性所在”①，并从四个方面辨析了文学变异学的研究范畴，即翻译学或译介学研究中语言层面上的变异、形象学研究中民族国家形象的变异、文学接受研究中文本的变异，以及因文化模子不同

① 曹顺庆、李卫涛:《比较文学学科中的文学变异学研究》,《复旦学报(社会科学版)》,2006 年第 1 期。

而产生的文化变异。这四个方面建构起比较文学变异学的理论体系，在国内引起了很大反响。2014 年，曹顺庆先生的英文专著 *The Variation Theory of Comparative Literature* 由国际知名出版社 Springer 在伦敦、纽约、海德堡同时出版，受到国际学界的广泛关注，欧美国家著名学者多明哥（Cesar Dominguez）、苏源熙（Haun Saussy）等给予高度评价。变异学理论的提出意义重大，它开辟了比较文学的新空间，为国际比较文学的发展提供了新方向。

从变异学的研究范围来看，异国异族形象是其中一个重要的研究领域，这是因为异国形象在本质上与变异学有着天然的亲缘关系。所谓异国形象是指一国文学中对异国的塑造和描述，是“存在于作品中相关的主观感情、思想意识和客观物象的总和”①。它研究一国形象在他国的文学流变，即“它是如何被想象、被塑造、被流传的，分析异国形象产生的深层社会文化背景，并找出折射在他者身上的自我形象”②。研究比较文学形象学意义上的异国形象不是要考察形象的真伪程度，而是将其作为社会集体想象物的一部分来研究。法国比较文学形象学研究者达尼埃尔-亨利·巴柔曾说：“形象学所研究的绝不是形象真伪的程度”，“言说者、注视者社会与被注视者社会间的这种关系主要具有反思性、理想性，而较少具有确实性。”③萨义德在《东方学》一

①姜智芹：《文学想象与文化利用——英国文学中的中国形象》，北京：中国社会科学出版社，2005 年，第 12 页。

②姜智芹：《文学想象与文化利用——英国文学中的中国形象》，北京：中国社会科学出版社，2005 年，第 10 页。

③达尼埃尔-亨利·巴柔：《形象》，见孟华主编：《比较文学形象学》，北京：北京大学出版社，2001 年，第 156—157 页。

书中也指出:西方在不同时期有关东方的著作中所呈现出来的东方,并不是历史上客观存在的真实东方的再现,而是西方人的文化构想物,是西方为了确证自我而建构起来的他者。想象性、较少确实性、不强调真伪程度、文化构想物都说明比较文学中的异国形象与真实的异国形象之间存在着很大差异,而变异学正是着眼于“异”的理论,是差异性、求异性将变异学和异国形象关联起来,赋予异国形象研究以新的维度。

比较文学中的异国形象是一种偏离了客观现实的变异形象,具体到历史上西方对中国形象的塑造,表现为乌托邦化和意识形态化的两极呈现。一般来说,形象塑造者按照其本社会的模式、使用本社会的话语所塑造的异国形象,是意识形态化的形象;而用离心的、反形象塑造者社会模式及异于其社会话语的语言塑造的异国形象则是乌托邦化的形象。意识形态化的异国形象旨在维护和保存本国的现实秩序,乌托邦化的异国形象是质疑本国现存秩序的,体现出质疑自我、构建社会的功能。13—18 世纪,西方的中国形象是乌托邦化的,中国成为欧洲的理想国,“中国热”席卷整个欧洲。而到了 19 世纪,西方的中国形象发生大逆转,一股蔑视中国之风遍及欧美。不管是乌托邦化还是意识形态化的中国形象,都是一种变异的形象,而变异有程度上的深浅之别。西方之中国形象的深度变异,表现为定型化、类型化的中国形象,而曹顺庆先生拓展变异学研究的“他国化”思想,可以用来解释西方对中国形象的深度变异。文学层面的“他国化”是指“一国文学在传播到他国后,经过文化过滤、译介、接受之后发生的一种更为深层次的变异,这种变异主要体现在传播国文学本身的文化规则和文学话语已经在根本上被他国——接受国所同化,从而成为他国文学和文化的一部分”①。将这一理念运用到西方对中国形象的塑造上，则是一种西方化的中国形象，即西方根据自己的欲望和需求制造出来的中国形象，具体表现为西方关于中国的一系列套话，如“哲人王”、“异教徒中国佬”、“傅满洲”、“陈查理”等。这些套话不管是正面的还是负面的，一旦形成便会融入塑造者的集体无意识深处，潜移默化地影响着该民族对异国的看法。并且，套话具有持久性和多语境性，“它可能会长时间处于休眠状态，但一经触动就会被唤醒，并释放出新的能量”②。因而，这种被“他国化”的套话，长久地影响着西方对中国的认识和想象。

二、西方之中国形象变异的复杂样态

从西方对中国有实际认知的 13 世纪中叶到 21 世纪的今天，中国在西方人的视野中呈现出复杂的变异样态，正向变异、负向变异、杂色变异纷杂其间。

13—18 世纪以及 20 世纪初，西方的中国形象呈现出一种正向的变异，塑造了大汗的大陆、大中华帝国、孔教理想国③、道家中国等形象，从器物、制度到思想、哲学，层层深入，表现出对中国物质繁荣、制度先进、君主开明、富于生存智慧的赞叹和仰慕。

1250 年前后，意大利人柏朗嘉宾、法国人卢布鲁克先后来到

---

①曹顺庆主编:《比较文学课程》，北京:高等教育出版社，2006 年，第 147 页。

②姜智芹:《欲望化他者:西方文学中的中国形象》，《国外文学》，2004 年第 1 期。

③参见周宁:《天朝遥远:西方的中国形象研究》(上)“前言”，北京:北京大学出版社，2006 年，第 9 页。

蒙古,并在他们的行记中介绍了当时的中国,最先以亲历者的身份将中国形象带入中世纪晚期的西方,开启了两个世纪间对“大汗的大陆”的传奇描写。后来英国人 G. F. 赫德逊在《欧洲与中国》中写道:“当时大多数欧洲旅行家既前往中国,也到过波斯和印度,但他们把最高级的描绘留给了中国。”①西方塑造的乌托邦化中国形象“大汗的大陆”集中体现在《马可·波罗游记》、《曼德维尔游记》、《鄂多利克东游录》当中,三部游记极力渲染中国的财富和君权,虽不乏异想天开的想象和虚构,但“游记”这一形式给人以真实感,亦真亦幻的大汗之国给陷于苦难与黑暗中的中世纪欧洲人提供了一个世俗天堂,一度成为他们渡过苦难的福音。

如果说“大汗的大陆”强调的是中国物质上的繁荣,“大中华帝国”则建构起一个制度完美的中国。1585 年,西班牙传教士门多萨的《中华大帝国史》在罗马出版,称赞“这个强大的王国是世界上迄今为止已知的统治最为完善的国家”②,为此后两个世纪里欧洲的“中国热”提供了一个理想化的起点。门多萨从有关中国的资料中发现了中国统治制度与教育之间的关系,因为只有饱学之士通过相应的考试才能成为政府官员。这种考试选拔人才的制度意味着一种平等、健康的竞争机制,令 16 世纪末实行世袭制、强调等级的西方社会大为惊奇,并在此后一个多世纪里大力借鉴中国的文官考试制度。门多萨的《中华大帝国史》向西方人提供了一个制度完美的中国形象,在他们看来,那个遥远的国度行政廉洁,司法公平,和平安宁,道德清明,各项制度运转良好,而

①赫德逊:《欧洲与中国》,王遵仲等译,北京:中华书局,1995 年,第135 页。

②周宁:《天朝遥远:西方的中国形象研究》(上),北京:北京大学出版社,2006 年,第 54—55 页。

全然没有意识到当时的中国也有吏治黑暗、科举弊端。

“孔教理想国”出现在17—18世纪，也即启蒙时期的欧洲。1667年，德国传教士基歇尔的《中国图志》问世，拉开了西方人眼中孔教理想国的序幕。“孔教理想国”或曰“孔夫子的中国”侧重文化层面，是一种思想性的理想化中国形象，体现出信仰自由、君主开明、文明教化的内涵。参与塑造“孔教理想国”的还有柏应理、殷铎泽等人的《孔夫子：中国哲学家》(1687)、莱布尼茨的《中国近事》(1697)、沃尔夫的《关于中国人道德哲学的演讲》(1721)和《哲人王与哲人政治》(1728)等。《孔夫子：中国哲学家》首次将孔子的思想当作中华帝国文明的基础，向西方人进行全面介绍，认为孔子主张的理性原则、道德秩序铸就了宽容、明达、淳朴的文化传统，训导出一个理性、智慧、仁爱的民族。莱布尼茨在《中国近事》中希望“用一盏灯点燃另一盏灯”①，在相隔遥远的民族之间建立一种相互交流的新型关系。沃尔夫在演讲中试图为优越的中华文明寻找哲学基础，认为儒家思想塑造了开明君主，孕育出世界上最优秀的政体：“在政治艺术上，中国超越了从古至今所有其他国家。”②西方人在柏拉图的“哲人治国”视野中营造“孔教理想国”形象，将西方幻想了两千年的乌托邦渡入了现代历史。

西方乌托邦化的中国形象在19世纪出现断裂，昔日的仰慕变成了蔑视，文明变成了野蛮，进步变成了停滞。整个19世纪，西方的中国形象沉入一片黑暗。到了20世纪初期，西方的中国

①G. G. 莱布尼兹：《中国近事》，杨保筠译，郑州：大象出版社，2005年，第2页。

②C. F. von Wolff, *The Real Happiness of a People Under a Philosophical King*, London: Printed for M. Cooper, at the Globe, 1750, p. 1.

形象重又回暖,这是因为世界大战打破了人们对西方文明的幻想,欧洲的自信心受到沉重打击。许多富于忧患意识的西方文化人开始自我反思,其中一些人把目光投向东方的中国,希望从中国文化里面寻找拯救欧洲危机的曙光。20 世纪西方新一轮的"中国热"与 18 世纪相比有显著不同:18 世纪西方人推崇儒家思想,学习中国治理国家的成功经验和理性主义;20 世纪西方人看重的是道家智慧,寻觅中国人快乐达观的人生态度。英国哲学家罗素带着对西方工业文明的失望,漂洋过海来到中国,意欲探寻一种新的希望。中国人对生活的享受,对自然美的感受,是罗素欣赏中华文明的重要理由。他从自己的观察和亲身体验中感受到:"中国人,所有阶级的中国人,比我所知道的其他任何人种更爱逗乐,他们从世间万物中都能找到欢乐,一句笑话就能化干戈为玉帛。"①中国人的这种乐生与道家思想的影响有关,道家讲究知足常乐,师法自然。相对于儒家,罗素更欣赏道家,儒家的繁文缛节令他厌倦,而老庄的一切遵循自然,悠然、宁静和恬适的生活方式是他所追寻和欣赏的,他认为天性的幸福或生活的快乐是西方人在工业革命和生活重压下失去的最重要、最宝贵的东西,而在中国还可以感受到。当然,20 世纪初期西方人对道家中国的追寻同样是变异的形象,中国无法独立于现代化浪潮之外,中国百姓的安贫乐道也在受到追名逐利的时代大潮浸染。

西方的中国形象除了正向的乌托邦化变异之外,还有负向的意识形态化变异,这主要表现为 19 世纪整个西方世界对中国的

---

① Bertrand Russell, *The Problem of China*, London: George Allen & Unwin ltd, 1922, p. 200.

丑化与歪曲。作为西方进步、自由、文明的对立面,中国被塑造成停滞、专制、野蛮的帝国。在西方历史上中国形象的负向转型中,英国访华使团起到了决定性作用。1792 年,英王乔治三世为了进一步发展对华贸易,派遣马戛尔尼使团访华,觐见当时的乾隆皇帝,希望建立贸易关系,结果因拒绝行叩首礼无功而返,没有达到政治外交、经济贸易的预期目的。马戛尔尼使团回国后,将一个政治上专制、历史上停滞、道德上堕落、精神上愚昧的中国形象,以见闻实录的形式展现在西方人面前:"中华帝国是一个专制的帝国……中国的历史从本质上看仍是非历史的:它翻来覆去只是一个雄伟的废墟而已——任何进步在那里都无法实现。"①天朝帝国的臣民处在"最卑鄙的暴政之下,活在怕挨板子的恐惧之中"②。曾经文明的中华帝国由于历史的停滞已经堕落成半野蛮的国家,不仅百姓"像俄国人一样野蛮",上层人士也沾染上"野蛮人的……恶习……欺诈……撒谎……背信弃义、贪得无厌、自私、怀恨和怯懦"③。

停滞的中华帝国并不是中国的事实,而是西方为了确立自身进步的观念,虚构或发明出来的。历史的事实是:中华文明尽管此时发展相对缓慢,但从来没有停滞过。就在西方大谈中国停滞的时候,中国也在发展,经济增长,人口增多,教育水平提高,只是相对于西方发展缓慢,但并没有停滞,停滞是西方的中国形象,并不是中国

① Alain Peyrefitte, *The Collision of Two Civilizations: the British Expedition to China in 1792—4*, trans. Jon Rothschild, London: Harvill, 1993, p. 490.

② John Barrow, *Travels in China*, London: T. Cadell & W. Davies, 1806, p. 160.

③ J. L. Cranmer-Byng, *An Embassy to China: Lord Macartney's Journal 1793—1794*, London: Longmans, 1962, pp. 221—225.

的真实情形。同样，专制、野蛮亦非中国的事实，而是西方刻意凸显中国的阴暗面，有意遮蔽中国光明的一面而塑造的偏见中国形象。

新中国成立以后，西方通过译介、研究中国当代文学作品，塑造了杂色的变异中国形象。“十七年文学”时期，西方关注新中国文学中所谓的“异端”文学，塑造的是敌视性中国形象。“文革”时期，西方加大了对中国当代文学中“正统”作品的译介，扭转了“十七年文学”时期塑造的敌视性中国形象，整体上塑造出一个乌托邦化或曰美好新世界中国形象。而新时期以降四十年的当代文学对外传播塑造了丰富多彩的中国形象。西方世界通过译介《乔厂长上任记》、《沉重的翅膀》、《浮躁》等描写中国改革的文学作品，塑造了“改革中国形象”；通过译介池莉、刘震云、方方的新写实小说以及反映当今中国的社会动向和年轻一代生活状况与心理变化的“新生代”、“八〇后”作家的作品，建构起“世俗中国形象”；通过译介“寻根文学”和少数民族的文学，塑造了反映道家文化、儒家文化、民俗文化和少数民族文化的“文化中国形象”；通过译介描写“文革”的作品，塑造出倾向于负面的“文革中国形象”；通过译介卫慧、棉棉、春树、木子美等“七〇后”、“八〇后”作家的“身体写作”和轰动性、争议性的作品，塑造了“叛逆青春中国形象”；通过译介在文学叙事层面具有探索试验性质的先锋文学，塑造了“先锋中国形象”。这些形象敌视与赞美并存，误解与理解相伴，想象与真实杂糅。法国比较文学学者巴柔在谈到异国形象时认为形象塑造者对他者所持的态度或象征模式基本上有三种，即狂热、憎恶和亲善①。用这一观点来判断当代文学对外传播中的

①达尼埃尔-亨利·巴柔：《形象》，见孟华主编：《比较文学形象学》，北京：北京大学出版社，2001 年，第 175—176 页。

他塑形象，基本上也可以分为三种，即善意言说、异样表达和基本符合①。具体到上文归纳的八类西方之中国形象，善意言说的有“美好新世界中国形象”、“文化中国形象”、“改革中国形象”；异样表达的有“敌视性中国形象”、“文革中国形象”、“叛逆青春中国形象”；基本符合的有“世俗中国形象”、“先锋中国形象”。历史上西方的中国形象，不管是正向的变异还是负向的变异，对于中国当代文学的对外译介都起着潜移默化的作用：“原有的中国形象在一定程度上决定了西方译者对当代文学作品的选择，以及西方读者对翻译过去的当代文学作品的接受，并成为构建新一轮中国形象的重要思想资源，而新一轮的中国形象所呈现的风貌又给原有的中国形象以冲击、调整，进而实现某种程度的更新重塑。”②因而，我们对于西方变异的中国形象应采取区别对待的态度，发挥乌托邦化变异对于中国国家形象建构的积极作用，抑制意识形态化变异所产生的负面效应。

三、西方之中国形象的变异动因和机制

异国形象变异的原因不一而足，塑造国的民族性格、民族心理、时代需求以及塑造国民众在不同历史时期对异国的集体想象等，都会对异国形象的变异产生影响。在这一系列因素中，形象塑造者自身的需求即主体欲望的投射，起着决定性作用。接受美

①黄瑜、徐放鸣：《〈超级中国〉：中国形象的“他者”构建》，《当代电视》，2015年第5期。

②姜智芹：《当代文学对外传播对于中国形象的延续和重塑》，《山东师范大学学报（人文社会科学版）》，2017年第1期。

学给传统的形象学研究带来了重大变革,使得形象学研究由关注异国形象的真实与否转向形象塑造者一方,探讨塑造者是如何接受和塑造他者形象的,同时透视折射在他国形象上的自我欲望和需求。巴柔认为,异国形象有言说“他者”和言说“自我”的双重功能:“‘我’注视他者,而他者形象也传递了‘我’这个注视者、言说者、书写者的某种形象。”①一种文化对另一种文化的知识和想象,经常是该文化自身结构本质的投射和反映,它意味着该文化自身的本质与现实之间出现了断裂,于是就以想象的形式投射到异域文化中去,这种异域形象实际上是渗透着自身内在本质的形象。从辩证的角度讲,任何一种异国形象都既在一定程度上反映了本民族对异族的了解和认识,同时又折射出本民族的欲望、需求和心理结构。

“大汗的大陆”形象中对中国财富和君权的渲染表达了中世纪晚期欧洲人发展资本主义的要求,因为当时的欧洲要发展资本主义,就要鼓励人们发财致富,而中世纪主宰西方国家的基督教蔑视财富。中国这个富庶的世俗天堂契合了欧洲人追求物质财富和世俗享乐的需求和渴望,成为他们反对神权、超越自身基督教文化困境的一方视野,在这种中国形象中,欧洲人通过置换实现自己文化中被压抑的潜意识渴望。因而,表面上他们是在谈论他者民族和异国土地,实质上反映了他们内心深处被基督教文化所压抑的世俗欲望。

“大中华帝国”出现在贫困混乱、动荡不安而又充满生机的欧洲文化中,是欧洲人在社会制度变革的期待视野中塑造的变异中

①达尼埃尔-亨利·巴柔:《形象》,见孟华主编:《比较文学形象学》,北京:北京大学出版社,2001年,第157页。

国形象。社会制度完善的中华帝国为欧洲国家提供了一面自鉴的镜子,他们以此为尺度批判自身社会。文艺复兴时期的法国学者约瑟夫·斯卡利杰在读完《中华大帝国史》后说道:"这一令人赞叹不已的帝国……它谴责我们的行为……其法制如此有度以至于使基督教感到羞耻。"①对于欧洲人来说,疆土辽阔、物产丰富、行政高效、制度优越的中华大帝国不仅具有自我批判与超越意义,也隐喻地表达了西方现代性自我的价值追求:追求知识和理性精神,通过教育建立和谐的社会秩序,确立民主与进步的观念。同时,欧洲人借助这个具有某种乌托邦向度的他者空间,在想象中将中华帝国的制度移植到本土。

"孔教理想国"强调的是中国形象的思想启蒙意义。在启蒙时期的欧洲人看来,孔子的思想孕育了一种异教美德,这种美德成就了世界上最优秀的文明,中国的皇帝用知识、爱而不是暴力去治理他的国家和人民。"孔教理想国"被赋予政治开明、宗教宽容、道德高尚的内涵,欧洲哲学家利用这一形象来推翻神坛,挑战王权。欧洲的政客、哲学家、出版商或许谁也不关心中国的真实情形,只关心中国被描述成什么样子。西方根据自身的政治焦虑和期待视野来构筑中国形象,"孔教理想国"并非完全取决于中国的现实,它映照出的是西方的文化心理和历史现实。

19世纪西方所构筑的"停滞的中华帝国"、"专制的中华帝国"、"野蛮的中华帝国"是西方人在进步与停滞、自由与专制、文明与野蛮的二元对立思维中构建出来的中国形象。西方现代性的主导价值是进步、自由与文明,为了达成对现代性自我的确认,

①安田朴、谢和耐等:《明清间入华耶稣会士和中西文化交流》,耿昇译,成都:巴蜀书社,1993年,第163页。

西方人需要一个停滞、专制、野蛮的中国形象。中国事实上是否如此并不重要，重要的是西方需要这样一个与其相对立的他者，因而就发明出这样一个中国形象，满足他们欲望化的想象。从精神分析学的角度来看，异国这一他者是作为形象塑造者的欲望对象而存在的，形象塑造者把自我的欲望投射到他者身上，通过他者这一欲望对象来进行欲望实践。形象塑造者把他者当作一个舞台或场所，在其间确认自我，展示自我的隐秘渴望，表达自我的梦想、迷恋和追求，叙说自我的焦虑、恐惧与敌意。英国学者雷蒙·道森在《中国变色龙》一书中较为系统地分析了中国形象在欧洲的变迁，认为欧洲人的中国观在某些时期发生了天翻地覆的变化，但"这些变化与其说是反映了中国社会的变迁，不如说更多地反映了欧洲知识史的进展"①。因此，构成他那本书的历史是观察者的历史，而不是观察对象的历史。那条变色龙是欧洲的欲望化想象，而不是中国的现实情形。

同样，新中国成立以来西方在译介当代文学作品中所塑造的倾向不同、形态各异的中国形象也是基于其自身的立场、需求和欲望。比如"敌视性中国形象"是鉴于资本主义阵营和社会主义阵营之间的冷战与对峙，西方在译介时通过定向选择，建构起负面的中国形象，作为强调自身制度优越的对立面。西方国家对改革文学表现出热情的原因之一，是因为他们误以为中国的市场经济是在偏离传统的社会主义道路，向资本主义制度靠拢，实际上改革开放政策仍是坚定不移地走社会主义道路。而西方通过选择性地译介反映"文革"的作品所建构的漠视人权、践踏尊严、压

①雷蒙·道森：《中国变色龙》，常绍民、明毅译，北京：时事出版社，1999年，第16页。

制自由的“文革中国形象”一定程度上是出于西方政治、军事上对中国的歪曲宣传和压制、打击的需要，因为“伤痕文学”“反思文学”的主导倾向是对这段惨痛的历史进行理性反思，避免重蹈历史的覆辙，向世界展示一个敢于直面苦难、勇于否定自我、走出绝望再出发的中国形象。因此，是西方自身的需要、误解和欲望扭曲变异了中国形象。

四、营造“和而不同”的积极中国形象

在详细归纳、剖析了西方之中国形象的变异样态及变异的原因与机制之后，我们不禁要问：中国希望在世界上塑造什么样的形象？是单一的还是多色的？是理想化的还是现实性的？我想答案之一应该是“和而不同”的积极中国形象。

曹顺庆先生指出：“变异学继承了中国古代‘和而不同’经典文化交往思想。”①“和而不同”强调事物的多样性、差异性，刘勰在《文心雕龙·声律》中说：“异音相从谓之和。”②“和”指事物多元统一的整体性。将变异学意义上“和而不同”的思想应用到西方之中国形象上，其关键之处在于“和”，即塑造多样性、多维化但积极正向的“和”的中国形象。

西方视野中的中国形象是十分驳杂的，在不同历史时期呈现出不同的样态，仅在新中国成立以来通过译介当代文学作品，就塑造了“美好新世界”、“文化中国”、“改革中国”、“文革中国”、“世

① 曹顺庆、李泉：《比较文学变异学学科理论体系的新建构》，《思想战线》，2016 年第 4 期。

② 范文澜：《文心雕龙注》，北京：人民文学出版社，1958 年，第 553 页。

俗中国”等不同类型的中国形象。而与此同时,我国政府通过英法文版《中国文学》杂志、“熊猫丛书”和21世纪以来的“中国图书对外推广计划”、“中国当代文学百部精品对外译介工程”、“经典中国国际出版工程”、“中国文学海外传播工程”、“中外图书互译计划”、“丝路书香出版工程”等八大工程,在当代文学的自我传播中塑造了“军人英雄”、“时代农民”、“诗人领袖”、“产业工人”、“知识女性”、“文革反思”、“市井生活”等多样化的形象。从中可以看出,域外、国内对中国形象的认识和评价存在着很大反差:西方“他者”通过自主地选择、译介接受中国当代文学,有意识地建构一个符合其意识形态及认知理解定式的中国形象。而我国政府通过文学的向外传播,旨在建构一个改革开放、发展进步、和谐文明、自信、负责任的大国形象。

怎样缩小域外、国内对中国形象认识的反差,形成自塑、他塑趋于一致的美好中国形象,是营造“和而不同”的正面中国形象关键所在。这就需要利用文学自我传播中的“自塑”形象去修复、调适“他塑”形象。出于对本国利益和对本国现实秩序的维护,西方塑造的中国形象不同程度上对中国意欲塑造的形象形成挑战和损害,对于世界全方位地认识中国形象构成障碍。针对这一状况,可以用良好的、正面的“自塑”形象以柔克刚地渗透到“他塑”形象之中,消解“他塑”形象的负面效应。尽管西方他者译介的文本由于自己人效应,更容易得到外国读者的认可,但文学作品蕴含的普世价值和真诚的情感表达,能够跨越制度、国别、民族这些外在于文学审美的因素,使得我国政府组织输出的一些当代文学作品,走进他们情感和思想的深处,潜移默化地改变他们通过阅读本国译介的中国文学作品所认知的中国。再者,由于西方他者“拿来”的译本和我国政府自主“送去”的译本很多时候没有交汇点，阅读“送去”的文本给西方读者打开了另一方中国视野，虽然不能完全改变他们基于“他塑”形象而形成的对于中国带有偏见的看法，但至少作为一个“反色”或“补充色”，能引发他们的思考，激发他们进一步了解中国的欲望。

总之，变异现象广泛地存在于异国形象塑造之中，消极的变异会给被塑造者在国际上的形象带来不利影响，积极的变异能给被塑造国带来良好的声誉资本。我们要恰当地运用变异的积极因素，秉持“和而不同”的理念，在积极正向的“和”的原则统帅下，向世界展现多侧面、多维度、多层次的中国形象。

（原载《中外文化与文论》2018 年第 38 辑）

当代文学对外传播对于中国形象的延续和重塑

当代文学对外传播中所构筑的中国形象，不论是他塑形象还是自塑形象，与原有的中国形象之间既有更新重塑，又存在继承延续。原有的中国形象在一定程度上决定了西方译者对当代文学作品的选择，以及西方读者对翻译过去的当代文学作品的接受，并成为构建新一轮中国形象的重要思想资源，而新一轮的中国形象所呈现的风貌又给原有的中国形象以冲击、调整，进而实现某种程度的更新重塑。在更新重塑的同时，也不可避免地会继承延续原有的中国形象。这是因为一方面，原有的中国形象构成海外读者对于中国当代文学的阅读期待和文化预设，使得海外的出版社不得不基于市场考虑，去翻译那些迎合、印证国外读者东方想象的作品。另一方面，原有的中国形象也是海外译者、读者、研究者理解中国当代文学的知识视野和评价立场之一，他们在阅读、评价中国当代文学时，容易选择那些更符合他们的先在视野和价值判断的作品，如此就进一步固化了原有的中国形象。本文重点分析原有的中国形象在何种程度上介入了当代文学在西方的传播，当代文学在西方的传播又在何种程度上更新了当代的中国形象。

一、当代文学对外传播中的他塑形象与自塑形象

中国当代文学的对外传播有他者传播和自我传播两个途径，因而，从宏观上讲也就有他塑形象和自塑形象两种类型。在探讨他塑形象时，我们以西方国家对中国当代小说的译介与研究为主要考察对象。新中国成立以来六十多年的时间里，西方在不同的历史阶段通过译介中国当代小说，塑造了倾向不同、形态各异的中国形象。

“十七年文学”时期，新中国文学中所谓的“异端文学”成为关注的重心，塑造的主导形象是敌视性中国形象。这一时期，鉴于资本主义阵营和社会主义阵营之间的冷战与对峙，西方的译介者“多采取潜在的敌视新中国的立场，对那些背离了主流文学规范的作品给予较高评价，旨在证明作家与新生的社会主义政权之间的矛盾”①。这一阶段，西方对中国当代文学的译介甚少，在小说方面仅有王蒙的小说《组织部新来的青年人》。这篇小说因符合编选者“鲜明地表达了……作家想要打破政治压抑，独立、真实地表达个人感情、经历和思想的愿望”②而收入《苦涩的收获：铁幕后知识分子的反抗》一书，满足了编选者借文学作品窥探社会主义新中国的政治管理和社会发展状况的意图。

---

①姜智芹：《中国当代文学海外传播与中国形象塑造》，《小说评论》，2014年第3期。

②Edmund Stillman ed., *Bitter Harvest: The Intellectual Revolt behind the Iron Curtain*, London: Thames & Hudson, 1959, p. xvii.

“文革”时期，西方世界加大了对中国当代“正统”作品和主旋律文学的译介，整体上塑造出一个美好新世界中国形象。这一时期，以红卫兵为主要参加者的“文化大革命”与 20 世纪 60 年代西方爆发的大规模学生运动表现出很多相似之处，毛泽东及其领导的“文化大革命”成为西方青年学生尊奉的榜样，西方世界对新中国文学的译介不再将重点放在“异端文学”上，而是理解、同情中国共产党的革命斗争，把描写革命与建设的新中国文学视为严肃的作品。在小说方面主要有英国汉学家詹纳编选的《现代中国小说选》、美籍华裔学者许芥昱的《中国文学图景：一个作家的中华人民共和国之行》、美国汉学家白志昂与胡志德合编的《中国革命文学选》等。这些选本的意识形态色彩与“十七年文学”时期相比明显减弱，选本中透露出来的中国形象比第一个阶段大为友善。

新时期以来的中国作家以风格多样的创作，承载、诠释、传递着中国形象。这三十多年的当代小说对外传播塑造了丰富多彩的中国形象：“改革中国形象”、“世俗中国形象”、“文化中国形象”、“文革中国形象”、“叛逆青春中国形象”，体现了文学的社会政治认知价值、文化传播交流价值和商业价值。

新时期伊始的改革开放政策给西方人提供了接触中国、了解中国社会发展面貌的机会。不少西方人从中国的改革开放中看到了中国融入西方世界的希望，对中国政策的误读使他们将中国视为社会主义国家改革的样板，对于描写中国改革的小说倾注极大的热情。改革文学的开篇之作——蒋子龙的《乔厂长上任记》被视为“新现实主义”①之作，认为“乔厂长”是一位雷厉风行、锐

①Lee Yee ed., *The New Realism*: *Writings from China After the Cultural Revolution*, New York: Hippocrene Books Inc., 1983, p. 8.

意改革的"硬汉"形象,有着海明威《老人与海》中老渔夫桑提亚哥永不言败的精神和气度。张洁的《沉重的翅膀》被译成英、法、德等西方主要语种,在德国甚至一度成为最畅销的德译作品。高晓声的《李顺大造屋》、《陈奂生的故事》、贾平凹的《浮躁》也被译成英、德等西方主要语言。显然,中国工农业领域的改革英雄以及改革给整个社会尤其是人们的思想、道德、伦理观念带来的巨大变化,是西方人在同中国隔膜了三十年后迫切想了解的,对于中国正向西方社会靠拢的幻想也让他们对中国的改革文学倾注热情。

改革文学从宏大叙事层面为西方人提供了认知中国社会发展的维度,而描写中国人日常生活、表现中国人细腻感情世界的新写实小说,反映当今中国的社会动向和年轻一代生活状况与心理变化的"新生代"、"八〇后"作家的创作,则向西方世界传递了一个世俗中国形象。

池莉、刘震云、方方等作为新写实小说的中坚,其作品在英、美、法、德国家均得到译介。莫言、余华、王安忆等描写普通人、揭示世间万象、刻画人生百态的小说也受到西方译者和评论者的重视。莫言的《天堂蒜薹之歌》被《纽约时报》誉为中国的《愤怒的葡萄》、乡村版的《第二十二条军规》①;余华的《活着》让英语读者感受中国百姓"生活中小小的快乐"以及"人生的磨难和痛苦"②;王安忆的《长恨歌》中对上海弄堂和生活在弄堂里的市

---

①Donna Seaman,"*Shifu,You'll Do Anything for a Laugh*,"*The Booklist*,2001(22).

②Yu Hua,*To Live*:*A Novel*,trans. Michael Berry,New York:Anchor Books,2003,back cover.

民的描写，在美国作家弗朗辛·普罗斯（Francine Prose）看来给外国读者提供了强烈的现场感，映照出"对正在消失的上海弄堂的留恋"①。

更多走向世界文学舞台的新时期作家以紧贴现实生活的创作，建立着西方人眼中的当代中国世俗形象。刘心武的《尘与汗》（译成法语）表现农村因劳动力流失而出现的大国空村现象，贾平凹的《土门》（译成法语）讲述城市与乡村的冲突，周大新的《向上的台阶》（译成法语）突出官员之间的倾轧，刘醒龙的《挑担茶叶上北京》（译成法语）述说乡村政权的腐败和农村百姓的艰辛，阎连科的《丁庄梦》（译成法语）触及因卖血而导致艾滋病大爆发这一沉重而又不容忽视的社会问题，王朔的《顽主》（译成法语、德语）、《玩的就是心跳》（译成英语、德语）、《千万别把我当人》（译成英语）、《我是你爸爸》（译成法语）生动地描写了北京一代年轻人的迷茫、玩世不恭和边缘化的生活。

"新生代"、"八〇后"作家创作的反映年轻一代生活状况和当下中国社会动向的作品，让西方人动态地了解到中国世俗形象的发展和变化。刁斗、邱华栋的作品摹写了当代中国万花筒似的都市景象，慕容雪村的《成都今夜请将我忘记》、胡昉的《购物乌托邦》表现了消费社会里金钱崇拜对人的腐蚀，欲望膨胀导致的堕落。戴来的《对面有人》探讨了网络在快捷、高效的同时给现代人带来的困惑。韩寒的《三重门》、马笑泉的《愤怒青年》、冯唐的《万物生长》展现了中国青少年一代的成长历程。上述小说都被译成法语并在国外产生了一定影响。这些深入洞察现实人生、敏锐把

① Francine Prose, "Miss Shanghai," *New York Times Book Review*, 2008－05－04.

握社会问题、多方位地反映了中国社会变迁的作品，使得“局外”的西方人，从“局内”的视角，了解到中国社会的纷繁万象。

文化是一个国家和民族区别于另一个国家和民族的根本性特征，认识、理解、借鉴中国文化的愿望使得西方学界对中国的“寻根文学”怀有一份特殊的译介与研究热忱。西方在对中国“寻根文学”的译介中建立了道家文化、儒家文化和民俗文化形象。

寻根文学中倡导道家精神的作品在西方受到更多的关注。韩少功的《爸爸爸》、《女女女》等被译成英、法、德等主要西方语言，李杭育的《人间一隅》、《最后一个渔佬儿》等被译成英语。而阿城作品中所透露的知足常乐、天人合一的道家思想和对东方式生存智慧的表现，得到西方人的共鸣，他的《棋王》、《树王》、《孩子王》被译成英语、法语、德语，在西方世界引起较大反响。

与道家互补并成为中国文化主流的儒家也在“寻根文学”译介潮流中再一次荡起西方人思想的涟漪①。儒家积极入世的态度、自强不息、厚德载物的使命感，对仁义道德的推崇和践行，与西方文化中因求真而对人生的积极进取、不懈追求，有相同之处，因而“寻根文学”中体现着儒家精神的《老井》、《小鲍庄》等得到英语世界的关注。《老井》中的老井村人矢志不移、永不言弃地打井，自有一种隐忍、坚执的品性，和西方文化中不沮丧、不逃避，以豪迈的激情日复一日地推石上山的西西弗斯，以及坚韧不拔、不屈不挠、一往无前地探索、实践的浮士德，遥契共鸣。

冯骥才、邓友梅、陆文夫等作家则将对中华文化的深刻思考糅进或奇诡怪诞，或幽默风趣的世俗故事中，在市井风俗中彰显

①众所周知，早在17—18世纪西方“中国热”时期，儒家思想就成为西方人的一方精神视野和批判现实的武器。

着中国的民俗文化。冯骥才的《神鞭》、邓友梅的《烟壶》、陆文夫的《美食家》被译成英、法、德等语种，受到西方人的好评。辫子功夫、烟壶内画、饮食文化这些中国的民风民俗，借助文学作品在国外得到进一步传播，特别是中国功夫和中华美食可以说如今依然风靡世界，而文学作品也借助民风民俗描写在国外得到关注，二者相互作用，相互影响，良性地推动着中国文学和中国文化的海外传播与中国形象塑造。

西方对"文革"题材有一种特殊的敏感。如果说文化中国形象凸显的是文化的交流与传播功能，"文革"中国形象则着重于文学的政治认知功能。反映"文革"时期人们所承受的肉体和精神双重痛苦的"伤痕文学"，以及探讨"文革"导致的诸多社会问题和所造成的人性扭曲的"反思文学"，在西方得到大量译介。王蒙的《布礼》、戴厚英的《人啊，人!》、古华的《芙蓉镇》、张贤亮的《男人的一半是女人》，都在20世纪80年代后期的法国得到译介。甚至90年代以后这种对"文革"题材的偏好依然没有消退，巴金的《随想录》、张抗抗的《残忍》、刘心武的《如意》、冯骥才的《一百个人的十年》、池莉的《你是一条河》、余华的《一九八六年》等之所以能在法、德、英、美国家先后得到译介，都或多或少是由于作品的内容与"文革"有密切关系。"文革"叙事在西方塑造的是苦难、贫穷、思想单一、人性恶大爆发的负面中国形象。在政治迫害、高压集权之下，人权遭践踏，自由被剥夺，尊严被亵渎。西方更多地将"文革"题材的文学作品视为一份证据，从中寻找意识形态的蛛丝马迹，解读作品的历史证词内涵，总体上呈现为一种负面的中国形象。

卫慧、棉棉、春树、木子美等"七〇后"、"八〇后"作家以"身体写作"和轰动性、争议性的作品，塑造了青春叛逆的中国形象，其大胆、出位的写作姿态，其作品在中国被禁或盗版发行的事实，更多地吸引了西方人的眼球。卫慧的《上海宝贝》、《我的禅》，棉棉的《糖》、《啦啦啦》，春树的《北京娃娃》、《生不逢时》，木子美的《遗情书》被译成英、法、德等语种。西方读者对中国女性“身体写作”的猎奇，西方出版社对商业价值的追逐，使得这类小说在英、美、法、德语国家赢得了图书市场。

除西方他者通过译介与接受中国当代文学，塑造的他者视野中的中国形象外，我国政府也通过英文版《中国文学》杂志、“熊猫丛书”以及21世纪以来的一系列图书“推广计划”和“译介工程”，塑造了展示自我、增进他者了解的中国形象，其中比较突出的有“军人英雄形象”、“时代农民形象”和“知识女性形象”。军人英雄是中华人民共和国的缔造者，时代农民和知识女性是新中国的建设者，他们共同打造了与主旋律同呼吸、共命运的多彩中国人形象。

新中国的建立是一代又一代的革命先烈用流血牺牲换来的，八年的抗日战争和三年的解放战争中涌现出无数的革命英雄，而新中国成立后，为了维护国家的安全和独立，中国人民志愿军跨过鸭绿江，抗击美国侵略朝鲜进而觊觎中国领土的野心。军人英雄们惊天地、泣鬼神的事迹在中国当代文学作品中得到丰富的表现，以弘扬主旋律为己任的《中国文学》杂志首先将描写中国人民为了自身解放而英勇斗争的作品作为推介的重点。在《中国文学》上得到节选翻译的歌颂抗日英雄的小说主要有《平原烈火》、《青春之歌》、《风云初记》、《野火春风斗古城》、《苦菜花》等。这些作品或以正面战场的惨烈，或以敌后斗争的严酷，对外展示了可歌可泣的中国抗日英雄形象，向世界传递了中国人民珍爱自由、和平，为了民族解放和国家独立甘愿抛头颅、洒热血的民族魂。

三年的解放战争催生出一批描写解放军英雄的小说,《中国文学》杂志选译、刊登的有《保卫延安》、《林海雪原》、《红日》、《火光在前》、《百合花》、《早晨六点钟》、《七根火柴》等。这些小说让国外的读者感受到中国人民为了自身的解放,为了真理和理想而献身的英勇悲壮。同时也证明了中国共产党比国民党更得民心,更有能力带领中国人民走向未来。

描写抗美援朝英雄的作品,像《朝鲜前线通讯》、《志愿军与美军俘虏》、《寄给在朝鲜的中国人民志愿军部队》、《三千里江山》(节译)、《上甘岭》(节译)等,也被译成英语登载到《中国文学》上传播到国外。这些抗美援朝英雄和抗日英雄、解放军英雄一样,凸显了军人们英勇顽强、不怕牺牲、永不退缩、纪律严明的优秀品质,向世界人民昭示了中国人民坚忍执着、追求和平、为自由献身的质朴形象。

作为一个农业大国,农民构成中国的主体。无论是新中国的建立还是发展,都离不开农民这个重要的群体。书写与表现农民是中国当代文学的重要组成部分。《中国文学》杂志和“熊猫丛书”乃至“21 世纪中国当代文学书库”的对外译介活动,自然都会关注描写这个群体的作品。从建国前夕觉醒的新一代农民,到投身革命的英雄农民;从建国初期的社会主义建设者,到新时期改革激发出巨大热情的劳动者,再到 20 世纪 80 年代以后进城谋生的农民工。不同阶段的农民以勤劳、智慧、质朴、达观、坚强的品格,同时间或带有的狭隘、自私、落后和保守性,向国外传递了中国农民在历史传统和现代文明的冲突中挣扎、彷徨而又一往无前的真实可信的多维形象。

《小二黑结婚》①和《王贵与李香香》②描写的是觉醒的新农民形象，《红旗谱》③和《新儿女英雄传》④塑造了革命的英雄农民典型，《创业史》⑤刻画了建国初期的社会主义建设者形象，高晓声的“陈奂生系列”⑥小说从不同层面描绘了改革前后的农村生活，塑造了改革时期的农民形象，让国外读者透过陈奂生的困惑和迷惘，感受到了中国改革风潮的脉动。20世纪80年代以后，以农民工进城谋生为题材的小说不断涌现。作为译介到国外的描写农民工生活的佳作，“21世纪中国当代文学书库”中张颐武主编的《到城里去》（乡土卷）⑦等，探讨了在轰轰烈烈的城市化进程中，广大农民的出路问题，他们是生活在城市边缘的陌生人，卑微地甚至被摧毁尊严地生活着。中国当代文学通过这些不同时期的典型农民形象，让外国人认识到中国社会发生的深刻历史变化，

---

①Zhao Shuli, “Little Erhei's Marriage,” *Chinese Literature*, 1979 (5).

②Li Chi, *Wang Kuei and Li Hsiang-hsiang*, trans. Yang Hsien-yi and Galdys Yang, Beijing: Foreign Language Press, 1954.

③Liang Pin, “Keep the Red Flag Flying,” *Chinese Literature*, 1959 (1—5); Liang Pin, *Keep the Red Flag Flying*, trans. Gladys Yang, Beijing: Foreign Language Press, 1961.

④Kung Chueh & Yuan Ching, *Daughters and Son*, trans. Sidney Shapiro, Beijing: Foreign Languages Press, 1958.

⑤Liu Ching, “The Builders,” *Chinese Literature*, 1954 (2), 1960 (10—12), 1964 (2—3).

⑥Gao Xiaosheng, “Chen Huansheng's Adventure in Town,” *Chinese Literature*, 1980 (12); Gao Xiaosheng, “Chen Huansheng Transferred,” *Chinese Literature*, 1982 (4); Gao Xiaosheng, *The Broken Betrothal*, Beijing: Chinese Literature Press, 1987.

⑦Zhang Yiwu ed., *Going to Town and Other Rural Stories*, Beijing: Foreign Language Press, 2009.

了解到中国农民在历史巨变中的作用及扮演的角色。

新中国彻底解放了中国的女性，毛泽东“妇女能顶半边天”的口号不仅昭示着男女平等，也肯定了妇女的能力。其实，早在建立新中国的艰苦历程中，女性就发挥着不可小觑的作用。描写女性特别是知识女性的作品在《中国文学》上得到译介，比如杨沫的《青春之歌》(节选)、谌容的《人到中年》。“熊猫丛书”更是出版了大量以知识女性为描写对象的作品，像《张洁小说选》、《大雁情》等。这些作品塑造了女革命家、女医生、女作家、女科技工作者等不同类型的知识女性形象。

《青春之歌》以小资产阶级女性林道静为主要描写对象，刻画了知识分子如何在党的领导和教育下，转变成坚强的无产阶级革命战士。黄宗英的《大雁情》中植物学家秦官属为了追求科学与真理，在“文革”期间遭到批斗。但她无怨无悔，用知识分子高尚的情操和无私的奉献精神投身科学事业，造福一方民众，向国外传递了中国科学家不计名利、任劳任怨的形象。张洁的小说《爱，是不能忘记的》以一个不任由情感燃烧、不任由欲望泛滥、爱而有理性的中国女性，向外国读者诠释了爱的崇高与节制。《人到中年》借助眼科大夫陆文婷的经历，向国外读者展示了中国知识女性虽身居陋室，却任劳任怨、执着奉献的孺子牛形象，让他们切实感受到中国知识女性脚踏实地的抱负。

二、当代文学对外传播对于原有中国形象的继承延续

当代文学对外传播中所塑造的中国形象，不论是他塑形象还是自塑形象，都没有完全超离既有的中国形象类型模式。中国形象的

当代演进中那些普遍性、稳定性的因素即为继承和延续，这种继承主要表现为他塑形象中对原有西方之中国形象的线性延续。

在西方的中国形象塑造史上，乌托邦化与意识形态化的两极呈现是一个突出的表现。关于这两种形象的功能，法国学者让-马克·莫哈这样说道："乌托邦本质上是质疑现实的，而意识形态恰要维护和保存现实。"①就西方塑造的中国形象来看，乌托邦化的中国形象是肯定甚至美化中国的，意识形态化的中国形象则多是否定、丑化中国的。中国当代文学对外传播中他塑的"美好新世界形象"、"文化中国形象"不同程度地因袭了西方原有的乌托邦化中国形象。

西方的"美好新世界中国形象"由来已久。早在公元前 7 世纪，希腊旅行家亚里斯特亚士就赋予"希伯尔波利安人"即"关中的汉人"以"幸福宁静"的特征②。公元前 5 世纪，希腊人异想天开地认为产自中国的漂亮而纤细的织物赛里丝(Seres)是用西方传说中美丽的"金羊毛"织成的。从 13 世纪到 18 世纪，西方建立的三种中国形象——"大汗的大陆"、"大中华帝国"、"孔夫子的中国"，从器物、制度、思想三个层面都在钦羡中华帝国的美好。而 17、18 世纪西方现实生活里的"中国风"——热衷中国的瓷器、偏爱中国的丝绸、嗜好中国的茶叶、喜欢中国的园林艺术，更让他们体验到一个在各方面都优于、异于他们的"美好新世界"。

西方"美好新世界"的中国形象在经历 19 世纪的黑暗和 20 世

---

①让-马克·莫哈：《试论文学形象学的研究史及方法论》，收入孟华主编：《比较文学形象学》，北京：北京大学出版社，2001 年，第 33 页。

②严建强：《十八世纪中国文化在西欧的传播及其反应》，杭州：中国美术学院出版社，2002 年，第 18 页。

纪上半期的忽明忽暗之后，在20世纪50年代末到70年代初又达到一个高峰。这一时期西方的“美好新世界”中国形象表现在经济、政治、道德等多个方面：中国巨大的物质成就令西方人惊叹，“毛主义”的哲人治国体现了西方自柏拉图时代就有的古老理想，用毛泽东思想武装起来的社会主义新人无不具有以集体为上、互助合作、团结友爱、勤俭节约的品德，是道德理想国里的理想公民。

西方在译介与接受中国当代文学时所塑造的“文化中国形象”也一定程度上是对西方中国形象塑造史上乌托邦化中国形象的延续，这一流脉从18世纪欧洲启蒙运动中的尊儒家文化，到20世纪初西方战争阴霾中的崇道家思想，再到20世纪80—90年代中国寻根文学译介中的尚道家哲学。中国文化的两大支柱——儒家的治国安邦之术和道家的生存智慧，作为乌托邦，在历史的不同时期为西方文化所利用和借鉴。

在整个18世纪，中国文化特别是儒家文化被西方启蒙思想家奉为圭臬，成为一个尺度，一方视野，一种价值观。这一时期，不仅现实生活里有席卷欧洲的“中国风”，中国还是启蒙运动的一面旗帜：中国的君主政体被视为最佳政体，中国的道德观被视为最完备的道德规范，中国的哲学被视为最富理性的哲学。

西方的“文化中国形象”经过18世纪的巅峰之后，在19世纪沉入黑暗，到20世纪初有一个小阳春。一批西方文化人如英国文人迪金森、哲学家罗素等，都希望从中国文化里面寻找拯救20世纪初期欧洲危机的曙光。这新一轮的中国文化热尤其对道家文化表现出别样的热忱。迪金森的《约翰中国佬的来信》①

①G. Lowes Dickinson, *Letters from John Chinaman*, London: J. M. Dent & Sons, LTD, 1913.

赞赏中国古老的文学艺术、生活方式和道德准则，罗素的《中国问题》①热衷道家的智慧，寻觅中国人快乐达观的人生态度。

20世纪八九十年代，西方对中国寻根文学的热闹译介与研究，无疑有对18世纪儒家文化热和20世纪初道家文化热的潜意识回应。西方曾经受惠于中国的传统文化，此时的西方虽然自视在各方面都优越于中国，但昔日的美好印象仍会让他们将关注的目光转向中国寻根文学对传统文化的挖掘，西方人在中国作家对自身文化的反思中重温他们从历史深处走来的长长背影。

在当代文学海外传播的他塑形象中，不仅有对乌托邦化中国形象的继承，更有对意识形态化中国形象的延续。西方在译介中国当代文学时所塑造的"敌视性中国形象"、"叛逆青春中国形象"、"文革中国形象"，以及对苏童作品中东方情调的渲染，对莫言作品中所描写的落后习俗的夸大，都有西方意识形态化中国形象影响的痕迹。我们此处以西方对苏童和莫言作品的译介为案例进行阐述。

在当代作家中，苏童的作品是译成外文数量较多的，尤其是法译本。尽管苏童的创作题材多样，但西方偏好的却是苏童描写历史和女性题材的作品，如《妻妾成群》、《我的帝王生涯》等。这和西方人对东方情调的追求有莫大关系。在《妻妾成群》中，苏童精心营造的神秘诡谲、阴森恐怖的氛围，庭院深深的大家宅院，抽鸦片的幽暗身影，令西方人想到19世纪末20世纪初西方的"中国城"小说。"中国城"也称"唐人街"，是华人在西方一些国家的聚居地。这些"中国城"对西方人来说既充满浓浓的异域风情，又不无邪恶和堕落。在西方出现了大量以"中国城"为题材和背景

① Bertrand Russell, *The Problem of China*, London: George Allen & Unwin LTD, 1922.

的文学作品，像弗兰克·诺里斯(Frank Norris)的《布里克斯》(*Blix*)、切斯特·白利·佛纳德(Chester Bailey Fernald)的《中国城故事集》(*Chinatown Stories*)、威廉·诺尔(William Norr)的《中国城集景》(*Stories of Chinatown*)、休·威利(Hugh Wiley)的《满洲血》(*Manchu Blood*)等，都对“中国城”和生活在其中的华人进行了极富东方情调的描写。苏童在《妻妾成群》里渲染的灯笼意象、鸦片氛围，暗合了西方读者对历史中国的集体想象，唤起他们对唐人街或曰“中国城”的遥远记忆。《妻妾成群》里对颂莲们悲剧命运的着意刻画，又令西方人对生活在黑暗制度下的中国传统女性充满同情。西方对中国已有的定型化认知限定了他们对苏童作品的译介和接受，苏童被翻译成西方语种的小说大都是描写历史和女性的，而这些小说中深宅大院的旧式家庭、饱受压抑的东方女性，又进一步固化了苏童在国外译者和读者心目中的形象，他们从苏童小说中解读到的是那个他们已经了解的、带着古旧色彩的中国。当然，苏童的最终目的不是要描写那个久远的时代和生活在那个时代的幽怨女性。他仅仅把历史当作一件外衣，要以历史为道具，揭示出人性的复杂性、矛盾性，然而引起外国读者阅读兴奋点的却是作品中流露出的异国情调，他们流连于苏童小说幽深华丽的历史外表，却失去了拨开异国情调迷雾、洞察掩藏其中的内在实质的意识。历史与女性打造的异国情调几乎成为苏童作品在国外接受的标签，这种域外接受中的固化成分，对于苏童及其作品在国外的形象建构，实际上是一种阻碍，苏童作品的丰富性、深刻性被简化成异国情调，西方意识形态化中国形象的阴影蛰伏其间。

西方对莫言小说中所描写的落后习俗的夸大是西方历史上意识形态化中国形象影响的又一显现。这从莫言获诺贝尔文学奖的颁奖词中可见一斑。在瑞典文学院成员、诺贝尔文学奖委员会主席瓦斯特伯格为莫言获奖的致辞中，我们看到这样的字句：莫言"向我们展示了一个被人遗忘的农民世界"，"一个没有真理、常识或缺乏同情心的世界，这个世界中的人鲁莽、无助且可笑"，"莫言笔下的人物……甚至用不道德的方式和手段实现他们的生活目标，打破命运和政治的牢笼"，"中国历史上重复出现同类相残的行为"①。通览颁奖词全文，并没有我们所期望的对中华民族优质文化的推崇，相反强调的却是一个落后、蛮荒的农业化时代，似乎处于历史发展的进程之外。这体现了中国当代文学对外传播中西方想象中国的问题，西方世界把不断改革开放的中国想象成历史的陈迹，以停滞的眼光看待已经发生了沧桑巨变的中国，目的是彰显自身的文明、进步。

西方原有的中国形象与当代文学的对外传播以及新一轮的中国形象建构之间有密不可分的关系。原有的中国形象影响着国外对中国当代文学的译本选择和国外读者的阅读期待，同时也在一定程度上奠定了新一轮中国形象的基调。这是因为当一种文化的读者接受来自另一种截然不同文化的文学作品时，往往倾向于从自身熟悉的认识框架里面寻找接触的起点。这种认知框架带来两方面的影响。一是西方历史上乌托邦化的中国形象给当代文学对外译介中中国形象的塑造带来正面效应，推动了中国国家形象的良性建构，这是我们希望看到并要进一步去引导的。二是西方历史上意识形态化的中国形象影响了国外对中国形象

① Per Wästberg, "Award Ceremony Speech", http://www.nobelprize.org/nobel_prizes/literature/laureates/2012/presentation-speech.html, 2016－05－15.

的动态认知，以停滞的历史视野来看待已发生了巨大变化的中国。比如，西方国家对苏童作品的认识始于《妻妾成群》所塑造的那个充满神秘意象的中国，西方历史上原有的中国形象唤醒了西方读者记忆深处的某些情感，印证了他们想象中的某些东西，从而固化了苏童在外国读者心目中的形象，认为他的小说多是书写幽暗历史和传统女性的，尤其是对小说中东方情调的追求迷乱了当代中国与世界同步发展、改革开放、文明进步的国家形象，这是需要我们以极大的耐心和恒心去加以纠正和扭转的。

三、当代文学对外传播对于原有中国形象的更新重塑

西方的中国形象从一种混杂着知识与情感、主观与客观、社会集体想象与个人独特塑造的“形象”，到趋于“类型”化，形成一套相对固定的表述词汇和意象，最终凝练成一些最基本的、程式化、符号化的模式而成为“原型”。“原型”化的中国形象一旦形成，在很长一段时间内不会轻易改变，这使得中国形象具有某种稳定性。但稳定性并不意味着不可改变。随着中国与西方内在情况的变化以及彼此之间交流沟通的增多，西方有可能改变过去对中国的认识和看法，而中国对自身的观照也会因时而发生变化。从这个意义上说，不管是他塑的还是自塑的中国形象又都具有一定的变动性。从中国形象的历史发展来看，稳定性是相对的，变动性是绝对的。

西方的中国形象塑造史上一个极为突出的现象是在“浪漫化”和“妖魔化”之间摇摆。当代作家如莫言、王安忆、铁凝、张洁、张抗抗、程乃珊、范晓青、池莉、方方等人的作品在西方世界的译介与接受，将一个革旧图新、勇于自我批判和自我反省、生活化同

时又不无对情调追求的多元中国形象，展现在世人面前，给西方既有的中国形象以冲击、调整，一定程度上更新重塑了西方原有的两极化、偏颇化、负面化的中国形象。尤其是我国政府组织的当代小说对外译介，以充满正能量的自塑形象，修复、稀释西方他者有意建构的维护其本国现实的意识形态化中国形象，丰富、补正西方审美视野下营造的乌托邦化中国形象。

中国当代文学自我传播中所塑造的“军人英雄形象”、“时代农民形象”、“知识女性形象”，在很大程度上更新重塑了西方原有的中国形象。

首先，“军人英雄形象”颠覆了西方原有的把中国的军事力量描述成不堪一击，把中国的士兵歪曲为“乌合之众”的看法。早在18世纪欧洲对中国的一片赞扬声中，英国小说家丹尼尔·笛福就在《鲁滨孙飘流记》第二部《鲁滨孙飘流记续篇》(*The Further Adventures of Robinson Crusoe*)和第三部《感想录》(*Serious Reflections during the Life and Surprising Adventures of Robinson Crusoe*)中对中国的军事力量及其组织颇有不屑之词。在他眼里，中国的军队武器装备差，组织能力不强，士兵虽人数众多，却基本没什么战斗力①。美国商人山茂召和威廉·亨特都认为清朝的军事力量薄弱，武器装备陈旧，难以匹敌西方的任何国家②。乌合之众、不堪

①丹尼尔·笛福：《鲁滨孙历险记》，黄杲炘译，上海：上海译文出版社，1997年，第388页。

②Samuel Shaw, Josiah Quincy, *The Journals of Major Samuel Shaw, the First American Consul at Canton. With a Life of the Author*, Boston: Wm. Crosby and H. P. Nicholas, 1847, pp. 190－191; William C. Hunter, *The Fan Kwae At Canton Before Treaty Days: 1825—1844*, Reprinted by Taipei: Ch'eng-wen Publishing Co. 1965, p. 152.

一击、人海战术的定型化形象，是西方在相当长一段时期内对中国军队的认识。1950 年爆发的朝鲜战争是美国人对中国军队认识的转折点，但也从另一个方面说明了西方人眼中曾经的中国军人形象："我们原以为我们只需给他们看看我们的军服，他们就会拼命逃跑。然而他们向我们开了火。""我无法把东方人想象为可怕的、强壮的、能干的士兵。1951 年在朝鲜，我第一次相信它。"① 胆小怯懦、临阵逃脱、没有战斗力是西方从 18 世纪到 20 世纪 50 年代对中国军队的总体印象，而中国官方通过《中国文学》杂志、"熊猫丛书"等当代文学海外传播途径，把一种"军人英雄"形象传递到西方世界，不仅颠覆了西方对中国军队的固有认识，也印证了朝鲜战场上美国军界对中国军人的重新看待："从中国人在整个朝鲜战争期间所显示出来的强大攻势和防御能力中，美国及其盟国已经清楚地看出，共产党中国已成为一个可怕的敌人，它再也不是第二次世界大战时的那个软弱无能的国家了。由于共产党中国有取之不尽的人力资源和坚强有力的领导，因此它也在朝鲜战场上赢得了自己的声誉。"②抗美援朝中涌现出来的英雄在《谁是最可爱的人》、《朝鲜在战火中前进》、《三千里江山》、《上甘岭》等我国官方对外推介的作品中都有深情的歌颂和真诚的崇敬，而美国军官回忆的中美军队在朝鲜战场上的交锋从反面证明了中国人民志愿军的勇敢顽强与强大的作战能力。"联合国军"第一任总司

①哈罗德·伊萨克斯:《美国的中国形象》，于殿利、陆日宇译，北京：时事出版社，1999 年，第 313 页，第 312 页。

②沃尔特 G. 赫姆斯:《朝鲜战争中的美国陆军——停战谈判的帐篷和战斗前线》，见《外国人眼里的朝鲜战争》，http://bbs. tiexue. net/post2_3314853_1. html，2016－03－08。

令道格拉斯·麦克阿瑟特别告诫刚接任美国第八集团军司令的马修·邦克·李奇微不要小看了中国人:“他们是很危险的敌人……常常避开大路,利用山岭、丘陵作为接近路线。他们总是插入我纵深发起攻击。其步兵手中的武器运用得比我们充分……”①经历了八年抗日战争、三年解放战争磨砺的新中国军队,已经完全不是西方原来印象中那个没有抵抗力、组织涣散、装备低劣、士气不振的形象,而是训练有素、纪律严明、能打胜仗的强大队伍,个体志愿军英雄的气概和事迹构建成一个刚毅非凡的军人英雄群体。

其次,当代文学自我传播中所塑造的“时代农民形象”突破了西方中国形象史上他塑的田园中国形象。西方的文化心理中保存着一个诗意的中国以及生于土地、死于土地的勤劳质朴的中国农民形象。从文艺复兴到启蒙运动,西方人心目中的中国是一个理想化的农业帝国,皇亲每年的亲耕仪式延续、兴盛着中国的田园生活。启蒙时期,法国“重农学派”的思想领袖魁奈赞美中国的开明君主专制,说中国疆域广阔,资源丰富,土地肥沃,灌溉便利,交通快捷。皇帝提倡以农为本,经济自给自足。到了20世纪初,一战的浩劫使西方人觉察到自身的工业文明出了问题,一些文化人便带着疗治西方心灵创伤的强烈愿望,来到农业文明保存相对完好的中国,掀起西方新一轮的“中国热”。在这次“中国热”中,审美视野中的田园中国是西方人建构中国形象的核心。英国作家迪金森在《约翰中国佬的来信》中营造了一个田园牧歌式的乡土中国;美国作家赛珍珠风靡整个西方世界的

①沃尔特G.赫姆斯:《朝鲜战争中的美国陆军——停战谈判的帐篷和战斗前线》,见《外国人眼里的朝鲜战争》,http://bbs.tiexue.net/post2_3314853_1.html,2016-03-08。

小说《大地》描绘了中国农民的质朴以及生活中的诗意；英国作家希尔顿的《消失的地平线》构筑了一个远离尘嚣的中国世外桃源——香格里拉。

我国政府主导译介的当代文学作品，展现了农民形象的丰富性、多层次性：从建国前夕觉醒的新一代农民，如《小二黑结婚》中小二黑和小芹对包办婚姻的反抗，《王贵与李香香》对婚姻自由的追求，到投身革命的英雄农民，如《红旗谱》中具有钢铁般革命意志的朱老忠，《新儿女英雄传》里面在战争中锻炼成长的牛大水；从新中国成立初期的社会主义建设者，如《创业史》中一心为公的梁生宝，到新时期改革激发出巨大热情的劳动者，如高晓声描写改革给农民带来新气象的"陈奂生系列"小说；再到 20 世纪 80 年代以后进城谋生的农民工，如小说集《到城里去》中或留城或返乡、或成功或失败的各色进城务工农民。新中国成立以后的农民，在共产党的领导下，完全脱离了西方人想象的窠臼，农民的生产和生活方式、阶层结构、社会心理，都发生了令人感叹和欣喜的变化，与昔日西方人想象中那个终日在土地上用汗水和人力耕作的印象不可同日而语。

最后，当代文学对外传播中自塑的"知识女性形象"也在很大程度上更新了西方对中国女性的旧有认识。西方对于中国女性形象的塑造主要有两种类型模式，一是男人欲望化的他者尤物形象，这是一种被凝视的理想化、想象性形象，在西方的诗歌、小说、散文里均有反映。19 世纪英国散文家兰姆在其《古瓷》里将中国女性描述为娇小华贵、貌若天仙的形象①；托马斯·胡迪在其散

①查尔斯·兰姆：《兰姆经典散文选》，刘炳善译，长沙：湖南文艺出版社，2000 年，第 335 页。

文《茶杯之幻想》中将中国女子视为有着"几乎看不到的小脚"①的神秘东方美人;法国唯美主义诗人、小说家戈蒂耶在其诗作《中国花瓶》里刻画了中国美人的细长眼梢和不盈一握的小脚②。这些西方散文家、诗人笔下的中国女性典雅、精致,是浪漫的伴侣,是神秘的东方美人,是男人凝视和可欲的对象。二是受压制、没有主体意识的依附形象。在很多西方人眼里,中国传统女性的命运从一出生就奠定了,溺死、遗弃女婴的现象比比皆是,美国来华传教士明恩溥、英国作家毛姆都在其作品中谈到旧中国这种漠视女婴生命的残酷行为③。而缠足、"三从四德"的伦理规范和贤妻良母的角色期待使得活下来的中国传统女性也备受禁锢和压抑,成为泯灭主体意识的依附性女性。

当代文学对外传播中自塑的"知识女性形象"则在很多方面突破了西方既有的对中国女性的认知模式。新中国成立以来的中国女性既出离了男人欲望化的想象,亦摆脱了受压制的依附地位。她们不仅不再依附于父亲、丈夫,而且从禁锢在家庭中的小天地,走向各行各业的大舞台,成为有理想、有抱负的职业女性。中国官方推介的《张洁小说选》刻画了自强不息的知识女性;在国外得到良好接受的《人到中年》中女大夫陆文婷兢兢业业、对病人高度负责、为事业无私奉献的精神,体现了一代知识

①Mimi Chan, *Through Western Eyes: Images of Chinese Women in Anglo-American Literature*, Hongkong: Joint Publishing, 1989, p. 104.

②阿波利奈尔:《法国诗选》,程曾厚译,上海:复旦大学出版社,2004 年,第 314 页。

③明恩溥:《中国人的素质》,秦悦译,上海:学林出版社,1999 年,第 156 页;W. Somerset Maugham, *The Painted Veil*, London: Penguin Books, 1925, p. 118。

女性对理想矢志不移的追求和崇高伟大的品格；还有《青春之歌》中的林道静、《大雁情》中的秦官属、《爱，是不能忘记的》中的钟雨……这些自强、自尊、自立的知识女性，以积极进取的姿态，坚忍不拔的毅力，开拓进取的精神，张扬了女性的主体意识，撑起了自己头顶上的那片天空，改写了"弱者，你的名字是女人"的传统认识，活出了生命的厚度、强度与力度。她们是人格独立、事业有成、走在时代前沿的杰出女性，和西方传统印象中那个依附于男人、禁锢在家庭中的角色相比，有着沧海桑田般的改变。

在当代文学的对外传播中，不仅自塑形象有对既有西方之中国形象的更新重塑，他塑的中国形象也体现了中国与时俱进的新面貌，比如"改革中国形象"、"世俗中国形象"等，都与历史上西方塑造的中国形象有很大的不同。

"改革中国形象"改写了盘踞在西方人内心深处"停滞的帝国"形象。停滞的中华帝国形象出现在启蒙运动后期，一直到20世纪初都在左右着西方人对中国的认识。法国传教士杜赫德在《中华帝国全志》中一方面赞叹中国的广袤与悠久，一方面又流露出对其停滞的隐忧："四千多年间，中国的君主一成不变地统治着他的臣民，百姓的服饰、道德、风俗、习惯与其祖先的完全一致……毫无变化和进步。"①英国经济学家亚当·斯密曾总结出三种社会类型：进步的社会、停滞的社会、衰退的社会，而中国在他看来属于停滞的社会。法国启蒙作家、思想家伏尔泰在歌颂中国开明君主专制的同时，也注意到中国的停滞：有着"4000 年历史

①J. B. Du Halde, *The General History of China*, trans. John Watts, Vol. 1, printed for J. Watts, sold by B. Dod, 1736, p. 237.

的中国恒一不变”①。

西方人眼中这种停滞的中国形象一直持续到20世纪。20世纪初，停滞的中华帝国形象开始出现断裂和转型。鸦片战争以后大批西方人进入中国，从而带来中西关系深化、中国自身师夷长技以制夷的变革思想、西方现代性观念自身的变化，促动西方人眼中停滞的中国形象向进步的中国形象转型，及至20世纪70年代，中国进步的速度和程度令西方人感到惊羡。但这种不无神化的进步中国形象在“文革”之后很快被发现是一种虚幻的假象，西方从暴露“文革”的真相开始，对进步的中国形象进行清算。真正确立进步中国形象的，是新时期以来的改革开放。蒋子龙的《乔厂长上任记》中乔光朴不屈不挠、一往无前的改革决心，敢作敢为的英雄锐气，向陈规积习开刀问斩的凌厉作风，让西方人看到了中国正在向现代化的西方靠拢，而西方从20世纪70年代末期以来，衡量一个社会进步与否的标尺是它与西方的行为和价值观的趋近程度，也就是我们通常所说的西方化程度。尽管中国政府一再声称中国发展的目标是现代化，但西方却将现代化视为西方化，认为自己已经实现了现代化，作为现代化的领跑者，他们欣喜地看到中国正走在现代化的进程中。而且，中国改革开放期间消费主义的盛行也让西方看到了自己的影像。在西方人看来，现代化、消费主义和西方化、资本主义紧密相连。尽管西方对中国改革开放的理解，同中国改革开放的真正目标和意图有偏离之处，但西方人所接受的“改革中国形象”在很大程度上更新了沿袭已久的停滞中国形象，重塑了阔步向前、发展进步的中国形象。

①周宁：《天朝遥远：西方的中国形象研究》（下），北京：北京大学出版社，2006年，第432页。

西方在对中国当代文学的译介与接受中塑造的“世俗中国形象”既不同于“中国热”时期所塑造的现实生活中的“中国风”形象，也不同于对中国生活中的某些阴暗面，譬如溺死女婴、裹脚、吸鸦片陋习的刻意渲染。自马可·波罗以降，大批西方商人、传教士、旅行家来到中国，他们通过贸易、报告、游记、著述，将中国文化传播到欧洲，在欧洲社会引起巨大反响，到17、18世纪形成席卷欧洲的“中国风”，主要表现为对中国光洁的瓷器、飘逸的丝绸、健体的茶叶和精巧的园林艺术的赞赏、使用与模仿。

西方传统上对世俗中国的认识中，除了对“中国风”的热衷外，还有另一副面影，这就是对百姓生活中溺死女婴、裹脚习俗、吸鸦片嗜好的负面认知。对于旧中国存在的溺死女婴现象和裹脚习俗，西方来华传教士和一些西方作家多有批判。除此之外，“男女僵卧吸食鸦片烟”①也是19世纪西方文化中的一个典型中国形象。马克·吐温在《苦行记》中记录了唐人街上陶醉在鸦片烟雾中的中国人②，威廉·诺尔在短篇小说集《中国城集景》中将每一个中国人都视为吸鸦片、酗酒、赌博之人。凝结在鸦片上的中国形象，是堕落、愚昧、沉睡、麻木、黑暗、野蛮、残酷的中国形象。

当代文学对外传播中他塑的“世俗中国形象”，与西方历史上的世俗中国形象——不论是“中国热”时期对中国瓷器、丝绸、茶叶、园林艺术的追逐，还是19世纪对中国溺婴、缠足、吸鸦片的批判，都已全然不同。“新写实小说”、“新生代”作家、“八〇后”作家

①郭嵩焘:《郭侍郎奏疏》卷十二，台北:艺文印书馆，1964年，第14页。

②马克·吐温:《苦行记》，刘文哲、张明林译，重庆:西南师范大学出版社，1994年，第281页。

等,都是西方把握中国新时期脉搏而青睐的当代作家作品。新写实小说中池莉对市民阶层的世俗人生进行了还原生活现场、深入生活底蕴的描写,以积极乐观的民间智慧,在芸芸众生的“烦恼人生”中寻找别样的情怀。刘震云描绘了在官场的权力网中挣扎沉浮的中下层公务员,他们一言难尽的酸楚和苦痛,拙朴自然地裸露出来。新写实作家们以最普通的人在最凡俗的生活中,经历的最普通的事,体验的最本真的感受,传递出最贴近原生态的生活。莫言对农民的生存状况、居行环境、心理状态、文化品性的全方位观照,传递出农民这个中国最广大的阶层在时代巨变中物质和精神的蜕变。“新生代”、“八〇后”作家以另一种姿态切近现实生活,传递了新一代年轻人追新求异、放荡不羁的生活样态。当代文学对外传播中他塑的“世俗中国形象”极大地更新了世界对中国的想象和认识。西方视野中的古老中国呈现出新的样貌,“世俗中国形象”对生活近距离的观照带来外国人对中国情感上的亲近,接触、了解一个现实的中国对他们来说具有更大的吸引力。互补、互鉴、互证、互察是塑造异国形象不变的旋律,不管是印证、补充自己的想象,还是彰显、张扬自身的优越性,都在对异国的形象塑造中获得满足。

相对于继承延续,更新重塑更值得我们关注,因为它指向现在和未来。过去的中国形象已成为历史的岩层,无法湮没和清除,而现在和未来的中国形象可以改变和重塑。一个民族的活力和在世界格局中的位置最终取决于她的未来和前景。世界曾经是中国的世纪,八方来朝的盛况永远是激励我们的一个尺度,她像一幅旖旎的愿景,成为我们超越自身、强大自我的价值指针。心怀重现中国世纪的梦想,在今后的中国形象更新重塑上,我们要致力于往好的方面更新,往有利于中国发展的方向重塑,不仅在自塑形象方面握有主动权，在他塑形象中也施加有效的影响，努力缩小国内、域外对中国形象认识和评价的反差，形成自塑、他塑趋于一致的美好中国形象。

（原载《山东师范大学学报（人文社会科学版）》2017 年第 1 期）

当代文学对外传播中的中国形象建构

——以莫言作品为个案

一、文学在建构中国形象方面的独特作用

英国前首相丘吉尔曾说，他“宁可失去印度，也不愿失去莎士比亚”①，这说明文学在塑造国家形象方面起着不可忽视的作用，人们通过阅读一国的文学作品形成对于该国的印象，而国家也通过文学创作塑造、传播着自身的形象。文学成为国家的一种影像。

文学作为塑造与传播中国形象的一个重要实践领域，较之新闻媒体、政治经济、国际关系领域展现的中国形象，具有较高的价值信任度。新闻媒体常常被西方人视为中国政府的官方喉舌和舆论工具，加之新闻在表述上的概括性、程式化特点，难以赢得他们的认同。政治经济、国际关系领域所展示的中国形象，由于政治性强、利益冲突明显，也不易为外国人接受。而文学在西方人看来是一种普罗大众的交流方式，与政治保持着一定距离，因而

① Gotelind Müller, *Documentary, World History, and National Power in the PRC: Global Rise in Chinese Eyes*, New York: Routledge, 2013, p. 74.

其塑造的中国形象在外国人看来具有更高的可信度。葛浩文说道:“美国读者更注重眼前的、当代的、改革发展中的中国。除了看报纸上的报道,他们更希望了解文学家怎么看中国社会。”①

文学作品塑造的中国形象除了具有较高的价值信任度外,还具有良好的可接受度。文学通过生动鲜活的人物,跌宕起伏的情节,丰富多维的生活现象,向世界展示丰满充盈的中国形象,这种形象既源于现实又高于现实,蕴涵着作家的审美理想,寓中国形象于审美愉悦之中,潜移默化地影响到异国读者对中国的整体认知。一般来说,普通读者往往没有时间、精力和条件去阅读某个国家的历史来了解该国,他们更多地通过小说、诗歌、散文、游记、电影、电视剧等形成对于这个国家的认识。我们通过美国小说及其派生出的电影、电视剧对美国的了解,比阅读美国的历史、政策要多得多。同样,中国文学及其派生作品中塑造的中国形象更容易为西方人悦纳,成为中国形象传播的一个重要途径。

文学建构的国家形象一旦形成,就具有长久效应。“政治和传媒中的国家形象塑造,基本上对应于具体的境遇,有针对性地做一种塑造之功,达到一种具体的目的;而艺术形象则是一种相当稳定的,甚至带有永恒性的创造。一个再伟大的政治行为和媒体行为,都会很快成为过眼云烟,而伟大的艺术形象一旦产生,就永垂不朽”②。文学作品中塑造的积极正面的国家形象会变成一种良好的声誉资本,长久地影响到世界上其他国家对该国的认识,甚至会形成一种定型化形象,潜在地、长期地发挥作用。譬如

---

①罗屿:《葛浩文:美国人喜欢唱反调的作品》,《新世纪周刊》,2008 年第 10 期。

②张法:《国家形象概论》,《文艺争鸣》,2008 年第 7 期。

在西方的中国形象史上,“哲人王”是一个关于中国的正面定型化形象。从13世纪的《马可·波罗的游记》、14世纪的《曼德维尔游记》,到地理大发现之后的许多来华传教士,都在中国看到一个仁慈、公正、勤勉、富有智慧与德行的帝王,他们将帝王的言行、品德与中国古代哲人孔子联系起来,建构起一个关于中国的正面定型化形象——“哲人王”,推崇中国的“哲人政治”,使之成为西方“中国热”的一个重要方面。到了18世纪末期,随着欧洲“中国热”的落潮,“哲人王”一词沉入西方人的潜意识深处,但由于定型化形象的持久性和多语境性,“哲人王”一词在20世纪毛泽东领导的中国时代开始复活。美国的三位记者——斯诺、史沫特莱、斯特朗于20世纪30年代先后到中国红色边区采访,将一个生机勃勃,到处平等、民主的红色中国及其领袖——集学者、哲人和领袖于一身,散发出“哲人王”魅力的毛泽东呈现给西方。而新中国成立之初,毛泽东领导的中国在经济上飞速发展,特别是用毛泽东思想教育出来的社会主义新人乐观向上,互助合作,团结友爱,更让20世纪中期陷入精神困境的西方人刮目相看。中国再次成为道德理想国,而执掌这个国家的是一位智慧完美的“哲人王”——毛泽东。时至今日,这一西方人的中国梦不只是沉淀在西方的文学作品、史料典籍当中,也现实地影响着他们对中国的看法和认识。

文学建构的中国形象不仅具有长久性和多语境性,而且具有重塑性和更新性。中国当代文学创作是动态的、历时发展的,虽不能完全同步地反映社会生活的变迁,但富有时代使命感的作家会选择一些重大的、反映时代巨变的题材,如莫言的《蛙》、《天堂蒜薹之歌》、《酒国》等,从文学的维度不断重塑中国形象,更新着世界对中国的观感和评价,发挥文学作品既塑造又传播中国形象的功用。

二、莫言作品对外传播中构建的中国形象

莫言可以说是新时期作家中作品译成外文最多的作家，其作品《红高粱家族》、《天堂蒜薹之歌》、《酒国》、《生死疲劳》、《蛙》等在国外受到广泛关注。特别是莫言获得诺贝尔文学奖，不仅提升了中国文学在域外读者心目中的地位，为当代中国形象的域外传播提供了难得的机遇，也有助于改变国外某些文学批评家的偏见。曾炮轰中国当代文学是“垃圾”的德国汉学家顾彬在获知莫言获得诺贝尔文学奖之后表示：“无论如何，我最近不得不思考自己的价值观、我的标准等。”①可见莫言获诺贝尔文学奖不仅塑造着中国形象，也更新着世界对中国文学的认识。莫言的作品承载着哪些构建中国形象的信息？莫言及其作品在对外传播中建构了怎样的中国形象？这是我们接下来要探讨的问题。

莫言是一个关注当下题材的作家，他在创作时并不回避当前社会中存在的问题，而是大胆揭露改革过程中出现的腐败现象，批判党内的官僚主义作风，反思新中国成立以来经济领域采取的某些措施，反省计划生育实施过程中的得与失，表现出一个富有政治使命感和社会责任感的作家所具有的主人翁精神。

首先，莫言的作品建构了一个批判的中国形象。建构积极的国家形象并不等于掩盖问题，粉饰太平，揭露社会主义建设中存在的问题更能彰显中国恢宏、自信、开放、包容的大国风范，关键是要反映中国人民面对这些问题时的心态和解决问题的方法与勇气。

①顾彬：《我应该再思考我原来的立场吧》，《南方周末》，2012年10月18日。

改革开放之初，山东苍山发生了震惊全国的蒜薹事件。农民按照县政府的旨意大面积种植蒜薹，结果丰收的蒜薹卖不出去，请求县政府帮助时，县政府却疏于过问。作家的责任感和使命感让莫言放下手头正在进行的创作，用一个多月的时间写出反映弱势群体诉求，批判党内存在的官僚主义作风的长篇小说《天堂蒜薹之歌》，揭露那些"打着共产党的旗号糟蹋共产党声誉的贪官污吏"①，批判官官相护的官场腐败现象，"在蒜薹事件中犯有严重错误的原天堂县委书记和原县委副书记"在掩人耳目的学习检讨之后，又到异地任职②，就像蒜薹事件没有发生过一样。《天堂蒜薹之歌》在为民请愿、帮助执政党克服改革进程中存在的弊端等方面，发挥了文化软实力的作用。

莫言的《酒国》则直接揭露和批判新时期改革过程中存在的问题，尤其是个别领导干部的腐败作风。小说中的侦查员丁钩儿原本奉命前去调查"红烧婴儿"案件，却在当地党委书记的怂恿下吃了红烧婴儿这道菜。小说中的人物——作家"莫言"被邀请到酒国参加《酒法》起草小组，在与市委书记同席的铺张浪费的宴席上，市委宣传部副部长金刚钻竟然唱起大段"不畏强权、反腐倡廉的戏文"③，何其讽刺！

在《檀香刑》中，莫言将批判的矛头指向知识分子。以钱丁为代表的知识分子因对上级曲意逢迎，失去自己独立的人格，成为命运的玩偶而处于一种压抑和煎熬状态。在以上作品中，莫言对农村的官僚主义作风，酒场上的腐败风气，知识分子的尴尬人生，

①莫言：《天堂蒜薹之歌》，北京：当代世界出版社，2003 年，第 220 页。
②莫言：《天堂蒜薹之歌》，北京：当代世界出版社，2003 年，第 271 页。
③莫言：《酒国》，上海：上海文艺出版社，2008 年，第 333 页。

都做了鞭辟入里的剖析。

《天堂蒜薹之歌》、《酒国》、《檀香刑》等都是译成外文后较受关注的作品，“莫言作品的东方特质与文化上的冲击足以引起西方读者的兴趣”①。国外的评价有很多也强调这些作品的批判色彩。莫言作品的主要英译者葛浩文评价道：“莫言的《天堂蒜薹之歌》以激越的元小说形式，暴露了地方官员的贪污腐败”，“《酒国》更是对中国当代社会的尖锐批评……莫言以拉伯雷式的风格对中国社会的某些方面进行了批评和讽刺”②，“《檀香刑》可以解读成对……盲目西化的批评……对那些被侮辱、被损害的人们表现出怜悯之情”③。

莫言是一个善于揭出社会脓疮、腐败毒瘤的作家，但他的批评又是善意的、有节制的。莫言在小说中批判的现象是执政党致力于解决的，同时也是广大民众所关心的问题，可以说莫言小说中的批判意识从主旨上顺应了民意，也与执政党的理念相一致，因而在调节公共权力关系，塑造中国形象方面，发挥了不可忽视的作用。

其次，莫言的作品建构了一个反思的中国形象。这方面比较典型的是《蛙》和《生死疲劳》。

《蛙》选取了敏感的计划生育题材，追问生育制度在历史进程中的意义，塑造了具有“当下性”和“现场感”的中国形象。计划生育是基于中国国情实施的一项基本国策，但在国际社会上也遭到

---

①许方、许钧：《翻译与创作——许钧教授谈莫言获奖及其作品的翻译》，《小说评论》，2013 年第 2 期。

②Howard Goldblatt，“Mo Yan's Novels Are Wearing Me Out，”*World Literature Today*，2009 (4).

③汉斯约克·比斯勒-米勒：《和善先生与刑罚》，廖迅译，《当代作家评论》，2010 年第 2 期。

来自“人权”方面的非议。正因为如此，许多当代作家在创作时往往规避这类敏感题材，而莫言则在自己的创作中直面别人熟视无睹或不便言说的题材，表现出了难能可贵的责任担当意识，显示出知识分子应有的理性审视和批判精神。他这样说：“直面社会敏感问题是我写作以来的一贯坚持，因为文学的精魂还是要关注人的问题，关注人的痛苦，人的命运。而敏感的问题，总是能最集中地表现出人的本性，总是更能让人物丰富立体。”①

莫言在小说《蛙》中对计划生育题材的处理没有丝毫的闪烁其词，而是表现出冷静、客观、公正、全面的态度，既让我们看到了计划生育具体实施过程中一些有违人性的行为，也展现出计划生育政策的必要性与合理性，在时代需求与伦理传统二者之间不可调和的矛盾中反思民族的发展历程。莫言在《蛙》中所塑造的反思的中国形象将个体的反思和国家的发展进程紧密联系起来，并通过姑姑万心这一个体来完成。乡村女医生万心是时代造就的人物。一方面，作为妇产科医生，她接生了无数的婴儿，救过很多母亲的性命；另一方面，作为计划生育的直接领导者和具体执行者，她又流产了无数的婴儿，甚至造成母子双亡事件。莫言用一个乡村医生别无选择的命运，折射出中华民族在新的历史时期所经历的困难和考验，在肯定计划生育政策政治正确的同时，又从生命伦理层面拷问我们的灵魂，引发读者对计划生育政策与生命伦理的深度思考。在具体操作时莫言没有感情用事，没有简单地或武断地采取赞成或反对、歌颂或批判的立场，而是采用辩证思维，在对生命本体的追问中凸显出哲学沉思品格。

---

①莫言：《听取蛙声一片——代后记》，《蛙》，上海：上海文艺出版社，2012年，第343页。

《生死疲劳》反思新中国的历史，揭示因荒诞的历史造成的个体悲剧，追问荒诞历史进程中人性的复杂性。宏大叙事中心肠狠毒、恶贯满盈的地主，翻身得解放后踊跃入社的憨厚农民，在莫言笔下变身为心地善良、常做善事、土改时被枪毙的地主西门闹，新中国成立初期坚决不入社、"文化大革命"期间被当作走资本主义道路的黑典型游街批斗、十一届三中全会后又经历土地承包的单干户蓝脸，莫言反思着普通的个体生命在历史沉浮中被肆意摧残的可悲处境。

作为莫言近期创作的两部重要作品，《生死疲劳》和《蛙》译成外文后因对中国历史的独特书写引起海外评论者的关注。著名汉学家史景迁撰长文评论《生死疲劳》，认为"莫言的最新力作《生死疲劳》……如史诗般壮丽，横跨 1950 年到 2000 年这段被称为中国改革时代的历史时期……它带领读者进行了一次跨越历史时空的旅行……可以说这部小说是莫言对历史忠实反映的一部政治性长剧……以讽刺、幽默以及莫言特有的叙述方式震撼着读者"①。该小说的英译者葛浩文则说，《生死疲劳》是一部"充满野性和创造力的小说……除了元小说因素外，还有无处不在的黑色幽默和超凡想象"②。《华尔街日报》刊文说："《生死疲劳》是一部通过一个地主的多次投胎转世，揭示中国历史的喜剧性史诗。"③法国巴黎第三大学比较文学研究中心教授张寅德从生命政治学

① Jonathan Spence, "Born Again," *New York Times Book Review*, 2008-05-04.

② Howard Goldblatt, "Mo Yan's Novels Are Wearing Me Out," *World Literature Today*, 2009 (4).

③ Robert J. Hughes, "Born Again: Chinese Author Mo Yan Weaves an Absurdist Reincarnation Tale," *Wall Street Journal* (Eastern edition), 2008-03-15.

的角度探讨了《蛙》中表现的计划生育问题，指出该小说不仅展现了计划生育政策在实施过程中酿成的惨剧，还批判了商业化对人性的异化，极权对人的尊严的践踏，呼吁尊重人的根本权利，抵制道德衰落，重建人口生态。①

有学者指出："有无忏悔意识，可以说是一个民族、一个政治组织、一个国家优劣等级的重要尺度之一，这也是一个作家是否能成为世界级作家的重要尺度之一。"②莫言自身具有的忏悔意识让他对计划生育问题进行现代性反思，以人文主义的情怀审视、反思历史现场，带给读者强烈的心灵震撼。

三、中国文学对外传播中的西方想象中国问题

所谓想象中国是指西方对中国的认知和理解，与客观的现实有一定距离。在不同文化的传播与交流中，由于主客观原因，或多或少会出现想象对方的问题。从客观上来说，地理距离的遥远、沟通渠道的不畅通、信息掌握的不全面、理解的不到位，都会导致对异国的想象；从主观上来看，人类需要一个异己的空间来表述自我、确认自我、建构自我、彰显自我，想象是其得以实现的重要方式。在中国当代文学的对外传播中，西方对中国的想象一定程度上影响了对当代中国的正向认知，我们此处以莫言获诺贝

① Zhang, Yinde, "The (Bio) political Novel: Some Reflections on *Frogs* by Mo Yan," *China Perspectives*, 2011 (4).

② 王源:《莫言茅盾文学奖获奖作品〈蛙〉研讨会综述》,《东岳论丛》,2011 年第 11 期。

尔文学奖为例略作分析。

首先,我们考察一下莫言的诺贝尔文学奖颁奖词暗示着西方认可、接受了一个怎样的中国形象。在瑞典文学院成员、诺贝尔文学奖委员会主席瓦斯特伯格为莫言获奖的致辞中,我们看到这样的字句:莫言"向我们展示了一个被人遗忘的农民世界","一个没有真理、常识或缺乏同情心的世界,这个世界中的人鲁莽、无助且可笑","莫言笔下的人物……甚至用不道德的方式和手段实现他们的生活目标,打破命运和政治的牢笼","中国历史上重复出现同类相残的行为"①。通览全文,全无我们期望中对中华民族悠久历史文化内涵的推崇,相反,表现的却是一个落后、荒蛮的农业化时代,中国农村、农民形象被打上了落后、愚昧、迟钝的标签,似乎生活在现代文明之外。这是西方在用自己的观念遥想中国现实,以停滞的眼光看待不断改革开放的中国,把中国的现实等同于历史。诺贝尔文学奖委员会的这些表述虽然有助于说明莫言作品的"魔幻"色彩,但也造成了海外对中国形象的负面认识。

为什么给莫言的颁奖词中出现了中国落后、愚昧、停滞的一面?这和异国形象的特征与功能有一定关系。从特征上来讲,异国形象具有主体欲望的投射性。"任何一种异国形象都既在一定程度上反映了本民族对异族的了解和认识,以及异国文化在本国的介绍、传播、影响和诠释情况,同时也折射出本民族的欲望、需求和心理结构"②。从功能上来看,异国形象具有言说"他者"和

① Per Wästberg,"Award Ceremony Speech,"http://www.nobelprize.org/nobel_prizes/literature/laureates/2012/presentation-speech.html,2014—09—15.

②姜智芹:《文学想象与文化利用——英国文学中的中国形象》,北京:中国社会科学出版社,2005 年,第 15 页。

言说“自我”的双重功能。法国比较文学学者巴柔说:“‘我’注视他者,而他者形象也传递了‘我’这个注视者、言说者、书写者的某种形象。”①西方在莫言的诺奖颁奖词中借想象中中国的落后、愚昧、停滞,来言说自己的发达、文明、进步。这种中国形象思维定式在启蒙时代就确立了。启蒙运动后期西方开始用野蛮、愚昧指涉东方,“当西方现代文化整体自我认同文明时,被他者化的东方则成为野蛮的代表”②。同样,停滞的中国形象也出现在启蒙时代的西方。当西方确认自身进步的形象时,“停滞”的中国形象就应运而生。当然,野蛮、停滞并非中国的实情,而是西方出于认同自身文明、进步观念的需要制造出来的。愚昧、停滞、落后的中国形象成为一种定型化认知,或隐或显地影响着西方对中国的认识与评价,在莫言的诺贝尔文学奖颁奖词中也不例外。

其次,我们分析一下莫言获诺奖后西方媒体的报道。瑞典文学院诺贝尔奖评审委员会宣布莫言获奖后,第一时间引起世界各大主流媒体的关注。英、美、加拿大、澳大利亚、新加坡等国先后进行了报道,内容涉及获奖人、获奖者国籍、获奖评语、莫言的主要作品及莫言本人的生平简介、莫言对此事的第一反应、中国政府对莫言获奖的祝贺等等。应该说这是国际媒体对于一个新闻事件的第一反应,是正常的,不带多少偏见和倾向性。但国外媒体对莫言获奖的报道很快就发生转向,从新闻性报道转向政治层面的指责,并炒作成对中国话题的兴趣。莫言作为体制内作家的

①孟华主编:《比较文学形象学》,北京:北京大学出版社,2001年,第157页。

②周宁:《天朝遥远:西方的中国形象研究》(下),北京:北京大学出版社,2006年,第701页。

身份、莫言的政治姿态甚至中国的自由民主，都成为国外媒体借助莫言获奖一事热衷议论的话题。这说明在西方人的想象里，只有持不同政见、对政府发出抗议的中国作家才有可能获得诺贝尔文学奖，而全然不顾该奖的根本宗旨——文学成就这一唯一的标准。西方媒体在报道莫言获诺奖一事上将文化新闻政治化，囿于意识形态的偏见而戴着“有色眼镜”审视莫言，表现出极大的政治化扭曲倾向，影响了对中国文学的正面评价。

最后，莫言的诺奖颁奖词还反映了西方对乡土中国的想象与迷恋。莫言的作品“向我们展示了一个被人遗忘的农民世界”，这是对莫言创作特征的准确概括，莫言自己也说过：“土，是我走向世界的一个重要原因。”①颁奖词中提到的莫言的几部重要作品都是对中国农村生活的书写。《丰乳肥臀》讲述农村母亲的“坚强与不屈不挠”；《酒国》反映了农村的“重男轻女，女孩连被吃的资格都没有”；《蛙》记录了农村的“计划生育”②。当然，颁奖词中没有提到的莫言的其他作品也都扎根于高密东北乡这块土地。《天堂蒜薹之歌》表现农民的艰辛，《红高粱家族》叙述农民抗日的故事，《四十一炮》讲述农村的改革，《生死疲劳》记述新中国成立后农村 50 年的历史变迁……

莫言对乡土中国的书写之所以能打动西方读者，赢得诺贝尔文学奖的青睐，原因之一是西方的中国形象史上有一条乡土中国的形象链。周宁指出：“一种文明将另一种文明作为‘他者’的认知与想象，往往具有某种原型性，它超越历史的意义源头。人们

①舒晋瑜：《莫言：土，是我走向世界的原因》，《中华读书报》，2010 年 2 月 3 日。

②Per Wastberg, “Award Cermon Speech,” http://www.nobelprize.org/nobel_prizes/literature/laureates/2012/presentation-speech.html, 2014－09－15.

可能在特定的历史环境下局部地改变或偏离它，但又总是不断地回复到那个原型。”①诺奖颁奖词对莫言作品的评价向西方人展现了一个乡土中国形象，而这个形象在西方的中国形象链条上时有呈现，它作为原型存在着。

莫言的作品讲述农民的悲喜苦乐，其所包含的意义在西方的中国形象史上早已存在。西方的文化心理中保存着一个乡土中国以及生于土地、死于土地的中国农民形象，这种想象可一直追溯到古希腊关于极远的丝人国的传说，当时的西方人异想天开地认为中国的“某些树枝上生长出了羊毛”，“人们可以利用这种羊毛纺织成漂亮而纤细的织物”②。从文艺复兴到启蒙运动，西方构筑了一个孔教乌托邦神话，在这个神话里，中国是一个理想化的农业帝国，皇帝重视农业生产，举行亲耕仪式，百姓在祖先留下的土地上耕耘稼穑，知足常乐。19世纪对中国抱有好感的英国文人卡莱尔赞叹中国皇帝每年春天的扶犁举动：“他严肃地扶着犁耙，开出一条醒目的红色犁沟。”③20世纪初，英国作家迪金森在《约翰中国佬的来信》中描画了一个田园牧歌的乡土中国：“在这个可爱的山谷生活的千百万人……耕耘着从父辈那里继承来的土地，用自己的辛勤汗水浇灌后再传给子孙后代。”④30年代，美国作家赛珍珠的《大地》讲述了勤劳淳朴的中国农民王龙和阿兰执着于土地的故事。60年代前后，毛泽东领导的新中国再一次被

①周宁：《龙的幻象》(上)，北京：学苑出版社，2004年，第116页。

②周宁：《2000年西方看中国》，北京：团结出版社，1999年，第8页。

③柳卸林主编：《世界名人论中国文化》，武汉：湖北人民出版社，1991年，第395页。

④G. Lowes Dickenson, *Letters from John Chinaman*, London: J. M. Dent & Sons, 1913, pp. 20—21.

西方人描绘成田园乌托邦:“在黄河岸边、长江谷地,生活着一个健康的民族,他们丰衣足食,安居乐业,文雅知礼,幸福和睦地生活在社会主义制度下……”①莫言讲述的中国农民的故事和对农村生活场景的描摹触发了西方人这一中国形象认知原型,他们有一种熟悉感和怀恋情怀。如果说莫言对中国农村生活和农民情感的描写确实有超越这一印象传统之处:他笔下的农民是一个矛盾而又和谐的统一体,他们既淳朴、温顺、坚忍,又狡黠、懦弱、无知;他小说中的乡土不再是梦中的家园、和谐理想的世界,而是弥散着苦难和悲剧的所在,但西方读者对莫言小说的接受却并未超越这一传统,想象固执地左右着西方人对中国形象的认知。

结　语

当下文学对外传播中的西方想象中国问题,从深层上来讲体现了西方人对于中国发展的态度和他们意欲塑造的中国形象。基于意识形态的不同、社会制度的差异,西方人对新中国一直怀有一种警惕心理,害怕这个巨大的“异己”分享他们独占的利益,威胁其在世界上的霸权地位,因而他们竭力将中国形象塑造成“应该有的样子”,将中国文学描述为“应该有的样子”。想象往往比知识更重要,在西方的中国形象塑造史上,想象从来都不曾缺席。对逝去的农业文明和田园生活的怀恋,对中国发展崛起的焦虑与担忧,幻化为乌托邦式和意识形态式的两极形象,而这一认

① Paul Hallander, *Political Pilgrims: Travels of Western Intellectuals to the Soviet Union, China and Cuba, 1928—1978*, New York: Oxford University Press, 1981, p. 316.

知模式是西方对亚洲其他国家，如日本、韩国、印度等所不曾有的。以莫言为代表的中国新时期作家已经走向世界，用文学作品向西方讲述生动、鲜活的中国故事，已在改变西方对中国的传统认知和固有印象，向世界输出着正能量和中国核心价值观。当代文学通过对外传播成为中国形象建构的重要力量，有利于我国在实现中国梦和中华民族伟大复兴的征程中更有针对性地制定对外政策，更好地参与建构国际政治、经济、文化新秩序和新型国际关系。

（原载《人文杂志》2015 年第 1 期）

外国文学编

经典诠释的无限可能性与限定性

经典作品的诠释与过度诠释是当前学术界关注的一个重要问题。本文的题目似乎有些矛盾,既然是无限可能的,怎么又是限定的?其实,这里的"无限可能性"指经典作品由于其命题的通约性、内涵的蕴藉性等特征,在不同时代、不同读者的视域中,有各种不同的诠释,概指经典诠释的不确定性。"限定性"指对经典的诠释又不是读者的任意解读,它还需要一个限度,要以"本文意图"和"历史语境"为界限,否则,某些偏离本文而一味追求方法论的创新,刻意于措辞用语新奇、刺激的"过度诠释",只会令人茫然而难以理解。

一、经典及其特征

何为经典?对这个命题的界定不一而足。《辞海》上关于经典的第一个义项是:"最重要的、有指导作用的权威著作。"①佛克马和蚁布思在《文学研究与文化参与》一书中对经典有多重界定,第一种是:"精选出来的一些著名作品,很有价值,用于教育,而且

①夏征农主编:《辞海》,上海:上海辞书出版社,1999年,第3140页。

起到了为文学批评提供参照系的作用。"①在英语中与"经典"对应的词有两个：canon 和 classic。Canon 最初来自希腊字 kanon，意为度量用的"芦苇"或"棍子"，后来延伸为"尺度"。基督教出现后，经典逐渐成为宗教术语，公元 4 世纪时指合法的经书、律法和典籍，特别是与《圣经》新、旧约以及教会规章制度有关的文本。大约在 18 世纪以后，其使用范围扩大到文化领域，文学经典（literary canon）便应运而生。另外一个与经典相对的词是 classic，它源自拉丁文的 classicus，意为"第一流的"、"头等的"，指"公认的、堪称楷模的优秀文学和艺术作品，对本国和世界文化具有永恒的价值"②。根据北师大刘象愚教授的考察，classicus 一词最初是"古罗马税务官用来区别税收等级的一个术语，公元 2 世纪的罗马作家奥·格列乌斯用它来区分作家的等级"③。文艺复兴时期，人们开始用它来评价作家，并引申出"出色的"、"杰出的"、"标准的"等含义。再往后，人们把它和"古代"联系起来，并逐渐成为"典范"、"标准"的代名词，古希腊、罗马作家就成了经典作家。

从以上对经典的界定和其渊源、流变的考察可以看出，经典指那些能够产生持久影响的伟大作品，它构成一个民族的文化传统，以相对固定的方式进行着文化传承。

为什么说对经典的诠释有着无限的可能性？这同它的本质

---

①佛克马、蚁布思：《文学研究与文化参与》，俞国强译，北京：北京大学出版社，1996 年，第 50 页。

②普罗霍罗夫总编：《苏联百科词典》，北京：中国大百科全书出版社，1986 年，第 625 页。

③刘象愚：《经典、经典性与关于"经典"的论争》，《中国比较文学》，2006 年第 2 期。

特征或者说品格有关。经典文学作品大致有以下四个方面的特征：

首先，经典具有丰富的蕴藉性和原创性。它既描写了作家生活的广阔时代，又熔铸着作家本人隽永深刻的思想，涉及人类社会生活和精神生活中的重大观念，对社会的发展、人类文明的进步具有不可忽视的促进作用。比如西方文学源头之一的《荷马史诗》、但丁的《神曲》、莎士比亚的悲喜剧、歌德的《浮士德》等等，都是这样的作品，它们以对政治、历史、宗教、文化、婚姻、家庭等许多方面的涉及，而成为"百科全书"式的作品。另外，经典作品所包含的这些思想、观念还应该富有原创性，它不应是重复前人或别人已经说过的东西，而要有所创造，有自己独到的发现。一般来说，经典的创造性和新发现越多，其经典性就越强。比如但丁，作为一位跨世纪的文化巨人，他的《神曲》一方面表现出中世纪文学的特征，如采用中世纪流行的梦幻文学形式，贯穿全诗的主导精神总体而言是中世纪的基督教世界观。然而毋庸置疑，这种主导精神又带上了鲜明的新时代印记——文艺复兴曙光初露的一抹亮色，这主要表现为诗中对人的智慧以及体现了人的智慧的理性力量的肯定，和对与之相应的哲学功能的肯定。他相信理性和哲学能够帮助人检讨自我、发现过失，从而遏制犯罪，使人具备通向完善的可能性。《神曲》反映出文艺复兴时期个性解放的萌芽，使全诗体现出近代序曲的一面，也因此奠定了它在世界文学中的经典地位。

其次，经典具有高度的审美价值。文学经典应当是充分体现了作家艺术天赋及审美能力的作品。它在语言使用、结构形式、谋篇布局等方面都应是前所未有的，并对以后的文学创作具有重要的启发和借鉴作用。美国当代著名评论家哈罗德·布鲁姆

1994年出版了《西方正典》一书，引起了很大反响。在书中他特别强调文学艺术中的审美创造性，认为这是西方文学经典之为经典的一个重要因素。他在书中这样写道："如果我们阅读西方经典的目的是为了提升我们的人生观、政治观或者个人的道德观，那么我坚信我们会变成利己主义的和利用他人的怪兽"①，"阅读西方的经典作家，比如荷马、但丁、莎士比亚、托尔斯泰，不是要让自己变成好公民……在我看来，他们作品中的审美因素，而非其对社会的关注，才是独具一格的"②。布鲁姆反对当时新历史主义、女性主义、西方马克思主义等流派所作的道德、哲学和意识形态批评，大力倡导审美批评。布鲁姆的这种强调尽管有些过度，但却是必要的。

再次，经典具有时空的跨越性。经典是经过较长时间的淘洗和各种条件的过滤筛选出来的，它不仅属于一个时代，而且属于所有的时代。由于经典作品写出了人类共通的"人性心理结构"，触及人类共同的美的问题，因而会受到不同时代、不同民族的读者的喜爱，而且愈是时间久远的经典，人们对它的信赖程度愈高。经典的时空跨越性还指它总是能够和现实社会联系起来，从这一点来说，经典又具有当代性，它在不同的当代语境下仍能显示出自己的生命力，否则的话只会在传承的过程中产生断裂、被人遗忘而成为不了真正的经典。

最后，经典具有无限的可复读性。一部文学作品能不能成为

---

① Harold Bloom, *The Western Canon*, New York: Harcourt Brace & Company, 1994, p. 28.

② Harold Bloom, *The Western Canon*, New York: Harcourt Brace & Company, 1994, pp. 15－16.

经典,最终还与读者的接受有很大关系。读之不厌是衡量经典的一个重要标准,经典作品就像一处幽深静美的风景,人徜徉在其中,一次有一次的新感悟,一次有一次的新发现。它能带给人惊奇或震撼的愉悦,能陶冶人的性情,启迪人的智慧,使人在思想上变得深邃,在精神上变得成熟。一部作品被复读的次数越多,被接受的范围越广,其经典性也就越强。

当然,在不同的人眼里,经典的特征可能还不止这四点,但总的来说,它们概括了成为经典必不可少的条件。正是由于经典具有丰富的蕴藉性与原创性、高度的审美性、时空的跨越性和无限的可复读性,才激发出文学研究者、批评家持续地进行诠释、解读的兴趣,在研读的过程中不断地对其进行意义附值,也因而带来“过度诠释”的问题。

二、经典的诠释与过度诠释

提到过度诠释,大家可能会想到意大利当代符号学家、小说家艾柯(Umberto Eco)。1990 年,他在剑桥大学的讲座上提出了这一概念。20 世纪六七十年代,艾柯是对读者在意义生成过程中的作用最热心、最具影响力的倡导者之一。1962 年,他出版了《开放的作品》一书,肯定了诠释者在诠释文学文本时所起到的积极作用,指出“任何艺术作品,即使是已经完成、结构上无懈可击、完美地‘划上句号’的作品,依然处于‘开放’状态,至少人们可以以不同的方式诠释它而不至于损害它的独特性”①。但随着接受美

①伊夫·塔迪埃:《20 世纪的文学批评》,史忠义译,天津:百花文艺出版社,1998 年,第 235 页。

学、符号学、结构主义、解构主义、精神分析等文学批评流派的大行其道，读者的权力被无限地夸大，《哈姆雷特》的内部隐藏着"弑父情结"，众多的神话文本最后可分解为一个共同的"结构"，巴尔扎克的《萨拉辛》被肢解为五百六十一个单位……本文的阅读和诠释不再拥有任何标准，一切都变成了读者的自由创造。在这种情况下，艾柯提出了"过度诠释"问题，他认为"说诠释潜在的是无限的并不意味着诠释没有一个客观的对象，并不意味着它可以像水流一样毫无约束地任意'蔓延'。说一个本文潜在地没有结尾并不意味着每一诠释行为都可能得到一个令人满意的结果"①。艾柯强调说，如果诠释者的权力被过分夸大，对作品进行"无限的衍义"，结果只能扰乱对文本的解读。批评对于文学的诠释不是无限的，实际上，一些诠释的确比另一些诠释更合理或更有价值。

不仅如此，艾柯还对"过度诠释"追根溯源，找出了过度诠释的动力。他认为过度诠释和西方的神秘主义有关。神秘主义出现于希腊晚期和基督教早期，以诺斯替主义(Gnosticism)和罗塞克卢主义(Rosicrucism)为代表，并形成了一种西方诠释传统：越是秘而不宣的知识，人们越觉得它神乎其神。如中世纪时就流行一种普遍的看法，认为文艺作品都是象征性的或寓言性的，其背后隐含着种种寓意。基于此，中世纪的作品也分为两个意义层面，一层是字面意义，神秘主义者通常对此层意义不屑一顾；另一层是寓言的、哲理的或奥秘的意义，也是神秘主义者致力追求的，他们往往抛弃"本文的原意"，不遗余力地在文本后

①艾柯等：《诠释与过度诠释》，北京：生活·读书·新知三联书店，1997年，第28页。

面搜寻那个并不存在的终极答案，艾柯认为这就是过度诠释的动力。

除了诠释者有过度诠释的倾向外，文学批评实践中的过度诠释还有作者及文本语言层面的原因。作家通常不满足于从纯文学的角度来看待自己的创作，总是力图将自己的作品和文化、道德、政治、心理联系起来，引导读者从文化学、伦理学、政治学和心理学的角度来解读作品，以显示自己创作的深度，这在某种程度上导致了对文本的过度诠释。而从文本的语言层面看，文学语言不同于科学语言，它充溢着意象、象征、隐喻、寓言，最容易产生歧义，从而使明确、稳定、单一的意义成为幻想。再者，文学是语言的艺术，是由众多语言符号组成的，而从符号学的角度看，单个语言符号的意义必须在与其他符号的关系中来体现，也就是说一个符号的意义是由其他符号来决定的，而其他符号又反过来由另外一些符号来决定，以此类推，以致无穷，符号的意义便在此过程中不断地延宕、悬置，永远不会达到终点，文学作品也便永远不会有确定的、一成不变的意义。

过度诠释和 20 世纪 60 年代以后西方文学批评界对“误读”的倡扬有关。误读本意为错误的解读，但随着解构主义思潮在西方的兴起，以德里达为主要代表的解构主义者认为世上不存在任何客观本质的意义，语言和文本也没有固定的意义，只能在不同的语境中被不断地阐释，产生出不同的意义。解构主义者强调所有的理解均是误解，所有的阅读均是误读，误读是洞见，是创造性的叛逆，其目的是扩大文本的阐释空间，促进意义的增值。

误读理论在很大程度上解放了读者，带来了对经典诠释的推陈出新。解构主义理论家 J. 希利斯・米勒在讨论《呼啸山庄》时，列举了包括他本人的理解在内的十五种诠释①。对莎剧《哈姆雷特》的误读更是何其多！还有那个深爱着哈姆雷特的奥菲利娅。据张中载先生考察，从17世纪到20世纪，不同时期的读者、导演、批评家都在按自己的理解演绎着奥菲利娅："17世纪纯真的少女，18世纪奥古斯都时期端庄稳重的淑女，19世纪浪漫主义时期的疯女人，20世纪放荡的性狂欢以及为女权奋斗的英雄人物。"②的确，误读能产生洞见，简·里斯误读《简·爱》，写出了引起很大反响的《藻海无边》；斯威夫特的《格列佛游记》本是辛辣的讽刺小说，笛福的《鲁滨孙飘流记》原是颂扬新兴殖民主义的说教，可它们今天之所以经久不衰，是由于加入了儿童文学的圈子，成了最受孩子们欢迎的新年礼物。这种"背叛"也许是原作者绝然想象不到的，但无疑是积极的创造，这种创造不仅延长了作品的生命，而且赋予经典文本以第二次生命。但误读有时也会是牵强附会的理解，有的甚至得不到作者本人的认可。比如易卜生因为创作了《玩偶之家》而被看作是为女性争取权利的作家，但当挪威妇女权利协会为此宴请易卜生时，他对这一切表示不解，说自己不是

①例如马克·肖勒(Mark Schorer)把《呼啸山庄》视为一个关于崇高感情的徒劳的道德故事；托马斯·莫泽(Thomas Moser)按照弗洛伊德的观点把它视为一出稍加掩饰的、错位并浓缩了的关于性的戏剧；乔治·巴塔耶(George Bataille)视之为一个关于性与死亡关系的戏剧性故事；卡米尔·帕格丽亚(Camille Paglia)把它看作一个关于勃朗特对她死去的姐姐玛丽娜具有同性恋感情的神秘戏剧性故事；弗兰克·克莫德(Frank Kermode)把它解释为一个多种因素决定的符号结构，由于它的符号过多而使这个结构不可克服地具有歧义；多萝西·凡·根特(Dorothy Van Ghent)借助小说的门与窗母题来解释这部作品；米勒本人则把它看作是一个关于勃朗特宗教观的、虚构的戏剧性故事；等等。

②张中载：《误读》，《国外文学》，2004年第1期。

人们所认为的社会哲学家，而是一个诗人。他坦白承认自己甚至连女权究竟是什么也搞不清楚，因而必须拒绝这一殊荣。这样的误读就属于过度诠释。西方文学批评史上对经典作品的过度诠释不乏例证。当弗洛伊德以"恋母情结"来解释哈姆雷特为父报仇的"延宕"以及达·芬奇名画《蒙娜丽莎》那神秘永恒的微笑①和陀思妥耶夫斯基的创作②，并认为宗教、道德、社会和艺术的起源都系于"俄狄浦斯情结"时，这就是一种过度诠释。美国作家麦尔维尔的长篇小说《白鲸》，描写一只名叫"莫比·迪克"的鲸鱼咬断捕鲸船长亚哈的一条腿，亚哈不听大副达巴克的多次规劝，发誓要复仇。结果捕鲸船遭到鲸鱼袭击，亚哈毙命，而达巴克驾船前来救援时，也被鲸鱼撞沉。对于这样一部小说，有人从弗洛伊德的精神分析理论出发，认为作品中渴望复仇的亚哈是不可遏制的"伊德"的象征，劝阻亚哈的达巴克是"自我"理性精神的象征，凶猛的鲸鱼则是作家的"超我"社会理性精神的象征。因而认为，小说反映了"伊德"、"自我"与"超我"三者之间激烈的斗争，以及"伊德"无节制的冲动所造成的可怕后果。这种批评也有过度诠释之嫌。

那么，如何来解决过度诠释问题呢？艾柯提出了"本文意图"这个富有挑战性的概念，他认为在"作者意图"和"读者意图"之间，还存在着第三种可能性："本文意图。"什么是"本文意图"？它

①认为达·芬奇是个私生子，与母亲相依为命，而同父亲保持着对立。因而关于《蒙娜丽莎》创作成因的一种说法便是：那个模特儿只是他母亲的复本，因为她的微笑使达·芬奇想起了自己的母亲。

②弗洛伊德在《陀思妥耶夫斯基与弑父》一文中同样重视"俄狄浦斯情结"的作用。根据陀思妥耶夫斯基的长篇小说《卡拉马佐夫兄弟》的描写，弗氏认为，陀思妥耶夫斯基 18 岁时父亲被害触动了他童年杀父的本能，对这种罪恶的恐惧使他以癫痫发作的方式自我惩罚。

不是作品先在具有的永恒本质或唯一诠释，亦非一个先验的存在，而是“读者站在自己的位置上推测出来的”，或者说是“本文的接受者根据其自身的期待系统而发现的东西”①。艾柯认为正是本文的意图为诠释设定了界限：根据本文的连贯性及其原初意义生成系统，来判断我们在文本中所发现的东西是否就是本文所要表达的东西；或者说，我们所发现的东西是否就是本文接受者根据其自身的期待系统而发现的东西。艾柯觉察到让“本文意图”充当诠释的限定仍缺乏足够的说服力，因为它毕竟是“诠释者在论证自己合法性的过程中逐渐建立起来的一个客体”②，因此，他又引入了“历史之维”这个概念，把符号学定义为“文化逻辑学”，指出符号与特定的文化意识形态内涵相关联，每个时代每种艺术形式的符号结构，都揭示了当时科学或文化“观察现实”的方式，历史语境的变化会导致诠释的不断追加。但艾柯又强调指出：不管在什么样的历史语境下，经典的诠释都要考虑本文的意图，远离了“本文意图”，也就逾越了合法诠释的边界。

针对艾柯的“过度诠释”这一提法，美国康奈尔大学的教授卡勒进行了针锋相对的反驳，他在《为“过度诠释”一辩》中说：“正如大多数智识活动一样，诠释只有走向极端才有趣。四平八稳、不温不火的诠释表达的只是一种共识；尽管这种诠释在某些情况下也自有其价值，然而它却像白开水一样淡乎寡味。”③显而易见，

①艾柯等：《诠释与过度诠释》，北京：生活·读书·新知三联书店，1997年，第77页。

②艾柯等：《诠释与过度诠释》，北京：生活·读书·新知三联书店，1997年，第78页。

③艾柯等：《诠释与过度诠释》，北京：生活·读书·新知三联书店，1997年，第135页。

卡勒的辩解有其极端的一面，但他把对“过度诠释”的辩护，与年轻人或处于边缘地位的人如何才能对目前占据着文学研究权威地位的人的观点进行挑战这一问题联系起来，赢得了那些一心想在文学研究领域出人头地的年轻人的赞同，因为对文学研究的“晚生代”来说，所有传统上被视为经典的文学作品都已经被研究透了，在这种情况下要想获得成功，仅在现有的研究中淘洗是不够的，唯有标新立异才能获得成功。因此，那些非经典的材料在向他们招手，许诺着谁能提出新的解释谁就会引起学术界的注意，甚至获得很高的评价。从这一点上来说，卡勒给一些年轻学人指引了一片诱人的处女地。但不可否认的是，他的这种“极端”诠释背后隐藏着太多的“个人性”，而对经典作品的诠释不仅需要个人的独异见解，还要符合一定的文化规约，否则只能是一次个人想象的旅行。

但这也并不是说卡勒为“过度诠释”所做的辩护没有存在的理由。的确，艾柯对诠释界限的限定有其自身的模糊性和不易操作性，虽然他一再声称“一定存在着某种对诠释进行限定的标准”①，但这种理论上存在的东西在实践中又很难把握。就艾柯的“本文意图”来说，一方面，本文意图限制着读者诠释的方向，另一方面，本文意图又必须由读者的诠释来体现，这似乎陷入了一种“诠释学”循环。正因为如此，卡勒才对艾柯发难：“我们总是可以就本文所‘未曾’说出来的东西提出许多有趣的问题，我们因而无法事先对这些有待于我们去发现的问题的范围进行限定。”②

①艾柯等:《诠释与过度诠释》，北京:生活·读书·新知三联书店，1997年，第48页。

②艾柯等:《诠释与过度诠释》，北京:生活·读书·新知三联书店，1997年，第16页。

针对艾柯提出的“历史之维”，卡勒也指出“从原则上说，语境自身是无限的”①，因而认为对经典作品的诠释存在着无限衍义的可能性。最后，艾柯不得不求助于“文化达尔文主义”，认为在“历史选择”的过程中，某些诠释自身会证明比别的诠释更能得到认可。正如经典的形成需要时间来印证一样，好的、有效的诠释也要靠时间来检验。

三、意义的遮蔽与“回到文学自身”

在当下提倡创新的大背景下重提“过度诠释”问题，无疑会遭到一些人的诟病，但对经典作品的诠释还是要有一个限度，尽管一千个读者有一千个哈姆雷特，但他毕竟是哈姆雷特而不可能是奥赛罗、李尔王。贪婪、吝啬、狡猾的葛朗台无论在什么样的历史语境下解读，也不能解读成乐善好施、扶弱济贫的大善人，因而阅读的开放性和意义的无限性只能是在文本意图、具体历史语境中的无限性，决不是毫无限制的“无限衍义”。

在对经典文学作品的解读中，“过度诠释”现象无论是国内还是国外都大量存在着，这种状况一方面激发了学术界的活力，成就了文学研究的繁荣，另一方面也使其处于一种无序状态，让研究对象负载了过多的意义，其中有些意义甚至是互相矛盾、前后冲突的，它们压迫、肢解着我们的研究对象，使文学研究成了各种新方法、新理论、新观念的试验场。

当前文学研究中有相当一部分是在用经典作品来求证这些

①艾柯等:《诠释与过度诠释》,北京:生活·读书·新知三联书店,1997年,第17页。

新方法、新理论、新观念的正确性，同时也凭借着这种正确性和有效性获得一种话语霸权，而至于采用这些新方法、新理论、新观念是否使作品本身出现了艾柯所说的意义“增值”，则不是它要关注的重心。退一步说，即使实现了意义的增值，这种增值很多时候也不是出自“本文的意图”，而是从外部包裹上去的道德、伦理或文化观念与思想，因而无形之中造成了对“本文意图”的遮蔽，使作品的真正意义处于隐而不彰的状态。

基于这样一种现象，“回到文学自身”是避免过度诠释的有效途径。英美新批评弃置“意图迷误”和“感受迷误”的做法诚然有其片面性，接受美学、女性主义、新历史主义、后殖民等文学批评究其本质，也是一种片面的深刻。对经典文学的研究应避免过多地着眼于文化、道德、心理、精神分析和社会性别，同时也要注意读者的主体作用不是无限和万能的，它理应受到作品意图的制约。经典的诠释只有做到在特定的诠释语境中，在“作品意图”的制约下，有理、有据、有节地加以诠释，才不会成为被时间浪花淘洗掉的“过度诠释”。

（原载《云南社会科学》2007 年第 3 期）

玛里琳·鲁宾逊小说的悖论特征

——以《基列家书》和《家园》为例

美国当代著名女作家玛里琳·鲁宾逊(Marilynne Robinson,1943—)的作品思想深奥,风格独特,堪称美国当代文学中的精品。目前,她已出版四部小说——《持家》(*Housekeeping*,1980)、《基列家书》(*Gilead*,2004)、《家园》(*Home*,2008)、《莱拉》(*Lila*,2014)和四部散文集,荣膺普利策小说奖、美国国家艺术奖章、美国笔会海明威小说处女作奖、奥兰治文学奖、布克奖提名等重要文学奖项。

鲁宾逊作品主要描述美国中西部艾奥瓦州的一个小镇的近代历史,《基列家书》和《家园》构成了这个历史的核心。前者讲述了小镇上老牧师约翰·埃姆斯(John Ames)和他的父亲、祖父三代人的故事;后者则着重讲述第四代,即埃姆斯的老朋友牧师鲍顿(Boughton)的儿子杰克(Jack)的故事。每一代似乎都有人迫不及待地离开这个他们称之为故乡的地方,也有人死心塌地或无可奈何地留下。

《基列家书》以第一代埃姆斯在生命尽头写给 6 岁儿子的松散回忆录开始,从废奴运动一直写到 20 世纪 60 年代,展现了一个中部保守小镇的历史画面,形成一种局部意义上的史诗。《家园》则是鲍顿的儿子杰克回家的故事。他从小就善于撒谎,偷邻居的东西，在让一女孩怀孕之后他逃离了这个小镇。20年之后，在民权运动的前夕，他一个人回到基列，来重新认识这个叫“家”的地方。两部作品有彼此交织的人物、事件和情节，堪称姊妹篇。

基列是《圣经》上的地名，位于约旦河东面，与应许之地迦南隔河相望。如果用《圣经》各章的风格来比喻，《基列家书》属于历史，《家园》则属于诗歌：大卫诗篇，所罗门传道书，耶利米哀歌等，是内室里的祷告，从灵魂深处流出。虽然两部小说都致力于探讨精神救赎，如伤痛与疗治、宗教与幻象，但小说中的情节却带有浓重的悖论色彩。本文旨在以小说中的悖论为题，对两部小说进行仔细解读，以期解决其中的一些关键性问题。

一、救赎与被救赎的悖论

从救赎的角度看，杰克是贯穿两部小说的重要人物。他生于牧师之家，虽从小备受家人宠爱，却劣迹斑斑，离家20年后心事重重地回到故乡。从埃姆斯的“家书”和杰克妹妹格罗瑞(Glory)的口中，我们得知杰克是家里的害群之马：恶作剧、小偷小摸、酗酒、没有责任感、缺乏孝心，让一个姑娘怀孕后却不肯承认是孩子的父亲，母亲临终前念念不忘要见他一面，他却没有回来参加她的葬礼。从宗教角度来看，杰克是一个被救赎的对象，而父亲老鲍顿和教父埃姆斯有着“圣经原型代表的人格力量与道德标准的权威，几近上帝般神圣”①，理应成为他的救赎者，然而具有反讽意味的是，恰恰是世俗人埃姆斯的妻子莱拉和杰克的妹妹格罗瑞

①胡碧媛：《家园模式的现代性救赎——评玛丽琳·罗宾逊小说〈家园〉》，《当代外国文学》，2012年第3期。

实际上成了杰克的救赎者，而杰克在被救赎、自我救赎的同时，又成为老鲍顿和埃姆斯的救赎者。

老鲍顿一生虔诚布道，养育了8个孩子，如今已风烛残年，身体虚弱，他企盼儿子杰克能回家，带来亲情和慰藉。精神信仰层面的救赎者形象在等待儿子归来的过程中变得焦虑、脆弱，因而杰克一回家就从被救赎者转换为疗治父亲心理和精神创伤的救赎者。他努力地、尽心尽力地照顾父亲的起居，陪他聊天、下棋，给他弹琴，打理花园，修补用具，“看得出这些周到的举动如何抚慰了父亲”①。

同样，埃姆斯一生清贫，献身于宗教事业，但又由于生活的压力而变得偏狭，怀有难以排遣的嫉妒之心。埃姆斯对杰克心存芥蒂，这从杰克一降生就开始了。自己的女儿不幸夭折，老友鲍顿的儿子杰克却出生了，这孩子就像是女儿的克星，令埃姆斯耿耿于怀：“一个人失去自己的孩子，另一个人却轻而易举地又一次地成为父亲……我不会原谅杰克，我不知道如何原谅他。”②当老鲍顿出于对他膝下无子的关心，把杰克送给他当教子时，埃姆斯的心是冷漠的，耳边一直回响着一个声音，“这不是我的孩子”③。童年时期的杰克为了引起埃姆斯的注意，顽劣地偷走他的眼镜、《圣经》、亡妻的照片，然后又神不知鬼不觉地送回来，这令埃姆斯极为恼火，一味指责小杰克无可救药。漂泊二十多年又回到家乡的杰克跟埃姆斯的妻子莱拉和儿子更容易接近，这也令埃姆斯充满担忧和怨恨。古稀之年的他正为自己不能和年轻的妻子一起

① Marilynne Robinson, *Home*, New York: Picador, 2008, p. 64.

② Marilynne Robinson, *Gilead*, New York: Picador, 2004, p. 164.

③ Marilynne Robinson, *Gilead*, New York: Picador, 2004, p. 188.

变老，不能亲眼看着年幼的儿子长大成人而痛苦，杰克和妻儿宛如一家人的情景令他烦扰不堪，担心自己死后孤儿寡母会被杰克接管。当杰克鼓起勇气去他布道的教堂时，埃姆斯当众用夏甲和以实玛利的故事影射他、羞辱他。

埃姆斯误解了杰克的行为和意图，在信仰和良心之间挣扎。当他最终搞清楚杰克不是要和他作对，而是身陷困境，寻求他的精神导引时，埃姆斯的心绪变得平静、安慰，仿佛一块巨石落了地。走过不惑之年的杰克已不是埃姆斯印象中那个没有出息、讨人嫌的“罪人”，而是一个身心都遭受创痛但又努力保持清醒、敢于直面一切的人。他在外地和一个黑人女子相爱，并且有了一个可爱的儿子，但种族隔离的现实让他们一家骨肉分离。此番回家是想看看基列镇能否接纳他们一家。看到二十多年的风霜雨雪把杰克·鲍顿锻造成一个善良、真诚、富有责任感的新人，埃姆斯释怀了。在理解、宽恕杰克的同时，他自己也得到救赎，嫉妒、怨恨、恐惧之感消失，万物在他面前骤然之间“容光焕发”，呈现出一派“良辰美景”①。

诚然，从小不断制造麻烦而令家人蒙羞，长大后又身陷跨种族婚姻困境的杰克最需要救赎，但承担起救赎使命的不是身为牧师的教父埃姆斯和父亲老鲍顿，而是世俗人莱拉与格罗瑞。埃姆斯长期以来一直对杰克怀有偏见，认为“罪人并非都是不体面的……那些不道德的人从来都不会真正改造自己”，而他“无法帮助那些不道德的人”②，也没有必要去宽恕他们，甚至当着全体教众的面羞辱杰克。而埃姆斯年轻的妻子莱拉的话让杰克重拾信

①Marilynne Robinson, *Gilead*, New York: Picador, 2004, p. 246.

②Marilynne Robinson, *Gilead*, New York: Picador, 2004, pp. 156-157.

心:“人是可以变的,一切都会变化。”这正是杰克“想知道的”①。

同样,在家庭成员中,是妹妹格罗瑞而非父亲老鲍顿成为杰克的救赎者。父亲虽然疼爱杰克,但不了解杰克内心的苦楚。当杰克试探他对黑人的态度时,父亲的回答令杰克十分失望。当杰克提到埃姆斯激进的祖父时,父亲却认为老人家一定是“疯了”②;在电视新闻中看到美国南方黑人的骚乱,老鲍顿的回应是:“如果他们(黑人)想被接受,需要长进一点。我相信这是解决问题的唯一途径。”③这令寻求在基列安家立命的杰克心灰意冷,不得不又一次踏上流浪之旅,而贪念亲情的父亲对杰克的再次离家表现出无言的愤怒,连杰克道别的手都不愿触碰一下,“把手缩回到腿上,侧转身。‘厌倦了这一套!’他说”④。而格罗瑞的爱,她的不舍的眼泪和“好好照料自己”⑤的叮嘱,缓和了杰克被父亲临别拒绝的伤痛,让他在以后的流浪生活中有一丝温情可以留恋和追忆。

格罗瑞是作家鲁宾逊化用《圣经》中的浪子故事,在其中增加的女性救赎者的角色。众所周知,《圣经》中的浪子回头后得到父亲的宽恕和接纳,里面并没有女性救赎者的角色,但在鲁宾逊笔下,女性的温情与抚慰化解了父亲的排斥,弥补了父性救赎的无力。当杰克为自己曾经的过错征询妹妹的看法,说“比如一个人做了可怕的事,已经做了,没有办法改变它,将会怎样度过余生”

---

① Marilynne Robinson, *Gilead*, New York: Picador, 2004, p. 153.

② Marilynne Robinson, *Home*, New York: Picador, 2008, p. 204.

③ Marilynne Robinson, *Home*, New York: Picador, 2008, p. 155.

④ Marilynne Robinson, *Home*, New York: Picador, 2008, p. 317.

⑤ Marilynne Robinson, *Home*, New York: Picador, 2008, p. 317.

时,格罗瑞的回答是:“可以把这件事放下,继续生活。”①而身为牧师的父亲老鲍顿和教父埃姆斯却认《圣经》上的死理,向杰克表明,有罪的人必将堕入地狱。

格罗瑞不仅从精神上宽慰杰克,还在行动上抚平他心头的创伤。

在收到妻子黛拉不能和他生活在一起的信函后,杰克绝望地想要自杀,是格罗瑞在车库里发现了他,默默地用女性的温柔让哥哥恢复了理智和尊严,藏起被弄脏的衣服,擦掉他手上的污渍,替他剃好胡须。父亲感觉到发生了可怕的事情,但格罗瑞巧妙地掩饰过去,让杰克安稳地睡上一觉,做好可口的饭菜让一家人重新感受到家常的温馨。格罗瑞关心的不是一己之幸福,而是有朝一日能为亲人提供家庭的避风港,即便杰克不会回来,也企盼他的儿子能回来看看。格罗瑞最后之所以决定留在基列,是因为她觉察到杰克对这片家园充满了感情:他细心地规整好庭院,使之看起来像儿时那样。格罗瑞打算在家乡找一份教师的工作,看守着这片宅院,迎候亲人随时归来,不管他们的归来多么遥遥无期。

当然,在救赎别人和接受救赎的同时,杰克也在自我救赎。回家后他表现得安静、平和、恭恭敬敬,悉心照料、陪伴人生迟暮的父亲,多方寻求与埃姆斯沟通。为了表示尊重,从不上教堂的杰克去了埃姆斯的教堂;在与埃姆斯的交谈中尝试着分享理解宗教的心得:“杰克下楼来,拿着一本褪了色的《淑女之家》杂志……‘我在这本杂志上找到一篇关于美国宗教的文章,挺有意思。’”②但不管是他人的救赎还是杰克的自我救赎,终将难以实现。归来

①Marilynne Robinson, *Home*, New York: Picador, 2008, p. 99.

②Marilynne Robinson, *Home*, New York: Picador, 2008, pp. 213－214.

的杰克有一种回到“犯罪现场”的强烈感觉，这使得他在家的每一天都处在煎熬之中，最终选择再次离家也就不可避免。

救赎者、被救赎者身份的悖论聚合体现了作家鲁宾逊对宗教及人生的思考，诚如她在《亚当之死》中所说的：“我们已经忘记了什么是抚慰。只要真心地去理解，即便最不幸的家庭也会有抚慰……试想，一个一事无成、做了不名誉之事的人回到家里，家人宽慰他，分担他的不幸，一同坐下来思考人类生活的深层奥秘，我想这样做更具有人情味，更富有意义，即便是减轻不了痛苦，治疗不了创伤也是如此。”①

二、乳香之地疗救功能的丧失

基列是贯穿《基列家书》和《家园》的故事发生地，这个地名在《圣经》原型中具有原罪与救赎、创伤与治愈的双重含义。位于约旦河东面的基列以盛产治疗伤痛的药膏——乳香而闻名。但另一方面，在《旧约》中，这片土地上很少有太平的时候，被视为战争和流血之地。《圣经》原型中的这种双重性和悖论性也被赋予当代在基列这片土地上发生的事情。

位于美国中西部的基列曾经是宗教激进主义的闪闪红星。小镇是宗教改革者向美国西部迁移过程中形成的，初期的居民都是赞成废除奴隶制的上帝的子民。埃姆斯的祖父是个坚定的废奴主义者，在美国南北战争期间以随军牧师的身份走上前线，在战争中失去一只眼睛。他曾腰别手枪、身穿血衣站在布道台上，

① Marilynne Robinson, *The Death of Adam: Essays on Modern Thought*, New York: Picador, 1998, p. 90.

慷慨激昂地号召教徒为消灭奴隶制而斗争。退休之后他与持和平主义思想的儿子格格不入，又辗转回到当年战斗过的地方，回顾自己为理想和信念奉献的一生。

但是，两代人的时光消融了基列激进主义的荣光，如今此地的人们对黑人抗议事件听而不闻，甚至认为是在闹事。杰克的父亲说："黑人的所有这些闹事，都是在给自己制造麻烦。没有什么理由闹得这么乱哄哄的。他们是在自找麻烦。"①而埃姆斯面对杰克关于他和黑人妻子能否在这儿结婚、生活的询问时，不知该如何回答，只是告诉他此地的黑人教堂着过火②。昔日的基列曾是奴隶的乳香之地，而现在徒剩下一副躯壳。过去那个激进主义的基列已经不复存在，留下的只是承载这个名字的幻象。它不再是疗救之地，不再闪烁着接纳黑人的星光，克服重重困难回到家乡的杰克只能打点行囊，再次漂泊四方。

在小说中，与"家园"并存的隐含意象是"放逐"，是身心的无所归依。离乡背井 20 年回到家中的杰克，有一种回到犯罪现场的感受："杰克把手捂在脸上。'啊，是的……犯罪的场景。犯罪的事实。'"③对他来讲，家丝毫没有家的感觉，这一点连父亲也意识到了："我只是从来不知道别的哪个孩子像你这样在自己出生的屋子里没有家的感觉。……你要是能找到什么法子离开，就会立刻转身不见。"④

这种家而非家的感觉令杰克即使置身于最亲近的人中间，仍

①Marilynne Robinson, *Home*, New York: Picador, 2008, p. 156.

②Marilynne Robinson, *Gilead*, New York: Picador, 2004, p. 231.

③Marilynne Robinson, *Home*, New York: Picador, 2008, p. 124.

④Marilynne Robinson, *Home*, New York: Picador, 2008, p. 115.

然感到像个“陌生人”，被一种透在骨子里的“孤独”所包围。对父亲敬而不亲，称呼他为“大人”而不是“爸爸”；与妹妹相处时小心翼翼，礼貌有加；在家里就像是做客，穿西装，打领带。按常理来说，世上没有比家园更亲切、更随意的地方，但杰克却觉得这像是流放之地。在这个有着8个子女的喧闹的大家庭里，他从来没有被爱、被需要的感觉，甚至没有存在感。最终，当杰克像“一只历经风霜的飞蛾”奔向有着“激进主义闪闪红星”①的基列家园时，却因无法疗治他那跨种族婚姻带来的妻离子散的伤痛，不得不又走上“放逐”之路。也许，鲁宾逊想要通过杰克的故事表明，现代人需要一个盛产乳香的乌托邦来治愈文明世界的创伤。

家就是一种放逐，乳香之地也正是流血之地，激进之地现在已经成为保守之地，这可能就是两部小说的第二个悖论。

三、基督教是一个巨大的幻象

鲁宾逊本人笃信基督教，经常在公理会的教堂里讲道，但她的小说并不恭维虔信者。宗教的衰落是贯穿《基列家书》和《家园》的一个重要主题。克尔凯郭尔曾说过，“基督教世界是一个巨大的幻象”②，这一说法完美地反映了鲁宾逊的小说所体现的宗教观。

在基列，宗教的衰落可以从种族关系中看出，宗教的宽容和博爱在这里似乎已经烟消云散。埃姆斯的沉默、老鲍顿的偏执都

①Marilynne Robinson, *Home*, New York: Picador, 2008, p. 210.

②梁卫霞:《间接沟通:克尔凯郭尔的基督教思想》，上海:上海人民出版社，2009年，第152页。

揭示了“基列这个曾为废奴运动和种族和谐做出过很大贡献的小镇已经堕落到了何种程度”①。同时，这也印证了杰克的这样一个观点：美国白人对待黑人的态度说明他们缺少宗教的严肃性②。埃姆斯虽然没有歧视黑人的具体言行，但他对黑人的不幸遭遇持沉默态度。对于黑人教堂着火一事，埃姆斯强调火势不大，并被及时扑灭。黑人会众在搬去芝加哥之前挖了教堂前的一些百合花送给他，并对他说，离开这里他们感到很难过，因为这座小镇对他们来说意味着太多，但埃姆斯似乎无动于衷。

老鲍顿同样对黑人表现出一种冰冷的漠然。杰克有两次看到电视里报道美国黑人游行，一次是白人警察用防暴警棍、警犬和消火栓迫使游行的黑人往后退③，另一次是一位黑人女子想上阿拉巴马大学遭到拒绝。每次杰克都忍不住说出“耶稣基督啊！”④而父亲的反应却是：“在这所房子里，那类语言是从来不被接受的。”他认为“没有必要为那种骚乱烦恼，半年后谁也不会记得有这回事了”⑤。他告诫儿子不要滥用神的名义，提醒他不要与黑人为伍，多交一些“高层次”的朋友。

在鲁宾逊笔下，埃姆斯和老鲍顿所代表的宗教已经丧失了引领作用，而杰克正是戳穿现有宗教秩序的挑战者、反叛者，是宗教秩序走向僵化的见证人，是20世纪50年代基列这个小镇上为数不多的、真正同情黑人处境的人，是埃姆斯祖父精神的遗脉。

① 刘建华：《玛里琳·鲁宾逊小说的文化力量》，《国外文学》，2014年第1期。

② Marilynne Robinson, *Gilead*, New York: Picador, 2004, p. 147; Marilynne Robinson, *Home*, New York: Picador, 2008, p. 217.

③ Marilynne Robinson, *Home*, New York: Picador, 2008, p. 97.

④ Marilynne Robinson, *Home*, New York: Picador, 2008, p. 155.

⑤ Marilynne Robinson, *Home*, New York: Picador, 2008, p. 97.

首先,基列的宗教幻象在杰克的两段感情经历中被充分揭穿。他的第一次感情事件是让一个贫穷的下层白人女孩怀孕,这是对阶层界限的跨越。第二次是与一位黑人女性结婚生子,这是对种族界限的跨越。这些跨越在强调不分贵贱、不分种族的宗教观念里算不了什么,但在基列充满幻象的基督教世界里,杰克就要受到惩罚。对于第一段感情经历,杰克认识到如果他爱父亲的话就必须自我放逐,因为只有离开家乡才能减轻此事给父亲带来的耻辱,才能维护父亲的阶层观念。为此,他离开故乡 20 年,即便在外面穷困潦倒也不肯回家接受亲人的眷顾。杰克的第二段感情由于跨越了种族界限,同样为小镇所不容。虽然基列没有反对白人和黑人通婚的法律,但排斥黑人是小镇最根本的宗教价值观,黑人没有在基列安身的可能,跨种族的婚姻也不被小镇人接受,这就是为什么埃姆斯的祖父带着厌倦离开,埃姆斯的哥哥、无神论者爱德华远走他乡,曾经居住在此地的黑人家庭恋恋不舍地搬离,杰克无法带着黑皮肤的妻儿来此定居。杰克戳破了基列的基督教幻象,因而小镇的人不会宽恕他,不会将他视为有责任心的男人而欢迎他回家。尽管杰克把基列当作救命稻草,也不得不伤心地再次离开。

其次,杰克少年时的顽劣行为也是刺向宗教幻象的刀剑。他少年时的"犯罪行为"在基督教世界里算不上是罪过,没有证据表明他偷了真正想要的东西。他偷走埃姆斯的希腊语《圣经》,埃姆斯不解地写道:"我不知道世界上还有比一本《圣经》更不值得费心劳神去偷的东西。"①他拿走埃姆斯看书用的老花镜、棒球手套、埃姆斯前妻路易莎小时候的照片,这些东西后来又"漂移"回

① Marilynne Robinson, *Gilead*, New York: Picador, 2004, p. 183.

来，不过仍让埃姆斯感到无比讨厌。杰克还砸烂埃姆斯书房的玻璃，在他门前的台阶上涂了一层蜂蜜招引蚂蚁，甚至放火烧他的信箱。杰克所做的这一切虽是一种少不更事的叛逆，实际上却起到了打破宗教的虚伪秩序的作用，尤其是放火烧埃姆斯的信箱一事。把信箱塞满刨花，用浸过油的引绳做导火索，放火烧掉代表着既有秩序的信箱，实际上是想毁掉那个基督教的幻象。埃姆斯之辈斥之为少年犯罪、卑鄙行为，实际上是因为这样的行为扰乱了现有秩序，挑战了既有的道德准则，使他们无法安于幻象中的生活。

这是杰克厌恶甚至痛恨宗教虚伪的深层原因，从这个意义上讲，他是一个宗教英雄。少年时的顽劣是杰克不向社会妥协的一种方式，是既要与现存秩序保持某种联系又要避免陷入太深的一种权宜之计："我不时想要证实一下，惹一点小麻烦，看看老人家是否在关注我。"①长大后的杰克与基督教幻象世界更加格格不入。他认识到，如果要想让父辈满意，就得接受一种对他来说陌生的社会秩序，他无法在父辈虚伪的世界里生活，因此情非得已地选择逃离。

基列精神的继承者本应该是基列的长老和牧师们，但承担起这个重任的恰恰不是他们，而是他们视为基列的逆子的杰克，这可能是两部小说的第三个悖论。

结　语

鲁宾逊的小说热衷于用文明发展进程中逝去的古风远韵来

①Marilynne Robinson, *Home*, New York: Picador, 2008, p. 276.

启迪人类，还人类以人道主义的洁净天地。她的小说提供了现代人所需要的乳香，那就是在喧嚣的、发达的当今社会里进行沉静的思考，捡拾文明遗落的麦穗；在迷信大师说法的快餐时代，她强调阅读第一手资料，而不是任由某些所谓的专家左右人们的思考。但正如她的小说所呈现的悖论一样，鲁宾逊的视野也是有局限性的。在她的小说中，20世纪中期美国生活水平的大幅提高，社会对非裔美国人的逐步认可，女权运动的兴起，美国历史上激进思潮的发展等等，都鲜见踪影。她的作品既是“对生活宁静而又深沉的赞美”①，又缺乏对文明发展的动态、历时、辩证的解读。悖论不仅是她写作的思维方式，也是她理解世界的倾向性体现。

（原载张剑主编：《触碰现实：英语文学研究新发展》，外语教学与研究出版社2016年）

① Marilynne Robinson, *Gilead*, New York: Picador, 2004, backcover.

冲突与共生:作家卡夫卡与职员卡夫卡

弗兰茨·卡夫卡作为现代主义文学宗师,为其立传一直是世界各国的卡夫卡研究者和传记作者热衷的课题。就我国来说,新时期以来,撰写及翻译的卡夫卡传记已达数十种。国内创作的卡夫卡传记主要有叶廷芳的《卡夫卡——现代文学之父》(海南出版社,1993年)、杨恒达的《城堡里迷惘的求索——卡夫卡传》(世界图书出版公司,1994年)和《卡夫卡》(四川人民出版社,2003年)、阎嘉的《反抗人格:卡夫卡》(长江文艺出版社,1996年)、斯默言的《卡夫卡传》(东北师范大学出版社,1996年)、林和生的《"地狱"的温柔:卡夫卡》(四川人民出版社,1997年)等。

翻译过来的卡夫卡传记数量更多。国外的卡夫卡传记写作不仅时间上绵延不绝,地域上也覆盖甚广。从1947年马克斯·布罗德出版卡夫卡传记开始,一直到21世纪的今天,卡夫卡传记在不断问世。就笔者资料所及,国外最新出版的卡夫卡传记是《卡夫卡:耻辱与负罪的诗人》①。而且这些传记不仅有卡夫卡的

① Saul Friedlander, *Franz Kafka: The Poet of Shame and Guilt*, New Haven: Yale University Press, 2013.

出生地和创作语种奥地利、德国的,也有英、美、法、日等国的。就译成中文的来说,主要有[德]克劳斯·瓦根巴赫的《卡夫卡》(陕西人民出版社,1986 年)、[英]罗纳德·海曼的《卡夫卡传》(作家出版社,1988 年)、[奥]马克斯·布罗德的《卡夫卡》(河北教育出版社,1997 年)、[日]平野嘉彦的《卡夫卡——身体的位相》(河北教育出版社,2002 年)、[英]戴维·马洛维兹的《卡夫卡》(文化艺术出版,2003 年)、[法]达尼埃尔·代马盖斯的《卡夫卡与少女们》(河南人民出版社,2005 年)、[英]尼古拉斯·默里的《卡夫卡》(国际文化出版公司,2006 年)、[英]里奇·罗伯逊的《卡夫卡是谁》(译林出版社,2008 年)、[英]斯蒂夫·库斯的《卡夫卡:迷途的羔羊》(大连理工大学出版社,2008 年)、[美]桑德尔·L.吉尔曼的《卡夫卡》(北京大学出版社,2010 年)、[美] 恩斯特·帕维尔的《理性的梦魇:弗兰茨·卡夫卡传》(法律出版社,2013 年)等,其中布罗德和瓦根巴赫撰写的卡夫卡传分别有三种不同的中译本。这些翻译过来的及中国学者撰写的卡夫卡传记更新、丰富着人们对卡夫卡及其作品的理解和认识。

一、卡夫卡传记新材料问世

挖掘新的材料对传记创作来说极为重要。2008 年,英文版著作《卡夫卡的公事写作》的出版不仅为卡夫卡传记写作提供了新的素材,也为卡夫卡研究提供了新的视野。

该书的三位主编分别是美国著名的卡夫卡研究专家斯坦利·康戈尔德(Stanley Corngold)、德国波鸿大学的德国文学专家班诺·瓦格纳(Benno Wagner)和美国知名法律教授杰克·格林伯格(Jack Greenberg)。书中除康戈尔德的“卡夫卡和公事写作”、瓦格纳的“卡夫卡的公事写作:历史背景与体制现状”、格林伯格的“从卡夫卡到卡夫卡式”外,共收录了卡夫卡 1908 年至 1917 年撰写的 18 篇报告和演讲稿,其中有些虽然没有署卡夫卡的名字或署的上司的姓名,但借助卡夫卡的书信或日记能够证明是出自卡夫卡之手。众所周知,作家的传记对于研究其文学创作有着不可忽视的作用。这 18 篇短文虽然谈不上是真正的传记,但作为撰写卡夫卡传记的新材料,在编者看来不仅“具有文学价值,同时也与卡夫卡的文学创作有密切关系”①。每篇短文都附有简洁的介绍和评论,一方面交代卡夫卡撰写这些篇目时的历史、社会、政治、法律、技术和体制背景,同时也把它们与卡夫卡的文学创作关联起来。比如,这些介绍和评论指出,《审判》中对法律的戏仿,《城堡》中对官僚体制的批判,是卡夫卡在公事写作中遇到的挫折的体现。《在流放地》中折磨人致死的杀人机器是卡夫卡在工作中对技术感兴趣的文学表现,他曾写过一篇关于新式木工刨床的文章。《地洞》中鼹鼠对藏身之处安不安全的关切是卡夫卡日常工作中关注风险与安全的体现。《中国长城建造时》对建筑艺术的谙熟和隐喻使用,是卡夫卡对办公室工作的文学演绎。

美、德两国的三位编者联合编撰《卡夫卡的公事写作》,目的在于揭开卡夫卡的办公室工作与家中写字台前文学创作的神秘面纱,揭示出“主题、人物、思想在这两种写作中的相互转换”②,

---

①Stanley Corngold, Jack Greenberg, Benno Wagner eds., *Franz Kafka: The Office Writings*, trans. Eric Patton, Ruth Hein, Princeton: Princeton University Press, 2008, p. xvii.

②Stanley Corngold, Jack Greenberg, Benno Wagner eds., *Franz Kafka: The Office Writings*, trans. Eric Patton, Ruth Hein, Princeton: Princeton University Press, 2008, p. xi.

认为“卡夫卡的写作世界，不论是文学创作还是在办公室撰写的报告，实际上是一个有机整体”①，从而阐明卡夫卡的办公室工作对于其文学创作是不可或缺的，他的文学作品不是疏离日常生活、纯粹表现梦幻一般内心生活的超验之作，而是试图把两者融合起来。

《卡夫卡的公事写作》出版后在英美学术界获得了高度评价。评论者认为该书“体现出卡夫卡的职业与文学创作之间存在着密切关系”②，“能够帮助读者深入理解卡夫卡小说创作中的主题和人物”③，“为从新的角度理解、阐释卡夫卡的文学作品提供了珍贵资料……对于卡夫卡研究来说必不可少”④。当然，该著对于我们全面认识卡夫卡的个性也不无启迪，它揭示出卡夫卡不是一个孤僻、绝望、远离现实生活、带有某种原型特征的现代人，而是置身于20世纪保险行业变革潮流之中、热爱写作的普通人⑤。已有的卡夫卡传记比如我们前面提到的《卡夫卡——身体的位相》、布罗德的《卡夫卡》，虽然对卡夫卡的公事写作有所阐释或提及，但没有给予足够的重视。下面我们从英语世界卡夫卡传记新材料的问世出发，着重剖析卡夫卡在工伤事故保险公司的工作与其文学创作之间的关系，以期呈现出一个职员与作家相得益彰的卡夫卡。

---

①Stanley Corngold, Jack Greenberg, Benno Wagner ed., *Franz Kafka: The Office Writings*, trans. Eric Patton, Ruth Hein, Princeton: Princeton University Press, 2008, p. xv.

②Book Review, *Library Journal*, May 1, 2009, p. 78.

③Mike Tsikoudakis, Joanne Wojick, "Insurance Was Source of Kafka's Angst," *Business Insurance*, 2008 (44), p. 31.

④Book Review, *Library Journal*, May 1, 2009, p. 78.

⑤See Book Reviews, *The German Quarterly*, 2010(3), p. 390.

二、作为职员的价值实现

1906年,卡夫卡获得法学博士学位,开始在保险行业寻找工作。1907年9月,他在给一位朋友的信中写道:“我目前在布拉格,几星期后有望得到一份保险公司的工作。所以接下来的几周我要加强学习保险方面的知识,不过会非常有趣。”①不久,卡夫卡就被一家意大利保险公司的布拉格分公司录用。

尽管从理论上来讲,卡夫卡对保险行业很感兴趣,但办公室的工作实际上却令他不愉快,尤其是一天八九个小时的工作时间令他非常不适应,因为除了工作他没有时间干任何别的事情。因此,他立即着手寻找其他工作,最后看中了一份政府部门的工作,这就是布拉格工伤事故保险公司,这份工作只要求他早上八点到下午两点上班。1908年7月,卡夫卡成为该公司的职员。

卡夫卡无疑是一个非常称职的职员,撰写年度报告,为上司写演讲稿,起草评估报告,他的写作才能使他干起工作来得心应手。卡夫卡的工作深受上司的赏识,也得到同事的高度评价。领导认为他“理论知识丰富”,“能很快领会文件精神,有扎实的法律方面的知识,观点清晰透彻,文字处理能力强”②。因而他的薪水不断增加,职务也多次晋升。1908年7月,卡夫卡以临时职工的身份进入布拉格工伤事故保险公司,14个月之后被聘为终身雇

① Franz Kafka, *Letters to Friends, Family, and Editors*, trans. Richard and Clara Winston, New York: Schocken, 1977, p. 35.

② Burkhardt Wolf, “Kafkas amtliche Schriften: Das Lachen in der Amtsstube,” http://www.netzeitung.de/kultur/297672.html.

员。1910年,他成为具有法律资质、能独立起草文件的职员,在职业生涯上迈出了重要一步。1913年,卡夫卡被擢升为副秘书主任,1920年又被提升为秘书主任。1922年,在因肺结核病不得不辞职之前,他又被委以高级秘书主任之职。而在一战期间,卡夫卡实际上是工伤事故保险公司的首席执行官,他所在的公司以他的工作对国家不可或缺为由,免除了他服兵役的义务。

卡夫卡本人也认为自己的工作非常有价值,在和未婚妻费莉斯相识后不久就跟她分享工作中的收获,表现出对自己工作的满意。1912年12月,卡夫卡在给费莉斯的信中对他撰写的工作报告感到自豪:“能得到你办公的照片吗?如果你给我寄,我会寄给你我公司的一份年度报告,其中有我写的一篇关于圆型安全刨刀轴的文章,带有图片;或是给你看关于工厂保险的文章;或者看安全铣刀头。亲爱的,还有许多让你高兴的事在等你呢!”①卡夫卡随这封信寄给费莉斯一些工作报告,并保证只要费莉斯喜欢,他会寄给她更多。卡夫卡还在给费莉斯的信中谈论自己工作中为处理日常事务出差的情形,与雇主谈判或商谈保险费等等。有时他也同费莉斯分享工作中有趣的事情,比如说他的打字员有次一口气吃下了25枚煮鸡蛋。

布拉格工伤事故保险公司的工作也是卡夫卡人生价值的重要体现和坚持独立的方式,这和当时的社会风气有关。在19世纪末的欧洲,工作对中产阶级来说不仅是满足生活所需,还是一个人社会价值的重要体现。正如一位社会学家所言:“别人会根据你的工作对你做出评价。久而久之,就会影响到一个人对自我

① Franz Kafka, *Letters to Felice*, eds. Erich Heller and Jurgen Born, trans. James Stern and Elisabeth Duckworth, New York: Schocken, 1973, p. 84.

的认识和他的自尊心与自信心。"[①]对卡夫卡来说,尽管由于工作占用了他的创作时间而多有抱怨,但基于时代的特定氛围,他赖以糊口的工作也是体现他自信心所必需的,是他保持独立所不可或缺的。1914年7月,卡夫卡在给父母的信中这样写道:"我会继续争取加薪,为何这样做?这份工作并不适合我,如果再不能带给我独立的话,那我还做它干什么?"[②]

卡夫卡喜欢自己的工作,而且做得有声有色。他谙熟工伤事故保险公司的一切事务,从风险管理到法律金融,无不通晓。他十分用心地撰写工作报告,起草的文件文笔流畅、说明详尽,既有技术内涵,又通俗易懂。从上文提到的《卡夫卡的公事写作》可以看出,他撰写的报告、起草的文件在一个世纪后的今天读来仍不乏价值和文采。

三、职业与创作的冲突与共谋

卡夫卡虽然重视在工伤事故保险公司的工作,甚至为这份工作感到自豪,但他更喜欢文学创作,这使他感到时间分配上的两难和力不从心,于是开始抱怨工作影响了他的创作。翻开卡夫卡的日记和书信,他的苦恼盈满字里行间:"我的生活方式完完全全是为了写作,如果它有什么改变的话,那也可能仅仅是为了更好地适应写

---

① Dana L. Dunn, "Sociological Dimensions of Economic Conversion," in L. J. Dumas ed., *Socioeconomics of Conversion: the Theory and Practice of Conversion*, New York: Sharp, 1995, p. 23.

② Daniel D. Skwire, "From the Office of Franz Kafka," *Contingencies*, Nov/Dec. 2012, p. 23.

作……时光短暂，我个人的力量有限，工作令人厌倦。”①办公室的工作“令我十分痛苦”，那是一个“吞噬一切的世界”②，“它和我的内心需求南辕北辙”③。卡夫卡也曾在给未婚妻费莉斯父亲的信中说，他的“一切都是为了文学创作，30 岁以前我会专心致志地搞创作，放弃写作就意味着生命的结束”④。对卡夫卡来说，文学创作是来自内心的呼唤，是他心中的圣经，是在向原父宣告独立。因此，他抱怨工作侵占了他的创作时间，使他不能全力以赴做他钟爱的事情。

但实际上，在卡夫卡的世界里，分裂的双方又在进行着微妙的转化：工作与创作的相互转化，因为卡夫卡的工作、创作都和书写、创造相连，二者的界线从来都不是泾渭分明的。而且，卡夫卡也充分认识到，工伤事故保险公司的工作虽然令他厌倦，但对他来说却不可或缺，工作自我和作家自我是统一的、不可分割的。他在 1911 年 2 月的一篇日记中写道：“办公室对我有着最明确、最正当的要求”，“我完全是在超负荷地工作，但不是办公室的工作令我超负荷，而是其他的工作。办公室工作是无辜的，只占去我精力的一部分……”⑤在生命的最后几年，卡夫卡不止一次地

①Franz Kafka, *Letters to Felice*, eds. Erich Heller and Jurgen Born, trans. James Stern and Elisabeth Duckworth, New York: Schocken, 1973, p. 21.

②Franz Kafka, *Letters to Felice*, ed. Erich Heller and Jurgen Born, trans. James Stern and Elisabeth Duckworth, New York: Schocken, 1973, p. 96.

③Franz Kafka, *Letters to Felice*, ed. Erich Heller and Jurgen Born, trans. James Stern and Elisabeth Duckworth, New York: Schocken, 1973, p. 18.

④Franz Kafka, *Letters to Felice*, eds. Erich Heller and Jurgen Born, trans. James Stern and Elisabeth Duckworth, New York: Schocken, 1973, p. 313.

⑤Daniel D. Skwire, "From the Office of Franz Kafka," *Contingencies*, Nov/Dec. 2012, p. 23.

说工伤事故保险公司的工作是他不可缺少的平衡器。在确诊肺结核病两年半后,卡夫卡在给好友布罗德的信中写道:"想想看,我的病和办公室的工作完全没有关系,反而是工作不得不忍受我的疾病,忍受我五年来一日重似一日的病痛。事实上,是工作让我没有倒下,无意识中撑过了这些日子。"①写这封信一个月后,卡夫卡又在给妹妹奥特拉的信中说:"办公室的工作并没有使我的病情迅速恶化。"②显而易见,白天的工作尽管"令人厌倦",但它让卡夫卡感到自己真切地活在这个世界上。

全面考察卡夫卡的生活特别是他的职员生涯,我们感到不能片面地、完全从字面意义上理解他对工作的抱怨。大家惯常认为的卡夫卡为了生活不得不去工作,而这令他这个天才作家十分痛苦的说法也不完全正确。办公室的工作可能影响了他全身心地投入创作,但他不仅把工作做得非常出色,而且在书信、日记中表现出对工作的极大热忱。诚然,卡夫卡对工作有抱怨,但他同样抱怨他的恋爱、家庭、创作、身体状况,也许卡夫卡就是个爱抱怨的人。尽管如此,我们完全有理由相信的是,作为生活在欧洲20世纪初期的年轻人,卡夫卡既要坚持自己喜爱的创作,也不能舍弃工伤事故保险公司的工作。而且,他认为在工作中没有解决不了的问题,这和他在文学作品中塑造的人物总是面临着无法解决的矛盾恰好相反。因此,在卡夫卡身上,分裂的双方冲突与共谋并存。

---

①Franz Kafka, *Letters to Friends, Family, and Editors*, trans. Richard and Clara Winston, New York: Schocken, 1977, p. 266.

②Franz Kafka, *Letters to Friends, Family, and Editors*, trans. Richard and Clara Winston, New York: Schocken, 1977, p. 278.

四、作为作家的人生求证

卡夫卡对工作的尽职尽责通过他小说中塑造的人物充分体现出来，这些人物像卡夫卡一样对工作恪尽职守，而且也十分看重工作。他们遇到了比卡夫卡更大的障碍，但没有一个人放弃过工作，工作是他们面临难以克服的困难、不可理解的障碍时唯一的安慰。

对工作的热爱在卡夫卡的《在流放地》中体现得十分明显。流放地的一名军官操作一台以在罪犯身上刻下所犯罪行的残酷方式处决犯人的机器，可流放地的新任最高长官对此不感兴趣，而这名军官却狂热地支持这种做法，并热衷于向旅行者演示行刑过程。最后，出于对自己工作的热忱，他亲自躺到行刑机器里面，结果机器失控，顷刻间把他轧死。

《城堡》的核心内涵是一个男人想要得到工作，但不可理喻的官僚机构阻碍了他这一愿望的实现。主人公 K. 冒称村子里的土地测量员，昼夜不息地奔波在通向城堡的路上，一心要得到来自城堡的任命。但城堡的各个部门在运行中不断悬置自己的责任，K. 最终筋疲力尽，奄奄一息，他把生命献给了要得到工作的劳碌奔波。

不仅如此，在卡夫卡的作品中，主人公即便身遭不幸，满脑子想的仍是工作。

《变形记》中格里高尔变形为甲虫后第一个念头是请假可能带来的后果：他工作五年来从来没有生过病，而如果他这时请病假，老板一定会带着医疗保险组织的医生来，会责备父母养了一个懒儿子，并且凭借医生的判断驳回一切抗辩，认为他是个完全健康却好吃懒做的人。当单位的秘书主任亲自到家里来责问他为何没去上班时,格里高尔更加担心会失去这份工作,从而导致他不顾一切地把自己从床上摔下来,以便给秘书主任开门解释他身体的突发状况。

《审判》中,约瑟夫·K.在30岁生日的那天早晨莫名其妙地突然被捕。他不知自己到底犯了什么罪,而最令他闹心的是审判会影响他的工作,他只得在晚上写申诉状,但这已经使他不能集中精力工作:“银行工作以外的每一分钟对他来说都是考验,是的,他已经不能像以前那样专心于工作了,他假装工作,浪费了很多时间,但这只能使他因无法安心工作而更加焦虑。”①更令约瑟夫·K.担忧的是需要请假去应诉,而他又不知道审判会延续多久,他把这视为生活中突然出现的、扰乱他正常工作的严重障碍。

卡夫卡的小说不仅从正面表现主人公对工作的热衷与渴望,同时也从反面阐释一旦失去工作,他们的命运会如何逆转。

作为卡夫卡生前较为满意的作品,《变形记》回答了这样一个问题:如果不去工作将会怎样?答案是被遗弃和死亡。

日复一日繁重枯燥的工作让格里高尔变成了一只大甲虫。《变形记》的前半部分用了大量篇幅叙述格里高尔推销员工作的艰辛:他要经常早起出差,奔波在办公室和客户之间,很少有属于自己的私人时间。而老板坐在高高的靠背椅上颐指气使,认为自己的员工不是厚颜无耻就是偷奸耍滑。有评论者认为,格里高尔的变形是因为他内心深处有这样一种隐秘的渴望②,变形是他对心灰意冷的工作的逃脱。但变形真的让格里高尔逃脱了吗?变

①Franz Kafka, *The Trial*, New York: Schocken Books, 1998, p. 197.

②Stanley Corngold ed. and trans., *Franz Kafka: The Metamorphosis*, New York: Bantam, 1981, p. 174.

形前的格里高尔靠自己辛苦的工作维持一家人过着中产阶级的生活，但家人对他赚钱养家视为理所当然，父亲、母亲、妹妹没有人觉得他是在为家庭做出牺牲。格里高尔变形后，父亲对他日渐粗暴，母亲虽然对他充满怜惜，但更多的是恐惧。而妹妹的同情时间久了也变成了厌烦，最后产生了“把他弄走”的念头。格里高尔最终绝食死去，全家人竟有说不出的轻松，为了向过去告别，他们带着新生活的梦想和美好的打算乔迁新居。对格里高尔来说，从工作中逃脱的结果是可怕的，远不像卡夫卡在书信和日记中所梦想的那样。从一定意义上来说，这也是卡夫卡后期生活的写照：当他因肺结核病而能够摆脱工作的时候，却也是他的生命油尽灯枯的时候。

《女歌手约瑟芬或耗子民族》中的约瑟芬像卡夫卡一样有两项工作：一是挣钱养活自己，二是成为歌唱家。约瑟芬的歌唱虽然像卡夫卡的文学创作一样，比日常工作辛苦得多，但唱歌让她感受到自己的价值，获得一种人生的满足感。为了更好地成就自己的艺术事业，约瑟芬要求免去她的日常工作。她强调说：“费力的劳动有害于她的嗓子，虽说劳动时花的力气比歌唱时要小得多，但毕竟会使她在歌唱之后得不到充分的休息，同时使她无法为新的演唱积蓄充沛的精力，在新的演唱会上，哪怕她竭尽全力，但由于这种情况，她无论如何也达不到自己的最佳状态。”①因此，约瑟芬想尽一切办法要从日常的工作中摆脱出来，并为此要了很多花招。

①Franz Kafka, *The Transformation and Other Stories: Works Published During Kafka's Lifetime*, trans. and ed. Malcolm Pasley, Harmondsworth: Penguin, 1992, p. 235.

她先是声称自己干活时碰伤了脚,这让她站着唱歌有困难,因此只能缩短演唱时间。但这并没有引起人们太多的注意,于是她又想出别的点子。“她借口累了,情绪不佳,身子虚弱……我们看到她的追随者们跟在她后面,一个劲地恳求她唱歌。她很乐意唱,但她不能。……最后,她终于含着无法解释的眼泪让步了,可是,正当她带着遗憾打算开始唱歌的时候……她又感到不行了,她生气地猛一摇头,随即就瘫倒在我们面前”①。但人们仍然没有因此而免去她的日常劳作,最后她决定不顾一切了:“约瑟芬溜走了,她不愿意唱,她甚至不愿意大家请她唱,她这次是彻底离弃我们了。”②玩自我消失是约瑟芬大大的失算,因为她是在耗子民族这个背景中获得自己的艺术生命的,逃离了这个背景,也就逃离了她追求的艺术,她也从此被人们遗忘了。在约瑟芬这里,摆脱令她讨厌的日常工作是以艺术生命的终结为代价的。

格里高尔和约瑟芬摆脱工作后的境遇某种程度上是卡夫卡的自我隐喻,他明白自己需要两个世界——白天作为工伤事故保险公司职员的世界和夜晚作为作家的世界,同时存在。尽管他对办公室的工作不无抱怨,但保险公司的这份职业不仅为他的文学创作提供了素材和灵感,也让他作为一个作家存在着。这两个世界,这两种身份,既互相搏斗,又共谋共存。如果说办公室工作是

①Franz Kafka, *The Transformation and Other Stories*: *Works Published During Kafka's Lifetime*, trans. and ed. Malcolm Pasley, Harmondsworth: Penguin, 1992, p. 235.

②Franz Kafka, *The Transformation and Other Stories*: *Works Published During Kafka's Lifetime*, trans. and ed. Malcolm Pasley, Harmondsworth: Penguin, 1992, p. 235.

卡夫卡文学创作的源头的话,文学创作则是他办公室工作的哲理升华,二者共同成就了卡夫卡的伟大。

(原载《现代传记研究》2014年秋季号)

论工伤事故保险职业对卡夫卡文学创作的影响

作家的创作总是和他的生活、工作有着千丝万缕的联系,被视为具有高度原创性的卡夫卡也不例外。在他短暂的一生中,其主要身份是“布拉格工伤事故保险公司”的职员,写作在他有生之年只是“副业”,尽管这种“副业”日后成就了他在世界文学史上的不朽地位。卡夫卡是法学博士,工作中整日和“法”打交道,其创作的一个重要主题是“法的问题”,“泛法”思想贯穿着卡夫卡作品的始终。尽管卡夫卡的好友马克斯·布罗德早就提到卡夫卡的工作经历对其创作的重要影响,但卡夫卡研究者,尤其是国内的卡夫卡研究者,一直没有重视这个问题。本文试图在这方面做些尝试研究,重点探讨卡夫卡的三部长篇小说——《美国》、《审判》、《城堡》中的风险、保险意识及法律、规范问题。

一、卡夫卡与布拉格工伤事故保险公司

卡夫卡1906年获法学博士学位,1907年在布拉格的一家法院做无薪的见习助理,1908年进入布拉格工伤事故保险公司。卡夫卡虽然在日记中对这份工作有所抱怨,但他的工作却得到同事的肯定和上司的赞赏,同事认为卡夫卡忠于职守,总是能够从与

众不同的角度解决问题;上司认为他的工作如此重要,以至于布拉格工伤事故保险公司申请免去卡夫卡一战期间参加地方志愿军的义务,说卡夫卡是在为公众服务,有免兵役的条件,并强调卡夫卡在保险公司的工作比他上前线更有价值。而卡夫卡本人也对工人阶级充满同情和热忱。当他看到由于安全设施不足而导致工人伤残时,他的社会责任感得到极大的激发:“这些人是多么朴实啊。”他对好友布罗德说:“他们不是冲进保险公司把一切砸得稀巴烂,而是跑来恳求的。”①

卡夫卡进入布拉格工伤事故保险公司时,保险业正经历着转型。工伤事故是工业革命的伴生物,从 18 世纪开始,工伤事故就成为西方主要的不幸或“罪恶”,到了 19 世纪中叶,已成为工业化生产中不可避免的一部分。怎样处理事故带来的伤害?谁来帮助或负担那些事故中的不幸者?在 19 世纪的大部分时间里,法学家和经济学家都认为应该由个人而不是社会承担,因为他们认为事故完全是由于工人操作不当或粗心大意造成的,是个人的错误,和社会没有关系。直到 19 世纪末,人们才认识到事故的客观性,认识到这是一个既需要操作者细心,又需要改进生产技术的社会问题,工人的安全不单是个人的问题,更是社会的责任。

为了催生一种由社会和个人共同承担责任的新法律,卡夫卡做出了巨大的努力。他的工作是执行国家的赔偿政策,也就是通过让雇主履行保险义务来保障工人的合法权益,从而维护国家金融体系的稳定。这样,风险由原来的个人承担,改变为由社会和

①Klaus Wagenbach, *Franz Kafka*: *Pictures of a Life*, New York: Pantheon Books, 1984, p. 104.

个人共同承担。在《工伤事故保险法》出台之前，受伤的工人要想得到补偿，必须证明责任在雇主，否则只能自己承担。而雇主总是想方设法逃脱责任，狡辩过错不在公司和公司的管理人员，而是工人粗心大意造成的。这样受伤的雇员就不能从老板那儿获得赔偿，即便是得到一丁点儿，也是以慈善的名义象征性地付给的。新的保险法代表一种公正的理念，一种契约保证，它的好处不仅在于将个人伤残的负担让集体（公司）来承担，而且在于遭遇不幸者不用在慈善和同情的名义下接受经济赔偿，而是根据一种公平原则来分享自己的权利。作为参与了保险业这一转型的知情人，卡夫卡将个体利益融入社会利益的过程很好地利用到了自己的创作中，他的文学创作和工作报告反映出如何处理工伤事故带来的损失和伤害问题。

保险工作要想做好，必须收集可靠的统计数据，而在卡夫卡就职的布拉格工伤事故保险公司，这样的数据是不完全的，在时间和地域覆盖面上都很狭窄，可信度不高。缺乏可靠的统计数据会导致严重的经济后果，因为保险公司要根据这些数据来对行业进行险级划分，并确定保险金额。如果保险金订低了，也就是说如果让公司为其雇员交纳的保险费少了，保险公司就要垫补根据法律应赔偿给受害人的保险金。这就是卡夫卡所在的布拉格工伤事故保险公司 1909 年之前的状况，时任业务主任的罗伯特·马施纳要求卡夫卡提供翔实的数据，以制定切合实际的保险条例。

卡夫卡在布拉格工伤事故保险公司就职时，奥地利的雇主已经很长时间没有保险公司的监督。他们不向保险公司提供雇员工资表，而这些工资表对保险公司来说是至关重要的数据，因为保险金是根据工资的百分比计算出来的。很多工厂主做三个账本来逃避给员工付保险的义务。一本是按类别做的总账目，是交给工会看的，账目上的工资比实际发给工人的要高。第二个账本是公司管理用的，反映的是工资的实际情况。第三个账本是提供给保险公司的，记录的数据比工人实际发放的工资要低，为的是少交保险费。这样做，受伤害的只能是出了事故的工人和他的家庭。卡夫卡的主要工作是依法让雇主为雇员缴纳应交的保险费。

卡夫卡所在的保险公司的业务主任还发现奥地利的保险系统本身存在着问题，本来可以有效预防的事故轻易地发生了，导致保险公司不得不支付数额巨大的赔偿金，1889 年至 1909 年布拉格工伤事故保险公司累计起来的巨额财政赤字部分是由这些可以避免的事故赔偿造成的。卡夫卡工作的前几年主要是协助解决保险公司的财政赤字问题。怎样解决这个问题？如果事故能够有效地预防，无疑就会节约大笔赔偿金。卡夫卡曾以幽默的口吻描述他在保险公司的工作："在我负责的四个地区，人们像喝醉了似的从架子上摔下来，掉到机器里面，所有的房梁都倾覆了，所有的斜面都松动了，所有的梯子都滑了下来，递上去的东西一概掉下来，送下去的东西则把人们绊倒。瓷器厂的年轻姑娘们真叫人头疼，她们不停地连同手中捧着的高高的一叠叠餐具摔在地上。"①卡夫卡的日常工作之一就是研究如何减少事故的发生率。当时事故预防技术在德国已取得了很大进展，但在奥地利还十分落后。说服当地的木材加工厂采用德国制造的相对安全的圆轴代替四棱轴，一度成为卡夫卡工作的重心。

①马克斯·布罗德：《卡夫卡传》，汤永宽译，桂林：漓江出版社，1999 年，第 99 页，略有改动。

对卡夫卡来说,法的问题很大程度上是其本身所固有的矛盾带来的。一般来说,保险法是在综合大多数情况的基础上制定出来的,而奥地利的工伤事故保险公司的条例却是依据某些特殊的情况制定的。此外,保险法规定的赔偿金是根据工人的工资制定的,但又不要求雇主定期报告薪资情况。卡夫卡认为需要尽快解决这些矛盾,以促进保险法的有效实施。但在具体实施时他面临着两股互相冲突的力量:一股主张在考虑双方公平的基础上,正确地实施保险法;另一股强调个人的特权,拒绝这样做。这种特权现象贯穿卡夫卡小说创作的始终。

二、《美国》中"新大陆"的风险管理

卡夫卡将自己日常工作中的风险和保险话题,引入到他的文学创作当中。他的第一部长篇小说《美国》以对美国这块新大陆上风险管理的探索,将其文学创作和日常工作密切联系起来。

经济风险和社会风险是卡夫卡工作中每日要面对的问题,《美国》就是以对这个问题的探讨拉开序幕的。16 岁的主人公卡尔·罗斯曼受到家中女仆的引诱,导致她怀孕,卡尔突然之间成了并不富裕的父母的经济风险和社会风险。为了免除养育孩子的经济重担,也为了摆脱这一丑闻的社会影响,卡尔被父母赶出家门,从古典的德国来到现代的美国。这些细节是后来卡尔的舅舅——美国参议员爱德华·雅各布揭示出来的:"原来,他是被一个女仆,约翰娜·布鲁默尔,一个约莫三十五岁的女人引诱了。……这时候父母为了避免提供生活费用或是为了避免出现惯常的会涉及他们自身的那种丑闻——这里我必须强调指出,我既不了解那儿的法律,也不了解父母的其他情况……他们就把他

们的儿子,我的亲爱的外甥打发到美国来了。"①

参议员强调自己不了解卡尔所在国家德国的法律,但作者卡夫卡作为保险公司的职员,对父母供养子女的经济责任却是一清二楚的。然而,卡尔的父母回避自己的责任,将卡尔驱赶到美国。卡尔的确有错,他和女仆的故事给每一方都带来了损失或潜在的损失。这件事使他经济困窘的父母雪上加霜,只得将他送到美国来避免进一步的经济困窘,但卡尔的孩子和引诱他的女仆约翰娜·布鲁默尔却要面对社会舆论的谴责和经济上的捉襟见肘。约翰娜和她的儿子没有任何依靠,其结局在小说中"西方饭店"一章里面有所暗示:卡尔的朋友特蕾泽向他讲述自己的不幸遭遇,她和母亲被父亲遗弃,虽然后来父亲又来找过她们,但最终把她们遗弃在纽约。特蕾泽的父亲是建筑包工头,卡夫卡对这个工种非常熟悉,因为他的工作内容之一就是确定哪些建筑工人有权享受工伤事故保险。卡夫卡在工伤事故保险公司每天面对的责任和过错问题,以鲜明的现实主义方式,被挪到了这个"故事中的故事"之中。卡夫卡曾花很多时间思考建筑工人的保险问题,他有一篇重要的工作报告就是关于这个问题的。特蕾泽的妈妈走投无路之际在建筑工地找到一份活计,尽管没有保险,她还是接受了,甚至觉得这是一个好机会:"一如她整天试图向特蕾泽解释的那样,她生怕抓不住这个好机会了,因为她觉得自己极度疲劳,早晨就已经在巷子里咳出了很多鲜血,把行人都吓坏了,她唯一的心愿就是找个随便什么暖和的地方休息休息。"②但身无分文的窘

①叶廷芳主编:《卡夫卡全集》(第2卷),石家庄:河北教育出版社,1996年,第22—23页。

②叶廷芳主编:《卡夫卡全集》(第2卷),石家庄:河北教育出版社,1996年,第126页。

迫让特蕾泽的妈妈别无选择地爬上了建筑工地的脚手架，特蕾泽目睹母亲“在上面灵巧地绕开泥瓦工”，但突然之间，母亲撞到一堆砖头上，“她的熟练技巧似乎已经离她而去，她撞倒那堆砖头，随着砖头一道坠落下去。许多块砖头在她身后滚滚而下，最后，过了相当长时间之后，不知什么地方一块厚木板脱落，哗啦一声向她砸下来。特蕾泽对她母亲的最后的印象就是，她怎样叉开两条腿躺在那里……大家怎样从四面八方跑拢过来以及上面工地上不知哪个人怎样怒气冲冲朝下面嚷嚷着什么”①。特蕾泽的母亲找到的工作虽然有危险性，而且她当时身体欠佳，但她必须要挣钱养活女儿和自己，这一情节反映出卡夫卡日常工作中要为那些经济窘困的工人争取事故保险金的真实经历。

卡夫卡曾努力将保险范围扩大到地面建筑工人之外的建筑材料商店和脚手架上，因而他完全知道在脚手架上工作的危险性，但当时脚手架上的工人并不在保险之列。卡夫卡强烈反对剥夺某些行业中工人的保险权利，认为投保的群体越大越好。雇主则和卡夫卡的想法截然相反，他们总是想方设法减少投保人数，好逃避保险义务。尽管《美国》中没有提到投保者和被投保者，但工人和管理阶层之间的关系是对立的。卡尔一心一意想进入群体，但发现总是被排斥在外。卡尔是以不属于任何保险范畴的个体形式被排斥在外的，而这一点恰是卡夫卡工作中要极力纠正的。卡夫卡之所以选择美国作为小说的背景，是因为它先进的工业生产为保险业的发展提供了一个典型的范本。

面对特蕾泽母亲的悲惨死亡，是该谴责政府没能制定完善的

①叶廷芳主编：《卡夫卡全集》(第 2 卷)，石家庄：河北教育出版社，1996 年，第 128—129 页。

保险法，还是谴责特蕾泽的父亲抛弃了母女俩？抑或谴责工头没有及时制止特蕾泽的母亲登上危险的脚手架？从工伤事故早期阶段对责任的界定来看，特蕾泽的母亲是有过错的，因为是她自己不小心才造成的事故。工人寻求经济上的保障，老板则关心降低成本，不愿在经济或生命安全方面为工人投保，劳资双方的冲突凸显出过错、负疚、个人责任和社会责任等问题，而责任、负疚、过错是卡夫卡创作中反复出现的主题。

卡夫卡把保险行业的问题巧妙地挪用到文学作品中来。在《美国》里面，工人被视为影响机器有效运行的风险。比如，在卡尔舅舅的商行里有这样一个“机器人”：“舅舅就近打开一扇这样的门，人们看见那里电灯光的闪耀下有一位职员，对门的任何响声都漠然处之，脑袋上夹着一副钢带，这钢带使听筒贴住他的耳朵。……他对着话筒说话时，用词非常俭省，人们甚至常常看见，他也许对讲话者有一些不同意见，想稍许详细地问问，但是他听到的某些话却迫使他在实施自己的意图之前先垂下眼皮写字。舅舅小声向卡尔解释说，他也不必说话，因为同样的消息，这个人记录下来了，同时还有另外两位雇员也将它们记录下来了，然后将它们进行比较，尽量避免出现差错。”①卡尔的舅舅了解“新大陆”的风险技术，并成功地运用到自己的公司管理当中。在他的公司里面，职员的能力不仅最大限度地发挥出来，而且严格地按照风险管理技术操作。上面提到的那位职员在工作时不准说话，而且同时还有另外两位雇员记录同样的信息以避免错误的发生。

---

①叶廷芳主编：《卡夫卡全集》(第 2 卷)，石家庄：河北教育出版社，1996 年，第 39 页。

贯穿卡夫卡文学创作的一个重要主题是对“法”的无知。主人公完全没有法律常识，而他周围的人却对法律有基本的了解，并一贯遵守法律。卡夫卡的主人公之所以置身“法的陷阱”，是因为他们被排斥在集体之外，他们希望走进集体之中，但因对法律无知而被挡在门外。在《美国》中，卡尔始终游离在群体之外。在美国这个异己的环境中，不管是工头还是工人，都自觉地遵守各种规定，似乎这些东西已经内化为他们自身的一部分，而卡尔由于不是在这样的环境中长大的，和这些规则总有一种隔膜感，和这个群体本质上有一种疏离感。尽管他很想融入其中，但被剥夺了这种权利，由于不适应美国的环境，卡尔被视为一种风险因素。卡夫卡对技术风险的了解使他深知真正的危险在于任何合法的举动都可能带来风险这一事实，罗伯特·斯特罗尔所说的风险带来的“焦虑文化”正是卡尔置身其中的新文化。斯特罗尔认为一种实际上很少发生但的的确确存在的风险，会给人们造成恐惧心理：“以追求绝对安全的名义来挖掘不断出现的新风险的习惯（会产生一种焦虑文化）。”①每一个人都既是风险的制造者，又处在风险之中。

三、《审判》中的法律与规范

《审判》中的约瑟夫·K.在30岁生日的那天早晨突然发现自己被捕了。两位逮捕他的人并不是真正地逮捕他，而是限制他的

①Graham Burchell, Colin Gordon and Peter Miller eds., *The Foucault Effect: Studies in Governmentality*, Chicago: University of Chicago Press, 1991, p. 297.

行动:"您得待在自己屋里","您不能出去,您已经被捕了"①。虽然逮捕他的人看起来是法院的低级官员,约瑟夫·K.也因此怀疑他们是否有权力这样做,但他们的话使他意识到自己确实没有自由了。

在《审判》的第一章中,旧的司法秩序是以道德为准绳制定出来的,这正是19世纪大多数法学家和经济学家坚持的观点,即事故是由个人错误的行为导致的,因而也完全由个人负责。这一时期还将事故和道德关联起来,倾向于认为事故是由个人的不谨慎造成的,因而成为判断一个人道德品质的标准。约瑟夫·K.被捕之后,原来的生活被完全打乱,按照旧的司法解释,这正是个人过错的道德惩罚的一种表现。

在《审判》中,卡夫卡呈现给读者一种传统的公民责任形式,即过错司法体系。约瑟夫·K.的被捕事件属于过错司法体系,并导致他产生负疚感。这种过错司法是单向地指向犯过错之人的,而过错是法院"分配"给罪人的,法门里面的人(除约瑟夫·K.之外的任何人)都意识到了这一点,因而不会犯错,唯独约瑟夫·K.没有意识到,他一心想搞清楚自己究竟犯了什么罪,结果导致更大的过错。

这种"过错分配"迫使"过错人"产生一种认同感和负疚感。尽管觉得自己并没有犯法,约瑟夫·K.还是很快认可了他的被捕状况。在看守对他说"您不能出去,您已经被捕了"时,他回答道:"看起来似乎是这样。"②他认为法院看守有权监管他,并且身不

①叶廷芳主编:《卡夫卡全集》(第3卷),石家庄:河北教育出版社,1996年,第4页。

②叶廷芳主编:《卡夫卡全集》(第3卷),石家庄:河北教育出版社,1996年,第4页。

由己地打听何时审理自己的案子。约瑟夫·K.不仅放弃自己的权利，还让权威凌驾于他之上，他从精神上“逮捕”了自己，由是变成一个“触犯”法律的主体。他不但接受了自己的权利被限制的事实，而且主动地限制自己的权利，错误地想在旨在限制他权利的司法体系中寻找自己的权利。

卡夫卡所在的布拉格工伤事故保险公司是一个半官方的机构，它有一定的自主权，同时又依赖奥地利政府的财政和法律支持。政府资助的工伤事故保险公司在政府和个人之间起着中介作用，它的作用是把赔偿义务从国家转向雇主。卡夫卡的工作通过阐释和实施管理法，促进了政府和雇主之间义务关系的转变，这样，遭受事故伤害的个人可以向他所在的公司要求赔偿。卡夫卡进入布拉格工伤事故保险公司时，保险公司已经远远不止为政府提供税收，而且使得政府在人民生活中的地位变得越来越重要。

政府的这种新角色暗示出个人权利很大程度上融合进了国家的“公共服务”职能当中，卡夫卡的工作帮助把个人权利和公共服务整合在一起，将个人权利融会到公共权力之中。在《审判》中，公共空间和私人空间界线的消失是约瑟夫·K.的房间里面突然出现了法院的职员，作为一家大银行的首席业务助理，约瑟夫·K.自然想知道自己犯了什么罪：“‘这也不是什么了不起的大事，我猜想，虽然我被控告，但你们却找不到任何指控我的罪证。现在主要的问题是，是谁控告了我？哪一级机构将审理我的案件？你们是否是法官？你们谁也没穿制服……我要你们对这些问题作出明确回答，并相信，在问题弄清后我们便能友好地再见。’”①但他这

①叶廷芳主编：《卡夫卡全集》（第3卷），石家庄：河北教育出版社，1996年，第11页。

种不相信法院看守的做法又招致了新的过错,因为当时的规范是:法院一旦认定一个人有罪,不管这种罪是实有还是莫须有,这个人就难以逃脱,任何辩解、挣扎只会滑向更深的犯罪深渊。除约瑟夫·K.之外,所有的人都认识到了这一点,法院是一个以最少的规章制度限制,最大限度地发挥政府作用的地方,因为法院的各种规章制度已经内化为人们思想意识的一部分,他们自觉地用此来规范自己的行为,不再需要外在力量的约束。这一点正如福柯所说:"法律更多的是作为一种规范而存在,司法体系越来越整合到医疗、行政管理等机构当中,这些部门基本上都是按照规章制度运行的。"①而约瑟夫·K.认识不到这一点,天真地想从这个规范中挣脱出来,到头来只能"像一条狗一样"地被处决。

四、《城堡》中的保险与安全

《城堡》的核心问题是K.想进入城堡,得到城堡的任命,从而有权居住在城堡管辖的村子里。这里面涉及的法律、保险、安全、责任等主题和卡夫卡所学的法律知识以及他的工作是分不开的。K.获得安全的方式有两种,一是得到城堡的任命,成为土地测量员;二是得到村民的认可,成为他们中的一员,而这两种方式都和卡夫卡在工伤事故保险公司的工作相关联。

卡夫卡工作中很重要的一部分是阐释、实施新的保险法。保险是一种契约,它以权利而不是慈善的名义,让一个集体(比如公司)承担工人工伤事故的责任和义务。K.知道如果自己能成为村子里

①Michel Foucault, *The History of Sexuality*, *Volume I*: *An Introduction*, trans. Robert Hurley, New York: Vintage Books, 1990, p. 144.

的工作人员，居住权大门就会对他敞开，“大门”对 K. 来说代表着一种权利而不是恩惠。K. 想要得到的权利是一种契约权，和卡夫卡工作中旨在推行实施的事故工人的权利密切相关。

城堡当局就像现代社会中的保险，得到它的任命就是进入了保险。K. 要想让自己在城堡脚下的村子里居住下来，只能用来自城堡的任命来证明，他的经济安全完全依赖城堡衙门的责任或权力。但正像卡夫卡就职的政府部门一样，城堡的各个部门在运行中不断地悬置自己的责任。K. 在多方奔走之后终于收到了来自城堡、写有“第十办公厅主任”字样的信，开头这样写道：“非常尊敬的先生！如您所知，您已被聘任为大人供职。”①K. 一直盼望收到城堡确认给他一份工作的信件，“如您所知”几个字让他搞不清他是否真的被聘任了，聘任了什么工作，因为之前“土地测量员”是他为了能在城堡脚下的旅馆里借宿而编造的一个理由。信中没有说城堡和他签订工作合同的事，“您的直接上司是村长，他还将告知您有关您的工作及薪俸的一切细节，而您也将负责向他汇报工作”②。信中将确认工作和签订合同的事推给了村长，K. 要从他那儿了解有关工作的一切事宜，作为作者，深谙法律的卡夫卡将假冒的土地测量员置于一种法律上不安全的处境。

城堡当局的工作总是不到位，就像卡夫卡在工伤事故保险公司工作时政府一方总是不能完全尽到职责一样。没有城堡的任命，土地测量员的工作就没有具体落实的可能，K. 的安全也便没有了保

①叶廷芳主编：《卡夫卡全集》(第 4 卷)，石家庄：河北教育出版社，1996 年，第 26 页。

②叶廷芳主编：《卡夫卡全集》(第 4 卷)，石家庄：河北教育出版社，1996 年，第 26 页。

证，这是K.一生奔波、抗争的实质。

卡夫卡在布拉格工伤事故保险公司工作时极力推动扩大保险的范围，他曾写过一篇题为《保险义务的涵盖范围》（“Extent of the Insurance Obligation”）的文章，认为奥地利政府1908年7月颁布的保险条例将某些本该包括在保险之内的工种排除在保险之外，呼吁布拉格工伤事故保险公司按照实际情况来履行保险义务，而不是完全囿于已有的保险条例。对工人来说，只有被纳入了保险范围，其安全才有保障，也就是说融入集体是个人的生命、财产安全的保证。这一点在《城堡》中表现得也比较明显。K.只有成为土地测量员，才能属于村子这个集体，也才能找到安全感。因而他昼夜不息地奔波在通往城堡的路上，想方设法得到城堡的任命，直到筋疲力尽，奄奄一息，他把生命献给了融入集体的事业。

反过来讲，脱离了群体就会被排除在社会安全和经济保障之外，《城堡》中信使巴纳巴斯的妹妹阿玛莉亚的凄惨故事很典型地说明了这一点。在城堡看来，女人是城堡的财产，应该随时听命于城堡的召唤，无条件地满足城堡官员们的欲求。女性也用城堡来认同自我，小说中当K.问一个年轻女子她是谁时，女子只是简单地回答“一个从城堡来的少女”①。在这样一种以城堡为荣、一切为城堡所有的价值标准下，阿玛莉亚胆敢拒绝城堡官员的欲求，在城堡看来简直是冒天下之大不韪。为此她要受到惩罚，为了维护城堡的威严，她的全家也要跟着遭殃，甚至整个村子都受到牵连。危险是能够通过分析风险程度预见出来的，村民集体承

①叶廷芳主编：《卡夫卡全集》（第4卷），石家庄：河北教育出版社，1996年，第16页。

担着风险责任，外来者K.和冒犯城堡的局内人阿玛莉亚，都是风险制造者。为了规避他们带来的或可能带来的风险，全体村民对阿玛莉亚一家进行孤立，导致他们抬不起头来，最终陷入生活的困境。K.则被要求拿出城堡给他的土地测量员任命函，导致他一生奔波在证明自己身份的旅途上。

卡夫卡将自己的创作和工伤事故保险公司的工作联系起来，不管是在工作中还是文学创作里面，他都追求一种集体保险行为。集体“作为一个数据统计，一个要实行保险措施的领域，一个政府执政的客体”①，是安全机构的目标所在。

（原载《济南大学学报（社会科学版）》2010年第2期）

---

①Graham Burchell, Colin Gordon and Peter Miller eds., *The Foucault Effect*: *Studies in Governmentality*, Chicago: University of Chicago Press, 1991, p. 102.

论卡夫卡的社会改革思想及实践

作为一个文学家的卡夫卡，已被世界各国的研究者从各个角度进行了深入的研究，而作为一个热心倡导社会改革的改革者的他，却鲜有人谈及。实际上，在卡夫卡短暂的一生中，作为工伤事故保险公司的职员所做出的突出业绩和他作为作家的声誉，同样令人称道。

几乎没有人不认为卡夫卡是20世纪极为重要的一位作家。英国现代诗人W. H. 奥登宣称："卡夫卡对于我们时代的重要性就像但丁、莎士比亚、歌德之于他们的时代。"①法国戏剧家、诗人保尔·克洛岱尔说道："在我看来，卡夫卡是最伟大的作家，在他面前我脱帽致敬。"②但我们在这里所要讨论的不是卡夫卡作为一个天才的作家，而是他热心于社会改革的一面。

一、卡夫卡的社会主义思想

卡夫卡在一个富裕的家庭里长大，父亲是一个成功的商人，在

---

① Angel Flores and Homer Swander, *Franz Kafka Today*, Madison, WI: University of Wisconsin Press, 1958, p. 1.

② Angel Flores and Homer Swander, *Franz Kafka Today*, Madison, WI: University of Wisconsin Press, 1958, p. 1.

布拉格拥有一家妇女用品商店。作为老板，卡夫卡的父亲对待员工很粗暴，因而卡夫卡从幼年起就对父亲商店里那些被申斥的员工和售货员充满了同情，他意识到这些人是受压迫、被剥削的底层人。

中学时期，卡夫卡对遭受压迫的工人阶级有了更多的认识，开始对社会主义产生兴趣。尽管生性羞怯，卡夫卡还是穿上了标志社会主义者身份的服装，表明自己对社会主义者的支持。卡夫卡比较亲密的一位朋友雨果·柏格曼(Hugo Bergmann)当时正热衷于犹太复国主义，曾抱怨卡夫卡太过热衷于社会主义，冷落了他们之间的友谊①。

大学法律系毕业后，卡夫卡去捷克斯洛伐克倾听社会主义运动的领袖——社会民主党派的绍库普(Dr. Soukup)和捷克斯洛伐克国家社会主义者瓦克拉夫·克洛伐克(Vaclav Klofac)的演讲，还参加了主要由社会主义者组成的“年轻人俱乐部”(“Young Generation Club”)②。后来，卡夫卡在布拉格的一家工伤事故保险公司找到工作，开始接触劳工遭受不公正待遇的案件，在向官方撰写的报告中，卡夫卡坚定而又明确地表明了自己的社会主义观点。他甚至以自己的职业经历为素材，写出了小说《美国》。很多批评家认为这部小说是一部抨击资本主义社会的作品③，小说的

①See Ronald Hayman, *Kafka: A Biography*, New York: Oxford University Press, 1982, p. 30.

②See Pavel Eisner, *Franz Kafka and Prague*, New York: Golden Griffin Books, 1950, p. 50.

③For a summary of how Kafka's work experiences inspired the novel Amerika, see Franz Baumer, *Franz Kafka*, New York: Frederick Ungar Publishing Company, 1971, pp. 58－62. For interpretations which view Amerika as a work of anti-capitalism, see Wilhelm Emrich, *Franz Kafka*: (转下页注)

第一章“司炉”甚至被从德语翻译成捷克语，刊登在一家社会主义文学评论杂志上。有评论者直言不讳地指出：“我们在一战以前的文学中很难找到像卡夫卡这样一个非无产阶级作家怀着如此深厚的同情心，以写作来支持无产阶级的事业。”①在和年轻朋友古斯塔夫·雅诺施的谈话中，卡夫卡多次谈到对资本主义的看法，他说资本主义的最大弊端在于“富人的奢侈建立在穷人的痛苦上”②，认为资产阶级的工厂只把目光盯在利润上，从不考虑工人的利益，工人在资本家眼里是“落伍的机器，历史的残留……他们的技能很快就要被高效能的机器所代替”③。卡夫卡对资本主义最激烈的批判是它的寄生性，认为资本主义从头到脚充满了奴役。在卡夫卡看来，资本主义最顽固的病症是其体系中的每一个人、每一件东西都充满了依赖和束缚，这种依赖和束缚不仅让世界变成了一个不幸的地方，也严重扰乱了人们的心智。卡夫卡最推崇的社会主义者是德国的李利·布劳恩（Lily Braun，1865—1916）。卡夫卡藏有两本布劳恩的著作——《在巨人的身影下》和

(接上页注)*A Critical Study of His Writings*, New York: Frederick Ungar Publishing Company, 1968, pp. 276 — 315; and Klaus Hermsdorf, “Kafka's Amerika,”Kenneth Hughes ed., *Frank Kafka: An Anthology of Marxist Criticism*, Hanover, NH: University of New England Press, 1981, pp. 22—37.

①Eduard Goldstiicker, “Franz Kafka in the Prague Perspective: 1963,” in Kenneth Hughes ed., *Franz Kafka: An Anthology of Marxist Criticism*, Hanover, NH: University of New England Press, 1981, p. 73.

②Gustav Janouch, *Conversations with Kafka*, New York: New Directions, 1971, p. 103.

③Gustav Janouch, *Conversations with Kafka*, New York: New Directions, 1971, p. 131.

《一个社会主义者的传记》，前者讲述了布劳恩的家族史，后者是半自传体小说，布劳恩在其中借人物之口表述了自己激进的社会主义思想。这部小说对卡夫卡的影响很大，他在致朋友的信中对它大加赞赏："这位作家的生活经历非常值得分享，它向我们展示了一种强烈的奉献精神和奉献行动……成千上万的读者能够感受到该作品的成功是源于它自身，而不是其产生的时代背景。"①"我向周围认识的人每人送了一本，它特别契合我们今天这个时代，比我知道的其他一切东西都更贴近时代的脉搏。此外，它还能振奋人的精神。"②

卡夫卡是社会主义思潮的坚定支持者这一点还可以从他1918年写的一篇文章《穷工人之间的兄弟情》("The Brotherhood of Poor Worker")清楚地看出来。当时卡夫卡35岁，正热衷于将社会主义和犹太复国主义糅合起来。他认为传统的犹太社会是社会主义的，因为犹太人追求的理想状态是合作而不是竞争③。卡夫卡在《穷工人之间的兄弟情》中明确阐述了空想社会主义思想，希望犹太人在回到巴勒斯坦后能建立这样的社会。在卡夫卡的理想犹太社区构想中，关于人的权利，他阐述如下：每天工作不超过6小时，如果是体力劳动的话，则不超过四五个小时。病有所医，老有所养，国家支付这一切。人在工作时要有责任心，有信仰的支撑④。无怪乎有评论者指出这段话说明卡夫卡渴望建立一

---

①Franz Kafka, *Letters to Felice*, New York: Schocken Books, 1973, p. 454.

②Franz Kafka, *Letters to Felice*, New York: Schocken Books, 1973, p. 499.

③Ritchie Robertson, *Kafka: Judaism, Politics, and Literature*, Oxford: Clarendon Press, 1985, pp. 157—158.

④Franz Kafka, *The Blue Octavo Notebooks*, Cambridge, MA: Exact Change Books, 1991, p. 56.

种社会主义制度,这一信念他终生都没有动摇过。

二、卡夫卡的社会改革实践

卡夫卡的社会主义信念没有停留在思想认识上,而是付诸实际行动,他在工伤事故保险公司工作时极力推行改革,践行他的思想追求。卡夫卡的工作职责是在工人生病或受伤时,为他们争取到保险赔付。工伤事故保险公司于 1889 年成立,其真正职责是成为联合工会运动的领袖,维护工人的权利。但当卡夫卡 1908 年在工伤事故保险公司谋职时,它实际上已经沦为一个并不维护工人权利的官僚机构。更有甚者,该机构的职员渎职、贪污、受贿,导致财政赤字严重。

进公司一年以后,卡夫卡和新任领导罗伯特·马施纳(Robert Marschner)以及几位审计人员决定排除一切阻力进行改革,履行该公司帮助病残工人的初衷。卡夫卡在一次发言中宣称:"在过去的几年里,工人们怨声鼎沸。有一点我们今后保证要做到:我们要做好我们的工作,进行有益的、必要的改革。"①

卡夫卡的思想中有强烈的社会主义倾向,他和自己推崇的、激进的布劳恩一样,相信在非社会主义制度下实行社会改革,也有助于提高工人的思想觉悟。在对捷克的工人境况进行了调研之后,卡夫卡认识到工人不是激进的革命者,而是灾难的承受者。有了这种认识之后,他不无辛酸地说道:"这些人多么地谦卑啊,他们到我们这儿来是乞求帮助的。他们不是要冲击工厂,捣毁机器,而是来请

①Ernst Pawel, *The Nightmare of Reason*: *A Life of Franz Kafka*, New York: Vintage Books, 1984, pp. 184—185.

求我们的帮助的。”①像许多热心的社会改革者一样，卡夫卡相信要想使改革确见成效，首先要说服公众和各有关党派，让他们明白他们有限的牺牲和让步，会大大造福工人阶级。为此，卡夫卡主动承担了宣传鼓动的任务，为每一次的改革争取舆论支持。

当时一个亟待解决的问题是投保金额太低，由于健康和事故保险金要按照发放的薪水数量支付，雇主往往故意少报职工的薪水。针对此情况，卡夫卡一次又一次地向上级写报告，不厌其烦地召开讨论会，最终纠正了这种有损工人利益的做法，迫使雇主按照法律规定，如实、足额地交纳保险金，为不幸的工人争得了他们应得的利益②。此外，工伤事故保险公司还决定不光要按薪水交纳保险金，还要考虑工作的风险程度。这一次又是卡夫卡去说服雇主给不幸的病残工人一定的补偿，他在完成这项任务的过程中表现出卓越的说服能力③。

卡夫卡在努力说服雇主考虑工人利益的同时，还要向公众宣传为了保障病残工人的权利，工伤事故保险公司必须要推进工业改革。卡夫卡不断地在发行量较大的刊物上发表文章，诚劝公众支持他们的改革。比如卡夫卡曾在文章中这样写道：“我们毫不隐讳地承认在 1909 年之前，工伤事故保险公司的年度报告轻描淡写，对工人的权利漠不关心，现在事情有了很大改观。但若没

①Klaus Wagenbach, *Franz Kafka: Pictures of a Life*, New York: Pantheon Books, 1984, p. 104.

②See Ernst Pawel, *The Nightmare of Reason: A Life of Franz Kafka*, New York: Vintage Books, 1984, pp. 184－185.

③See Frederick Karl, *Franz Kafka: Representative Man*, New York: Ticknor and Fields, 1991, pp. 219－221.

有广大公众的支持，这些可喜的改革成果将很难持久。”①

卡夫卡刚进工伤事故保险公司时就认识到要想为工人谋利益，不光要起草相关的文件，告知公众各种保险赔偿条款，还要推动采取健康安全措施，减少工人在工作中的意外伤亡。他认为首先要做的是提高机器的安全生产指数，避免工伤事故的发生。为了实现自己的想法，他每周两次到坐落在布拉格的德国科技大学旁听机器操作原理课程。在掌握了相关知识后，卡夫卡设计了一种新式木工刨床，在当时发达的木材工业中，这种新式木工刨床避免了大量手指伤残事故。有评论者指出，卡夫卡的这项革新功莫大焉，它不仅极大地减少了作业工人手指受伤的概率，还避免了腕部截肢、失血过多等不幸事件，将很多工人从伤亡线上拉了回来②。卡夫卡的刨床改进让弱势的捷克工人受益良多。

卡夫卡促进的另外一项改革是减少因酗酒而引发的工伤事故。19世纪末20世纪初，捷克的采石场场主一般都开设酒馆，工人经常在那里打发时间，三分之一的薪水换成了酒精。酗酒使工伤事故的发生率大大增加。为了解决这一棘手的问题，卡夫卡在工伤事故保险公司的支持下，游说地方法院通过立法，废除这种有害无益的恶习，从而大大减少了因酗酒而引发的工伤事故。

卡夫卡不仅尽可能地降低工人在工作中的受伤概率，还非常关注工人以及公众的精神健康，他建议通过将医学和心理治疗相结合的方法，来保证一个人的精神健康。在卡夫卡的努力下，1915年工伤事故保险公司协助地方有关部门建立了一所精神病

---

①Ernst Pawel, *The Nightmare of Reason: A Life of Franz Kafka*, New York: Vintage Books, 1984, p. 184.

②Frederick Karl, *Franz Kafka: Representative Man*, New York: Ticknor and Fields, 1991, p. 223.

医院。由于这所医院创立于一战期间,最初收治了很多受伤士兵,他们患上了创伤后应激障碍,也称"炮壳震惊"症("shell-shock")。卡夫卡在一份报告中这样写道:战争压力带给人的"炮壳震惊"症和工业压力带给人的精神疾病,从性质上来讲是一样的①。一战结束后,这所医院对所有精神病患者开放,这是波希米亚地区第一所医治精神和心理疾病的医院,一直到今天还在捷克共和国发挥着作用。1918 年一战结束前,卡夫卡受到政府的表彰,因为他协助建立的这所医院在救治伤员中贡献突出②。

作为工伤事故保险公司的职员,卡夫卡从一开始就把自己当作劳工的朋友,为维护他们的权利付出了巨大的努力。卡夫卡的上司给予他很高的评价:"没有卡夫卡,我们整个部门就会名存实亡。"③还有一个事实帮助证明卡夫卡在维护弱势工人利益方面所发挥的重要作用。捷克斯洛伐克政府成立后,宣布将工伤事故保险公司里面所有不说捷克语的职员解聘,但说德语的卡夫卡却留了下来,而且被委以重任,请他担任其他部门的法律顾问。卡夫卡的这一新职位也给捷克的工人阶级带来了福音,因为卡夫卡一贯同情生病、受伤的弱势工人。这一委任也出乎为人谦和的卡夫卡的意料,他的反应是"太好了","没有想到"④。

1924 年卡夫卡去世时,捷克的讣文大多来自左派的刊物。这

---

①Franz Kafka, *Letters to Felice*, New York: Schocken Books, 1973, pp. 580—581.

②Johann Bauer, *Kafka and Prague*, New York: Praeger Publishers, 1971, pp. 116—120.

③Ernst Pawel, *The Nightmare of Reason: A Life of Franz Kafka*, New York: Vintage Books, 1984, p. 188.

④Ernst Pawel, *The Nightmare of Reason: A Life of Franz Kafka*, New York: Vintage Books, 1984, pp. 370—371.

些讣文给卡夫卡以高度评价，说他不仅是一个富有才华的作家，还为维护工人阶级的利益做出了重要贡献。一份共产党杂志如此评价道："这位纤弱的作家洞悉当今社会的不公，他热爱那些受剥削的同胞，用他那晦涩但具有穿透力的文字，无情地谴责了富人阶层。"捷克斯洛伐克的共产党机关报给予他高度的赞誉："他是一个罕见的德语作家，有一颗纯净、敏感的心，痛恨社会的腐败，以理性的解剖刀剖开社会的脓疮，进行仔细的研究。他洞察我们这个社会的一切，既看到了富人的权势和财富，也看到了穷人的痛苦与不幸，并以充满想象力的滑稽模仿，对这个社会上的所谓正人君子进行了猛烈的抨击。"①

多数卡夫卡研究者在谈到卡夫卡在工伤事故保险公司的工作时总是否定言辞多，认为他在那里的工作是浪费时间，应该将这些宝贵的时间用于文学创作。当然，这不能单向地归咎于研究者，因为在卡夫卡的自传性作品中，我们看到他有时抱怨工作的繁重和艰难。关于卡夫卡的职业和写作，真实的情况是：他在这两个领域都是尽职尽责、出类拔萃的。他既是 20 世纪一位伟大的作家，也是 20 世纪初波希米亚和捷克斯洛伐克工业领域的一个改革先锋。作为富有革新精神的职员，卡夫卡全力为底层工人争取保险赔付，极力维护那些在危险环境中作业的工人的利益，想方设法降低工伤事故的发生率。

（原载《东方论坛》2008 年第 5 期）

①Johann Bauer, *Kafka and Prague*, New York: Praeger Publishers, 1971, p. 174.

主体意识与宿命抗争

——卡夫卡的《变形记》解读一种

《变形记》是卡夫卡最重要的短篇小说，批评界对其主人公格里高尔·萨姆沙的阐释也是见仁见智，但许多论者大都从异化劳动的角度来解释格里高尔的变形，强调外在生存环境的恶劣，把他描绘成一个牺牲品，从而因过分强调外在的客观因素而对其主体意识关注不够。其实格里高尔的变形除了外界压力之外，还有其主体选择和行动的主动性在里面。面对强大的外部压力，为了抗拒异化，追求自由，持守人之为人的主体性、个人性，格里高尔选择了逃离时代的方式。

一、逃离异化的变形反抗

格里高尔·萨姆沙的变形是为了逃离难以忍受的异化处境。"啊，天哪，"他想，"我挑了一个多么累人的差事！长年累月到处奔波。在外面跑买卖比坐办公室做生意辛苦多了。""别的推销员生活得像后宫里的贵妇。譬如每逢我上午回旅店领取已到达的订货单时，这帮老爷们才在吃早饭。我若是对老板也来这一手，立刻就会被解雇。不过话说回来，谁知道被解雇对我来说是否就不是一件很好的事呢。我若不是为了我父母的缘故而克制自己的话，我早就辞职不干了，我会走到老板面前，把我的意见一古脑儿全告诉他。他非从斜面桌上掉下来不可！坐到那张斜面桌上并居高临下同职员说话，而且由于重听，人家就不得不走到他跟前来。这也真可以说是一种奇特的工作方式了。"①从《变形记》开篇这段格里高尔的心理活动中，我们得知他对自己旅行推销员的差事极不满意，不仅饱尝了四处奔波的旅途劳顿之苦，而且觉得公司对他缺乏起码的关照。老板更是盛气凌人，他习惯于坐在办公桌上居高临下地对雇员发号施令，俨然暴君一般。从格里高尔对老板的埋怨中我们可以看出他对老板怀有反抗情绪，想象过如何把自己的想法面对面地对老家伙讲，气得他从高高的办公桌上摔下来，然后自己奔向自由。可现实生活中的格里高尔不得不抑制自己的反抗愿望，因为父亲欠了老板的债，他必须在公司工作，慢慢抵债。根据弗洛伊德的观点，某些被意识精心潜藏的动机，最终会导致某种看似偶然的事故。格里高尔心中被压抑的反抗欲望终于导致了身体的变形，他的变形是在睡梦中完成的。作家并没有给我们具体讲述格里高尔是如何变形的，只告诉我们："一天早晨，格里高尔·萨姆沙从不安的睡梦中醒来，发现自己躺在床上变成了一只巨大的甲虫。"②在弗洛伊德看来，梦是人的潜意识显现，在梦中，白天被压抑着的潜意识解放出来。格里高尔平时被压抑着的想反抗上司的愿望在梦中实现了，这就是将身体变形。变形使他部分地达到了反抗的目的，他不用再去干那讨厌

①叶廷芳主编:《卡夫卡全集》(第1卷)，石家庄:河北教育出版社，1996年，第107—108页。

②叶廷芳主编:《卡夫卡全集》(第1卷)，石家庄:河北教育出版社，1996年，第106页。

的差事，也不用煞费苦心，在对自由的渴望与对父母承担的责任之间进行两难的选择了。

格里高尔变形后公司秘书主任的表演，则从侧面凸显了格里高尔强烈的反抗愿望。秘书主任来到格里高尔家里，不问青红皂白，就指责他工作不努力："近来您的成绩很不能令人满意，现在虽然不是做生意的旺季，这一点我们承认；但是不做生意的季节是根本不存在的，萨姆沙先生，是不允许存在的。"①这一切更加坚定了格里高尔脱离不人道的公司的决心和反抗毫无同情心的公司代理人的愿望，但小人物的委曲求全使他极力克制住心头的反感，不过他那变了形的、令人怵目的怪模样帮他满足了想反抗、想让上司受辱的秘密心愿。在秘书主任的愤然指责下，格里高尔打开门，违心地想去讨好他，没想到秘书主任一看到他的新形象，两人扮演的角色立即对调了。秘书主任原本是来威吓他的，结果反倒吓得连连后退；格里高尔呢，在此之前一直是个可怜的、受剥削遭歧视的底层雇员，这时却使上司连礼帽和手杖都顾不得拿，丢盔卸甲地逃走了。格里高尔在无意中满足了反抗的欲望，而且这次欲望的满足还带有滑稽可笑的色彩，应该说更有意义。格里高尔在实现潜意识中对秘书主任的报复时，一心想的是讨好他，不料秘书主任被他的恐怖形象吓得一言未发，就仓皇逃走，格里高尔一边追赶他，一边还恳求他千万别动肝火，回到公司后多替自己美言，而胆战心惊的秘书主任一边疾步逃走，一边发出恐怖的叫喊声。格里高尔的意图表述与行为效果大相径庭，令人感到滑稽可笑的同时，也体验到他报复上司后的痛快淋漓。

---

①叶廷芳主编:《卡夫卡全集》(第 1 卷)，石家庄:河北教育出版社，1996 年，第 114 页。

二、追求过程价值的宿命抗争

《变形记》以主人公努力但无效的挣扎表现了作家宿命抗争的思想。宿命的抗争表现为明明知道结局是悲哀的，但仍然义无反顾地奔赴这个结局。为了逃离社会对他的异化，格里高尔采取了变形的方式。但人——天地间最为高级的生灵，对这个异化无处不在的社会尚无能为力，更何况一只毫无防御能力的甲虫？变了形的格里高尔最终孤独地死掉了，但他的最终死去并不代表着其人性的丧失，恰恰相反，正因为他恢复了人的本性，从肉体到意识都摆脱了异化特征，才不可能生活于异化了的社会群体中。在以“人”形出现的“非人”群体中，他找不到真正具有人之本质的人的生存环境，只能死掉。他的死是他自己的选择，借助死亡，他割断了自己与异化社会的最后一丝联系，保持了作为一个人最本质的特征。

卡夫卡的《变形记》带有浓重的宿命论色彩，人即使拼命挣扎，到头来也只是徒劳。但卡夫卡这里的宿命意识又不是一般意义上的消极认命，被动等待，他的宿命中蕴含着积极抗争的内质。确切地讲，他对人生结局的认识是悲观的、绝望的、宿命的，而把全部意义赋予了人生的过程，他强调的是过程价值。在他看来，人虽然不幸降临到这个千疮百孔的世界上，但只要坚定不移地走向不知尽头的磨难，人生的意义和价值也就在奋斗和挣扎中体现出来了。人要在无情的宿命面前鼓起自己是命运的主人的勇气，就像希腊神话中的西西弗斯，尽管清醒地意识到自己的荒诞命运，可他不消沉，不沮丧，以永远前进的豪迈，不复停歇地推石上山。他的行动就是对荒谬的反抗，就是对诸神的蔑视，他朝着山顶所进行的斗争，本身就足以充实一颗心。在加缪看来，神的惩罚既带来了痛苦，同时也造就了西西弗斯的人生意义，因此，加缪得出这样的结论：应该认为西西弗斯是幸福的。那么，如此说来，卡夫卡和他笔下的格里高尔同样也应该是幸福的。

卡夫卡这种宿命抗争的思想是时代赋予的。卡夫卡所处的19世纪末20世纪初的西方世界，一种浓重的世纪末氛围氤氲其间。人类在漫长的进化过程中创造了自己的文明，形成了区别于动物的思想、宗教、法律、习俗等等，并且，随着机械文明的昂首阔步，人的生存环境、生活条件不断得到改善。但人性本自然，在文明不发达的童年时代，人类与自然和谐一体，度过了黄金时代。文明不过是人为了更好地生存下去而不得不违背自己自然本性的创造。自然人创造了文明，并在生活中接受文明习俗规定的存在方式，这样他就不可避免地要抛弃自己作为自然人的特性。这种对自然本性的抛弃和对非自然本性的异己因素的接受，意味着痛苦。可是，人为了追求更舒适、更高级的生活，又必须忍受这种痛苦。于是，人们一方面在实际生活中享受着文明的果实，一方面在文学作品中倾诉着对自然本性的向往与眷恋。

人类虽然对文明有种种不满，但一直到19世纪末，这种不满还没有超过所能承受的极限。从19世纪末开始，高度发达的物质文明迅速冲垮了人们承受的临界点。机械文明在创造巨大物质财富的同时，也极大地束缚了人们的自由，甚至带来了灾难性的后果。大机器生产对人的异化，先进武器对生灵的涂炭，信仰失落造成的精神荒原，经济危机造成的大批失业………不由不使人产生一种绝望感、荒诞感。卡夫卡生逢其时，从呱呱坠地起，就笼罩在荒诞、绝望的世纪末氛围里，深感人类就像陷入围栏中的豹，充满了孤独、恐惧与绝望。但作为天地间最高级的生灵，人类又不甘泯灭,生存的本能促使他不断地进行绝望的抗争,即使遍体鳞伤,也要策划新的反动。作家是人类精神苦难的承担者,是人生意义的创造者,是人类精神家园的守望者。卡夫卡以其强烈的艺术使命感,引导我们去直面灵魂的废墟,并在废墟中播撒意义的火种。因此,虽然卡夫卡清醒地意识到这个世界的荒诞性,可他并不因此而否定生命,否定现世;卡夫卡也清醒地意识到人在这个世界上挣扎的徒劳,可他并不因此而放弃努力,放弃斗争。他悲观,但不厌世;他绝望,但不决绝;他外表瘦弱、怯懦,内里却倔强、坚强;他笔下的格里高尔虽身陷绝境,仍在孜孜求证着人生,向死而生是卡夫卡的主人公最令人感动的地方。格里高尔即使变成了甲虫,也要拾掇起人性的碎片,这种竭力维护人之本性的弱者的挣扎,谈不上可歌可泣,却是主人公拼上性命的一跃。

卡夫卡的宿命观体现了作家对人生的深刻洞察和大胆直视。直面现实生活中残酷的一面并不是简单的悲观、宿命,而是一种深邃的人生体认,是通过自身对苦难的承受来增强人们对现实生活的承受能力。生活并不因为文学作品中对它的美好期冀而收起它阴险、残酷的一面,文学作品固然要表现理想,展示崇高,要提升人的精神,鼓舞人的斗志,但一味地展示善良、美好只能说明对生活理解的肤浅。生活是风和日丽、五彩缤纷的,也是腥风血雨、触目惊心的,而后者往往又是人们难以料及、一旦碰到又不知所措的。"一分辛劳,一分收获"是人们的乐观信条,而且很多情形下也的确如此,但并不能因此而排除只有努力,没有收获的不幸遭遇。如何去看待这一人生的不幸,是只注重结局而悲观绝望,还是注重过程,从体味人生的苍凉中获得一种心灵的震撼和人生的启悟?卡夫卡给了我们一个掷地有声的回答。格里高尔虽然最终孤独地死去了,但他抗拒异化、反抗上司的潜在意图已使他的变形不同凡响。

当生活无可挽回地全部破碎，当所有的希望都落空时，还有什么比坦然地正视这一切更可贵的呢？卡夫卡对生活阴暗面的正视，体现出他不同寻常的心理承受能力，同时也给了我们反抗绝望，在绝望中寻觅人生光亮的决绝和勇气。

（原载《名作欣赏》2003 年第 6 期）

《乡村医生》:唱给责任和信仰的挽歌

卡夫卡是一个宗教怀疑论者,作为小说家,他要透过物质的、表象的世界,去揭示生活的本质。他的短篇小说《乡村医生》讲述的就是一个怀疑论者对责任和信仰的探索,但最终无论是作为身体的医治者还是灵魂的拯救者,乡村医生都无可奈何地失败了。

"我感到非常窘迫"①,乡村医生在小说的开篇说道。他在一个狂风大作、雪花纷飞的冬夜被急促的门铃声唤醒,一个重病患者在十几英里外的村子里等待他的救治。刚开始时,乡村医生满怀信心,他有必备的工具和条件:装有医疗器械的药箱、御寒的皮大衣、适合在乡间小路上行驶的双轮马车。但随后发现没有马拉车,他的马因劳累过度头天晚上死掉了。乡村医生的信心受到极大打击,"我白白地站着,雪愈下愈厚,愈等愈走不了"②。就在医生伤脑筋的时候,一个马夫和两匹膘肥体壮的马突然神秘地出现在他的眼前。出行问题解决了,但乡村医生面临新的困境:是去履行医生的职责呢,还是留下来保护女仆罗莎?因为马夫明显地

---

①叶廷芳主编:《卡夫卡全集》(第1卷),石家庄:河北教育出版社,1996年,第157页。

②叶廷芳主编:《卡夫卡全集》(第1卷),石家庄:河北教育出版社,1996年,第157页。

要骚扰罗莎。想到这一地区的人经常乱按他的门铃,而且这次要以牺牲多年来对他尽心尽责的罗莎为代价,乡村医生愈加犹豫不决,他打算留下来保护罗莎。但医生的职责使他有一种神圣的责任感,这种责任感让他身不由己地坐上马车,风驰电掣般地来到病人家里。尽管有足够的行医经验,面对这位病人,乡村医生还是有些束手无策,因为初步检查后并没有发现任何严重的疾病,而生病的小孩却奇怪地对他说:"医生,让我死吧。"①待仔细检查后,医生发现男孩身体右侧靠近胯骨的地方有个手掌大的溃烂伤口,玫瑰红色,上面爬满了手指般粗细的蛆虫。看到这个致命的伤口,医生虽然极力保持镇静,但来时的信心已丧失大半:"相信我,我作为一个医生,要做什么事情也并不是很容易的。"②此时,乡村医生不仅失去了镇静,还失去了作为医生的主体性,因为他被病孩的家人和邻居剥光衣服,按倒在病人的床上,旁边一群学生齐声唱道:"脱掉他的衣服,他就能治愈我们,如果他医治不好,就把他处死!他仅仅是个医生,他仅仅是个医生。"③医生和病人躺在一起,模糊了身份界限。医生试图安慰病人,但无济于事。最后乡村医生赤身裸体地逃回马车上,迷失在茫茫的雪地里,心中懊悔这次出诊,埋怨他曾医治过的病人袖手旁观,担忧处在马夫威胁下的女仆。

---

①叶廷芳主编:《卡夫卡全集》(第1卷),石家庄:河北教育出版社,1996年,第159页。

②叶廷芳主编:《卡夫卡全集》(第1卷),石家庄:河北教育出版社,1996年,第162页。

③叶廷芳主编:《卡夫卡全集》(第1卷),石家庄:河北教育出版社,1996年,第162页。

一、责任的无力承担

《乡村医生》是卡夫卡最满意的作品之一,小说最初的名字是"责任",因而它的主旨之一是探讨责任的含义。卡夫卡写这篇小说时正受到责任感的困扰,像小说中的乡村医生一样,他也处于两难的境地。首先,为了从强大的父权阴影下解脱出来,卡夫卡一年前从父母的住处搬了出来,这使他感到没有尽到长子的责任。其次,卡夫卡也经受着是和未婚妻菲莉斯结婚还是献身于写作的煎熬。乡村医生履行职责和保护女仆的选择困境,正是卡夫卡自身矛盾处境的真实反映。

此外,卡夫卡也在为尽一个公民的义务而烦恼。《乡村医生》写于一战期间,一战爆发后,卡夫卡的许多朋友都到前线去了,卡夫卡也提出参军申请,但由于身体原因,两次都被退了回来,他为自己没能尽到一个公民的义务而感到不安①。

而更重要的,恐怕是卡夫卡在为自己的犹太身份焦虑。卡夫卡写了一系列有关犹太主题的小说,《乡村医生》是其中最重要的一篇。卡夫卡没有归属感,他是奥匈帝国的臣民,生长在捷克的布拉格,讲的是德语。作为说德语的犹太人,他在捷克人中间不是自己人,作为被基督教同化的犹太商人的后代,他在犹太文化中不是自己人。卡夫卡是一个为边缘读者写作的边缘作家,他陷于三种文化的困境当中:诱人的欧洲世俗文化、崛起的捷克民族文化和四面楚歌的犹太传统文化。在 1921 年写给好友布罗德的信

①Ernest Pawel, *The Nightmare of Reason*: *A Life of Franz Kafka*, New York: Farrar, Straus, Giroux, 1984, p. 326.

中，卡夫卡描述了自己如笼中兽般的感受："大多数用德语写作的年轻一代犹太人希望去掉他们身上的犹太属性，父辈也给予首肯……但这些人的后腿仍然胶着在父辈的犹太文化里面，前腿则悬在半空，找不到落脚的地方。对此的绝望成为他们创作的灵感来源。"①卡夫卡的作品一定程度上诠释着他身上的这种犹太属性。

在卡夫卡看来，"责任"这一概念源自宗教。在基督教里面，召唤是神的启示，承担职责需要自我牺牲精神，这是神赋予人的一种拯救者身份。在犹太教中，对责任还有更高的要求。犹太人承担责任不是因为他们应该承担，也不是因为他们不得不承担，而是他们乐于承担，他们认为自己是上帝的"选民"，承担责任对他们来讲是一种荣耀。在希伯来传统中，热爱神需要一种精神上对神的服从，服从神的旨意让一个人能更接近上帝②，这是犹太人最根本的责任。犹太教经典认为道德责任是不证自明的，它不需要牧师的中介诠释。

卡夫卡的乡村医生将责任看作是宗教意义上的，带有自我牺牲的内涵："我是这个地区雇佣的医生，非常忠于职守，甚至有些过了分。我的收入很少，但我非常慷慨，对穷人乐善好施。"③加拿大著名的医生威廉·奥斯勒爵士(Sir William Osier)认为医学带有宗教意味："福音书中比较苛刻的一句话是主说：'爱父母胜

---

①Franz Kafka, "Kafka to Max Brod," in Erich Heller ed., *The Basic Kafka*, New York: Washington Square Press, 1979, pp. 291—292.

②Joseph H. Hertz ed., *The Pentateuch and Hnftorahs*, Hebrew Text, English Translation and Commentary, 2 nd edition, London: Soncino Press, 1963, p. 770.

③叶廷芳主编：《卡夫卡全集》(第1卷)，石家庄：河北教育出版社，1996年，第160页。

于爱我的,不配作我的门徒,爱儿女胜于爱我的,不配作我的门徒。'不过宗教精神是毫无偏见的,它驱使不同年龄层次的人去追求理想,甚至为此不惜牺牲自己的家人和朋友。"①卡夫卡的乡村医生面临的难题是现代读者非常熟悉的:我们最重要的职责是什么?理性如何帮助我们在追求理想和对我们亲近的人负责任之间做出选择?乡村医生是该选择遵从职业使命呢,还是承担家庭责任?这两个问题是鱼和熊掌,二者不可兼得,乡村医生必须选择其一,他对职业的忠诚使他想要保护罗莎的愿望变得不可能。所以,卡夫卡从创作之初就展现了他小说创作的一个重要主题:生活中的选择经常是艰难的,而人又必须要做出选择。

卡夫卡对犹太教、基督教意义上的责任都提出了质疑,他不相信拯救、救赎等种种承诺,也不相信责任是不证自明的。在《乡村医生》中,他把责任作为一个问题来探讨,用想象中的各种可能性将乡村医生的责任意识复杂化。乡村医生的责任是什么?是去赶赴可能是虚假的急诊,还是留下来保护罗莎?留下来和罗莎在一起是一种愉悦还是一种责任?作者在小说中没有给出明确的答案。

责任首先要求承担的能力,而乡村医生是不称职的。他药箱中简陋的医疗器械几乎派不上用场,何况病孩已经"无可救药"②,而病孩的家人对他的期望远远超出了他的实际能力,他悲哀地说:"我并不是个社会改革家,所以只好由他躺着。"③诊断疾

①William Osier,"An Alabama Student,"in *An Alabama Student and Other Biographical Essays*,London:Oxford University Press,1908,p. 1.

②叶廷芳主编:《卡夫卡全集》(第1卷),石家庄:河北教育出版社,1996年,第161页。

③叶廷芳主编:《卡夫卡全集》(第1卷),石家庄:河北教育出版社,1996年,第160页。

病需要深厚的医学知识和丰富的临床经验,乡村医生这两者都很欠缺。卡夫卡本人对医生的评价并不高,他自己长期受肺结核病的折磨,限于医疗水平,当时的医生没有能力治好他的病。他有一次尽情地嘲讽给他妹妹治病的医生:"这些令人讨厌的医生,摆出一副职业的臭架子,刚愎自用而又没有多少专业知识。如果没有虚摆的职业架子,他们站在病人床边就会像一个中学生一样不知所措。"①在小说里面,卡夫卡以嘲讽的口吻来描写乡村医生,说他甚至没有能力诊断出病人是健康的,还是已病入膏肓。

其次,责任需要良好的驾驭能力,而乡村医生却没有。驾驭能力问题使卡夫卡多次想到一个车夫驾驭两匹马的故事,柏拉图在《斐德罗篇》(*Phaedrus*)中用这样一则寓言来说明人的灵魂的三重性②。柏拉图说车夫驾驭着两匹马,白马象征人的理性,黑马代表人的本能,车夫隐喻人的道德层面,也就是弗洛伊德所说的"自我",弗洛伊德认为"自我与本我的关系就像骑手骑在马背上,他要有能力驾驭这匹马"③。在柏拉图的描述中,车夫是道德代理人,在弗洛伊德那里,骑手控制着本能。卡夫卡将这个隐喻推进了一步,他的驾驭者——乡村医生没有能力控制住任何一匹马。责任和愿望都超出他的驾驭能力,医生要给人治病的话必须有强烈的责任心,但乡村医生连控制自己和自己愿望的能力都没

① Franz Kafka, *The Diaries of Franz Kafka 1910—1913*, edited by Max Brod and translated by Joeseph Kresh, New York: Schocken Books, 1976. First published 1948, p. 191.

② Patrick Bridgwater, *Kafka and Nietzsche*, Bonn: Bouvier Verlag Herbert Grundmann, 1974, p. 157.

③ Sigmund Freud, *The Ego and the Id*, edited by James Strachey and translated by Joan Riviere. New York: W. W. Norton, 1960, p. 19.

有,何以谈得上去治病救人?

最后,责任还需要明确的身份认同,乡村医生的身份却是模糊的。一般来说,医生是有主体性的个体,从身份上和病人是界限分明的。但在卡夫卡的小说中,乡村医生的身份模糊难辨,他和病人的身份纠缠在一起,最终被剥光衣服,塞到病人的床上。医生成了病人了吗?是不是乡村医生也和我们一样搞不清他究竟是病人还是医生?另外,这位医生还被误认为承担着牧师的职能 :"住在这个地区的人都是这样,总是向医生要求不可能做到的事情。他们已经失去旧有的信仰;牧师会在家里一件一件地拆掉自己的法衣;可是医生却被认为是什么都能的,只要一动手术就会妙手回春。"①卡夫卡进一步强化乡村医生本已十分复杂的处境:医生和村民的愿望大相径庭。医生只想看病,而村民却将他视为牧师。病人说:"你要救我吗?"("Will you save me")②而不是:"你要给我治病吗?"("Will you heal me")病人的要求超出了医生的能力和职责范围,他要的不是治病,而是神的恩惠,不是身体的治疗,而是灵魂的拯救。但在卡夫卡看来,牧师已失去往日的权威,医生也没有了昔日治病救人的威望。

二、信仰的难以维系

在卡夫卡留下的文字资料中,他明确反对用心理分析的方法

---

①叶廷芳主编:《卡夫卡全集》(第 1 卷),石家庄:河北教育出版社,1996 年,第 161 页。

②叶廷芳主编:《卡夫卡全集》(第 1 卷),石家庄:河北教育出版社,1996 年,第 161 页。

阐释他的作品。“不要再用心理分析的方法了!”①卡夫卡在1917—1918年的箴言集锦中如此说道。1920年,他在致捷克女记者密伦娜·雅申斯卡的信中又一次谈到他反对心理分析的简化论:“我认为用心理分析来治疗疾病是徒劳无益的,所有这一切病症,尽管表面看来令人悲哀,实际上都是信仰问题,是充满痛苦的灵魂寻找心灵的停泊地。……这样的停泊地扎根在最坚固的土壤中,而且它不是独立的、后天培养成的,它先验地存在于人的本性当中,并且会一直起作用。”②如此看来,卡夫卡认为疾病从根本上来说是精神的,正如不能把宗教说成是一种神经症一样,疾病也不能用心理分析来解释。疾病的根源正像信仰问题一样,是超越个体的,它不是孤立地存在于个体身上。

卡夫卡死于肺结核,他的亲身经历验证了他对疾病的形而上思考。1920年,吐血症状出现三年之后,卡夫卡在致友人的信中写道:“你愿意听一个门外汉的诊断吗?生理上的疾病只不过是精神疾病的外在表现。”③甚至在卡夫卡躺在床上发高烧,他的主治医生宣布他左肺硬化时,他还这样写道:“我很愿意相信肺结核能够治好,每一种疾病最终都会找到治愈的办法……疾病只有一种,它从根本上来讲是精神的,而医生却盲目地用药物去治疗,就

①Franz Kafka, “The Collected Aphorisms,” in *The Great Wall of China and Other Short Stories*, edited and translated by Malcolm Pasley, London: Penguin Books, 2002, p. 95.

②Franz Kafka, “Kafka to Milena Jesenska,” in Erich Heller ed., *The Basic Kafka*, New York: Washington Square Press, 1979, pp. 272—273.

③Franz Kafka, “Kafka to Oskar Baum,” in Sander L. Gilman ed., *Franz Kafka, The Jewish Patient*, New York: Routledge, 1995, p. 192.

像在茫然无际的森林中追逐野兽一样。"①卡夫卡认为医生治疗的只是病症的表象,而疾病从根本上来讲是精神上的。

如果说疾病从本质上来讲是精神的,那么医生要想真正治愈病人,就需要从精神方面着眼。卡夫卡在《乡村医生》中写道:"开张药方是件容易的事,但是人与人之间要互相了解却是件难事。"②这句话是《乡村医生》中的点睛之笔,卡夫卡这里所说的理解不光是人与人之间的相互了解,还要达成共识,形成默契。《乡村医生》中,医生和村民并没有真正地了解对方,他们对医生的职责有不同的认识,乡村医生认为自己是医治身体病痛的世俗人,村民们却需要一个精神的布道者,村民的痛苦是精神上的而非身体上的。

了解身体上的疾病需要医学专长,理解人精神上的痛苦则需要道德知识。在犹太教及基督教传统中,道德知识既不是从外部的经验世界获得的,也不是通过苏格拉底所说的自审和理性得到的。辨别善恶从亚当、夏娃偷吃知识之树上的禁果就开始了,之后人类通过上帝派来的神圣信使不断获取新的知识。按卡夫卡对人类始祖"堕落"的阐释,道德知识是先验的、给定的:"否定精神在今天仍然需要,而肯定精神早已赋予了我们。"③这里的肯定精神指的是正确的行为,这是上帝在伊甸园里就赋予人类的。在

---

①Franz Kafka,"Kafka to Max Brod,"in Sander L. Gilman ed. *Franz Kafka, the Jewish Patient*, New York: Routledge, 1995, p. 105.

②叶廷芳主编:《卡夫卡全集》(第 1 卷),石家庄:河北教育出版社,1996 年,第 160 页。

③Franz Kafka,"The Collected Aphorisms,"In *The Great Wall of China and Other Short Stories*, edited and translated by Malcolm Pasley, London: Penguin Books, 2002, p. 83.

对这些概念的传统界定中，道德知识需要信仰，但信仰不光要知道什么是对什么是错，更重要的是它还意味着行动。卡夫卡关于人类的道德责任说得很简洁："没有人会满足于单纯的知识，他必须要把知识和行动结合起来。"①责任指的是能够辨别对错，从这个意义上来讲，责任包含着信仰。卡夫卡认为，如果没有来自信仰的知识，人类就很容易犯错误和失败。没有信仰的话，医生也不能真正地医好病人。在卡夫卡看来，真正的治病救人是在一个由信仰引导的社区里行医，而他认为自己所处的是一个缺乏信仰的时代。一战的杀戮使许多欧洲知识分子认识到西方文明走到了尽头，卡夫卡的很多同时代人都感到欧洲陷入了虚无主义的泥潭。卡夫卡本人的感受更为深切，他说人类社会已经没有了精神追求："我们不再追求形而上的秩序。尽管世界喧哗躁动，每一个人都沉默无声，甚至和自己隔离开来。人生的目标和个体价值已经没有了联系，我们置身的是一个荒原般的、令人迷惘的世界。"②

卡夫卡认为在这样一个令人迷惘的世界上，人无法履行自己的责任。乡村医生有一种强烈的无能为力感，对自己缺乏信心，"我并不是个社会改革家"，他充满歉疚和无奈，"我要做什么事情也不是很容易的"。卡夫卡的许多作品都在探讨无能为力和上天注定主题，在《乡村医生》中，医生拒绝拯救者的角色定位，在需要精神牧师的村民看来，乡村医生是可怜的、无能的。与尼采的超

---

① Franz Kafka, "The Collected Aphorisms," in *The Great Wall of China and Other Short Stories*, edited and translated by Malcolm Pasley, London: Penguin Books, 2002, p. 93.

② Gustav Janouch, *Conversations with Kafka*, trans. Goronwy Rees, 2nd edition, New York: New Directions, 1971, p. 103.

人相反,卡夫卡的医生被一群孩子围住,吟唱“他仅仅是个医生,他仅仅是个医生”。乡村医生为人与人之间的无法真正理解、各自走向自己人生的悖谬而痛苦。当人们向着既定的目标前进,害怕走向歧途时,却发现离目标越来越远,最后连最初追求的意义也变得模糊了。小说的最后,罗莎遭到践踏,病人只能等待死亡,乡村医生白跑了一趟。卡夫卡的作品诠释着现代异化理论,这一理论意识到内在的人和外在的社会的割裂,希冀人与人、人与社会、人与自我之间的和谐。现实生活中卡夫卡感到绝望的是,他所追寻、渴望的文化无可奈何地失落了。罗伯特·奥尔特(Robert Alte)认为卡夫卡的思想表现出一个人对“传统文化的深深眷恋”①,从这个意义上说,他的看法是正确的。

三、宗教人文主义的精神曙光

尽管《乡村医生》在某种程度上是一曲传统文化逝去的挽歌,但卡夫卡并不主张暂时找个依托来代替精神的追求。他揭露医生精神救赎的无力,指出他们已经没有任何权威性,这一敏锐的发现使他远远走在了同时代人的前面。沃尔特·本雅明(Walter Benjamin)认为卡夫卡深刻揭示了“(宗教)传统的弊端”②,约翰·厄普代克(John Updike)说他是“最后的神圣作家”③。卡夫

---

①Robert Alter,“Kafka as Kabbalist,”*Salmagundi*,1993 (98&99),p. 94.

②Walter Benjamin,“Some Reflections on Kafka,”in *Illuminations*:*Essays and Reflections*,edited by Hannah Arendt and translated by Harry Zohn, New York:Schocken Books,1968,p. 143.

③John Updike, foreword to *Franz Kafka*: *The Complete Stories*, New York:Schocken Books,1995,p. xxi.

卡作品的复义性和悖论性向人们昭示在一个缺乏信仰的社会里,生活不可能是有意义的,而他又拒绝做一个圣人和预言家:“你可能会希望我给你一些建议,但我不是一个好的顾问,所有的建议在我看来最后都会走向反面。”①卡夫卡充满绝望色彩的话语让人感到没有希望之光,但卡夫卡并不是一个彻底的绝望之人,他在和年轻朋友雅诺施的谈话中多次显现出乐观的精神。雅诺施回忆卡夫卡有一次送给他一本美国作家惠特曼的《草叶集》,并告诉他惠特曼真正值得称道的地方在于他那有示范意义的生活方式:“沃尔特·惠特曼做过勤杂工,他做了当时人们都应该做的事情……他帮助那些弱小、生病和受挫折的人。他是一个真正的基督徒,让我们犹太人尤其感到亲近,他是我们衡量自身价值的一个重要尺度,一个人道主义代表。”②由此看来,吸引卡夫卡的不是惠特曼的诗歌,而是他的人文主义精神。美国内战期间,惠特曼经常到纽约医院去看望受伤的士兵,并在一所军人医院做义工。在卡夫卡眼里,惠特曼的作品只是信仰之火摇曳的余光,他身上真正有价值的是他的宗教人文主义精神。

惠特曼的生活,或者说某种程度上卡夫卡的生活,很好地诠释了责任的内涵。惠特曼到医院做过义工,卡夫卡作为工伤事故保险公司的职员,在一战期间帮助过成千上万的伤残老兵,因为他协助捷克斯洛伐克政府建立起第一所精神病医院,这所医院初期收治了许多受伤的士兵,并为那些饱受战争创伤的老兵疗治心

---

①Gustav Janouch, *Conversations with Kafka*, trans. Goronwy Rees, 2nd edition, New York: New Directions, 1971, p. 103, p. 83.

②Gustav Janouch, *Conversations with Kafka*, translated by Goronwy Rees, 2nd edition, New York: New Directions, 1971, pp. 167－168.

灵的伤痛①。卡夫卡的作品告诉我们:对生活、对宗教持怀疑的态度,并不意味着取消我们的道德责任,信仰是在怀疑中追求更高的目标。卡夫卡还告诉我们,明确自己的责任并付诸实践需要信仰的支撑,"人要生活,就一定要有信仰"②,没有信仰,"从来就不能够成功"③。让我们借着信仰的辉光,勉力前行在目标指引的道路上!

(原载《名作欣赏》2009 年第 4 期)

---

①See Ernest Pawel, *The Nightmare of Reason: A Life of Franz Kafka*, New York: Farrar, Straus, Giroux, 1984, p. 333.

②林贤治主编:《卡夫卡集》,上海:上海远东出版社,1998 年,第 332 页。

③Gustav Janouch, *Conversations with Kafka*, trans. Goronwy Rees, 2nd edition, New York: New Directions, 1971, p. 225.

解读《致菲莉斯情书》

——卡夫卡对犹太身份的求索

卡夫卡是一个犹太人，犹太人身份对他的创作有内在的深层影响。虽然他在小说中并没有明确提到自己作为犹太人的生活经历，但他写下的大量书信、日记等私人性文字真诚袒露了他对自己犹太身份的探索。这并不奇怪，在 20 世纪初期的布拉格，卡夫卡和他的家庭是犹太社区的一部分，当时的犹太社区处于两个敌对的种族——捷克人和德国人的包围当中，而无论哪个民族都不仅在文化上排斥犹太人，在现实生活中也不接纳他们。

尽管卡夫卡一生没有结婚，但他同好几位女性发生过恋情，并写下了字数惊人的情书，其中他与菲莉斯·鲍尔的通信达五年之久，即从 1912 年到 1917 年。这些书信被编辑成《致菲莉斯情书》，翻译成中文有厚厚的两大本，书信中卡夫卡既表达了他对菲莉斯热烈的爱恋，也记录了他对犹太身份的探索。我们把卡夫卡和菲莉斯这五年的鸿雁频传分为前后两个阶段：1912 年 9 月相识至 1914 年 7 月第一次解除婚约为第一阶段，1914 年 10 月恢复通信至 1917 年 7 月再度订婚，并于当年 12 月再次解除婚约为第二阶段。

卡夫卡把自己两次同菲莉斯解除婚约视为他最终没能成为一个正常人的证据。他的这种看法解释了他的书信、日记等私人性文字和小说创作之间的巨大差别。在私人性文字中，他记录了自己作为一个犹太人的思想成长历程，展示了他作为一个作家不懈剖析他人的努力。在这里，他有明确的身份意识，有清晰的思想认识和价值追求，在一个由朋友、同事、东欧犹太人组成的大家庭里找到一种牢固的归属感。但这一切在他的小说中都看不到，读者在小说中看到的是萦绕在他脑际的早年痛苦的生活记忆，是他没有成长为父亲那样身材高大、意志刚强的男子汉的愧疚，小说中反映出来的卡夫卡是一个困惑、孤独、无能为力的弱者形象。卡夫卡在小说中表露的是他认为自己是一个怎样的人，而在日记、信件，特别是致菲莉斯的情书中，展示的是他真实、毫无遮掩的自我。书信被视为“卡夫卡完成的最长的小说”①，展示了他个性发展和对犹太身份认同的每一个细节，袒露了一个本真的卡夫卡。

一、卡夫卡和菲莉斯的情书马拉松

卡夫卡与菲莉斯书信传情最初是为了讨得父母的欢心。卡夫卡的父亲是一个成功的犹太商人，无论在工厂还是在家里都说一不二；母亲是父亲生意上的得力助手，无暇照顾幼时的卡夫卡。父母对犹太教没有太多的热忱，在敌视犹太人的西欧生活环境中接受基督教的同化，并希望卡夫卡也能像父辈那样，顺应时势，把个人利益放在第一位，心安理得地去过中产阶级的生活，而不要过多地考虑自尊、种族关系、维护本民族的文化等问题。强大的

---

①Ernest Pawel, *The Nightmare of Reason*: *A Life of Franz Kafka*, New York: Vintage, Random House, 1984, p. 280.

父权世界对卡夫卡形成一种威压之势，一直到成年之后，卡夫卡还像父母希望的那样，和他们生活在一起。

为了取悦于父母，1912 年，卡夫卡开始热烈地追求他刚刚结识的菲莉斯·鲍尔。这种追求与其说是出于卡夫卡内心的喜欢，毋宁说是为了迎合父母的愿望。菲莉斯出身于中产阶级家庭，受过良好的教育，活泼开朗，恪守犹太女性的本分，是卡夫卡父母眼中的贤淑女子。而卡夫卡则是另外一种类型的人，他对菲莉斯说自己是一个禁欲主义者，吃素食，身体瘦弱，不会社交，不修边幅，容易生病，觉得自己卑微渺小，并且每当菲莉斯给予他热烈的回应时，他都用这些作为不结婚的借口，并同时鬼使神差地通过书信追求菲莉斯的闺中好友格蕾特·勃洛赫，而格蕾特应菲莉斯的请求，与卡夫卡频频通信来考验他是否真的喜欢菲莉斯。在和卡夫卡通信两年之后，菲莉斯在格蕾特的帮助下对卡夫卡进行了一次爱情的“审判”，之后便同卡夫卡解除婚约。

解除婚约后卡夫卡陷入了对菲莉斯的痛苦思念之中，在友人的帮助下，二人不久又恢复了通信。恢复通信的三年，即从 1914 年 10 月到 1917 年 10 月，是卡夫卡和菲莉斯试图寻找一个妥协途径的三年，但最终卡夫卡无法放弃写作所需要的孤独，菲莉斯也不愿放弃中产阶级的世俗生活，妥协没能达成。这期间他们的关系时好时坏，不再像第一阶段那样充满恋人之间互诉衷肠的甜蜜与渴望收到对方来信的焦灼。唯一让卡夫卡感到满意的是他们两人 1916 年在玛丽亚温泉开心地度了一周的假，尝到了身心交融的幸福，他们甚至第二次订婚，但很快又像第一次那样解除婚约，不过这一次对卡夫卡的打击远比第一次小。

从精神层面上来讲，卡夫卡 1914 年至 1917 年与菲莉斯交往中最重要的不是他对菲莉斯的追求，而是他对犹太身份的寻求，是他寻找精神实现的途径。这种寻求一开始表现为在精神追求和世俗生活之间做出选择，即在写作和婚姻之间做取舍。不久，这种选择变成了在西欧犹太教和东欧犹太教之间做出选择，是选择被启蒙的、理性的、智性的西欧犹太教，还是认同神秘的、强调族裔属性的东欧犹太教？是选择西欧犹太教派“哈斯卡拉”(Haskalah)，还是选择东欧犹太教派“哈西德”(Hasidism)？

最终，卡夫卡将民族自尊和犹太复国主义、哈西德教派以及东欧犹太教整合成一种精神性的宗教，一种融犹太共同体性、犹太民族性、犹太民族自强不息、荣辱与共的精神于一体的认识，这种精神追求和现实生活中的“犹太人之家”相呼应，完成了卡夫卡的精神升华之旅。“犹太人之家”于 1916 年在布拉格建立，主要收留从西班牙流亡过来的犹太人孩子。有一段时间，帮助这些孩子，为他们争取受教育的机会和基本的生活保障，成了卡夫卡乐此不疲的事情。他的精神追求在实践中得到了深化和验证。

但由于卡夫卡没有真正地离开过父母，他和过去依然有着千丝万缕的联系。父亲对他来说像一个专横的暴君，而上帝在他心目中也同样君临一切、无所不能、蛮横不公。因此，虽然他从菲莉斯那里获得了新的精神发展的自由，但来自父亲的心理羁绊妨碍他将这种新的精神认识付诸实践。于是，卡夫卡便转向菲莉斯，就像他早年希望她接受自己热烈的感情一样，这个时期的卡夫卡在菲莉斯身上实现自己的精神追求。借助菲莉斯和“犹太人之家”，卡夫卡成为犹太孩子的代理父亲和菲莉斯精神上的丈夫。

作为一个没有归属感的犹太知识分子，卡夫卡只能远远地看着这个世界，他清楚别人怎样做是正确的，但自己却无法像别人那样生活。像《旧约》中的英雄摩西一样，他能指引着他的犹太兄弟姐妹走到“流着奶和蜜”的地方，自己却无法进入其中。在和菲莉斯交往的最后日子里，卡夫卡患上了肺结核，他把这视为“坏的”自我——希望独身、用德语创作的作家卡夫卡，最终战胜了“好的”自我——希望结婚生子、过普通人生活的犹太人卡夫卡。

二、1912年至1914年的两地书：弱者的告白

1912年至1914年，卡夫卡致菲莉斯的情书是一个热烈的追求者形象，但每当菲莉斯询问为什么他们不能结婚时，卡夫卡总说自己不会是一个好丈夫、好情人、好父亲。我们可以将这种矛盾的行为看作卡夫卡为自己的犹太身份而挣扎的隐喻，他试图通过犹太中产阶级的生活方式来达到上帝与犹太民族的统一：“在卡夫卡开始探索犹太身份的时候，他的犹太性或者说他身上犹太性的缺乏，是他和菲莉斯冲突的核心。不和菲莉斯结婚，他就既不是一个男人，也不是一个犹太人，他是一个非犹太人、非德国人、非捷克人，是漂泊在冷漠、敌意的世界上的赤裸裸的自我。在非犹太人、非德国人、非捷克人这些不同的身份当中，他更希望靠近犹太人。如果能找到一个允许他进去的入口，他很可能会加入祖先的行列，遵从人性的规范，找到信仰和归属感，像普通犹太人一样生老病死。卡夫卡……清楚地说明了他的选择和为此付出的代价：和菲莉斯结婚，就相当于牺牲了自我，种族的大门会因此向你洞开，犹太人会拥抱你，将你拉入他们之中，泯灭你的个性，让你的痛苦甚至声音消失，此后从众的信仰会取代你内心的愧疚。”①

---

①Ernest Pawel, *The Nightmare of Reason*: *A Life of Franz Kafka*, New York: Vintage, Random House, 1984, p. 289.

但是，卡夫卡一方面通过与菲莉斯通信寻求自己的犹太身份，另一方面又不断地剖析自我，批评犹太习俗，甚至自我嫌恶，否定自己的犹太身份。这种自我毁誉和自我否定反映出受歧视的犹太民族的屈辱和自身的局限，因为对于这一切，卡夫卡都太熟悉不过了。在给菲莉斯的信中，他这样写道："你要的是一个男人，而不是一个优柔寡断的可怜虫。"①他在信中经常抱怨自己身体状况不佳，有忧郁症，极易疲劳，说他羡慕别人的强壮，嫉妒菲莉斯的德国追求者"健康的体魄、得体的服饰和风趣的谈吐"②。从写给菲莉斯的信中，我们可以清楚地看出卡夫卡害怕性无能，担忧自己没有能力做一个好丈夫。这一点和他身体方面的其他困惑一样，反映出卡夫卡潜意识中认为犹太文化是病态的、抗拒本能的。

正如恐惧性生活一样，卡夫卡也害怕婚后沉陷在中产阶级的庸俗生活之中。因此，他厌恶到犹太会堂去，不喜欢菲莉斯挑选的又大又重的家具，说它们让人感到"压抑"，像"墓碑一样"③。在菲莉斯决定解除婚约时，卡夫卡写道："我让你取消在犹太会堂的仪式，你不回答我"④，"我想要一个四层以上的公寓，不要在布拉格"。也就是说要远离其他人，远离菲莉斯的朋友和他们所要承担的责任。"我不需要一个永久的、充斥着资产阶级生活趣味的家，我不仅不需要这样的家庭关爱，实际上它还会吓着我"⑤。

①Franz Kafka, *Letters to Felice*, New York: Schocken, 1973, p. 211.

②Franz Kafka, *Letters to Felice*, New York: Schocken, 1973, p. 243.

③Franz Kafka, *Letters to Felice*, New York: Schocken, 1973, p. 462.

④Franz Kafka, *Letters to Felice*, New York: Schocken, 1973, p. 440.

⑤Franz Kafka, *Letters to Felice*, New York: Schocken, 1973, p. 44.

从这里我们看出卡夫卡厌恶犹太中产阶级的生活，厌恶自己的犹太家庭和自己身上的犹太血统。考虑到他对性生活的看法和他的禁欲主义思想，可以感受到卡夫卡内心深处基督教和犹太教两种价值观在较量，他试图寻找一种理想的生活方式。

卡夫卡对婚姻的矛盾态度反映出他想成为一个德国人的愿望，尽管德国人仇视像他这样的犹太人，但他认为德国人没有他的弱点，或者说和德国人相比，他认为自己所具有的弱点。卡夫卡回忆自己早年有一次和一位身材高大的犹太朋友在一起，这位朋友的父亲开了一家书店。卡夫卡在书店里看到去犹太会堂用的面纱布满了灰尘，旁边是"黄色"的犹太书刊。卡夫卡和朋友去了一家排外的德国人俱乐部，朋友是这里的会员，而卡夫卡不是。卡夫卡不无嫉妒地回忆说他羡慕这位把自己视为德国人的犹太朋友。

在卡夫卡的回忆中，德国人不接纳像他这样敏感的犹太知识分子，而欢迎他朋友那样的虽然粗鲁但强壮、健康的犹太人。这样的犹太人像卡夫卡的父亲一样坚强自立，把上犹太会堂用的面纱和"淫秽"的犹太书刊放在一块儿，和德国人交朋友，在一起尽情狂欢。而卡夫卡只能站在一旁，羡慕地看着他们，希望自己也能像朋友一样被德国人俱乐部接纳。

卡夫卡和菲莉斯的第二段恋情发生在1914年7月至1917年10月之间。由于不再考虑为尽到责任而和代表犹太中产阶级的菲莉斯结婚，卡夫卡这一时期对犹太身份的寻求成为他发自内心的一种冲动。有学者认为犹太教、婚姻和写作是卡夫卡逃避不堪忍受的生活的三种途径，但只有婚姻这条途径在他身上真正起作用了，因为和菲莉斯的恋情卸去了困扰他的精神压力。但菲莉斯曾经提出解除婚约，使卡夫卡不再想着通过一桩犹太中产阶级的联姻去获取身份定位和与犹太人的紧密联系，这一点从第二段恋情存续期间卡夫卡给菲莉斯的情书明显减少表现出来。这期间，卡夫卡是借助写作和对自己犹太身份的理解来寻求民族自尊与归属感的。我们可以做一个合理的推测，如果卡夫卡活得再长久一些，那么文学创作带来的成就感和自信心，以及他越来越强烈的犹太身份意识，可能会最终让他没有顾虑地结婚，在生活中遵循犹太文化习俗，因为在生命的最后几年，他曾产生去巴勒斯坦生活的想法。

三、1914 年至 1917 年的两地书：身份的寻求

卡夫卡对犹太身份的寻求在 1914 年那场婚约风波之后写给菲莉斯的信中比较明确地表现出来。婚约解除后不久，卡夫卡在给菲莉斯的信中剖析了两个自我：一个执着于结婚生子，过普通人的生活，承担婚姻的义务；另一个不顾一切地追求自由、孤独、创造力，甘愿过寂寞、清贫的写作生活。这是一封具有分水岭意义的信，在此后写给菲莉斯的信中卡夫卡坦率地承认，要做一个孤独的作家，他就不能履行一般人理应承担的义务。同样在这封信中，卡夫卡还详细解释了他和菲莉斯为什么都有理由害怕对方，然后他提出他们之间能否相互妥协。这是以前从未有过的，即为写作而追求孤独与自由的卡夫卡，和渴望卡夫卡能够像普通人一样承担起家庭责任的菲莉斯，都向对方让一步。尽管卡夫卡没有谈到具体的让步计划，但这种想法预示着他哲学观上的一个转变，这时的卡夫卡认为理想的生活需要承担责任并付诸行动，而不是空洞的纸上谈兵。

在这一时期，我们还看到卡夫卡开始了一个悔悟的过程，他

认识到自己伤害了菲莉斯，他承认这一点，并尽可能地做到今后不再伤害她。卡夫卡在这期间写就了长篇小说《审判》，不管这部小说在他去世之后受到多么高的评价，说他是陌生化的代言人也好，政治预言家也罢，从卡夫卡的潜意识角度来说，它是驱散卡夫卡内疚感的咒符。他觉得自己需要一场真实的审判，为他的自大和与菲莉斯交往上的虚荣，为他主动追求菲莉斯，让她为自己着迷而又没有明确表示过与她白头偕老，而他又明明知道菲莉斯内心渴望着与他携手共度一生。

然而，卡夫卡与菲莉斯第二段恋情期间所写的信件，主要集中在四个犹太问题上，即犹太复国主义、犹太教、与西欧犹太教相对的东欧犹太教以及"犹太人之家"。

卡夫卡与犹太复国主义的关系起初既不明朗也不持久，但他对这一运动有自己独特的理解和同情，特别是在第一次世界大战以后。在与菲莉斯通信之初，卡夫卡对犹太复国主义的态度是矛盾的。第一次相见时，菲莉斯学习希伯来语的热情给卡夫卡留下了深刻的印象，他们甚至讨论去巴勒斯坦旅行。但卡夫卡又在给菲莉斯的信中谈到他遇到一个年轻的犹太复国主义者，这个人"敏锐、活跃、友好，但我发现他有一种令人不安的沉静气质……当时我对他这个人、对任何形式的犹太复国主义都漠不关心……"①不过，几个月后，即 1913 年 4 月，卡夫卡的朋友洛维的意第绪剧团难以为继，他给他的建议是"去巴勒斯坦"②。是承担对他人的义务还是满足自己的愿望？是像普通犹太人一样生活，还是走一条有精神追求但注定孤寂的艺术之路？卡夫卡内心一直在进行艰难的斗

---

①Franz Kafka, *Letters to Felice*, New York: Schocken, 1973, pp. 207－208.

②Franz Kafka, *Letters to Felice*, New York: Schocken, 1973, p. 239.

争，他能给别人指出一条正确的道路，但到自己身上却总是像哈姆雷特一样犹豫、踯躅。困惑始终缠绕着他，在 1913 年 9 月写给菲莉斯的信中，卡夫卡谈到自己对犹太复国主义的看法："今天早晨我去参加犹太复国主义者大会，摸不着头绪。我知道具体的，总体的也知道，但实际上并不懂。"①

但到了 1916 年，卡夫卡对犹太复国主义有了更多的了解。这一年的 8 月，卡夫卡在信中责备菲莉斯对犹太复国主义的态度："无论如何你都不要因为你不是很熟知犹太复国主义而对犹太人之家感到害怕。通过这个犹太人之家，另外一些力量正在汇聚并发生作用，我更看重这些力量。犹太复国主义现在至少处在一种表面看来的顶峰发展时期，它对大多数活着的犹太人来说是可以实现的梦想，但它仅仅是通向更重要的目标的一个过程。写这些有什么用呢？你在沉默。"②此时犹太复国主义对卡夫卡来说已不是一个目标，而是通向更高目标的一个手段，他从不认为犹太复国主义是最终的目标，只相信它作为手段在起作用。

卡夫卡对犹太教和其他宗教的看法也不是始终一致的。他在致菲莉斯的信中倾吐自己的迷惘："你是否十分虔诚？你经常去犹太会堂，但最近你一定没去过。你信仰什么？犹太教还是上帝？主要的是，你是否体会到自己与一个令人心平气和、距离遥远、很可能永无尽头的巅峰或深谷之间的关系？总能体会到这一点的人一定不会像一条迷途狗一样到处乱窜，凄苦难言地四面张望；一定不会自愿进入坟墓，仿佛墓地是一只温暖的睡袋，而生活则像冰冷的冬夜；也不会在通往办公室的楼梯上，觉得看到自己

①Franz Kafka, *Letters to Felice*, New York: Schocken, 1973, p. 317.

②Franz Kafka, *Letters to Felice*, New York: Schocken, 1973, p. 482.

从楼梯间烦躁地摇着头急促跌落下来。"①

然而，有一点我们必须要注意的是，卡夫卡从来没有公开表示过他信仰基督教，他认为"基督教是异教的信仰"②，而犹太教作为一种信仰和宗教，是与训诫相符的。卡夫卡不明白犹太人何以漠视自己的信仰："遵守戒律并不体现在去犹太会堂这一表象上，相反，它是犹太教最根本的东西。"③卡夫卡在给菲莉斯的一封信中曾描述过这样一件事："你读这封信的时候，也许我正身穿旧燕尾服，脚蹬开了缝的漆皮鞋，头顶过小的圆筒帽，带着一张异常苍白的脸（因为现在我需要很长时间方能入睡），作为男傧相和一位怡人、美丽、高雅、特别温柔体贴又十分谦虚的表妹一起乘车去那将要举行一个隆重婚礼的教堂。这种婚礼总令我不安，因为按照犹太习俗，至少在我们这里宗教仪式只限于举行婚礼和葬礼，由此这两件事变得如此靠近，人们简直可以看见一个正渐渐消逝的信仰那惩罚的目光。"④卡夫卡尊重自己的犹太信仰，可其他犹太人仅仅将其视为一种外在的仪式，卡夫卡的失望写满了字里行间。

具有悖论意味的是，恰恰是在将犹太教的某些缺点同古老的、富有发展前景的德国以及德国作家、编辑、读者之间的良好关系做了比较之后，卡夫卡才将尊重犹太信仰视为对自己种族的义务。而且，他对德国人的羡慕是和对自身内在的犹太身份的憎恨连在一起的，也就是说他以德国人的视角来看待犹太人。但与此

①Franz Kafka, *Letters to Felice*, New York: Schocken, 1973, pp. 185—186.

②Franz Kafka, *Letters to Felice*, New York: Schocken, 1973, p. 126.

③Franz Kafka, *Letters to Felice*, New York: Schocken, 1973, pp. 502—503.

④Franz Kafka, *Letters to Felice*, New York: Schocken, 1973, p. 151.

同时,卡夫卡在言谈中又表现出一种夸张的、刻意的犹太方式。因而,此后没几年的时间,他坚持真正的民族精神是一个民族同甘苦共患难。这样,卡夫卡从作家卡夫卡,从仅属于编辑、读者的卡夫卡,变成了丈夫卡夫卡、犹太人卡夫卡,将以色列人民看作一个整体。

此后,卡夫卡继续深化他对精神归属的探索。他认识到人为了证明上帝的存在,创立了一系列的宗教仪式,上帝存在于人的意识之中,一旦没有了这些仪式,人就无法证明上帝的存在。因此,上帝是人虚构出来的,人对它并没有真正的信仰,因而,从本质上来讲,这样的一种宗教是不牢靠的。卡夫卡既不能把犹太教作为一种纯粹的信仰来接受,也不能把它视为现实生活中一种仪式性的东西。他的这一认识抓住了一个核心问题,即不管对他本人还是其他人来说,宗教行为和宗教仪式要先于信仰,信仰借助它们才得以存在。

有了这种认识之后,卡夫卡开始将犹太教作为一个群体的信仰,但他为自己在内心深处不属于这个群体而不断地忏悔。于是,我们看到他在信中向菲莉斯求证犹太教对她来说是宗教还是上帝,是行为还是信条。1914 年 6 月又在给菲莉斯的好友格蕾特的信中写道:"因为他生为犹太人却不赞成犹太复国主义,且不信犹太教,所以被所有重要的大团体排斥在外(我对犹太复国主义既惊服又厌恶)。"①

这里,我们看到卡夫卡第一次将犹太教视为一种集体信仰,显示出他又重新接近以前曾经排斥过的东西,比如生活在有组织的社会群体当中,遵守社会规则,承担社会义务等等。但矛盾的

---

①Franz Kafka, *Letters to Felice*, New York: Schocken, 1973, p. 423.

是,卡夫卡又懊悔地承认他不适于过这样的生活。他对宗教救赎的无力和父亲三心二意的宗教信仰感到失望,由于从小就没有在一个充满关爱、和谐的氛围中接受犹太教的熏陶,现在再让他信奉犹太教未免太迟了。

1914年第一次世界大战的爆发,使卡夫卡有了一个为群体尽义务的机会,即为德国皇帝和他喜爱的那部分德国扬鞭沙场,但这个愿望因卡夫卡身体状况不佳而成了泡影。两年之后的1916年夏天,卡夫卡和菲莉斯在玛丽亚温泉度过了他们两人结识以来最愉快的一周,卡夫卡对性无能的所有担忧全部烟消云散。菲莉斯回柏林后卡夫卡继续逗留,在这里,卡夫卡对犹太人的认识有了最终的提升。菲莉斯离开玛丽亚温泉一周后,卡夫卡在信中热情洋溢地向她描述他见到了东欧犹太教哈西德派的重要人物贝尔兹·拉宾(Belzer Rebbe),并与拉宾进行了一次令人难忘的散步,使他精神倍感愉悦。他告诉菲莉斯他这个素食主义者竟然吃了一点肉,而且还长胖了,这应该不是巧合。最终,一种幸福感、满足感、精神上的如释重负感,突然出现在卡夫卡那简朴、严肃、追求散文风格的书信里面了。

但卡夫卡思想上的这种转变是需要一个前奏的。我们在上文看到卡夫卡将宗教视为一种生活方式,看到他很尊重犹太哈西德教派的领袖人物,而且将他和菲莉斯在一起的生活视为"快乐的人生"①,他似乎从婚姻恐惧症中解脱出来,成了一个普通的犹太人。但菲莉斯如何遵从卡夫卡选择的犹太生活方式,从而使卡夫卡通过菲莉斯过上一种犹太人的生活,还需要先前的积淀和恰当的契机。

---

①Franz Kafka, *Letters to Felice*, New York: Schocken, 1973, p. 477.

卡夫卡不是在和拉宾散步之后,也不是因为他和菲莉斯共度了一周完美的生活,就突然认可了东欧犹太人的生活。这要从卡夫卡和意第绪剧院的接触谈起,卡夫卡在早期与菲莉斯的通信中也多次谈到意第绪剧院。1911 年 10 月 4 日,卡夫卡观看了意第绪剧团的演出,对犹太文化产生了兴趣,在此后三个月的时间里,他观看了近二十场演出,对东欧犹太人的精神世界和犹太教的神秘教义都有了比较深入的了解,改变了他对犹太传统的否定态度。但这只是理论上的认识,并没有触及现实生活。真正触动卡夫卡要在现实生活中过一种犹太式生活的契机是 1916 年"犹太人之家"的建立。在与菲莉斯的后期通信中,卡夫卡积极鼓励、以甜言蜜语哄骗甚至要求菲莉斯寻找一切机会到"犹太人之家"做志愿者。这时的卡夫卡认为犹太教的本质是拥抱人性:"最重要的是人,只有人才是最重要的……而只有这些真正重要的东西才能唤起你力量中的至善。你一定会认识到工作、家庭、文学、戏剧这些东西从根本上来说只能唤醒你这种至善的一部分,也许真正的结合点在这里,这种至善反过来又会有助于所有其他的方面,例如家庭之类。"①在卡夫卡看来,菲莉斯在"犹太人之家"的工作与其说是给孩子们带来欢乐,毋宁说更使菲莉斯在精神上受益:"在我看来,这是通向精神自由的唯一道路。那些帮助别人的人会比被帮助的人更早地走向这条自由之路。"②对卡夫卡来说,"犹太人之家"是唯一重要的、真实性的东西:"只有真实可以给你带来最大的帮助,哪怕是最微小的真实。……你会发现有人需要帮助……你有给予这种帮助的能力——正如雪中送炭。这极其

①Franz Kafka, *Letters to Felice*, New York: Schocken, 1973, p. 498.
②Franz Kafka, *Letters to Felice*, New York: Schocken, 1973, p. 500.

简单，然而又比任何主导思想都深奥，你问的所有其他问题都会自然由这简单的事情中得出结论。”①

最终，“犹太人之家”成了卡夫卡信仰犹太复国主义的力量源泉。他认识到犹太复国主义“给了犹太人之家一种新的、强有力的方法，总而言之，是一种新生的力量，这种力量通过唤起过去辉煌悠久的历史而激发起民族向上的精神”②。菲莉斯给“犹太人之家”的孩子们讲授犹太法典，在“犹太人之家”，上帝、卡夫卡的父亲、菲莉斯、犹太复国主义、犹太人、卡夫卡全都融为一体，卡夫卡一直想成为这样的家庭、这样的社区里的一员，在这里找到身份归属和生活的意义。我们可以大胆地揣测，卡夫卡宁愿成为“犹太人之家”的一个孤儿，也不愿做一个虽有父母但亲情淡薄、被母亲忽视、受父亲专制的孩子。

“犹太人之家”还使卡夫卡实现了他一直希望结婚做父亲的愿望，而在现实生活中他由于内心永远处于矛盾之中而没能如此。卡夫卡对“犹太人之家”投入了大量的精力，他甚至收养了这里的一些孩子，把菲莉斯视为精神上的妻子，让她照顾她们，做她们的母亲：“那种感觉就像是，那些小姑娘是我的孩子，她们终于有了母亲……”③

对卡夫卡来说，“犹太人之家”成就了他想象中与菲莉斯的夫妻关系：“再没有什么能比这件事情更使我们在精神上亲近的了。”④这里，卡夫卡向我们表露了“犹太人之家”带给他们的那种

---

①Franz Kafka, *Letters to Felice*, New York: Schocken, 1973, p. 500.

②Franz Kafka, *Letters to Felice*, New York: Schocken, 1973, p. 501.

③Franz Kafka, *Letters to Felice*, New York: Schocken, 1973, p. 506.

④Franz Kafka, *Letters to Felice*, New York: Schocken, 1973, p. 500.

超乎寻常男女爱情的亲密关系。

在卡夫卡内心深处有两个争吵不休的自我：德语作家卡夫卡和东欧犹太人卡夫卡，他在这两个方面都既是赢家又是输家。说他是赢家，是因为他经历了追求精神自由、承担社会义务、信仰犹太复国主义、寻求犹太身份的历程，并通过“犹太人之家”将这一切融合起来，而且最终从社会责任、婚姻生活的痛苦焦虑中解脱出来。说他是输家是由于他没能化解与父亲的爱恨关系，没能改变父母视犹太教为虚伪形式的观念，他对犹太教、犹太复国主义和宗教的新观点没能转化成自己生活的一部分，没能娶妻生子、建立家庭，过一种犹太教所要求的生活。

尽管如此，卡夫卡最终还是赢得了身份求索的胜利，这是一个漂泊的、流散的犹太人的胜利。他用自己终生不懈的探索让其他犹太人更充分、更完全地了解了犹太人的困境，甚至感受到他在作品中表现出来，但生活中却没有做到的东西。

（原载《时代文学》2009年第4期）

文学达尔文主义视野下的《傲慢与偏见》

作为脍炙人口的西方文学经典,《傲慢与偏见》已引起很多研究者的关注。但经典的魅力就在于其无尽的诠释性,本文尝试用西方当下文学研究的新范式——文学达尔文主义,对《傲慢与偏见》进行阐释与评价。

一、文学达尔文主义的产生

文学达尔文主义是近十几年来在西方崛起的一个新的文学批评流派,其奠基人和主将是美国密苏里大学英语系教授约瑟夫·卡罗尔(Joseph Carroll),他主张把文学批评与从现代进化论角度理解人性的进化及适应特征结合起来,认为有关人类行为的各种知识,包括人类想象力创造的文学作品,都能从进化论角度进行解释。

文学达尔文主义是在对其他文学理论的批评与反拨中产生的。在过去近一个世纪的时间里,各种文学批评流派轮番登上文坛,卡罗尔将它们统称为"后结构主义"。早在 20 世纪七八十年代,卡罗尔就对"后结构主义"表现出不满,认为这些以德里达、福柯、德·曼为代表的理论"缺乏历史的连贯性,不仅不符合逻辑,而且公然对继承启蒙运动遗产的理性秩序抱有敌意"①,因而,他要寻找一种历史主义的批评。20 世纪 90 年代初,卡罗尔阅读了达尔文的《物种起源》和《人类的起源》,认识到"人类社会所有的事物都能用生物进化论进行解释"②,而"人类社会所有的事物"当然包括文学作品在内。由此,抱着"革新文学研究",让文学研究"走出流行的'多元主义'批评误区","从根本上恢复活力"③的想法,他尝试构建一种新的文学批评框架,这一框架以人性的进化和适应性为基础,将生物学上的行为动机、情感、认知方式融进对文学作品的诠释。

在卡罗尔看来,以前的文学批评流派,不管是马克思主义批评、弗洛伊德精神分析、荣格心理学、现象学,还是解构主义、女性主义、后殖民批评,尽管各有其他流派所不见的洞见,但都有一个根本的局限,即没有涉及人性的进化和适应功能。卡罗尔认为,既然文学反映了自然选择决定的人性特征,就要用动物所关心的问题,如维持生存、掌握技能、繁衍后代、养育子女、亲属关系、社交行为等,来解读文学作品,用进化论的基本原理来研究作品的情节、人物和主题。1995 年,卡罗尔出版了《进化论和文学理论》一书,在驳斥"后结构主义荒谬性"④的同时,倡导创立一种全新

①Joseph Carroll, *Reading Human Nature: Literary Darwinism in Theory and Practice*, New York: SUNY Press, 2011, p. ix.

②Joseph Carroll, *Reading Human Nature: Literary Darwinism in Theory and Practice*, New York: SUNY Press, 2011, p. x.

③Joseph Carroll, *Reading Human Nature: Literary Darwinism in Theory and Practice*, New York: SUNY Press, 2011, p. 82.

④Joseph Carroll, *Evolution and Literary Theory*, Columbia: University of Missouri Press, 1995, p. x.

的、独立、自足的文学研究方法——文学达尔文主义。2004 年，他又出版了《文学达尔文主义：进化论、人性与文学》(*Literary Darwinism：Evolution，Human Nature，and Literature*)，使文学达尔文主义正式登上文坛。卡罗尔 2011 年出版的《解读人性：文学达尔文主义理论与实践》全面、深入地阐释了文学达尔文主义的基本理论和批评实践，与德里达的“文本以外别无他物”相对，卡罗尔在该著中提出“进化论以外别无生活”①，“所有的行为方式都能追溯到唯一可能的来源：基因遗传倾向和特定环境的相互作用”②。

文学达尔文主义的诞生和社会生物学，特别是进化心理学的发展有密切关系，哈佛大学社会生物学教授爱德华·O. 威尔逊(Edward O. Wilson)既是卡罗尔社会生物学思想的重要来源，也是带给他学术启发的人。1975 年，威尔逊出版了《社会生物学：新的综合》(*Sociobiology：The New Synthesis*)，将现代进化生物学的研究范围扩大到人类行为。在最后一章中，他试图证明人类社会和其他动物群体一样，遵循同样的进化法则，该著在社会科学领域引发了一场社会生物学革命。三年以后，威尔逊在《论人性》(*On Human Nature*)中以新的热情重新探讨这个问题，用人的生物性特征，特别是基因的保持与延续来解释人的行为，并推动产生了进化心理学。产生于 20 世纪 80 年代末的进化心理学将人性——代表人类典型特征的动机和情感，作为自己的核心概念，认为人类的很多心理活动及行为，像语言、利他思想、择偶意向，

---

①Joseph Carroll，*Reading Human Nature：Literary Darwinism in Theory and Practice*，New York：SUNY Press，2011，p. 82.

②Joseph Carroll，*Reading Human Nature：Literary Darwinism in Theory and Practice*，New York：SUNY Press，2011，p. 84.

都可以追溯到史前时代烫烙在人类身上，帮助人类生存下来的优先选择。这些思想中有很多被卡罗尔借鉴过来，形成文学达尔文主义的理论要素，应用于文学达尔文主义的批评实践。

文学达尔文主义从基本的进化原则——生存、繁衍、亲属关系、社会活动、生命循环等方面来解读文学作品，把文学作品放到具体的生态环境和文化语境中进行考察，其中相当一部分研究集中在繁衍后代方面。如同达尔文研究动物的目的是为了发现动物进化的模式一样，文学达尔文主义者对文学作品的解读是要探讨人类行为的内在模式，认为不考虑人类普遍的行为模式，就不可能全面理解和欣赏文学作品。

二、《傲慢与偏见》中的择偶观

婚姻财产、家庭亲属关系、生儿育女、社会关系等人类行为是《傲慢与偏见》探讨的重要内容。“凡有产业的单身汉，总要娶位太太，这已经成了一条举世公认的真理”，“这样的单身汉，每逢新搬到一个地方，四邻八舍虽然完全不了解他的性情如何，见解如何，可是，既然这样的一条真理早已在人们心目中根深蒂固，因此人们总是把他看作自己某一个女儿理所应得的一笔财产”①。奥斯丁在一开头就点明了小说的核心主题：婚姻和财产，而且她还指出这是人类普遍的行为模式。

选择人生伴侣是《傲慢与偏见》的核心行为。小说中的男人为了吸引女性的注意，像孔雀开屏那样想方设法展示自己的优势。有财产自是莫大的优势，没有财产的就要风度翩翩，举止优

①Jane Austen, *Pride and Prejudice*, New York: W. W. Norton, 2001, p. 1.

雅，来赢得女人的好感。

民兵团的军人用他们优雅的举止和风趣的谈吐吸引年轻的女子。奥斯丁敏锐地指出，韦翰彬彬有礼、和蔼可亲、谈吐动人。在菲利普太太举办的舞会上，他是“最得意的男子，差不多每个女人的眼睛都朝着他看”①。韦翰与彬格莱、达西不一样，他没有财产，必须靠自己的仪表、风度和社交手段博得女士的好感。正如进化心理学所认为的那样，像韦翰这样没有财产的男子，只有通过和有钱的女子结婚来获得一份安全感，虽然他最终也没能如愿。

《傲慢与偏见》中用财产地位吸引女性的男子分为两种不同的类型——依赖型和独立型。柯林斯先生虽然在长相、风度上无法和参加舞会的其他男子相比，但仍有足够的吸引力找到一个妻子，原因是他有一定的财产，伊丽莎白的好朋友，在婚姻问题上看重财产的夏绿蒂·卢卡斯嫁给了他。不过，尽管柯林斯先生有财产，也娶到了老婆，但在小说中他从头至尾都是被嘲讽的对象，原因不光是他没有风度，举止笨拙，更重要的是他的社会和经济地位是傲慢跋扈的凯瑟琳·德波夫人赐予的。在尼日斐花园举办的舞会上，他不听伊丽莎白的劝阻，莽撞地非要不经人引见就去招呼达西，结果“达西先生带着毫不掩饰的惊奇目光斜睨着他，等到后来柯林斯先生唠叨够了，达西才带着一副敬而远之的神气，敷衍了他几句”②。当凯瑟琳·德波夫人邀请柯林斯和他的妻子去吃茶点时，他喜出望外：“他本来一心要让这些好奇的宾客们去观光一下他那女施主的堂皇气派，看看老夫人对待他们夫妇俩是

---

①Jane Austen, *Pride and Prejudice*, New York: W. W. Norton, 2001, p. 52.

②Jane Austen, *Pride and Prejudice*, New York: W. W. Norton, 2001, p. 67.

多么的礼貌周全。没想到这么快就如愿以偿了。”①进化心理学指出，对于可能的结婚对象，女性比男性更看重对方的独立性和在社会生活中的主导性。

彬格莱是另一种依赖型的人，他缺乏主见，依赖别人的意见，容易被别人的看法所左右。研究者可能会说在吉英和彬格莱的恋爱中，是吉英的被动性导致他们的恋情一度出现波折，或者吉英没有足够的吸引力让彬格莱坚定不移地爱上她。这种看法诚然有一定的道理，夏绿蒂·卢卡斯在和伊丽莎白谈到吉英时说：“女人家十有八九都是心里有一分爱表面上就露出两分。毫无问题，彬格莱喜欢你姐姐，可是你姐姐如果不帮他一把劲，他也许喜欢喜欢她就算了。”②达西后来在向伊丽莎白解释他为何劝彬格莱离开吉英时也说：“即使观察力十分敏锐的人也难免以为你姐姐尽管性情柔和，但她的心不容易打动。”③不过，尽管如此，彬格莱和吉英之间真正的问题不在吉英，而在彬格莱。彬格莱优柔寡断，缺乏主见，达西三言两语就让他产生了动摇，一度把吉英置于脑后，让她为他消得人憔悴。这让我们感到彬格莱和柯林斯一样，缺乏独立性和坚定的意志。因此，尽管彬格莱有教养、有财产、有地位，但由于缺乏主见，显然不如拥有同样的物质条件和社会地位却又果断、坚定的达西更受女性的青睐，伊丽莎白、彬格莱小姐、凯瑟琳·德波夫人都把他视为理想的丈夫或女婿。

与柯林斯、彬格莱相比，达西更具独立性。但即便是有财产、有地位、有独立性因而更具竞争优势的达西，也要加强自己的品

①Jane Austen, *Pride and Prejudice*, New York: W. W. Norton, 2001, p. 106.

②Jane Austen, *Pride and Prejudice*, New York: W. W. Norton, 2001, p. 15.

③Jane Austen, *Pride and Prejudice*, New York: W. W. Norton, 2001, p. 130.

德修养。伊丽莎白之所以拒绝达西的第一次求婚，原因之一是他之前表现出来的傲慢和冷漠的贵族气。在被伊丽莎白的智慧和周身散发出的青春活力吸引而有意继续追求她之后，达西非常注意自己的行为举止。伊丽莎白来到彭伯里以后，看到他在真心实意地提高自己：她“从来没见过他像现在这样一心要讨好别人，无论是在尼日斐花园和他那些好朋友们在一起，还是在罗新斯跟他那些高贵的亲戚在一起，都不曾像现在这样虚怀若谷，有说有笑”①。达西像孔雀开屏那样全方位地展现自己的魅力来吸引伊丽莎白，他展现魅力的一个重要事件是慷慨地邀请伊丽莎白和她的舅舅、舅妈到他在彭伯里的庄园来。显然，达西在向伊丽莎传递这样的信息：他很愿意和她分享他的一切，并通过殷勤地招待伊丽莎白和她的亲戚表现出良好的礼仪与风度。

伊丽莎白拒绝达西的第一次求婚还因为他不够大度。巴斯卓有影响的跨文化研究表明，女性在选择伴侣时比男性更看重慷慨大度②。男人不仅要有能力为对方付出，而且还要愿意付出。在《傲慢与偏见》中，达西光是富有还不够，还必须乐于同他的配偶共享他的财富。在小说开始时，达西不仅没有表现出慷慨的一面，而且十分吝啬对伊丽莎白的赞美：“她还可以，但没有漂亮到能够打动我的程度。”③随着故事的发展，达西变得慷慨大度起来，不仅在公开场合赞美伊丽莎白的眼睛长得好看，还替韦翰还

①Jane Austen, *Pride and Prejudice*, New York: W. W. Norton, 2001, pp. 170－171.

②D. M. Buss, “Sexual Strategies Theory: Historical Origins and Current Status,” *Journal of Sex Research*, Vol. 35, Issue1, 1998, pp. 19－31.

③Jane Austen, *Pride and Prejudice*, New York: W. W. Norton, 2001, p. 9.

清债务,促成他和伊丽莎白的妹妹丽迪雅的婚事。正如进化心理学所认为的那样,随着达西越来越向伊丽莎白表现出慷慨的一面,他对她的吸引力也在不断地增加,最终成就了美好的姻缘。

在《傲慢与偏见》中,不仅男性对女性的吸引符合进化心理学理论,女性对配偶的选择也体现出进化心理学的合理性。夏绿蒂·卢卡斯嫁给柯林斯完全出于"财产打算",是典型的实用主义选择。他们之间没有任何的浪漫情感,"柯林斯先生既不通情达理,又不讨人喜爱,同他相处实在是件讨厌的事……不过她还是要他做丈夫","尽管结婚并不会叫人幸福,但总算给她自己安排了一个最可靠的储藏室,日后可以不至于挨饿受冻"①。我们可以把夏绿蒂自身的迫切需求和进化心理学结合起来分析她这种实用主义的婚姻选择。夏绿蒂已经 27 岁了,而她周围可供选择婚配的男子相对较少,这使她不得不接受一个虽没有感情基础但经济条件相对不错的男人。大卫·C. 吉尔里分析认为夏绿蒂的婚姻是限制下的理性选择,最大限度地满足了她进化论角度的考虑②。理性选择并不意味着最好的选择,而是权衡付出和回报后做出的,接受"够好"的婚姻来增加生育后代、传布自己基因的机会。

伊丽莎白同样面临着可以嫁给柯林斯的选择,但她做出了不一样的决定,尽管一时没有其他的结婚对象,她仍然拒绝了柯林

---

①Jane Austen, *Pride and Prejudice*, New York: W. W. Norton, 2001, pp. 83—84.

②David C. Geary, *The Origin of Mind: Evolution of Brain, Cognition, and General Intelligence*, Washington, DC: American Psychological Association, 2005, p. 13.

斯的求婚，这也可以从进化心理学和追求高质量、平等的婚姻进行解释。女性作为婚姻关系中付出较多的一方，在选择配偶时要从长远考虑他作为丈夫和父亲的稳定性及责任感，这个人既要有社会地位，又要能提供经济支持。班纳特先生由于对妻子粗鲁，对孩子管教不严，几乎给整个家庭带来灾难。伊丽莎白和夏绿蒂的选择从两个不同方面印证着进化心理学的合理性：夏绿蒂为了给子女一个良好的成长环境，选择了有财产但缺少爱的婚姻；伊丽莎白不选择缺少爱但有财产的婚姻是考虑到这样组成的家庭可能会对后代产生不利的影响，就像她自己的家庭一样。

但文学达尔文主义并不仅仅用生物特征来解释人的婚配行为，而是将基因—文化结合起来进行分析。卡罗尔说："我研究的是人身上潜在的生物特性如何在具体的文化环境中发生变化。小说中的所有人物都逃不出选择配偶、追求社会地位、建立同盟这些问题，但他们也把这些生物性的关切同人性的特征，比如智慧、品行、道德、教养等结合起来。"①卡罗尔通过对《傲慢与偏见》的研究发现："小说中的女性人物都希望她们的丈夫有财产、有地位，而男性人物则希望他们的妻子年轻、貌美。但小说也显示出判断个人品质最重要的准则是男女都要高于上述基本标准，并且还要具有良好的品质和心灵。"②大卫·巴拉什和纳内尔·巴拉

① As quoted in John Whitfield, "Textual Selection: Can Reading the Classics Through Charles Darwin's Spectacles Reawaken Literary Study?" *Nature*, 2006(439), p. 389.

② Joseph Carroll, "Human Nature and Literary Meaning: A Theoretical Model Illustrated with a Critique of *Pride and Prejudice*," in Jonathan Gottschall, David Sloan Wilson eds., *The Literary Animal: Evolution and the Nature of Narrative*, Evanston: Northwestern University Press, 2005, p. 95.

什也观察到，男人和女人普遍希望自己的配偶“心地善良、富有智慧”，“简·奥斯丁为如何选择配偶提供了生活教科书，她的主人公通过机智的谈吐表现出自己的智慧，这一点打动了读者”①。把人类行为的生物层面和具体的文化语境结合起来，是文学达尔文主义的追求，奥斯丁对人物智慧的描写和对风度的强调与英国18世纪的文化风尚密不可分。大卫·莫纳汉指出：“18世纪的英国讲究礼仪，格外强调个人的文雅举止所蕴含的道德意义……个人的品质决定着道德，决定着一个人的成败。”②因此，尽管进化心理学认为人类的祖先看重男子的地位、财产、外貌而不注重其行为举止，奥斯丁却认为风度和智慧在18世纪更受青睐，它们是一个人受欢迎的利器，是道德高尚的证明。比如，班纳特先生虽然不乏智慧，但他对太太的讥讽太过无情，难以赢得我们的敬重。班纳特先生不注意风度暗示出他是一个失败的、没有威信的家长，也不是一个好的择偶对象。同样，达西一开始也不是伊丽莎白理想的结婚对象，因为他态度生硬、傲慢，直到他表现出一定的风度和慷慨时，伊丽莎白才爱上他并同意嫁给他。

三、进化论烛照下的人类行为模式

仅次于婚姻财产的，是家庭亲属关系。在奥斯丁看来，家庭

①David P. Barash and Nanelle R. Barash, *Madame Bovary's Ovaries: A Darwinian Look at Literature*, New York: Delacorte, 2005, p. 55.

②David Monaghan, "Introduction: Jane Austen as a Social Novelist," in David Monaghan ed., *Jane Austen in a Social Context*, Totowa, New Jersey: Barnes & Noble, 1981, pp. 2—3.

成员和亲戚之间相互忠诚是最基本的个人品质。丽迪雅跟韦翰私奔后，柯林斯先生劝班纳特先生放任不管，这是他品质恶劣的流露。而伊丽莎白表现出美好的品性，在小说的结尾，她力劝达西和他的姨母凯瑟琳·德波夫人重归于好，尽管德波夫人曾居心叵测地伤害过伊丽莎白。

生儿育女是《傲慢与偏见》探讨的另一个主题。衬托主人公美满婚姻的是伊丽莎白和达西双方父母的婚姻。班纳特太太和班纳特先生始终没有心灵的交流，班纳特太太粗俗、愚笨、浅薄；班纳特先生冷淡，对妻子漠不关心。他们不仅没有慎重地选择结婚伴侣，而且忽视了对五个女儿的管束和教育。伊丽莎白的智慧主要是通过自己阅读获得的，而丽迪雅则不顾家庭体面和韦翰私奔，让班纳特一家为此蒙羞，成为嘲讽的对象。同样，达西的父母也没有完全尽到养育子女的责任。他们虽然都是体面之人，有财产、有地位，但忽视了对达西性格的培养，导致他傲慢自负，在公开场合羞辱伊丽莎白，甚至差点儿因此失去他和伊丽莎白的美好情缘。柯林斯是个古怪之人，无知、肤浅，这部分要归咎于他父亲没有受到多少教育，吝啬小气。

社会是婚姻、家庭的大舞台，《傲慢与偏见》的主要情节是伊丽莎白能否进入上流社会，她的对手当然希望她不能。彬格莱小姐渴望自己嫁给达西，因此不断地恶意中伤伊丽莎白，诋毁她的容貌、性格、家庭，嘲讽她低微的社会地位。彬格莱小姐还希望哥哥彬格莱娶达西的妹妹乔治安娜为妻，这样能进一步巩固她的社会地位，为此她串通达西一起试图拆散彬格莱和吉英·班纳特。达西的姨母凯瑟琳·德波夫人想让达西娶自己病态、乖戾的女儿，因此也想方设法诋毁伊丽莎白和她的家庭。但作家奥斯丁在小说中谴责这些对手的势利行为，希望伊丽莎白能够进入上流社会，为上流社会注入新鲜的气息。奥斯丁认为上流社会的人不仅要有财富和社会地位，而且要品德高尚，令人尊敬，那些徒有地位、财富而没有知识、才华、风度、性格的所谓上流社会人士只能得到奥斯丁的嘲讽。《傲慢与偏见》揭示的深层社会推动力是：上流社会的男子娶出身低微但心地善良、富有才智的女性为妻，这就将个人品质融合到财富、地位里面，一定程度上推动了社会风气的良性发展。

很多作家虽然没有从进化论角度理解人性的形成，但他们凭艺术直觉对人的动机和感情有深入的认识。就奥斯丁来说，她虽然不是达尔文主义者，但却创造了与进化论观点相吻合的人物，因此能用文学达尔文主义理论对《傲慢与偏见》进行有力的阐释。文学达尔文主义不仅对《傲慢与偏见》中的主要人物做出了新的阐释，对相对次要的人物比如班纳特太太，也有不同以往的新见解。奥斯丁在小说中说班纳特太太是一个“智力贫乏、不学无术、喜怒无常的女人”①，两百多年来评论家也大多认同这一看法，但在文学达尔文主义者看来，班纳特太太痴迷于嫁女儿有其合理性，因为她心中非常有数：如果五个女儿中任何一个婚后有了孩子，班纳特太太的基因都会被传播下去，这就完成了进化论所强调的生物有机体传播自己的基因这一生存、繁衍的最终使命。

不可否认，作为一种尚在发展中的文学理论，文学达尔文主义有其自身的局限性。比如它以进化心理学对人性及人类行为的研究为基础建立自己的理论体系，但进化心理学本身是一个十分复杂的领域，且目前还处于快速发展阶段，其理论和实践有待

① 奥斯丁：《傲慢与偏见》，王科一译，上海：上海译文出版社，1996 年，第 2 页。

于进一步的融合与检验，在这样一种状态下很难准确、牢固地抓住其精髓并应用到文学研究领域。但无疑文学达尔文主义拓展了文学批评的视野，将文学研究从后现代主义批评对性别、种族、阶级和各种各样社会建构的强调中拉回到对文学所表现的人类行为的关注，给批评领域带来了新的活力。文学达尔文主义的领军人物卡罗尔这样说："文学达尔文主义批评既能避免传统文学批评的浅层释义，也能克服后现代主义批评理论对人性的错误简化，它能帮助我们理解文学表现的源头与主题，发现伟大文学作品震撼人心的魅力之源。"①

（原载《艺苑》2014 年第 1 期）

①Joseph Carroll,"Human Nature and Literary Meaning: A Theoretical Model Illustrated with a Critique of *Pride and Prejudice*," in Jonathan Gottschall, David Sloan Wilson eds., *The Literary Animal: Evolution and the Nature of Narrative*, Evanston: Northwestern University Press, 2005, p. 103.

比较研究编

论卡夫卡的文学传统

——以《变形记》为典型个案

一、发掘前人创作中潜在的趋向

一直以来，卡夫卡研究者都把卡夫卡视为一个高度原创性的作家，他那极富独创性和冲击力的开头，如《变形记》中一觉醒来发现自己变成甲虫的格里高尔，《乡村医生》中从破旧猪圈里钻出来的马匹和马夫，在此前的文学作品中都是绝无仅有的，而他赋予主人公的梦幻一般的经历更给他的作品增添了无穷的魅力。但任何一种创造都是在继承前人基础上的智性掘进，卡夫卡也不例外。通读他的日记和书信可以看出他惊世骇俗的创作才华中熔铸着对前辈作家的吸收和借鉴，他作品中巧妙的意象构思，独异的框架结构，都有前人留下的痕迹，而他富于创造性的地方是把前人作品中潜在的趋向明晰化，拓展出一片新的文学天空。因而有学者指出卡夫卡的《审判》隐藏着狄更斯的《凄凉之屋》、列夫·托尔斯泰的《伊凡·伊里奇之死》的影子，《城堡》闪烁着捷克作家波切娜·涅姆柯娃的《祖母》的辉光，卡夫卡在日记中有几处提到《判决》的灵感来源，并称他的第一部长篇小说《美国》在方法和细节上都是对狄更斯《大卫·科波菲尔》

“不折不扣”的“模仿”。

如此看来，卡夫卡的创作天才也应该像其他作家那样，放到影响借鉴和文学传统的天平上进行衡量，但问题是把他放在什么样的文学传统之中。美国文学批评家菲利普·拉夫(Philip Rahv)从意识形态的角度对之进行了界定，认为这种传统具有一种反科学理性、反文明的倾向。在卡夫卡这里，这种倾向又加上了浓重的人性色彩，他的主人公即使变成了甲虫，也要拾掇起人性的碎片。卡夫卡是一个在形式和内容上都富于创新的作家，他突破了文学想象的界限，但其天才的创造力又没有什么怪异的地方。从文学传统上来讲，他属于19世纪初期德国的浪漫主义和19世纪中后期俄、英的现实主义文学传统。我们下面以《变形记》为例，对卡夫卡的文学传统进行考察和分析。

《变形记》写于1912年的秋天，和《判决》、《美国》的前几章一同成篇，是“名副其实”的“模仿”之作。《变形记》中使用的基本方法——心理分析式的狂想，早在19世纪初就被德国浪漫主义作家霍夫曼使用过，而将幻想和现实结合起来的做法在随后俄罗斯作家果戈里和陀思妥耶夫斯基那里得到了尝试。《变形记》的核心情节——儿子被锁在房间里，遭到家人的遗弃，最初是狄更斯在《大卫·科波菲尔》中使用过的。这些作家创造出一种文学创作趋向，卡夫卡很好地综合、发展了这种趋向，把潜在的趋向变成清晰的存在，综合吸收后运用到自己的创作中，而且尽量做到不着痕迹。我们在本文中追溯《变形记》的文学传统，就是要还原这种文学趋向，尤其看看卡夫卡是如何从两位文学大师——狄更斯和陀思妥耶夫斯基那里汲取文学营养的。

二、"同貌人"与格里高尔

这种趋向的源头要追溯到霍夫曼,他曾迷恋于使用"同貌人"(double)主题。同貌人是现代概念无意识的雏形,在德国文学中较为常见。霍夫曼创造性地发展了这一主题,致力于表现两个容貌相同的人之间的对抗,或突出邪恶的冲动与强烈的理想主义之间的冲突。霍夫曼本人的分裂性格赋予他这种创作的灵感。他曾在柏林和华沙做过外交官,深知在政府部门工作不仅单调枯燥,而且收入微薄,甚至让人变得麻木迟钝。霍夫曼通过写诗、欣赏艺术和音乐来冲淡这一切,他努力过一种双重的生活,逐渐变得性格扭曲。但霍夫曼并没有在自己的创作中表现同貌人那种人格的分裂,而是创造了一个神话王国和充满幻想的世界。霍夫曼的同貌人生活在乡间酒店和古堡之中,同纷乱的尘世隔绝。其后俄国的现实主义作家花了很大力气才把霍夫曼的同貌人从神话世界带到现实生活中来,果戈理是这方面的先行者。

果戈里曾在圣彼得堡做过一段时间的公务员,谙熟俄国政府机构的官僚主义作风。他并不隐讳这段经历,而是以此为素材,写出了很多描写小公务员卑微生活的小说。果戈里是第一个关注、同情小公务员的俄国作家,也是第一个在作品中揭露他们卑微、迂腐的作家。一位评论家曾评论说果戈里是一个浪漫的现实主义者,以细致入微的细节描写来对抗现实生活中的丑恶①。他身上浪漫的一面使他喜欢上了霍夫曼,但作为一个现实主义作

①Janko Lavrin ed., *Stories from St. Petersburg*, by Nikolai Gogol, London: Lindsay Drummond, 1945, p. 8.

家,他又怀疑霍夫曼的异域风情,于是便对霍夫曼进行戏仿,将他笔下魔幻世界里的许多事件移到现实生活中来,挖掘霍夫曼故事中滑稽可笑的因素。

果戈里的小说《鼻子》既继承又深化了霍夫曼的同貌人主题。在《鼻子》中,一个底层的小公务员醒来后伸了个懒腰,拿过镜子查看头天晚上鼻子上长出的粉刺。让他大吃一惊的是,鼻子竟然不见了!他掐了自己一下,确认并不是在做梦后从床上一跃而起,寻找丢失的器官。后来,他的鼻子以个体人的形象出现了,西装革履,竟是政府要员,这个个体正是他平时势利一面的化身。在这里,果戈里改变了霍夫曼笔下同貌人的生活环境。敏锐的陀思妥耶夫斯基对果戈里的转换进行了认真的研究,尽管霍夫曼在他眼中是了不起的哲学家,但他认为霍夫曼的同貌人应该被置放到产生他们的城市环境当中,那里的公寓和办公室比乡间的旅店和古堡更适合他们。因而,当陀思妥耶夫斯基动手写他的第二部小说时,便把同貌人放在更适合他们的地方,并赋予他们一定的尊严。

陀思妥耶夫斯基的第二部小说就叫作《性格迥异的同貌人》(*The Double*)①,在一定程度上是受果戈里的《鼻子》的启发创作出来的。后来,卡夫卡又受到《性格迥异的同貌人》的启发,写出了他的小说《变形记》。如果我们把这个链条串起来,就会看到一个极富独创性、滑稽而又微不足道的人物形象,是如何通过不同作家的巧妙模仿而获得生命力的。下面我们详细解读陀思妥耶夫斯基的短篇小说《性格迥异的同貌人》的开头,同时结合果戈里

① 也译为"孪生兄弟",见周朴之等译:《陀思妥耶夫斯基作品集·中短篇小说》卷一,上海:上海译文出版社,1983年。

在《鼻子》中塑造的滑稽形象科瓦廖夫和卡夫卡《变形记》中的格里高尔，考察一下文学大师之间互相影响的“路线图”。陀思妥耶夫斯基对果戈里的借鉴之处用下划线标示出来。

> 九级文官雅可夫·彼得罗维奇·戈利亚德金睡了好长一觉醒来，打哈欠，伸懒腰，终于完全睁开眼睛时，差不多是早上八点。他在床上还呆呆地躺了两三分钟，好像拿不稳，是醒了呢，还是睡着，眼前种种是真的呢，还是依旧乱梦颠倒。但一会儿功夫，戈利亚德金先生的知觉就渐渐地清楚，有些能认出平时见惯的东西了。他看到了小房间里熟悉的烟熏尘封的暗绿色墙壁、红木五斗橱、充红木椅子、红漆桌子、浅红底绿花漆布面沙发，还有昨晚匆忙脱下抛在沙发上团着的衣服。最后，灰蒙蒙的、阴晦多雨的秋天也沉着脸，从朦胧的窗口向房间里窥探，以致戈利亚德金先生再也不必怀疑，原来此刻他并不是在一个遥远的王国，而是在彼得堡六铺街一座大房子的四层楼，他自己的府上。作了如此重大的发现后，戈利亚德金先生就抽筋似的闭上眼睛，像是可惜方才的好梦，还想重温一下。但过了一会儿，他就一骨碌跳下床，大约是终于打定主意了，在这之前他的乱纷纷理不清的思绪老是围着这个主意打转。跳下床之后，他就立刻向五斗橱上放着的小圆镜跑去。……“那才糟呢，”戈利亚德金先生小声说，“假使今天我有什么疏忽，假使有一点不对头，比如脸上忽然生出一个小脓疱，或是出了别的什么麻烦，那才糟呢；不过眼前还算不错，眼前什么都好。”①

①周朴之等译:《陀思妥耶夫斯基作品集·中短篇小说》卷一，上海:上海译文出版社，1983年，第139—140页。

> “这是怎么一回事，不是做梦吧？”他想，“还是昨天的梦没有醒？怎么会这样呢？凭什么理由发生这种事？谁批准了这样的官，谁给了这权利？我是不是在睡觉，我是不是白日做梦？”①

从以上两段引文可以看出，陀思妥耶夫斯基对果戈里最明显的改变是丰富了细节和对是否做梦问题的一再强调。陀思妥耶夫斯基新增加的细节并非可有可无，这些细节进一步阐明城市生活中的压力会影响人的神志，拥挤的环境和枯燥的工作会让人沮丧。陀思妥耶夫斯基早年在彼得堡的经历使他谙熟这一切，但他也意识到梦中出现的内在压力即使醒来以后也在影响人的思维。陀思妥耶夫斯基在继承果戈里基础上的创新是他认为这是一种心理真实。对果戈里来说，同貌人只是一种表现荒谬事物的手段，至多有助于他对社会弊病的揭露和讽刺。在霍夫曼那儿，同貌人也仅是一种超自然的精神现象，旨在帮助把他的人物推到一个令人目眩的理想世界里去。而在陀思妥耶夫斯基看来，同貌人是人内在的自我，他在印证梦境的真实性，证明与清醒的人相对抗的另一个自我确实存在着。陀思妥耶夫斯基把同貌人带到现实中来，确定他是人类潜意识中的自我。但陀思妥耶夫斯基在把潜意识中的自我同意识中的自我联系起来时，做了一个巧妙的误读，他反对霍夫曼认为这是人的幻想的看法，他要给他倒霉的小公务员制造一种幻觉，然后证明潜意识是真实存在的。在《性格迥异的同貌人》中，戈利亚德金去看医生，在医生面前表现得像一个神经错乱的人。以后一看到社会上不合理的现象，他就会旧病

①周朴之等译：《陀思妥耶夫斯基作品集·中短篇小说》卷一，上海：上海译文出版社，1983年，第190—191页。

复发，幻觉中的另一个自我就会出现。从小公务员神经错乱的行为中，读者看到了他的另一个自我。

陀思妥耶夫斯基的同貌人需要的不是一种幻觉形式，而是以真实的细节支撑起来的幻象，这种趋向在卡夫卡的小说中得到了更好的开掘。卡夫卡喜欢在小说的开头就把一个奇特的现象放进日常生活当中，《变形记》中他让人变成甲虫的奇思妙想来源于陀思妥耶夫斯基。从功能上来讲，甲虫证实潜意识确实是存在的，并将潜意识和意识——城市生活的压力，联系起来。从概念上来讲，甲虫意象是受《地下室手记》的启发，因为在这部小说里面，另一个意志消沉的小公务员“很多次想变成虫子”；或者说是受到《卡拉马佐夫兄弟》的影响，因为里面的人物德米特里(Dmitri)说整个卡拉马佐夫家族都是虫豸。卡夫卡作为一个敏锐的读者，不会看不出虫豸其实是人的另一个自我的不同形态，在受此启发后他将这个令人触目惊心的意象放在了自己小说的开头。

在以上论述的基础上，我们接下来细读《变形记》的开头，看看卡夫卡是如何巧妙地综合借鉴前辈作家的。下面的引文中黑体部分是卡夫卡对陀思妥耶夫斯基的直接模仿，尽管卡夫卡的语言更为简练；画线部分是对陀思妥耶夫斯基的改编，当然是极富创造性的改编；而正常文字部分则是“纯粹卡夫卡式”的。

> **一天早晨，格里高尔·萨姆沙从不安的睡梦中醒来，**发现自己躺在床上变成了一只巨大的甲虫。他仰卧着，那坚硬得像铁甲一般的背贴着床，他稍稍一抬头，便看见自己那穹顶似的棕色肚子分成了好多块弧形的硬片，被子在肚子尖上几乎待不住了，眼看就要完全滑落下来。比起偌大的身躯来，他那许多只腿真是细得可怜，都在他眼前无可奈何地舞

动着。

“我出了什么事啦?”他想。这可不是梦。他的房间,一间略显小了些、地地道道的人住的房间静卧在四堵熟悉的墙壁之间。在摊放着衣料样品的桌子上方——萨姆沙是个旅行推销员——,挂着那幅画,这是他最近从一本画报上剪下来装在了一只漂亮的镀金镜框里的。画上画的是一位戴毛皮帽子围毛皮围巾的贵妇人,她挺直身子坐着,把一只套没了她的整个前臂的厚重的皮手筒递给看画的人。

格里高尔接着又朝窗口望去,那阴暗的天气——人们听得见雨点敲打在窗格子铁皮上的声音——使他的心情变得十分忧郁。“还是再睡一会儿,把这一切晦气事统统忘掉吧。”他想。但是这件事却完全办不到,因为他习惯侧向右边睡,可是在目前这种状况下竟无法使自己摆出这个姿势来。不管他怎样使劲扑向右边,他总是又摆荡回复到仰卧姿势。他试了大约一百次,闭上眼睛,好不必看见那些拼命挣扎的腿,后来他开始在腰部感觉到一种还从未感受过的隐痛,这时他才不得不罢休。①

我们采用不同的字体和下划线,旨在将卡夫卡对陀思妥耶夫斯基的借鉴看得更清楚一些:同样从不安的梦中醒来,发现自己较往常异样,证实发生的一切都是真的;同样狭小、熟悉、略显凌乱的卧室;同样从事令人厌烦的工作;同样糟糕的天气,令人想再回到被窝里去;主人公同样感到身体不听使唤,酸痛、绵软无力。在故事后来的发展中,卡夫卡的格里高尔局限在一间小

①叶廷芳主编:《卡夫卡全集》(第1卷),石家庄:河北教育出版社,1996年,第106—107页。

小的卧室里，一切行动都在这间小屋里进行；而陀思妥耶夫斯基的主人公则慢慢走向精神崩溃，在彼得堡的大街上游荡。前者是内心激烈、外表平静的心理活动，后者是癫狂、间歇的精神错乱，但都反映出都市小人物的焦虑和恐惧。不过总的来看，《变形记》和《性格迥异的同貌人》最重要的关联体现在小说的开头部分。卡夫卡更富创造性的是，他在意识世界和潜意识世界之间架起了一座桥梁，借助这一桥梁，他对潜意识进行了比陀思妥耶夫斯基更为深入的挖掘，向读者展示了一个更加有形的潜意识世界。

三、《大卫·科波菲尔》与《变形记》

尽管有以上的相似之处，卡夫卡和他的俄罗斯先驱陀思妥耶夫斯基还是有很大的不同，而和另外一位小说家——英国的狄更斯有更多的相似之处。在狄更斯的小说中，父子主题占据主导地位，他的故事多从孩子的视角来讲述，父亲的角色经常是商人。比如在《董贝父子》中，年轻的保罗宁愿死掉也不继承父亲的生意；《大卫·科波菲尔》中，年幼的大卫在专制的继父摩德斯通的工厂里做工。卡夫卡对狄更斯的这一类主题十分感兴趣，甚至说他的《美国》"是不折不扣的对狄更斯的模仿"①。卡夫卡在日记中多次提到狄更斯，并将他和自己在工伤事故保险公司的工作联系起来，由于感到这份工作妨碍他挚爱的创作，卡夫卡满腹怨言，但散步后再读一段狄更斯的东西，他"觉得舒服多了，不再那么悲

①叶廷芳主编：《卡夫卡全集》(第6卷)，石家庄：河北教育出版社，1996年，第422页，略有改动。

伤了”,并“希望能睡个好觉”①。难怪他的《变形记》隐藏着狄更斯的影子。由于卡夫卡幼时有被父亲不分青红皂白地关在阳台上的经历,他对大卫·科波菲尔因咬了摩德斯通的胳膊而被关在屋子里的情节产生了极大的共鸣。格里高尔像年幼的大卫一样,被关在一间屋子里,之前大卫遭到继父的毒打,格里高尔也被父亲用苹果击中背部。大卫在镜子里看到自己哭肿的脸和身上累累的鞭痕,格里高尔也以变形的身体出现在读者面前。甚至两位“囚徒”的第一顿饭也是一样的——大卫的是面包、肉和牛奶,格里高尔的是一碗新鲜的牛奶,上面漂着一点面包屑。他们都把脑袋靠在窗台上,无精打采地注视着窗外熟悉的一切;令他们同样不解的是,他们都被母亲遗弃,或出于恨铁不成钢,或出于恐惧厌恶;他们的视线都被雨水或昏暗挡住,他们都遇到听、说的困难——大卫从门缝里听不清好心女仆裴果提说的话,格里高尔说出的话模糊不清,外面的人很难听懂。他们都从不安的梦中醒来,满怀的忧虑,感到自己与人类社会隔绝了。但他们都有愉快的时刻:大卫在吃饭时能感到片刻的欢愉,格里高尔也从酸腐、粗劣的食物中获得快乐。大卫每天能在花园里散散步,晚祷时允许他站在客厅的门口;变成甲虫的格里高尔也能在晚饭时分打开房门看看餐厅的情形,而且在他们遭“拘禁”期间都有好心的女仆看望他们,善待他们。

卡夫卡是一个十分灵活、巧妙地继承前人的作家,他将《性格迥异的同貌人》、《大卫·科波菲尔》中的一些细节改造后应用到自己的小说中。《变形记》的第一部分——从梦中醒来的情景,主

①叶廷芳主编:《卡夫卡全集》(第6卷),石家庄:河北教育出版社,1996年,第62页。

要是从《性格迥异的同貌人》中获得的灵感，而从第一部分的结尾，即格里高尔被赶回自己的房间，到他悄悄地死去，主要是受《大卫·科波菲尔》的启发。

但有一个问题可能会令人感到疑惑，即格里高尔供养家庭的灵感来源，《性格迥异的同貌人》、《大卫·科波菲尔》都没有涉及这样的主题，卡夫卡自己也没有这样的亲身经历，而格里高尔不仅要供养父母，还因父母的债务被绑在工作上。这种奴隶式的劳动剥夺了他的创造性，也让他无法成家过自己的生活。其实狄更斯的其他作品中有很多孩子被迫养活一贫如洗的家，或者不得不承担起成年人责任的描写，而且狄更斯早年有过这样的亲身经历。

狄更斯年少时曾因父亲被关进债务监狱而到皮鞋油作坊做过一段时间的童工，而他的姐姐却有机会进入皇家音乐学院学习。这段生活令狄更斯深感耻辱，他觉得自己早年要成为一个上等人的理想彻底破灭了。这段时间，他的身心受到极大的伤害，多次生病没有人照顾，而他的姐姐却在音乐学院获得良好的发展。五个月后，苦难终于结束，父亲离开了债务监狱，狄更斯也不用再去皮鞋油作坊做工。但这件事使他在内心深处产生了对父母的怨恨，并终生以这段经历为耻，除他的传记作家约翰·福斯特之外，狄更斯从没有对其他人提起过。

卡夫卡读过福斯特的《狄更斯传》德文版，他很喜欢这样的故事：整个家庭陷入了债务的羞耻当中；年幼的孩子被迫出卖廉价的劳动力帮助养家，并由于严酷的劳动而患病；一个受宠的姐姐或妹妹在音乐学院学习。这些都是卡夫卡在《变形记》中描述的细节，而且很可能和他对狄更斯的阅读有关。据卡夫卡的日记记载，1911 年他在读“有关狄更斯的东西”①，很可能读的就是福斯特的《狄更斯传》，他把狄更斯五个月的皮鞋油作坊工作经历和《大卫·科波菲尔》中大卫被关在屋子里的五天联系起来，并熔铸到自己的创作当中。《变形记》中格里高尔被迫养家，替父亲还债，而且像大卫一样，因“犯了错”被赶回自己的房间，“囚禁”在那里；但格里高尔即使在这种蒙羞的情况下，仍然幻想着送妹妹去音乐学院深造，并在一天晚上当妹妹在房客面前演奏小提琴时，爬出房间，来到禁止他踏入的客厅。这些细节很容易令人想到格里高尔不仅像某些批评家所说的是年轻时的卡夫卡，他还是年轻的狄更斯、年轻的大卫，甚至是患臆想症、梦想和五级文官的独生女跳舞的戈利亚德金，所有这一切被卡夫卡综合吸纳改造后成为变形为甲虫的格里高尔。

四、真正的影响是一种创造

以上通过追溯卡夫卡《变形记》的渊源，我们看到了文学传统是如何通过作家之间的“影响”而迸发出新的活力的。但接受他人的影响并不意味着一味模仿他人，没有自己的个性，优秀的作家大都是在充分接受外来影响的基础上，最大限度地超越这种影响，追求自己的独创性。影响与独创是一个辩证的统一体，影响推动着独创，独创受益于影响。具体到卡夫卡来说，他善于捕捉前人创作中潜在的趋向，然后创造性地加以利用，形成富有自己特色的创作风格，最终成为独具一格的现代主义文学大师。在接

---

①叶廷芳主编:《卡夫卡全集)(第 6 卷)，石家庄:河北教育出版社，1996 年，第 147 页。

受影响和施予影响二者当中，接受影响者具有主动性。波兰作家、翻译家莱谢克·柯拉柯夫斯基(Leszek Kolakowski)说："具有主动权的不是施予影响者，而是接受影响的一方。"①卡夫卡在同陀思妥耶夫斯基、狄更斯产生心灵契合和视域融合的前提下，自主、主动地选择接受什么样的影响，如何接受影响。由于卡夫卡与狄更斯童年时期有着近似的经历——都不同程度地受到亲人的伤害，同时又极度渴望亲情的抚慰，因而创作了圣诞欢歌，描绘家庭温情的狄更斯更容易引起卡夫卡的共鸣。格里高尔在离开这个世界的最后一刻，还怀着深情和爱意回忆起他的一家人；《判决》中的格奥尔格在从桥上跳进河里的一瞬间，还在倾诉"亲爱的父母亲，我可一直是爱着你们的"②。这种对温情的描绘尽管风格是纯粹"卡夫卡式"的，但很容易让我们联想到狄更斯笔下的小耐尔和年少的董贝。格里高尔也类似这些沉默的小人物，他对推销员工作的厌恶，他给家人带来的烦恼，他对母亲的依恋，他对挫败和死亡的坦然面对，都与狄更斯的主人公有几分相似。而在面对罪感意识时，格里高尔又和一生备受伤害的戈利亚德金不无共同之处。从陀思妥耶夫斯基那儿，卡夫卡发现了一种对心理疾病的"意识"甚至是焦点关注，而这恰是挖掘人性中卑微一面的极佳途径。

但卡夫卡并没有止于对大师的借鉴，他把借鉴作为创新的阶梯。出身、家庭、时代赋予他的敏感、抑郁、孤僻、胆怯的特殊气

---

①S. S. Prawer, *Comparative Literary Studies*, London: Duckworth Press, 1973, p. 64.

②叶廷芳主编：《卡夫卡全集》(第1卷)，石家庄：河北教育出版社，1996年，第47页。

质，再加上他极高的悟性、超常的想象力和敏锐的预见力，最终让他成为一个具有高度原创性的作家，卡夫卡小说的结构、思想都是难以重复的，他跟随狄更斯、陀思妥耶夫斯基等文学大师，走出的却完全是只属于自己的创作道路。他的《变形记》将对陀思妥耶夫斯基、狄更斯等人的借鉴，融会到深刻的独创性当中，以梦幻般的架构，真切的生活场景，精神分析的深度掘进，城市生活的不堪重负，再加上富有穿透力的冷幽默，成为让许多现代作家惊叹的、独一无二的小说。马尔克斯在读了《变形记》之后惊呼"原来小说可以这样写"，这句话被一再引用，几乎成了文学创新的代名词。艾琳·塞缪尔（Irene Samuel）指出："一种思想一旦被消化吸收，就会远远地离开源头，汇入滔滔的思想洪流。"①从本质上来讲，真正的影响是一种创造，卡夫卡对前人的接受正是这样的一种创造。

（原载《山东师范大学学报（人文社会科学版）》2009 年第 3 期）

①W. J. Dodd, *Kafka and Dostoevsky*: *The Shaping of Influence*, New York: St. Martin's Press, 1992, p. 2.

箱子意象·无罪负罪·父母形象投射

——《美国》、《大卫·科波菲尔》比较研究

从表面上看，卡夫卡和狄更斯很少有相似之处：狄更斯乐观开朗、感情丰沛，热心于社会事业；卡夫卡则悲观内敛、恐惧焦虑，执着于内心的搏斗。但他们在内在、深层上却是互相关联的，这种关联性是我们将他们放在一起进行比较研究的基点。狄更斯和卡夫卡最大的相似之处是对家庭—社会冲突主题的关注，遭亲人遗弃、父母或父母代理人形象的压迫与奴役等，是卡夫卡和狄更斯共同喜欢的创作主题。卡夫卡在日记中称他的第一部长篇小说《美国》在方法和细节上都是对狄更斯的《大卫·科波菲尔》"不折不扣"的"模仿"。《美国》是从狄更斯那里借来的梦，是现代版的《大卫·科波菲尔》，"箱子"意象、无罪者负罪、父母形象的投射是两部作品共同探讨的问题。卡夫卡从狄更斯那儿发现了一种自由的、极富表现力的倾诉内心迷惘的方式。

一、箱子的故事

狄更斯是卡夫卡最喜欢的作家之一，也正是卡夫卡引导我们将他的作品和狄更斯的进行比较研究。卡夫卡在日记、"致菲莉斯情书"以及与年轻朋友雅诺施的"谈话录"中多次提到狄更斯。

他阅读过约翰·福斯特的《狄更斯传》,熟悉狄更斯的《凄凉之屋》、《远大前程》、《小杜丽》、《马丁·朱述尔维特》、《旅美札记》、《董贝父子》、《奥立弗·退斯特》、《匹克威克外传》,尤其钟情于《大卫·科波菲尔》。卡夫卡曾对雅诺施说:“有一段时间他甚至是我企图效法的榜样。您喜爱的卡尔·罗斯曼是大卫·科波菲尔和奥立佛·退斯特的远房亲戚。”①并在日记中说他的《美国》是对狄更斯的《大卫·科波菲尔》“不折不扣”的“模仿”,“箱子的故事、讨人喜欢的人和有魅力的人、低贱的工作、乡下的情人、脏乱的环境等等。但最重要的是方法”②。

这段话中卡夫卡谈到狄更斯在五个细节方面和创作方法上对他有所启发。这五个细节首先是“箱子的故事”。当大卫·科波菲尔决定从摩德斯通压榨人的工厂里逃出来时,他央求一个陌生的年轻人帮他搬运箱子,但年轻人拿着他的箱子和钱跑了,大卫又气又急,却又不能呼救,因为他是从工厂里偷偷跑出来的,害怕被发现。这种受骗而又不能呼救的沮丧感给卡夫卡留下了深刻的印象,使他记住了狄更斯的箱子的故事,并在他的小说《美国》中创造性地加以运用,同时大大拓展了这一意象的象征内涵。卡尔·罗斯曼由于受到家中女仆的引诱导致她怀孕而被父母逐出家门,离家时带着一只箱子。箱子里的东西并不值钱,但它是孩子与父母的唯一联系,是孩子精神上的依靠和慰藉。

在《大卫·科波菲尔》里面,箱子是家庭温暖的象征,是来自

---

①叶廷芳主编:《卡夫卡全集》(第5卷),石家庄:河北教育出版社,1996年,第487页,略有改动。

②叶廷芳主编:《卡夫卡全集》(第6卷),石家庄:河北教育出版社,1996年,第422页,略有改动。

父母的关爱,是危难时唯一的依靠。从他被迫离开家到萨伦学堂读书,到后来被迫中断学业去摩德斯通和格林伯公司做小“苦力”,大卫一直带着这只浸润着亲人关爱的箱子,但在逃离那个压榨人的工厂时,大卫的箱子被一个赶驴车的年轻人连钱带箱子骗走了。大卫紧追不舍:“我拼命在后面追,可是喊不出声了,即便能喊出声,这时候也不敢喊了。没出半英里,我至少有二十次差一点儿没让车轧着。我一会儿看不见他了,一会儿又看见了,一会儿又看不见他了,一会儿挨了一鞭子,一会儿听见有人对我喊叫,一会儿栽到泥坑里,一会儿又站起来,一会儿和谁撞个满怀,一会儿又一头撞在柱子上。我跑到后来,又热又怕,心慌意乱,不知道这时候是不是有一半伦敦人都跑出来抓我了,于是我就不追了,任凭那年轻人带着我的箱子和钱,随便到哪里去吧。”①年幼的大卫之所以这么拼命地想追回自己的箱子,一方面因为箱子里有他的全部家当;另一方面,箱子也是他和早逝的母亲以及女仆裴果提亲情的唯一联系。丧失全部财产固然令人沮丧,但失去已故亲人唯一的纪念,更叫人痛苦不堪。从此,大卫和这个世界上最亲近的人的联系被生生割断了,他沦为一个彻彻底底的孤儿,只有未曾谋面、脾气古怪的姨奶奶是他尚无法确定的依靠。

在《美国》里面,箱子意象则贯穿始终,它一方面代表着卡尔对父母的依赖,象征着他孩子气的弱小无用,或者说象征着他从欧洲带来的无能为力。另一方面,箱子也是卡尔与过去脆弱而又痛苦的联系,它使卡尔想起自己在德国家里的挫败,想起父亲的权威,想起母亲在父权制的家庭里以从属的地位对他的怜惜。父

---

①狄更斯:《大卫・科波菲尔》(上),庄绎传译,北京:人民文学出版社,2000年,第183页。

亲视他为无用之人，而他却从被驱逐的象征——箱子那儿寻找安慰。箱子是卡尔获得安全感的符号，箱子丢失了，他会觉得空虚、缺乏安全感；箱子在身边时，他则感到充实、安全。

箱子对卡尔来说具有特殊的意义，它既扮演着父母代理人的角色，也是卡尔潜意识中叛逆的象征。除了衣物和钱之外，箱子里面还有妈妈准备的意大利风味香肠和父母的合影。香肠是妈妈送的礼物，是母爱的化身，父母的照片则是他对亲情的眷恋。卡尔的这只箱子是父亲当年服兵役时用过的，是男性气质、父性强壮和力量的象征。“你能把它保存多久？”①父亲在卡尔出门时这样说道，语气中隐含着对卡尔的不信任。也难怪父亲不信任，卡尔不断地丢失箱子，很多时候其言行举止都像个稚气未脱的孩子。但即便丢掉箱子也不是真正的危险，因为父母代理人总会将它送回卡尔身边。在舅舅那儿时，卡尔不需要箱子，因为舅舅就是他的家长，他可以完全依赖舅舅。当舅舅找借口让卡尔离开独自闯世界时，箱子又回到他的身边，因为他的司炉朋友找到它并送了过来（这位朋友一直充当着权威的父母代理人角色）。不久，两个流浪汉砸开箱子，把里面的东西扔得到处都是，而且弄丢了卡尔父母的照片。两个流浪汉的行为无情地嘲弄了箱子的保护作用。后来，在西方饭店一位好心侍者的帮助下，卡尔重新找到自己的箱子，并让女厨师长代为保管。再后来，卡尔到了布鲁娜妲那儿时，箱子又成为多余的东西，外在的父母代理人取代了它的位置，也再一次嘲弄了它的无能为力。

箱子也象征着卡尔潜意识中不守规矩的一面。在整部小说

---

①叶廷芳主编：《卡夫卡全集》（第 2 卷），石家庄：河北教育出版社，1996 年，第7 页。

中,卡尔都承受着来自内心世界和外部世界的双重困扰。内在的困扰是他的罪感意识。作为一个尚未成年的孩子,卡尔是被女仆引诱的,过错主要不在他,但父母还是无情地把他赶出了家门,让他幼稚的心灵蒙上一层罪感的阴影。外在的困扰是父母代理人的各种不公正行为:舅舅因为他去乡下田庄做客就无情地把他赶出家门;女厨师长盲目地听从主管的意见,导致卡尔不得不离开赖以栖身的西方饭店;布鲁娜妲和两个流浪汉对他更多的是欺辱和抛弃。但在小说的最后,卡尔通过重重叠叠的磨难成熟起来,来到了俄克拉荷马露天大剧院。在这里,卡尔的身心变得成熟起来,他越过大剧院的平台来到象征着天使的法妮身边。这里天使和魔鬼并存,甚至还有未来的父母代理人,因为在小说的结尾,新录用的人员在父亲般的带队人指挥下,乘火车去俄克拉荷马旅行。带队人走在队伍的最前面,无微不至地照顾每一个人上车。这里没有人带行李,卡尔也彻底地丢掉了箱子,一段全新的人生旅程开始了。成熟后的卡尔不再需要箱子的安慰,小说的结尾处是一段雄伟的自然景观描写:"头一天他们穿行过一座高山,暗蓝色的悬岩以其尖尖的楔子向列车逼近……人们用手指头指引着那些山谷渐渐隐去的方向,宽阔的山涧在连绵起伏的丘陵上像巨浪一样匆匆涌来,夹带着万千汹涌的泡沫浪花,它们从火车驶过的桥下奔腾而过……"①卡尔终于把那个噩梦一般迷惘的世界抛在后面了,一个美好的新世界等待着日臻成熟的他前去探索。

①叶廷芳主编:《卡夫卡全集》(第 2 卷),石家庄:河北教育出版社,1996 年,第 246 页。

二、无罪者负罪

狄更斯更吸引卡夫卡的地方是在《大卫·科波菲尔》中讲述了一个无家可归的男孩的故事，这个形象触动了卡夫卡内心深处的和弦。可以说《美国》是一部现代版的《大卫·科波菲尔》，二者讲述的都是心灵成长的故事。狄更斯是卡夫卡写作《美国》的源泉，《美国》是从狄更斯那儿借来的梦。在卡夫卡的心中，狄更斯的著作、人物，和美国的氛围、风景有千丝万缕的联系。狄更斯本人曾两次去美国考察，写过见闻《旅美札记》和以美国为背景的小说《马丁·朱述尔维特》。狄更斯第一次去美国之前把它视为一个理想之地，但到美国后的所见所闻令他大失所望，因而对美国极尽抨击之能事。不过第二次去美国考察后又一改以前的说法，用“惊人的变化”来修正自己的观点。同样，美国也是卡夫卡心目中的理想之地。他认为欧洲是趾高气扬、容易冲动的中产阶级父亲统治的世界，父亲太过自以为是，在家里伤害孩子的自尊，视孩子如敌人或仆人，无法给他们提供一个良好的成长空间。而在美国，在成长之路的尽头有一个开放的空间等待着孩子。在这里，孩子可以不用服从命令，不用遵守规约，自由地走向成人世界。

卡夫卡和狄更斯都将自己的主人公塑造成无罪负罪、无疚负疚的典型。卡尔和大卫这两个被家庭放逐的孩子尽管犯下了过错，但这是孩子成长道路上因年幼无知、缺乏经验或是上当受骗而难以避免的，理应得到成年人宽容的对待。

卡夫卡在日记中说卡尔·罗斯曼是一个无辜的少年①。卡尔虽然在年长女仆的引诱下犯下了过失，但卡夫卡认为他只是一个十六岁的少年，意识中没有任何犯罪的念头，他还没有达到自觉的年龄，也就是说他没有能力接受、承担他的局限性。来到美国后舅舅虽然收留了卡尔，但很快又借故将他赶了出去。后来好不容易在西方饭店找到工作，却因上班时间安顿喝醉酒的流浪汉被不分青红皂白地解雇。父母的遗弃，亲戚的驱逐，老板的申斥，让年少的卡尔产生了一种深深的罪感。他不了解成人世界的规则，也不太清楚成长的磨难，只是一味地反诸己，将所有的过错都安放到自己身上。

狄更斯笔下的主人公在从少年走向成年的过程中也犯有过失，有时甚至是惊人的错误，但狄更斯认为这些都是成长的代价，是不可避免的。每个孩子都与生俱来地天真幼稚，在他能认识、理解充满凶险的成人世界之前，他对自己因天真幼稚而犯下的过失不负有责任，而伤害、诱惑孩子犯错的成年人才是受责备的对象。当大卫背不出来书时，摩德斯通不应该用凶狠的目光盯着他，这时的大卫需要安慰、帮助，而不是一顿毒打。大卫咬摩德斯通的手臂不是故意为之，而是出于自卫的本能。他应该得到更多的安慰，而不是关禁闭。大卫虽然不知道自己到底做错了什么，但摩德斯通的鞭笞，母亲的疏远，让他产生了一种莫名的负罪感。

卡夫卡和狄更斯通过《美国》和《大卫·科波菲尔》，探讨了少年心灵的成长和人对自我的认识。两位作家都认为，由于不谙世事，孩子幼小的心灵里产生一种分裂的倾向。一方面，父母或父

---

①叶廷芳主编:《卡夫卡全集》(第 6 卷)，石家庄:河北教育出版社，1996 年，第 376 页。

母的代理人带给他一种外在的惩罚；另一方面，他们童稚的内心被一种自由的东西充盈着，在狄更斯那里是不受约束的心灵，在卡夫卡这儿是不受约束的意识。孩子承受着来自内部和外部世界的双重压力以及这种压力带来的痛苦。因此，在某种程度上，孩子的人生“朝圣”历程就是获得内心和谐统一的过程，或者说至少是认识自我的过程。

《美国》是卡夫卡对于人认识自我、救赎自我的大胆探索。小说开篇就触及卡尔与自我意识的关系，他跳上了驶往美国的轮船，就像走向了认识自我的深处。下船时卡尔发现自己的伞忘在船舱里了，便把箱子放在甲板上，急急忙忙地回去寻找，结果在船上迷了路，虽然因此结识了船上的司炉，但箱子却找不见了。司炉这个名字暗示出一种生机和力量，实际上司炉是卡尔自我的一部分，而箱子是卡尔依赖父母的象征。这里出现了卡尔的难题：是要箱子还是和司炉作朋友？是继续依赖父母，还是独立自主？是流连在童年时代，还是走向成熟？在小说第一部分的结尾，当卡尔被迫离开司炉跟舅舅走时，他哭着亲吻司炉的手，“拿起这只皲裂的、几乎毫无生气的手，将它贴在自己的面颊上，就好像这是一件人们不得不放弃的珍宝”①。最后离开轮船时，卡尔觉得司炉“已经不复存在了”，而对于舅舅“是否能取代他的司炉”②，他疑窦重重。尽管如此，卡尔也只得依赖舅舅了，就像他在德国时依赖父亲一样。舅舅对他行使监护权，而与司炉在一起时，他拥

①叶廷芳主编：《卡夫卡全集》（第 2 卷），石家庄：河北教育出版社，1996 年，第 29 页。

②叶廷芳主编：《卡夫卡全集》（第 2 卷），石家庄：河北教育出版社，1996 年，第 31 页。

有完全的自由。

随后出现在卡尔生活中的两个流浪汉用不断的欺骗和奴役使卡尔在磨难中渐渐独立，他们用粗暴、冰冷的方式向卡尔显示着残酷的真理。卡夫卡用他们的出现给卡尔造成生存困境，激励他去体验、去反抗，使他进一步走向成熟。

大卫成长的过程中遭遇过许多不友善的人——残忍的校长，欺诈的朋友，还有心怀歹意的尤赖亚·希普。然而，在大卫的生活中也不乏善良之人：可爱的保姆裴果提，少言寡语、不善言辞的巴吉斯先生，貌似威严但心地善良的姨奶奶，人生不如意的米考伯夫妇……他们或兴高采烈，或忧虑不安，但始终都在期盼“转机”的到来。大卫在同他们的交往中，触摸人生的真实，积累生活的阅历，一步一步跨进成人世界的门槛。

三、父母形象的投射

比较文学影响研究的一大特点是它能够对影响者和被影响者做双向的考察，也就是说，我们既能够以放送者为参照，诠释接受者，也可以反过来以接受者为着眼点，诠释放送者。比如，我们可以从卡夫卡对狄更斯的理解和借鉴出发，反观狄更斯的作品。这种反观让我们看到了《大卫·科波菲尔》是一部卡夫卡式的投射性小说，不仅有作家生活经历的投射，更有外在生活场景对大卫内在情感、心理的投射。

狄更斯虽不是描写内在心灵冲突的先驱，但他的确推动了“投射小说”(projective novel)的发展。投射小说指一种用外在生活场景反映内在自我的小说，《大卫·科波菲尔》就属于这样一类小说。首先，狄更斯把自己少年时代的伤感巧妙地“伪装”后，写成这部他“最喜爱的孩子”。文学评论家埃德加·约翰逊指出，狄更斯将他自身经历的一部分融进了《大卫·科波菲尔》，通过小说来翻动过去痛苦的记忆。他说《大卫·科波菲尔》中隐含着代理父母问题，是对狄更斯不愿提及的过去的诠释：“他们代表着狄更斯对自己父母矛盾、排斥的看法，或者说他对父母有这样的感觉，亲情和怨恨交织在一起……（《大卫·科波菲尔》中的代理父母）象征着狄更斯对父母的那种复杂矛盾的情感。”①在《大卫·科波菲尔》中，米考伯代表狄更斯父亲身上缺乏家庭责任感，没有能力养家糊口的一面，米考伯太太总是想方设法照顾好自己的孩子，带有狄更斯母亲的影子。

其次，大卫这个人物带有很强的投射性。狄更斯对外在事件的选择是以丰富、促进他对人物的内在探索为前提的，因而，当大卫观察外部世界时，他内在的情感和外在的行为互为表里，他的内心困惑通过外在的情景表现出来：父亲的墓碑在他内心产生的恐惧感透露出他对父亲早逝的哀怨；大卫格外关注摩德斯通的手，因为这只手抚摸了他的母亲，让他感到是和他争夺母爱的“敌手”；藤条、鞭笞、禁闭和锁孔带给他莫名的内疚感和害怕失去母爱的担忧。大卫的故事是一个灵魂成长的故事，这一成长通过外在的投射反映出来。摩德斯通小姐严厉的目光，母亲有意转过去的脸，摩德斯通手上的绑带，都是大卫内心负罪感的外化。

卡夫卡在《美国》中继续探索不幸的家庭给孩子带来的悲剧，他同样将父母身上的各个层面拆解开来，投射到小说中的人物身上。尽管卡夫卡对代理父母的刻画远不如狄更斯那般详尽，但可

① Edgar Johnson, *Charles Dickens: His Tragedy and Triumph*, New York: Simon and Schuster, 1952, p. 679.

以看出来的是，他从狄更斯那里得到启发，将自己父母的影子投射到小说中的代理父母身上。卡夫卡笔下的代理父母带有更多梦幻的色彩，虽不像狄更斯那样铺张，仅寥寥数笔，却极具神韵。比如卡尔的舅舅雅各布身上闪烁着卡夫卡父亲的影子。舅舅是一个成功的商人，也像卡夫卡的父亲一样独立奋斗，跻身于社会的中上层。舅舅生意上的朋友波伦德和格雷恩也让我们联想到卡夫卡的父亲，他们都十分高大、强壮，让卡尔和卡夫卡相形见绌。

卡夫卡还将父亲其他方面的特征投射到《美国》中的人物身上。在西方饭店，侍者总管和门房班长都把下属视为敌人，鄙视他们的工作，动辄解雇他们，采用一种专制的方法而完全不顾正义和法理。卡夫卡把他父亲对待属下的态度挪到了西方饭店的不同人身上，就像狄更斯将他的父亲通过《大卫・科波菲尔》中摩德斯通和米考伯两个人描绘出来一样。极有可能的是，卡夫卡从阅读福斯特的《狄更斯传》中获得灵感，他可能认为狄更斯的父亲虽然没有亲手将年幼的狄更斯送进工厂，但他的负债入狱起到了直接的作用，而父亲性格中幽默的一面狄更斯在将之变形以后赋予了滑稽、乐观的米考伯先生。

卡夫卡将自己在父亲那儿备受压抑的感受推而广之，即孩子生活在权威统治的世界里，想要冲破权威的束缚，到达一个孩子可以自由成长、幸福生活的世界，必须要经受种种的磨难。从这个角度来说，《美国》是一个人精神成长的炼狱旅程，卡尔从离开家的那一刻起就不断经历父辈设置的一系列苦难，但他最终会成长为一个全新的人，成为俄克拉荷马露天剧场合格的一员。这个过程实际上是一个人心灵成长的过程。卡尔踏上美国的土地在舅舅看来是一次“新生”，舅舅认为一个欧洲人来到美国就像一个新生命的开始，他要重新适应这个世界。不久卡尔流落到西方饭店，遇到了像母亲一样的女厨师长，但扮演父亲角色的侍者总管却因为卡尔的一点小过失而不由分说地将他解雇，之后卡尔又从扮演母亲角色的布鲁娜妲那里挣脱出来，奔向了自由之地俄克拉荷马露天剧场。整部小说是一个现代人的精神朝圣历程，是一个寓意深刻的卡夫卡式寓言。卡尔的代理父亲是卡夫卡的父亲，只不过是以各种伪装的面目出现的。

孩子由于无法理解成人世界而倍感压抑，他内在的成长需求变成一种明确的带有指示性和暗示性的东西。对卡夫卡颇有研究的罗伊·帕斯卡认为："卡尔的内心世界决定着他的外在行为。"①他对箱子的依恋，对母亲代理人的渴求，都是他内心寻求安全感的表征。卡夫卡受大卫伦敦生活的启发，在《美国》中创造出了西方饭店。在西方饭店，卡尔的老板严厉、苛刻，继续昭示着父性的强大权威。

比较研究是一个双向的阐释过程。卡夫卡的《美国》受到狄更斯《大卫·科波菲尔》的启发，但从《美国》的角度来反观《大卫·科波菲尔》，我们对狄更斯的作品会有更深入的理解和认识。两部作品都以无家可归的少年为主人公，描写他们如何一再受到内疚感的折磨，在父辈操控的世界里挣扎沉浮。只不过在狄更斯那里，外在的景象是真实的，但经过内在情感的投射带上了奇幻色彩。而在卡夫卡这儿，人的内在心理是通过离奇的外在场景表现出来的，而这些离奇的场景又由真实的细节建构起来。总的来看，不管是在卡夫卡笔下还是在狄更斯的作品中，表层的场景描写都被赋予了深层的象征暗示内涵。

---

①Roy Pascal, "Dickens and Kafka," *The Listener*, April 26, 1956, p. 504.

我们在本文中通过对卡夫卡和狄更斯的比较研究这一个案，探讨了文学传统是如何通过作家之间的“影响”迸发出新的活力的。从文学影响与接受的关系来看，狄更斯是施予影响者，是放送者，卡夫卡作为晚生辈，是接受影响者。但我们这里重点突出的还是卡夫卡的创造性，因为接受并不意味着照搬，也不意味着缺乏原创性。波兰作家、翻译家莱谢克·柯拉柯夫斯基(Leszek Kolakowski)认为:“具有主动权的一方不是施予影响者，而是接受影响的一方。”①艾琳· 塞缪尔(Irene Samuel)也指出:“一种思想一旦被消化吸收，就会远远地离开源头，汇入滔滔的思想洪流。”②前人的影响往往是卡夫卡创新的触发点，他善于捕捉前人创作中潜在的趋向，然后巧妙地利用到自己的创作当中，开拓出自己独异的风格。影响与创新有着不可分割的关系，真正的影响其实是一种创造。具体到本文来讲，卡夫卡跟随狄更斯走出的完全是属于他自己的创作道路。

(原载《山东师范大学学报(人文社会科学版)》2011 年第 4 期)

①S. S. Prawer, *Comparative Literary Studies*, London: Duckworth Press, 1973, p. 64.

②S. S. Prawer, *Comparative Literary Studies*, London: Duckworth Press, 1973, p. 72.

卡夫卡的中国文化情结

20 世纪的奥地利作家卡夫卡对中国文化怀有浓厚的兴趣,他在书信、日记和谈话中多次谈到中国文化,对中国古代哲学非常推崇和赞赏。用德语写作、荣获 1981 年度诺贝尔文学奖的英国作家卡内蒂曾做出这样的评价:"无论如何,根据卡夫卡某些故事的特点,他属于中国文学编年史的范围。从 18 世纪以来,欧洲作家经常采用中国主题。但是,在西方世界的作家中,本质上属于中国的唯有卡夫卡。"①这番话以西方人的眼光说出了卡夫卡与中国文化的联系。

一、道家思想与袁枚《寒夜》之于卡夫卡

在中国文化中,最令卡夫卡迷恋的是中国古代哲学,尤其是老庄思想。美国当代著名女作家乔伊斯·奥茨曾说过:"卡夫卡对中国古代哲学,尤其是老子的《道德经》深感兴趣。"②在去世前的几年里,卡夫卡曾与年轻朋友古斯塔夫·雅诺施进行过多次交

---

①阎嘉:《反抗人格》,武汉:长江文艺出版社,1996 年,第 154 页。

②乔·卡·奥茨:《卡夫卡的天堂》,见吕同六编:《二十世纪小说理论经典》(下卷),北京:华夏出版社,1995 年,第 299 页。

谈，说道："我深入地、长时间地研读过道家学说，只要有译本，我都看了。"①卡夫卡阅读过孔子的《论语》以及《中庸》，老子的《道德经》以及庄子的《南华经》。对于这些经典著作，卡夫卡评价说："这是一个大海，人们很容易在这大海里沉没。在孔子的《论语》里，人们还站在坚实的大地上，但到后来，书里面的东西越来越虚无缥缈，不可捉摸。老子的格言是坚硬的核桃，我被它们陶醉了，但是它们的核心对我却依然紧锁着。我反复读了好多遍。然后我却发现，就像小孩玩彩色玻璃球那样，我让这些格言从一个思想角落滑到另一个思想角落，而丝毫没有前进，通过这些格言玻璃球，我其实只发现我的思想槽非常浅，无法包容老子的玻璃球。"但卡夫卡还是不无欣慰，因为"这些书中，只有一本我算马马虎虎读懂了，这就是《南华经》"。随之他向雅诺施念了一段庄子的语录："不以生生死，不以死死生，死生有待耶？皆有所一体。"并说出了他对庄子这段话的理解："我想，这是一切宗教和人生哲理的根本问题、首要问题。这里重要的问题是把握事物和时间的内在关联，认识自身，深入自己的形成与消亡过程。"②可见，对于老庄思想，卡夫卡不仅深怀敬慕之情，而且还从文化比较的角度，认识到老庄思想所具有的普遍价值。

卡夫卡之所以对老庄思想感兴趣，是因为这与他本人对现实、对人生的冷静思考不谋而合。他们在思考时都着眼于事物的两极，关注两极之间关系的悖论性，惯常采用"转移"、"倒转"的思维方式，引发出一个超出常规思维的、非语言可理解的、只能在悖论关系中用心灵去体悟的结论，因此奥茨说："恰恰在道教中我们

①林贤治主编：《卡夫卡集》，上海：上海远东出版社，1998年，第345页。
②林贤治主编：《卡夫卡集》，上海：上海远东出版社，1998年，第346页。

找到了卡夫卡的精神实质。”①这种精神实质实际上就是“道”，“道”是老子哲学的核心，老子在《道德经》中提出：“道生一，一生二，二生三，三生万物。”又说：“人法地，地法天，天法道，道法自然。”“道”无处不有，无处不在，它控制和支配着一切客观自然规律，有着永恒、绝对的本体意义。奥茨认为，卡夫卡在长篇小说《城堡》中就“表现了老子叫作道的原始力，所不同的，卡夫卡是从欧洲人的、历史的观点，以晦涩、阴沉的笔法来表现的。城堡显然就是处于永恒的、静态的或者无目标的真理，只有在静止了的、不知进取的思想中才得以认识”②。《城堡》中的K.深夜来到城堡所属的一个村庄，想得到城堡最高统治者的允可在村子里安家落户。城堡就耸立在前面的小山上，看起来近在咫尺，可当K.朝它走去时，却有千里之遥。通往城堡的路上并无障碍物，也无人把守，但K.却辗转不能到达。城堡最高的统治者威斯伯爵是个神秘的人物，人人都知道他的存在，可谁也没有见过，但伯爵的权威又无时不在，无处不在，它始终控制着一切，支配着一切。小说的深刻之处在于：尽管城堡是一个神秘的存在，尽管城堡的统治者伯爵是一个虚位、虚设，但却真切地道出了人类存在的一种基本状态，即人虽然渴望绝对的自由，但又注定要受到种种无形的制约和束缚。

卡夫卡并不是被动地接受中国的古典文化遗产，他从老庄哲学中吸取了关注弱者、反对强权的内质，摒弃了其“不争”的消极因素，采取一种在绝望中积极抗争的策略，即为了争取人的自主的、人性

①乔·卡·奥茨：《卡夫卡的天堂》，见吕同六编：《二十世纪小说理论经典》（下卷），北京：华夏出版社，1995年，第299页。

②乔·卡·奥茨：《卡夫卡的天堂》，收入吕同六编：《二十世纪小说理论经典》（下卷），北京：华夏出版社，1995年，第309页。

的生存空间，即使以牺牲自我为代价，也要做出不懈的努力。K.为进入城堡筋疲力尽而死，但在奄奄一息之际，终于等来了同意他入住村子的通知，他以自我牺牲为代价换取了对人的存在和人性的承认。

从文学上来讲，卡夫卡对中国文化的深层兴趣突出表现在他对清代诗人袁枚《寒夜》一诗的"着迷"上。

1912年，卡夫卡创作《变形记》时经常熬夜工作，而他的身体状况又一直不是很好。因此，卡夫卡当时的女友，也就是曾两度与之订婚的菲莉斯·鲍威尔得知这一情况后，就写信劝他别写得太晚。卡夫卡接到信后，为了证明开夜车在世界，包括在中国是属于男人的专利，马上从书架上取出海尔曼编译的《中国抒情诗》，为菲莉斯专门抄录了中国清代诗人袁枚的小诗《寒夜》："寒夜读书忘却眠，锦衾香烬炉无烟。美人含怒夺灯去，问郎知是几更天？"卡夫卡认为这是一首值得回味的诗，在此后两个多月的时间里，他起码有五次以上在信中向菲莉斯谈论这首诗。有一次他这样写道："最亲爱的，不要低估那位中国妇女的坚强！直到凌晨——我不知道书中是否注明了钟点——她一直醒着躺在床上，灯光令她难以入眠，但她一声不吭躺着，也许试图用目光把学者从书本中拉出来，然而这个可怜的，那么忠实于她的男人没有觉察到这一切。天知道出于什么原因他没有察觉，他根本没有任何理由，从更高一层意义来说，所有理由都听命于她，只听命于她一人。终于她忍受不住，把灯从他身边拿开，其实这样做完全正确，有助于他的健康，但愿无损于他的研究工作，加深他们的爱情；这样，一首美丽的诗歌就应运而生了，但归根结底，不过是那个妇人自欺欺人而已。"①袁枚的《寒夜》在中国读

①叶廷芳编：《卡夫卡全集》（第9卷），石家庄：河北教育出版社，1996年，第220—221页。

者眼里本是描写书生情侣的闺情闲趣的，有佳人相伴的“寒夜书生”是一个快乐、幸福的男人，但在卡夫卡那里，为何变成了一个“可怜”的人？而佳人不过是在自欺欺人？卡夫卡又是出于何种原因不厌其烦地多次向菲莉斯谈论这首诗？

从深层来说，这是因为袁枚的这首诗触动了卡夫卡潜意识中的“婚姻综合征”。卡夫卡暴君式的父亲给他带来许多心理症结，“婚姻综合征”就是其中一个重要表现：一方面，他必须成为父亲，在“父亲法庭”上为自己洗清罪名，为此目的他必须要结婚。另一方面，由于他把文学创作视为生命之所在，又害怕婚姻会占用他的创作时间，破坏他创作时所需要的孤独。婚后万一菲莉斯把他从写字台边拉开，或夺走他的台灯，他该怎么办？这实在无异于夺走了他存在的意义。在卡夫卡心目中，最理想的生活方式是“地窖居民”：“对我来说，最好的生活方式即带着我的书写工具和台灯住在一个大大的、被隔离的地窖的最里间。有人给我送饭，饭只需放在距我房间很远的地窖最外层的门边。我身着睡衣，穿过一道道地窖拱顶去取饭的过程就是我唯一的散步。然后，我回到桌边，慢慢地边想边吃，之后又立即开始写作。”①由此可以看出，卡夫卡对袁枚那首诗“着迷”的背后隐含的是对婚姻的欲望和焦虑。作为西方正统文化培育出来的女性，菲莉斯需要现世的婚姻，而卡夫卡幻想在拥有婚恋状态的同时回避婚姻的实质，让他的“佳人”菲莉斯克制婚恋中的正常人性诉求，直到凌晨都醒着一声不响地躺在床上，用幽怨的目光来表达人性的诉求，至多也不过是起身含怒夺灯，而表达的仅是对伴侣的疼爱和关心，这样，

①叶廷芳编：《卡夫卡全集》（第9卷），石家庄：河北教育出版社，1996年，第213页。

“佳人”(菲莉斯)的婚恋对象(卡夫卡)则得以成功地逃避日常婚恋中的人性内容。卡夫卡用《寒夜》这首诗来转喻他与菲莉斯之间的爱情情势,从带有浓郁的中国文化氛围的诗篇中,卡夫卡找到了自己深层的心理寄托。

卡夫卡对中国的兴趣较为广泛,不仅体现在文学、思想上,还体现在绘画艺术上。他非常钦佩“古老的中国绘画和木刻艺术”,对“中国彩色木刻的清、纯、真”①赞叹不已。卡夫卡阅读过多种中国古代典籍,他称赞由汉斯·海尔曼编译的《中国抒情诗》是一个“非常好的小译本”②,由马丁·布伯(Martin Buber)编译的《中国鬼怪和爱情故事》更是“精彩绝伦”③,并将德国汉学家卫礼贤翻译的《中国民间故事集》送给他最喜欢的妹妹奥特拉。

二、卡夫卡笔下的中国题材

由于卡夫卡对中国文化怀有浓厚的兴趣,有关中国的题材自然就会出现在他的笔端。卡夫卡以中国为题材的主要是几个短篇小说:《中国人来访》、《拒绝》、《一道圣旨》(一译《诏书》)、《在法的门前》以及《中国长城建造时》。

《中国人来访》是卡夫卡的一篇微型小说,区区四五百字,描述了他想象中的中国学者的样子。一天午后,叙述者“我”正躺在床上看书,女仆进来通报,说有一个中国人来访,他穿着中国的服

---

①林贤治主编:《卡夫卡集》,上海:上海远东出版社,1998年,第345页。

②阎嘉:《反抗人格》,武汉:长江文艺出版社,1996年,第156页。

③叶廷芳主编:《卡夫卡全集》(第9卷),石家庄:河北教育出版社,1996年,第316页。

装，讲一种他们听不懂的语言。于是，“我”出去将这个中国人领进来，看到这个中国人系着丝绸腰带，“显然是个学者，又瘦又小，戴着一副角边眼镜，留着稀疏的、黑褐色的、硬邦邦的山羊胡子。这是个和善的小人儿，垂着脑袋，眯缝着眼睛微笑”①。这就是卡夫卡脑海中中国学者的基本形象，既陌生又亲切，既可敬又可笑。

在另一个短篇小说《拒绝》中，虽然没有出现“中国人”这样的字眼，但从对人物外貌、语言、性格的刻画中，能够明显地感觉到卡夫卡描绘的是中国人。小说描写了一个远离边境的小城的统治者及其臣民。该城的最高长官“穿着漂亮的丝绸衣服”，“嘴里叼着烟斗”②；远道而来的士兵是“一些矮小、体格并不强壮，但很敏捷的人”③，闪着“略带不安的小眼睛”，讲一种“我们完全听不懂的方言”，身上表现出一种“与世隔绝的、难以接近的特质”，他们“沉默寡言，严肃认真，固执刻板”，露出一种“极其谦卑的微笑”④。“身材矮小”、“沉默寡言”、“固执刻板”、“难以接近”、“谦卑”等是19世纪之后很长一段时间内西方人惯常使用的描述中国人的词语，卡夫卡一生基本上都在布拉格度过，不曾涉足中国，中国对他来说只是一个从书本上感知到的遥远国度，因此，他笔下的中国形象也不曾超出西方人的“集体想象”。

---

①卡夫卡：《卡夫卡短篇小说选》，叶廷芳等译，桂林：漓江出版社，2013年，第278页。

②叶廷芳编：《卡夫卡全集》（第1卷），石家庄：河北教育出版社，1996年，第406页。

③叶廷芳编：《卡夫卡全集》（第1卷），石家庄：河北教育出版社，1996年，第407—408页。

④叶廷芳编：《卡夫卡全集》（第1卷），石家庄：河北教育出版社，1996年，第408—409页。

如果说《中国人来访》和《拒绝》主要描述了卡夫卡对中国的外在认识，那么《在法的门前》、《一道圣旨》则熔铸着卡夫卡对中国文化的理解。《在法的门前》是卡夫卡的长篇小说《审判》中的一节，也是该书的点睛之笔，1916 年抽出来单独发表。小说中的门警“那鞑靼人的稀稀拉拉、又长又黑的胡子”明显地暗示出这是一个中国人。“门警”与“乡下人”是小说中的两个核心人物，乡下人来到法院门口，要求门警让他进去，但得到的回答是“现在不行”。乡下人作了各种努力，把自己带来的东西都送给了门警，门警照单全收，但并不放他进去。乡下人在这儿等了一年又一年，头发白了，眼睛花了，身体也僵硬了，仍被挡在大门之外。临死之前，乡下人忍不住向门警提出了一个问题：“在这么许多年里却没有一个人要求进法的大门，这是何故呢？”门警回答道：“因为这道大门仅仅是为你而开的。”①这个故事充满了悖论：门警答应放乡下人进去，又始终不肯放行；大门是专为乡下人一个人开设的，但他等待终生却不得而入。仔细分析，这里的“法”和“法门”实际上隐喻着人的一种存在状态，门是法的限定，又是这个限定的缺口，人可以破门而入“进入存在”，又可以破门而出“超出存在”。现实生活中“法”和“法门”无处不在，并伴随你一生，但你却不能理解，不能“入门”。这个“法”，这个“法门”，从本质上来讲，就是中国文化中的“道”，不可道之“道”。

《一道圣旨》原是《中国长城建造时》的一个片段，卡夫卡生前将它抽出来单独发表。这个故事的基本结构是：弥留之际的皇帝欲通过使者将他的谕旨传达给遥远的臣民。使者立即出发，他是

---

①叶廷芳编：《卡夫卡全集》(第 1 卷)，石家庄：河北教育出版社，1996 年，第 172 页。

“一个孔武有力、不知疲倦的人,一会儿伸出这只胳膊,一会儿又伸出那只胳膊,左右开弓地在人群中开路”①。使者前进的道路上障碍重重,他永远也到达不了目的地,永远也不能将皇帝的密旨送达给那些遥远的臣民,永远也不能完成他的使命。奥茨认为在道教中能找到卡夫卡的精神实质,“就是说意识到有一种绝对无个性并且无法理解的存在”②,这种“无法理解的东西”就是“道”,它完全超越了语言,也完全超越了个人理解,正是这个“道”使卡夫卡与老子产生了心灵的契合,并在他的许多作品中都有表现,《城堡》中 K. 无法到达的“城堡”,《审判》中莫名其妙的“审判”,《一道圣旨》中使者永远也走不出的“障碍”,都是“道”的无所不在。

《中国长城建造时》是卡夫卡短篇小说中一个比较重要的以中国为题材的小说,是“根据布拉格的一处名胜,即劳伦茨山的‘饿墙’写成的。它离卡夫卡的住宅很近,是由囚犯建造的,墙本身毫无意义,只是为了不让囚犯闲着才造的”③。应该说,这样一堵普普通通的墙,与中国的万里长城很难发生关联,可天才的卡夫卡却凭此去写作自己不曾涉足的地方,由此可看出卡夫卡对中国文化的熟悉与喜爱。

在《中国长城建造时》中,卡夫卡开门见山,“万里长城止于中

①叶廷芳编:《卡夫卡全集》(第 1 卷),石家庄:河北教育出版社,1996 年,第 185 页。

②乔·卡·奥茨:《卡夫卡的天堂》,见吕同六编:《二十世纪小说理论经典》(下卷),北京:华夏出版社,1995 年,第 299 页。

③克劳斯·瓦根巴赫:《卡夫卡》,孟蔚彦译,北京:中国社会科学出版社,1992 年,第 138 页。

国的最北端”,采用的是“分段修建”的方法①。对于对外在事物没有多少兴趣的卡夫卡来说,他的目的显然不在于给读者讲述一个关于长城的故事,而是借助长城这个古老中国的象征,来表述他对中国的想象,对中华帝国文化模式的独特理解。

首先,卡夫卡认识到西方传教士和启蒙学者盛赞的中国长城实际上是“毫无意义”的。“众所周知,长城之建造意在防御北方民族。但它造得并不连贯,又如何起到防御作用呢?”②事实上也的确如此。长城建成后的两千多年来,并没有真正发挥过人们所期望的那种防御战争的作用。汉朝和南北朝时期,它没能有效地抵御北方少数民族的入侵。元清两代,北方民族更是长驱直入,统治中原几百年。卡夫卡写这篇小说时,西方列强已经用坚船利炮强行打开了中国的大门,挑衅中国,发动了两次鸦片战争,结果是清政府割地赔款,甚至连京城里被誉为园林艺术奇葩的圆明园也被抢掠烧毁。而作为中华民族象征的万里长城,却只能无所作为地匍匐在荒凉的北方,任凭侵略者为所欲为而无力阻挡。可以说,正是20世纪初中华民族被西方列强凌辱欺压的现实,使卡夫卡看到了被中国人视为骄傲的万里长城实际上的无意义性。

其次,卡夫卡在这篇小说中表达了他对在广袤的中华大地上存在了两千年之久的大一统帝国文化模式的独特理解:一是领导者有意为之的“分段而治”的高明统治术;二是被统治者为了生存而不得不奉行这样一种处世原则:“竭尽全力地去理解领导者的

①叶廷芳编:《卡夫卡全集》(第1卷),石家庄:河北教育出版社,1996年,第375页。

②叶廷芳编:《卡夫卡全集》(第1卷),石家庄:河北教育出版社,1996年,第375—376页。

指令,但一旦到达某种限度,就要适可而止,进行思考。”①三是国家机构职能的“含混不清”。分段修筑长城实际上是中华帝国内部机制的隐喻。正如分段修筑不至于使民工一辈子看不到完工的希望而失去工作效率一样,统治者的“分段而治”也给痛苦不堪的百姓暂时营造了海市蜃楼般的幻影;每一个施工队在完成一个五百米的工程后,得到上级的嘉奖,同时也因同行的工作而受到鼓舞,形成“团结!团结!肩并着肩,结成民众的连环”②这样一个局面。同样,统治者在给予百姓适当的安抚后,百姓便在统治者制定的轨道内行驶,如此统治者的统治就得到加强。而一旦百姓在不堪重负的压力下“进行思考”后走出轨道,或是把统治者推翻,或是被统治者镇压下去,那么就又开始了新的循环。然而,在开始与结束之间,整个帝国对百姓来说又像是弥漫在一片烟雾之中,永远模糊不清。百姓不知道是哪个皇帝在当朝,甚至对朝代的名称也分辨不清,“把以往的统治者弄得面目全非,把今天的统治者与死人相混淆”③。

最后,卡夫卡有意无意地把长城的修筑与建造巴贝尔塔(即巴比伦塔)相提并论:“我们必须得说,当时长城所完成的业绩,比起巴贝尔塔的建筑毫不逊色。”④巴贝尔塔是《圣经》中的“通天

①叶廷芳编:《卡夫卡全集》(第1卷),石家庄:河北教育出版社,1996年,第380页。

②叶廷芳编:《卡夫卡全集》(第1卷),石家庄:河北教育出版社,1996年,第378页。

③叶廷芳编:《卡夫卡全集》(第1卷),石家庄:河北教育出版社,1996年,第384页。

④叶廷芳编:《卡夫卡全集》(第1卷),石家庄:河北教育出版社,1996年,第378页。

塔”,是基督教文化中一个很重要的意象,卡夫卡在这里将二者并列在一起,是否意味着卡夫卡已开始考虑,要把与基督教文化大相径庭的中国人的传统生活模式,纳入他关于人的存在的文化批判体系之中?从当时东西方交往的日益增多和西方人越来越认识到中国文化的重要性来看,卡夫卡有这种考虑是完全有可能的,遗憾的是由于病魔缠身,卡夫卡英年早逝,没能在他的创作和关于人类的思考中更多地向我们展示这方面的内容。

三、卡夫卡中国文化情结的因缘

卡夫卡何以对中国文化保持浓厚的兴趣?首先,这与第一次世界大战后西方世界掀起的第二次“中国热”有关。18 世纪时,“中国热”曾席卷整个西方世界,那时中国对西方来说是一种尺度,是一方视野,从政治制度到生活方式,中国都是西方的样板。德语文化圈中的歌德也对中国产生了兴趣,他通过英文、法文译本阅读了一些中国小说和诗歌,如《好逑传》、《玉娇梨》、《花笺记》、《今古奇观》等。从对中国文学作品的接触中,歌德看到人类共同的东西,在同助手艾克曼的谈话中阐述了他对中国的理解:“中国人在思想、行为和情感方面,几乎和我们一样;只是在他们那里,一切都比我们这里更明朗,更纯洁,更合乎道德。”①并提出“世界文学”这一著名的概念。这股“中国热”到了 19 世纪由于西方在机械文明方面的巨大进步和中国相对来说的缓慢发展而告终结。但第一次世界大战给西方人带来了普遍的沮丧和绝望情绪,尤其是一些青年人对技术社会的堕落感到幻灭,而相比之下,

① 艾克曼:《歌德谈话录》,朱光潜译,北京:人民文学出版社,1978 年,第 112 页。

中国的道家思想和东方神秘主义却引起了他们的兴趣，他们希望到中国的古老文化、哲学中寻找和平、安宁、人道的生活理想。在这股时代潮流中，老子、庄子格外吸引西方人的目光，德语文化圈中也掀起了一股新的东方热潮，翻译了大量的中国典籍，这为卡夫卡接触中国文化提供了机会和便利条件。另外，卡夫卡家族成员的生活经历也为他提供了了解中国、认识中国的契机，譬如他有一个舅舅曾在中国生活过两年，舅舅带回的有关中国的信息一定程度上激发了卡夫卡对中国的热情。

其次，从心理层面来看，“代表着罗曼史、异国情调、美丽风景、难忘的回忆、非凡的经历”①的中国，一直是欧洲人借以逃离欧洲的理想国。卡夫卡一辈子都在努力逃离布拉格，他把布拉格比作“小母亲的爪子”，竭力想摆脱它，为此，他多次请在西班牙铁路上工作的舅舅帮忙想办法。逃离布拉格后去往哪里？遥远的东方古国无疑是令卡夫卡心醉神迷的地方，那里的人民在卡夫卡的想象中过着与欧洲人完全不同的生活，在欧洲人中间感到自己是个“陌生人”的卡夫卡，幻想到了东方这块土地上会不再感到陌生，因此中国就成了卡夫卡的希冀和憧憬之所在。

（原载《山东理工大学学报（社会科学版）》2007 年第 6 期）

---

①Edward W. Said, *Orientalism*, New York: Vintage Books, 1979, p. 1.

张炜与海明威之比较

海明威(1899—1961)是世界文学密林中的一棵参天大树,他以自己丰富的人生阅历、深刻的社会洞察力、敏锐的时代感受力和卓越的艺术表现技巧,给世界人民留下了宝贵的精神财富,也使自己的人生闪烁出熠熠光辉。他对战争主题的剖析、对死亡意识的阐释、对"硬汉"性格的塑造、对"冰山"原则的运用……不仅受到不同肤色的读者和文学研究者的青睐,而且也受到不同国籍的文学爱好者的喜爱,张炜就曾被他深深地吸引过,并在创作中留下了神似的印痕。

一、人物塑造上的"硬汉"性格

海明威以其对硬汉性格的出色塑造饮誉世界文坛。他笔下的主人公多是些士兵、斗牛士、猎人、拳击家和渔夫,他们或者为了个人的荣誉,或者出于职业的尊严,或者单纯为了生计,表现出临危不惧、与厄运斗争到底的"硬汉"精神。海明威坚信这样一个信条:世界不是为弱者准备的。因此,他笔下的主人公即使面对强大的、不可战胜的敌手,也要表现出"重压之下的优雅风度"。在海明威看来,真正的英雄不是那些胜利在望时的勇敢者,而是明知前面是失败,依然挺起胸膛无畏地走向死亡的人。

在张炜早期的人物画廊里也活跃着一批“硬汉”形象。《拉拉谷》(1982)中的“骨头别子”，年轻时身强力壮，有着“第一流的海上功夫”，也就难免“酒喝多了记不得自己的老婆，只认得女人”，曾被小寡妇二姑娘“钓走了魂灵”。后来在一次偶然事件中为搭救二姑娘被打折了腿骨，赢得了二姑娘的芳心，可此时他却因愧对亡妻欲爱不能。在以后的几十年中便不断地“跟自己内心深处涌出的那股情”“搏斗”，并最终成功地控制住了它。在张炜看来，硬汉的力度不仅表现为外在的阳刚，还表现为内在的意志力，在内在自我完善欲望主宰下，凭借强大的意志力战胜生命旅途中的一切障碍，使自己成为最后的胜利者，这才是最值得钦佩的硬汉子性格。《拉拉谷》之后一些小说，张炜以一种潜视角关注着硬汉和硬汉面对世界的方式。《秋天的思索》(1983)中，李芒面对邪恶势力的不屈不挠，《黑鲨洋》(1984)中老船长的人生沧桑，曹莽危险时刻的拼死搏击，《古船》中隋抱朴的苦思冥想，乃至《家族》中曲予的罹难、宁周义的不屈，《柏慧》中四哥的执拗……都是硬汉精神的传承，这种传承使张炜的小说透露出一股阳刚之气，闪烁出一种力度之美。他在随笔《男人的歌》中把对这种性格的演绎明确地说了出来:“生活中有许多困苦和幸福，都是为男子汉准备的。他要用结实的肩头去扛东西，用两臂去抵挡或迎接什么。去打仗、去拼杀……男人的脊梁承受着各种各样的压力。……在最恶劣的境况下，真正的男子不会呻吟，他们或者咬紧牙关，或者干脆放开喉咙唱起来。”①“女愁哭男愁唱”，他们那深沉曲折的调子和离离拉拉的歌声到底唱了些什么，谁也不知道。“男人之所以

①张炜:《张炜文集》(1)，上海:上海文艺出版社，1997年，第259页。

成为男人，因为，他们用歌唱而不是用眼泪去对待困苦”①，即使遍体鳞伤，也要带着藐视的微笑去歌唱。

作家创造的艺术形象往往与其性格互相辉映，张炜和海明威对“硬汉”形象的塑造是和他们的性格分不开的。

海明威有着刚毅的性格和勇士的风度，他一生奔走于自然与人生的竞技场上，喜欢冒险，意志刚强，浑身充满了阳刚之气。海明威从小喜欢钓鱼、打猎，经常出没于野兽成群的丛林莽原；爱看拳击、决斗，为“你可以打败我，但却永远无法使我屈服”的精神所折服。他参加过两次世界大战，多次身负重伤，从体内取出 273 块弹片；他一生受过十几次脑震荡，在一次车祸中头上缝了 57 针，在养伤期间看到关于自己的“讣告”；他是写字台旁的角斗士，一天写过三个短篇，写掉七支铅笔，疲惫不堪时还坚持这种搏斗：“小说家得打满九局，即使这样会送掉他的性命。”②就连他的自杀也表现出非凡的勇气：他把一只镶银的猎枪枪口放在嘴里，两个扳机一起扣动，打掉了半个脑袋。海明威是 20 世纪欧洲舞台上一个出色的人生角斗士，面对世界的荒诞和邪恶，他没有丝毫的逃避，有时明知在走向死亡，却像自己将永生一样，无畏地去迎接它。这种明知命运必然如此而又不甘如此的抗争精神，使我们想起希腊神话中的西西弗斯。西西弗斯明知把巨石推上山顶之后它还要滚落下来，但他仍朝着不知尽头的磨难，迈着沉重然而均匀的步子走下去。这种精神是对命运的蔑视和反抗，西西弗斯征服顶峰的斗争本身就足以充实一个人的心灵，人生的价值和意

①张炜：《张炜文集》(1)，上海：上海文艺出版社，1997 年，第 261 页。

②转引自徐葆耕：《西方文学：心灵的历史》，北京：清华大学出版社，1990 年，1998 年第 3 次印刷，第 437 页。

义也就在这硬汉式的搏斗中充分体现出来。

张炜性格中同样有着硬汉的铮铮铁骨，这一点从他在当今文坛上对道德理想主义的固执坚守看得十分清楚。张炜有自己坚定的立场，不轻易为时流所动，而且一旦认准了某种东西，就会义无反顾地去追求，甚至表现出一种逆时代文学潮流的悲壮。比如：针对文坛的反对说教，他提出文坛缺少真正的说教；针对众人呼唤的宽容，他针锋相对，有理有据地喊出“诗人，你为什么不愤怒”；针对文坛上争论不休的保守主义，他指出文坛缺少真正的保守主义……张炜似乎与当今的文坛格格不入，但是，正是从这种格格不入中我们看出他对流行与荒谬的抵抗，对乞求怜悯的文学的厌恶，对自己顽强人格的维护。张炜骨子里有一种不妥协的特质，他曾多次说过鲁迅先生对他的影响：“我永远尊重心中的鲁迅先生，他对我的影响差不多超过了所有的中国作家。他永不妥协，永不屈服。他使我懂得：一个真正的作家必定是一个战士。”①并认为“人生活的过程，应该是不屈服的过程”，“关键是不能屈服，屈服就失去了一切”②。

正是基于性格的契合，张炜轻而易举地走近了海明威，迢迢时空阻隔不了作家心灵的神交，海明威对硬汉形象的出色塑造啮合了张炜心中的创作渴求，他笔下的硬汉也就一个个争先恐后地出场了。

张炜和海明威的硬汉子形象体现出以下共同特征：

其一，面对时代的丑恶，命运的多舛，他们不屈不挠，顽强抗争。在张炜的中篇小说《秋天的思索》、《秋天的愤怒》中，老得和

---

①张炜：《张炜文集》(1)，上海：上海文艺出版社，1997 年，第 544 页。

②张炜：《张炜文集》(1)，上海：上海文艺出版社，1997 年，第 535 页。

李芒都面临着强大的对手，但他们并没有因自己的弱势处境而俯首认命。老得的对手是孔武有力、气足神旺、背有靠山、羽翼甚广的王三江，他铁掌无情，专横霸道，拿承包葡萄园的三十六户人家的血汗做交易，中饱私囊，还要骗取他们的感激。老得要弄清这其中的"原理"，要消灭"欺压人，捉弄人、霸道……还有王三江"这些"黑暗的东西"。虽然身体瘦弱，势单力薄，而且多次受到王三江的威胁和压制，但他始终蔑视王三江，"他王三江的办法再多，我还是蔑视这个'黑暗的东西'"，"他一辈子也许做成了好多事，可就是制服不了我"①，并教育新来的同伴："死了，也不能给'黑暗的东西'说一句软话。"②李芒的对手是农村社会得势的村支书肖万昌。为了阻止女儿同出身不好的李芒相爱，肖万昌逼得他们离乡背井，隐居深山。待李芒学得种烟的绝技返乡之后，肖万昌又盗取他种烟专业户的荣誉。李芒是一个有血性的青年，不会因为肖万昌是自己的岳父和村支书的背景就忍气吞声，他要做自己的主人，要让自己的生命放射出不同寻常的光辉，于是毅然同肖万昌分家单过，并熬过肖万昌给他的种种刁难，成为芦青河畔一条铮铮的铁汉。

海明威笔下的主人公大都命运坎坷，处境艰难，但他们却能以超常的毅力和惊人的勇气同命运进行悲壮的抗争，用自己勇敢、冷静、果断、顽强、无畏的主体意识，傲视残酷的命运。正如尼采说的：既然人生是一场悲剧，就让我们把这场悲剧表演得轰轰烈烈吧。面对强大的宿命，海明威的主人公积极行动。在小说《打不败的人》(1927)中，曼埃尔·加尔西亚是一个上了年纪的斗

①张炜：《张炜中短篇小说集》，北京：中国文联出版社，1987年，第67页。
②张炜：《张炜中短篇小说集》，北京：中国文联出版社，1987年，第49页。

牛士，尽管体力不支，反应迟缓，仍不退出战场，以超凡的勇气与公牛进行了一场搏斗。结果加尔西亚身负重伤，上了手术台，但他永远是一个“打不败”的人。“公牛”在西方人眼里是非理性、狂暴和邪恶的象征，因此，斗牛也就成了海明威借以抒发他对那些敢于同邪恶社会抗衡的勇士的歌颂与赞扬。《老人与海》是壮心不已的海明威在创作生命接近终点时精彩而辉煌的一搏，并以此荣获 1954 年的诺贝尔文学奖。它是一曲硬汉精神的高亢颂歌，主人公桑地亚哥是海明威所塑造的“硬汉”形象的最高峰。小说突出表现了人面对宿命的不屈抗争。老人连续出海八十四天，没有打到一条鱼，但他不甘心失败。变化莫测的大海涌动着一股神秘的力量，第八十五天把老渔夫诱入了远离陆地的海洋深处。他终于捕到了一条硕大的鱼，并为制服它耗尽了两天的气力，但在拖回的途中遭到鲨鱼的袭击，老人拼死搏斗，最终仅带回光秃秃的鱼骨。这一切仿佛命中注定，然而真正震撼人心的是老人在强大的宿命面前所表现出来的“风度”。老人与大鱼的搏斗阐释了这样的思想：不在于谁弄死谁，而在于搏斗本身是庄严而美丽的。老人那补满面粉袋的帆，像一面永远失败的旗帜，然而老人以全部的行动印证了这样一个辉煌的真理：人可以被消灭，但在精神上是打不败的。

在张炜和海明威所塑造的硬汉形象中渗透着作者坚强的人生观，那就是面对充满暴力和邪恶的世界，要把硬汉精神作为生命的支柱，与暴力和邪恶进行决绝的拼杀，即使不能取得胜利，也不要认输，要用精神上的永远不败来证实自己存在的价值和意义。

其二，张炜和海明威的硬汉子都蔑视死亡，不懈追求人生的价值。死亡是可怕的，它不期然地等待着每一个人，谁也无法逃避。面对死亡,是消极颓废,还是积极行动,是考验一个人是否是硬汉的重要关头。张炜笔下的黑鲨洋自古就是危险之地,也是个出大鱼的地方。曾经有一次,渔船在那儿出了大事,死了好几个人,其中包括有名的壮汉曹德(曹莽的父亲),以后人们谈黑鲨洋色变。十年之后,长成壮汉的曹莽又一次随老七叔的船驶进了那片藏下了无数惊险故事的神奇海域,他们要在那里栽下袖网,捕捉大鱼。尽管不乏收获,可他们一心想捕到更大的鱼,结果灾难不期而至。一天傍晚,天气骤变,疾流将坚固的网根移动了位置,网脚勒在了乱礁上,拖不上来。老七叔看天色已晚,下令割网走人,但曹莽偏要和黑鲨洋的疾流暗礁斗一斗,他的父亲就死于这片乱礁,他要征服它!曹莽不顾老七叔父子的极力劝阻,纵身跳进海里。鲜血浮上了水面,殷红、恐怖,可曹莽不肯罢休。最后被老七叔救起时已周身血肉模糊,在神志几近昏迷的情况下,仍挣扎着不让割网。历尽艰险终于回到陆地上的曹莽,得到老船长的赞许。老船长在海里闯荡一生,曾杀死过三个强盗,是当年响当当的硬汉子,从不轻易褒奖任何人。但听了曹莽蔑视死亡,在死亡面前勇于求证自己人生价值的所作所为,不禁点头称赞。在他眼里,曹莽是新一代的硬汉!

海明威的硬汉子在死亡面前表现出一种英雄风范。《丧钟为谁而鸣》(1940)中的乔丹,被指派去炸毁一座桥梁。他明白这项任务十分艰巨,而且会以自己的牺牲为代价。可他并没有逃避,而是竭尽全力炸毁桥梁,结果自己身负重伤,奄奄一息。他以自己向死而生的勇气,奏响了一曲悲壮的硬汉之歌。

张炜和海明威出于性格的相似,都塑造了一批硬汉形象。但由于时代氛围不同,文化背景有异,他们的硬汉形象也有各自的独特性。

首先，海明威的硬汉子大都表现出远离社会、以自我为中心的倾向，他们自我隔离，与社会保持一种“局外人”的关系。《太阳照常升起》(1926)中，从战场上归来的一群年轻人失落、苦闷、彷徨，以钓鱼、旅行来逃避“梦魇或那已成为梦魇的现实”。这种有形的隐退也昭示出其内心情感的退隐。看到自己在战场上的拼杀和献身得不到人们的理解与同情，他们感到人与人之间难以沟通，只好独自承受肉体和精神上的巨大痛楚。

与之相比，张炜的主人公则积极介入社会，干预现实，由“小我”而“大我”，由现实而将来而历史。老得、李芒、隋抱朴不仅将自我融入集体之中，而且后一个的境界与前一个相比，均有不同程度的拓展。老得面对现实的黑恶势力，苦苦思索生活的“原理”，关注三十六户承包人的现实利益；李芒则努力剔除私心杂念，为了全村人的长远利益，不惜揭发自己的岳父；隋抱朴则更为努力地思索“好好做人”，他脑海里不断翻腾着的是全镇人的根本利益。看一看他们成长的轨迹，会发现他们由直接的现实关怀，到间接的未来关怀，再到彻底的历史关怀，思想在不断进步，境界在不断提升。

之所以表现出这种不同，一是由时代氛围的不同所致，二是和深层文化结构的差异相关。

从时代氛围上来看，海明威的硬汉子大都染上了20世纪20年代美国人的思想幻灭。第一次世界大战被当时的美国人看成是“结束战争的战争”，一代青年怀着某种神圣的狂热，在“圣战”中浴血奋战，很多人为此献出了宝贵的生命。但侥幸从枪林弹雨中活过来的人却发现这一切不过是历史对这一代人残忍的捉弄，于是，绝望、迷惘像瘟疫一样蔓延开来；另一方面，高速发展的现代化在给美国人带来财富与繁荣的同时，也带来了异化与孤独。

绝望、迷惘、孤立和异化使迷惘的美国人转向自我，以自我为中心，逃避社会和人群。而张炜描写的硬汉子则生活在20世纪80年代的中国，这一时期的中国正百废待兴，中国人正因十年动乱的结束而焕发出富国强民的巨大热情，满怀喜悦地希望能为改变祖国贫困落后的面貌做出自己的贡献。时代为每一个人提供了展示自我的舞台，每一个人也都以融入集体、得到社会的承认为荣。

从深层的文化结构上来讲，张炜和海明威硬汉性格内涵的差异则和中美不同的文化追求有关。美国文化在个人与社会的关系上重视个人，强调个性和个人至上，尊重个人的自由和权力。而中华民族则重视集体，强调社会性，倡导自我节制，奉献社会，而且中国的文人历来身负使命感和责任感，有着忧国忧民的优良传统，强调文以载道，主张文学干预现实生活。因而张炜的硬汉子是融入集体、关注集体利益的硬汉子，是疾恶现实黑暗的硬汉子，而海明威所依傍的文化传统则决定了他们对社会的漠然旁观与自我中心。

其次，张炜的硬汉子所面对的都是社会生活中的具体问题，不管是王三江、肖万昌之于老得、李芒，还是洼狸镇苦难的现实之于隋抱朴；而海明威的硬汉子所要对抗的则是宿命的进逼、死亡的威胁，他们的对手多具有抽象的象征意义（比如公牛象征着世界的邪恶和非理性，鲨鱼象征着无法摆脱的命运等等）。这是形而下与形而上的差异，同作家所受的不同文化浸润密切相关。中国人从古代开始就注重现实生活，对远离现实生活的一切不怎么关心，对形而上的世界更缺乏探讨的热情；而秉承西方文化传统的美国人则喜欢进行形而上的思索，文人墨客也都把对宇宙人生的抽象探索作为自身价值实现的标志。

再次，张炜的硬汉子们大都有一个相对完满的人生结局，不少小说的结尾都拖着一个光明的尾巴；而海明威的硬汉子们则大多悲壮地走向不可避免的失败甚或死亡。在张炜笔下，老得被迫离开时撂下一句掷地有声的话：总有一天，他会回到葡萄园里来！李芒则在检举肖万昌后，站在田间地头满怀信心地憧憬着美好的明天；隋抱朴最终走出阴暗的老磨屋，承担起改变洼狸镇苦难面貌的时代重任。而乔丹(《丧钟为谁而鸣》)身负重伤，等待着死亡的降临；罗梅罗(《太阳照常升起》)被对手打得瘫痪在地；桑地亚哥(《老人与海》)捕捉的大鱼登岸时仅剩下一副巨大的骨架……海明威的硬汉子身上凝聚着一种悲壮之美，张炜却循着正义战胜邪恶、公理战胜强权的理路，试图用硬汉的成功给读者以情感的慰藉。这种性格内涵的迥异也是由作家所属的深层文化结构的不同所致。美国文化的底蕴是悲剧意识，中国文化的基调是喜剧精神，它们在潜意识深处影响着作家对人物命运的处理。另外和读者的阅读期待视野也有很大关系。不同的文化孕育了读者不同的阅读期待视野，蒙受西方文化浸染的美国读者希望从文学作品中得到一种悲剧性的震撼，而饱受中国文化滋养的中国读者则渴望得到一种喜剧性的抚慰，这是海明威和张炜在创作时无形中难以摆脱的。

最后，硬汉的力量在海明威笔下主要表现为行动的力量，而在张炜笔下，硬汉的真正力量不仅体现在“行动”上，而且还表现在“思考”上。“骨头别子”(《拉拉谷》)不仅有强悍的体魄，而且有坚强的意志。他深爱着二姑娘，但为了亡妻和女儿，他成功地控制住了和二姑娘生活在一起的渴望。他“关于爱的真理”的苦苦寻求，既是为了告慰亡妻的在天之灵，也是为了教育下一代“结结实实做个好人”。这种自觉的道德修养赋予主人公更加深沉的内涵，使其成为一个从外表到内在都不折不扣的男子汉。老得、李芒、隋抱朴同样如此。老得一有空就在纸片上不停地写诗，李芒千方百计地读书并尝试写东西，隋抱朴终日在磨坊凝眉苦思，手不释卷地诵读《共产党宣言》和《天问》。虽然有人认为这是张炜的败笔①，但它们确实是张炜所能找到的诠释硬汉精神的最佳著述。两部著作博大精深，赋予硬汉以深沉浑厚的内质，不朽之作与硬汉精神相互辉映，使张炜的硬汉流溢出一股海明威的硬汉所没有的内在美。

二、语言运用中的抱朴见素

海明威不仅影响了张炜对人物形象的塑造，而且也影响了他对语言的运用和对情节的剪裁。

海明威的语言极其简约、精炼。他早年在堪萨斯市的《星报》工作过，《星报》对记者要求十分严格，海明威在那里学会了用非常简约的文字写电报式的短文。后来，海明威又作为驻欧记者，向国内拍发电报，形成一种浓缩紧凑的文体，并自觉地训练自己怎样用一句话写出一个小故事，将环境、气氛、人物、行动和情节浓缩在一句话里面，因此被英国作家赫·欧·贝茨称为"一个拿着板斧的人"。在他之前，随着亨利·詹姆斯复杂曲折的作品的发表，美国文坛上出现一派"句子长、形容词多得要命"的文风，"海明威以谁也不曾有过的勇气，把英语中附于文学的乱毛剪得干干净净"，他抡起板斧"斩伐了整座森林的冗言赘词，还原了其

①吴俊：《原罪的忏悔，人的迷狂——〈古船〉人物论》，《当代作家评论》，1987年第2期。

基本树干的清爽面目。他删去了解释、探讨,甚至于议论,砍掉了一切花花绿绿的比喻;清除了古老神圣、毫无生气的文章俗套,直到最后,通过疏疏落落、经受了锤炼的文字,眼前才豁然开朗,能有所见”①。

海明威这种“立主脑,去枝蔓”的简约语言风格深得张炜的赞赏,他认为一个成熟的当代作家应该具有“好的记者的素养:准确、清晰、简洁,拒绝情感的夸张;只写自己感觉到、把握住了的词汇,而不写那些在经验中模模糊糊的词汇;尽可能不用形容词,而主要使用动词和名词”,“要懂得最简单的东西往往才是最有力的东西”②。并针对当代文坛上一些作家的语言迷津直言不讳地提出批评,“有人喜欢在语言上缠绕,以为艺术都是绕出来的;其实有话直说都感到表述的繁琐和困难,怎么能再绕?世上纷纭复杂的事件、意绪,总是苦于不好传递,也苦于难以理解。绕来绕去的语言总是误事,当然也误了艺术”,“把简单的意思和事物说得复杂化,这绝不是良好的习惯”。并由衷地告诫他们:“如果注意一下那些优秀的、有内容的作家,会发现他们更乐于使用,也更有效地使用名词和动词,对它们格外珍视。这两种词语是语言中最坚硬的构筑物质,是骨骼。不必使用太多的装饰去改变和遮掩它们,这会影响它们的质地。”③张炜的小说写得极为简洁、朴素、自然,步入文坛二十多年,他几乎没有尝试过使自己的艺术形式趋于表面繁复的变化,这是极为难能可贵的,因为这二十多年的中国当代小说不时有语言繁复隐晦的趋向,很少有作家能够置身其

---

①董衡巽:《海明威研究》,北京:中国社会科学出版社,1980年,第131页。

②张炜:《张炜文集》(4),上海:上海文艺出版社,1997年,第592页。

③张炜:《张炜文集》(4),上海:上海文艺出版社,1997年,第571页。

外，而张炜心中却始终流淌着洁净、质朴的语言之流，持守着抱朴见素的单纯境界。

海明威的简约不仅体现在语言风格上，也体现在写作方法上，这一点同样引起了张炜的共鸣。海明威根据自己的创作经验，提出了“冰山”创作原则。他说：“冰山在海上移动很是宏伟壮观，这是因为只它有八分之一露出水面。”作家平时将他看到或听到的每一件事都纳入记忆的储藏室，但他在创作时却不得不进行审慎的剪裁。海明威在创作时试图根据冰山的原则去写，对于显现出来的每一部分，八分之七是在水面以下的，“你可以略去你所知道的任何东西，这只会使你的冰山深厚起来”①。这就好比一幅四周留有宽阔空白的画，把主要人物画到神情飘没处，点到即止，空白的地方交给读者去揣摩，去回味，去想象。

海明威根据此原则对他的小说《永别了，武器》的结尾做了三十九遍修改，使它简洁得不能再简洁。《老人与海》也同样如此。在谈及这部小说时，他说：“本来可以写成一千多页长，小说里有村庄中的每一个人物以及他们怎样谋生，怎样出生，怎样受教育、生孩子等等的一切过程。”②这些足够一个作家去铺陈的，而且一般的作家也往往会这么做。但海明威避开了这一点，他努力删除没有必要向读者传达的一切事情，避免他们产生出一种似曾相识的感觉，他力求将别的作家没有传达过的经验传达给读者。我们在张炜的创作中也发现过类似的情形。他的《九月寓言》写得非

①崔道怡等编：《“冰山”理论：对话与潜对话》(上册)，北京：工人出版社，1987年，第79页。

②催道怡等编：《“冰山”理论：对话与潜对话》(上册)，北京：工人出版社，1987年，第79页。

常凝练、浓缩,据他自己讲:“这本书第一稿写了 32 万字,那是一笔一划填在格子里的,写了近五年。后来第二稿压到了 29 万字,第三稿就压到了 26 万字。发稿前夕,我反复看,最后下了决心,又压成了现在的二十二三万字。有机会再版,我可能还要压缩。从格子上删掉的东西,只要删得好,有悟性的读者会感到藏下了什么。那种意境和意味不但不会因删削而减弱,反而还会增强。”①从以上的例证中我们可以看出,两位作家在创作时都极力删掉一切可有可无的东西,努力做到以少胜多,让读者透过显在的“八分之一”去感受潜在的“八分之七”。

但这种删减又不可随意为之,那样就会造成创作的破绽和疏漏。海明威和张炜都敏锐地注意到了这一点。海明威说:“然而所要知道的是,冰山的水面以下部分是什么”,“如果作家省略一部分是因为不知道,那么在小说里就有破绽了”②。张炜持同样的见解:“没有写到格子上的部分,如果它是个疏漏,那就会造成残缺。”③

我们把张炜和海明威的创作放在一起加以比较的目的,是为了促进中美文学之间的沟通与互补。如今是一个文化交流和文学对话的时代,也是一个全球共同繁荣与发展的时代,文学在国际交往中承担着重要的文化使者角色。不同民族文学之间的相同之处愈多,它们之间的文化亲和力愈强;不同民族文学之间的相异之处愈鲜明,它们之间的文化互补价值愈大。既然世界正在

---

①张炜:《张炜文集》(2),上海:上海文艺出版社,1997 年,第 639 页。

②崔道怡等编:《“冰山”理论:对话与潜对话》(上册),北京:工人出版社,1987 年,第 79 页。

③张炜:《张炜文集》(2),上海:上海文艺出版社,1997 年,第 639 页。

变成一个“大家庭”,对不同民族文学之间共性的研究能为它们之间的友好往来提供一块基石;对不同民族文学之间差异的研究能为彼此的文学发展提供更多样化的参照和启迪。

(原载《山东社会科学》2003 年第 3 期)

新时期小说研究的“他者”视角

20 世纪下半叶以来,全球经济的一体化和信息交流的网络化,逐渐导致了文化的全球化趋势,形成世界文学的新格局,并对旧有的文学研究带来很大挑战,原先孤立的民族文学研究正日益被打破。世界文学新格局的形成,要求文学研究者改变原先的理论范式和研究范式,以适应新的时代要求。就中国新时期小说研究来说,采用异文化的“他者”视角十分必要。

“他者”是与“自我”相对应的概念,相对于任何一个国家和民族的文化(“自我”),世界上其他不同国家和民族的文化都是“他者”。“他者”与“自我”之间的关系具有矛盾的二重性,一方面,“他者”是“非我”,是异己,是“自我”的对立面;另一方面,由于任何事物都无法独自存在,都处在与别的事物所形成的各种各样的关系之中,因而,如果没有一个“他者”,一个异己的存在,就很难真正认清“自我”。但我们这里所说的异文化的“他者”之于“自我”的参照认知作用,又非人类思维中早已存在的单纯的比较,它涉及两个或两个以上的民族文学之间的关系,要求研究者同时从两者着手,进行分析、对比、求同辨异,以发现不同民族文学之间相互影响及其发展、流变的规律性问题。“他者”与“自我”既是相对的,又是平等的,是可以互为主体、互为“他者”的。在本文中,“他者”是新时期小说研究的一个参照系,一个外在的比较视角。

一、“他者”视角提出的背景

我们先来看一下新时期小说“他者”研究视角提出的背景，即全球化浪潮对文学研究的影响。

全球化一般是指全球经济的一体化、科学技术的标准化，特别是信息交流的网络化，三者将世界各地连成一个不可分割的整体。全球化由经济到政治、文化，经历了漫长的发展过程。20世纪下半期，全球化进程由经济—技术层面向文化—精神层面的迈进，催生了一种新的文学格局——世界文学格局(世界文学格局主要指世界上各种不同的文化通过各种形式、各种途径，在不同的范围内，不同的程度上进行交往、碰撞，进而相互影响、相互渗透、相互融通，使原来各国家、各民族的文学由隔膜、对立、冲突走向对话、理解、融通，达到某种程度的价值共识和价值共享)，并给文学研究带来巨大影响，这种影响主要表现在以下两个方面。

其一，就文学研究的主体而言，全球化促进了文学研究者对主体自限的超越。在传统的文学研究中，主体一般是本民族文化的承载者，也就是自然文化主体。例如，研究中国文学的一般是中国文化的传人，他们所采用的思维方式和研究方法基本上是本民族所特有的，很少借鉴和使用外来的方法。由于缺乏参照系，文学研究主体一味将自我作为中心，很容易导致对于本民族的内倾和对异族文学的误读，这种情形就是主体自限。进入20世纪，随着全球化的进程，这种心理定式逐渐被打破，特别是与全球化相伴而生的比较文学，以超越主体自限为目标，力求用自己与他人两种视角的协调来从事文学研究。20世纪，德国哲学家尤根·哈贝马斯提出“互为主体”的原则，认为突破自我封闭与老化的唯一途径是“沟通”，即找一个参照系，在与参照系的比照中，用一种“非我的”、“陌生的”，也就是“他者的”的眼光来重新审视自己，将“他者”作为突破原有体系的资源和刺激。俄国学者巴赫金强调“他者”视野，认为“在文化领域内，外在性是理解的最强有力的杠杆。异种文化只有在他者文化的眼中，才得以更充分和更深刻地揭示自己”①。他们的思想为文学研究主体进行自我超越奠定了理论基础，使文学研究主体形成比较思维的新观念，大大促进了人类文化的整体研究。

其二，从文学研究的客体，即文学研究的对象来说，全球化的影响使旧的、孤立的民族文学研究正在被多语言的比较文学研究所取代。加拿大学者马歇尔·麦克卢汉在其代表作《媒介就是信息》中提出了“地球村”的概念，认为现代电子媒介的应用缩短了人与人之间的距离，整个世界几乎变成了一个“地球村”。“地球村”意识打破了民族文学之间的壁垒，把世界上每一个民族的文学都纳入了人类文化的整体之中，并且各自都面临着在这一整体中寻找自己的定位和归宿问题。在众多他种文学面前，一国的文学研究者不可能无视“他者”的存在而专注于本民族文学，多元文化的视野，多种参照系的存在，使他不自觉地采取比较的眼光，将他民族的文学作为反观本民族文学的一面镜子，这就是对文学研究中“他者”的寻求。人们认识到，在多元文化时代，对于本民族文学的认识，不仅需要一个“自我”的内在视角，还需要一个“他者”的外在视角，在他种文化的参照下更加深入地认识自身。有时候，自己长期不察的东西，经“他人”的提醒，往往会有意想不到的收获。

---

①刘宁：《巴赫金论文两篇》，《世界文学》，1999 年第 5 期。

二、“他者”视角的创新性

我们再来探讨一下“他者”视角的创新性。

人类一直希望能够跳出自我，从外在于自我的角度来观察自身。18世纪英国的诗人彭斯就渴望：“但愿上天给我们一种本领，能像别人那样把自己看清！”①那么，如何才能获得这种外在于自我的视角呢？一个重要的途径就是要有一个参照系，也就是一个“他者”。

要认识一事物、现象，一般来说有两种主要方法，或者说有两个主要视角：内在视角与外在视角。所谓内在视角就是不参照外物，从一事物内部去认识自身。比如，目前中国的新时期文学研究，大多采取的是内在视角。研究余华，注重的是他作品中苦难、暴力的民族性、内在性；分析残雪，大多从社会批判的角度，认为她作品中对丑与恶的独特展示是对“文革”的曲折反映；探讨新写实小说，也大多从当时的文坛状况、经济转型的社会背景入手，做一种内向的探究……这种内在视角的好处是可以排除外在事物的干扰，在清澈纯净的自我意识审视下，洞悉自身的一切优点和缺点。但这种认识方式也有其缺陷，由于受自身经验的限制，对自身经验之外的东西，往往难以进行准确的判断。人们对这种局限性也早有所认识，老子就说过“自见者不明”；苏轼在《题西林壁》中也写出“不识庐山真面目，只缘身在此山中”这样富含哲理的诗句。因此，为了更加全面地认识一事物，人们还需要一种外

①罗伯特·彭斯：《彭斯诗选》，王佐良译，北京：人民文学出版社，1998年，第106页。

在视点，借助一个外在参照物来反观这一事物，把外在参照物当作一面镜子，反照出自身的特点。在当今多元化的世界里，一切事物、现象都具有了更加复杂、多维的特征，外在参照系的引入就显得越发必要。拿中国新时期小说来说，其生成、发展融进了大量的世界性因素，因而，单纯的内视点研究已不能够揭示其多维内涵，况且新时期小说的内视点研究，目前已达到了相当的深度，要想进一步超越已非易事。在如此“研究语境”下，与其一味殚精竭虑地向内视点研究掘进，不如采取另一种文化的视角，借助文学研究中的“他者”，发现从内部难以发现的东西，丰富、深化中国新时期文学的研究。关于这一点，许多学者都有精辟的见解，例如，美籍学者E.·萨义德说：“每一文化的发展和维护都需要一种与其相异质，并且与其相竞争的另一个自我的存在。”①我国作家王蒙对此也有着深刻的体会，他说：“在了解别的民族和国家的社会状况、文化发展以后，回过头来研究一个少数民族，或者来研究我们本民族，就会发现很多我们没有发现的东西，很多我们所缺少的东西。”②王蒙虽然谈的是创作经验，但与我们所论述的借助“他者”有助于发现和把握本民族文学的特色这一点来说，在道理上是相通的、一致的。

任何研究都包含着对研究对象质的探求，探求的方式从古典到现代又是发展变化的。古典的探求方式表现为对本质的追求，具体表现为对公理、定理、公式的追求，一旦找到了它，就找到了事物的本质。这是一种共同的认识，从西方到东方莫不如此，柏拉图的理式，基督教的上帝，黑格尔的理念；中国的儒、道、释，追

①E.·萨义德：《东方学》，北京：生活·读书·新知三联书店，1999年，第426页。
②王蒙：《漫话小说创作》，上海：上海文艺出版社，1983年，第250页。

求的都是永恒真理。而现代科学认为,人之所以从事物中找到公理、定理、公式,一方面在于事物本身的性质,另一方面又在于人寻找的方式。事物显现为怎样一种性质,与人寻找的方式密切相关,用现代自然科学家的话来说,就是人怎样提问,自然就怎样回答。按照从爱因斯坦到德里达这些现代思想家所共同表现出来的精神来看,事物并不存在一个最后的本质,事物显现为怎样一个面貌,在于把它引入一个什么样的参照系,在于从什么样的语境去观察。一部作品显现为什么特征,同样也在于把它引入一个什么样的参照系。从作者的生平和个性来看,作品显现出一种特征;把作品放在同一类作品中,作品又显现为另一种特征;以异质文化的眼光来审视它时,又显现出与前两种特征不同的新特征……事物的性质在一定程度上是由参照系决定的,这是现代科学的一个规律,这一规律为从“他者”视角研究中国新时期小说提供了理论依据,尽管新时期小说研究已经取得了很大成就,但新的参照系的引入,会使它在原有参照系中没有显现的特质显现出来,从而深化对中国新时期小说的认识。

三、“他者”影响下的新时期小说

下面,我们结合具体例子,将西方现代主义文学大师卡夫卡作为研究中国新时期小说的“他者”,从一个侧面透视中国新时期的小说创作。

众所周知,新时期的小说受外来影响比较大,而在 20 世纪西方现代主义文学大师中,奥地利作家卡夫卡以其思想的深刻性、创作的复杂性、流派归属的多元性(既是表现主义文学的代表作家,又被存在主义文学、荒诞派文学、超现实主义者和象征主义者视为鼻祖)，对中国新时期不同类型的作家产生了广泛影响，许多作家在接触卡夫卡的作品之后，发出“小说原来可以这样写”的惊叹。宗璞提到卡夫卡在她面前打开了令她大吃一惊的另一个世界，使她知道“小说原来可以这样写”①；残雪很多年来一直在解读、研究卡夫卡，并撰写了一部解读卡夫卡的专著——《灵魂的城堡——理解卡夫卡》②；余华坦言“卡夫卡解放了我”③……许多新时期作家觉得如果不知道卡夫卡，简直就算不上一个真正的作家。卡夫卡成了中国新时期小说创作中一个挥之不去的“他者”，而从这一“他者”视角来反观中国新时期小说，不仅从一个侧面还原了新时期小说发展演变的本来面貌，而且能透视异质文学的中国化过程，以及在这一过程当中所呈现出来的文学发展的共同规律性问题，为中国新时期文学在今后的创作中更好地“拿来”外来文化，提供了经验和教训，同时也让我们看到了异质文学之间的互识、互证、互补。

卡夫卡在西方现代文学史上的地位相当重要，他和乔伊斯、普鲁斯特一起被称为西方现代主义文学的三大师。卡夫卡的创作像一个多棱的晶体，其变形手法、荒诞意识、先锋气质、异化描写、弱者史诗、对现代人困惑与苦难的灵魂剖析等等，构建出五光十色的棱面，而新时期作家对此有着不同的选择指向和接受程度。就受卡夫卡影响较大的宗璞、残雪、余华来说，卡夫卡对宗璞触动最大的是变形手法的运用。宗璞的作品大多采用现实主义的创作方法，谱写具有较高文化素养的知识女性的悲欢离合，但

①宗璞：《独创性作家的魅力》，《外国文学评论》，1990年第1期。

②残雪：《灵魂的城堡——理解卡夫卡》，上海：上海文艺出版社，1999年。

③余华、杨绍斌：《我只要写作就是回家》，《当代作家评论》，1999年第1期。

她的《我是谁》、《蜗居》和《泥沼中的头颅》却是中国新时期之初具有鲜明现代主义倾向的小说，发表后在文坛上激起过层层涟漪。许多读者从《我是谁》中看到了奥地利作家卡夫卡的影子，一些评论家也指出宗璞的《我是谁》与卡夫卡的《变形记》有渊源关系。对此，宗璞并不否认，甚至还专门提及①。卡夫卡对宗璞启发最大的是变形艺术，如果说宗璞的短篇小说《我是谁》、《蜗居》、《泥沼中的头颅》中有卡夫卡的影子的话，那么，这个影子的核心便是变形艺术。

卡夫卡是现代西方变形艺术的先驱者，他的《变形记》几乎成了变形艺术的代名词。推销员格里高尔一天早晨醒来，发现自己躺在床上变成了一只巨大的甲虫。宗璞在她那三篇具有现代意味的小说里，也都运用了变形手法。《我是谁》中的主人公韦弥在巨大的打击面前迷失了自我的本质，弄不清自己到底是谁。本是爱国的知识分子，献身科研的楷模，却被打成牛鬼蛇神、杀人犯、大毒虫，甚至在恍惚中真的变成虫子，"缩起后半身，拱起了背，向前爬行"②。《蜗居》描写一个孤独凄凉的"我"，历尽人间、地狱和天堂三界，寻找那"不知是否存在过的家"。他看到，在人间的厅堂里，拥挤着背着蜗壳、壳上伸出触角的畸形人；天堂里奉命捉拿蜗牛的人在座位旁，也无一例外地放着一个蜗壳；而在地狱里，一队无头人"各把自己的头颅举得高高，每个头颅发出强弱不等的光，照亮黑夜的田野"③。《泥沼中的头颅》描写一个泥浆旋涡中

①宗璞：《独创性作家的魅力》，《外国文学评论》，1990年第1期。

②宗璞：《宗璞——当代作家选集丛书》，北京：人民文学出版社，1991年，第38页。

③《宗璞——当代作家选集丛书》，北京：人民文学出版社，1991年，第37页。

沉浮的头颅，为了寻找一把能改变泥糊状态、使人清醒的钥匙，不惜在泥浆中化掉自己的四肢和躯干。

残雪把卡夫卡的全部创作解读成对现代人超验的灵魂探索，她对卡夫卡有着独到的理解，认为在中国，没有人读懂了他，“全都是误读，曲解成是反抗、抨击什么官僚机构、法西斯等等”①。她把卡夫卡作为一个纯粹的艺术家，抛开其出身、家庭、经历、性格、社会环境和时代风气，用自己敏感的艺术心灵去接近、把握他的艺术灵魂，把他的艺术世界解读成一个超验的灵魂世界。我们不妨把这种解读看作是残雪对卡夫卡的创造性“悟读”，因为卡夫卡的创作并没有脱离当时的社会现实，其创作是内心情感的外化，是对现实生活的升华。他笔下的灵魂世界与经验世界是相互交织、相互渗透的，而残雪却抛开这一切，解读成纯粹灵魂领域里的事情。不过这种解读让我们领略到独特的人生风景，是残雪根据自己的文学范型、心理模式对卡夫卡作品的再创造，她自己的话也印证了这一点：“评的是别人的创作，讲的是关于自己的创作观念和体会。”②

残雪是从灵魂城堡的角度来解读卡夫卡的，在她看来，卡夫卡的全部作品都是作者对人类和自己的内在灵魂不断深入考察和穷究的结果。卡夫卡早期的长篇小说《美国》被看作最近似传统现实主义的作品，连他本人也在日记中说这部小说是“对狄更斯的不加掩饰的模仿”，许多评论文章就以此为据，认为它缺乏典型的“卡夫卡式”特色而不去论及或一笔带过，但在残雪眼里，《美国》描述的是现代人格的形成过程，是主人公成长的心路历程。

①残雪、唐朝晖：《灵魂探险》，《当代小说》，2000年第10期。

②残雪：《残雪散文·自序》，杭州：浙江文艺出版社，2000年，第1页。

对于卡夫卡的《审判》,多数人的解释是:这是一场貌似庄严,实则荒唐无聊、蛮不讲理、无处申冤的"审判",是一次莫名其妙的谋杀,而残雪对它的体验却独出心裁,她把整个审判看作主人公自己对自己的审判。她在《艰难的启蒙》一文的开头就直奔主题,说:"K.被捕的那天早晨就是他内心自审历程的开始。"①K.最初自认为无罪、蒙冤,在不断的申诉中逐渐意识到自己身上的罪孽,最后心甘情愿地走向死亡,其实这种罪孽在卡夫卡看来是人人都有的,它附着在人类灵魂的深处,人生摆脱不了罪感,应当知罪。从这一角度来看,《审判》显然不是对任何外在迫害的控诉,而是描述了一个灵魂的挣扎、奋斗和彻悟。残雪把卡夫卡的《城堡》叫作"灵魂的城堡",这个"城堡"在残雪眼里不是评论家们通常所说的资本主义官僚机构的城堡,而是人性理想的象征。《城堡》中的土地测量员K.仍在继续着《审判》中K.的灵魂自审,只不过他的自审表现为对理想的追求。在《梦里难忘……》一文中残雪写道:"K.过了一关又一关,在通向城堡的小路上跋涉……在经历了这样多的失望和沮丧之后……他仍然要再一次地犯错误,再一次地陷入泥潭,但每一次的错误,每一次的沦落,都会有'似曾相识'的放心的感觉,这便是进村后的K.与进村前K.的不同之处。"②

残雪之所以从灵魂城堡的角度来解读卡夫卡的所有作品,是因为她十分关注人的灵魂也即人的精神领域,她说:"我所做的工

①残雪:《灵魂的城堡——理解卡夫卡》,上海:上海文艺出版社,1999年,第85页。

②残雪:《灵魂的城堡——理解卡夫卡》,上海:上海文艺出版社,1999年,第206—207页。

作，是用艺术的手段来凸显人们所知甚少的某个精神领域。”①认为“自己是位真正的灵魂的写作者”，“凡是同灵魂有关的艺术作品都可能对我产生很大的影响”②，并明确表述：“社会中的善与恶在我的作品中是不存在的，因为我的题材不是社会的，而是人心的，我一直在无边无际的人心中漫游，探索古老的欲望与理性之间的关系。”③这些话语告诉我们，只有从超世俗的灵魂角度来解读残雪的作品，才和她的创作初衷相契合。的确，从这一角度来分析残雪的小说，能够对她纷乱、怪异、直觉式的创作理出一个相对明晰、理性的线索，她进行的实际上是一种人性的反省，一种自我的发现与再发现。

《黄泥街》是她自造的心象，是她内心纷乱的矛盾、极端的感受、狂热的追求的外化。《苍老的浮云》和《突围表演》是对艺术家分裂人格的悖论式剖析：一方面，艺术自我要摆脱世俗自我，像虚汝华一样蔑视一切规范，努力做出惊世骇俗之举，如×女士一样，要腾空离去，去创造从未有过的奇迹；另一方面，艺术家又不能完全超离世俗生活，必须像更善无一样要给自己一个规定，同×女士一样，在双脚离地的同时又希望成为芸芸众生中的一员。残雪的《历程》和《思想汇报》讲述的是主人公生命提升和自我意识觉醒的过程，前者的主人公皮普准在周围人的帮助、教诲下，不断克服自身的幼稚、软弱、依赖、肤浅，逐渐变得成熟、坚强、独立、深刻；后者的主人公 A 君在周围异在们的启蒙、激励下，自我意识由沉寂到显现，再到露出峥嵘，一次一次峰回路转，终于达到了全新

①残雪、唐朝晖：《灵魂探险》，《当代小说》，2000 年第 10 期。

②残雪、唐朝晖：《灵魂探险》，《当代小说》，2000 年第 10 期。

③残雪、唐朝晖：《灵魂探险》，《当代小说》，2000 年第 10 期。

的境界。

对余华来说，卡夫卡则启发了他对精神真实的美学追求。余华于 1983 年在川端康成的影响下开始创作，一直到 1986 年的春天，都在川端康成的影响之下，写了许多温情、优雅而又感伤的东西，但并没有引起多大的注意，余华面临着创作的困境。在苦苦地寻找摆脱笼罩、超越自我的方法和途径时，他读了卡夫卡的《乡村医生》，被其中的那匹马震撼了。多年之后回忆当时的情形，他这样说道："我想卡夫卡写作时真是自由自在，他想让那匹马存在，马就出现；他想让那匹马消失，马就没了。他根本不作任何铺垫。我突然发现写小说可以这么自由，于是我就和川端康成再见了，我想我终于可以摆脱他了。"①同时他也深感庆幸，说："在我即将成为文学迷信的殉葬品时，卡夫卡在川端康成的屠刀下拯救了我。"②于是余华的创作出现了转机，他把这理解成一次命运的恩赐，不无感激地说道："在我想象力和情绪力日益枯竭的时候，卡夫卡解放了我，使我三年多时间建立起来的一套写作法则在一夜之间成了一堆破烂。不久之后，我注意到一种虚伪的形式，这种形式使我的想象力重新获得自由，犹如田野上的风一样自由自在。"③

从卡夫卡那里获得灵感激发的余华，确立了自己反常规的文学思维，这种思维引发了他对现实真实性问题的重新思考，由对生活常识的怀疑，到对它的否定与批判，并最终建构起自己精神真实的艺术世界。《河边的错误》、《四月三日事件》、《现实一种》、

①余华：《我能否相信自己》，北京：人民日报出版社，1998 年，第 252 页。

②余华：《川端康成和卡夫卡的遗产》，《外国文学评论》，1990 年第 2 期。

③余华：《川端康成和卡夫卡的遗产》，《外国文学评论》，1990 年第 2 期。

《难逃劫数》、《世事如烟》等作品较为清晰地显现了他的这一创作演变轨迹。前三部作品虽然体现出对常理的破坏，但还不能完全摆脱对现实的依托。从最后两部作品开始，余华则基本上建构起自己精神真实的文学世界了，他发现了一个无法眼见的整体的存在，而且这一世界有其自身的清晰的规律。

四、对“他者”的超越与突破

同样是受到卡夫卡的影响，但宗璞、残雪、余华三人对卡夫卡有着不同的接受程度。宗璞的作品严格来说，除了有意识地借鉴卡夫卡的现代派技巧而带有现代意味以外，其基调和内涵都是现实主义的，她对卡夫卡的借鉴，很大程度上是一种剥离形式的借鉴。残雪在创作观念、思想认识、审美体验上都和卡夫卡有诸多不谋而合之处，因此，残雪对卡夫卡的接受是基于一种天性的契合，基于心理上、情感上、精神上的亲和力。但在气质、精神生活方面的众多一致性也使残雪对卡夫卡的接受更多地体现在认同和共鸣的层面上。余华精神真实的美学观的确立得益于卡夫卡的启迪。尽管卡夫卡的创作十分复杂，但大部分人还是认为他是一个表现主义者。表现主义文学家反对文学仅仅反映客观世界，认为世界存在着，仅仅复制它毫无意义，主张文学要表现人的本质，揭示出隐藏在内部的灵魂；舍弃生活的表面现象，追求事物本质的真实。卡夫卡是表现主义文学在小说领域最杰出的代表，他追求本质真实的美学观很大程度上影响了余华对精神真实的美学探索。余华说：“86 年以前的所有思考都只是在无数常识之间游荡，我使用的是被大众肯定的生存方式，但那一年的某一个思考突然脱离了常识的围困。"①这里的"某一个思考"就是1986年余华由于一个偶然的机会阅读到卡夫卡的《乡村医生》等作品而引起的，这使二人在美学追求上有一定的相似之处。但追求现实生活的本质真实和追求精神的真实并不完全是一回事，二者在内涵上又有着不可抹杀的差别。这种同中之异正是余华对卡夫卡的"创造性转变"，因为我们探讨的是卡夫卡对余华的影响，而非余华对卡夫卡的模仿。"影响"和"模仿"不同，"模仿"在美国著名比较文学学者韦斯坦因看来，是指"一个作家最大限度地放弃自己的个性去依从另一个作家的路径"，而"影响"在"大多数情况下都不是直接的借入或借出，'影响'中逐字逐句模仿的例子可以说是少而又少，绝大多数在某种程度上都表现为创造性的转变"②。接受美学告诉我们，当一名作家作为读者接触到另一位作家的作品时，他处于一个纵的文学发展与横的文化接触面所构成的坐标之中，正是这一坐标构成了他独特的，由文化修养、知识水平、欣赏趣味以及个人特定的经历所构成的"接受屏幕"，这一"接受屏幕"决定了另一位作家在他心目中哪些是可以接受产生共鸣的，哪些是能够激发他的想象并加以创造的，哪些是和他的文学思考相抵触而被排除在外的。对卡夫卡的阅读激发了余华的想象力，他根据自身的需要，对卡夫卡进行了"创造性的叛逆"，成为中国先锋小说家中不可多得的"这一个"。

三人对卡夫卡的接受由剥离形式的借鉴（宗璞），到精神与观念的相通和认同（残雪），再到突破与超越的创造性叛逆（余华），

①余华：《虚伪的作品》，《上海文论》，1989第5期。

②乌利希·韦斯坦因：《比较文学与文学理论》，刘象愚译，沈阳：辽宁人民出版社，1987年，第29页。

一步一步不断深入，把对卡夫卡这位“他者”的接受推向更高层次。对于“他者”的突破与超越显然更具有创造意义，卡夫卡的作品已化作丰沛的汁液，涌动在余华的血脉与生命之中，从而有可能使他的创作成为一个独创的新天地。

这样，我们以卡夫卡这一“他者”为切入点，通过对中国新时期小说与外国文学关系的探讨，分辨出哪些是中国作家对别人的摹写，哪些是自己深刻的独创，哪些是对“他者”的误读，哪些深得“他者”的精髓，进而发现中国新时期文学中哪些作家、作品以自己的方式，丰富了对人类精神和情感的表现，而这应该是每一个作家的终极追求。

（原载《文史哲》2002 年第 6 期）

莫言作品中的外国人形象

作为至今唯一获得诺贝尔文学奖的中国本土作家，莫言的作品及其获奖无论在国内还是国外都不无争议。争议之一就是莫言作品中对于外国人形象的书写。有论者认为，莫言的“小说始终贯穿了西方人的形象，就像穿针引线一样，那些有关西方的情节就像针眼，吸引西方人的注意力，让他们有兴趣继续阅读，比如德国的军队，比如八国联军，而且莫言塑造的中国人符合西方人对中国人的期待，这些特点都能让西方人在他的文本中找到存在感”①。莫言的《丰乳肥臀》在评论者看来“把瑞典人塑造成救世主，处处留下了一个作家自我殖民的浓重痕迹”②。揭家丑、迎合西方人、自我殖民、自我东方化……这些字眼儿幽魂般地隐现在对莫言及其作品的评论当中。但深入剖析莫言对外国人的描写，我们发现这些形象包含着他对于自我与他者、西方文明与东方文化，对人性、人生和社会的不懈追问与深层思索。

莫言的作品有不少涉及外国人，其中有些是以集体面目出现的。本文重点探讨在小说中出场较多、有名有姓且在立意和结构

---

①赵勇等:《莫言与诺奖·文学与政治·作家与知识分子》,《粤海风》,2012年第6期。

②欧阳昱:《自我殖民的观察与思考》,《华文文学》,2013年第2期。

上起着重要作用的外国人，即《丰乳肥臀》中的瑞典牧师马洛亚、《蛙》中的日本作家杉谷义人和《檀香刑》中的德国军官克罗德。作为传播西方宗教信仰的牧师，马洛亚体现的是救赎与救赎无力的悖论；作为剖解人生百态的作家，杉谷义人既是蝌蚪写作的引路人，亦是父罪子谢的忏悔者；作为不可一世的侵略者，克罗德既是置身其中把孙丙送上升天台遭受人间酷刑的施暴者，又是置身其外观看孙丙"人生大戏"的异族看客。

一、救赎与无力救赎：《丰乳肥臀》中的马洛亚

《丰乳肥臀》中的瑞典牧师马洛亚既是母亲上官鲁氏、上官家族、中国男性"种"的衰落（以隐喻的面目呈现）的救赎者，又表现出救赎的无力。母亲嫁到上官家后，因三年没有怀上孩子而被婆婆指桑骂槐，遭丈夫欺辱凌虐。在医生确认是丈夫没有生育能力所致后，母亲为了改变自己凄苦的命运，开始找各色男人借"种"，亲姑父、卖小鸭的外乡人、江湖郎中、光棍汉、和尚等，都是她借"种"的对象，但生下的都是女儿。重男轻女的陋俗让婆婆恶语相向，棍棒相加。在母亲刚生完孩子后，就逼着她"拖着个血身子"上打麦场，"头顶着似火的毒日头翻麦子"①。而母亲不小心摔碎一只碗，婆婆就用石头蒜锤把她的头打得血流如注。而丈夫在婆婆的授意下抄起棍子，将母亲打得昏死过去。在母亲生下第七个女孩之后，丈夫不仅用捣衣槌狠击母亲的头部，致使鲜血喷溅，还从铁匠炉里拿出烧红的铁块，烙在母亲双腿之间，把她烫得皮开

①莫言：《丰乳肥臀》，北京：作家出版社，2012年，第603页。

肉绽。走投无路之际，教堂的钟声唤醒了母亲，瑞典牧师马洛亚欣然接纳了她，不仅给予她心灵的慰藉，还带给她梦寐以求的男孩上官金童。在婆家受尽折磨的母亲，只有在马洛亚的教堂里才能得到片刻的安宁，享受到亲情的抚慰。当母亲带着百日的双胞胎儿女来到教堂找马洛亚施行洗礼时，"马洛亚关上大门，转过身，伸出长长的胳膊，把我们搂在怀里，他用地道的土话说：'俺的亲亲疼疼的肉儿疙瘩呀。'"①母亲、双胞胎、生父构成一幅祥和的画面，"一家人"享受到片刻的团聚与美好，和母亲在上官家所遭受的夫权和家长制淫威形成鲜明的对比。

但这个来华多年的外国牧师真的能拯救上官鲁氏、上官家族甚至中国男性"种"的衰落吗？答案是否定的，因为我们看到胶东抗日鸟枪队的队员不仅嘲笑马洛亚是"假洋鬼子"，抽他的脸，把他的腿打残，而且当着他的面奸污了和他温存过的上官鲁氏。不堪忍受的马洛亚爬上教堂的钟楼，纵身跳下，脑浆迸裂，"宛若一摊摊新鲜的鸟屎"②。被西方大主教遗忘的福音传布者连自己的性命都无法保全，更遑论拯救中国这块异国土地上遭受深重灾难的人民。

马洛亚对于中国男性"种"的衰落的救赎同样是无力的。上官鲁氏的丈夫没有生育能力，她私通的各色中国男人也不能让她怀上男孩。从隐喻层面来看，这可以说是中华民族种族活力匮乏的表现，而马洛亚轻而易举地就让上官鲁氏怀上了龙凤胎，似乎外国他者具有拯救中华民族"种"的衰落的能力，但小说接下来的叙述并没有朝这个方向发展。一般来说，龙凤胎是最完美的组

①莫言：《丰乳肥臀》，北京：作家出版社，2012年，第63页。

②莫言：《丰乳肥臀》，北京：作家出版社，2012年，第79页。

合，但《丰乳肥臀》中的双胞胎私生子却先天不足，莫言似乎是要借此来削弱外国父亲的威权，质疑他的救赎能力。双胞胎中的女孩玉女生下来眼盲，小说对她着墨甚少。她大部分时间都在炕上待着，几乎没有人注意到她，20 岁时在大饥荒中死去。双胞胎中的男孩金童也像玉女一样，一生都在听命于人，受控于周围的人，包括他的亲人。玉女的盲眼象征着私生子的内在缺陷，这一定程度上是从外国父亲那儿继承来的。金童的缺陷是他不能像正常孩子那样成长，最终导致他男性气质的畸形发展。严重的乳汁依赖症使金童在饮食方面出现紊乱，直到 7 岁才断奶，断奶后还不能吃正常的食物，多方诱哄后才抱着奶瓶喝羊奶，这样一直到 18 岁方能吃普通的饭菜。作为外国人的“种”，上官金童带有显而易见的他者性，这种他者性是从马洛亚那儿继承过来的，而且大多是消极的影响。比如他始终不愿意离开母亲，一直到四十多岁还表现出罕见的恋乳癖。上官金童无法完成拉康所说的男孩对男人的认同，对“夫之名”和“父之名”的认同。上官金童男性气质的匮乏和姐夫、外甥十足的男性气概形成鲜明的对比。外国男人的“种”生出来的上官金童是一个无法正常成长、更难以延续后代的怪胎，被外甥媳妇怒骂为“马洛亚下的是龙种，收获的竟是一只跳蚤，不，你不如跳蚤，跳蚤一蹦半米高，您哪，顶多是只臭虫，甚至连臭虫都不如，您更像一只饿了三年的白虱子”①。

在《丰乳肥臀》中，外国牧师马洛亚对中国的救赎为什么被阻滞？究其原因，是由于母亲上官鲁氏私通的对象是外国男人，这一跨国界的私通隐含着种族与政治冲突的内涵。在西方的中国形象塑造史上，关于跨种族的恋情主要有两种模式。一是中国男

①莫言：《丰乳肥臀》，北京：作家出版社，2012 年，第 511 页。

性与白人女性之间的爱情禁忌，二是白人男性与华人女性之间的拯救神话。前者由于冒犯了白人男性的尊严，通常给发生恋情的双方设置死亡的结局，以警示那些胆敢逾矩的中国男人和破坏西方男性权威的白种女人。后者由于体现了白人男性的魅力，爱情禁忌则被解除，中国女性往往为白人男性英俊的外貌、十足的男子汉气概所倾倒而甘愿委身，白人男性扮演的是拯救中国女性的角色。从表层上看，《丰乳肥臀》中上官鲁氏和瑞典牧师马洛亚的私通似乎落入了白人男性与中国女性之间拯救神话的窠臼，这也是有些学者据此认为莫言在小说中有迎合西方思维定式而自我东方化的意向，但莫言的小说实质上并没有停留在这一层面，而是进行了巧妙的逆转，述说的是中国自我和外国他者之间复杂的对抗关系。

在《丰乳肥臀》中，外国他者是马洛亚牧师，他代表外国侵略者对中国进行文化上的渗透、地理上的入侵、身体上的占有，构成对中华民族尊严的侵犯。而中国男人"种性"的不足给外国他者提供了机会，让其侵犯到中国女性的身体。染指异国的女人某种程度上等同于占有异国的土地，凌驾于异国的权威之上。《丰乳肥臀》中，母亲上官鲁氏的身体变成了中国自我和外国他者较量的场所。小说尽管哀叹中国男性"种"的衰落，但中华民族的尊严丝毫不容侵犯，本土的父性权威必须得到恢复。当马洛亚和双胞胎骨肉团聚的时候，鸟枪队闯进来，叫嚷着马洛亚是"猴子"，这实际上是在嘲弄他的异国身份，蔑视他的"种"。他要为自己的性僭越付出生命的代价，而且还要在临死之前清除他做父亲的权威，让他目睹他曾与之发生私情的女人的身体被中国男人重新占回。他要亲历这一羞辱，接受他的失败，在绝望之下离开这个世界。马洛亚曾经染指过的上官鲁氏的身体，被中国士兵重新占有，这一行为象征性地等同于把失去的国土重新夺回来。而有着外国父亲血统的私生子上官金童被剥去了雄性气概的“中性”特质，也从另一个方面昭示着中国本土男性尊严的赎回。

二、引路人与忏悔者:《蛙》中的杉谷义人

在小说《蛙》中，日本作家杉谷义人虽然没有出场，但在结构和立意上都起着举足轻重的作用，是一个不在场的在场者。从结构上来看，小说通过蝌蚪与杉谷义人的通信，将姑姑作为一名活跃在民间的妇产科医生，被计划生育大潮所挟裹，从“送子娘娘”“活菩萨”到变成扼杀婴儿，甚至夺走产妇性命的“恶魔”的独特经历，淋漓尽致地展现在读者面前，并以最后一部分的话剧虚构，颠覆了前面四部分的真实性，形成虚实相映的互文性关系。因此，《蛙》的叙事逻辑是由杉谷义人所期待的那场“九幕话剧”推动着，形成故事发展的主要推动力。

杉谷义人更重要的作用体现在立意上，他作为引导者、评判者、旁观者、倾听者、忏悔者的多重面貌出现，是小说叙述人蝌蚪的文学引路人，是“我姑姑”故事的倾听者、旁观者、隐在的评判者，是代父辈为侵华罪行悔过的忏悔者。

杉谷义人是蝌蚪进行文学创作的引路人。小说叙述中除了频繁出现的“先生”指称外，蝌蚪还有五封信函专门写给杉谷义人，汇报自己以“姑姑”一生为素材撰写的九幕话剧进展情况。在第一封信中，蝌蚪向杉谷义人表达了写作的愿望，希望自己能写出一部以“姑姑”被历史大潮冲撞的经历为题材，像萨特的《苍蝇》、《脏手》那样为世人所知的话剧。第四封信蝌蚪向杉谷义人表明自己的写作理念，要为那些被他伤害过和伤害过他的人写

作，把自己内心的痛苦与愧疚剖解出来以求赎罪。第五封信蝌蚪告诉杉谷义人自己写出了话剧，而且“就像一个急于诉说的孩子，想把自己看到的和想到的告诉家长”①，并就自己虽然完成了剧本但罪感没有减轻的疑惑向杉谷义人求教。尽管小说从头至尾没有详细展示杉谷义人的回信，大多是蝌蚪一人在独语，但无形之下蝌蚪在按照杉谷义人的要求思考、写作，完成人生的处女作，可以说蝌蚪的剧本是在杉谷义人的指导下完成的。而“姑姑”的故事也就有了一个域外的倾听者和旁观者，这个倾听者和旁观者作为作家，又在进行隐在的评判，尽管这种评判很多时候是借蝌蚪之口说出来的。比如在第三封信中强调中国计划生育政策的合理性以及西方人有失公允的批评。《蛙》中讲述的这个地地道道的中国故事因为外国人的参与而具有了国际视野，也具有了域外的隐含读者。

蝌蚪的话剧在杉谷义人的指导下动笔，写成后又接受杉谷义人的评判，《蛙》的故事似乎落入了外国人是真理的化身、中国人只能接受其引导的东方主义套路。但其实并不尽然。小说中杉谷义人不仅是蝌蚪文学创作的引路人、“姑姑”故事的倾听者与旁观者，也是代父悔罪的忏悔者。杉谷义人的忏悔者角色虽然在作品中着墨不多，但在中国现当代文学对日本人形象的塑造上却是一个突破。自九·一八事变以后，中国文学作品中就有了对日本“鬼子”的大量书写，《生死场》、《八月的乡村》、《吕梁英雄传》、《苦菜花》、《铁道游击队》、《野火春风斗古城》、《长城万里图》、《大国之魂》、《亮剑》等等，或揭露日军凌辱百姓的残忍暴行，或描写鬼子被我方游击队打得落花流水的狼狈图景，凸显的是日军惨无人

①莫言：《蛙》，北京：作家出版社，2012年，第289页。

道的兽行和毫无罪感的侵略者行径,带有脸谱化色彩。而莫言笔下的日本侵略者杉谷司令(杉谷义人的父亲)“文质彬彬、礼貌待人”,“姑姑”对他的评价是“一个坏人群里的不太坏的人”①,带有更多人性化的内涵。尽管如此,杉谷义人仍然在给蝌蚪的回信中“代表已经过世的父亲向我的姑姑、我的家族以及我故乡人民谢罪”,这种“正视历史的态度、敢于承担的精神”,令蝌蚪和他周围的人感慨万端:“您父亲驻守平度城时,您才是一个四五岁的孩子,您父亲在平度城犯下的罪行,没有理由让您承担,但是您承担了,您勇敢地把父辈的罪恶扛在自己的肩上,并愿意以自己的努力来赎父辈的罪,您的这种担当精神虽然让我们感到心疼,但我们知道这种精神非常可贵,当今这个世界最欠缺的就是这种精神,如果人人都能清醒地反省历史、反省自我,人类就可以避免许许多多的愚蠢行为。”②杉谷义人代父亲对侵华战争中所犯下的罪行向中国人民谢罪的忏悔,计划生育政策的坚定执行者“姑姑”的忏悔,以及蝌蚪这样的与计划生育执行者有关的人的忏悔,使得《蛙》成为多声部的忏悔大合唱。

《蛙》中对于日本人特别是日本侵略者富于人性化的描写体现了莫言把“坏人当好人写”的创作理念。善于挖掘人性深度的莫言认为,坏人身上也有善的因子,好人身上也会有缺点。好的作品就是要拷问出罪恶背后的善良,善良背后的罪恶。日本侵略军里面固然有许许多多无恶不作的人,但也有像杉谷司令这样对人才惺惺相惜,具有文人气质的军人。日军司令杉谷因是学医出身,遂想方设法招降“姑姑”的父亲神医万六府。为此甚至绑架了

①莫言:《蛙》,北京:作家出版社,2012年,第80页。

②莫言:《蛙》,北京:作家出版社,2012年,第79—80页。

"姑姑"、姑姑的母亲和奶奶,但又没有像通常所做的那样虐待、拷打人质,而是好饭好菜地招待,试图走感化之路。在莫言笔下,日军司令杉谷其实也是战争的受害者,因为如果没有战争,杉谷司令"将是一位前途远大的外科医生,战争改变了他的命运,改变了他的性格,使他由一个救人的人变为一个杀人的人"①。日本侵略军的后代杉谷义人更具有人性的宽度。尽管他自己小小年纪就跟着家人颠沛流离,在战争期间过着提心吊胆的日子,战后很长时间忍受着饥寒交迫的生活,饱受战争带来的磨难,没有任何施害中国人之举,但他主动承担父辈的罪责。如果说负罪忏悔是良知的体现,那么这种无罪负罪、无疚负疚的悲悯情怀则令人心生敬意。

三、施暴者与异族看客:《檀香刑》中的克罗德

自鸦片战争以来,外国列强就介入了中国的政治生态。在《檀香刑》中,德国侵略者胶澳总督克罗德"骑着高头大洋马,披挂着瓦蓝的毛瑟枪,直冲进了县衙。站岗的弓箭手孙胡子上前拦挡,被那鬼子头儿抬手抽了一马鞭,他急忙歪头躲闪,但那扇肥耳朵上,已经被打出了一道一指宽的豁口"②。这个事件的直接导火索是高密县猫腔戏班班主孙丙本能地举起一根棍子,打了正在调戏自己续弦妻子的德国技师,这招致德国军队的疯狂报复,不仅杀害了孙丙的妻儿,还血洗村庄,屠杀了高密县 27 名无辜的群众。

克罗德是孙丙人生悲剧的制造者。眼看妻儿和乡亲被德国

①莫言:《蛙》,北京:作家出版社,2012 年,第 79 页。

②莫言:《檀香刑》,北京:作家出版社,2012 年,第 10 页。

人无端杀害,孙丙的血性和反抗意识被激发出来,他扯起抗德的大旗,扒铁路,杀洋人,一度令德国侵略军恨之入骨而又无可奈何。但最终言而无信的克罗德用骗术诱捕了孙丙,并要对他施以残酷无比的"檀香刑":"总督说,中国什么都落后,但是刑罚是最先进的,中国人在这方面有特别的天才。让人忍受了最大的痛苦才死去,这是中国的艺术,是中国政治的精髓。"①对中国人来说,克罗德是个"杀人不眨眼的家伙"②,让人想起"一只蹲在岩石上的老鹰"③,对中国虎视眈眈,对中国人残忍异常。他吩咐刽子手对孙丙施以惨绝人寰的酷刑,而且还要想方设法让被执行了檀香刑的孙丙在极度痛苦中再活五天,作为青岛到高密段铁路通车的活祭典,其心肠之冷酷可见一斑。行刑过程中孙丙对痛苦的体验越深彻骨髓,施暴者克罗德的冷血越让人切齿痛恨。

克罗德不仅一手制造了孙丙悲惨的死亡,而且也是孙丙生命绝唱的异族看客。看客是《檀香刑》中一道独特的风景。学者谢有顺这样说道:"真正给予盛大的行刑和死亡场面以特殊意义的,恰恰不是死者,也不是刽子手,而是那些包括统治者在内的看客们。看客们是死亡这一仪式的真正消费者。他们的存在,使死亡在被延缓、被注视的过程中,获得了形式和诗学意义上的观赏价值,也使刽子手在行刑时显得格外的卖力。"④若说人生如戏,行刑就是刽子手、受刑者、看客共同上演的大戏。其间,刽子手的出

①莫言:《檀香刑》,北京:作家出版社,2012年,第111—112页。

②莫言:《檀香刑》,北京:作家出版社,2012年,第103页。

③莫言:《檀香刑》,北京:作家出版社,2012年,第111页。

④谢有顺:《当死亡比活着更困难——檀香刑中的人性分析》,见杨扬编:《莫言研究资料》,天津:天津人民出版社,2005年,第278页。

色表演，受刑者的无所畏惧，看客们的阵阵叫好，将残酷的行刑变成一个狂欢的舞台。克罗德作为监刑官也是看客之一。在挤满看客的戏台上，克罗德由袁世凯陪着坐在正中央，他的“眼睛里放着绿光”①，津津有味地观赏着这场令人毛骨悚然的行刑表演。如果说鲁迅笔下的看客指向的是国民性批判，那么莫言笔下带有狂欢色彩的场面，同样是对当时国人麻木不仁的批判。而克罗德作为异国殖民者，其看客身份具有与本民族看客不一样的蕴含。

作为趾高气扬的西方殖民者，克罗德对孙丙被行刑的“看”具有殖民与被殖民、西方与东方、自我与他者、主体与客体的种族内涵。这种“看”不是单纯的认知行为，而是带有意识形态色彩，是主体性的体现，可以说是一种“凝视”。凝视同欲望和权力联系在一起，“观者多是‘看’的主体，也是权力的主体和欲望的主体，被观者多是‘被看’的对象，也是权力的对象，可欲和所欲的对象”②。《檀香刑》中，孙丙受刑时克罗德闪着绿光的眼睛像“麦芒”③一样，射在行刑助手赵小甲身上，其猎奇和残忍的心态昭然若揭。克罗德在和中国人打交道时总是表现出一脸的蔑视。当袁世凯和高密知县钱丁对着皇帝赏赐给刽子手赵甲的龙椅、皇太后赏的佛珠行礼时，克罗德“那张瘦长的羊脸上，挂着轻蔑的笑容”④。在和孙丙带领的拳民对战时，克罗德“将望远镜放下，脸上浮起轻蔑的微笑”⑤。他对于中国的评价是什么都落后，只有

①莫言：《檀香刑》，北京：作家出版社，2012年，第388页。

②朱晓兰：《“凝视”理论研究》，南京大学博士学位论文，2011年，第1页。

③莫言：《檀香刑》，北京：作家出版社，2012年，第466页。

④莫言：《檀香刑》，北京：作家出版社，2012年，第102页。

⑤莫言：《檀香刑》，北京：作家出版社，2012年，第340页。

刑罚是最世界上先进的。后殖民理论认为，西方对东方的观看是携带着霸权的凝视，在将东方民族他者化的同时使其成为自我文化的附属。因而，西方对东方的“看”体现出一种权力关系和支配行为，是西方按照自身的道德价值标准来“审视”和“凝视”东方。哲学家尼采认为，人类社会的道德价值标准并非都是科学的、真理性的，而是贵族的强势道德价值体系和奴隶的弱势道德价值体系相互斗争与对抗的结果。在权力意志的驱使下，居于高位的统治者会采取一切可能的手段，将决定人类社会道德价值标准的权力牢牢地掌控在自己手中。结果，好坏、是非、优劣、真假、善恶、美丑、西方东方等价值标准都是他们为了维护自身的利益，为了凸显他们不同于那些“弱势”民族的显赫身份和支配地位，凭感觉人为确定出来的。用尼采的话说就是：“‘好’的标准并不是由真正的‘好人’来判定的！所谓的‘好人’——权贵、上流、智者，实际上是那些自认为是好人、自认为自己的行为是好人行为的人。他们给自己贴上‘好人’的标签，与那些他们认为低下、弱智、普通、卑贱的一切构成对立面。”①克罗德对中国的凝视既是一种“殖民凝视”，又是一种“种族凝视”，是在用西方的道德价值标准凝视中国人和中国文化，中国成为他把玩的客体、凝视的对象。在凝视、把玩中国的过程中，西方作为权力和欲望的主体，对“属下”、对所欲的东方客体进行歪曲和操纵。

由于历史的遗留，西方对东方、对中国的这种凝视心态至今没有完全消除。尽管当今时代中国在世界格局中的地位和作用与半殖民地半封建时期的中国已不可同日而语，但思维定式固执

① Friedrich Nietzsche, *On the Genealogy of Morals*, trans. Douglas Smith, Oxford and New York: Oxford University Press, 1996, p. 12.

地左右着西方人看待与想象中国的视角。如何打破西方对中国的这种权力凝视，实现从“西方凝视中国”向“中国评判西方”的视角转型？其中重要的一点是寻找反凝视、对抗凝视的可能性。黑人女性主义批评家贝尔·胡克斯的女性主义理论对我们有一定启发：“那种企图压制我们黑人的注视权利的做法只能在我们心中产生一种想要注视的强烈渴望，这是一种叛逆的渴望、一种对立的注视。我们通过勇敢无畏的注视而大胆地宣告：‘我们不仅要注视，而且要通过注视改变现实。’”①这段话是就男性对女性的凝视而言的，不过可以借鉴过来用于西方对中国的凝视，因为在西方对东方的凝视中经常出现将东方女性化、弱化、野蛮化的倾向。中国可以采取抵抗的姿态，对西方权威提出挑战，改变西方带有强烈意识形态色彩，隐含着霸权的单向凝视，同时建立自己的话语体系，向对方回“凝视”。不可否认，反凝视和对抗凝视是蕴含强烈政治意图的观看方式，很难做到国家之间真正平等的互凝互视。消除种族凝视和殖民凝视的最好出路是超越民族、国家的界限，秉持“互为主体性”的理念，推人及己而不是推己及人，这比反凝视、对抗凝视更能实现全世界和谐发展的美好愿景。

通过分析以上三部小说中对外国人形象的塑造，我们看到莫言既没有迎合西方对东方的思维定式和意识框架，也没有重复以往中国文学作品中对外国人“套话”式的形象塑造。《丰乳肥臀》颠覆了西方拯救中国的神话，《蛙》转变了对日本人特别是日本侵略军的单面刻画，《檀香刑》让人警惕异族看客和“种族凝视”。在对外国人形象的塑造中，莫言的创作理念、文学视野、世界观念均

---

①贝尔·胡克斯：《抵抗性的注视：黑人女性观众》，见陈永国主编：《视觉文化研究读本》，北京：北京大学出版社，2009年，第376页。

得到极大的张扬。他不是在揭丑,也不是在迎合,他是在表现中国气派,在讲述中国故事让世界聆听。

(原载《当代作家评论》2017年第5期)

学科互涉:文学研究中的边界跨越

一、学科互涉与边界跨越出现的背景

20 世纪以来,随着不同学科之间的交叉、交流日渐增多,人们对异质性、杂糅性、复合性给予越来越多的关注,学科互涉(interdisciplinarity)和边界跨越(boundary crossing)逐渐成为知识构成的显著特征,相互交叉、相互关联、相互渗透成为当前知识描述的新的热点词汇。现在,学科每天都在经历着其他领域的推拉,新概念、新范式也在不断涌现。学术研究在前沿领域和尖端领域的突破,需要复合型人才和综合性知识;现代学术问题、社会问题的复杂性,也要求综合性的方法与相互合作。因此,对学科互涉进行全面、系统的研究,已成为学术研究的一个新热点。本文旨在对文学研究中的学科互涉与边界跨越略作探讨。

从理论渊源上来讲,学科互涉和整体论(holism)密切相关,二者都强调关联性和整体思维。在社会科学领域,"学科互涉"一词最早出现在 20 世纪 20 年代,这一时代,后来曾任南非重要领导人的简・克瑞斯蒂・斯马茨(Jan Christian Smuts)在其著作《整体论与进化论》(*Holism and Evolution*)中使用了这一术语,此后逐渐流行开来。斯马茨将《整体论与进化论》的主旨定为:

“通过革新物质(matter)、生命(life)和思维(mind) 这三个概念，消弭它们之间难以跨越的鸿沟，并将它们视为伟大的进化过程中连续不断的形式和阶段，或者是具有整体性的相互关联的活跃元素。”①根据他的理论，世界上的一切东西，不管是物质实体、社会现象，还是生态系统，都暗示出一种整体性，缺了其中任何一个组成部分，都不能够进行充分的阐释。整体思维使系统研究优于局部分析，同样，学科互涉使文学的阐释更加多样化，使文学研究更趋立体化。

二、20 世纪西方文学理论中的学科互涉

20 世纪中期以后，西方当代文学批评中对边界跨越给予越来越多的强调，多种多样的学科互涉涌现出来，这种变化同强调研究“文本”时要考虑产生它的“背景”，包括历史背景、文化背景等有关。1948 年，美国著名文学评论家斯坦利·埃德加·海曼(Stanley Edgar Hyman)将现代文学批评描述为“有目的地运用非文学的手段与知识，来获得对文学的洞见”②。海曼的批评模式是从语言学、心理学、人类学、社会学、修辞学、马克思主义等借鉴而来的。在欧洲，文学的互涉性研究被尊崇为反对严格的形式主义，向历史意识开放的革新形式；在美国，我们从 20 世纪 50 年

---

①Jan Christian Smuts, *Holism and Evolution*, London: The Macmillan Company, 1927, p. 51.

②Julie Thompson Klein, *Crossing Boundaries: Knowledge, Disciplinarities and Interdisciplinarities*, Charlottesville: University Press of Virginia, 1996, p. 137.

代中期的“多重阐释”、“多重因果关系”中,也看到了类似的理念,一些杰出的学者试图通过综合几种方法来诠释文学作品。如美国文学评论家肯尼斯·伯克(Kenneth Burke)在进行文学阐释时,寻求把社会学的、心理分析的和语言学的方法整合在一起。

20世纪30年代中期,在美国出现了“新批评”,追求一种审美形式主义。“新批评”理论家艾仑·泰特(Allen Tate)斥责文学批评家“为政治学所困”,并认为批评文学研究中的历史取向损坏了文学的本质特征。而另一位“新批评”理论家约翰·克娄·兰色姆(John Crowe Ransom)主张通过内部批评来达到学科的整合,强烈反对到文学文本之外去寻找阐释的线索。“新批评”强调对诗歌进行细读,把诗歌看作一个有机整体,但其极端性不久便遭到质疑。取代“新批评”而崛起的原型批评被视为随后一个时期最重要的学科互涉现象,其理论家诺斯洛普·弗莱通过构建一个涵盖文学、宗教、哲学、政治和历史诸多方面的神话结构,模糊了学科的划分。神话批评借用了大量心理学和人类学的阐释方法,影响十分广泛,这主要是因为它对先锋批评和传统批评同样适用,既适合于寓言与寻根探源式的研究,也与社会学、宗教、历史和形式主义研究有相通之处,且与比较文学中的学科互涉有方法论上的共识。

20世纪60年代末至80年代初西方文坛上出现的现象学、诠释学、结构主义、符号学、女性主义、读者反应批评、拉康的心理分析、新历史主义等批评流派,都带有学科互涉的特征。

结构主义在其初期表现出最醒目的学科互涉性,它通过假设一个基本的、由不同结构单元组成的系统,跨越了现有的学科界线,这些结构单元之间的关系用共时性话语来描述,其方法论范式来自语言学和人类学等学科,在这些学科中,诗性文本被视为公共话语领域的一部分。

其他当代文学理论进一步印证了学科互涉这一时代特征。读者反应批评20世纪60年代从德国社会、学术研究和文学的发展中衍生出来，为审视那些已经成为经典的作品和一度被排除在外的通俗文学，提供了新的方法。在随后的发展过程中，读者反应理论超越了德国接受理论的特殊性，变成了语言学的各种要素与文学理论的广泛交融，它将作品阐释与读者的知识结构、社会背景联系起来，成为当代一种重要的文学批评方法，并扩展到艺术史和社会学研究当中。

发端于20世纪70年代末的新历史主义也表现出典型的学科互涉特征，它旨在通过建构一种新的综合来对抗知识的碎片化。新历史主义对历史的描述意欲将经济、心理、社会和政治等因素都囊括进去。1992年，现代语言学会出版了《现代语言文学研究入门》(吉尔巴迪主编)，其中安娜贝尔·帕特森(Annabel Patterson)撰文反思了当时近十年的重要研究范畴及研究实践，其中主要是文学研究，包括传记、原始史料、背景资料、文学要素的拓展、严格的文学史以及社会文化史。他发现文学研究已经扩大到包括以前被划归为外部“背景资料”的内容，特别是当代政治学和社会语境。以前自足的文本现在被置于产生它们的历史、社会、政治和经济背景之中，这样就出现了新的主题，比如女性教育、经济、战争、娱乐形式与阶级意识之间的关系等等。帕特森回顾说，“回归历史之路”和结构主义、社会历史学的崛起以及米歇尔·福柯的文化考古学有关。在把哲学和社会历史学融合在一起时，福柯跨越了学科界线，他强调分开与弥散，而不是统一和连贯。帕特森强调说，从深层上来讲，新历史主义反映了知识的重大转向，它把文学文本视为历史、社会、政治和经济综合环境下的产物,而这些东西曾一度被认为是“外在于”文本的,现在将其重新纳入文本的阐释活动当中。在其后的发展过程中,新历史主义从文学研究走向其他人文学科,把文学研究扩大到文化分析,将文学置于同其他学科的关系之中。

三、当代西方文学批评中的学科互涉

不仅20世纪西方文学批评理论呈现出较强的学科互涉性,在具体的文学研究中,学者们也越来越关注文学与其他学科的关系,凸显出学科互涉的特征。1967年,现代语言学会编辑出版了《文学研究中的关系》一书,宣称文学研究的最终目的是对文学进行更深入、更复杂、更“真实”的阐释,指出文学研究是一种立体化的观照。

文学与其他视觉、听觉艺术,比如音乐、舞蹈、绘画、建筑、书法、影视等,有相似之处,它们都是模仿艺术,且有着艺术上的渊源关系。1982年,现代语言学会又出版了《文学的相互关系》(巴里切利和吉尔巴迪主编),指出传统的研究意在辨别同与异,说明一门艺术优于另一门艺术,反对融合;而现在,研究者应该注重探讨文学与其他艺术的相互借鉴、相互生发、相互印证和相互阐发。

文学和心理学的关系源远流长,自古以来,无论是文学创作、文学批评还是文艺理论,心理学因素一直渗透其中,特别是当代弗洛伊德精神分析学说对文学的渗透,更使文学批评多样化、复杂化。人对自身的认识是由外向内的。浪漫主义时代到来之前,作家们注重描绘人物的外貌、服饰、外在行为,浪漫主义作家开始将关注的目光转向人的内在世界,关注人的心理活动。此后,心理描写逐渐成为文学作品中必不可少的要素,在现代主义文学中拓展到人的潜意识、无意识层面。相应地，文学批评也由外视角的模仿说，深入到内视角的精神分析和原型研究，“情结”、“原型”、“潜文本”等给20世纪、21世纪初的文学批评带来了新的维度和深度。

宗教一直是文学，特别是西方文学的一个传统，二者之间存在着一种互补与对立的共生关系。从古希腊至文艺复兴，文学与其所继承的宗教传统，表现出一种互补的，而且常常是相互扶持的关系。古希腊、罗马的《伊利亚特》、《奥德赛》、《埃涅阿斯纪》，以及斯宾塞的《仙后》、班扬的《天路历程》等，都融合了当时的社会、政治和美学思想，来探讨、阐释宗教观念与宗教情感。到了文艺复兴后期，这种关系走向反面。莫里哀的《伪君子》、《悭吝人》，狄德罗的《拉摩的侄儿》等都表现出对正统宗教观念的批评。及至18世纪末，文学被看作对宗教的修正或是宗教的替代品，而许多19世纪初期的浪漫主义作家认为，文学可以取代宗教或充当宗教的替代品。20世纪，西方对文学与宗教关系的研究，呈现出不同的类型，一是文学对宗教的维系，强调文学传统中的宗教主题、宗教情感和宗教理想。二是文学对宗教的批判，即评价、批评文学中的伦理道德和神学问题，以便更好地认识和理解宗教和伦理道德。三是要么强调文学中新的、具有取代宗教作用的表现方式，要么关注文学中的神话和玄学，重点辨析文学中描绘的异于常态的世界，而这个世界已经从根基上与通常意义上的宗教发生错位和置换了。

文学与历史的关系更为密切，文史不分家，古今中外皆然。文学作品中充满了对历史的述说，历史记述中熔铸着文学性的表述。不论是史书对历史事件和历史人物的记录，还是文学作品对社会历史、社会现实的描绘，都是对历史的反思，对社会现象的思考。文学家和史学家在自己的作品中既反映了社会生活本身,也反映了创作主体的情绪和他们的价值取向,并影响着人们对世界的认识。历史叙述中的文采和修饰使历史更加生动而富有韵致,文学创作中的历史底蕴使作品更加真实、厚重。正因为文学与历史有着如此密切的关系,崛起于20世纪70年代末的新历史主义批评与其他批评流派相比,更贴近文学创作的本质。

文学与哲学亦有着亲密的关系。文学作品中的智性化倾向是其哲学蕴含的体现,哲学中的艺术化倾向是其文学性的流露。自柏拉图至黑格尔,文学一直通过向哲学靠拢来获取自身的价值和地位,但当“绝对理念”随着“上帝死亡”而衰落之后,哲学分化为科学哲学与人本哲学。科学哲学疏离文学,不承认文学、审美的重要价值,而人本哲学则表现出对生命与艺术的热爱,它向艺术的积极靠拢使柏拉图的逻辑被颠倒过来,即文学不是靠接近理性而获取价值,而是哲学以非理性并尊崇生命的感性为荣。20世纪的许多人本哲学家本身就是诗人、作家,像叔本华、尼采、萨特等人,对艺术表现出由衷的热爱和推崇,既写作哲学著作,也创作文学作品,其文学作品诠释着哲学沉思,也凭借哲学获得深刻性,同时其哲学思想借助文学创作得以远播并广为接受。文学与哲学相互激发、相互阐释,共同丰富着人类的生活和思想。

文学与法律的关系反映出新的语言观念对学科之间关系的影响。法律—文学关系中的双方都依赖抽象建构和联想思维,由于它们的表达过程和概念化过程彼此相似,因此能够觉察出一种“自然的、相互依附的伙伴关系”①。在《文学的相互关系》中,学

①Jan Christian Smuts, *Holism and Evolution*, London: The Macmillan Company, 1927, p. 159.

者们从文学中的法律和法律中的文学两个方面，追溯了文学与法律关系的二重性。美国哲学教授詹姆斯·博伊德·怀特(James Boyd White)将法律设想为一种社会文化活动，扩大了对法律的理解，超越了传统上所用的规章、制度、条例或政治学、社会学与经济学术语，他认为法律是一种修辞和文学活动。这一认识使法律远离社会科学而走向人文科学，其影响在法律院校的课程设置、专业期刊中十分明显。但学科之间的交流并不都是均衡的，在文学与法律的关系当中，法律一方比文学一方进行了更多的借鉴和挪用。

文学与科学之间的互动近年来有了很大发展，与科学相关的课题在文学的课程设置、学术会议中不断增加。文学与科学的关系涉及古老的艺术与自然问题，17世纪现代科学的崛起以及对科学、技术与社会的现代论争。早期的研究与教学偏重于宣扬文学借鉴科学并使科学大众化，那时的影响被视为单向的，科学概念与术语从文学追溯到科学的源头，这种方法给文学作品、文学研究罩上了科学意义的光环，赋予科学的看法以优越性，并用这种方法来评价伟大的思想家、文学家甚至观念、事件等。1982年出版的《文学的相互关系》重点探讨了科学中的文学、文学中的科学等问题。到了1990年，由于思想史上的新发展、文化研究领域的拓展、科学神秘面纱的逐步揭开以及写作是一种社会生产这些观点的激发，文学与科学的关系成为一个重要的研究领域。

不同学科从彼此关联到走向互动的研究实践，重构了知识领域。20世纪后半期以来的文学批评和文学研究可以用一个概念来描述，即"思想生态学"。思想生态学既不单纯地追求统一，也不片面地寻求学科之间的差异，而是建构一种体现出差异性的统一。

四、学科互涉与知识创新

学科互涉有着广阔的发展前景。1992年的《现代语言文学研究入门》中最突出的变化是增加了整整一章来讲述“学科互涉与文化研究”,但增加一章只是最明显的措施,学科互涉是渗透的,它不再局限于一部著作、一个章节、一篇论文,而是成了学术研究的一部分。多种多样的学科互涉出现了,从简单的借鉴和方法论吸收,到理论的丰富,领域的融合。人文科学和社会科学由于巨大的渗透性而连在一起,人们认为它们更富整体性、价值蕴藉性,较少符码性,因而这两个领域的学科之间互相渗透的现象也较为常见。目前,边界跨越正出现在文学与音乐流派、风格的融合中,出现在高雅、古典、官方文化同通俗、流行、民间文化旧有分界线的消融中……20世纪以来,学科互涉从一种思想发展成一系列活跃的实践,它是对正统的挑战,是变革的力量,现在,它是学术意识的一部分。

但障碍与挫折也是普遍存在的,目前的问题是,指出一个问题和事件只能用学科互涉的方法来解决,不需要太多的勇气和独创性。学科互涉是很多人通过努力都能做到的事情,但真正要把它变成一种惯例,却是一个有一定难度的问题。最重要的是如何界定什么是“真实的”或“真正的”学科互涉。在一个多世纪的时间里,对学科互涉的定义已经从对外来成分的保守整合,变为一种边界跨越形式。这种形式改变了不同研究方法之间的界线,或者在这些方法的中间地带建构新的研究领域。美国著名文化与文学批评理论家斯坦利·菲什(Stanley Fish)在一篇受到好评的论文《学科互涉是如此难以做到》中认为,学科互涉作为一个事件，似乎是左翼文化理论的自然产物。解构主义、马克思主义、女性主义以及新历史主义等都对旧有的学术机构和学科建制提出质疑。新的研究兴趣产生出不同类型的学科互涉，在一个层面上，它促使学者们去跨越边界，向毗邻领域迈进；在另一个层面上，它对那些边界和它们所反映与维持的整个等级与权威提出了质疑。菲什区别出单纯的跨越边界和在解构、颠覆过程中超越边界二者之间的差异，后者是一场干净利落的革命，是“激进的学科互涉”。

现在，“文学”包括以前的文本和一度“不属于文学的”材料，比如书信、日记、电影、图画、宣言，以及哲学、政治、心理学和宗教方面的论文。文学研究者要注意的是，不要以当代政治视角来审视历史资料，以免使文学变成纯粹的文献，变成社会学。同样，思想史和社会文化史的学者也要小心谨慎，尊重文学研究的独特性。真正的文学史家，应该做到不管游荡多远，总是走在自己的路上，以一种迂回的方式，再回到自己的主要对象——文学研究上来。

当今世界，知识创新强烈地同自觉吸取其他学科理论与方法论上的洞见相连，人们越来越看重不同学科之间的关联，学科互涉因此成为学术界关注的焦点问题之一。正如我国著名学者吴彤所说“学科互涉给了我们一双交界与综合的眼睛”①，让我们运用这双眼睛，向其他学科借鉴，与其他学科融合，不断激发出新的灵感，推动文学研究向更深的层次发展。

（原载《中国海洋大学学报（社会科学版）》2009 年第 2 期）

①吴彤：《知识、学科互涉与陈丹青事件》，《中国图书商报》，2005 年 4 月 8 日。

青春与世界的碰撞

——新潮“成长小说”论

一、何为成长小说

成长小说(Initiation stories)这一概念舶自西方。从词源学上看,成长(Initiation)一词源于人类学,指“青少年(Adolescence)经历了生活的一系列磨炼和考验之后,获得了独立应对社会和生活的知识、能力和信心,从而进入人生的一个新阶段——成年(Adulthood)”①。国外学者对 initiation 的解释不尽相同。美国著名文学评论家莱斯利·费德莱尔(Leslie Fiedler)认为 initiation 是通过获取知识坠入成熟的深渊,就像亚当、夏娃一样,因偷吃知识之树上的禁果而懂得辨别善恶,之后便失去天真,不得不经受劳作之苦和生儿育女之痛。在他看来,成长是失乐园神话原型的再现②。布鲁克斯和沃伦等人把 initiation 归结为发现罪恶,发现

①芮渝平:《美国成长小说研究》,北京:中国社会科学出版社,2004 年,第 3 页。

②Leslie Fiedler,“From Redemption Initiation,” *New Leader*, XLI, 1985—05—26.

成人世界的真相,从而深化对自我的认识的过程①。莫迪凯·马克斯(Mordecai Marcus)通过对不同定义的研究,对成长小说做了一个较为全面的界定:"成长小说展示的是年轻主人公经历了某种切肤之痛的事件之后,或改变了原有的世界观,或改变了自己的性格,或两者兼而有之。这种改变使他摆脱了童年的天真,并最终把他引向了一个真实而复杂的成人世界。"②

著名文艺理论家巴赫金对成长小说有过专门研究,他在《教育小说及其在现实主义历史中的意义》一文中,对成长小说的特点、分类和人物形象做了系统阐述。他指出:"大部分小说只掌握定型的主人公形象。除了这一占统治地位的,数量众多的小说类型外,还存在着另一种鲜为人知的小说类型,它塑造的是成长中的人物形象。这里,主人公的形象不是静态的统一体,而是动态的统一体。主人公本身、他的性格在这一小说的公式中成了变数,主人公本身的变化具有了情节意义。与此相关,小说的情节也从根本上得到了再认识、再构建,时间进入人的内部,进入人物形象本身,极大地改变了人物命运及生活中一切因素所具有的意义。这一小说类型从最普遍涵义上说,可称为人的成长小说。"③

传统的成长小说,即19世纪及其以前的成长小说,也被称为

---

①Cleanth Brooks and Robert Penn Warren, *Understanding Fiction*, New York: Appleton-Century-Crofts, 1960, p. 308.

②Mordecai Marcus, "What Is an Initiation Story?" in William Coyle ed., *The Young Man in American Literature: The Initiation Theme*, New York: The Odyssey Press, 1969, p. 32. 此处译文采用芮渝平:《美国成长小说研究》,北京:中国社会科学出版社,2004年,第5—6页,个别地方有改动。

③巴赫金:《小说理论》,白春仁、晓河译,石家庄:河北教育出版社,1998年,第230页。

"教育小说",主要关注成长者与社会的关系。到了20世纪,文学关注的焦点发生了巨大变化,由关注人与社会关系的外视点,转向关注人的内在生命体验的内视点。成长小说的内容相应地也发生了变化。我国青年批评家李敬泽对成长小说的这种变化做了回顾和总结,他在短文《冒险成长》中这样写道:"'成长小说'作为一种类型肇端于西方启蒙时期,卢梭的《新爱洛绮丝》就是最早的成长小说之一。一个少年或青年的成长历程、他的人格是如何形成的、这个世界是如何对他进行教育,这些就是'成长小说'的基本主题。所以'成长小说'也可以说是教育小说,它表达了启蒙时期对人的社会化过程的特殊关注,是人文主义价值观建构过程的一部分。""'成长小说'在18、19世纪臻于极盛,特别在德语文学中,通过歌德的《威廉·迈斯特的学习时代》、凯勒的《绿衣亨利》,这个类型得以发展完备。但是,到了20世纪,我们已经很难找到一部重要的、比较纯正的'成长小说'了,根本原因在于,人文主义的理想在20世纪已经破灭,这个时代的主题不是社会如何正确地教育人,而是人如何反抗资本主义物化社会。"①这段话揭示了成长小说改变的根本原因,传统的教育模式的成长小说不复存在是因为其背后的人文主义理想在20世纪破灭了,人们由相信、认同这个社会,到不相信、不认同这个世界,但"'成长小说'作为一种类型依然活着,它在许多作品中被从反面运用、被戏仿。如果说在经典成长小说中,我们看到一个人被锤炼出健康、正常的人格,他长大了,满怀信心、朝气蓬勃地走向社会,那么在'现代'作品中,基本的情节是一个人拒绝长大,或者怒气冲冲地逃到

①李敬泽:《纸现场》,北京:人民文学出版社,2000年,第88页。

了路上”①。不光成熟了、融入了社会才叫成长，拒绝长大也是成长，“成长小说成为献给逝去的美好时光的一束枯萎的花”②。如20世纪90年代末叶弥的《成长如蜕》讲述的是一个人面临生存的驳杂矛盾和彼此的牵制，拒绝长大，它在许多方面击退了人们对传统成长主题的习惯性预期，“一个灰色的、有条有理的声音从容不迫地拆解一个人青春期的热情、梦想、躁动和叛逆”③。新潮作家中，刘索拉、余华、苏童、王朔等人的创作都涉及成长的主题，我们在本文中重点探讨新潮成长小说中的几个命题。

二、新潮成长小说的命题之一：父与子

我们首先看一看成长路上的父与子。成长意味着要建构一个自己的世界，而父母总是我们成长道路上的一个链环。弗洛伊德的精神分析学认为，父与子的斗争是人类历史上一种恒常的现象。父亲不仅代表着一个男人在家庭血缘中的位置，而且还意味着他在社会文化中拥有特权和力量，这些特权和力量对子辈造成无法言说的压抑和痛苦，因此，子辈要想建构自己的世界，“审父”就成为必然之举。在新潮成长小说中，“审父”或者说背叛父辈成为子一代的成人仪式。

按照社会化的理论，年轻人在成长的道路上应该以成年人为范本，模仿、认同成年人的欲求，引发出自己要长大成人的义务感和责任感。但新时期之初的一代青少年是在一个特殊的历史时

①李敬泽：《纸现场》，北京：人民文学出版社，2000年，第88页。
②李敬泽：《纸现场》，北京：人民文学出版社，2000年，第88页。
③李敬泽：《纸现场》，北京：人民文学出版社，2000年，第88页。

期——“文革”中成长的孩子，当“文革”结束以后进行“拨乱反正”时，他们还只是一些中学生或刚刚离开校园的年轻人，其青春期确立自我之时正是社会价值体系发生剧烈变动之时。当成年人从“文革”以前或1949年以前的价值体系中去寻找精神家园时，这些在“文革”中长大的年轻人成了一个无所皈依的年龄群体，他们无法认同父辈的价值体系。与成年人主导文化之间的断裂使他们陷入“失语”状态，如今他们没有榜样，只有对成年人的否定和不信任。刘索拉、余华、苏童、王朔有关成长题材的小说以及20世纪90年代新生代作家的某些作品，表现出不同程度的“审父”、“弑父”、“戏父”意识。

刘索拉的《你别无选择》描写某音乐学院作曲系的一群学生和教师的一段狂放、滑稽，甚至有点胡闹的生活，小说曾以先锋的形式广受关注，而对象征父辈形象的教师的刻画，具有更加重要的意义。在刘索拉笔下，教师这一最具青年导师资格的社会化担当者形象，被涂上了浓重的荒诞色彩。作曲系那位经常大谈“风纪问题”的贾教授，“平时不苟言笑，假如他冲你笑一下，准会把你吓一跳。他的生活似乎只有一件事情就是讲学。他从不作曲，就像他从不穿新衣服，偶尔作出来的曲调也平庸无奇，就像他即使穿上件新衣服也还是深蓝涤卡中山装一样。……在有些作曲系学生眼里，贾教授除了严谨的教学和埋头研究古典音乐之外，剩下的时间就是全力以赴攻击金教授”①。教师本应是学生道德的楷模，但这位贾教授却以攻击才思敏捷的同事金教授为要事；不断创作出新的乐曲本是作曲系教师职责的一部分，但这位教授却

① 中国作家协会创作研究部选编：《你别无选择》，长春：时代文艺出版社，2000年，第241页。

很少作曲,更乏创新。这位教授与学生内心深处的精神追求有着可怕的断裂,更让人难以容忍的是,贾教授自己不会创新,却对那些富有创新才能的人,对那些在他看来非正统的文化,怀有一种欲诛杀而后快的心态。“贾教授是个不屈不挠,刻苦不倦的人。因为他一辈子兢兢业业地研究音乐,而几乎无一创新,他尤为恨那些自命不凡没完没了地搞创新的家伙。……在他看来,金教授什么都不懂,只会作曲,是个肤浅的家伙,而无论国内国外的作曲家会议又老是邀请金教授,这更是肤浅之举。……老了,突然蹦出这么几个学生,他们偏偏要在课堂上提出无数的问题来使你措手不及,他们偏偏要违反几百年的古老常规,而去研究那些早已过时并被否定甚至遭唾弃的二十世纪现代技法,这使他不仅担心自己的金字塔,而且担心全国、全世界都必堕落无疑了。”①貌似圣贤的教师其实心胸狭窄,斤斤计较,老朽无能而又嫉贤妒能,落伍于时代而又杞人忧天。对非圣贤型教师形象的描写,反映出年轻人对教师作为其社会化担当者的正当性的质疑,他们难以接受教师作为天然道德楷模的身份。

成长意味着要对自己的生活和行为承担起责任,而“在心理真实中,对自己的生活和行为承担起责任,就等于杀死父母”②。在孩子的视野里,父母一直是他们生活的主宰,不仅掌管着他们的衣食住行,而且掌控着他们的思想行为,父母替他们思考、做出抉择、解决疑难问题。只有离开父母,只有杀死那长久以来居住

---

①中国作家协会创作研究部选编:《你别无选择》,长春:时代文艺出版社,2000年,第269页。

②朱迪斯·维尔斯特:《必要的丧失》,张家卉、王一谦、马雪松译,北京:北京大学出版社,1988年,第153页。

于孩子心中一直是道德理想化身的父母，孩子才能获得一片自己的天空，也才能在茫茫人海中确立“我是谁”、“我到哪里去”的命题。

王朔笔下的少年渴望父亲恰逢其时地死去：“我在很长时间都认为，父亲恰逢其时的死亡，可以使我们保持对他的敬意并以最真挚的感情怀念他又不致在摆脱他的影响时受到道德理念和犯罪感的困扰，犹如食物的变质可以使我们心安理得地倒掉它，不必勉强硬撑吃下去以免担上个浪费的罪名。”①余华和苏童则无情而又彻底地拆解了父子之间的情感纽带。《在细雨中呼喊》里的孙光林回忆自己诞生的过程：父亲撕扯母亲的裤带时扭伤了脖子，整个过程中还有几只不解风情的鸡恼人地啄着父亲的脚，生命的诞生不过是一次毫无准备的本能发泄。“生命被描述为偶然的产物，寻欢作乐不被欢迎的副产品，商场酬宾时‘买一送一’那个劣质的‘一’。”②孕育生命的神圣感被滑稽、戏谑的描写消解得荡然无存。在苏童的短篇小说《舒家兄弟》中，父亲用黑布蒙住儿子的眼睛，用绳子绑住儿子的双脚，用棉花塞住儿子的耳朵，与情妇寻欢作乐。父亲与儿子之间除了血缘联系外就像是陌生人，社会学意义上那个引导儿子社会化的父亲被剥夺了，只剩下纯粹生物学意义上的父亲。

父子之间的亲情关系被拆解之后，“在父与子失去一切交流可能的情况下，儿子对父亲自以为秘而不宣的隐秘的窥看，不折

---

①王朔：《动物凶猛》，http://www.mypcera.com/book/2003new/da/w/wangsuo/dwxm/2005－10－8。

②李学武：《蝶与蛹——中国当代小说成长主题的文化考察》，北京：中国社会科学出版社，2003年，第180页。

不扣地成为对父亲形象的丑陋化处理，就像小孩躲在一个被嘲弄者的背后替他画像一样”①。在余华、苏童笔下，父亲的神圣和权威丧失殆尽，个个丑陋不堪。他们是蓄意谋杀儿子的凶手（余华《四月三日事件》），是奸污亲生女儿的恶棍（苏童《南方的堕落》）。父辈不仅好色，放任欲望漫延，而且还萎缩、无能、衰颓。苏童的《刺青时代》中，儿子以鄙夷的目光扫视着衣冠不整的父亲，叫来他的“野猪帮”哥们儿，把父亲暴打一顿。以父法为代表的神圣性世界消失了，对父辈神圣光环的消解是子辈要求获得一份同父辈平等对话的权利，只有解构了父法，子辈才能走向自己的成人仪式。

与刘索拉、余华、苏童、王朔等人的“审父”、“弑父”倾向不同，20 世纪 90 年代新生代作家笔下的父子关系呈现出另外一幅景观：父子之间以平等的个体面对，不再有任何等级关系，不再有任何权威存在。在朱文的《我爱美元》、《幸亏这些年有了点钱》等作品中，父亲与儿子一道以世俗化、欲望化的形象出现，父辈与子辈一起在欲望升腾的现代都市里沉落。由于不能从思想上尽快接受时代欲望风潮的瞬息变换，父亲不仅丧失了对儿子进行人生启蒙的力量，甚至还需要儿子来对自己实施欲望启蒙。没有任何先在思想束缚的儿子在欲望化时代有如鱼得水之感，而受到正统道德约束的父辈则谨小慎微，欲潇洒走一回又患得患失、犹疑踟蹰。在子辈的开导与榜样的推动下，两代人泯除隔阂，携手共进，一同在欲望的追逐中摸爬滚打。这种“戏父”场景对父亲形象的解构与颠覆，比前面的“审父”和“弑父”更令人震撼，它打碎了以往我们对父辈所有的文化想象和情感寄托。从传统教育式成长小说

①郜元宝：《告别丑陋的父亲们》，《钟山》，1994 年第 3 期。

中父亲的指引者角色，到20世纪八九十年代新潮成长小说中审视父亲、“打死父亲”，再到20世纪90年代新生代作家笔下的“反父为主”，充当父亲的引导者和同谋者，父辈形象一层一层地衰微，父法被一环一环地消解。这种父辈与子辈的此消彼长，既是子一代精神优越与自信的表现，也是子一代心理匮乏与迷惘的症候，父性的缺失，寓示着成长的迷惘。

三、新潮成长小说的命题之二：性与爱

成长既包括个性的成长，亦包括生理的发育。性意识的萌动、与性隐秘的不期而遇、对异性朦胧而又难以名状的爱，是青少年成长道路上无法绕过的一环。

“我十四岁的时候，在黑夜里发现了一个神秘的举动，……当我最初在那些沉沉黑夜越过激动不安的山峰，进入一无所有的空虚之后，发现自己的内裤有一块已经湿润时，不禁惊慌失措。……尽管如此，出于那一瞬间身体激动不安的渴望，我一次次不由自主地重复了这欢乐的颤抖。”①身体的发育关闭了纯洁、清白的孩童伊甸园之门，遗精、秘密开始在黑夜中频繁出现。由于对自身秘密的无知，少年孙光林把本不是罪恶的青春欲念看作肮脏的东西，罪感由此降临。他因悔恨自己的行为但又无法摆脱而落落寡欢，承受着无法言说的痛苦和折磨，直到朋友苏宁告诉他“我也和你一样”，“他们在晚上也会的”，他才如释重负，顿感心明如昼。

相比余华笔下少年对身体发育的懵懂和惶惑，苏童作品中的

①余华：《在细雨中呼喊》，海口：南海出版社，1999年，第83—84页。

少年则被性迷乱了视线。《乘滑轮车远去》中的“我”，在高一开学的那一天，鬼使神差而又猝不及防地看到了自己所不知道的成人世界的秘密。“我”去找猫头修滑轮车，无意中撞见18岁的猫头正闭门自渎，从而获知了男人的秘密；尔后来到学校看到同桌李冬英的青春初潮，女性生长的秘密像魔术师手中的花朵，突然绽放，让懵懂的“我”感到“今天碰到的事都出鬼了”①；然后，一只兔子引领着他看见了学校的江书记和音乐女教师在旧仓库里的媾合。成人世界污秽、丑陋的一面迷乱了“我”先前圣洁的想象，发育、性爱、成人世界的丑恶，一股脑儿地摔在了“我”面前，“我”一下子被击蒙了，受到强烈震撼后失去了童年的天真。夜里“我”做了一个“羞于启齿”的梦，梦中，“我”的滑轮车正在一条空寂无人的大路上充满激情地呼啸远去……

初恋是少年走入成人世界的一扇门。对于那些对异性正朦胧产生好感的少年来说，初恋的那个少女就是整个世界，那个世界是成人的世界，那些少女都是些成熟、美丽的形象。王朔的《动物凶猛》中的“我”，为大他五岁的米兰而疯狂：“那个黄昏，我已然丧失了对外部世界的正常反应，视野有多大，她的形象便有多大，想象力有多丰富，她的神情就有多少暗示。”②与成熟女性的交往使少年自以为由此就能步入成人世界，没想到在这条路上却走得如此步履蹒跚。当少年自以为和恋人建立起亲密联系，一只脚已经跨入成人世界门槛的时候，打击却自天而降：恋人喜欢上了自己的朋友或是“兄长”。当“我”把米兰带到朋友圈子里，米兰爱上

①苏童：《苏童文集·少年血》，南京：江苏文艺出版社，1993年，第298页。

②王朔：《动物凶猛》，http://www.mypcera.com/book/2003new/da/w/wangsuo/dwxm/2005－10－8.

了“像混血儿一样漂亮”,“集明朗、残忍、天真于一身”,在少年群体中具有领袖气质的朋友高晋。比自己更成熟的男子的出现,为少年欲通过确立恋爱关系步入成人社会设置了屏障。初恋的少年不懂得爱情,也许少年所爱的不是某个具体的人,而是爱情本身。当爱情已成为往事,才明白那只不过是一场游戏,但它像烈性炸药,强有力地摧毁了童年,就像俄国作家屠格涅夫在其中篇小说《初恋》中所总结的那样:“初恋,那也是一场革命,业已形成的那种千篇一律的正规的生活制度,一瞬间被打破了,被破坏了。青春正站在街垒上,它那鲜艳的旗帜在高高飘扬,——无论前面等待它的是什么——是死亡还是新的生活——它将向一切致以最热烈的敬意!”①

四、新潮成长小说的命题之三:暴力与死亡

暴力,是少年青春欲念的发泄。青春涌动,体内过于旺盛的力量总要寻找一个出路,于是,暴力成为他们发泄过剩精力的出口。暴力,又是少年试着为世界整序的一种方式。十几岁的少年,相对于成人社会是弱者,他们稚嫩的眼光发现限制他们自由的规则,都是由成人制定的,而由于自身知识水平不足,没有能力以平等的方式同大人商谈,只能用暴力的方式言说。暴力,还是少年的一种自我认识和展示方式,是其自身能力的呈现。在暴力实施中,将对方打倒在地,会使少年获得一种征服世界的快感,他的侵略意志、强权意识和争强好斗得到尽情的发挥。暴力,也是

①李学武:《蝶与蛹——中国当代小说成长主题的文化考察》,北京:中国社会科学出版社,2003年,第181—182页。

少年认识世界的一种方式,暴力击碎了少年对成人世界的想象,成人世界的残酷给初次涉世的少年上了启蒙的一课。

在余华、王朔、苏童笔下,暴力披着冷笑,挂着血迹,潜伏在出门远行的路上,飞扬于阳光灿烂的日子或南方阴雨潮湿的"香椿树街"上。

余华笔下的暴力是凝视少年涉世的一个角度,它无情地撕破了少年对成人世界的想象。在《十八岁出门远行》中,少年"我""像一匹兴高采烈的马一样欢快地奔跑起来"①,去"认识外面的世界"。可是整个世界却合谋施暴、掠夺了这个孩子。十八岁少年走了整整一天,最后好不容易搭上一辆装载苹果的卡车。当苹果被抢时,少年奋不顾身地去阻拦,结果被打得鼻青脸肿,趴在地上动弹不得,而苹果的主人——卡车司机不仅不去保护自己的财物,反而站在远处对"我"的惨象哈哈大笑。更令少年愤怒和不可思议的是,司机竟然抢走少年的红背包,跳上前来抢劫他的拖拉机,抛下少年同抢劫者一道扬长而去,只剩下遍体鳞伤的汽车和遍体鳞伤的"我"。残酷的涉世之初,残酷的抢劫暴行,而更残酷的是暴行的匪夷所思,不合常理,"我"搞不懂的事情太多太多:"我"搞不懂为什么司机的苹果被抢,他的脸上反而浮现出越来越高兴的神情;"我"不知道为什么在"我"奋不顾身地与那些强盗搏斗而被打翻在地时,他却在远处哈哈大笑;"我"更搞不懂司机为什么要和那些抢劫他的人一起笑哈哈地离开。传统的道德观念、人性的善恶标准一下子被拆解了,只剩下一个冰冷的世界,让"我"疑惑不解而又愤怒、恐惧。

---

①余华:《世事如烟·十八岁出门远行》,北京:新世界出版社,1999 年,第 11 页。

王朔笔下的暴力更多的是一种青春欲念的发泄和自我认识与展示的方式,他总是不动声色地将暴力揭示出来。在《动物凶猛》中,为了给伙伴汪若海"报仇",一群少年截住不知是不是"凶手"的男孩,"大家同时把手里的砖头一起砸下去,并抡起钢丝锁没头没脑地一通乱抽","我不声不响地用手中的砖头在他身上一通乱砸,直到大家都散开跑走,仍没歇手,最后把那块已经粘上血腥的砖头垂直拍在他的后脑勺上,才跑了"①。在《动物凶猛》中,故事的叙述人并没有对那段浸染着鲜血的暴力岁月做道德的审判,他只是在写一段青春纪实,将一群少年青春期的暴力倾向如实述说出来。

苏童有一个短篇小说集《少年血》,收入了《刺青时代》、《回力牌球鞋》、《舒家兄弟》、《稻草人》、《午后故事》等作品,记录了"一群处于青春发育期的南方少年,不安定的情感因素,突然降临于黑暗街头的血腥气味,一些在潮湿的空气中发芽溃烂的年轻生命,一些徘徊在青石板路上的扭曲的灵魂"②。这群生活在无序状态中的少年们试图用暴力为他们眼中混乱的世界建立秩序。备受父亲和哥哥压抑的舒农谋划着纵火烧死家人,他秘密准备了一桶汽油,欲在父亲和哥哥熟睡之际实施"报复"(《舒家兄弟》);饱受伙伴欺辱的小拐梦想复兴哥哥的"野猪帮",拜师习武,饮血结盟(《刺青时代》)。然而暴力非但没有带来他们所渴求的秩序,反而制造了更多的迷乱。舒农在父、兄的追赶下被迫从楼顶凌空跳下;小拐的英雄生涯在另一帮少年的折磨和羞辱中画上了句

①王朔:《动物凶猛》,http://www.mypcera.com/book/2003new/da/w/wangsuo/dwxm/2005—10—8。

②苏童:《苏童文集·少年血》,南京:江苏文艺出版社,1993年,第2页。

号。少年血黏稠地流淌着，腥甜的气息仿佛是被雨水沤烂了的花朵。

成长是人生中的一个重要阶段，描写青少年成长的小说是文学的一个重要领域。人由幼稚走向成熟，成为一个具有主体意识的真正个体的历程，是人最丰富、最有个性的方面，因而在新潮小说中把成长小说作为一个专题提出来，具有重要的价值和意义，我们期待有更多的学者来关注这个课题。

（原载《广西社会科学》2006 年第 4 期）

后　记

自 1998 年在学术期刊上发表第一篇论文，至今已有二十年的时间。二十年来，我的学术研究主要集中在中国当代文学海外传播、英美文学中的中国形象、外国文学与比较文学方面。收入本书的 33 篇论文大致涵盖了这几个方面的研究。关于英美文学中的中国形象研究，我在 2014 年出版了《西镜东像：姜智芹教授讲中西文学形象学》，所以在本书中仅收录少量几篇论文，尽管我在这方面倾注了大量的心力。基于我跨专业的学习经历——本科阶段学的是英语语言文学专业，硕士和博士攻读的分别是世界文学和中国现当代文学，博士后从事的是比较文学与世界文学研究，我的研究多采取比较的视野，从中西文学比较的角度展开，进行跨文化的追寻。

中国文学对外传播与中国形象塑造在当前备受关注，是从学术角度回应提升中国文化软实力、中国文化“走出去”、“文化自信”等时代的重大文化问题。我从 2005 年开始对这方面的研究产生兴趣，至今仍是我的学术兴趣所在，也是我未来一段时间继续深耕细作的园地。而我 2002 年做博士后时开启的英美文学中的中国形象研究，给我探讨中国文学对外传播与中国形象塑造提供了理论和知识储备。卡夫卡研究是我 1999 年读博士时开始关注的领域，至今兴味盎然，依旧会不由自主地关注这方面研究的新进展。

书中收录的论文，只按出版要求对注释做了必要的规范，发表的论文中没有小标题的，为了全文的统一，添加了小标题，文章内容未做改动。感谢曾经发表这些论文的《中国比较文学》、《外国文学研究》、《国外文学》、《小说评论》、《国际汉学》、《人文杂志》、《南方文坛》、《当代作家评论》等刊物，给了我与学界同行交流的机会和平台。同时，也提醒我学海无涯，学术研究永远在路上，鞭策我不懈努力，不断进取。

一年一度又逢春。在这个百花吐艳的季节里，我通过整理这些论文回望自己在学术道路上留下的深深浅浅的脚印，既是一个阶段性的小结，也是一个新的开始。感谢所有给予我帮助的师友，你们的鼓励、提携和支持是我人生和学术道路上的灯盏。

2018 年 3 月于济南千佛山下